전란의 기억과 소설적 재현

전란의 기억과 소설적 재현

장경남 지음

보고사
BOGOSA

머리말

임진왜란과 병자호란은 조선 사회를 크게 흔들었던 전쟁이었다. 그 전쟁의 기억은 현재를 살고 있는 우리들에게 여전히 존재한다. 때로는 원 자료를 통해서, 때로는 소설과 영화, 또는 드라마를 통해서. 전쟁의 기억이 일차적으로 기록된 것은 전쟁을 체험한 사람들이 기록한 각종 일기이다. 물론 일기 외에도 다양한 형식의 글을 동원해서 기록하기도 했다. 당대인이 아닌 경우에는 단편적인 전언 사실에 허구적 상상을 동원해 전쟁을 이야기했다. 이렇게 해서 전쟁 소재 문학작품은 축적되었다. 전쟁문학은 전쟁에 관련된 내용을 다루고 있기는 하지만 전쟁 관련 문학이라 하면 싸움에 관한 기록에 국한될 수 있다. 전쟁 관련 문학 작품은 전투뿐만 그 과정에서 발생하는 피란, 포로 생활 등을 소재로 하고 있기에 이를 포괄하는 개념으로 '전란'이라는 용어를 택했다.

전란을 소재로 한 문학 작품 연구는 필자의 주된 연구 대상 가운데 하나이다. 임진왜란을 직접 체험한 사람들이 남긴 작품을 실기문학이라는 범주로 묶어서 연구를 시도한 이후로 개별 작품에 대한 각론으로 연구를 이어나갔다. 이 과정에서 연구의 범위를 병자호란 관련 기록으로 넓혀나갔다. 연구 범위를 넓혀 가면서 해당 작품을 하나씩 읽어 내고 분석하여 논문으로 발표하였다. 십년 이상을 공부하면서 발표한 논문을 모아 보니 단행본 한 권의 분량이 되었다. 다시 읽어보니 좀 부끄럽긴 하지만 그동안 새로 소개된 자료들도 있어 정리가 필요하기도 하고, 또 작품을 읽으면서 고민해 왔던 것을 공유할 필요성도 느꼈기 때문에 단행본으로 간행하기로 했다.

이 책은 전란, 기억, 소설을 핵심어로 하면서 크게 두 부분으로 구성하였다. 1부는 전란 체험 실기 작품에 대한 개별 작품론이다. 학계에 잘 알려지지 않은 작품, 작품 해석에 수정 또는 보완이 필요한 작품, 그리고 새로운 방법론으로 분석해 본 작품론이다. 아울러 새로 보고된 실기 자료를 정리해야 할 필요성도 느끼고 있던 차에 자료 목록을 새로 정리해서 수록하였다. 실기는 사적인 체험의 기록이다. 역사라는 공적인 영역에서 도외시되어 왔던 사적인 기억에 의존한 작품이기에 '기억'을 핵심어로 내세웠다. 2부는 실기와 소설과의 관계를 살핀 글이다. 17세기 이후 우리 고소설은 이전 시기와는 다른 양상을 보이는데, 그 원인의 하나로 두 번의 전란을 주목할 수 있다. 전란 체험 기억이 어떻게 소설에 영향을 끼쳤는지에 초점을 두고 나름대로 고민해 본 결과이다. 그 고민의 흔적을 그대로 보여주는 것도 나쁘지 않을 것이라 생각해 한 자리에 모았다. 개별 논문을 한 권의 책으로 엮는 과정에서 원 논문을 그대로 전재한 것도 있으나 대부분 단행본의 체제에 맞추어 조금씩 수정을 했다.

이 책은 2001년에 시작한 교수 생활 15년의 중간 결산으로 기획한 것이다. 원래 2015년 초에 기획했고, 그해 말에 간행하려고 했다.

2015년 3월부터 연구년이 예정되어 있었고, 연구년을 이용해 그동안 발표했던 글을 다듬어서 책으로 엮을 계획이었다. 그런데 보직을 하느라 연구년이 미뤄졌고 책 출간도 같이 미룰 수밖에 없었다. 2017년에 다시 연구년을 받아 그간 미루어두었던 계획을 실천할 수 있었다. 2017년 9월부터 연구년의 반을 중국 장쑤성에 소재한 창수이공대학에서 초빙교수로 보내면서 짬을 냈다. 한국어과에서 강의를 하면서 틈틈이 시간을 내서 그동안 발표했던 원고를 손질해서 다듬었고, 초빙교수 생활을 마감하고 귀국할 즈음인 2018년 1월에야 완성했다.

이 책을 엮으면서 전쟁이 없는 평화로운 세상에 대한 갈망과 평온한 삶에 대한 희구는 무엇과도 바꿀 수 없는 소중한 가치임을 새삼스레 느꼈다. 지금도 전쟁의 위협이 가시지 않고 있는 분단된 국가의 현실을 살고 있다. 인간의 삶을 송두리째 뒤바꿔 버리는 전쟁의 위협은 아직도 우리 곁을 맴돌고 있다. 전란의 기억을 소재로 한 문학 작품 연구는 반전과 평화에 대한 소망이기도 하다. 원고를 다듬는 내내 행복한 삶을 추구하면서 인간의 가치가 실현되는 평화로운 세상을 꿈꾸었다. 우리가 사는 이 세상에 다시는 전쟁이 일어나지 않기를 기대하면서.

교수가 된 이후 지금까지 우리 고전문학을 연구하면서 많은 학자들을 만났다. 이 책은 그들과 교류한 결과이기도 하다. 그 중에서도 민족문학사연구소라는 공간에서 함께 했던 동학들과의 공부는 더없이 소중한 재산이 되었다. 그들과 십여 년 이상을 함께 공부하고, 토론하고, 때로는 엇나가는 시대 현실을 비판하면서 문학 연구에 대한 안목을 넓혔다. 이 자리를 빌려 고마움을 전한다. 그리고 교수 생활을 하면서 편안하게 연구할 수 있도록 뒤에서 묵묵히 도와준 가족에게도 고마움을 전한다.

흔쾌히 출판을 허락해 준 보고사 사장님과 편집진에게 감사드린다.

2018년 2월

숭실대학교 연구실에서

장경남 씀

차례

제2부 실기와 소설

제1부 전란 체험과 기억

Ⅰ. 전란 체험 실기 개관

1. 전란 체험 실기

1592년 일본의 침략으로 시작된 임진왜란과 1636년 후금(훗날 청)의 공격과 인조의 항복으로 귀결된 병자호란은 조선에 미증유의 충격을 가져다 준 전쟁이었다. 소위 임·병 양란이라 불리는 두 번의 전쟁에 대한 충격은 다양한 종류의 글로 표현되었다. 전란을 직접 체험했든지 아니면 전언을 통해 간접 체험했든지 간에 전란의 기억에 대한 자신의 입장을 다양한 종류의 글로 기록한 것이다. 이 가운데 저작자의 전란 체험을 기록한 실기는 전란 관련 기록물로서 또는 문학 작품으로서 많은 연구자가 주목하였다.

개별 작품에 대해 선별적으로 논의가 되던 전란 실기는 황패강의 『임진왜란과 실기문학』을 통해서 비로소 본격적인 논의 대상이 되었다.[1] 이후 이채연은 「임진왜란 포로실기문학 연구」[2]를 통해서 일본에 포로로 잡혀 갔다 돌아온 포로들의 체험 기록을 포로실기로 명명하고, 포로실기에 대한 논의를 심화함으로써 실기에 대한 연구를 심화시켰다. 필자는 「임진왜란 실기문학 연구」[3]에서 연구 범위를 더욱 확장해 임진왜란 관련 실기 전반을 대상으로 한 연구를 진행했다. 황패강과 이채연의 연구 성과를 바탕으로 실기문학의 개념을 정의하고, 장르적 성격을 규명했는가 하면 유형 분류를 시도하여 실기 연구의 기반을 마련하였다.

전란 실기는 전란을 체험한 작자가 자신이 직접 겪은 체험의 실상과 체험의 과정에서 느낀 개인적인 정서와 사상을 기(記), 록(錄)과 같은 형식으로 기록·표현하여 후대인을 경계하려는 의도로 쓰인 비허구적 문학을 말한다. 그리고 실기문학은 역사적 사건을 체험한 작자가 사건을 중심으로 자신의 체험을 서술하여 후세에 교훈을 주려고 하는 교술적 성향을 지닌 서사문학으로서, 작품의 심미적 예술성보다는 소재의 현장성과 참신성에 주안을 두어 현상을 있는 그대로 전달하면서 작가의 개인적 감정을 호소력 있게 표현하여 문학적 진실성을 구현하려는 장르라 할 수 있다.

전란 실기의 개념에 부합하는 실기는 저작자의 신분이나 활동, 체험 상황, 작품의 내용 등을 기준으로 하여 종군실기, 피란실기, 포로실기, 호종실기로 하위 유형을 설정할 수 있다. 종군실기는 작자가 전쟁에 장군, 종사관, 또는 의병 등으로 참전하여 적과의 전투 상황,

---

1 황패강, 『임진왜란과 실기문학』, 일지사, 1992.

2 이채연, 「임진왜란 포로실기문학 연구」, 부산대학교 박사학위논문, 1993.(『임진왜란 포로실기 연구』(박이정, 1995)로 출간.)

3 장경남, 「임진왜란 실기문학 연구」, 숭실대학교 박사학위논문, 1997.(『임진왜란의 문학적 형상화』(아세아문화사, 2000)로 출간.)

진중의 생활상 등을 서술한 실기이다. 포로실기는 적에게 포로가 되어 잡혔다가 풀려난 작자들이 쓴 포로 체험 실기이다. 피란실기는 적을 피해 여러 지역을 전전하며 피란 생활을 서술한 실기이다. 호종실기는 전쟁을 피해 피란을 한 국왕을 따르면서 왕의 곁에서 보고 듣고 겪은 바를 기록한 실기이다.

기존에 이루어졌던 전란 실기의 개념과 장르적 성격, 그리고 유형 설정은 임진왜란에 한정된 것이기는 하나 전란 체험 기록이라는 점에서 정묘호란, 병자호란까지 아우를 수 있다. 필자는 임진왜란 실기 연구를 통해 축적한 연구 방법을 바탕으로 병자호란 관련 실기까지 연구 범위를 확장하였다.[4] 하지만 이후로 전란 실기에 대한 연구는 활발하게 전개되지는 않았다.[5] 그럼에도 불구하고 몇몇 작품에 대한 개별적인 논의가 이어지는가 하면 이전의 거시적 관점에서 탈피하여 미시적 관점에서 연구를 진행함으로써 보다 심화된 논의가 진행되었다고 볼 수 있다.

그 가운데 주목할 만한 연구를 거론하면, 김일환의 「병자호란 체험의 '재화' 양상과 의미 연구」[6], 최재호의 「남명학파의 임진왜란 전쟁실기 연구」[7], 김미선의 「임진왜란기 해외체험 포로 실기 연구」[8],

---

4 장경남, 「병자호란 실기에 나타난 작자의식 연구」, 『숭실어문』 17, 숭실어문학회, 2001.

5 최재호는 전란 실기의 연구가 활발하게 이루어지지 않은 원인으로, 후학들이 선학들이 제시한 '전란 실기의 문학성 확보'와 같은 실기 연구에 대한 뚜렷한 목표를 갖지 못한 점과 실기에 대한 한정된 연구 방법에 기인하는 것으로 보았다.(「남명학파의 임진왜란 전쟁실기 연구」, 경북대학교 박사학위논문, 2011.)

6 김일환, 「병자호란 체험의 '재화' 양상과 의미 연구」, 동국대학교 박사학위논문, 2010.

7 최재호, 「남명학파의 임진왜란 전쟁실기 연구」, 경북대학교 박사학위논문, 2011.

8 김미선, 「임진왜란기 해외체험 포로 실기 연구」, 전남대학교 박사학위논문, 2013.

박양리의 「병자호란의 기억, 그 서사적 형상과 의미」[9]가 대표적이라 하겠다. 김일환의 연구는 병자호란 체험 기록인 실기는 물론 묘도문자(墓道文字), 전기, 기사 등을 포괄해 병자호란의 체험이 개인 혹은 공동체가 글로 쓰고 기억하는 과정에서 후손이나 제자들의 현실 권력이 작용하고 있음을 밝힌 글이다. 최재호의 연구는 임진왜란 실기에 대한 미시적 접근으로 주목할 만하다. 임진왜란 당시 경상우도에서 활약했던 남명학파의 실기로 연구 주제를 한정하면서 기존에 알려지지 않았던 많은 자료들을 새로 소개하였고, 경험주체에 따른 유형 분류를 시도하는 등 보다 심도 있는 논의를 펼쳤다. 김미선은 호남 문인이 남긴 포로실기에 국한해서 임진왜란 실기를 연구함으로써 기존 연구에서 한걸음 나아갔다. 박양리는 심하전투, 정묘호란을 포함한 병자호란 관련 서사문학인 실기, 전, 소설을 연구하는 과정에서 실기에 주목하였다. 병자호란의 기억이 문학이라는 양식으로 표현된 양상을 다층적으로 밝혔다는 점에서 의의가 있다.

이 외에 많은 연구자에 의해서 이루어진 개별적인 작품에 대한 소개와 번역은 해당 분야 연구를 촉발하는 촉매제가 되었다. 특히 신해진의 일련의 작업은 대표적인 성과라 할 수 있다. 신해진은 전란 실기 가운데 잘 알려지지 않은 작품은 물론 기존에 번역된 작품까지도 다시 정밀하게 번역을 하여 출간함으로써 해당 분야 연구에 자양분을 제공하고 있다.[10]

지금까지 연구 결과를 통해 알려진 전란 실기는 수적으로 상당한

---

9 박양리, 「병자호란의 기억, 그 서사적 형상과 의미」, 부산대학교 박사학위논문, 2015.

10 신해진의 연구 성과는 다음 절에 제시하였다.

양에 이른다. 개인 문집에 포함되어 있는 작품까지 소개된다면 더욱 늘어날 것으로 보인다. 본 장에서는 지금까지의 연구를 통해서 새로 알려진 자료를 포함해 전란 관련 실기 자료를 새롭게 제시함으로써 연구의 편의를 도모하고자 한다.[11]

2. 임진왜란 실기

1) 종군실기

(1) 곽수지의 호재진사일록(浩齋辰巳日錄)

《호재진사일록》은 경상도 풍기와 인근 지역에서 창의군의 군량유사로 활약했던 호재(浩齋) 곽수지(郭守智, 1555~1598)가 의병활동을 하면서 체험한 사실을 기록한 일기이다. 이 책은 2권 2책으로 구성되어 있는데, 1권은 1592년 4월 17일부터 1593년 12월 29일까지 2년간, 2권은 1594년 1월 1일부터 1598년 9월 3일까지 5년간의 사건을 기록하였다. 당시 풍기 지역을 포함한 인근 고을에서의 의병 활동뿐만 아니라, 풍기와 인근 지역에서 일어난 주요 사건과 중앙 및 지역 인물들과의 교류 현황, 백성들의 비참한 참상 등이 사실적으로 기록되었다.

1934년에 간행된 초간본은 표제를 '浩齋辰蛇日錄'이라 하였고,

---

11 임진왜란 관련 실기는 필자의 『임진왜란의 문학적 형상화』(아세아문화사, 2000.)에 수록한 것을, 병자호란 관련 실기는 필자의 「병자호란 실기에 나타난 작자의식 연구」(『숭실어문』 17, 숭실어문학회, 2001.)에 수록한 것을 바탕으로 하고, 이후 여러 연구자가 추가로 발표한 자료를 참조해 재정리하였으며, 정묘호란 실기도 새로이 추가하였다.

1935년 간행본은 표제를 '浩齋辰巳日錄'이라 하였다. 표제의 차이 외에 내용상 차이는 없다.[12] 이영삼이 1934년 간행본인 국립중앙도서관 소장본을 역주하여 「역주 호재진사일록」(전남대학교 박사학위논문, 2016)으로 발표하였다.

(2) 곽율의 팔계일기(八溪日記)

〈팔계일기〉는 임란 당시 초계의 가군수로 활약했던 예곡(禮谷) 곽율(郭趄, 1531~1593)이 1592년 6월 9일부터 9월 20일까지의 의병활동을 체험한 일기이다. 임진왜란 초기 전황과 경상우도 의병활동에 관한 기록이다. 〈팔계일기〉 외에도 초계지역 사람들의 전란 행적을 기록한 〈견문록〉도 있다. 이 두 편의 글은 그의 문집인 《예곡집》(2권 1책) 상권 「잡저」에 수록되어 있는데, 〈팔계일기〉는 8면, 〈견문록〉은 4면으로 짧은 글이다.[13]

(3) 권제의 임정일기(壬丁日記)

〈임정일기〉는 경상도 단성지역에서 의병으로 활약한 원당(源堂) 권제(權濟, 1548~1612)가 쓴 일기이다. 1592년 7월 6일부터 1598년 1월 22일까지 의병에 참가하여 활동한 내용이 날짜별로 기록되어 있다. 동료들과 더불어 창의한 일, 창의 사실이 조정에 알려져 홍문관 박사에 제수된 일, 토벌 계획과 진영의 이동 등을 기록하였다. 이 일기는 그의 문집인 《원당실기》(3권 1책) 권1 「잡저」에 수록되어 있

---

12 이영삼, 「역주 호재진사일록」, 전남대학교 박사학위논문, 2016.

13 최재호, 앞의 논문, 65, 68쪽.

는데, 총 11면 분량의 기록이다.[14]

(4) 김수인의 난중잡록(亂中雜錄)

〈난중잡록〉은 밀양지역에서 의병활동을 한 구봉(九峰) 김수인(金守訒, 1563~1626)의 기록이다. 1592년 임진왜란이 발발한 4월부터 그해 12월까지 의병장인 종숙부 김태허를 종사하면서 겪은 사건들을 중심으로 기록했다. 축일 형태의 기록이면서 일일 단위가 아닌 월별 단위로 서술하고 있는데, 4월, 7월, 9월, 12월의 사건이 중심 내용이다. 이 기록은 그의 문집인 《구봉집》(3권2책) 권2 「잡저」에 실려 있으며 총 14면 분량이다.[15]

(5) 문위의 모계일기(茅谿日記)

《모계일기》는 거창에서 창의한 모계(茅谿) 문위(文緯, 1554~1631)의 일기이다. 1589년 정월부터 1593년 4월 12일까지 4년 4개월간의 일기인데, 문위가 의병장 김면의 휘하에서 지역 방어를 위한 전쟁에 주로 참가하면서 간략하게나마 의병의 동향과 전황을 기록한 것이다. 총 161면 분량의 필사본으로 전하고 있다.[16]

(6) 서사원의 낙재선생일기(樂齋先生日記)

《낙재선생일기》는 낙재(樂齋) 서사원(徐思遠, 1550~1615)이 임진왜

---

14 최재호, 위의 논문, 69쪽.

15 최재호, 위의 논문, 75쪽.

16 최재호, 위의 논문, 72쪽.

란이 발발한 1592년 4월 12일부터 1595년 9월 20일까지의 경험과 견문한 사실을 기록한 일기이다. 이 일기의 구성은 좀 특이하다. 총 세 부분으로 구성되어 있으며, 일기 중간에 공식 문서를 수록했다. 즉 첫째는 1592년과 1593년의 일기가 날짜별로 기록되어 있고, 둘째는 교지·격문·통문·교서·상소 등 공적인 문서가 수록되어 있다. 셋째는 1594년과 1595년의 일기가 날짜별로 기록되어 있다. 주로 대구 지역의 전황과 의병들의 활동 양상, 난리에 대처하는 유학자의 모습, 당시 사대부 사회의 문화 현상 등을 기록하고 있다.[17]

이 일기는 계명대학교 도서관에 소장된 필사본으로 총 196면이다. 박영호가 번역하여 『국역 낙재선생일기』(달성써씨현감공파 종중, 2008)로 간행하였다.

(7) 안방준의 은봉야사별록(隱峰野史別錄)

《은봉야사별록》은 의병으로 활약했던 은봉(隱峰) 안방준(安邦俊, 1573~1654)이 쓴 〈임진록〉, 〈노량기사〉, 〈진주서사〉 3편을 한데 묶은 것이다. 〈임진록〉은 조헌의 활약상을 중심으로 기록했고, 〈노량기사〉는 통제사 이순신이 노량에서 왜병을 맞아 대승한 끝에 전사한 경위를 서술한 것으로 노량해전에 대한 개괄적인 기록이다. 〈진주서사〉는 1593년의 2차 진주성 전투의 기록으로 진주성이 함락되기까지의 항전 상황을 당시 진주성 전투를 목격한 임우화의 진술을 근거로 하여 작성한 것이다.

---

17 박영호, 「낙재선생일기 고구」, 『동방한문학』 30, 동방한문학회, 2006.

이 책의 이본은 국립중앙도서관, 규장각, 동국대학교 도서관 등에 소장되어 있으며, 일본에도 이마니시 류(今西龍) 문고 소장 가영본(嘉永本), 그리고 도변본(渡邊本)이 있다. 이마니시 류 문고 소장본은 『한국야담사화집성』(소재영·박용식·大谷森繁, 태동, 1990)에 영인 수록되었다. 가영본을 대본으로 이상익·최영성이 번역 간행하였고(아세아문화사, 1996), 도변본은 김사원·김종윤이 번역 간행(도서출판 일출, 1996) 하였다.

(8) 오극성의 임진일기(壬辰日記)

〈임진일기〉는 1594년 무과에 급제하여 선전관으로 등용되었던 문월당(問月堂) 오극성(吳克成, 1559~1616)이 기록한 일기이다. 상하 2권으로 구성되어 있는데, 상권은 1590년에 황윤길과 김성일을 통신사로 보낸 일부터 시작해서 임란 직전의 기이한 현상 등을 기록했고, 1592년 4월부터 7월까지는 임진왜란의 발발과 주요 전황을 날짜별로 기록하였다. 이후 8월부터 12월까지는 월별로 주요 사건을 기록했다. 하권은 1594년부터 1598년까지 대체적으로 월별로 기록되어 있으며, 간혹 날짜별 기록도 있다. 1598년 11월에 왜병이 물러나고 관직에서 물러나 고향으로 돌아와서 자신의 전란 체험을 기록한 것이다.

이 일기는 고종 연간에 간행된 오극성의 문집인 《문월당집》(4권 2책)의 권2(임진일기 상), 권3(임진일기 하)에 수록되었다.

(9) 유성룡의 징비록(懲毖錄)

《징비록》은 좌의정을 지낸 서애(西厓) 유성룡(柳成龍, 1542~1607)이 종전 후 임진왜란의 원인과 전 과정을 사건 중심으로 축일 기록한 회고록 성격의 글이다. 초본(草本)과 두 종류의 간행본(16권본, 2권본)이 있다. 2권본은 초본을 바탕으로 아들 유진이 1633년에 《서애집》을 편찬할 때 간행한 것이고, 16권본은 1647년에 간행한 것으로 알려져 있다.

이 책은 1936년 조선사편수회에서 종가 소장본인 필사본을 『조선사료총간』 11집에 '草本懲毖錄'이라 하여 영인하였고, 1958년에 성균관대학교 대동문화연구원에서 영인한 《서애집》에도 수록하였다. 1957년과 1958년에 이민수가 번역한 이래 다수의 번역이 이루어졌다. 최근에 김시덕이 교감하여 『교감·해설 징비록 –한국의 고전에서 동아시아의 고전으로』(아카넷, 2013)라는 제명으로 간행하였다.

(10) 윤국형의 문소만록(聞韶漫錄)

〈문소만록〉은 은성(恩省) 윤국형(尹國馨, 1543~1611)이 임진왜란을 전후해서 국내에서 일어난 크고 작은 일들과 저자 자신이 직접 당하고 보고 들은 이야기를 기록한 글이다. 《대동야승》과 《패림》에 수록되어 전하는데, 《대동야승》에는 총 70여 개의 기사를 일정한 순서 없이 배열했고, 《패림》에는 상하 2권으로 나누어 수록하였다.

이 작품은 『패림』 6권(탐구당, 1969)에 영인 수록하였으며, 이민수가 번역하여 『국역 대동야승』 14권(민족문화추진회, 1967)에 수록하였다.

(11) 이대기의 임계일기(壬癸日記)

〈임계일기〉는 경상도 초계지역에서 활약한 설학(雪壑) 이대기(李大期, 1551~1628)가 쓴 일기이다. 초계지역에서의 의병 체험을 주요 내용으로 한 1592년 4월 13일부터 1593년 10월 9일까지의 일기와 화왕산성 전투를 기록한 1597년 7월 21일의 일기이다. 1597년 7월 21일의 일기는 의성현감으로 재직중 화왕산성으로 들어가 곽재우 등과 호응하여 전투한 내용을 기록한 것이다. 그리고 별도로 〈용사별록〉이 있다. 〈용사별록〉은 〈임계일기〉의 축소판이라 할 수 있는데, 1592년 4월 13일부터 1593년 4월 20일까지의 일을 사건 중심으로 소개하고 있다. 〈임계일기〉와 〈용사별록〉은 그의 문집인 《설학선생문집》(4권 2책)에 수록되어 있는데, 〈임계일기〉는 권2 「잡저」에 총 12면으로 수록되었고, 〈용사별록〉은 권4 「부록」에 총 6면으로 수록되었다.[18]

(12) 이로의 용사일기(龍蛇日記)

《용사일기》는 김성일의 초유사로 활약했던 송암(松巖) 이로(李魯, 1544~1598)가 1597년에 김성일의 임진·계사년간의 사적을 기록한 것이다. '文殊志'라는 이름의 이본이 있는데, 이는 《용사일기》를 축약한 것으로 《송암선생문집》 권4, 《학봉선생일고》 「부록」 권2에 수록되어 있다. 이 일기는 김성일이 1590년에 정사 황윤길의 부사로 일본을 사행한 일부터 1593년 4월 진주에서 진몰되어 고향인 안동

18 최재호, 앞의 논문, 70~71쪽.

에 묻힐 때까지의 일을 기록한 것으로 표제는 '일기'이나 기사체의 글로 시간 순서에 의해 기록되어 있다.

이 일기 초간본을 부산대학교 한일문화연구소에서 번역하여 『역주 용사일기』(1960)로 간행하였고, 전규태가 연세대학교 중앙도서관 소장본인 재간 목판본을 번역하고 원문 영인을 하여 『용사일기』(을유문화사, 1974)로 간행하였다.

(13) 이순신의 난중일기(亂中日記)

《난중일기》는 임란 당시 삼도수군통제사를 지낸 충무공(忠武公) 이순신(李舜臣, 1545~1598)이 임진왜란 기간인 7년 동안 진중에 쓴 일기이다. 총 7책으로 구성되어 있는데, 1책은 〈임진일기〉, 2책은 〈계사일기〉, 3책은 〈갑오일기〉, 4책은 〈병신일기〉, 5책은 〈정유일기〉, 6책은 〈정유· 무술일기〉, 7책은 〈무술일기〉와 〈장계〉·〈등본〉 등이다. 본래 제명이 없이 각 해마다의 '일기'였는데, 《이충무공전서》에 수록되면서 '난중일기'라는 제명을 붙였다.

이 작품은 친필 초고본과 《이충무공전서》 수록본 두 종류이다. 친필 초고본은 충남 아산 현충사에 보관되어 있는데, 1935년 조선사편수회에서 『조선사료총간』 제6책으로 《임진장초(壬辰狀草)》와 함께 영인·간행하였다. 이은상이 친필 초고본을 대본으로 삼고 망실된 부분을 《이충무공전서》의 내용으로 보충하여 번역(현암사, 1968) 한 이래 여러 차례 번역본이 출간되었다. 최근에 노승석은 빠진 부분을 찾아 보충하고 잘못 번역된 부분을 새로 고쳐서 『개정판 교감 완역 난중일기』(여해, 2016)로 간행하였다.

(14) 이정암의 서정일록(西征日錄)

《서정일록》은 연안대첩을 이끈 사류재(四留齋) 이정암(李廷馣, 1541~1600)이 피란 생활, 의병 활동 등을 기록한 일기이다. 1592년 4월 28일부터 같은 해 10월 7일까지 156일간의 일기로 구성되어 있으며, 이 기간 중 8월 13일자 후반부와 8월 14일자만 결락되어 있다.

저자의 친필 초고본을 이장희가 번역하여 『월간중앙』 1976년 4월호부터 3회에 걸쳐 연재하였으며, 『서정일록』(탐구당, 1977)으로 간행하였다.

(15) 이탁영의 정만록(征蠻錄)

《정만록》은 관찰사 김수의 막료로 종군했던 반계(盤溪) 이탁영(李擢英, 1541~1610)이 종군 체험을 기록한 것이다. 건·곤 2권 2책으로 구성되어 있는데, 건권은 1592년 3월 9일부터 1599년 5월까지의 일기이며, 곤권은 작자의 서문을 비롯하여 각종 장계, 교서, 통문 등이다. 건권의 일기는 8년간 255일간의 기록으로 이 중 212일이 임진년의 일이고, 나머지 1593년부터 1599년까지 7년간의 기사는 연월 중심으로 43일의 중요한 사건만 기록했다.

《정만록》은 친필 초고본 외에 일본 교토대학(京都大學) 도서관 가와이 문고(河合文庫) 소장본으로 5권으로 구성된 것이 있고(『조선학보』 77집에 영인 수록), 텐리대학(天理大學) 도서관 이마니시 류 문고(今西龍文庫) 소장본이 있는데, 이는 《정만록》 곤권으로 제명이 '용사일록(龍蛇日錄)'이다.(『조선학보』 76집에 영인 수록) 친필 초고본을 이호응이 역주하여 『역주 정만록』(의성문화원, 1992)으로 간행하였다.

(16) 전치원의 임계별록(壬癸別錄)

〈임계별록〉은 초계 지역에서 의병 활동을 한 탁계(濯溪) 전치원(全致遠, 1527~1596)의 일기이다. 원본은 병화로 소실되었으나 가장 및 창의 제현록 등에서 그의 행적을 뽑아서 기록해 그의 문집에 수록한 글이다. 1592년 4월 11일 왜구의 침입 사실로 시작한 일기는 10월까지 20일 정도의 기록과 1593년 1월부터 5월까지 9일의 기록이 날짜별로 되어 있고, 7월부터 10월까지는 월별로 기록되어 있다. 10월에 적세가 소강상태에 이르자 옛 고을로 돌아왔다는 기록이 마지막이다.

이 일기는 전치원의 문집인 《탁계선생문집》(3권 2책) 권1에 수록되었는데, 10면 분량의 기록이다.

(17) 정경달의 반곡일기(盤谷日記)

《반곡일기》는 이순신의 종사관으로 활약했던 반곡(盤谷) 정경달(丁景達, 1542~1602)이 전란 체험을 기록한 일기이다. 이 일기는 건·곤 2책으로 묶여 있다. 정경달의 문집인 《반곡유고》 가운데 권7부터 권9까지는 표제를 '반곡일기 건'으로 내제는 '난중일기1~3'이라 했고, 권10부터 권12까지는 표제를 '반곡일기 곤'으로 내제는 '난중일기4~6'이라 했다. 건권은 1592년 4월 15일부터 1595년 11월 25일까지의 일기로 임진왜란 초기 선산부사로서 몸소 참전하여 겪었던 일을 기록했다. 곤권은 1597년 1월 1일부터 1602년 12월 17일까지의 일기로 주로 명나라 장수의 접반사로서 겪었던 일을 기록했다.

국립중앙도서관에 소장된 간행본을 신해진이 번역하여 『반곡난중일기』(상·하 2책, 보고사, 2016)로 간행하였다.

(18) 정경운의 고대일록(孤臺日錄)

《고대일록》은 함양 지역에서 의병활동을 한 고대(孤臺) 정경운(鄭慶雲, 1556~?)이 쓴 일기로, 임란 발발 3일 후인 1592년 4월 23일부터 광해군 원년인 1609년 10월 27일까지 약 18년 동안의 기록이다. 이 작품은 4권 4책으로 구성되었는데, 1권은 1592년 4월 23일부터 1593년 12월 30일까지, 2권은 1594년 1월 1일부터 1597년 12월 30일까지 4년간의 일기이고, 3권은 1598년 1월 1일부터 1602년 12월 28일까지 4년간의 일기이며, 4권은 1603년 1월 1일부터 1609년 10월 27일까지 약 7년간의 일기이나 실제 기록한 날은 많지 않다. 임진왜란과 관련된 기록으로는 주로 1권과 2권에 서술되어 있는데 임란 후의 기록인 3권과 4권의 기록보다 훨씬 자세하게 쓰여 있다.

작자의 원본을 후손인 정동규가 필사해 놓은 것이 현재 전하고 있는 필사본인데, 이는『남명학연구』(경상대학교 남명학연구소) 2집과 3집에 영인 수록되었다. 이를 다시 남명학연구원에서 번역하고 원문을 영인하여『역주 고대일록』(태학사, 2009)으로 간행하였다.

(19) 조경남의 난중잡록(亂中雜錄)

《난중잡록》은 임란 당시 의병으로 활약한 산서(山西) 조경남(趙慶男, 1570~1641)이 13세 때인 1582년 12월부터 시작해서 1610년까지 쓴 일기이다. 주요 사건들은 기사체 형식을 빌려 기록하기도 했다. 총 4권 2책으로 구성되어 있다. 1권은 1582년부터 1592년 7월까지, 2권은 1592년 8월부터 1593년 6월까지, 3권은 1593년 7월부터 1598년 12월까지, 4권은 1599년 1월부터 1610년 2월까지의 일기를 4권

2책으로 편제한 것이다. 제명을 '난중잡록'이라 한 것은 임진·정유년의 기록이 주요 부분으로 되어 있기 때문일 것이며, 전체를 총괄하여 '山西野史' 또는 '帶方日記' 등의 명칭으로도 불린다. 이 기록의 속편으로 《속잡록》이 있는데, 1611년부터 1638년까지의 기록이며, 4권 2책이다. 이를 합쳐 총 57년간의 기록이 총 8권 4책으로 되어 있다.

이 책은 저자의 후손가에서 간행한 8권 4책본이 있다. 그리고 규장각에 보존된 등사본은 『대동야승』(고서간행회)에 수록되었다. 차주환·신호열·성락훈 등이 번역한 글을 『국역 대동야승』 6~7권(민족문화추진회, 1967)에 수록하였다.

(20) 조익의 진사일기(辰巳日記)

〈진사일기〉는 의병으로 활약한 가휴(可畦) 조익(趙翊, 1556~1613)의 일기이다. 일기는 1592년 4월 14일부터 임진년의 일기가 한 권, 1593년부터 1598년까지의 일기가 또 한 권으로 총 2권으로 구성되어 있다. 임진년의 일기는 빠진 날이 없이 자세히 기록되어 있으나, 그 외 일기는 빠진 날이 많고 중요한 사건만 기록하였다. 일기의 주요 내용은 왜군의 동향, 아군의 방어태세, 조정의 파천, 명나라 원병 요청, 전재민의 참상, 의병 활동 등이다.[19]

이 일기는 조익의 문집인 《가휴선생문집》(10권 5책) 권7, 권8에 수록되어 있다.

19 최재호, 앞의 논문, 74쪽.

(21) 조정의 검간용사일록(黔澗龍蛇日錄)(진사일록 辰巳日錄)

《검간용사일록》(진사일록)은 검간(黔澗) 조정(趙靖, 1555~1636)의 피란 체험과 의병활동을 기록한 일기로, 1592년 4월 14일부터 시작하여 1597년 3월 17일까지 약 6년간 630여 일의 기록이다. 이 일기는 6책의 행초본과 1책의 저자 정서본《검간용사일록》이 있으며 문집에 수록된 〈진사일록〉이 있다.[20]

이 일기의 원본은 국학진흥원에 소장되어 있다. 이현종이 번역한 글을 『조정선생문집』(조정선생문집간행위원회, 1977)에 수록하였고, 영남대학교 민족문화연구소에서 원본 영인과 함께 활자화하여 『검간조정선생임란일기』(1983)로 간행하였다.

(22) 향병일기(鄕兵日記)

《향병일기》는 임진왜란 당시 예안 지역에서 창의하여 의병장에 추대된 김해(金垓, 1555~1593)의 의병부대 활동을 기록한 일기이다. 1592년 4월 14일부터 1593년 6월 19일까지 약 200일 간의 기록이나

---

20 이 일기는 저자의 〈일기(日記)〉, 〈남행록(南行錄)〉, 〈진사록(辰巳錄)〉, 〈일기 부잡록(日記附雜錄)〉, 〈서행일기(西行日記)〉 등 일기 6책과 〈문견록(聞見錄)〉 1책의 총 7책을 망라해 『임란일기』라 일컬었다.(영남대학교 민족문화연구소에서 원본 영인과 함께 활자화하여 간행한 『검간 조정선생 임란일기』(1983)에 의거한 것임.). 하지만 김종태의 연구 결과에 따르면 이 일기의 제명은 《검간용사일록》 또는 《진사일록》으로 보는 것이 옳다. 김종태에 의하면 이 일기는 저자 초고본과 정서본, 그리고 문집 수록본이 있는데, 초고본은 '일기', '남행록', '서행일기' 등의 제명으로, 정서본은 '검간용사일록', 그리고 문집 수록본은 '진사일록'의 제명으로 되어 있다. 초고본과 정서본의 구체적인 비교가 이루어져야 하기에 현재로서는 저자의 일기를 통틀어 《진사일록》이라 했다.(김종태, 「검간 조정의 진사일록 연구」, 성균관대학교 석사학위논문, 2009.) 김종태의 연구를 준신해 이 책에서는 《검간용사일록》(진사일록)이라 병기하기로 한다.

어느 달은 하루의 기록밖에 없고, 주로 10월 20일부터 93년 4월에 집중되었다. 일기의 내용을 보면 김해가 의병활동을 하면서 겪은 일이나 생각, 느낌 등을 기록한 개인의 일기라기보다 김해와 함께 의병활동을 한 '서기'가 그날그날 있었던 전투상황을 기록한 것이다.[21]

이 일기는 국사편찬위원회에서 한국사료총서 제43집 『향병일기(鄕兵日記)·매원일기(梅園日記)』(2000)에 영인하여 수록한 것 외에도 3종의 이본이 있다. 총 4종의 이본 가운데 국사편찬위원회 소장본이 선본이다. 신해진이 번역하고 원문 영인하여 『향병일기』(역락, 2014)로 간행하였다.

2) 포로실기

(1) 강항의 간양록(看羊錄)

《간양록》은 정유재란 당시 피랍되었던 수은(睡隱) 강항(姜沆, 1567~1618)이 일본에서 포로 생활을 하다가 풀려난 체험을 기록한 실기이다. 내용 구성은 〈적중봉소〉, 〈적중문견록〉, 〈고부인격〉, 〈예승정원계사〉, 〈섭란사적〉의 순으로 되어 있다. 규장각에 소장되어 있는 81장 1책 본의 필사본과 두 종류의 간행본이 있다. 간행본은 1656년에 간행된 《수은집》(6권 6책)에 수록된 것과, 1658년에 간행된 《수은집》(4권 4책)에 수록된 것이다.

---

21 이 일기는 김해의 일기로 알려져 있으나 신해진이 네 가지 이본을 대상으로 하여 선본을 추정하고 편찬 경위 및 시기 등을 연구한 결과, 김해가 아닌 당시 의병활동을 같이 했던 서기가 기록한 것으로 밝혀졌다.(신해진, 「현전 〈향병일기〉의 선본확정과 그 편찬의 경위 및 시기」, 『영남학』 25, 경북대학교 영남문화연구원, 2014.)

이을호가 번역하여 『수은간양록』(수은강항선생기념사업회, 1955)으로 간행하였다. 신호열이 번역한 《간양록》은 『국역 해행총재』 2권(민족문화추진회, 1967)에 실려 있다.

(2) 권두문의 호구록(虎口錄)

〈호구록〉은 평창군수였던 남천(南川) 권두문(權斗文, 1543~1617)이 왜적을 방어하던 중에 왜적에게 잡혀 포로가 되었던 체험을 기록한 일기이다. 임진년 8월 7일부터 시작해서 8월 11일 포로가 되었다가 탈출해 9월 13일 귀향하기까지의 36일 간의 일을 기록했다. 현전하는 포로실기 중에서 유일하게 국내 포로 체험 기록이다.

이 일기는 권두문의 문집인 《남천선생문집》에 수록되어 있는데, 후손 권영식이 번역하여 『호구록』(정문사, 1992)으로 간행하였다.

(3) 김완의 용사일록(龍蛇日錄)

〈용사일록〉은 이순신의 휘하에서 활약했던 사성당(思誠堂) 김완(金浣, 1546~1607)이 자신의 포로 체험을 기록한 것이다. 1589년 겨울에 선전관에 임명된 일부터 사도첨사로 부임한 일, 이순신과 함께 해전에서 활약한 일, 그리고 1597년 원균 휘하에서 전투 중 7월 16일 죽을 위기에서 벗어났으나 7월 17일 포로가 되어 7월 25일 일본으로 잡혀갔다가 1598년 1월 25일 탈출하여 4월 30일 양산으로 돌아온 체험을 기록한 것이다.

이 기록은 1918년에 후손들이 간행한 《해소실기(海蘇實紀)》(3권 1책) 권1에 실려 있다. '해소'는 '해동(海東)의 소무(蘇武)'라는 뜻으로 김완을 일컫는다. 이 외에도 단권본이 있고, 1926년에 간행된 4권본도 있다. 4권본을 안재진이 번역하여 『해소실기』(영천전통문화연구소, 1987)로 간행하였다.

(4) 노인의 금계일기(錦溪日記)

《금계일기》는 정유재란 당시 남원에서 피랍되어 일본에서 3년간 억류되었던 금계(錦溪) 노인(魯認, 1566~1622)이 탈출과정을 기록한 일기이다. 현전하는 일기는 앞부분과 뒷부분이 멸실되어 그 내용을 완전히 알 수는 없다. 1599년 2월 21일 일기의 앞부분이 끊어진 채 시작되고 있으며, 동년 6월 27일 또한 뒷부분이 끊어진 채 전해지고 있다.

이 일기는 작자의 후손인 노석경 소장 필사본이 유일본으로, 『조선학보』 56집(조선학회, 1970)과 『한국야담사화집성』(소재영·박용식·大谷森繁 편, 태동, 1990)에 영인되어 있다. 김종오·이석호가 번역하여 『국역 해행총재』 9권(민족문화추진회, 1967)에 수록하였다.

(5) 정경득의 만사록(萬死錄)

《만사록》은 호산(湖山) 정경득(鄭慶得, 1569~1630)이 28세인 정유재란 때 동생 정희득(鄭希得), 족질 정호인(鄭好仁)·정호례(鄭好禮) 형제 등과 함께 일본으로 끌려갔다가 돌아온 포로 체험 기록이다. 1904년에 간행된《호산공만사록》 권1에 〈일록〉, 권2에 〈환고국일봉소〉, 〈진하소〉, 〈일본풍토기〉, 권3, 권4에는 부록으로 〈행적〉, 〈행장〉, 〈묘지명〉, 〈애팔열부사〉, 〈팔열부정려기〉 등을 수록했다.[22]

『호산공만사록』은 1904년에 4권 2책으로 간행했고, 1965년에 4권 1책으로 중간하였는데, 국립중앙도서관, 규장각 등에 소장되어 있다. 양동기·이현석이 번역하고 영인하여 『만사록』(진주정씨호산공종중회와 함평군향토문화연구회, 1986)으로 간행하였다. 초간본인 규장각 소장본은 신해진이 번역하고 원문 영인하여 『호산만사록』(보고사, 2015)으로 간행하였다.

(6) 정호인의 정유피란기(丁酉避亂記)

《정유피란기》는 은와(隱窩) 정호인(鄭好仁, 1579~?)이 정유재란 때 정경득, 정희득, 동생 정호례와 함께 18세의 나이로 일본에 피랍되었다가 귀국한 포로 체험을 기록한 것이다.[23] 이 책은 〈일기〉, 〈일본국지방 8도 66주 639군 2도〉, 〈팔열부녀정려각통문〉으로 구성되어 있다. 정호인이 귀국 후 14년이 지난 1613년에 정리하였다.

이 책은 『호남문화연구』 제5집(전남대학교 호남문화연구소, 1973)에

---

22 정경득의 《만사록(萬死錄)》, 정호인의 《정유피란기(丁酉避亂記)》, 정희득의 《월봉해상록(月峯海上錄)》은 공통점이 상당히 많다. 정경득, 정희득, 정호인은 집안사람으로 같은 날 함께 끌려가 같은 곳에서 기거했기 때문에 서로의 일록에 공통점이 있는 것이다. 이 세 작품의 일기 내용 중 중복되지 않는 부분은 《월봉해상록》 1일, 《만사록》 28일, 《정유피란기》 33일이고, 나머지 224일이 공통되는 날이다.(이을호, 「정유피란기 해제」, 『호남문화연구』 5, 호남문화연구소, 1973.) 이것은 동일한 사건을 두고 각기 따로 기록했는데, 어느 하나를 두고 모방했다는 것을 의미한다. 이채연은 『임진왜란 포로실기 연구』(박이정, 1995.)에서 이들의 영향 관계를 두루 살피고는 정씨 형제가 강항의 《간양록》을 참고했고, 정희득의 《월봉해상록》이 바탕글이 아닌가 생각된다고 했다. 하지만 신해진이 《만사록》을 번역하면서 이에 대해 문제를 제기해(신해진, 「머리말」, 『호산만사록』, 보고사, 2015.) 더욱 정밀한 연구가 요구된다.

23 이 일기의 제명은 본문에는 '丁酉八月日記'라 되어 있는데, 표지에는 '丁酉避亂記'라 되어 있다.

영인 수록되었고, 진주정씨월촌공종중회와 함평군향토문화연구회에서 번역하고 원문 영인하여 『정유피란기』(호남문화사, 1986)로 간행하였다.

(7) 정희득의 월봉해상록(月峰海上錄)

《월봉해상록》은 정유재란 당시 피랍되었던 월봉(月峰) 정희득(鄭希得, 1573~1640)이 형 정경득과 함께 포로가 되어 일본에서 억류 생활을 하다가 돌아온 체험 기록이다. 2권 2책으로 구성되어 있는데, 권1에는 〈자적왜중환박부산일봉소〉와 〈진하소〉, 〈풍토기〉, 〈해상일록〉, 권2에는 〈시문〉과 부록이 실려 있다. 이 글은 작자에 의해서 1613년 7월에 편찬되었는데, 원 제목은 '만사록(萬死錄)'이었으나 증손 정덕휴가 1723년에 정리하면서 '해상록(海上錄)'으로 바꾸었다. 후손이 간행한 간행본 두 종류가 전하는데 일본의 이마니시 류 문고(今西龍文庫)(1846년 간행한 초간본)와 도쿄대(東京大) 도서관(1847년에 간행된 중간본)에 소장되어 있다.

이마니시 류 문고본은 『조선학보』 23집과 25집(조선학회, 1962.4, 1962. 10)에 영인되어 있다. 도쿄대 도서관본은 이상형·김달진이 번역하여 『국역 해행총재』 8권(민족문화추진회, 1967)에 수록하였다.

3) 피란실기

(1) 도세순의 용사일기(龍蛇日記)

〈용사일기〉는 성주지역에서 피란 체험을 했던 암곡(巖谷) 도세순(都世純, 1574~1653)의 일기이다. 도세순이 18세 되던 해인 1592년

4월 13일부터 1595년 1월 15일까지 가족들과 함께 경북 성주를 떠나 인근 지역인 김천, 합천, 군위 등으로 피란생활을 했던 기록이다. 이 일기는 그의 문집인《암곡일고》(2권 1책) 권1 「잡저」에 수록되어 있는데, 총 40면 분량이다.[24]

이 일기는 도두호가 번역하여 『용사일기』(새박, 2009)로 간행하였다.

(2) 오희문의 쇄미록(瑣尾錄)

《쇄미록》은 비연(斐然) 오희문(吳希文, 1539~1613)이 쓴 일기로 한양을 떠난 1591년 11월 27일부터 환도한 다음날인 1601년 2월 27일까지 만 9년 3개월간의 기록이다. 전 7책으로 구성되어 있는데, 1책은 〈임진남행일록〉, 〈임진일기〉, 2책은 〈계사일록〉, 3책은 〈갑오일록〉, 4책은 〈을미일록〉·〈병신일록〉·〈정유일록〉, 5책은 〈정유일록〉, 6책은〈정유일록〉·〈무술일록〉, 7책은 〈기해일록〉·〈경자일록〉·〈신축일록〉이다. 그리고 각 책의 말미에는 교서, 격문, 통문, 패문, 공문서, 소, 기타 잡문이 수록되어 있다.

일기의 원본은 후손가에 소장되어 있는데, 국사편찬위원회에서 활자화하여 『한국사료총서 14』(상·하 2책, 1962)로 간행하였다. 이민수가 번역하여 『쇄미록』(상·하 2책, 1990, 해주오씨추탄공파종중)으로 간행하였다.

---

24 최재호, 앞의 논문, 80쪽.

(3) 유진의 임진녹

《임진녹》은 유성룡의 아들 수암(修巖) 유진(柳袗, 1582~1635)이 11세 때에 겪은 피란 체험 기억을 53세 때인 인조 12년(1634) 경에 기록한 한글 기록이다. 현전하는 임진왜란 관련 실기 가운데 유일하게 한글로 기록된 작품이다.

이 작품은 『수암선생문집』(수암선생문집간행소, 1980)에 원문이 영인되어 있고, 『국문학연구』 제7집(효성여대 국문과, 1983)에는 홍재휴의 현대역과 함께 원문이 수록되어 있다. 홍재휴가 번역하고 원문 영인본을 첨부하여 『역주 임진록』(영남대학교 출판부, 2000)으로 간행하였다.

(4) 이칭의 황곡선생일기(篁谷先生日記)

《황곡선생일기》는 함안 지역에서 의병활동을 했던 황곡(篁谷) 이칭(李偁, 1535~1600)의 일기이다. 이 일기는 1594년 5월 24일부터 1596년 8월 14일까지 약 2년 3개월 동안 자신의 주변에서 일어났던 일을 기록해 둔 전체 120면 분량의 필사 기록이다.[25] 임진왜란 당시 선비의 일상생활, 목민관으로서의 역할, 피란하는 상황 등을 기록했다.

이 일기는 『남명학연구』 제6집(경상대학교 남명학연구소, 1996)에 영인하여 소개되었다. 이를 허만수가 번역하고 원문 영인본을 첨부하여 『국역 황곡선생문집』(성산이씨황곡종문회, 2005) 「별집」으로 수록하였다.

---

25 이상필, 「황곡선생일기 해제」, 『남명학연구』 6, 경상대학교 남명학연구소, 1996.

(5) 장현광의 용사일기(龍蛇日記)

《용사일기》는 여헌(旅軒) 장현광(張顯光, 1554~1637)의 피란 체험을 기록한 일기이다. 이 일기는 권1 〈피란록〉과 권2 〈피란후록〉의 두 부분으로 구성되었다. 〈피란록〉은 1592년 여름에 시작하여 1595년 여름 왜적들이 남쪽으로 밀려나기까지의 피란 체험 기록이다. 〈피란후록〉은 1595년 후반부터 1596년까지 여러 곳을 다닌 일을 기록한 것이다. 이 일기에는 장현광 개인이나 일가의 일 뿐만이 아니라 왜적의 형세, 조정의 형편, 의병의 활약, 명군의 동정에 대해서도 기록하고 있으며, 해당 사건에 대한 자신의 비평을 서술하고 있다.[26]

이 일기의 이본은 필사본 두 종인데, 하나는 종손가에 전승되고 있고, 또 다른 하나는 경북 영일군 죽장면 입암리 촌가에 보관중이다. 종손가에 전승된 이본은 후손가에서 간행한 《여헌선생전서》(상·하 2책, 인동장씨남산파종친회, 1983)에 영인 수록되어 있다. 김사엽은 두 이본을 대조하면서 번역하여 『자유문학』지에 1959년 1월부터 1960년 1월까지 연재하였다. 이는 후일 간행된 『김사엽전집』 13(박이정, 2004)에 영인 수록되었다.

(6) 정영방의 임진조변사적(壬辰遭變事蹟)

〈임진조변사적〉은 석문(石門) 정영방(鄭榮邦, 1577~1650)이 16세 때 임란을 맞아 가족과 함께 피란했던 체험 기록이다. 피란중 형수와 누나는 왜적을 피해 강물에 몸을 던져 절개를 지켰고, 이들의 시신

26 박인호, 「임진왜란기 지방 지식인의 피난살이 -장현광의 용사일기를 중심으로」, 『선주논총』 11, 금오공과대학교 선주문화연구소, 2008.

을 찾던 종 명춘이 왜적에게 잡혀 죽임을 당한 사실이 주 내용이다.

《석문선생문집》 권4 「잡저」에 수록되어 있는 기록을 정석용이 번역하여 〈눈물로 쓴 임진왜란 체험기 -일가족이 참변을 겪은 한 선비의 기록-〉(『시사춘추』 6월호, 1991)으로 발표하였다.

4) 호종실기

(1) 김용의 호종일기(扈從日記)

〈호종일기〉는 운천(雲川) 김용(金涌, 1557~1620)이 1593년 8월 8일부터 12월 4월까지 기록한 일기로, 사관으로 호종했던 저자가 왕 측에서 직접 보고 들은 정사를 축일 기록한 것이다.

초서 원문이 김용의 문집인 《운천전집》(경인문화사, 1977)에 실려 있다.

(2) 박동량의 기재사초(寄齋史草)

《기재사초》는 병조좌랑으로 선조를 호종하였던 기재(寄齋) 박동량(朴東亮, 1569~1635)이 기록한 일기이다. 상하 2권으로 구성되어 있는데, 상권은 '신묘사초'라는 제목 하에 1591년 2월 3일부터 5월 16일까지의 일기로 되어 있고, 하권은 1592년 6월 18일부터 6월 22일까지의 일기와 '임진일록1', '임진일록2', '임진일록3', '임진일록4', '임진잡사'의 제목 하에 임진년 4월 13일부터 12월 30일까지의 일기이다.

이 글은 저자의 《기재잡기》와 합편으로 전하며, 《대동야승》에도 수록되어 있다. 최완식·양대연이 번역한 글이 『국역 대동야승』 13

권(민족문화추진회, 1967)에 수록되어 있다.

(3) 이덕열의 양호당일기(養浩堂日記)

《양호당일기》는 선조를 호종했던 양호당(養浩堂) 이덕열(李德悅, 1534~1599)의 일기이다. 이 일기는 총 28권 8책이며 4~8권 단위로 5부로 구성되어 있는데, 각 단위별로 제목을 붙였다. 제1책에는 제1부 권1 「성주기(星州記)」(1592년 7월 25일~12월 13일), 권2 「근왕록(勤王錄)」(1593년 3월 18일~8월 25일), 권3 「헌부간원기(憲府諫院記)」1593년 9월 4일~1594년 3월 23일), 권4 「춘추록(春秋錄)」(1594년 3월 24일~4월 13일)과 제2부 권1 「은대기(銀臺記)」(1594년 4월 14일~5월 10일)가 수록되었다. 제2책에는 제2부 권2 「은대기」(1594년 5월 11일~6월 8일), 권3 「남행일기(南行日記)」(1594년 6월 10일~7월 5일), 권4~권6 「은대기」(1594년 7월8일~8월 27일), 제3책과 4책에는 제3부 「은대기」(1594년 10월 24일~1595년 6월 18일), 제5책과 6책에는 제4부 「은대기」(1595년 8월 14일~1596년 2월 24일), 제7책과 8책에는 제5부 「은대기」(1596년 10월 4일~1597년 4월 15일)가 수록되어 있다. 「은대기」는 『승정원일기』 형식을 취하고 있으며 내용도 승정원을 통해서 처리된 사건이 중점적으로 기록되어 있다. 저자가 임란 당시 조정의 승지로 있으면서 기록한 것으로 왜군이 동향과 각 지역의 의병과 관군의 활동을 비롯한 군량 조달 및 군사 훈련 방안, 왜군의 동향 등 임진왜란 전반에 걸친 전황에 대한 기록이다.[27]

---

27 강석화, 「양호당일기 해제」, 이명래 외 역, 『양호당일기』, 광주이씨양호당종중회, 2012.

이 일기는 28권 8책의 필사본으로 규장각에 소장되어 있다. 이명래 외 3인이 번역하여 『양호당일기』(광주이씨양호당종중회, 2012)로 간행하였다.

(4) 정탁의 용사일기(龍蛇日記)

《용사일기》는 약포(藥圃) 정탁(鄭琢, 1526~1605)이 왕세자(광해군)와 함께 북도(北道) 각지로 전전하며 피란했던 기록이다. 1592년 7월 17일부터 시작하여 1593년 정월 12일까지 총 172일간의 사적이 기록되었는데 기사는 없고 날짜만 쓰여 있는 날도 있다. 이 일기는 상하 2책으로 구성되어 있다.

이 외에도 《임진기록》, 《용만견문록》, 《용사잡록》이 있다. 《임진기록》은 임진왜란 3년차에 해당하는 1594년의 기록을 중심으로 전란 당시 장수들의 보고서나 명나라 측의 각종 문서 등을 그대로 기재하였다. 《용만문견록》은 정탁이 의주에 도착한 후 명나라 경략 이하 유격장에 이르기까지 명나라 장수를 위로하면서 보고 들은 사실들을 적어서 선조에게 바친 글이다. 이 두 기록은 후손가에 소장되어 있는 것을 국사편찬위원회에서 한국사료총서 제36집 『임진기록·용만문견록』(1992)으로 합편하여 간행하였다. 《용사잡록》은 상소문, 국왕 선조와의 문답 내용, 명나라와 일본 측 인물들과 주고받은 서신이나 관련 문서 등을 모아 놓은 것이다. 정탁의 친필 기록을 한국사료총서 제37집 『용사잡록』(1994)으로 간행하였다.[28]

---

28 최재호, 앞의 논문, 64~65쪽.

《용사일기》 필사본은 후손가에 소장되어 있다. 정탁의 문집인 《약포선생문집》 권4 「잡저」에는 〈피란행록〉이란 제명으로 수록되어 있다. 필사본은 이위응이 번역하여 『약포용사일기』(부산대학교 한일문화연구소, 1962)로 간행하였다.

(5) 조응록의 죽계일기(竹溪日記)

《죽계일기》는 임진왜란 때 세자를 호종하였던 죽계(竹溪) 조응록(趙應祿, 1538~1623)이 쓴 일기이다. 1592년 11월 8일부터 1615년 12월 29일까지 24년간의 기록이지만 중간에 며칠씩 또는 상당 기간 누락되기도 하였으며 아예 빠진 해도 있다. 일기의 내용은 군량 모집을 위하여 호남지방을 순행했던 일부터 평양의 행재소로 가서 세자익위사 사어가 된 일, 조정을 드나들며 겪었던 국왕을 중심으로 한 고위 관료들의 동정, 임란의 전황, 그리고 각종 옥사 등 국정 전반에 관한 기록이 중심을 이루고 있다.

이 일기의 이본은 두 종이다. 조응록의 8대손인 조필감이 1807년에 필사한 필사본(15권)과 1940년에 간행한 간행본(10권)이다. 간행본은 1613년 5월까지의 기록인데, 국사편찬위원회에서 한국사료총서 제35집 『죽계일기』(1992)로 간행하였다. 필사본은 조남권이 번역하여 『죽계일기』(상·하 2책, 태학사, 1999)로 간행하였다.

3. 병자호란 실기

1) 종군실기

(1) 남급의 병자일록(丙子日錄)

《병자일록》은 병자호란 때 사옹원 봉사로서 인조를 남한산성에 호종했던 유유헌(由由軒) 남급(南碟, 1592~1671)이 산성 방어의 체험을 기록한 것이다. 〈일기〉와 〈강도록〉 두 부분으로 구성되었다. 〈일기〉는 1636년 12월 11일부터 1637년 4월 4일까지의 기록으로, 이 가운데 12월 11일부터 2월 13일까지는 하루도 빠지지 않고 매일 썼으나, 2월 15일부터 4월 4일까지는 12일 동안의 일기만 있다. 〈강도록〉은 강도 함락의 전말을 기록한 것이다.

이 일기의 이본으로는 이완희 소장본(현 제주문화원소장본) '병자일록(丙子日錄)(내제(內題) 난리일기(亂離日記))', 《소대수언》 권10 수록본 '난리일기(亂離日記)', 《소대수언》 권16 수록본 '남한일기(南漢日記)', 국립중앙도서관 소장본 '병자일기(丙子日記)', 《유유헌유고》 수록본 '병정일기(丙丁日記)' 등 5종이 있다. 이 가운데 이완희 소장본은 남급이 생전에 펴낸 미완본이고, 《소대수언》 권16 수록본이 완본인데, 이완희 소장본이 최선본(最先本)이다.

이완희 소장본(현 제주문화원 소장본)을 김익수가 번역하고 원문 영인본을 첨부하여 『병자일록』(제주문화원, 2)으로 간행하였고, 《소대수언》 권16 수록본은 신해진이 번역하고 원문 영인본을 첨부하여 『남한일기』(보고사, 2012)로 간행하였다.[29]

2) 피란실기

(1) 남평 조씨의 숭정병자일기(崇禎丙子日記)

《숭정병자일기》는 인조 때에 좌의정을 지냈고 춘성부원군에 봉해졌던 남이웅(南以雄)의 부인인 정경부인(貞敬夫人) 남평(南平) 조씨(曺氏)가 1636년 12월부터 1640년 8월까지 기록한 한글 필사본 일기이다. 표지에 '崇禎丙子日記'라 쓰여 있으나 통상 '병자일기'라 부른다.

이 일기는 충남향토연구회에서 간행한 『향토연구』 제6집(1986)에 자료가 소개되었고, 전형대·박경신이 역주하고 원문을 영인하여 『역주 병자일기』(예전사, 1991)로 간행하였다.

(2) 어한명의 강도일기(江都日記)

《강도일기》는 병자호란 당시 수운판관이었던 여량(汝亮) 어한명(魚漢明, 1592~1648)이 봉림대군과 인평대군을 갑곶진에서 강화까지 건너게 해준 사실을 기록한 일기이다. 〈일기〉, 〈시장〉, 〈통문〉, 〈계〉 등으로 구성되었다. 일기는 1636년 12월 12일부터 29일까지의 기록이다.

1책 62면 분량의 필사본이 규장각에 소장되어 있다. 이 글을 신해진이 번역하고 규장각 소장본과 충남대 소장본을 영인하여 『강도일기』(역락, 2012)로 간행하였다.

---

29 이본에 따라 제명이 각각 다르나 최선본의 제명이 '병자일록'이고, 이 제명이 잘 알려진 제명이므로 혼선을 피하기 위해 '병자일록'을 대표 제명으로 한다. 자세한 내용은 이 책 1부 5장 「남급의 병자일록 이본과 구성 내용」을 참조하기 바란다.

(3) 정양의 강도피화기사(江都被禍記事)

〈강도피화기사〉는 통진에 우거하고 있던 포옹(抱翁) 정양(鄭瀁, 1600~1668)이 강화도에서 겪었던 피란 체험을 기록한 것이다. 강화도 함락 과정에서 직접 경험했던 전란의 참상을 주요 내용으로 하고 있다.

이 글은 정양의 문집인 《포옹집》 권5 「잡저」에 수록되어 있다. 이를 신해진이 번역하여 『17세기 호란과 강화도』(역락, 2012)에 수록하였다.

(4) 조경의 용주일기(龍洲日記)

《용주일기》는 정묘호란과 병자호란을 겪은 용주(龍洲) 조경(趙絅, 1586~1669)의 일기이다. 이 일기는 〈정묘일기〉, 〈남정일기〉, 〈병정일기〉, 〈경인일기〉, 〈신묘일기〉 등 5편의 개별 일기를 한데 묶은 것이다. 〈정묘일기〉는 1627년 1월 16일부터 3월 17일까지의 일기로 정묘호란 당시 소현세자가 이끄는 분조를 수행했던 기록이다. 〈남정일기〉는 1635년 9월 8일부터 10월 25일까지의 일기로 호남지역에서 어사로 활약한 기록이다. 〈병정일기〉는 1636년 12월 13일부터 1637년 2월 15일까지의 일기로 병자호란 당시 피란 체험 기록이다. 〈경인일기〉는 1650년 3월 9일부터 12월 30일까지, 그리고 〈신묘일기〉는 1651년 1월 1일부터 1651년 2월 25일까지의 일기로 의주 백마산성에서의 유배 체험 기록이다.

이 일기는 조경의 후손이 소장하고 있는 필사본 2종이 있다. 소장자의 호를 따서 각각 각산본, 심재본이라 하는데, 각산본이 심재본의 원본이다. 2종 모두 단권 197면 분량이다. 권오영이 번역하고 각 산본을 영인 첨부하여 『용주일기』(용주연구회, 2014)로 간행하였다.

(5) 조익의 병정기사(丙丁記事)

〈병정기사〉는 병자호란 당시 강화도로 피란했던 포저(浦渚) 조익(趙翼, 1579~1655)의 기록이다. 1636년 12월 12일부터 1637년 3월 7일까지의 기록인데, 주요 내용은 12월 14일 피란을 떠나 약 세 달 동안 20여 곳을 전전하다가 본가로 귀환한 피란 과정이다.[30]

이 작품은 조익의 문집 《포저집》(35권 18책) 권25 「잡저」에 수록되어 있으며, 32면 분량이다. 이상현이 번역하여 『국역 포저집』(민족문화추진회, 2004)에 수록하였다.

3) 포로실기

(1) 이민환의 책중일록(柵中日錄)

〈책중일록〉은 1618년 심하전투에 강홍립의 종사관으로 참전했다가 포로 생활을 한 자암(紫巖) 이민환(李民寏, 1573~1649)이 포로가 된 17개월 동안 책중 생활과 그곳의 상황 그리고 풀려난 뒤 1620년 7월 17일 만포(滿浦)에 돌아올 때까지 25개월간의 진중 및 책중 생활의 기록이다. 1618년 4월 후금의 무순(撫順) 공략, 7월 청하(淸河) 함락에 따른 명나라의 지원병 요청부터 시작하여 1620년 7월 17일 압록강을 건너 만포에 이르기까지 2년 3개월간의 심하전역의 시말을

30 이서희, 「병자호란시 강화도 관련 실기 연구」, 전남대학교 석사학위논문, 2014.

일기형식으로 기록했다. 심하전투와 이후 화약을 맺는 1619년 3월의 기록이 전체 분량의 1/3 이상을 차지할 정도로 가장 상세하다. 이후 협박과 회유가 계속되는 구류생활의 고충, 후금과 조선의 화약(和約)을 위한 서신 왕복과정에서 발생하는 오해에 대한 도원수 강홍립의 변론, 요동지방에서 노추(奴酋)의 세력 확장 등이 비중 있게 기록되어 있다.[31]

이 일기는 이민환의 문집인 《자암집》(규장각 소장 초간본, 7권 2책) 권5 「서행록」 상편에 수록되어 있다.

(2) 심양일기(瀋陽日記)

《심양일기》는 소현세자(昭顯世子)와 봉림대군(鳳林大君)이 중국의 심양에 인질로 잡혀갔다가 돌아올 때까지의 기록인데, 당시 세자를 따라 심양에 가 있던 세자 시강원의 직원들이 세자의 일상 거동을 기록한 일기이다. 소현세자가 1637년 1월 30일 남한산성을 나올 때부터 1644년 8월 18일 청나라 세조가 도읍을 북경으로 옮기는 기념으로 석방될 때까지의 일을 기록했는데, 날짜순으로 날씨, 일상 동정, 본국과의 연락, 수행한 신하들의 사정 등 세자 주변 생활상이 자세히 기록되어 있다.

이 책은 필사본으로 10책본(草本)과 8책본(正本) 두 종류가 규장각에 소장되어 있으며,[32] 1921년에 일본인 나이토 고난(內藤湖南)이 활

---

31 장재호, 「자암 이민환의 생애와 저술」, 『동방한문학』 32, 동방한문학회, 2008; 안세현, 「자암 이민환의 「책중일록」과 「건주문견록」에 대하여」, 『동방한문학』 34, 동방한문학회, 2008.

자본으로 정리하여 『만몽총서(滿蒙叢書)』 제9권으로 간행하였으며, 1923년에는 오사와 타쓰지로(大澤龍二郎)이 일부를 일본어로 번역하고 해제를 붙여 『통속조선문고(通俗朝鮮文庫)』 제9집으로 간행한 바 있다. 이석호는 만몽총서본을 번역하여 『한국명저대전집』(대양서적, 1975)에 포함하여 간행하였다. 규장각 소장 8책본은 '규장각 동궁일기역주팀'에서 번역하여 『역주 소현심양일기』(민속원, 2008)로 간행하였다.

4) 호종실기

(1) 김상헌의 남한기략(南漢紀略)

《남한기략》은 병자호란 당시 예조판서였던 청음(淸陰) 김상헌(金尙憲, 1570~1652)이 병자호란 때 남한산성에 왕을 호종했을 때와 심양에 볼모로 잡혀갔을 때의 기록과 그 후 저자의 만년의 사직소 등을 모은 책이다. 2권 1책으로 구성되어 있는데, 권1에는 일기와 상소문 및 서간, 장수들의 활약상 및 명단, 호종신의 명단 등을 수록하였고, 권 2에는 각종 상소와 계(啓), 심양에 잡혀가게 된 경위를 기록한 글 등을 날짜순으로 수록하였다.

현재 규장각과 국립중앙도서관, 충남대도서관에 소장되어 있다. 이 중 규장각본은 2권 1책 55장본이며, 표지에 "淸陰文正公記 南漢紀略 全"이라 쓰여 있다. 국립중앙도서관본과 충남대도서관본은 각

---

32 이 외에도 1909년에 이토오 히로부미(伊藤博文)가 일본으로 반출한 규장각 도서 가운데 9책본이 있다.(이상찬, 「伊藤博文이 약탈해 간 고도서 조사」, 『한국사론』 48, 서울대학교 국사학과, 2002.)

각 18장본, 11장본으로 규장각본의 1권과 같은 내용이다. 충남대도서관본은 다른 글들과 합철 되어있다. 국립중앙도서관 소장본을 신해진이 번역하고 3종의 이본을 영인 첨부하여 『남한기략』(박이정, 2012)으로 간행하였다.

(2) 나만갑의 병자록(丙子錄)

《병자록》은 공조참의로 관향사 역할을 수행한 구포(鷗浦) 나만갑(羅萬甲, 1592~1642)이 병자호란 당시 남한산성에서 겪은 체험을 기록한 것이다. 책의 구성은 이본에 따라 차이를 보이지만 대략 병자호란의 원인을 서술한 부분, 일기, 다른 사람에게서 들은 일을 기록한 부분으로 되어 있다. 구성 내용에 따라 세 종류의 이본군으로 나뉜다. 첫째, 후금의 건국과정과 정묘호란에서 시작하여, 일기, 인조가 청 태조에게 보낸 글들, 각처의 전황, 강도 함락의 전말, 척화신들의 일, 난 후의 일, 김상헌이 무고 받은 일, 청에게 시달린 일, 저자 발문 순으로 서술된 것으로 병자호란의 원인부터 난 후까지의 일을 비교적 자세히 서술한 이본이다. 둘째, 후금의 건국과정과 정묘호란이 생략되고 청조의 성립과정부터 시작하여, 일기, 각처의 근왕한 일, 강도 함락의 전말, 척화신들의 일, 난리 후의 일, 김상헌이 무고당한 일, 청에게 시달린 일, 발문 순으로 서술된 이본이다. 셋째, 후금의 건국과정부터 시작하여, 일기, 인조가 청 태조에게 보낸 글들, 각군의 전황, 강도 함락의 전말, 난후의 실정까지 서술한 이본으로, 대략 강도 실함의 전말을 기술한 부분까지는 비슷하나 병자호란을 전후한 실정을 기록한 부분이 많이 생략되었으며, 또 김상헌이 무고를 당한 일은 완전히 삭제되었으며 발문도 없다. 내용 구성상 세 종류의 이본군으로 나누어 볼 수 있지만, 각 이본마다 공통적인 내용은 난이 일어나서 급보를 받은 1636년 12월 12일부터 1637년 2월 8일 세자와 봉림대군이 볼모로 잡혀 심양으로 떠나간 날까지의 일기이다.

이 책은 필사본으로 국립중앙도서관에 5종, 규장각에 2종, 장서각에 3종이 소장되어 있으며, 이밖에 고려대학교, 동국대학교, 성균관대학교 도서관 등에도 소장되어 있으며, 표제명이 '丙子南漢日記'(국립중앙도서관소장)라고 되어 있는 이본도 있다. 활자본으로는 1928년 조선박문사에서 발행한 《임진급병자록(壬辰及丙子錄)》이 있는데, 한문에 토를 단 것이다.

윤영이 번역하여 《병자록》(정음사, 1974)으로 간행한 것이 있는데, 어떤 이본을 저본으로 삼아 번역했는지 알 수 없다. 이기석이 국립중앙도서관본 《병자남한일기》를 번역하여 『병자남한일기』(서문당, 1977)로 간행하였고, 윤재영이 국립중앙도서관 소장 76장본을 번역하여 『병자록』(명문당, 1987)으로 간행하였다.

(3) 석지형의 남한일기(南漢日記)

《남한일기》는 공부원외랑으로 인조를 호종했던 수현(壽峴) 석지형(石之珩, 1610~미상)이 남한산성 입성부터 항복할 때까지 겪은 일을 기록한 일기이다. 1636년 12월 14일부터 시작해서 1637년 정월 30일까지 45일간의 일기이다.

이 일기의 이본은 3책본이 국립중앙도서관에, 1책 17장본이 장서각에, 그리고 4책본이 동국대학교에 소장되어 있다. 국립중앙도서관본을 이훈종이 번역하여 『남한일기』(광주문화원, 1992)로 간행하였다.

(4) 석지형의 남한해위록(南漢解圍錄)

《남한해위록》은 석지형이 남한산성에서 겪은 일을 기록한 글이다. 후금의 건국과 정묘호란 등 병자호란 전의 사건 기록을 시작으로 하고, 1636년 12월 9일 청이 조선의 국경을 넘은 날부터 이듬해 2월 11일까지는 날짜별로 기록하였다. 이후로는 월별로 주요 사건을 기록하였는데 청의 사신이 왔다가 돌아간 11월까지의 사건이 주 내용이다.

이 책은 규장각(1책 42장본), 국립중앙도서관(36장본, 41장본), 충남대(30장본) 등에 소장되어 있다. 충남대 소장본은 '南漢丙子錄'이란 표지의 책 속에 합철 되어있는 이본이다. 각 이본은 분량의 차이가 있을 뿐 내용상의 차이는 없다. 이영삼이 36장본을 역주하여 「역주 남한해위록」(전남대학교 석사학위논문, 2013)으로 발표하였다.

(5) 신달도의 강도일록(江都日錄)

〈강도일록〉은 정묘호란 때 사간원 정언으로서 인조를 호종했던 만오(晩悟) 신달도(申達道, 1576~1631)의 일기이다. 이 일기는 1627년 1월 17일에 평양감사 윤훤이 누르하치의 오랑캐가 의주를 침범했다는 보고로 시작하여 인조와 왕실이 강화도로 피란한 일, 북방의 오랑캐 후금과 왕래한 문서, 여러 신하들이 올린 상소문 등을 기록하였고, 후금과 화친이 맺어진 이후 전주로 피란 갔던 왕세자가 3월 23일 돌아온 사건으로 끝난다.

이 일기는 신달도의 문집인 《만오선생문집》 권7에 수록되어 있는데 43면 분량이다. 이를 신해진이 번역하고 영인본을 첨부하여 『17세기 호란과 강화도』(역락, 2012)에 수록하였다.

(6) 윤선거의 기강도사(記江都事)

〈기강도사〉는 병자호란 당시 강화도로 피란을 했던 노서(魯西) 윤선거(尹宣擧, 1610~1669)가 강화도가 함락되기 직전까지 분사의 활동 등 여러 상황을 기록한 것이다. 1636년 12월 14일 대가를 호위한 사건만 날짜를 기재하였고, 나머지 17개의 기사는 날짜를 기록하지 않고 사건별로 나열하였다. 주로 강화도로 피란해온 빈궁 일행 및 두 대군을 호종한 관료들을 중심으로 당시 강화도의 상황을 기록하였다.

이 글은 윤선거의 문집인 《노서선생유고》 권15 「잡저·기사」에 수록되어 있다. 신해진이 번역하고 영인본을 첨부하여 『17세기 호란과 강화도』(역락, 2012)에 수록하였다.

(7) 정지호의 남한일기(南漢日記)

〈남한일기〉는 동궁 세마로 호종했던 무은(霧隱) 정지호(鄭之虎, 1605~1678)의 일기이다. 1636년 12월 13일 김자점의 장계로 시작하여 12월 14일 인조를 호종해 남한산성으로 들어간 일, 1637년 1월 30일 인조가 환궁하고, 2월 8일 세자, 빈궁, 봉림대군 등이 청으로 향한 일 등을 날짜별로 기록했고, 2월 15일 시강원 익위사를 감원한 내용으로 끝맺고 있다. 일기 뒤에는 호종 신의 명단을 기록한 〈호종록〉을 수록했다.

이 일기는 정지호의 문집인 《무은선생문집》 권5에 수록되어 있다. 이를 정하성이 번역하여 『남한일기』(도서출판 알파, 2008)로 간행하였다.

(8) 조경남의 속잡록(續雜錄)

《속잡록》은 조경남(趙慶男, 1570~1641)의 임란 체험 기록인 《난중잡록》에 이어져 있는 글이다. 《속잡록》은 4권 2책으로 이루어져 있으며 1611년부터 1638년까지의 기록이다.

이 책은 저자의 후손가에서 간행한 8권 4책본이 있다. 그리고 규장각에 보존된 등사본은 《대동야승》(고서간행회)에 수록되었다. 이석호·신호열·김규성·양대연이 번역하여 『국역 대동야승』 6~7권(민족문화추진회, 1967)에 수록하였다.

(9) 산성일기

《산성일기》는 작자와 저작 년대를 알 수 없는 한글 기록으로 나만갑의 《병자록》을 번역한 글이다. 이 책은 3종의 이본이 전하는데, 국립중앙도서관 소장본은 1책 60장으로 겉 표제는 '山城日記 丙子'라 되어 있고, 속 표제는 '산셩일긔 병즈'로 되어 있다. 장서각 소장본은 두 종류인데, 당초 낙선재에 소장되었던 것으로 하나는 궁체, 다른 하나는 해서체로 필사되어 있다. 이 중 궁체로 된 것은 낙선재본 또는 장서각본으로, 해서체로 된 것은 구왕궁본으로 불렸는데, 지금은 둘 다 장서각에 소장되어 있다. 둘을 구분하자면, 하나는 궁체로 쓰인 1책 75장본으로, 표제는 '山城日記', 내제는 '산셩일긔 병ᄌᆞ'라 하였고, 다른 하나는 해서체로 필사된 1책 45장본으로, 표제는 '山城日記 全', 내제는 '산셩일긔 병ᄌᆞ'라 하였다.

김광순이 장서각본(궁체)을 번역하고 원문을 영인 첨부하여 『산성일기』(형설출판사, 1985)로 간행하였다.

Ⅱ. 《고대일록》으로 본 정경운의 전란 극복의 한 양상

1. 정경운과 《고대일록》

임진왜란 초기 조선은 일본군의 공격에 속수무책일 수밖에 없었다. 전란 초기에 이렇다 할 대응을 못하던 조선은 그나마 영남지역을 중심으로 결성된 의병군의 활약에 힘입어 전란을 극복할 계기를 마련하게 되었다. 사족(士族)을 중심으로 결성된 의병은 전란 기간 동안 영남 지역을 보존하는 데 중요한 역할을 하였다. 의병활동에 적극적이었던 사족은 전란 이후에도 영남사회를 재건하는데 큰 역할을 했다. 이는 일기를 통해 확인할 수 있는바, 함양에서 전란을 직접 체험하면서 자신의 전란 체험을 일기로 남긴 고대 정경운의 《고대일록》이 단적인 예가 된다.

《고대일록》은 정경운이 전란 때 영남초유사(嶺南招諭使) 김성일(金誠一)의 초모유사(招募有司)로, 의병장 김면(金沔)의 초모종사관(招募從事官)으로 활약하면서 자신이 체험한 의병활동을 비롯해, 당시의 전언이나 편지, 조보, 방문까지 수록하였다. 또한 정인홍(鄭仁弘)의 대표적인 문인이자 사족 신분으로 고향인 함양을 중심으로 활동한 정황들도 생생히 기록하였다. 임진왜란부터 종전 후까지 함양 지역에서 일어난 주요한 사건 및 지역 인물과의 교류 등은《고대일록》에 고스란히 기록된 것이다.《고대일록》은 한 사족이 겪었던 개인 전란 체험기인 동시에 함양 지역을 중심으로 한 지역민의 동향과 전후 동태를 파악할 수 있는 주요한 기록물인 셈이다. 즉,《고대일록》은 함양이라는 특정한 지역에서 18년간 겪은 일들을 기록했다는 점에서 가치가 매우 높은데, 전후 복구 시기 전란 극복의 주역이었던 사족의 지역 사회에서의 위상과 그 동향에 대해 많은 정보를 제공해 주고 있다. 특히 함양에 거주하면서 기록한 내용이므로 여러 사건의 시계열적 이해와 지역 사회의 변화 양상을 잘 알 수 있다는 자료적 장점이 있다.[1]

《고대일록》은 오이환에 의해서 1986년에 발굴 공개된[2] 이후로 다각도로 연구가 진행되었다. 김윤우는《고대일록》을 영인하여 학계에 소개하는 지면을 통해서 고대 정경운의 생애와《고대일록》의 전승 경위를 밝힘으로써 연구의 토대를 놓았다.[3] 이를 통해《고대일록》의 실체는 학계에 알려졌고, 임진 왜란기에 쓰인 실기를 논의하는 자리에서도 소개되었다.[4] 양반층 주도의 전후 복구사업의 전개에

---

1 노영구,「총론: 전쟁과 일상 -《고대일록》을 통한 임진왜란 이해」,『역사와 현실』 64, 한국역사연구회, 2007.

2 오이환,「남명집 판본고(1)」,『한국사상사학』 1, 한국사상사학회, 1987.

3 김윤우,「함양 의병유사 정경운과《고대일록》」,『남명학연구』 2, 경상대학교 남명학연구소, 1992.

대한 연구에서 《고대일록》을 활용한 연구,[5] 그리고 함양을 포함한 경상우도 의병의 활동과 전쟁사적 의미를 분석한 연구[6] 등이 이어졌다. 이후 《고대일록》에 대한 본격적인 연구가 전개되었는바, 향촌 사림의 전란체험 양상을 집중적으로 살핀 공동의 연구는 연구사적 의의가 높다고 하겠다.[7] 《고대일록》을 번역하면서 연구는 더욱 심화되는데, 번역과 함께 저작자의 서술의식, 정치사회적 상황, 스승 정인홍, 명군의 모습 등을 밝혀 다양한 각도로 연구가 이루어졌다.[8] 최근에는 함양 사족층의 동향[9], 정경운의 사우관계와 학문 경향[10], 실록과의 비교[11], 시와 산문에 대한 연구[12] 등으로 연구 범위가 확대

---

4 장경남, 「임진왜란 실기문학 연구」, 숭실대학교 박사학위논문, 1998; 최재호, 「남명학파의 임진왜란 전쟁실기 연구」, 경북대학교 박사학위논문, 2011.

5 김성우, 「임진왜란 이후 전후복구사업의 전개와 양반층의 동향」, 『한국사학보』 3-4, 고려사학회, 1998.

6 김경수, 「임진왜란 관련 민간일기 정경운의 《고대일록》 연구」, 『국사관논총』 92, 국사편찬위원회, 2000.

7 노영구, 앞의 논문, 17~31쪽; 정해은, 「임진왜란 시기 경상도 사족의 전쟁 체험 -함양 양반 정경운을 중심으로」, 『역사와 현실』 64, 한국역사연구회, 2007; 권기중, 「임진왜란 시기 향리층의 동향과 전후의 향리사회 -경상도 지역을 중심으로」, 『역사와 현실』 64, 한국역사연구회, 2007; 이선희, 「임진왜란 시기 함양 수령의 전란대처 -《고대일록》을 중심으로」, 『진단학보』 110, 진단학회, 2010.

8 정우락, 「《고대일록》에 나타난 서술의식과 위기의 일상」, 『퇴계학과 한국문화』 44, 경북대학교 퇴계연구소, 2009; 박병련, 「《고대일록》에 나타난 정치사회적 상황과 의병 활동의 실상」, 『남명학』 15, 남명학연구원, 2010; 설석규, 「정경운의 현실인식과 《고대일록》의 성격」, 『남명학』 15, 남명학연구원, 2010; 신병주, 「《고대일록》을 통해서 본 정경운의 영원한 스승, 정인홍」, 『남명학』 15, 남명학연구원, 2010; 한명기, 「《고대일록》에 나타난 명군의 모습」, 『남명학』 15, 남명학연구원, 2010.

9 원창애, 「《고대일록》을 통해 본 함양 사족층의 동향」, 『남명학연구』 33, 경상대학교 남명학연구소, 2012.

10 최경진, 「《고대일록》을 통해 본 정경운의 사우관계와 학문 경향」, 한양대학교 석사학위논문, 2012.

되고 있다.

기존의 연구를 통해서 정경운에 대한 연구, 경상우도의 의병활동에 대한 연구, 전란 기간 중의 향촌 사림의 전란 체험 및 대응, 남명학파의 동향 연구, 정경운의 시문 연구 등으로 심화 확대된 현상을 읽을 수 있다. 특히 2007년 한국역사연구회의 『역사와 현실』 64집과 2010년 남명학연구원의 『남명학』 15집에 수록된 연구 성과는 《고대일록》을 다각도로 분석한 것으로 연구사적 의미가 있다. 사실 일기 한 편을 대상으로 적지 않은 연구가 이루어진 셈인데, 특히 전란기의 '전쟁'과 '일상'의 공존, 재지사족과 의병과의 관계, 사족으로서 체험한 전란, 수령들의 전란 대처 양상, 함양에서 접한 명군의 모습 등등을 밝힌 것은 의미 있는 연구 성과라 할 수 있다.

기존 연구 결과를 바탕으로 본고에서 주목하고자 하는 것은 개인 정경운의 전란 대응 방식이다. 정경운은 임진왜란을 겪으면서 다양한 삶의 위기에 직면했다. 임진왜란 초기에는 의병군 초모유사로 활동하면서 전란을 극복하였지만, 정유재란 때에는 익산까지 피란을 가는 상황을 맞이하면서 고초를 겪기도 했다. 이러한 전란의 위기와 극복 양상은 일기를 통해서 읽어낼 수 있다. 즉 《고대일록》은 임진왜란이라는 위난을 겪은 체험 사실을 기록하고 있으나 그 이면에는 사대부로서의 일상적 삶을 지속하면서 위기를 극복한 정경운의 삶의 모습이 담겨 있는 것이다. 사대부로서의 일상적 삶의 지속성을

11 민덕기, 「임진왜란기 정경운의 《고대일록》에서 보는 아래로부터의 문견정보 -실록의 관련 정보와의 비교를 중심으로」, 『한일관계사연구』 45, 한일관계사학회, 2013.
12 윤호진, 「고대 정경운의 시문과 작품세계」, 『남명학연구』 41, 경상대학교 남명학연구소, 2014.

잘 보여주는 것이 과거를 통한 입신양명의 의지였다. 정경운은 일기를 통해 이러한 모습을 기록함으로써 한 개인의 전란 극복 의지 및 과정을 진솔하게 보여주고 있다.

2. 《고대일록》으로 본 정경운의 삶

《고대일록》의 작자인 정경운의 생애를 알 수 있는 자료는 거의 남아 있지 않다. 다행이 《고대일록》 4권 1605년 4월 7일자의 일기에 자술 이력(自述 履歷)을 기록하고 있어 그의 생애를 단편적으로나마 확인할 수 있다. 이를 토대로 그의 생애를 살펴보면 다음과 같다.

정경운은 2세에 아버지를 여의고 외조부에게 의지하여 자랐다. 9세에 외조부가 사망하고, 13세에 어머니, 15세에 외조모가 사망하자 형에게 의지해 살았다. 19세에 형마저 잃자 형수를 우러르며 살았다. 잇따른 가족의 사망으로 어린 시절을 불우하게 보냈기에 스스로 "학업은 어(魚) 자(字)와 노(魯) 자(字)를 구분하지 못할 정도"라고 했다.

25세에 선산 김씨와 혼인하면서 가정을 꾸려 안정을 찾았고, 26세에 정인홍을 스승으로 모시면서 부모와 같이 우러르고 살았다. 마음으로 현인을 사모하면서 현인 되기를 바랐으며, 옛 책을 통해 자득했고, 박여량 · 박선 · 노사상 · 정경룡 · 강린 등과 벗하였다.

37세 되던 해에 임진왜란이 일어나자 함양에서 노사상 · 박선 · 박여량 · 강린 · 노사예 등과 함께 창의하여 각종 유사로 활약하며 적극적으로 의병활동을 전개했다.

39세에 노사상과 함께 남계서원의 원임(院任)으로 활동을 시작하여 49세 되는 1604년까지 유사로서 서원의 일을 보았다. 42세 때 정유재란의 발발로 서원이 병화로 소실될 위기에 직면하자 정여창·노진·강익의 위패를 묻어두고, 가족과 함께 전라도 익산 등지로 피란하였다. 피란에서 돌아온 후에는 묻어 두었던 위판을 꺼내어 우선 조그만 집 두 칸을 지어 남계서원과 향현사의 위판을 봉안하였다. 45세 때인 1600년에 당시 남계서원 원장인 노사개(盧士僙)와 함께 남계서원을 나촌으로 옮기려는 논의를 하였으나 여러 사정으로 옮기지 못하다가 50세 되던 1605년 3월에야 서원을 완공하고 위판을 봉안했다. 서원 이건 과정에서 이견을 보인 인물들과의 대립으로 인해 향촌 사회가 갈등을 빚었고, 51세 때인 1606년 향현사의 위차 문제를 둘러싸고 급기야 향촌 사회가 분열되는 위기를 맞았다. 정여창을 주향으로 하는 데는 논의가 일치하였으나 노진과 강익의 병향을 주장하는 세력과, 노진과 강익은 사제지간으로 병향이 불가능하기 때문에 노진의 주향을 주장하는 세력으로 나뉘어 대립한 것이다. 이 과정에서 병향 주장에 앞장섰던 정경운과 강린, 강응황 등은 반대 세력으로부터 각종 구설과 비난을 받았고, 이로 인해 정경운은 스스로를 경계하며 인사를 사절하고 두문불출하게 되었다.[13]

53세 때인 1608년에는 스승 정인홍을 모함하는 세력에 맞서 꾸준히 대응하는 등 정인홍 문인으로서 각종 활동에 적극적으로 동참하

13 김윤우, 앞의 논문, 145~147쪽; 원창애, 앞의 논문, 253쪽 참조.

기도 했다. 62세에 남계서원의 원장을 역임하고, 후일 효성과 우애가 지극하고 학문에 뛰어난 것이 세상에 드러나 행의(行誼)로 동몽교관(童蒙敎官)에 제수되었으며, 대략 향년 70세 내외에 세상을 떠난 것으로 추정한다.[14]

이렇게 정경운은 어려서 부모를 여의고 형수에게 의존하면서 살다가 정인홍의 문인으로 들어가 서원의 유사로 활동하던 중에 임진왜란을 맞아 자신의 거주지였던 함양 사회의 붕괴는 물론 자기 자신의 삶도 궁핍해진 경험을 하였다. 특히 전란을 겪으면서 갖은 고생을 하면서 개인적인 위기를 겪었다. 정유재란 때 장녀 정아를 잃었고, 이듬해 장자 주복을 잃었으며, 45세 되는 해에 차녀 단아를 잃었고, 49세 되는 해에는 아내와 사촌누이(박여량의 처)를 잃었다.

단편적으로 전하는 기록을 통해 살펴본 정경운의 생애는 불운한 일생 그 자체였다. 그나마 스승 정인홍을 만나 당대의 명사들과 교유하면서 각종 활동에 참여하였고, 끊임없이 학문과 덕행을 닦으며 자신의 어려운 처지를 극복해 나갔다. 이러한 배경에 정인홍이 자리하고 있었음은 물론이다. 특히 전란 중에는 유사로서 의병활동에 적극 참여하였는데, 유사역을 감당할 수 있었던 것은 문장 솜씨가 출중했기 때문이다. 실제로 《고대일록》에는 다양한 종류의 글이 수록되어 있음을 볼 수 있는바, 이는 정경운의 문학적 재능을 보여주는 것이다.

---

14 김윤우, 앞의 논문, 1992, 17쪽.

3. 《고대일록》에 드러난 정경운의 문학적 재능

《고대일록》의 특징 가운데 가장 두드러진 점은 여타의 일기에 비해 문학 작품을 많이 수록하고 있다는 것이다. 이는 정경운이 일상에서 늘 문학을 가까이 하고 있었기에 문학적 표현이 자연스러웠음을 보여주는 것이며, 이와 동시에 문학의 효용에 대해서도 깊게 인식하고 있음을 보여는 것이다. 정경운의 문학적 재능은 일기의 곳곳에 수록되어 있는 문학 작품이나 관련 기록을 통해서 어렵지 않게 간취할 수 있다.

따라서 본 장에서는 《고대일록》에 수록된 다양한 문학 작품들을 통해서 정경운의 문학적 재능을 살펴보기로 한다. 크게 운문과 산문으로 나누어 대표적인 작품들을 언급하면서 그 실상을 보기로 한다.

우선 눈에 띄는 것은 어떤 일을 당하여, 자신의 마음을 표현하고자 할 때 종종 시를 인용한 것을 볼 수 있다.

> ○ 1593년 3월 13일
>
> 나는 병이 여전하다. 정현경(鄭玄卿)이 편지를 보내 병세를 물었고, 또 서로가 몹시 그리워 울적한 심정을 겪고 있음을 말했다. ○ 절도사(節度使) 송암(松庵) 김면(金沔)이 군중(軍中)에서 돌아가셨다. 송암은 깊은 산속에서 병을 다스리며 노년을 마칠 생각을 했는데, 국가가 멸망할 위기를 만나 분연히 자신의 몸을 돌보지 않고 일어나 군사들을 거느리고 적을 토멸했다. 그렇지만 단지 몇 고을만 수복하였을 뿐, 아직 뜻을 이루지 못하였는데, 돌아가시고 말았다. 이른바 군대를 내어 승첩을 못 거두고 몸이 먼저 죽었다는 것이니, 아! 슬프구나.[15]

송암 김면이 군사를 일으켜 적을 토멸했으나 아직 뜻을 이루지 못한 것에 슬퍼하고 있다. 이를 밑줄 친 부분처럼 두보(杜甫)가 제갈량의 사당에 가서 감회를 읊은 〈촉상(蜀相)〉 이라는 시의 한 구절인 "出師未捷身先死"을 인용해 표현하고 있다.

1596년 2월 6일의 일기에는 출타했다가 날이 저물어 돌아오자 조카가 반갑게 맞이하는 모습이 "어린 자식이 옷을 잡아 당가며 묻기를, 돌아오심이 어찌 이리도 늦으셨습니까"라는 옛 시와 같다고 썼다. 두목(杜牧)의 시 〈귀가(歸家)〉 중에서 "穉子牽衣問 歸來何太遲"를 인용해 표현한 것이다. 이처럼 정경운의 일기 에는 시를 인용해 자신의 마음을 표현하고 있음을 어렵지 않게 볼 수가 있다.

한시 외에도 고사(故事)를 인용한 경우도 여러 군데 있다.

○ 1592년 6월 17일

군대를 점검하고 군사들에게 음식을 제공하여 위로하고, 용승정(龍升亭)에서 결진(結陣)했다. 최변(崔汴)을 장수로 삼고 지례(知禮)로 나아갔다. ○ 순찰사(巡察使) 김수(金睟)가 수원(水原)에서 도착했다. 모양새와 명분만 차렸을 뿐 행색(行色)은 초췌했다. ○ 세자(世子)를 책봉한다는 교서(敎書)와 죄인들을 사면토록 하는 사문(赦文)이 군(郡)에 도착했다. 종이에 가득한 왕의 뜻은 사람들로 하여금 자신도 모르게 눈물을 흘리게 했다. 만약 위기가 닥치지 않았을 때 나라를 보전하고 난리가 나기 전에 제대로 다스렸더라면 어찌 봉천(奉天)의 액운이 있었겠는가.

---

15 정경운, 《고대일록》, 남명학연구원 옮김, 『역주 고대일록』, 태학사, 2009.(이하 인용은 이 책으로 하되 해당 날짜만 밝히기로 함.)

○ 1593년 정월 24일

(… 전략 …) 정덕융(鄭德隆)·노지부(盧志夫)가 전주(全州)에서 돌아왔다. 두 사람이 완산(完山)에 도착했다가, 체찰사(體察使)가 경기도(京畿道)로 향했다는 소식을 듣고서 깃발을 돌려 돌아왔다. 오는 길에 호남(湖南)을 경유하였는데 그곳의 수령들은 나라를 걱정하는 자세는 전혀 보이지 않고, 오로지 먹고 마시는 것으로 일을 삼고 있었다고 하였다. 조정(朝廷)이 이와 같은 지경이고, 읍의 수령들조차도 역시 이러한 지경이니, 나라 일이 끝내 어떠한 지경에 이를지 알 수 없는 노릇이다. 듣고 돌아오자 나도 모르게 칠실(漆室)의 고통이 있었다.

위 인용문의 밑줄 친 "봉천의 액운"은 《구당서(舊唐書)》 권12 〈덕종본기(德宗本記)〉에 있는, 당 덕종이 봉천으로 피난을 갔다가 주자(朱泚)의 반군에게 포위를 당한 고사이다. 그리고 "칠실의 고통"은 분수에 맞지 않는 것을 걱정한다는 뜻으로 《열녀전(列女傳)》 권3 〈칠실녀(漆室女)〉에 있는 고사이다. 즉 노나라 칠실이란 고을에 한 처녀가 걱정하기를, "우리나라 임금이 늙었고 태자가 어리니, 만약 국란이 있으면 임금이나 백성이 모두 욕을 당할 것이니, 여자들이 어디로 피할꼬."라고 하였다는 데서 온 말이다.

한시와 고사의 인용을 통해 자신의 처지나 상황을 효과적으로 표현하는 것은 정경운이 그만큼 학문에 조예가 깊은 인물이었음을 말해 주는 것이다. 과거에 응시하기 위한 공부에 소홀하지 않았음을 알 수 있기도 하다. 은연 중 자신의 학문적 능력을 알리려는 의도이지 않을까 싶다.

한시나 고사의 인용에 못지않게 직접 한시와 다양한 종류의 산문 작품을 지어 일기에 수록해 문학적 재능을 보여주기도 했다. 《고대일록》에는 도처에 한시를 지었다는 기록이 있다. 총 20군데에 시를 지었다는 기록이 있으며, 작품이 온전히 전하는 것만 5수가 있다.[16] 이 가운데 한시 한 편을 거론하면 다음과 같다.

○ 1598년 3월 19일

적의 무리들이 가지 않고 장수현(長水縣) 안에서 출몰한다는 이야기를 들었다. 일행을 이룬 사람들이 비를 무릅쓰고 덕옹(德翁)의 집을 떠나 전주(全州)로 향하고, 나머지는 모두 고산(高山)으로 향했다. 점심때 학두재[鶴頭峴]를 넘어 시냇가의 들판에 도착했다. 길에서 시 한 수를 읊었다.

아! 저 하늘이여	噫咄咄彼蒼者
흉적들로 하여금 우리 백성들 다 죽게 하네	使凶賊殲我人
고산을 향해 가는데 종일토록 비 내리고	向高山終日雨
만 겹의 봉우리에 구름은 천 겹이구나	萬疊峯千重雲

정경운이 피란 과정에서 읊은 시이다. 흉적을 피해 고산으로 향하는데 비마저 내려 더욱 피란길이 고달팠던 것 같다. 길가에서 하늘을 향해 울분을 토로했다. 자신이 처한 상황을 "만 겹의 봉우리에 구름은 천 겹"이라고 표현했다. 앞날을 기약할 수 없는 막막한 처지

16 윤호진은 《고대일록》에는 한시를 지었다는 기록이 20여 군데 보이고, 스승인 정인홍의 문집인 『내암집』에 내암에게 올린 시 12수, 주변 인물의 문집에 전하는 시 2수, 그리고 《고대일록》에 온전히 남긴 시 4수가 있다고 했다.(윤호진, 앞의 논문, 131~132쪽.)

를 비유한 것이다. 이렇게 전란 통에 자신의 곤궁한 처지를 시로 읊은 것은 정경운의 시적 능력을 보여준 사례로 볼 수 있다.

시 외에도 많은 수의 산문 작품이 있다. 일기에 수록된 산문 작품으로 기록만 남은 산문의 경우는 상소문, 부, 편지, 송덕비문, 진정서 등 다양한 면모를 보이고 있다.[17]

실제로 일기에 수록된 산문의 경우에는 안음·거창에 보내는 〈통문(通文)〉(1592년 6월 12일), 도사 김영남에게 보낸 〈서간문(書簡文)〉(1592년 6월 14일)과 〈제노참봉문(祭盧參奉文)〉(1603년 8월 19일), 〈이안제문(移安祭文)〉(1605년 3월 5일), 〈제지리산기우문(祭智異山祈雨文)〉(1605년 6월 17일) 등의 제문, 설(說) 문학인 〈목단측백설(牧丹側柏說)〉(1605년 12월 29일), 친구와 가족의 죽음을 애도한 〈졸기(卒記)〉(손인갑, 방극지, 노지부, 딸 정아, 아들 주복, 아내 등), 그리고 〈자전(自傳)〉(1605년 4월 7일) 등이 있다. 일기에 수록된 대표적인 산문 작품을 갈래별로 거론하면 다음과 같다.

우선, 통문(通文)이다. 정경운은 전란 직후 안음과 거창에 의거를 촉구하는 통문을 작성했다. 1592년 6월 12일의 일기에 수록된 통문인데, 이미 한 차례의 통문을 통해 의병 궐기를 도모했지만 효과적으로 대응하지 못했기에 다시금 호소하는 내용의 글이다. 그 일부를 들어보면 다음과 같다.

> 아! 우리가 비록 보잘것없지만 뜻은 바로 여러분들과 같고 여러분의 거사(擧事)는 바로 우리의 거사입니다. 김송암(金松庵)이 의거했

17 윤호진, 앞의 논문, 132쪽.

> 을 당시의 계획과 조처를 입수하여 그대로 따라 하고자 합니다. 군(郡)이 벽지에 있기 때문에 도로가 막혀 있어서 의병이 승첩을 거둘 수 있는 기발한 방책이 될 것이나 왜적이 향하는 곳도 잘 알지 못합니다. 아울러 가르쳐 주셔서 보고 사모하는 저희들의 마음에 부응해 주신다면 매우 다행이겠습니다. 여러분께서 양해하여 받아들여 주시리라고 엎드려 생각합니다."라고 했다.[내가 지은 것이다.] 안음(安陰) 통문(通文)은 강극수(姜克修)가 지었다. [별록(別錄)에 보인다.]
>
> (1592년 6월 12일)

통문은 조선시대에 민간단체나 개인이 같은 종류의 기관, 또는 관계가 있는 인사 등에게 공동의 관심사를 통지하던 문서를 일컫는다. 서원·향교·향청·문중·유생·결사와 의병, 혁명이나 민란의 주모자들이 대체로 연명으로 작성하여 보냈으며, 그 내용은 통지·문의·선동·권유 등 다양하다. 일반 서신과 다른 점은 개인이나 단체가 어떤 사실이나 주장을 다수에게 공개적으로 전달하는 데 있다.[18] 특히 임진왜란 때에는 모병과 군량의 조달을 위하여 구국의 통문들이 작성되어 의병의 조직화에 이바지하였는데, 협력을 촉구하는 내용의 통문이 유행하기도 하였다. 의거를 촉구하는 통문을 정경운이 작성했다는 사실 자체로 그의 문학적 재능의 한 단면을 엿볼 수 있다.

서간문(書簡文)의 사례도 일기에서 찾아볼 수 있다. 1592년 6월 14일의 일기에 수록된 서간문이 그것인 바, 초유사와 도사 김영남에게 보낸 글이다. 섬나라 오랑캐에 의해 2백년 기업을 무너뜨리는 일을 보고 있을 수만 없어서 의병을 모집하는 일에 진력을 다했으나 모집

18 한국학중앙연구원, 『민족문화대백과사전』, 1991.

된 군대를 통솔할 사람이 없어 훈련 봉사 최변으로 종사하게 해 달라고 요청하는 글이다.

> 저희들은 직접 뵙고서 지시를 받았으니, 마음속에서 감정이 격앙되어 뼈가 문드러지도록 일을 도모하겠지만, 인정(人情)이 흩어져 분산되고 물력(物力)이 다해 가니, 개탄스러운 마음을 금할 수 없습니다. 반드시 최변(崔汴)으로 하여금 편의대로 종사(從事)하게 하시고, 벼슬길에 들어가기를 원하는 자에게는 전후(前後)에 구애받지 않게 하시며, 식량을 보급할 방도가 끊이지 않고 활과 화살은 정밀하고 강해져야만 거사(擧事)할 수 있을 것입니다. 삼가 합하의 지휘가 성취하시기 바랍니다. 의사를 전달하려는 마음이 간절하여 참람함이 여기에 이르렀으니, 더욱 황송(惶悚)한 마음을 이기지 못하겠습니다."라고 했다. [도사(都事)에게 올린 편지도 마찬가지로 내가 지은 것이다.] (1592년 6월 14일)

의병을 모집하는 통문과 모집된 의병을 지휘할 사람을 천거하는 서간문을 통해서 전란 당시의 함양 지역에서의 모병 상황과 대응 양상 등을 구체적으로 이해할 수 있다. 왜적과 대치하는 상황 아래 군민이 힘을 모아 대응하려는 노력을 기록할 수 있었던 것은 정경운이 문장 솜씨가 뛰어났기 때문이다. 전란을 극복해 나가는 지역 사족의 노력을 엿볼 수 있는 부분이기도 하다.

《고대일록》에서 쉽게 볼 수 있는 글이 제문(祭文)인데, 비교적 우수한 글로 평가할 수 있는 것이 1603년 8월 19일의 일기에 수록된 〈제노참봉문(祭盧參奉文)〉이다.

〈제노참봉문〉은 남계서원을 이전하는데 공을 세운 노사개(盧士

僟)를 추모한 글이다. 정경운은 1594년부터 10년간 남계서원의 유사를 역임했다. 정유재란 때 훼손된 남계서원을 1599년에 재건하였고, 1600년에는 당시 원장이었던 노사개와 유사인 정경운 등이 서원 이전을 추진하였다. 서원 이전을 둘러싸고 지역민 간에 큰 갈등이 빚어졌고, 이전을 추진하던 중에 노사개는 중풍에 걸리고 말았다.[19] 우여곡절 끝에 서원은 이전하였으나 함양 사족층은 분열 되었다. 이 과정에서 노사개는 죽음을 맞이했으니 노사개를 추모하는 제문은 당연히 정경운의 몫이었을 터이다. 노사개가 뜻을 이루지 못하고 죽은 것을 애도하면서 "하늘이 온전한 자질을 주고서도 어찌 운명은 그리 박하게 하였나?"라고 하면서 한탄하고 있다. 뜻을 같이 했던 인물을 추도하는 제문을 통해서 정경운의 안타까움과 더불어 문장 솜씨의 단면을 엿볼 수 있다.

일기에는 두 편의 설(說)이 실려 있다. 한 편은 1605년 12월 29일자 일기에 수록된 것으로 정경운이 직접 '목단측백설(牧丹側柏說)'이라고 제목을 붙인 글이고, 다른 한 편은 1604년 12월 17일자에 수록된 글로 제목이 전하지는 않는, 소위 '벼루설'로 불리는 글이다.

'설'은 일상에서의 관심사나 작자가 평소에 펴고자 하는 도의 취지에 맞는 제재를 생활 주위에서 취하여 심도 깊게 분석하고 해석해 가면서, 깨달은 내용을 논리적으로 자기만의 견해를 펴고, 나아가 그 도가 일반화되는 과정을 유추를 통해 확대해 가면서, 인간의 상도를 펴는 것을 주 내용으로 하고 있다.[20] 일상의 소재를 통해 어떤

19 원창애, 앞의 논문, 252쪽.

20 양현승, 『한국 '설'문학 연구』, 박이정, 2001, 100쪽.

깨달음을 전하고자 하는 글이 설 문학인 바, 정경운은 모란과 측백, 그리고 벼루를 소재로 작품을 남긴 것이다.

〈목단측백설〉은 어리석은 주인이 심어 놓은 모란과 측백에 대해 나그네와 은자가 대화를 나누는 형식을 통해서 측백의 절개를 논한 글이다. 나그네가 모란의 외모를 보고 평가하는 것에 대해 은자는 외면을 중시하는 것을 군자는 경계해야 한다고 하면서 측백을 군자의 짝이라고 하였다. 주인이 모란과 측백 둘을 심은 것은 취하고 버릴 것을 판단하게 하려는 의도이며, 모란을 타산지석으로 삼고 측백의 절개를 본받으라는 의도를 보이고자 한 것이다. 임금의 절개도 이와 다르지 않아 모란과 측백을 통하여 사람을 살펴보는 법을 취하라고 주문하고 있다.

〈벼루설〉은 "내가 호남을 향해 가다가 운봉(雲峰)에 있는 서식(徐湜)의 집에서 묵었는데, 책상 위에 있는 벼루[研子] 하나를 보았다."로 시작한다. 그 벼루에는 소무의 그림이 새겨져 있음을 발견하고 그림의 의도를 서술하고는, 말미에서 "애석하구나! 이 벼루가 가난한 선비의 집에 묻혀 있기만 하고, 벼슬하는 사람들 사이에 있지 않으니, 안타깝다."고 하였다. 이 글을 통해 결국 사대부를 평가함에 있어 소무와 같은 절개가 필요함을 말하였고, 이러한 절개를 가진 사람이 임금 곁에 있지 못하고 시골에 머물러 있음을 은유적으로 표현한 것이라 볼 수 있다.[21]

모란, 측백, 벼루를 소재로 설 작품을 창작한 의도는 무엇보다도

21 윤호진, 앞의 논문, 152쪽.

절개의 중요성을 강조한 것인바, 이 작품에서도 정경운의 문학적 재능은 잘 드러나고 있다.

산문 가운데 가장 많은 종류의 글이 죽음에 대해 기록한 졸기(卒記)이다. 의병으로 활약하다 죽은 손인갑의 졸기(1592년 6월 29일), 절친한 친구인 방극지의 졸기(1595년 6월 21일)가 그것이다. 그리고 졸기라고 하기에는 무리가 있지만 큰 딸 정아(1597년 8월 21일), 아들 주복(1598년 6월 27일), 둘째 딸 단아(1600년 11월 26일), 아내(1604년 12월 30일) 등의 죽음을 맞이하고 쓴 기록은 죽음에 대한 글로 뛰어난 문장 실력을 바탕으로 하고 있다.

> 상사(上舍) 방극지(房克智)의 부음(訃音)을 들었다. 아! 극지가 죽었구나! 천명인가, 운명인가. 이 사람이 이 지경에 이르렀으니, 하늘의 도는 믿기 어려움이 진실로 이와 같은가. 극지의 이름은 처인(處仁)이며, 기유년(1549, 명종 4)에 태어났다. 어려서부터 영특하였고, 과거 공부를 하여 병자년(1576, 선조 9)에 진사(進士)에 합격하였다. 과감하게 길을 바꾸어 오로지 학문에만 뜻을 두어, 내암(來庵)·한강(寒岡) 두 선생을 사사(師事)하였다. 배우기를 힘쓰고 뜻을 돈독하게 하여 밤낮으로 게을리 하지 않았다. 홀연히 속세를 벗어날 생각이 있어서, 지리산(智異山) 아래 악양(岳陽)의 남쪽 하천 가에 집을 짓고 살았다. 우뚝하게 단정히 앉아 절차탁마(切磋琢磨)하고, 학식 없는 선비들 가르치기를 오래 해도 따분해 하지 않았으며, 참된 성품을 기르면서 산에 살아도 마음은 천고(千古)에 노닐었다. 많은 책을 두루 읽고 의리를 연구하되 물이 스며들듯 넉넉하여 명성이 사방에 내달렸다. (… 중략 …)
>
> 을미년(1595, 선조 28) 봄에 처자를 이끌고 구례현(求禮縣)으로 가

서 타관살이를 한 지 반년 만에 역질(疫疾)이 크게 번져, 집을 수차례 옮겼다. 구례의 수령은 본래 친분이 있었으므로 그를 객관에 맞이해 들였다. 곧이어 창옹(瘡癰)에 걸려 6월 18일에 공관(公館)에서 죽었다. 아! 슬프도다! 넓고 씩씩한 도량과 탁월한 식견, 굳센 논변, 우뚝한 모습을 이제 다시 볼 수가 없으니, 친구를 잃은 슬픔을 어찌 헤아릴 수 있으랴! 세상이 어지럽고 길이 멀어 또한 달려가서 곡하고 염습할 수도 없으니, 더욱 남쪽을 바라만 보고 오열하는 지극한 슬픔을 이기지 못하겠다. 겨우 그 언행의 대강만 기록하지만, 공의 평생 공력(工力)에 대하여서는 반드시 이를 잘 기록할 사람이 있을 것이다.
(1595년 6월 21일)

인용한 글은 절친한 친구 방극지의 부음을 듣고 기록한 졸기이다. 급작스런 친구의 죽음을 접하고 격한 감정을 쏟아낸 후에 방극지의 간단한 이력과 더불어 주요 행적을 중심으로 죽기까지의 과정을 기록하고 있다. 글의 끝 부분에는 친구를 잃은 슬픔을 이기지 못하겠다고 하면서 방극지의 평생 공력은 잘 기록할 사람이 있을 것으로 기대한다고 하고 마무리하고 있다. 이 글은 방극지의 소전이나 마찬가지로 볼 수 있는바,[22] 한 인물의 전기를 엮어내는 솜씨를 엿볼 수 있다.

정경운은 이렇게 다양한 양식의 산문을 일기에 수록하고 있다. 그의 산문을 읽다보면 상당한 문장력을 가진 인물이었음은 쉽게 간취해 낼 수 있다. 다양한 글을 지을 수 있는 능력은 의병 활동을 주창하는 통문을 작성하는 계기가 되었고 함양이라는 지역 사회에서 명

22 윤호진, 앞의 논문, 146쪽.

망을 얻은 동기가 되었을 것이다. 문장가로서의 명망은 과거를 통한 관직 진출의 욕망으로 이어지고 있다고 할 수 있다.

《고대일록》은 정경운의 문학적 재능을 표출한 장으로도 볼 수 있다. 정경운의 문학적 재능은 과거에 도전하게 하는 힘이었다. 조선조 사대부의 지향은 과거를 통한 관직 진출임은 누구에게나 마찬가지였다. 이 글에서 주목하는 것도 전란이라는 위난 상황에서도 끊임없이 과거에 대한 도전을 기록하고 있다는 점이다. 문학적 재능을 보여줌과 동시에 과거를 통한 관직 진출의 욕망을 일기 속에 숨김없이 기록하고 있다.

정경운은 문장과 의병활동을 통해 함양은 물론 주변 지역사회의 기대를 안고 있었고, 정인홍을 중심으로 한 당시 정치적 상황 또한 유리하게 돌아가고 있었다. 이러한 정황과 함께 광해군의 즉위로 인한 정인홍의 중용은 정경운으로 하여금 관직에 진출하려는 욕망을 더욱 더 강하게 불러일으킨 것으로 보인다.

4. 과거를 통한 관직 진출의 욕망 표출과 전란의 극복

정경운은 함양 및 주변 지역의 사족들과 정치적 사회적 활동을 함께 해 나가며 결속을 다져 왔다. 특히 전란의 과정 중에는 의병 모집 등의 활동을 통해, 그리고 남계서원의 유사를 맡으면서는 주변 인물들과 교유 활동을 통해서 지속했다. 주변 인물들과의 교유 내용은 《고대일록》에서 어렵지 않게 찾아볼 수 있다. 주변 인물들과의 교유 기록 가운데 주목할 만한 부분은 교유 인물들의 과거 응시와 합격 소식, 관직 제수나 변화 상황 등에 대해서 기록한 내용이다.

○ 1605년 12월 7일
오익승(吳翼承)·강극수(姜克修)가 별거(別擧)에 응시하였다. 정운수(鄭雲叟)·조정립(曺挺立) 형제도 이에 참여하였다.

○ 1602년 윤2월 20일
박숙빈(朴叔彬)이 동부승지(同副承旨)가 되고 박공간(朴公幹)이 병조좌랑(兵曹佐郎)이 되었으니, 동지의 기쁨이 어떠하겠는가.

이처럼 일기에는 내암 문인들이 과거 응시한 사실을 기록하기도 하고, 관직에 제수된 사실을 기록하고 있다. 정경운이 교유 인물들의 과거 응시나 관직 제수에 관심을 갖고 일기에 기록한 것은 정경운 자신의 과거나 관직에 대한 욕망을 보여주는 것이다. 특히 지역에서 활약하면서 문재가 익히 드러났기에 그 욕망은 더욱더 컸을 것으로 보인다.

임진왜란 중에도 문과와 무과는 설행되었다. 전란 중인 1592년~1598년까지 두 번의 식년 시험을 제외하고 비정기 시험 12회의 문무과가 설행되었다. 생원진사시는 식년과 증광 시험만 설행되었기 때문에 전란 중에는 설행되지 않았다. 12회의 비정기 문무과 시험 가운데 특정 지역에서 실시되었던 과거는 지방 별시 3회, 중시 1회가 있었다. 지방 별시는 1592년 용만별시, 1593년 전주별시, 1595년 해주별시 등이다. 그 외 8회의 문무과 시험은 서울에서 행해진 비정기 시험이었다.[23] 과거 중 초입사를 위한 시험인 문무과는 조선시대에 입신할 수 있는 보편적인 방편이었다. 선비가 입신하기 위해서는 과거 응시가 필수였기 때문에 어떠한 경우에라도 포기할 수 없었다. 더욱이 중종 대에 법제적으로 사족의 범주를 규정해 놓았기 때문에 양반의 지위를 유지하기 위해서는 과거를 포기할 수 없었다.[24]

전란 중 정경운이 관직 진출을 위하여 관심을 기울인 흔적들은 일기 곳곳에서 발견된다. 교유했던 인물들의 과거 응시나 관직 진출의 기록을 통해서는 물론이고, 자신의 과거 시험의 잦은 응시와 함께 과거의 결과에 대한 기록이 그것이다. 그리고 함양이라는 지역에 거처하면서 전국적인 동향을 기록하는 가운데 국정 운영에 대한 관심과 기록도 관직 진출의 욕망과 맞닿아 있다고 본다.

○ 1593년 10월 15일

왕은 도성으로 돌아오셨고 동궁(東宮)은 해주(海州)에 남아 계신다. 왕이 바닷가를 지나 산곡을 옮겨 다니다가, 이제 한 해가 지나서야 마침내 돌아왔다. 옛 궁궐에 기장만 무성한 것을 보니 감회가 과연 어떠하시겠는가. 2백 년 종묘사직과 궁실(宮室)이 단지 타다 남은 잿더미만 있을 뿐이니, 주상(主上)이 이곳에 도착해 보고 품은 생각이 어떠하시겠으며, 어찌 와신상담(臥薪嘗膽)의 생각이 없으시겠는가. 만약 지금부터라도 정치를 혁신하여 마치 해와 달이 다시 빛나는 것처럼 환하게 스스로를 새롭게 하신다면, 중흥(中興)의 위대한 공열(功烈)을 날을 꼽으며 기약할 수 있을 것이다. 백면의 서생이 강호에

23 원창애, 앞의 논문, 243쪽.

24 원창애, 앞의 논문, 244쪽.

서 뭇별들이 북극을 향하는 것처럼 왕을 향한 생각 감당할 수 없구나!

‘백면의 서생’이 중흥의 위대한 공렬을 이루기를 기약하고 강호에서 왕을 향한 생각을 감당할 수 없다는 말로써 자신의 관직 진출 욕망을 드러내고 있다. 관직 진출에 대한 욕망은 끊임없는 과거 응시로 표출되었다. 이는 일기에 기록된 과거 도전 기록을 통해 확인할 수 있다.

정경운의 과거에 대한 도전과 좌절의 기록을 들어보자. 정경운은 전란의 와중에 시행되었던 별시를 통해 과거에 도전했다. 즉, 1593년 왕세자인 광해군(光海君)이 친히 전주에 와서 전주별시를 치렀는데, 정경운은 이 과거 시험에 친구들과 함께 응시하였다. 그러나 결과는 낙방이었다. 그 과정을 다음과 같이 기록했다.

○ 1593년 12월 22일

박공간(朴公幹)·노지부(盧志夫)가 나에게 통문(通文)을 보내왔다. 나는 서원(書院)에서 상소문을 작성했다. ○ 동궁(東宮)의 행차가 전주(全州)에 머물렀는데, 군사들을 위무하고 나랏일을 감독하기 위해서 온 것이다. 또 문무(文武) 정시(庭試)를 시행했다.

○ 1593년 12월 23일

나는 서원(書院)으로 갔다. 상소(上疏)를 논의하고 박공간(朴公幹)·노지부(盧志夫)·노경소(盧景紹)와 함께 길을 떠나 전주(全州)로 향했다. 앞으로 동궁(東宮)에게 상소를 올리고, 또 정시(庭試)에 응시하고자 한 것이다. 오늘 저녁은 운봉(雲峰)의 부산촌(釜山村)에서 숙박했다.

○ 1593년 12월 25일

동행한 다섯 사람이 함께 남원(南原)의 안화촌(安和村)에서 숙박했다. 오늘 밤 눈이 내렸다. ○ 세자가 문묘에 참배했다.

○ 1593년 12월 26일

포시(晡時)에 전주성(全州城) 안으로 들어갔다. ○ 세자(世子)가 영전(影殿)에 참배한 뒤 유민(流民)들에게 구휼미를 나누어 주었다.

○ 1593년 12월 27일

정시(庭試)에 들어가 왕세자의 옥안(玉顔)을 우러러보았다. 표제(表題)가 나왔는데, "진(晉)나라 도협(刀協)이 낙양으로 돌아가기를 요청하자, 이에 교사(郊祀)의 예(禮)를 의논했다."라 되어 있었다. 출제 후에는 북쪽 정자(亭子)로 나가시어 활쏘기 시험을 관람하셨다.

○ 1593년 12월 29일

박공간(朴公幹)·노지부(盧志夫)와 나는 세자시강원(世子侍講院)에서 명을 기다렸다. 아직 결정을 내리지 않으셨기 때문에 보덕(輔德)을 집으로 찾아가 뵙고 인사하고 물러났다. 오후에 성 밖으로 나가 쾌심정(快心亭)에 올라 구경하고 돌아왔다. 오늘 아침에 문과(文科) 합격자 발표가 있었는데, 윤일길(尹日吉) 등 9명이 합격했다. 이날 밤 남원(南原) 권항(權恒)의 집에서 숙박했다.

광해군이 전주에 머물면서 군사를 위무하고 나랏일을 감독하는 가운데 문무과 정시를 시행했다. 정경운은 친구인 박공간, 노지부, 노경소와 함께 전주로 가서 정시에 응시했다. 시험장에 들어가 왕세자의 옥안을 우러러 본 사실도 일기에 기록하고 있다. 이 시험에서

윤길 등 9명만 합격하고 같이 간 친구는 모두 낙방한 채 되돌아와야 했다.

정경운은 1594년에도 두 번의 문과에 응시하였다. 8월에 있었던 시험은 초장만 실시되었는데, 초시가 취소되어 중장 시험은 없었다.

○ 1594년 7월 8일

찰방(察訪) 이여함(李汝涵) 어른이 문안 편지를 보내면서, 혼사에 대한 일을 논의하여 왔다. ○ 과거가 8월 4일로 정해졌다는 소식을 들었다.

○ 1594년 8월 4일

비가 왔다. 나는 과거장(科擧場)으로 들어갔다. 유생들이 겨우 100여 명이었으니, 이제 사람들이 죽어 없어지고 재물도 다했음을 알 수 있다. 시험관은 이로(李魯)·고상안(高尙顔)·노경록(盧景祿)이고, 시제(試題)는 「조복수종묘부(朝服守宗廟賦)」와 「애진길료시(哀秦吉了詩)」였다.

○ 1594년 8월 5일

퇴장(退場)의 공문(公文)이 비로소 도착했는데, 초장(初場)에서 제출한 답안이 모두 채점되어 방이 나붙었다. 비록 내가 장원의 자리를 차지했지만, 무슨 소용이 있겠는가. 이여유(李汝唯) 어른이 나를 불러서 잠시 대화를 나누었다. ○ 종제(從弟) 덕장(德將)도 역시 과거에 참여하였는데, 그는 낙방하였다. 그래서 잠시 희롱하는 말로 농담을 하였다.

8월 4일로 과거일이 결정되고, 정경운은 다시 과거에 도전하였다. 그런데 이번 시험은 유생이 겨우 100여 명이라고 기록했다. 정경운은 전란으로 인해 사람들이 죽었거나 재물이 없어 과거에 응시하지 못했기 때문이라고 생각했다. 이 시험에서 장원을 하였다. 정경운은 이 초장 시험에서 장원을 하였으나 애석하게도 거기서 끝이었다.

1594년 10월에는 서울에서 설행되는 별시의 초시가 각 지방별로 시행되었다. 경상우도는 거창에서 초시가 설행되었다. 이 시험에서 정경운은 친구 노사상과 함께 합격하였다.

> ○ 1594년 10월 8일
>
> 나는 거창(居昌)으로 갔는데, 별거(別擧)에 응시하기 위해서이다. 도중에 성주(城主)를 찾아뵈었는데, 성주는 시험관으로서 갔다. 종제(從弟) 덕장(德將)도 함께 갔다.

> ○ 1594년 10월 9일
>
> 새벽에 과거장으로 들어갔다. 성주(城主)와 삼가(三嘉) 수령 고상안(高尙顔)과 진주판관(晋州判官) 박사제(思齊)가 시험관이 되고, 시제(試題)는 「면출고하론(俛出袴下論)」과 「금문대은부(金門大隱賦)」였다. 세 번이나 고쳐 쓰고 나니, 날이 이미 오시(午時)가 되었다. 구상할 시간이 촉박해서 생각을 전개할 수 없었으니, 한스럽다. ○ 이임중(李任仲)·오익승(吳翼承)·이선수(李善守)와 만나서 잠시 동안 이야기를 나누었다.

> ○ 1594년 10월 12일
>
> 성주(城主)가 거창(居昌)에서 돌아왔다. 별거(別擧)의 방목(榜目)

을 가지고 도착하였는데, 성주(星州)에 사는 박명윤(朴明胤)이 장원이고, 나와 노지부(盧志夫)는 참방(參榜)이었다. ○ 문갈(文劼)이 죽었다고 한다. 매우 애통하다.

정경운은 이 시험에 많은 기대를 한 것 같다. 시험을 치르기 10여일 전에 왕세자를 모시고 경연에 참석하는 꿈을 꾸기도 했다. 과거를 통한 관직 진출의 욕망이 꿈을 통해 드러난 것이다.

○ 1594년 가을 9월 26일

이날 밤 꿈에 왕세자를 모시고 경연에서 나랏일을 의논하였는데, 곁에서 모시는 신하와 다름이 없었다. 조짐이 미리 보인 것이 아니겠는가.

참방(參榜)으로 초시를 통과하여 노사상과 함께 11월 20일에 서울에서 시행되는 전시(殿試)에 참석하였는데, 함양 수령은 시험을 보러 가는 이들에게 명지와 백지를 주었다. 이들에 대한 지방 수령의 기대를 엿볼 수 있는 내용이다.

○ 1594년 11월 7일

나는 지부(志夫)와 함께 서울길을 출발하여, 운봉(雲峰)에서 덕장(德將)의 집에 유숙하였다. ○ 고을 원님에게 작별 인사를 드렸더니, 원님이 명지(名紙) 3장과 백지(白紙) 2권을 주었다.

○ 1594년 11월 21일

전정(殿庭)에 들어갔다. 제목이 나왔는데 「본국이 교사 몇 명을 청하여 머물게 하고 군민(軍民)을 훈련시키도록 하다[本國請留敎師數人訓鍊軍民]」였다. 시험관은 우상(右相) 김응남(金應南)·판서(判書) 김명원(金命元)·이충원(李忠元)이었다. 우리들은 본래 대우(對偶)의 문장을 연습하지 않았다. 그래서 시험장에 들어가 구상(構想)하자니 엉성하기가 이보다 심한 것이 없었다. 이른바 비파를 들고 제왕(齊王)의 문에 서 있는 꼴이었다.

○ 1594년 11월 23일

오후에 방(榜)이 나붙었는데, 도사(都事) 송준(宋駿) 등 19인이 등제(登第)하였다. 본도(本道)에는 이광윤(李光胤) 한 사람뿐이고, 호남(湖南)은 없고 호서(湖西)는 이당(李讜)뿐이다. 지부(志夫)와 함께 서로 혀를 차며 짐을 꾸려서 돌아왔다. 한강에 도착하니, 얼음이 반쯤 풀려 굳지 않아서 돌아와 용산창(龍山倉)에 들어와 유숙하였다.

노사상과 함께 상경하여 21일에 시험에 응시하였으나, 지방 유생인 이들은 대우 형식의 문장을 습작한 적이 없어서 답안을 제대로 작성하지 못하였다. 큰 기대를 안고 도전하였으나 결국 실패하고 말았다. 이 시험에서 실패한 후에 전란이 끝나기 전까지는 과거에 응시하지 않았다. 그러나 여전히 과거를 통한 관직 진출에의 욕망은 간절했다. 몇 번이나 임금과 마주하는 꿈을 꾸었다는 기록은 이를 뒷받침한다.

○ 1595년 10월 21일

조카가 거창(居昌)에 갔다. ○ 오늘 밤 꿈에 갑과(甲科)에 급제하여 임금의 용안을 우러러 뵈었다. 조짐이 미리 보인 것이 아니겠는가.

○ 1596년 3월 16일

아침 동안에 가는 비가 내렸다. ○ 이날 밤 임금 앞에서 모시는 꿈을 꾸었다. 근시(近侍)하는 신하 같아 보이는 사람이 임금의 손에서 어찬(御饌)을 받아 내려 주었다. 이는 무슨 조짐인가.

종전 후인 1601년에 치러진 시험에 다시 도전했으나 좌절을 겪고 만다.

○ 1601년 정월 26일

동틀 무렵에 과장(科場)에 들어갔다. 부(賦)의 제목은 「삼개출곡철손(三改出哭輟飧)」이었고, 시(詩)는 「기이사군차곡강도경(寄李使君借曲江圖經)」이었다.

○ 1601년 정월 28일

동틀 무렵 과장(科場)에 들어갔다. 오후의 시관(試官)은 권진(權縉)·이춘영(李春英)·이기(李器) 등이었다. 내가 시(詩)와 부(賦)를 함께 봉했다 하여 채점조차 받지 못하고 내걸렸으니, 이 역시 운수(運數)이다. 가소롭도다! 나이가 오십에 가까운데, 얼굴 두껍게도 과거 시험을 보았으니, 어찌 부끄러움이 없기를 바라겠는가. 다만 어머님께서 임종하시면서 하신 명령이 귀에 생생함을 생각한 까닭으로, 재주가 열등함을 잊고 몇 번이나 시험을 쳐서 매번 떨어지니, 한탄스럽다.

○ 1601년 2월 2일

나와 김배언(金拜言)이 함께 이곡(伊谷)으로 찾아가 도망간 비(婢)의 상황을 물었다. 김경희(金慶熙)와 함께 청리(靑里)로 가고자 하였

> 으나, 김(金)이 승낙하지 않았다. 오후에 김배언과 이별하고, 저녁 무렵에 정사눌(鄭士訥)의 집을 찾아가 함께 잤다. 나는 과거에 낙방(落榜)했고, 오직 강극수(姜克修)만 붙었다는 소식을 들었다.

나이가 50에 가까움에도 불구하고 얼굴 두껍게 과거 시험을 보았으니 부끄러울 뿐이고, 어머니의 임종시 명령을 지키려고 몇 번이나 응시했으나 매번 떨어지니 한탄스럽다고까지 했다. 그러나 여전히 과거에 대한 미련은 버리지 못하고 있다.

과거 시험에서 연속으로 좌절을 겪자 공도회(公都會)까지 응시한다. 공도회는 정식 과거 시험은 아닌데, 조선초기부터 지방의 유생들에게 학문 장려를 위해서 실시한 제도이다. 이 시험으로 제술과 강경을 따로 시험하여 제술에서 5명, 강경에서 5명을 선발하여 생원 진사시의 회시에 바로 응시하는 특혜를 받을 수 있었다. 정경운의 재능을 아깝게 여긴 고을 수령은 공도회에라도 응시하도록 권면하였다. 정경운은 공도회까지 응시해야 하는 자신의 신세를 한탄하지만, 거절할 수 없었다. 문무과에 급제하여 관직에 나가지 못하더라도 생원 혹은 진사를 획득해야 되었기 때문이다.[25]

> ○ 1601년 11월 29일
>
> 수령이 산양(山陽)으로 가면서 나더러 도회(都會)를 보라고 재촉하였으니, 내 신세가 안됐구나. ○ 대수(大樹)에 가서 하자익(河子益)과 박여수(朴汝受) 등을 만났고, 그리하여 상소 때 타고 갈 말을

---

25 원창애, 앞의 논문, 245쪽.

얻었으니, 얼마나 다행인가.

○ 1601년 12월 2일

도회(都會)의 부(賦) 제목은 「공중누각(空中樓閣)」이고, 시(詩)는 「홀로 봄바람을 마주하며 웃음을 그치지 않네[獨對春風笑未休]」이고, 논제(論題)는 「호강후(胡康侯)가 힘써 진회(秦檜)를 추천하다[胡康侯力薦秦檜]」라고 들었다.

1601년 12월에 치러진 공도회에서마저 실패하고 말았다. 이에 대한 아쉬움은 꿈으로 표출되었다. 과거에 급제하는 꿈을 또 꾸고 있다.

○ 1601년 12월 16일

비가 오다가 개니 바람이 어지럽게 불었다. 병으로 웅크리고 나가지 못하였다. ○ 꿈에 문자선(文子善)이 나에게 먹 세 개를 주었는데, 무슨 조짐인가. 또한 과거에 급제하는 꿈을 꾸었다. 오늘 밤에 진눈깨비가 내렸다.

1602년에는 유달리 많은 꿈을 꾸었다. 모두 과거와 관련된 꿈이다.

○ 1602년 정월 20일

참봉(參奉) 이화숙(李華叔)과 조수일(趙守一)이 와서 이야기하였다. ○ 오늘 밤에 과거에 급제하여 사람이 홍방(紅榜)을 가지고 찾아오는 꿈을 꾸었는데, 무슨 조짐인가.

○ 1602년 5월 27일

오늘 밤 꿈에 공간(公幹)을 보았는데, 마치 조반(朝班)에 함께 들어가는 듯했으니, 이것은 무슨 조짐인가.

○ 1602년 6월 10일

아침에 날이 개었다가 저녁에 비가 내렸다. 오늘 밤 꿈에 조정의 명령을 받았다. 이 무슨 엉뚱한 조짐이 이와 같은가. 이른바 남가일몽(南柯一夢)과 같은 것이다.

○ 1602년 9월 7일

오늘 밤 꿈에 임금을 뵈었다. 나는 옥련(玉輦)을 멘 다음에 산록을 오르내렸는데, 앞뒤의 의장(儀仗)이 매우 성대하였다. 나는 일찍이 임금을 가까이서 모신 적이 없었는데 꿈이 이와 같으니, 이것이 무슨 조짐인가.

○ 1602년 9월 18일

오늘 밤 꿈에 왕을 탑전(榻前)에서 모셨고, 선생께서 임금과 함께 주무셨다. 임금께서 나를 부르시어 술을 내리셨다. 명령을 받들어 무릎을 꿇고 나아갔더니 임금께서 조용히 말씀하기를, "이것은 선생이 좋은 일을 누리는 모임이니, 광무제(光武帝)가 엄자릉(嚴子陵)과 함께 누웠던 일에 비견할 수 있겠는가."라고 하셨다. 뜻밖의 꿈이 이처럼 분명한데, 이것은 무슨 조짐인가.

절친한 친구 박공간과 함께 조정 조회에 들어가거나 조정의 명령을 받기도 하고, 임금을 가까이서 모시는 꿈을 꾸었다. 심지어 스승인 정인홍과 임금이 꿈속에 등장하고 있다. 이는 정인홍을 매개로 하여 출사하고자 하는 무의식이 꿈의 형태로 표출된 것이기도 하다.[26]

1603년에는 계속되는 실패로 과거를 그만둘 생각까지 했으나 집안사람들과 주변의 권유로 또다시 도전을 했다. 그러나 이것마저 실패하고 말았다.

○ 1603년 2월 10일

제사를 지낸 뒤에 현풍(玄風)에 갔다. 나는 과거를 그만두려고 하였으나, 위로는 집안에서 재촉하고 다음으로는 수령이 권유하기에 어쩔 수 없이 보게 되었다. 억지로 가게 되었으니, 개탄스럽다.

○ 1603년 2월 13일

닭이 운 뒤에 시험장에 들어갔다. 시관(試官)은 신요(申橈)·신경진(申景進), 그리고 수령이었다. 부(賦)는 「말액응모(秣額應募)」이고, 시(詩)는 「송서서지위일입필서근면예백수(送徐庶之魏日入畢書僅免曳白首)」였다. 해가 들어갈 무렵에야 쓰기를 마쳤는데, 겨우 흰 종이를 그대로 제출하는 것을 면했다. 센 머리로 과거에 나아가려니, 더욱 한탄스러웠다.

○ 1603년 2월 15일

과장(科場)에 들어가니 제목은 안자(顏子)의 극기복례(克己復禮)와 맹자(孟子)의 집의(集義)에 대해 묻는 것인데, 말하는 바가 같지 않음을 의심하였다.

○ 1603년 2월 20일

경상 좌도와 우도의 과방(科榜) 기별이 왔는데, 정온(鄭蘊)이 장원

---

26 정우락, 앞의 논문, 174쪽.

하였고, 함양(咸陽)에서는 정홍서(鄭弘緖)·노일(盧佾) 두 사람뿐이었고, 나는 뽑히지 않았다. 과거를 그만두려고 결심하였다가 남들의 권유를 받아 시험에서 문장도 이루지 못하였으니, 한탄스럽다.

이때 정경운의 나이는 48세였다. 스스로가 말하고 있듯이 센머리로 과거에 나가려는 자신의 모습이 한탄스러웠다. 과거를 그만두려고 결심하였다가 남들의 권유를 받아 억지로 응시했으나 기대만큼 되지 않아 "한탄스럽다"고 탄식하고 있다. 과거를 통해 관직에 진출하려는 욕망 때문에 과거에 급제하는 꿈은 망령처럼 되풀이 되고 있다.

○ 1603년 12월 28일
꿈에 관직에 임명되어 사은숙배(謝恩肅拜)하였으니, 괴이하다.

○ 1604년 정월 19일
오늘 밤 시종(侍從)하는 신하가 되어 임금을 가까이서 모시고 조용히 말씀하시는 것을 듣는 꿈을 꾸었으니, 이것은 무슨 조짐인가?

○ 1604년 5월 19일
오늘 밤 꿈에 아계(鵝溪) 이상공(李相公)을 보았는데, 갑자(甲字)를 크게 써서 나에게 주었다. 이것은 무슨 조짐인가? 괴이하기 짝이 없다.

이처럼 관직에 임명되어 사은숙배하는 장면, 시종하는 신하가 된 모습, 아계 이산해가 갑자를 내린 장면 등이 꿈에 나타나 관직에 대한 욕망이 드러나고 있으나 이후로는 꿈에 대한 기록이 없다. 대신 누가 어느 시험에서 급제를 하였는지 무슨 문제가 나왔는지 등에 대한 기록만 하고 있다. 스스로는 과거를 포기했으나 여전히 과거는 주요한 관심사였던 것이다.

○ 1605년 8월 11일

오늘은 바로 해발(解發)하는 날이다. 「음식을 대하고서 어머니가 옴을 알다[對食識母來]」 부(賦)와 「밤이 다했는데 다시 등불을 잡다[夜闌更秉燭]」 시(詩)가 출제되었다.

○ 1605년 8월 15일

성묘를 하러 동쪽으로 갔다. 그런데 내리는 비가 마치 물을 퍼붓듯이 하니, 묘에 제사를 올릴 수 없었다. 너무 한탄스러웠다. ○ 출방(出榜)에 진사(進士)는 영해(寧海)의 남경훈(南慶薰)이었고, 생원(生員)은 단성(丹城)의 이유열(李惟悅)이었고, 함양(咸陽)에서는 김득용(金得鎔)·이공한(李公僩)·강위수(姜渭琇) 등이 여기에 참여했다.

○ 1605년 12월 7일

오익승(吳翼承)·강극수(姜克修)가 별거(別擧)에 응시하였다. 정운수(鄭雲叟)·조정립(曺挺立) 형제도 이에 참여하였다.

○ 1605년 12월 24일

능음(凌陰)에 얼음을 넣었다. ○ 영남(嶺南)에서는 한 사람도 별거(別擧)에 절계(折桂)한 사람이 없다는 소문을 들었다. 너무 한탄스럽다.

과거를 통한 관직 진출의 기회를 얻지 못하자 납속수직(納粟受職)

에 관심을 보이기도 했다. 납속수직에 대해서 정경운은 시행 초기에 부정적인 태도를 보였으나 주변 인물들이 납속수직을 하자 비하하던 초기의 자세는 사라지고 빈부 격차에 따라 수직 고하가 결정되는 것에 대해 한편으로는 선망의 눈으로 한편으로는 신세를 한탄하는 등 그 태도가 크게 달라졌다. 그리고 납속으로 선친을 추증했을 경우 신주를 고치고 제사를 올리는 등 엄숙한 격식을 치렀다. 납속수직일지라도 사족층에게 관직 획득은 그만한 가치가 있었던 셈이다.[27]

> ○ 1597년 7월 23일
> 가묘(家廟)에 햅쌀밥을 올렸다. 그리고 가묘에 고유(告由)하고서 아버지와 어머니에게 추증(追贈)된 부정(副正)과 숙인(淑人)으로 위판(位版)을 개제(改題)했다. …「결(缺)」… 아픔이다. 맛있는 음식으로 봉양하지도 못했고, 또 재예(才藝)로 등과하여 할아버지와 아버지를 빛내지도 못하였으니, …「결(缺)」… 슬픈 마음이 끝이 없다.

납속으로 부모를 추증한 사실을 기록하면서 재예로 등과하지 못해 할아버지와 아버지를 빛내지 못한 것에 대해 "슬픈 마음이 끝이 없다"고 자책하고 있다.

정경운은 전란 기간 내내 관직 진출을 염원하면서 과거 응시, 납속수직 등 관직 진출을 실현할 수 있는 수단에 대해 끊임없이 관심을 나타냈다. 그러나 결과는 그리 성공적이지 못하였다. 조선시대 과거 시험이란 관직 등용문이자 상층 지배 신분이 되는 길이었다.

27 김성우, 『조선중기 국가와 사족』, 역사비평사, 2001, 362쪽.

더구나 점차 관직 경쟁이 치열해지면서 양반 가문의 특권을 유지하려면 중앙 정치와 지속적인 연결망이 필요했고 그것은 곧 가문의 많은 구성원이 관직에 진출하는 일이었다.[28]

정경운은 정인홍의 문인이다. 스승의 중앙 정계 진출과 활약상은 정경운으로 하여금 관직 도전의 배경이 되었을 것으로 보인다. 정경운의 지속적인 과거 시험 도전은 정인홍과 정인홍 문인들의 관직 진출과도 밀접한 연관이 있다.

정인홍의 문인은 경상우도 전역에 분포되어 있었는데, 이중 정경운은 함양 지역의 문인으로서 임진왜란 때 정인홍을 도와 의병활동을 전개하였다.[29] 주지하다시피 정인홍은 기축옥사(己丑獄死)를 계기로 본격적인 북인으로 활동하기 시작했고, 임진왜란 때 의병활동을 주도하면서 향촌에서의 기반을 공고히 하였고, 이를 토대로 대북의 대표자로 떠올랐다. 정인홍이 이끄는 대북은 임란 후 남인정권과 서인정권을 차례로 몰락시켰으며, 난후 정국 수습의 책임을 띠고 선조 35년(1602) 대사헌으로 중앙정계에 재진출하였다. 몇 번의 부침이 있었으나 광해군 즉위와 함께 광해군의 신임을 한 몸에 받으며 대북정권을 탄생시키는 데 결정적인 공헌을 하였다.[30] 정인홍의 정계 활약상은 그의 문인들에게는 관직 진출의 동기가 되었다.

---

28 정해은, 앞의 논문, 94쪽.

29 정인홍의 문인은《내암집》에 등재된 문인들을 중심으로 파악해 본 결과 78명에 달하는 것으로 알려졌다.(이수건, 「남명학파 의병활동의 역사적 의의」, 『남명학연구』 2, 경상대학교 남명학연구소, 1992, 15쪽.)

30 우인수, 「내암 정인홍의 정치사회적 위상과 역할」, 남명학연구원 편, 『내암 정인홍』, 예문서원, 2010.

정경운은 자신과 교유한 인물들, 특히 정인홍 문인들의 과거 급제와 관직 진출에 대해서는 꾸준히 관심을 갖고 일기에 기록하였다. 이는 자신의 관직에 대한 욕망을 보여주는 동시에 정인홍 문인으로서의 자부심을 드러낸 것이기도 하다. 경상우도를 중심으로 하는 남명학파 내에서 이어지는 사제간의 끈끈한 의리와 존숭의 모습은 임진왜란이라는 국난 극복의 한 요인이 되었던 것인 바,[31] 정인홍 문인의 경우도 이와 다르지 않다고 하겠다.

스승 정인홍의 영향 못지않게 정경운의 능력, 특히 문학적 재능은 그를 과거에 응시할 수 있게 한 원동력이었다. 자신은 물론 주변의 기대는 그의 문학적 재능에 있었다고 보아도 과언이 아니다. 이러한 재능이 있었기에 정경운은 전란이라는 상황에서도 과거 시험이나 관직 진출을 포기하지 않았고 기회만 주어진다면 언제든지 진입할 준비를 하고 있었다. 과거를 통해 관직에 진출하려는 욕망은 전란이라는 불안한 시대를 이겨내고 자신과 가문을 빛낼 수 있는 수단이었던 것이다.

***

《고대일록》은 경상우도 지역인 함양에서의 전란 체험 양상과 전란 이후 재건 양상을 살펴볼 수 있는 중요한 자료임과 동시에 정경운 개인의 전란 극복 과정을 살펴볼 수 있는 자료이다. 《고대일록》

---

31 신병주, 앞의 논문, 343쪽.

은 여타의 일기와는 달리 다양한 문학 작품을 수록하고 있다. 일기에는 고사나 한시를 인용한 글이 있는가 하면 정경운이 직접 지은 시(詩)와 산문(散文) 등을 수록하기도 했다. 정경운이 일상에서 늘 문학을 가까이 하고 있었으며, 문학의 효용성을 인식하고 있었기 때문에 가능한 것이다.

한시 이외에 산문의 경우에는 안음·거창에 보내는 통문(通文), 도사 김영남에게 보낸 서간문(書簡文), 제문인 〈제노참봉문(祭盧參奉文)〉, 〈이안제문(移安祭文)〉, 〈제지리산기우문(祭智異山祈雨文)〉, 설(說) 문학인 〈목단측백설(牧丹側柏說)〉, 친구와 가족의 죽음을 애도한 졸기(卒記), 그리고 〈자전(自傳)〉 등이 있다. 특히 유사로 활약하면서 통문을 작성한 점은 정경운이 함양 지역을 대표하던 문장가였음을 알게 해준다. 문학적 재능은 과거에 도전해 관직에 진출할 수 있는 계기가 된 것으로 보인다.

전란 중 정경운이 관직 진출을 위하여 관심을 기울인 흔적들은 곳곳에서 발견된다. 과거 시험의 잦은 응시와 함께 과거의 결과에 대한 기록이 그것이다. 정경운은 전란 기간 내내 관직 진출을 염원하면서 과거 응시, 납속수직 등 관직 진출을 실현할 수 있는 수단에 대해 끊임없이 관심을 나타내었다. 그러나 결과는 그리 성공적이지 못하였다. 스승 정인홍의 중앙 정계 진출과 활약상은 정경운으로 하여금 관직 도전의 배경이 되었을 것으로 보인다. 스승의 영향과 정경운의 능력, 특히 문학적 재능은 그를 과거에 응시할 수 있게 한 원동력이었다. 정경운은 전란이라는 상황에서도 과거 시험이나 관직 진출을 포기하지 않았고 기회만 주어진다면 언제든지 진입할 준

비를 하고 있었다. 전란이라는 불안한 시대를 이겨내고 자신의 명예를 높이고 가문을 빛낼 수 있는 길은 과거를 통한 관직 진출이었기 때문이었다.

《고대일록》은 정경운의 개인 일기로 자신이 처한 상황을 기록한 글임과 동시에 함양 지역에 거주했던 한 개인으로서 임진왜란이라는 전란을 어떻게 극복해 나갔는가를 보여주는 기록이기도 하다. 전란 당시 한 개인의 전란 극복 과정을 《고대일록》을 통해서 읽어낼 수 있다.

Ⅲ. 한·일 종군실기 비교 :《정만록》과《조선일일기》

1. 한·일 임진왜란 종군실기

임진왜란 실기는 작자들의 체험세계, 역할, 신분, 활동 양상 등에 따라 그 내용이 각각 다르게 나타난다. 그래서 저작자의 체험 방식에 따라 그 하위 유형으로 종군실기, 포로실기, 피란실기, 호종실기로 나눌 수 있다. 이 가운데 본 장에서 주목하고자 하는 것은 종군실기이다.

종군실기로 분류되는 국내 작품은 여러 편이 있는데, 작자 자신이 직접 전투에 참가하여 전황을 서술한《정만록》,《난중일기》,《서정일록》등이 주목할 만하다. 왜냐하면 이들 작품은 표현 영역이 작자 자신의 시야에 한정되어 있으며, 주관적인 서술태도를 보이기 때문이다. 이들 작품에는 개인적인 일상사가 많이 서술되어 있다. 이 실기의 작자들은 가족과 떨어져 진중(陣中)에서 지내는데, 모든 것이 불편하기만 한 생활을 하는가 하면 자신의 안위는 생각하지 않고 오직 나라의 앞날을 생각하며 고뇌에 찬 날들을 보내고 있다. 진중에서 고단한 생활이 거듭되면 될수록 멀리 떨어져 있는 가족들의 모습은 아련히 떠올라 번민에 사로잡히게 마련이다. 더구나 왜적의 분탕질이 심해진다는 소식을 들으면 가족의 안녕은 더더욱 걱정스러울 수밖에 없다. 왜적과 대치하고 있다는 불안감보다는 가족에 대한 걱정이 앞선다. 전쟁은 많은 것을 파괴하지만 그 궁극적인 피해자는 인간이다. 이런 인간의 내면적인 모습은 역사 연구를 통해서는 조망할 수가 없다. 이는 허구적 상상력을 통해 이루어진 문학작품보다는 이들 실기문학을 통해서 더 잘 조명된다.

일본의 경우 임진왜란의 문학화 과정은 크게 단편 기록류, 조선군기물(朝鮮軍記物), 문예화된 작품군으로 분류된다.[1] 이중 우리의 실기문학에 대응하는 것이 단편 기록류와 조선군기물이다.

일본에서는 에도 초기에 임진왜란 관련 기록이 등장하기 시작하는데 주로 참전 무사들의 무훈과 전쟁 체험이라는 제한적 주제에 대한 기키가키(聞書:견문록)·각서(覚書:비망록)·편지·보고서·일기·견문담 등으로 이루어지게 된다. 이러한 임진왜란 관련 초기 기록을 작자의 신분·지위에 의해 분류하면, 크게 학식 있는 참전 무사에 의한 기록과 종군 승려에 의한 기록으로 나눌 수 있다. 전자에 해당하는 것으로 요시노 진고자에몬(吉野甚五左衛門)의 《요시노일기(吉野日記)》, 시모카와 효타유(下川兵大夫)의 《기요마사 고려진 각서(清正高麗陣覚書)》, 오코치 히데모토(大河内秀元)의 《조선정벌기(朝鮮征伐

1 최관, 『일본과 임진왜란』, 고려대학교 출판부, 2003, 49쪽.

記)》, 다지리 아키타네(田尻鑑種)의《고려일기(高麗日記)》, 아마노 사다나리(天野貞成)의《다치바나 조선기(立花朝鮮記)》, 시모세 요리나오(下瀨賴直)의《조선도해일기(朝鮮渡海日記)》 등이 있으며, 후자에 해당하는 작품으로는 덴케이(天荊)의《서정일기(西征日記)》, 게이넨(慶念)의《조선일일기(朝鮮日日記)》, 슈쿠로 도시타케(宿蘆俊岳)의《슈쿠로코(宿蘆稿)》 등이 있다.[2]

이러한 단편 기록류들이 서서히 축적되어 가면서 임진왜란이라는 전쟁의 전모를 알고자 하는 요구에 의해 참전자들의 단편 기록류를 종합하여 새로운 형태의 임진왜란 관련 기록을 만들어내기 시작한다. 이렇게 하여 생겨난 임진왜란을 다룬 군기 작품군을 총칭하여 '조선군기물(朝鮮軍記物)'이라 칭하고 있다.

조선군기물(朝鮮軍記物)은 "다이코키물(太閤記物)"과 "조선정벌기물(朝鮮征伐記物)"을 거쳐 완성된다. 다이코키물(太閤記物)은 도요토미 히데요시(豊臣秀吉)의 일대기를 총칭하는 것이다. 대표작으로는 오무라 유코(大村由己)의《덴쇼기(天正記)》, 오제 호안(小瀨甫庵)의《다이코키(太閤記)》가 있다. 조선정벌기물(朝鮮征伐記物)은 도요토미 히데요시의 일대기를 다루는 것에서 벗어나 전적으로 임진왜란만을 다룬 것인데, 호리 세이이(堀正意)의《조선정벌기(朝鮮征伐記)》가 대표작이다. 이러한 조선정벌기물(朝鮮征伐記物)의 흐름에 1680~90년대에 조선의《징비록(懲毖錄)》이 일본에 전래되어 소개되면서 조선군기물(朝鮮軍記物)은 완성된 형태를 갖춘다. 바바 신이(馬場信意)의《조선태

2 최관, 위의 책, 81쪽.

평기(朝鮮太平記)》, 세이키(姓貴)의 《조선군기대전(朝鮮軍記大全)》, 아오야마 노부미쓰(青山延光)의 《정한잡지(征韓雜志)》, 야마자키 나오나가(山崎尙長)의 《조선정토시말기(朝鮮征討始末記)》 등이 조선군기물에 해당되는 작품이다.[3]

이처럼 일본에서는 "군기(軍記)"라는 양식 속에 임란 관련 기록들을 포함시키고 있다. 이 가운데 본 장에서 다루고자 하는 실기에 해당되는 자료는 위에서 언급한 소위 "단편 기록류"이다. 전쟁에 직접 참가한 사람에 의해 직접 기록된 것만으로 실기문학의 범위를 제한했기 때문이다.

한·일 양국의 실기 가운데 본 장에서 주목한 자료는 한국의 경우에는 이탁영(李擢英)의 《정만록(征蠻錄)》이고, 일본의 경우에는 게이넨(慶念)의 《조선일일기(朝鮮日日記)》이다. 이탁영은 관찰사 김수의 막료로 참전을 하였고, 게이넨(慶念)은 오타 가즈요시(太田一吉)의 군의관으로 참전을 하였다는 점에서 공통점을 지니고 있다. 또한 이들의 신분 계층이 중인인 점도 같다. 두 작품 다 다른 실기 작품에 비해 작자 개인의 내면 세계를 잘 드러내고 있기도 하다. 이러한 점에서 두 작품은 비교할 만한 대상이 되리라 생각한다.

임진왜란과 관련된 실기에 대한 국내의 연구는 어느 정도 자리를 잡아가고 있다. 실기 자체에 대한 연구는 물론 실기와 소설과의 관계를 밝히는 연구까지 이루어지고 있어 그 연구 영역을 넓히고 있는 실정이다. 이제는 시야를 넓혀 동아시아권의 대상 자료를 검토해야

---

3 최관, 위의 책, 48~89쪽 참조.

할 단계라고 생각한다. 앞에서 본 것처럼 임진왜란과 관련된 실기는 우리나라뿐만 아니라 일본에도 있고, 중국에도 있다. 비록 한정된 자료이기는 하지만, 이들을 비교 분석함으로써 실기의 존재 양상을 구체적으로 밝힐 수 있는 길이 열릴 수 있다고 본다. 이를 통해 실기에 대한 논의는 좀 더 심화될 수 있으리라고 본다.

본 장은 이러한 전제 아래 우선 한·일 종군실기를 비교하고자 한다. 이를 통해 임진왜란을 일으킨 당사국인 일본인의 입장에서 바라본 전쟁과 이에 대항했던 조선인의 입장에서 바라본 전쟁은 어떠했는지를 알아 볼 수 있을 것이다. 즉, 임진왜란 배경의 한·일 실기문학을 통해 전쟁의 제 양상이 어떤 방식으로 실기 작품에 투영되었으며, 전쟁을 체험한 작자의 심리는 어떠한가를 구체적으로 비교해 볼 수 있을 것이다.

2. 이탁영의 《정만록》과 게이넨(慶念)의 《조선일일기》

1) 이탁영의 《정만록》

《정만록》은 이탁영이 쓴 실기이다. 이탁영은 자가 자수(子秀)이고 호는 반계(盤溪)이며, 고을 사람들은 효사재(孝思齋)라 불렀다. 21세에 의성현의 향리가 되고 다음해에 이방이 되고, 23세에는 경상도 감영의 영리로 발탁되어 이때부터 40여 년 간을 영리로서 지방행정 업무를 보았다. 임란 초기부터 관찰사 김수의 막료로서 모병과 군량 조달 정보의 수집과 분석 작전 계획의 수립 등 많은 전공을 세웠으며 계초(啓草)도 직접 작성하였다. 3남 지방의 근왕병을 일으킬 때 주동적 참모로서 수원까지 진격하였다. 초유사 김성일과 도체찰사 유성룡의 참모로서 7년간 참전한 인물이다. 평란이 되자 전공으로 향리를 면하게 하고 관직을 추천하려 하였으나 국난을 당하여 나라에 봉사함은 국민된 의무라 하여 굳이 사양하고 노모 봉양을 위하여 귀향하여 평생 복호(復戶)가 되었다. 그 후 향인들이 여러 차례 포상을 신청하여 자손들에게도 복호되고 마침내 통정대부첨지중추부사(通政大夫僉知中樞府事)에 증직되었다. 1610년(광해군 2) 1월 13일에 그의 고택에서 향년 69세로 세상을 마쳤다.[4]

《효사재이탁영선생실기(孝思齋李擢英先生實記)》에는 임인, 계묘년간에 도체찰사 이원익이 경상감사 이시발에 명하여 영남 지방의 임란 사적을 채집케 할 때 이탁영도 《정만록》을 수찬청에 제출하였고, 이를 왕이 재가하여 《정만록》이라는 서제(書題)를 붙였다는 기록이 있다. 또, 《정만록》의 내용 중에도, 임진 11월 18일 조의 일기에 "정만록(征蠻錄)을 올리라 하시기에 이는 나의 사문서(私文書)로 병상(兵相)에게 알게 되어 미안하게 생각되었다."라고 되어 있어 이 작품은 이탁영이 지은 것으로 왕에게까지 보인 글임을 알 수 있다. 《정만록》은 친필 원고본 외에도 몇 개의 이본이 전하는데, 《둔산기사(芚山記事)》에 의하면 《정만록》을 수찬청에 제출하고도 본가에 소장한다 하였고, 경상감사의 봉계(封啓)에도 감영(監營)에서 수장하고 있다고 한 것으로 보아서 적어도 3부는 작성되었을 것으로 보인다.[5]

---

4 이호응, 위의 책, 22쪽.

5 이호응, 「해제」, 『역주 정만록』, 의성문화원, 1992, 20쪽.

이 작품은 건(乾)·곤(坤) 2권 2책으로 구성되어 있는데, 건 권은 임진년(1592) 3월 9일부터 기해년(1599) 5월까지의 일기이며, 곤 권은 작자의 서문을 비롯하여 각종 장계, 교서, 통문 등이다. 건 권의 일기는 8년간 255일간의 기록으로 이 중 212일이 임진년의 일이고, 나머지 43일은 1593년부터 1599년까지 7년간의 기사로 연월 중심으로 중요한 사건만 기록하고 있어, 이 일기의 중심은 임진년의 기록임을 알 수 있다. 임진년의 일기는 '임진변생후일록(壬辰變生後日錄)', '임진팔월일록(壬辰八月日錄)', '임진구월일록(壬辰九月日錄)', '임진동십월일록(壬辰冬十月日錄)', '임진지월일록(壬辰至月日錄)', '임진십이월일록(壬辰十二月日錄)' 등으로 제목을 붙였고, 7월부터 12월까지 매 달 마지막 기사에는 그 달의 전반적인 상황과 작자 자신의 느낌을 종합해서 정리하고 있다.

> 右는 壬辰年 9月로, 날씨가 쌀쌀한데 兵火는 쉴 사이가 없고 老母妻子는 窮山에 살고 있어 生計가 막연하니 人間의 사는 맛이 있을손가? 兇賊은 平壤과 京城 各處에서 아직 退却치 않고, 요즘 左兵使가 慶州 賊을 討伐하다가 不利하여 我軍 死亡者가 2千餘名에 이르고 本縣(義城) 死亡者는 3百餘名에 이르렀고, 右兵營에서도 死亡이 1千4百餘名이라 한다. 비록 老母가 임시 거처할 집을 마련하지만 꼭 마칠지 모르니 한탄이로다. 지금 明皇帝의 勅書를 보면 8月中에 文武大臣 각 한 명이 10萬 精銳兵을 이끌고 討伐한다고 하나 明兵이 왔다는 소식은 아득하니 민망하다.[6]

---

6 이탁영, 《정만록》, 이호응 역주, 『역주정만록』, 의성문화원, 1992, 152쪽.(이후의 《정만록》 인용은 이 책에 의거하고, 해당 인용문의 날짜만 밝히기로 함.)

그날그날의 일기는 작자 자신이 직접 체험한 바를 중심으로 서술했는데, 위의 예처럼 매달 마지막 기사에서는 전체적인 전황과 그에 따른 작자의 생각과 느낌을 적절히 잘 표현해 내고 있다.

그리고 곤 권은 이 책을 짓게 된 연유를 자세히 적은 자서가 있고, 이어 7년 동안에 있었던 중요한 교서·장계·통문·격문 등을 전재하고 있다.

《정만록》의 저작 동기는 작자의 서문에 나타나 있다.

> (… 전략 …) 4月 13日 變이 생긴 후부터 6月 初5日까지 세 번이나 狀啓를 올린 啓草와 許多한 邊報와 公牒을 水原에서 退却할 때 잃어버리고, 承政院에 있던 啓本도 政府가 關西로 갈 때 없어지고 다시 傳寫할 길이 없으니, 萬一 變이 끝나고 國事가 회복되어도 戰亂의 狀況을 알 길일 없는 고로 邊報次知인 聞韶(義城) □□ 李擢英은 慨歎함을 이기지 못하여 그 見聞한 바에 따라 極히 一部分이나마 적어둔다. 亂中의 賊의 向方과 그 成敗에 對하여서는 後篇에 詳細히 나타나 있고, 啓草는 謄書하여 私藏하니 뒷날 必要時의 參考로 한다.

작자는 이 작품을 통해서 임란 당시의 전란 상황을 알 수 있게끔 하겠다는 의도로 자신이 견문한 바를 적어 둔다고 했다. 더구나 "개탄(慨歎)함을 이기지 못하여" 적어 둔다고 했으니 작자는 사실의 기술 그 자체에만 머물지 않고 그것을 바탕으로 개인의 감정과 감동을 부과하여 서술하고 있음을 알 수 있다. 또 이 글을 통하여 전란의 상황이 제대로 전해지기를 바라고 있어 작자의 기록 보존 의도를 알 수 있으며, 나아가 자신의 체험이 후세에까지 전해져 교훈으로 삼게 하려고 한 의도까지 추출해 낼 수 있다. 이러한 점은 작자의 기록

정신의 소치로 보아야 할 것으로 이는 실기문학 작자들이 갖고 있는 공통된 기술 태도라 하겠다.

한편, 이 작품은 유일하게 중인 출신이 쓴 실기문학이라는 점에서 주목된다. 그러므로 그 내용에 있어서 양반들과 같이 당파적인 입장에서 정세를 판단하고 인물을 평가한다든지, 지나치게 주자학적 명분론을 내세워 허명에 가까운 주장을 편다든지, 반상간의 차별성을 내세워 신분적 우월감을 강조하는 경우는 드물다. 오히려 보다 객관적인 입장에서 전투 상황의 실상과 장수들의 전공, 관료들의 공과를 평하고 있다.[7]

작자는 관찰사 김수(金睟)의 막료로 종군했던 인물이다. 직접 전쟁터를 돌아다녔기 때문에 일반 백성들이 겪은 참혹상이나 적군의 행동, 전투 장면 등을 자세히 기록할 수 있었다. 그러나 가족과 오랫동안 떨어져 지낼 수밖에 없었던 까닭에 이 작품에서는 가족에 대한 걱정과 그리움의 정조가 두드러진다. 항상 진중에 있었기 때문에 왜적에 대한 불안감보다는 오히려 부모와 가족을 걱정하는 심정이 앞서고 있음을 볼 수 있다.

2) 게이넨(慶念)의 《조선일일기》

《조선일일기》는 일본 규슈(九州) 우스키 시(臼杵市) 안요지(安養寺)의 주지인 게이넨(慶念)이 정유재란 당시 그의 성주 오타 가즈요시(太田一吉)의 군의관으로서 종군한 기록이다. 저자인 게이넨(慶念)은 원

---

7 이채연, 『임진왜란 포로실기 연구』, 박이정, 1995, 62쪽.

주(遠州) 괘천(掛川) 성주 안등모(安藤某)의 아들이고, 출가 후 상경해서 본원사(本願寺)의 현여상인(顯如上人)으로부터 연여상인(蓮如上人)의 진필(眞筆)인 육자명호(六字名號) 등을 얻고 서국(西國)으로 향하던 도중에 정천(淀川)의 배 안에서 우연히 분고 우스키(豊後臼杵)의 손자자에몬(左衛門)이라는 사람과 동승해서 설담을 나눈다. 인연이 두터워 사승(師僧)과 시주(施主)로서 약속을 맺고, 우스키(臼杵)에 도착해서부터는 성주 오타 가즈요시(太田一吉)를 귀의시켜 안요지(安養寺)를 건립하고 사찰의 영지 백석을 기부 받았다고 한다. 그후 게이초(慶長)(정유재란) 때 종군했지만, 귀국 후 10년 정도 지난 1611년 78세로 입적했다.[8]

현재 이 일기의 원본은 게이넨(慶念)이 주지로 있던 안요지(安養寺)의 보물로 보존되어 있는데, 1964년에 향토사학자인 무라이(村井强)·하시바(羽柴弘) 두 사람이 원문을 판독 영인하면서 세상에 알려지게 되었다. 이때 일기의 원제목인 《일일기(日日記)》를 버리고 《조선일일기(朝鮮日日記)》로 개제(改題)하였다. 나이토 슌포(内藤雋輔) 교수의 글[9]에 의하면, 이 일기는 초고본(草稿本)과 청서본(淸書本)의 두 종류가 있다고 한다. 초고본은 초서체의 분방 유려한 가나(假名)에 의해 쓰여 있으며 좀벌레에 의한 손상과 얼룩이 있고 다시 철한 흔적이 있는 것으로 보아 전란 중에 게이넨(慶念)이 직접 들고 다녔던 초고이다. 초고본은 속표지와 마지막의 12장이 낙질되어 전한다. 청서본은

8 신용태 역, 『임진왜란 종군기』, 경서원, 1997, 14쪽.

9 内藤雋輔, 「僧慶念の朝鮮日日記について」, 『朝鮮學報』 35, 朝鮮學會, 1965.(신용태 역, 『임진왜란 종군기』(경서원, 1997.)에 번역 수록.)

초고본의 가나를 한자로 고쳐 쓴 것이 많고 초고본의 내용을 잘못 옮겨 기록한 것이 있는 것으로 보아 게이넨(慶念) 사후 다른 사람에 의해 쓰인 전사본이다. 나이토 슌포(內藤雋輔) 교수는 초고본을 기초로 하여 초고본 중에서 망실된 부분은 청사본으로 보충하고 별도의 주석을 붙여 『조선학보』에 게재하였다. 이 과정에서 청서본의 속표지에 '일일기(日日記)'라고 기록되어 있는 제명을 보관처인 안요지(安養寺)에서 오래 전부터 불러 왔던 '조선일일기(朝鮮日日記)'로 개명하였다.

《조선일일기》는 게이넨(慶念)이 종군승려로 조선에 파병이 결정된 이후인 1597년 6월 24일부터 종전 후 고향에 돌아온 1598년 2월 2일까지 약 9개월간의 일들을 기록한 것이다. 게이넨(慶念)이 파병된 시기는 임란의 마지막 단계로 철군을 둘러싼 매우 격렬한 전투가 매일 매일 반복되던 때였다. 이런 상황 속에서 게이넨(慶念)은 9개월 동안 거의 매일 일기를 남기고 있다. 이를 통해 작가의 투철한 기록 정신을 엿볼 수 있다. 이 일기의 저작 동기에 대해서는 작품의 서두 부분에 있는 다음과 같은 기록을 통해서 알 수 있다.

> 처음에 오타 히슈(太田飛州)님께서 꼭 조선에 동행해 주어야 하겠다고 말씀하셔서 승낙은 했지만, 도대체 왜 나를 부르시는지 모를 일이다. 이미 늙은 나로서는 종군(從軍) 따위는 꿈에도 생각해 본 일이 없었다.
>
> 더구나 여행이나 출진(出陣)의 경험이 없는 터라 상당히 고심을 하였다. 오타 히슈 성주님의 건강을 보살피는 의료 때문이라면 젊은 사람들을 불러 쓰시면 어떻습니까 라고 말씀드렸지만, 꼭 함께 있고

> 싶다고 하시며 명령하시니 난처하기 한량없으나 할 수 없는 노릇이다.
> 특히, 조선은 추운 나라로 알려져 있고, 험한 파도를 이기며 만 리의 해로를 헤쳐 나가야 하기에 두 번 다시 일본에 돌아온다는 보장도 없다. 늙은 나로서는 전대미문(前代未聞)의 일이기에 글쎄 어떨는지 모르지만 처음으로 일기라는 것을 만들어서 보잘 것 없지만 풍자적인 와카(和歌)를 읊어 전쟁이 끝난 후에 기분 전환의 재료로라도 삼을까 생각한다. 한 번 읽어 보고 불 속에 던져버릴 정도의 하찮은 것이다.[10]

인용문은 일기의 시작 부분이다. 성주가 자신을 의승으로 수행시키는 것이 마음에 내키지 않은 듯 돌아올 기약 없는 조선 전쟁의 종군령에 불만을 터뜨리고 있으나, 체험을 일기와 와카(和歌)로 남겨 후대인들에게 보여주고 싶은 욕망을 일기의 시작 부분에서 토로하고 있다.

이 일기는 서술방식에 있어서 특징 있는 모습을 보인다. 날짜에 따라 그날그날에 일어났던 일과 느낌을 서술하고 이에 대한 감정의 표현은 와카(和歌)를 통해서 드러내고 있다. 즉, 이 일기의 서술방식은 산문과 시가가 혼효되어 있으면서 상호 유기적인 관련을 맺고 있는 구조로 되어 있다. 이 때 산문이 어떤 사실이나 정보의 설명, 혹은 정황을 진술하는 기능을 한다면, 시는 정황에 대한 작자의 개인적 감회를 담고 있다. 작자는 자신이 전쟁에 참전한 기구한 삶을 그

---

10 게이넨(慶念), 《조선일일기(朝鮮日日記)》, 신용태 역, 『임진왜란 종군기』, 경서원, 1997, 37~38쪽.(이후의 《조선일일기》 인용은 이 책에 의거하고, 해당 인용문에 날짜만 밝히기로 함.)

냥 지나칠 수가 없기 때문에 산문을 통해서는 그날그날 있었던 사건을 있는 그대로 담담하게 기술하였다. 그리고 이들 사건에 대한 개인적인 감정은 와카(和歌)를 통해 드러내고 있는 것이다. 즉 산문은 상황 진술을, 시는 감정을 표출할 때 주로 사용하기 때문에 시는 독립된 작품으로 존재하기 보다는 산문과의 유기적인 관계 속에서 그 의미망이 분명히 드러나도록 되어 있다.[11]

이렇게 해서 일기에 수록된 와카(和歌)는 약 330여 수이다. 이 가운데 진종(眞宗) 승려로서 마음 속 깊이 신앙으로 살아가는 만족감을 읊고 있는 것이 70여 수, 이국땅에서 고향을 그리워하는 망향의 와카(和歌)가 70여 수, 전쟁의 참담한 상황을 직시하고 전쟁을 싫어하고 평화로운 세계를 기원하는 와카(和歌)가 90여 수이고, 나머지는 종군 중의 풍물이나 이국에서 느끼는 갖가지 사건에 대한 감회를 읊은 것이다.[12] 매일매일 일기가 기록되어 있듯이 와카(和歌) 또한 매일 한 편 이상은 수록되어 있다. 이들 와카(和歌)는 그날그날의 사건에 대한 작자의 심회를 매우 솔직하게 담고 있어 인간 게이넨(慶念)의 내면세계를 잘 드러내고 있다.

이 일기의 내용상의 특징은 반전과 망향의 정조에 있다고 할 수 있다. 이는 매일의 일기에 쓰인 사건 기록이나 와카(和歌)를 통해서 확인할 수 있다. 예를 들어 7월 15일의 일기 "죽도에 도착하고 보니 아득히 바다 위의 고향 산천이 보이지 않게 되어 버렸구나. 이와 같

11 이채연, 「한·일 실기문학에 나타난 임진왜란 체험의 형상화 전략」, 『한국문학논총』 22, 한국문학회, 1998, 163쪽.

12 內藤雋輔, 앞의 논문, 206쪽.

이 저 멀리 시야에서 사라져 버린 고향에 늙은 몸으로 어떻게 돌아갈 수 있을까"하면서 자신의 처지를 한탄하는 내용을 보면 망향의 정조가 드러난다. 고향에 대한 그리움은 꿈을 통해서 더욱더 절실하게 표현되고 있다. 고향으로 돌아가고 싶은 심정은 전쟁에 대한 회의로 이어진다. 이는 전쟁의 참혹함이나 전장에서의 물자 부족, 극심한 추위 등에 의한 고통스러움과 괴로움 등을 겪으면서 자연스럽게 드러난다. 일기 가운데 "아아, 참으로 이와 같은 괴로운 종군이 없었다면, 이와 같은 곳에 와서 허무하고 추한 모습들을 보는 일은 없었을 것을… 좌우간 하루라도 빨리 이와 같은 괴로운 세계에서 벗어나고 싶은 생각뿐이다.(11월 18일)"라는 부분을 보면 작자가 얼마나 전장에서 벗어나고 싶어 했는지를 짐작할 수 있다. 이러한 전쟁의 고통은 종교자로서의 흔들림 없는 신앙심으로 극복되고 있다. 그래서 "여하튼 늙은이의 고통을 참고 견디는 방법은 부처님의 은덕에 감사하며 기뻐하는 것 외에는 없다.(1월 13일)"고 하였다. 불심은 작자를 전쟁의 고통에서 벗어나게 해 준 통로였던 것이다.

이 작품의 마지막에 수록된 와카(和歌)에는 "눈이 가물거리고/ 붓을 들 수조차 없는 몸이 되었지만/ 그리움과 서글픔이 교차되는 옛이야기를/ 다시 옮겨 써 두자꾸나." 라고 한 것을 보면, 진중에서 불태워버린 일기를 귀국하여 옛날을 회상하며 다시 쓴 것으로 여길 수 있다. 앞글의 "정성들여 적어놓은 책자도 태워버려"라는 구절을 통해서도 확인할 수 있다.

게이넨(慶念)은 승려이면서도 문학에 상당한 조예가 있었음을 알 수 있다. 일기 내용 가운데 "겐지모노가타리(源氏物語)"를 인용하기도 하고(11.5), 생각하는 것들이 이루어지지 않기 때문에 덧없는 세상임을 말하면서 "이세모노가타리(伊勢物語)"도 인용하고 있는 모습을 통해서 확인할 수 있다. 그리고 글 전체의 문맥을 보아도 상당한 문학적 소양이 발견된다.

3. 임란의 참상 기록 : 분노와 자성

한·일 실기에 공통적으로 기록된 내용 가운데 하나가 임진왜란의 참상에 대한 것이다. 그 양상도 아주 다양하다. 곳곳에 쌓여 있는 시체들의 모습, 마을 전체가 불타는 모습, 기아문제, 질병으로 인해 겪는 고통, 가족 간의 이산 등을 사실적으로 기록하고 있다. 이러한 참상을 기록함으로써 전쟁이 가져다 준 폐단을 고발하고자 한 것이다. 그런데 《정만록》과 《조선일일기》를 비교해 보면 전쟁의 참상을 고발하려는 의도에 다소 차이가 있음을 읽어낼 수 있다. 이탁영은 임진왜란의 참상 기록을 통해 왜적에 대한 분노(憤怒)를 드러내고 있는 반면에 게이넨은 자성(自省)의 모습을 보이고 있다. 작자가 처한 상황과 신분에 따른 차이에서 기인한 것이기는 하나 가해자와 피해자라는 입장의 차이로 볼 수도 있다.

우선, 《정만록》에 기록된 임란의 참상을 들어보기로 한다.

6월 28일. 使相의 종이 서울에서 왔는데 사상의 庶弟 金省이 대부인을 모시고 가속과 함께 龍津江에서 10여 일을 머물다가 왜적을 만나서 김성의 조카인 正字 金成立과 朴校理 婦人과 나이가 17세로 전일에 王子妃 抄選했던 처녀와 급제한 둘째 아드님 김 생원과 庶母와 일가 노비가 모두 피살되었다 하니 천지간에 이런 변고가 또 있으랴. 비밀로 하여 사상께서는 아직 모르고 계신다. 이 말을 듣고 나니 노모와 자녀 생각에 가슴이 찢어지는 듯하고, 술에 취할 듯 미칠 것만 같다. 察訪 金忠敏과 奉事 朴太古와 세 사람이 함께 한참동안 흐느껴 울었다. 아! 돌아갈 길이 막연하여 천지가 캄캄하다.

7월 2일. 尙州에 살던 前師傅인 河洛은 영남의 명사인데 흉적을 만나 싸우던 날 사부 부자는 대부인을 모시고 처와 자부와 함께 피란 중에 왜적을 만났는데 먼저 부인을 잡고 항복하라면서 부자를 斬하고 자부를 보리밭으로 끌고 가서 10여 명의 적이 욕을 보이고는 놓아 주었는데, 드디어 목을 매어 죽었다 하니 이 무슨 時運인고?

8월 2일. 居昌에서 留하다. 金山郡은 地廣도 좁고 작은 郡인데 兇賊의 殺掠이 날로 심하여 本郡의 보고에 의하면 死亡者가 2,200餘名이라 한다. 기타 큰 邑의 死亡도 가히 짐작할 수 있다. 다만 참혹하고 비통할 따름이다. 知禮에 있는 적을 義兵大將 金沔이 어제 출동하여 완전히 잡아 불살라 버렸고, 도망한 남은 적은 主簿 裵楔이 星州軍을 거느리고 가서 다 죽였다고 한다. 湖南 美女가 많이 포로로 잡혀 왔는데 애걸하여도 불태워 죽였다 하니, 참혹하여 들을 수가 없다.

임진왜란의 참상 중에서 빼 놓을 수 없는 것이 여인들의 피해상이다. 여인들의 납치와 겁탈은 전란 기간 중 왜적에 의해 공공연히 행해진 것인바, 대부분의 실기문학에 그 피해상이 기록되어 있다. 왜적은 용모가 예쁜 여성을 강제로 일본으로 보냈는가 하면, 더 극심한 경우에는 납치한 여인들을 윤간하기도 해 여인들이 겪은 참상은 차마 말로 다 표현할 수 없을 지경이었다. 무죄한 민간인들을 살육하고 납치하며, 윤간을 하는 등의 행위를 기록함으로써 전쟁의 참상을 여실히 드러내고 있는 것이다.

전쟁으로 인해 가족이 흩어져 사방을 헤매는 모습 또한 전란의 참상 가운데 하나이다. 위 인용문에서도 보이는 바와 같이 작자 또한 집을 떠나 종군의 길에 올랐다. 이로 인해 집에 남은 가족의 안위에 대해 항상 번민하는 모습을 볼 수 있다. 특히 전쟁터에서 민간인들이 참변을 당한 모습을 보면서 "이 말을 듣고 나니 노모와 자녀 생각에 가슴이 찢어지는 듯하고, 술에 취할 듯 미칠 것만 같다."는 생각을 수도 없이 하게 되는 것이다.

전쟁으로 인한 기아 문제의 심각성은 급기야 '인상식(人相食)'에 이른다. 《정만록》에는 이에 대한 기록을 "허다한 명병(明兵)이 양식만 다 소비하고 보리와 밀도 없어지고, 가을 농사도 가망이 없으니 뼈만 남은 백성들은 무엇을 하랴. 곳곳에서 사람을 서로 잡아먹는다고 한다. 문경현(聞慶縣)에서는 한 정로위(定虜衛)가 그 누이를 잡아먹었다 하니 불행한 운수라도 이럴 수 있으랴(1593.5.12.)"고 해, 가족끼리 잡아먹는 참상을 서술하고 있다.

이탁영은 인명의 살상, 납치, 윤간, 기아의 고통 등과 같은 전쟁의 참상을 기록하면서 이러한 행위에 대해 분노를 금치 못하고 있다. 분노는 곧 왜적의 만행을 폭로하는 것에서 시작해서 그들을 인간 이하로 묘사하는 데에 이른다.

7월 7일. 낙동강을 거슬러 올라온 적은 하나같이 아군으로 가장하

> 여 網巾과 別凉子에 長標를 붙이고 昌寧의 結陣處로 간다고 한다. 아군의 원군이 오면 불의에 습격하여 모두 죽이겠다고 한다. (… 중략…) 적들의 행동을 보면 소를 잡아먹는지는 모르고 다만 개·돼지·닭 등을 잡아먹으며 쌀은 씻지 않고 밥을 지어 먹는다 한다. 여자 하나를 붙잡으면 父子兄弟를 가리지 않고 3·40명이 서로 輪姦하여 죽게 한다고 한다. 書册을 찢어서 더러운 것을 닦는다고 하며, 장독에다 放失하여 사람에게 먹도록 한다 하니 그 소행을 어찌 말로 다 하랴. 이런 욕을 보이는데도 天罰을 내리지 않는고? 몸이 늙었음을 원망하며 통곡할 뿐이다.

왜적의 행동을 인간 이하의 행위로 규정함으로써 은연중 왜적의 행태를 비난하고 있다. 전쟁으로 인한 참상을 기록하면서 작자는 그 원인을 전쟁을 일으킨 당사자인 왜적에게 돌리고 있다. 그러나 분노의 화살은 왜적에게만 향하지 않는다. 이를 보고도 어찌 할 수 없는 자신의 모습에는 더욱더 비참할 뿐이다. 자신의 능력 없음에 한탄을 한다. 스스로에게 향한 비난은 다시 위정자들에게 향한다. 그래서 원망의 목소리를 다음과 같이 사대부들에게 내고 있는 것이다.

> **8월 3일.** 어머니와 자식들을 생각하니 너무도 사정이 딱하여 물러날 것을 고하니, 裵天祥과 兵務에 관한 일을 交代한 후에 물러가라는 명령이다. 민망하기 이를 데 없다. 동료인 李湖는 病으로 돌아가나 나는 무슨 죄로 이런 급한 난리를 당하여 나라의 祿을 먹는 士大夫도 하나같이 도피하여 鸞輿를 따르지 않는데, 곧 죽게 된 老母를 깊은 산골에서 살게 하고 疾病과 飢寒을 알지 못한 지 일곱 달이 되도록 돌아가지 못하니 차라리 죽기보다 못하다.

사대부들은 하나같이 자기의 목숨만을 위해서 피란하기에 급급한 데 자신은 노모를 버려두고 이렇게 군중에 있으니 한스럽다는 태도를 보이고 있다. 비판의 대상이 사대부들에게까지 미쳐 지배층들을 비판하고 있는 것이다. 또한, 진주성 전투에서 많은 사람들이 죽었다는 소식을 듣자, "싸움에 이기지 못할 것이 뻔한 데도 병졸을 몰아넣는 것은 알지 못하겠다."(1593년 6월 21일)고 하면서 당시 장수들의 무모한 전략을 비판하고 있다. 작전에 실패한 장수들의 실수를 놓치지 않고 비판하고 있는 것이다.

작자는 전쟁의 참상을 가져다준 것은 위정자들의 책임으로 여기고 있다. 분노의 화살은 일차적으로 왜적을 향했지만, 이는 다시 정치현실 비판으로 이어지고 있다. 이처럼 작자가 임진왜란의 참상을 사실 그대로 기록하면서 드러내고 싶었던 것은 왜적과 위정자들에 대한 분노라고 할 수 있다.

다음으로, 《조선일일기》에 기록된 임란의 참상을 들어보기로 한다.

> **7월 29일.** 죽도를 출발. 성주는 적을 염탐하면서 선두를 이끄는 역할을 담당하시어 전라도 방면으로 전진하였다. 지나가는 해로의 처음부터 끝까지, 적선이 머물고 있는 모든 섬에서는 적선이 파괴되어 불에 태워지고 있었고, 성들마다 시체들이 산을 이루고 있었으므로 마음을 말로 다 표현할 수 없어서 다음과 같이,
>
> 죽도를 나와 보니 시체들로 뒤덮인 섬들이/ 해변에 산을 이루고 있음이여/ 도대체 어디까지 계속될는지/ 그 끝도 보이지 않는구나.

8월 4일. 벌써 배에서는 너나 할 것 없이 남에게 뒤질세라 재보(財寶)를 빼앗고 사람을 죽이며 서로 쟁탈하는 모습들, 도저히 눈뜨고 볼 수조차 없는 기분이다

이것저것하고 죽은 자의 재보를 먼저 탈취하려고/ 벌떼처럼 몰려들어 떠들썩한 모습들이여.

8월 6일. 들도 산도, 섬도 죄다 불태우고, 사람을 쳐 죽인다. 그리고, 산 사람은 금속 줄과 대나무 통으로 목을 묶어서 끌어간다. 어버이 되는 사람은 자식 걱정에 탄식하고, 자식은 부모를 찾아 헤매는 비참한 모습을 난생 처음 보게 되었다.

들도 산도 불지르는 데 혈안이 된 무사들의 소리가 시끄럽고/ 마치 아수라장을 방불케 하는 비참한 광경이구나.

게이넨은 전쟁의 상황을 왜곡되게 기술하거나 부풀림 없이 보고 들은 대로 솔직하게 기술하고 있다. 조선에 출정하여 성주를 따라 다니며 겪었던 일들을 가감 없이 기록하고 와카(和歌)를 통해서 이에 대한 자신의 심정을 드러내고 있다. 전쟁으로 인한 참상은 말로 표현할 수 없을 정도이다. 작자는 이를 하나도 놓치지 않고 기록한 것이다. 시체들이 쌓여 산을 이루고 있는 모습, 재물을 얻기 위해 사람 죽이기를 예사로이 여기는 모습, 마을 마다 불을 지르고, 산 사람들은 잡아서 끌고 다니는 모습들을 기록함으로써 전쟁의 참상을 드러내놓고 있다.

이처럼 《조선일일기》에도 인명의 납치 살육 등 전쟁의 참혹상에 대한 기록은 여러 곳에 보인다. 게이넨은 비록 일본인의 입장에서 전장에 참가하고 있지만 무고한 양민에 대한 살육행위에 대해서는

매우 비판적인 입장을 견지하고 있다.

> **8월 28일.** 여기 전주를 떠나가면서 가는 도중의 벽촌에서 남녀를 불문하고 죽이는 참상은 차마 두 눈으로 볼 수 없는 처참한 모습이었다.
>
> 길을 가는 중에 칼에 베어 죽는 사람의 모습이여/ 오지(五肢)가 제대로 붙어 있는 것이 없을 정도이구나.

이렇게 무고한 백성에 대한 살육은 차마 눈뜨고 볼 수 없는 처참한 광경이라고 하면서 탄식을 하고 있다. 이러한 참혹한 광경을 보고는 전쟁에 대해서 회의를 한다.

> **11월 12일.** 철포에 올라가 표식을 다는 무리들이나 배를 조종하는 선원의 인력에 이르기까지 안개를 헤치고 산에 올라가 목재를 자르고 저녁에는 별이 총총할 때 돌아오며, 의욕이 없고 해이한 자는 쫓겨나며, 또 적에게 목숨을 빼앗기기도 한다.
>
> 명분도 없는 그릇된 행위이기에 백성들의 서글픔은 판단 의식을 흐리게 하여 조선인의 목을 잘라서 네거리에 세워 놓도록 만든다.

게이넨은 임진왜란을 명분도 없는 그릇된 행위라고 말하고 있다. 명분도 없는 전쟁을 일으켜 군역의 괴로움을 가져왔고, 이로 인해 무고한 백성들만 희생당한다는 것이다. 11월 14일의 일기에는 "밤을 새우며 남을 꾸짖고, 돌을 쌓아 성을 축조하는 공사도 세상의 허무를 모르기 때문이다. 타인의 물건을 빼앗으려고 하는 궁리만 하며 탐욕에 눈이 멀어져 있는 것이다"라고 적고 있다. 전쟁을 일으킨 근저에는 인간의 탐욕이 자리하고 있다는 말이다. 인간의 탐욕스러운 행위에 대해 여지없이 비판을 가하고 있다. 11월 16일의 일기에서 "이처럼 먼 곳에 끌려와서 한 순간의 쉴 틈도 없이 사역당하는 것은 도저히 인간의 행위라고는 볼 수 없다"고 하면서 비판하고 있는 것이다.

전란의 참혹상에 대한 기록과 이에 대한 비판은, 곧 죄를 짓고도 참회할 줄 모르는 인간들에 대한 연민의 정으로 이어진다.

> **11월 13일.** 단지 후생을 알지 못하고 자기 멋대로 죄를 짓는 까닭에, 이 현세에서도 이와 같은 고통을 만난다. 미래를 깨닫고 후세를 염원하는 자라면 그다지 기대할 수 없는 무상한 세상이지만, 과오는 있는 법이다.

이와 같은 작자의 생각은 불도를 닦는 승려의 입장을 그대로 반영하고 있는 것이기는 하지만 참혹한 현실에 대한 자성의 목소리로 볼 수 있다.

> **12월 14일.** 이 원망스러움은 누구에게도 말할 사람이 없다. 그래서 내가 전생에서 저지른 응보가 지금 내려져서 이와 같은 고통스러운 처지를 만나고 있다고 생각하며 다음과 같이 읊어본다.
>
> 원망을 서로 마주보고 이야기할 사람조차 없구나./ 그 옛날 전생에서의 업보라고 생각하노라.

자신이 겪는 고통은 전생의 업보로 여기면서 현실적 고통을 극복하려고 하는 것이다. 따라서 열심히 불도에 정진하는 것이 옳은 일이라고 판단하기에 이른다. 12월 16일의 일기에 "한층 더 의지하여 염불을 외우는 일에 게을리 하지 아니하리라"라고 하면서 다짐을 하고 있다.

작품의 문맥 안에 숨어 있는, 독실한 불심으로 인간의 업보와 인연을 받아들이면서 깊이 반성하는 작자의 모습은 종교자로서의 흔들림 없는 신앙의 깊고 단단함에 기인하는 것이라 할 수 있다. 작품을 읽어가며 느낄 수 있는 숭고함도 여기에서 비롯된 것이다.

이와 같이 《조선일일기》의 작자는 자신이 겪은 참담한 상황을 진솔하게 기록하면서 스스로를 되돌아보는 성찰적인 자세를 취하고 있음을 알 수 있다. 이것이 임진왜란의 참상을 기록하면서 분노에 찬 감정을 드러내고 있는 《정만록》과 다른 점이다.

4. 망향의 정조 서술 : 반전과 평화

《정만록》과 《조선일일기》를 관통하고 있는 주된 정서는 망향의 정조이다. 작품 곳곳에 고향에 두고 온 가족 생각에 눈물이 마를 날이 없다고 쓰고 있다. 고향에 대한 그리움과 가족에 대한 걱정의 마음은 두 작품에서 공통적으로 서술되었다.

이탁영은 임진왜란 초기에 관찰사 김수의 막료로 참전했다. 《정만록》의 일기는 이 시기의 체험에 집중되었다. 일기의 시작은 임진년 3월 9일이다. 이날 기사는 의성에 있는 집을 떠나 약 한달 동안 돌아다닌 지역을 나열하고 있다. 곧바로 이어지는 4월 7일의 일기부터 본격적인 기록이 시작된다. 이날의 일기 내용은 다음과 같다.

> **4월 7일.** 晋州에 도착하였다. 엿새를 묵는 동안 변란을 대비하여 나는 防備次知가 되어 鎭浦에 출입하느라 조금도 휴식할 겨를이 없고, 답답한 가운데 날을 보내니 언제 휴가를 얻어 집으로 갈 것인가? 또 이 달 보름 후까지는 남으라는 令이 내리니 이 민망함을 어찌할 것인가. (《정만록》)

집을 떠나 한 달 넘게 진중에서 생활하느라 쉴 겨를이 없다. 하루 빨리 휴가를 얻어서 집에 가보고 싶은 마음이 간절하나 또 다시 진중에 남아 있으라는 명령을 들으니 민망하기 짝이 없다고 하였다. 그나마 왜적이 부산포에 침입하였다는 사실을 접한 이후부터는 집으로 갈 생각은 엄두도 못내는 상황이 되고 말았다. 왜적의 부산포 공략 이후 이어지는 동래부, 양산성, 황산성 등의 함락으로 길이 막히니 노모와 처자의 존망을 알 길이 없다고 한탄하기에 이른다.

《조선일일기》의 시작은 6월 24일부터이다. 출항하는 날의 일기인데 이날 작자는 "두 번 다시 돌아 올 수 있다는 기약도 없이/ 지금 이렇게 정든 고향과 이별하는 늙은이의 서러움이여."라고 소회를 읊고 배를 탔다. 배에 올라 뒤를 돌아가 보니 고향인 우스키(臼杵) 방면은 멀리 안개가 자욱이 깔려 있다. 이렇게 떠나는 것이 너무 원망스럽다고 하면서 또 한 수의 와카를 읊었다. "남겨두고 온 부모와 처자식의 비통한 심정은 어떠할까./ 불어오는 바람만이 가슴에 사무치는구나." 종군 따위는 꿈에도 생각해 본 일이 없던 일이었기에 고향을 떠나 조선으로 향하는 작자의 심정은 비통할 수밖에 없었다. 작자 일행은 여러 날 만에 조선에 도착했다. 이제는 고향으로 돌아갈 날이 요원해졌다.

> **7월 15일.** 죽도에 도착하고 보니, 아득히 바다 위의 고향 산천이 보이지 않게 되어버렸구나. 이와 같이 저 멀리 시야에서 사라져 버린 고향에 늙은 몸으로 어떻게 돌아갈 수 있을까. 결국 돌아가지 못할 것이라고 생각되어, 오로지 빨리 극락 왕생을 바라는 수밖에 별 도리가 없다. 무릇 덧없는 인생을 살아가기 때문에 이와 같이 몹시 거칠게 느껴지는 것이다.
>
> 아득한 바다 위의 고향 산천이 멀어져 가는 것을 보며/ 괴로운 생활을 할 수밖에 없는 죽도에 도착하는구나. (《조선일일기》)

고향땅이 시야에서 사라져 버리자 과연 고향에 돌아갈 수 있겠는가 하고 한탄을 한다. 앞으로의 생활은 괴로운 생활일 수밖에 없다고 생각하니 처참한 심경마저 든다고 했다.

진중 생활을 하며 느끼는 고향에 대한 절실한 그리움은 이탁영이나 게이넨이나 다르지 않다.

> **5월 17일.** 달은 너무도 밝은데 고향산천은 점점 멀어져가니 어버이와 동생들 생각이 간절하나 앞으로 어찌 될 것인지.

> **6월 2일.** 수원 근처의 菁好驛 北山에 결진하였으나 저녁밥도 굶었다. 밤새도록 큰 비가 내려서 온몸이 흠뻑 젖었고 어버이 생각에 울어본들 어찌할까.

> **7월 21일.** 종일토록 비가 내린다. 모친 생각과 누이 생각이 비 오는 날일수록 더하다. 허다한 가속들이 산간에 숨어서 어떻게 지내는고? 밤새도록 혼자 울면서 새우나 아무런 소용이 없구나. (《정만록》)

11월 4일. 너무너무 춥고 바람도 거세게 불어, 몸이 차가워져서 제발 고향에 돌아가서 봄을 나고 싶구나 하고 그리워한다. 늙은 몸이기에 추위가 몸에 스며드는 것은 고통스럽기 이루 말할 수 없어서 이와 같이 읊는다.

한층 더 고향을 그리워하는 늙은 몸에/ 추운 바람을 몰고 오는 강풍아/ 내 처지를 생각하며 불어다오.

12월 8일. 눈이 내려 쌓이는 모습을 보니, 한층 더 고향이 그리워서 마음이 착잡하고, 이런 곳에 내가 왜 왔는지 원망스런 마음이 앞을 가려 이와 같이 읊어본다. 생각나는 대로 적는 것도 요쿄쿠(謠曲)의 「하치노키」에서 사노님이 말씀하신 것과 같이, 무슨 이유인지 세상 사람들이 이런 눈은 술로써 즐기면 흥에 겨울 텐데, 이와 같은 처지이기에 눈이 내려도 흥겹지 않은 날이라고 좌석의 모두가 걱정을 하여서 지금 내 처지를 생각해 내고 읊은 것이다. (… 중략 …)

이런 상황에서 날은 춥고 더욱이 나이를 들어서 허리의 통증은 날이 갈수록 심해지고, 걷는 것도 여의치 않다. 밤새도록 잠을 이루지 못한 채 이와 같이 적어 본다.

덧없음도 잠을 청하지 못함도 당연한 일인가/ 고향을 그리는 생각은 쌓이고/ 늙고 쇠약해짐은 더해지는구나. (《조선일일기》)

오랜 기간 진중에서 생활하다보니 자연히 고향으로 돌아가고픈 절실한 마음에 눈물을 흘리고 있는 모습이다. 날씨가 좋으면 좋아서, 궂으면 궂어서 더욱 더 고향생각이 간절하다. 그래서 달은 너무도 밝은데 고향 산천은 점점 멀어져 가니 어버이와 동생들 생각이 간절하나 앞으로 어찌될 것인지 모르겠다고 하면서 번민에 휩싸이기도 한다. 부모와 가족에 대한 걱정과 그리움에 눈물이 앞을 가리기도 하고, 오장 육부가 뒤집히는 듯한 슬픔에 빠지기도 한다. 더구나 온 가족이 모이는 추석과 같은 명절을 당해서는 그 슬픔이 더욱 증폭됨을 볼 수 있다. 그래서 "동갑인 박안(朴雁)이 술을 가져와 위로하다. 이열(李烈)도 술을 가져오고, 관(官)에서 떡을 내리셨다. 오늘이 무슨 날인고, 허다한 영혼을 누가 제사지낼 것인가? 노모(老母)와 군손(群孫)을 누가 먹일 것인가? 내일 기제(忌祭)도 궐(闕)하겠구나. 슬퍼서 견딜 수가 없다.(1592.8.15.)"고 하였다.

게이넨은 눈이 내려 쌓이는 정경을 보니 고향이 그리워 마음이 착잡해질 수밖에 없다고 하였다. 평상시에 고향에 있었더라면 내리는 눈을 바라보며 술을 마시며 흥겨워했을 텐데 지금은 그럴 상황이 아니라고 생각하니 자신의 처지가 원망스럽기 그지없다. 급기야는 왜 이런 곳에 오게 되었는지 원망스러울 뿐이라고 울먹이고 있다.

더군다나 병이라도 나면 고향에 있는 가족에 대한 그리움은 더 절실해진다.

> **6월 12일.** (… 전략 …) 내 몸도 큰 병을 겪은 후에는 자주 병이 생겨 조석을 견디기 어렵지만 야영생활을 하는 동안 습기가 많은 곳에서 먹고 자고 하여도 큰 병은 없으니 참으로 다행이다. 노모와 처자가 산중에서 굶주려도 적에게 욕보지나 않았으면 좋으련만 내 실낱같은 생명이 이어진다면 천행이겠는데 하면서 밤낮으로 하늘에 빌어 본다. 노모 처자를 다시 보게 하여 주시기를. (《정만록》)

> **7월 26일.** 다른 때와는 다르게 몸이 좋지 않은데다 감기 때문에 고통스러웠다. 그렇더라도, 이런 때 고향에 있다면 오랜 동안 고락을

> 같이 했던 처자들이 모여 들어, 나를 둘러 앉아 걱정스러운 듯이, "어떠세요"라고 물으며 위로하고 간호해 줄 것인데… 하고 탄식하며, 베개를 비스듬히 베고 눈물을 삼키며 다음과 같이 읊어 본다.
>
> 그렇지 않아도 고통스러운데/ 내 고향이 그리워서 더더욱 견디기 힘들구나/ 특히 감기에 걸린 오늘, 고향을 그리는 서글픈 내 심정이여. (《조선일일기》)

병으로 인한 육체적 고통은 곧 가족의 따뜻한 품을 그리워하게 만든다. 《조선일일기》에 서술된 것처럼 가족이 둘러 앉아 간호하면서 걱정해 주는 따뜻한 마음을 간절히 소원하게 된다. 이처럼 가족의 따뜻한 품이 그리워 눈물을 삼킬 수밖에 없는 작자의 처지가 간절하게 다가온다.

고향에 대한 간절한 그리움은 대부분 꿈을 통해 표출된다. 두 작품에서 가장 빈도수 높게 서술된 것이 꿈에 대한 것이다. 가족에 대한 걱정은 그리움으로 바뀌고 그리움은 다시 한으로 깊이 사무친다. 그러니 꿈속에서나마 가족을 만날 수 있다는 것이 다행이다. 그러나 이것도 꿈을 깨면 그뿐, 비참한 심사만 더할 뿐이다.

> **6월 11일.** 使相은 오랜만에 푹 쉬시고 우리들도 곤히 잠이 들었다. 꿈에 외사촌 형제가 보이기에 먼저 노모 소식을 묻다가 그만 잠이 깨어 버려 눈물이 절로 나니 이를 어찌 할까? 날이 어두워서 鴻山縣에 들어오니 관대하게 맞아 주는 이는 戶長 어른이었다. 먼저 술을 내고 다음에 밥을 주어 후히 대접하여 주니 대단히 감사하다. 꿈에 정서방의 아기가 보였다. 꿈을 깨니 五臟이 뒤틀리는 듯 괴롭다. 아무리 생각하여도 많은 처자들이 비록 적의 손에는 죽지 않았다 해도

굶어 죽었으리라 생각하니 울음이 저절로 난다. (《정만록》)

8월 22일. 지난밤은 고향 사람, 또는 조강지처의 모습을 또렷하게 꿈에서 보았다. 아마 한번이라도 고향에 돌아가고 싶다는 일념으로 그렇게 꾸었으리라 생각하며 다음과 같이 한 수 읊어본다.

꼭 한번 고향에 돌아가고 싶다는 염원에 의해/ 방황하는 마음이 꿈으로 나타났구나. (《조선일일기》)

두 작품에서 공통적으로 빈번하게 나타나는 것이 꿈속에서 가족들을 만나는 장면이다. 작자가 처한 상황이 어려운 때면 여지없이 꿈속에서 가족과 만난다. 그러나 꿈을 깨어 버리고는 더욱 그리움에 사무친다. 그것은 차라리 고통으로 다가와 오장이 뒤틀릴 정도라고 서술하고 있음을 볼 수 있다.

이런 와중에 집의 소식이라도 들을라치면 그 기쁨은 비할 데 없이 크다.

7월 20일. 이른 아침에 靑松 和睦 사람 貴連이가 평일 나의 使喚이었으나 홀연히 左兵使의 馳報를 가지고 오니 마치 죽은 사람을 보는 것 같다. 家書를 급히 보니 노모 처자가 모두 무사하다기에 기쁜 눈물이 샘솟듯 한다. 4월 보름 노모 소식을 지금에야 들으니 조금 생기가 나는 듯하다. (《정만록》)

7월 28일. 일본의 고향으로부터 자식들 이야기를 자세하게 적은 서신을 받아 기쁜데다가 또한 오늘은 신란쇼닌(親鸞上人)의 기일이어서 더욱 기쁘다. 번뇌도 여느 때와 같이 조금은 안정되었으므로 와카를 즉흥적으로 읊어본다.

자식들에게서 매우 상세한 서신을 받아 보았는데/ 그 기쁨은 비길 데가 없구나. (《조선일일기》)

집으로부터 온 편지를 읽고 나니 이제야 생기가 나는 듯하다고 한 서술에서 볼 수 있듯이 집안 소식은 진중 생활을 하던 작자에게 있어 무엇보다 기쁜 것이다. 가족들의 안위가 걱정이 되어 꿈속에서라도 만나 기뻐하던 것이 직접 소식을 접하고 나서는 그 기쁨에 눈물이 절로 흐른다고 하였다. 그런데 이도 잠깐, 꿈에서 깨어난 뒤에는 가족을 만나고 싶은 심정은 더욱더 간절해 질 수밖에 없다. 《조선일일기》에는 고향 생각에 불면의 나날을 보내고 있다는 내용이 연 4일간이나 계속 되고 있어 그 간절한 심정을 엿볼 수 있다.

특히, 승려 신분인 게이넨의 경우에는 군역의 고통을 신앙에 의지함으로써 극복하는 모습을 일기 곳곳에서 보이고 있다. 그러나 가족에 대해 생각이 미치면 불도 수행도 필요가 없다고 서술하고 있다. 12월 9일의 일기는 이를 잘 드러내고 있다. "하루 한 시라도 좋으니 고향에 돌아가 손자와 처자식을 만나고 죽고 싶다는 심정이다."라고 하면서 와카를 읊기를 "바쁜 마음은 불도수행보다도 고향이 그립고/ 돌아가 가족을 만나고 싶은 것뿐이다."라고 하기에 이른다.

이제는 전쟁이 빨리 끝나기를 소망할 수밖에 달리 방법이 없다. 종전(終戰)의 소망은 일본과 명군의 화해 분위기가 깨져버린 데 대한 안타까움의 표현을 통해 엿볼 수 있다. 1월 3일의 일기에 "요사이 며칠 동안은 일본과 명나라가 화해하는 방향으로 일을 진행시켰는데 오늘은 그것을 깨버리는구나"라고 하면서 안타까운 심정에 와카(和歌)를 읊고 있다. 전쟁을 반대하는 작자의 시각은 1월 4일의 일기에서 극명하게 드러나고 있다. 조선군의 공격을 방어하다가 조선군이 물러가자 "그대로 도망가게 하자는 것이 많은 사람들의 의견이다. 참으로 기쁘기 한량없어서 읊는다"라고 한 서술에서 보듯이 이제는 전쟁이 빨리 끝나기만 바라는 작자의 처지를 엿볼 수 있다. 반전 의지는 이렇게 망향의 정조와 교차되어 나타나고 있다.

마침내 고향으로 돌아갈 기회를 얻고, 그리운 가족과 다시 만날 수 있다는 생각에 흥분하여 다음과 같이 서술하고 있다.

> **1월 5일.** 밤이 깊어질 무렵 히센노카미(飛驒守)님께서 말씀하시기를, 게이넨(慶念)은 어서 빨리 배에 타라고 하신다. 너무 기쁘고 꿈만 같아서, 현실인지 무엇인지 분간할 수 없을 정도다. 료신(了眞)에게 도움을 받으면서 성을 내려 올 때에는 눈물을 흘리면서 너무 기뻐서 이야기도 공중에 뜬 것과 같이 그 심경 비교할 바가 없다. 이러면서 배에 타고는,
>
> 마치 꿈만 같구나/ 고국으로 돌아가는 배를 타게 되어/ 꿈을 꾸는 듯한 현실 속에서 노를 베개 삼고 있으니/ 여태까지의 고통은 결코 전부 잊어버릴 수가 없구나/ 생각해 보면 참으로 마음이 오싹해질 정도의 나날이었다. (《조선일일기》)

고향으로 돌아갈 기약이 없자 체념하면서 하루하루를 보내고 있던 차에 상관으로부터 고향으로 가는 배를 타라는 전갈을 듣자 게이넨은 그 기쁨을 이와 같이 적었다. 마치 몸이 공중에 뜬 것 같은 기분이 들었다고 했다. 곧 고향에 돌아간다고 생각하니 지난날이 오싹해질 정도의 날이었다고 회상하는데 이르면 그 기쁨의 정도가 어느 정도인지 짐작할 수 있다.

게이넨은 전쟁이 빨리 끝나 고향으로 돌아가기만 고대하고 있었다. 특히 이 전쟁은 의미 없는 싸움이라고 여기고 있었기 때문에 하루빨리 끝나기만 바라고 있었다. 전쟁터에서 보낸 지난날을 "오싹해질 정도의 날"이었다고 회상하는 부분에 이르러서는 작자 자신이 전쟁을 얼마나 몸서리치는 기억으로 갖고 있었나 생각하게 만든다.

꿈에도 그리워하던 가족이 이제 한 자리에 앉았다. 가족이 한 자리에 앉은 순간은 다음과 같이 서술하고 있다.

> **9월 10일.** 使相은 安東으로 가시고, 나는 물러날 것을 고하고 許於里에 가서 곧 罔洞에 있는 老母 妻子의 피란하는 곳을 찾으니 노모 처자가 내가 살아 돌아옴을 알고 통곡이 진동하였다. 흩어진 머리에다 귀신같은 얼굴들이 누더기 옷에다가 맨발 벗은 모양은 차마 못 보겠다. 울음을 그치고 서로 치하하며 이르기를 온 나라가 兵火에 휩싸여 위로는 公卿으로부터 아래로는 庶民에 이르기까지 집집마다 부녀들이 욕을 보고 사망자가 태반이 되었는데도 우리 집은 먹을 것은 없다 하나 다 살아남아 다시 만나게 되었으니 천행이라고 하였다.
>
> (《정만록》)

> **2월 2일.** 고향인 우스키(臼杵)에 귀선하여 열망했던 대로 손자들과 만나니, 그 기쁨은 말로다 표현할 수 없는 기분이다. 진정으로 우라시마 다로라고 하는 일곱 살 된 손자와 만난 것을 예로 들어 지금 자신의 몸에 정말로 고향에 돌아온 것을 알린다.
>
> 아아. 애란 말인가. 일곱 살 난 손자와 만나게 된 것까지도/ 지금의 자신에게 알리고 확인하며/ 기쁨을 감추지 못하는구나.
>
> (《조선일일기》)

이탁영은 노모 처자가 피란해 있는 곳을 찾아가 가족과 만났다. 살아서 돌아온 기쁨에 서로 통곡을 하다가 거지 행색의 피란민을 보고는 비참한 마음이 들었다. 그러나 집집마다 욕을 보고 죽은 자가 태반인 상황에 비추어 본다면 살아남아 다시 만나게 되었으니 천행이라고 하고 있다. 그리워하던 가족과 만난 기쁨도 잠시였다. 온 나라가 병화에 휩싸여 많은 부녀자들이 겪은 참상을 상기하면서 전쟁의 무모함을 은근히 비판하고 있다.

이는 게이넨의 경우도 다르지 않다. 집에 도착하기 직전의 일기인 1월 22일의 일기에는 고향 근처의 이키(壱岐)해협 포구에 도착한 후 느낌을 "사바세계의 고통에서 벗어나 즐거움을 만끽하고 환희하는 것"이라고 표현하고 있다. 사바세계의 고통이라는 표현을 통해서 전장의 폐단이 얼마나 컸는지를 짐작할 수 있다. 《조선일일기》는 게이넨이 집에 도착한 1598년 2월 2일의 일기가 마지막이다. 고향에 돌아와 손자를 만난 기쁨을 이와 같이 서술했다. 작자는 전쟁터를 돌아다니면서도 항상 하루빨리 전쟁이 끝나기만 고대했다. 고대하던 상황이 이루어지고 꿈에도 그리던 가족을 만나니 그 기쁨은 더할 나위 없었던 것이다. 전쟁을 반대하는 작자의 모습은 지금까지 살펴본 대로 작품을 지배하고 있는 망향의 정조를 통해 읽어낼 수 있다.

지금까지 《정만록》과 《조선일일기》에 서술된 망향의 정조를 구체적인 일기 내용을 들어가며 살펴보았다. 이들이 전쟁터에 나와서 겪는 괴로움 가운데 가장 큰 것이 고향에 두고 온 가족과 다시 만날 수 없다는 데 있었음을 알 수 있었다. 그 그리움은 꿈으로 나타나 하염없이 눈물짓게 하는 장면에 이르러서는 전쟁이 얼마나 많은 사람들에게 고통을 가져다주는가를 생각해 볼 수 있게 한다. 각 실기 문학의 작자들이 이러한 점을 부각 시킨 이유는 다름 아닌 반전(反戰)과 평화(平和)에 대한 기원에서 비롯되었다고 할 수 있다.

***

임진왜란 당시 종군체험을 기록한 한·일 양국의 종군실기 가운데 이탁영의 《정만록》과 게이넨의 《조선일일기》는 여러 면에서 공통점을 보이고 있어 서로 비교하기에 적절한 자료이다.

우선 두 작품에서는 임진왜란의 참혹상을 기록하고 있다. 곳곳에 쌓여 있는 시체들의 모습, 마을 전체가 불타는 모습, 기아문제, 질병으로 인해 겪는 고통, 가족 간의 이산 등을 사실적으로 기록하고 있다. 이러한 참상을 기록함으로써 전쟁이 가져다 준 폐단을 고발하고자 한 것이다. 그런데 《정만록》과 《조선일일기》를 비교해 보면 전쟁의 참상을 고발하려는 의도에 다소 차이가 있음을 읽어낼 수 있다. 이탁영은 임진왜란의 참상 기록을 통해 왜적에 대한 분노를 드러내고 있는 반면에 게이넨은 자성의 모습을 보이고 있다. 작자가 처한 상황과 신분에 따른 차이에서 기인한 것이다.

두 작품을 관통하고 있는 주된 정서는 망향의 정조이다. 작자들은 공히 상관을 보좌하는 입장으로 참전을 했다. 오랫동안 진중생활을 하면서 겪었던 고통 가운데 가장 큰 것이 가족과 떨어져 지내는 고통이었다. 고향에 대한 간절한 그리움은 대부분 꿈을 통해 표출되었다. 꿈속에서 만난 가족과 해후의 기쁨, 꿈을 깨고 나서 허망함에 하염없이 눈물을 짓게 하는 장면에 이르러서는 전쟁이 얼마나 많은 사람들에게 고통을 가져다주는가를 생각해 볼 수 있게 한다. 그만큼 망향의 정조는 이들 작품에 강하게 작용한 것이다. 각 실기문학의 작자들이 이러한 점을 부각 시킨 이유는 다름 아닌 반전과 평화에 대한 기원에서 비롯되었다고 할 수 있다.

한·일 양국의 임란 실기문학을 통해서 전쟁이 얼마나 무모한 것이었으며, 얼마나 많은 사람들을 고통에 빠지게 했는가를 읽어 볼 수 있었다. 이러한 기록은 상대에 대한 분노의 기록으로 한편으로는 자성의 기록으로 존재함을 알 수 있다. 또 전쟁으로 인한 가족 간의 이산의 아픔을 서술하면서 실기 작자들은 반전과 평화에 대한 열망을 가지고 있었음도 알 수 있다.

Ⅳ. 병자호란 실기의 작자 의식

1. 병자호란 실기의 작자층

임진왜란 종전 한 세대 후인 1636년 12월에 일어났던 병자호란은 불과 한 달여 만에 끝난 전쟁임에도 조선의 국왕인 인조가 청 태조에게 항복을 함으로써 패배한 전쟁으로 기록되면서 조선인의 정신적 피해가 막심했던 전쟁으로 평가되었다.

임진왜란을 겪으면서 등장한 전란 실기는 병자호란을 체험 기록으로도 등장했다. 병자호란 관련 실기는 남한산성에서 인조를 호종한 사람들이 남긴 것과 강화도 함락과 관련된 실기가 주목을 받아왔다. 김상헌(金尙憲)의 《남한기략(南漢紀略)》, 나만갑(羅萬甲)의 《병자록(丙子錄)》, 석지형(石之珩)의 《남한해위록(南漢解圍錄)》과 《남한일기(南漢日記)》, 남급(南礏)의 《병자일록(丙子日錄)》, 작자미상의 《산성일기병자》 등은 당시 남한산성 안에 있던 인물들이 남긴 작품이다. 어한명(魚漢明)의 《강도일기(江都日記)》, 작자미상의 《강도록(江

都錄)》과 같은 작품은 강화도 함락을 다룬 작품이며, 남평 조씨의 《숭정병자일기》는 난을 피해 피란한 과정을 기록한 작품이다.

병자호란 관련 실기를 살펴보면, 우선 임진왜란 실기에 비해 수적으로 적다는 것을 알 수 있다. 따라서 실기 작자층도 그리 폭넓지 않지만, 작자층에 따라 병자호란 기억이 달라 흥미롭다. 동일한 전란 체험의 기록이라고 하더라도 저작자들은 자신의 출신이나 처지에 따라 전란을 다른 시각에서 보고 판단하여 서술하였기 때문에 그 내용은 서로 다르게 나타나기 마련이다. 그러므로 병자호란을 바라보는 다양한 관점을 이들 실기를 통해 드러내 볼 수 있다.

우선, 참전 관료층의 실기가 있다. 병자호란 당시 관료들로서 남한산성에서 인조를 호종했거나, 강화도, 심양에서 세자를 호종한 사람들이다. 《강도일기》, 《남한기략》, 《남한일기》, 《남한해위록》, 《병자록》, 《병자일록》, 《심양일기》의 저작자들이 이에 속하는데, 이들은 전투에 직접 참가한 것은 아니지만 인조 또는 세자를 호종하면서 겪은 사실을 기록하였기 때문에 병자호란에 대한 지배계층의 시각을 살펴볼 수 있다.

둘째로 일반 사류(士類)의 실기이다. 벼슬을 하지 않고 야(野)에 있던 사류로 전란의 피해를 입거나 의병을 모아 적과 대항했던 계층이다. 〈강도피화기사〉와 《속잡록》의 저작자가 여기에 속한다. 이 중 〈강도피화기사〉를 쓴 정양은 강화도에서 적에게 참변을 당한 사실을 기록하였으며, 《속잡록》의 저자 조경남은 자신이 살던 남원에서 보고 들은 바를 중심으로 기록하였다. 이들의 작품을 통해서는 일반 백성들의 전란 체험 사실을 엿볼 수 있다.

셋째로 사대부가 여성의 실기이다. 이들도 넓게는 사류에 속하는 계층으로 볼 수 있으나 여성 작가라는 특성으로 인해 별도로 취급한다. 《숭정병자일기》를 쓴 남평 조씨의 경우가 여기에 해당하는데, 남평 조씨는 임·병 양란의 실기 저작자 가운데 유일한 여성이다. 여성의 시각에서 전란 체험이 어떻게 서술되는지 살펴볼 수 있다.

본 장에서는 이들 세 부류의 실기 가운데 대표적인 작품인, 나만갑의 《병자록》, 조경남의 《속잡록》, 남평 조씨의 《숭정병자일기》를 선택해 이들 작품에 드러난 작자 의식을 밝혀보기로 한다.

2. 참전 관료층의 경우 : 나만갑의 《병자록》

참전 관료층의 저술로써 대표적인 작품으로는 나만갑의 《병자록》을 들 수 있다. 《병자록》의 작자 나만갑은 병자호란 당시 남한산성에 들어가 공조참의로서 관향사가 되어 군량 공급에 공을 세운 사람이다. 국왕을 호종한 신하로서 전란에 참전하였기 때문에 조정 안에서 벌어진 논란과 각처에서 들어오는 상소 및 전황을 비교적 자세히 기록하였다. 실제로 작자는 발문에서 "병자록을 저술함에 있어 먼저 그 화가 일어나게 된 연유를 들고, 다음에 내가 눈으로 직접 자세히 본 것을 기록했으며 남에게서 전해들은 것은 널리 찾아보고 물어보고 여러 사람의 말을 들어 보아 일의 잘잘못과 사람의 착하고 악함을 크고 작은 것을 막론하고 남김없이 죄다 말했으며, 친하고 소원함을 가리지 않고 사실을 들어 똑바로 썼다"[1]고 하였다.

그러나 글을 자세히 읽어보면, 전란의 원인으로부터 전란의 경과 및 전후 사정까지 사실 그대로 서술하면서도 작자의 주관적인 감정이 많이 개입되어 있음을 볼 수 있다. 작자는 사건을 서술하면서 자신의 감정을 드러내고 있는데, 주로 당시의 정치현실을 비판하는 것이다. 자신이 체험했던 사실을 있는 그대로 드러냄으로써 작자는 당시의 정치현실을 비판하고자 한 것이다.

병자호란의 원인을 서술한 글 가운데 다음과 같은 내용의 글이 있다.

> 이시백(李時白)이 이때 남한산성 수어사(守禦使)로 있었는데, 시백의 아버지 귀(貴)는 김유와 서로 사이가 좋지 않아, 남한산성의 방비에는 김유의 청을 하나고 들어 주지 않았고, 또 성을 지키는 군사들은 다 영남 군사를 배치했는데, 만약 위급하게 되면 먼 곳에 있는 사람이 어떻게 급히 달려올 수 있으랴. (21쪽)

적재적소에 군사를 배치해야 효율적인 대비가 이루어짐에도 불구하고 그렇지 못한 상황에 이르렀으니 적의 공격에 대한 방비가 제대로 될 수 있었겠는가 하는 작자의 비판이다. 작자의 비판적 시선은 여기에서 그치지 않는다.

> 김자점(金自點)이 갑자기 추곡(推轂)의 중한 책임을 맡았으나, 군사를 무마하고 양성하지는 않고, 피폐한 백성을 매질해 부려서 정방

---

1 나만갑, 《병자록》, 윤재영 역, 『신완역 병자록』, 명문당, 1987, 255쪽.(이하 인용은 이 책의 해당 쪽수만 밝힘.)

산성(正方山城)을 쌓고, 또한 형장(刑杖)으로 위엄을 세우려고 하여, 여러 가지로 인심을 잃었다. 그는 늘, "적이 올 겨울에는 오지 않는다"하고, 다른 사람이 혹 적이 올 것이라고 하면 성을 내고, 오지 않을 것이라고 하면 좋아했다. 그래서 그의 수하 사람들은 적이 올 것이라는 말을 하기를 꺼렸다. (22쪽)

자신의 임무를 제대로 수행하지 못하는 위정자들로 인해 백성들의 삶은 피폐해질 수밖에 없으며, 이로 인해 민심은 이반되었다. 문란해진 정치 현실은 군사가 몰살당하는 지경에까지 이르게 하였다.

상하가 황황하여 어찌할 바를 모르고 허둥대기만 했고, 서울 안의 사대부들은 늙은이를 부축하고 어린이는 손을 잡아끌며 피란 가느라고 법석이었다. 울음소리가 거리에 가득했다. (… 중략 …)

그 날 아침에 먼저 도감장관(都監將官) 이흥업(李興業)을 보내 마병 80여 기를 거느리고 가서 적을 막게 했는데, 그들은 하직하고 떠나갈 때 하사하신 술과 친구들이 주는 작별의 술을 지나치게 많이 마시어 장관 이하 모두가 곤드레만드레 취해 가지고 창릉 건너편에 이르러 적에게 몰살당하고, 겨우 두어 사람만 살아남았다. (26쪽)

12월 14일 적병이 이미 서울에 가까이 이르자 국왕은 강화로 향하려다 다시 도성으로 들어 왔다. 위의 기사는 이날 아침에 있었던 일이다. 적군의 압박에 어찌할 줄 모르고 허둥지둥 대는 국왕이나 군사를 관리 감독해야 하는데도 불구하고 자신의 임무를 잊은 채 있다가 애꿎은 군사를 몰살당하게 한 관료나 상하 위정자 모두를 비판하고 있다. 문란한 정치현실의 한 단면을 그대로 보여준 것이다.

문란한 정치현실의 모습은 국왕이 항복하여 남한산성을 나오는 순간에도 드러난다.

> 출성 때 따를 500명은 다 체부(體府)에서 정했는데, 하인들도 김유에게 청탁하면 나갈 수 있어서, 그 태반이 이속(吏屬)과 삼의사(三醫司)이고, 삼사(三司)의 장관도 배종(陪從)하지 못했다. 이홍주가 전하의 명령으로 2월 2일에 성에서 나가니 성에는 통솔하는 사람이 없어 성을 지키던 군사들이 제멋대로 뿔뿔이 흩어지고, 도처의 적은 아직 진지를 철거하지 않아 살해와 약탈을 당한 우리나라 사람이 이루 그 수를 알 수 없었다. 온갖 고난을 다 겪고 수없이 죽을 고비를 넘겨 겨우 겨우 목숨을 붙여 왔는데, 이제 와서 이 지경을 당하니 참으로 불쌍하다. (123쪽)

문란한 정치현실의 결과로 이러한 지경에 이르렀으니 백성들의 정치에 대한 불신과 위정자에 대한 원망은 극에 달했다.

> 이 때 필시(筆市) 노상에서 한 노파가 손바닥으로 땅을 치고 울면서 큰 소리로 말했다. "여러 해를 두고 강화를 수리하여 백성들이 의지하게 했는데 어찌하여 오늘날 이 지경에 이르게 됐느냐? 검찰 이하로 나라의 중한 책임을 맡은 사람들이 날마다 술 마시는 것으로 일을 삼아 마침내는 백성들을 죄다 죽게 했으니, 이것이 누구의 탓이란 말이냐? 나와 너의 자식과 남편이 다 적의 칼에 죽고 단지 이 몸만 남았다. 아, 하느님이시여, 세상에 이런 원통한 일이 있습니까?" 듣는 사람이 모두 슬퍼했다. (135쪽)

위 인용문은《병자록》가운데 일기의 마지막에 기술된 내용이다. 노파의 울분의 목소리는 바로 작자의 목소리로 여길 수 있다. 작자는 노상의 노파의 입을 빌려 위정자들의 각성을 촉구하고 있는 것이다.

이 책의 사건 서술은 다분히 주관적이다. 주관적 서술은 작자의 정치적 입장과 관련되어 있다. 병자호란 당시에는 척화(斥和)의 명분과 주화(主和)의 현실적 상황이 대립되었다. 희생을 줄이고 목숨이라도 보전하여 쇠망하는 국가를 더 이상 피폐시킬 수 없다는 현실적인 주장을 펼치는 주화파와 감정에 충실하여 명분을 지키려는 척화파가 팽팽히 맞서 있었다.[2] 이 두 긴장된 상황에서 어가(御駕)를 따랐고 실제 적과 대치하여 직접 맞섰던 관료로서 작자는 척화파의 입장에 있었다. 따라서 주화파에 대한 시각은 부정적일 수밖에 없으며, 이러한 의식은 정치 현실 비판으로 나타났다. 앞의 김자점, 김유 등에 대한 부정적 서술은 주화파에 대한 정치적 입장의 반영인 것이다.

> 홍서봉 · 김신국 · 이경직이 적의 진중에 갔다. 오랑캐는 누런 종이에 쓴 것을 주며 조유(詔諭)라고 일컬었다. 흉악이 이에 이르러서는 차마 들을 수가 없고 차마 볼 수가 없어, 차라리 갑자기 죽어 아무것도 모르게 되고 싶다. (49쪽)

오랑캐가 조선국왕을 신하로 대접한 사실에 대해 작자가 분노하고, 모멸감을 느끼는 대목이다. 차라리 죽어서 이 꼴 저 꼴 안 보는 게 더 낫겠다는 입장이다. 그러나 끝내 국왕은 항복을 하고, 척화파

---

2 이우경, 『한국의 일기문학』, 집문당, 1995, 61쪽.

는 붙잡혀 가는 처지에 놓이게 되었다.

> 오달제·윤집 두 사람이 아침에 적의 진으로 출발하는데, 조정에서 그들을 데리고 갈 사람을 분부하지 않아 최명길이 스스로 데리고 갔다. 명길이 오·윤 두 사람에게, "그대들이 가서 내 말대로 대하면 아무 일 없을 것이오."했다. 그것은 아첨하고 죄를 자복하라는 것이었는데, 두 사람은 서로 돌아보며 미소하고는 그러마고 했다. 적진에서 멀지 않은 곳에 이르자 명길은 그들의 띠를 풀고 결박을 지워 데리고 가서 자기 손으로 두 사람을 바쳤다. 명길의 쥐새끼같이 간사함은 차마 입에 담을 수가 없었다. (117쪽)

소위 주화파의 대표격인 최명길이 척화파를 오랑캐에게 바치게 된 상황이 되자, 작자는 서슴없이 최명길을 쥐새끼같이 간사하다고 욕하였다. 척화파와 주화파의 대립 갈등에서 작자는 척화파의 입장에서 사건을 서술하고 있음을 볼 수 있다. 작자는 자신이 직접 체험한 사실을 적은 일기 외에 따로 항목을 설정하여 척화하여 의에 죽은 사람들에 관한 일과 척화파의 대표격인 김상헌에 관한 글을 따로 기록하고 있어 이를 증명해 보이고 있다.

> 최명길(崔鳴吉)이 상소하여 화의의 사신을 보내기를 청하니 교리 오달제(達濟)와 이조정랑 윤집(尹集)은 상소하여 최명길의 목을 베기를 청하고 헌납 이일상(李一相)의 명나라에 혐의를 받지 말아야 한다는 상소에는, 위로 천조에 배반하고 아래로 우리 백성을 속인다는 등의 말이 있었다. 시론(時論)은 척화를 높고 깨끗한 언론이라 하고, 청나라에 매여 지내는 화의를 그릇된 언론이라고 하여 아무도 이에

이의를 말하는 사람이 없었다. (19~20쪽)

시론(時論)이 척화는 높이고 주화는 그릇되었다고 하여 당시의 분위기를 설명하고 있으나, 이는 다분히 작자의 입장으로, 주화파에 대해 부정적인 시각을 갖고 있는 작자의식의 한 단면을 드러내는 것으로 여길 수 있다.

한편, 충절을 지킨 인물에 대한 기록도 보인다.

> 이날 내가 관량사(管糧使)에 임명되었는데, 창고 안에는 쌀과 피잡곡이 겨우 1만 6천여 섬밖에 없었다. 이것은 만여 명 군사의 한 달 양식밖에 안 되었다. 이서(李曙)가 일찍이 남한산성 수어사(守禦使)가 되어 갖은 애를 다 써서 군량을 많이 저축했었는데, (… 중략 …) 이 산성에 있는 양식은 이서가 전일에 비축해 놓은 것이고, 소금·장·종이·무명·병기와 그 밖의 소용되는 물건들도 다 이서가 갖추어 놓은 것으로서 창졸간에 입성하여 요긴히 쓰이는 물건들이 모두 이서의 힘에 의한 것이었다. 이서는 계획과 경략이 다른 여러 장수들과는 차이가 많아 사람들의 생각이 미칠 수 없었으므로, 성 안 사람들이 모두 그는 참으로 나라를 지킬 만한 신하라고 했고, 평소에는 그의 단점만 들추어 내려던 사람들까지도 이제 와서는 모두, 그는 나라를 위해 충성을 다했었다고 칭찬하여 마지않았다. (35쪽)

이서(李曙)라는 장수는 지략을 갖춘 장수로서 유사시를 잘 대비한 인물로 소개하고 있다. 작자는 이렇게 충의를 실천한 인물들에 대한 소개를 함으로써 전란 중에도 자신의 역할을 충실히 해낸 사람도 있음을 보여주려고 했다. 일기 이외의 내용 가운데 장수들의 공적을 소개하고 평가한 부분과 강화도에서 정절을 지킨 부녀자들을 소개한 것 등도 이와 같은 의도에 따른 것이다.

이상과 같이 《병자록》을 통해서 작자 의식을 살펴보았다. 《병자록》은 참전 관료층의 저술로써, 이를 통하여 호란을 바라보는 관료층의 시각을 엿볼 수 있었다. 그 결과 문란한 정치 현실을 비판하고 있음을 보았고, 이는 작자의 정치적 입장과도 관련이 있음을 알았다. 작자 나만갑은 명분을 중시하는 척화파의 한 사람으로서 자신과 정치적 입장을 달리 하는 사람들을 부정적으로 서술하고 있으며, 이러한 입장은 호란의 원인과 경과를 서술하는 데에도 반영되었다. 그러면서도 자신의 역할을 충실히 수행한 장수들이나 정절을 지킨 여인들도 소개함으로써 충절의 실천을 드러내려고 했음을 알 수 있다.

3. 일반 사류의 경우 : 조경남의 《속잡록》

《속잡록》의 작자 조경남은 어지러운 정치를 비난하고 벼슬을 하지 않은 선비로서 임진왜란 때에는 의병을 일으켜 활약한 바가 있으며, 병자호란 때에도 의병을 모아서 근왕하였다.

《속잡록》은 작자 자신이 겪은 일뿐 아니라 전국 각지에서 일어난 일까지도 자세하게 기록한 야사의 성격을 띤 자료이다. 이 책의 사건 서술은 작자의 주관적 감정을 드러내기보다는 객관적인 시각으로 사건을 바라보고 서술하려는 경향이 짙다. 거시적인 입장에서 역사의 현장을 드러내려고 노력을 했고, 이로 인해 현실을 바로 볼 수 있도록 한 것으로 여길 수 있다.

병자호란 전에 일어난 사건 서술 가운데 특징적인 것의 하나가 이상한 징조를 보인 사건 서술이다.

> 근일에 들녘에서 김매는 자들이 기를 세우고 북을 두들기며 떼를 지어 가무(歌舞)하는 것이 마치 병신·정유의 해와 같으니, 이것이 바로 흉한 징조인데 사람이 모르는 것이다.[3]

> 큰 황새가 평안도로부터 좌우로 결진하여 날마다 서로 싸우다가, 해서를 지나 서울로 향하여 마침내 사령(沙嶺)에 이르러 편을 갈라 열 지어 앉았다가 4·5일 지나서 날아갔다. (394쪽)

작자는 평상시와 다른 현상을 병란의 징조로 여기고 이렇게 기록하였다. 누구나 예견할 수 있는 것인데 그렇지 못했다는 것을 은연중에 드러내려는 의도인 것이다.

작자는 자신의 견해는 드러내지 않으면서 현실을 있는 그대로 보여 주고 있다. 12월 14일 적병이 도성에 가까이 왔음을 듣고 나서 보인 조정의 모습을 다음과 같이 서술했다.

> 온 조정의 경상(卿相)들이 모두 강도가 견고하다고 여기고 부모 처자를 남보다 먼저 들여보내려고 했다. (… 중략 …) 그래서 (주상이) 친히 채찍을 잡고 떠나서 구리재를 넘어 수구문(水口門)으로 나가는데 군색하고 급박하게 달려가는 형상은 차마 말할 수가 없었다. 전후

---

3 조경남, 《속잡록》, 이석호·신호열·김규성·양대연 역, 『국역 대동야승 VIII』, 민족문화추진회, 1989, 392쪽.(이하 인용은 이 책의 해당 쪽수만 밝힘.)

의 사대(射隊)·기휘(旗麾)·의장(儀仗)이 모두 분리되어 서로 잃고 성중의 남녀들은 맨발로 걸어서 어가와 서로 뒤섞이고, 부자·부부·형제·노비들은 서로 떨어져서 헤매며 길가에 넘어지고 자빠지며 곡성이 진동하였다. 승여(乘輿)의 말이 울자 친히 칼을 뽑아 쳐버리고 다른 말을 타고 남한산성으로 달아나는데, 날은 이미 저물고 사람은 주리고 말은 지쳐서 걸음을 재촉할 도리가 없었다. (403~404쪽)

조정의 신하들은 자신의 처자식 목숨만 우선으로 생각하는 지경이니 국왕은 스스로가 채찍을 들고 말을 몰 수밖에 없었다. 더군다나 왕자를 보내야만 화친을 허락하겠다는 말에 세자가 가겠다고 하자, 주상은 아무런 대답을 하지 아니하고 역시 눈물만 흘리며 아무런 해결책을 생각하지 못하고 있다. 조정안에서도 이렇게 속수무책이니 일반 백성들이 겪는 고통이야 말할 수 없는 지경이다.

백성들이 겪는 참혹한 광경은 이에 그치지 않는다. 작자는 일기를 써 나가면서 일반 백성들이 겪는 참담한 상황을 빠뜨리지 않고 서술하고 있다.

오랑캐가 한창 서울로 들어올 적에 대소 인민이 허둥지둥 달아나면서 모두 어린아이를 버리어 발길에 밟혀 죽은 시체가 길가에 깔렸다. (411쪽)

당초에 적의 군사가 안주에 당도하여 수천의 병력을 나누어 보내서 양덕 맹산으로 들어가 (…중략…) 그 사이에 죽이고 약탈한 것이 이루 헤일 수 없으며, 지나가는 길에는 포로당한 인축이 마치 양떼를 몰아가는 것같이 몰려가는데 5·60리를 잇달았다. (420쪽)

> 맨 처음 적이 강도에 들어오던 날에 김경징·장신은 어미를 버리고 먼저 달아났으며, 도중에 들어와 있는 모든 사람은 다 가속을 버리고 달아나서 모두 잡혀가고 죽곤 하였다. 영상 김유의 집에서는 절사한 부인이 세 사람인데 즉 영상의 부인·김경징의 부인·김진표의 처였고 잡혀간 사람으로는 서평부원군 한준겸의 집에서 열한 사람, 한명욱의 처·정백창의 부인·여이징의 부인, 지원부원근 유근의 집에서 열두 사람, 그리고 신익융의 처·정선흥의 처·김반의 부인이었는데, 김반의 아들 익겸은 죽었다. 이성구의 부인은 죽고 그 장자와 차자는 사로잡혀 갔다가 도망해 왔으며 나머지 두 아들은 죽고, 김상용은 스스로 불에 타 죽고, □□□의 처첩·이지항의 처와 세 아들이 모두 죽었다. (423쪽)

작자의 시선은 이렇게 일반 백성을 향하여 있다. 백성들의 참혹한 광경을 서술하면서 백성의 고통을 드러내려고 한 것이다. 이러한 지경에 이르렀지만 분연히 일어나 적과 대항하려는 사람이 없음을 한탄하기도 한다.

> 본부(本府)(남원) 선비들이 용성관(龍城館)에 모여 군사를 모집하고 군량을 모집할 것을 상의하였으나 한 사람도 칼을 집고 분연히 일어나는 사람이 없으니 아! 세상일이여, 한탄밖에 없다. (410쪽)

호란을 당하여 적극적으로 위기를 극복하려는 의지가 없어 이렇게 한탄밖에 할 수 없다. 왜란이 일어났을 때에는 각처에서 의병이 일어나 파탄에 빠진 국가를 구하려고 하였으나 지금은 사정이 그렇지 않음에 대해 작자는 한탄하고 있는 것이다. 그래서 작자는 또 이렇게 말하고 있다.

임진년 왜란에는 국가의 기강이 다 절단나지 않아서 인민의 역사(役事)를 각자의 처지에 따라 책정하면 촌락에서는 소동을 피우는 폐습이 없고, 사민(士民)들은 횡포를 부리는 근심이 절대 없었고, 의논이 저절로 완정되어 일을 반드시 성취하였는데, 오늘날에 와서는 인심이 전과 같지 아니하니 간흉한 자들이 뜻을 얻어 시기를 틈타 작란을 부리되 못할 짓 없이 다하고 있다. 대개 사혐으로 인하여 원수를 갚고, 세력을 믿고서 사람을 죽이며, 남정(男丁)을 구박하여 소 말을 겁탈하니, 백성들이 도망해 흩어지고 읍과 마을이 쓸쓸하다. 한 고을을 보면 역사를 배정하는 관군이 그 일을 인연하여 폐단을 짓고, 그 일을 빙자하여 이익을 취득하니 이때야말로 어느 때인데 탐욕을 부리는 것이 이 지경에 이르렀단 말이냐. 타고난 천성이야 어찌 이렇겠는가? 아! 나라가 망하기 전에 사람이 이미 망했구나. (417쪽)

임진왜란 때와 비교하면서 더욱더 완악해진 사람들에 대해 한탄하고 있다. 사람의 천성이 이렇지는 않을 텐데 전란을 겪다보니 이러한 지경에 이르렀다고 하면서 그 원인을 전쟁으로 돌리고 있다.

참혹한 고난을 겪은 백성들은 분노의 화살을 위정자들에게 보내고 있다.

포성이 종일토록 그치지 않았다. 장병들이 또 궐문밖에 모여 크게 외치면서, "척화한 사람을 어찌하여 내보내지 아니합니까? 그 양반들이 척화한 것을 보면 반드시 용력이 많은 모양인즉 원컨대 장수로 삼아 저 북성(北城) 위에 두어 주십시오."하니, 체부(體府)는 말하기를, "척화를 맨 먼저 부르짖은 홍익한을 들어 이미 청인에게 말했는데, 청인이 잘 응답하지 아니하고 그 밖에 또 옹종하기 어려운 청이 있는 모양인데, 너희들의 이른바 척화한 사람이란 또 누구를 지적하

> 는 것인가?"하자, 그들의 대답이, "글을 읽은 재상들도 남의 성명을 잘 기억하지 못하는데 무식한 무사가 어떻게 알겠습니까? 배부르게 밥 먹고 따뜻한 온돌방에 앉았으니 성 한 쪽이 적의 포탄에 맞아서 부서지는 것을 모르는 모양이지요?"하고, 곧장 궐내로 들어가 임금께 주달하려고 하는 것이었다. (427쪽)

고역에 시달리고 있는 장병들은 척화이든 주화든 하루빨리 전쟁이 끝나기만을 바랄 뿐이다. 척화신들을 빨리 오랑캐에게 바치지 않으니 이렇게 전쟁이 길어지는 것이 아니냐는 것이다. 위기에 처한 상황은 제대로 파악하지 못한 채 탁상공론만 앞세우는 벼슬아치들을 비판하고 있는 것이다. 비록 장병이 한 말이지만 이는 바로 작자의 입장이다. 호란으로 인해 인도(人道)는 실추될 대로 실추되었는데도 불구하고 위기를 극복할 대책하나 세우지 못하는 위정자를 비난하고 있다고 하겠다.

이런 상황에 이르자 작자는 작금의 사건을 운명으로 돌리려고 한다. 정축년 1월 30일 인조가 항복한 사건을 기록한 날의 일기 끝 부분이다.

> 정년(丁年)에 우리나라는 어찌하여 하느님께 미움을 받은 것이 있는지 매양 이 해를 만나면 문득 화란을 만나는가? 사람의 일도 자세히 모르는데 어찌 능히 하늘의 이치를 알리요. 다만 지나온 일곱 번의 정년을 들어 말하면, 만력(萬曆) 정축년(丁丑年)에 우역(牛疫)이 온 나라에 번져 거의 남은 종자가 없을 지경이었고, 정해년(丁亥年) 봄에는 왜적이 경내에 침범하여 녹도만호(鹿島萬戶) 이대원(李大元)이 손죽도(損竹島)에서 패전해 죽어 大湖(大湖)가 소란하여 임금께

> 서 밤낮으로 근심하였고, 정유년(丁酉年) 난리는 말을 하면 기가 막히니 입에 담을 필요도 없고, 정미년(丁未年)에는 노간(老奸)이 배척하는 상소를 해서 군부(君父)가 위의(危疑)함으로써 불안한 사태를 빚어 마침내 빈천(賓天)의 슬픔을 보았고, 정사년(丁巳年)에 이르러는 뭇 간흉이 독을 부려 날마다 모후(母后)를 해치기로 청을 하여 마침내 유폐하고 기절되는 통탄을 입었다. 천계(天啓) 정묘(丁卯)에 북쪽 오랑캐가 쳐들어와서 양서(兩西)가 어육이 되고 승여(乘輿)가 파천하여 온 나라가 분주하다가 기미(羈縻)로써 화친을 애걸하여 겨우 퇴각을 보았는데, 오늘날에 이르러 왜란이 갑자가 일어나 당저(當宁)가 출성의 욕을 당함에 이르고, 세자는 마침내 북천(北遷)의 화를 만났으니 신민의 통곡은 밤낮으로 끊임이 없었다. 다가오는 정년에 또 어떠한 사변이 있으려는가? 저 하늘의 궤궤(憒憒)한 이치는 실로 알기 어렵다. (437쪽)

10년마다 한 번씩 찾아오는 정년(丁年)을 일곱 번이나 겪었는데 한 번도 평안하게 지나지 않았다. 이런 지경이고 보니 사람의 힘으로는 어쩔 수 없다고 느끼며, 그저 하늘의 이치를 생각할 수밖에 없는 처지인 것이다. 호란을 바라보는 작자의 시각은 운명론적 세계관에 입각해 있는 것이다.

《속잡록》은 일반 사류 계층에 속하는 작자가 쓴 실기 작품이다. 이 작품을 통해서 사류 계층이 바라본 병자호란에 대한 시각의 한 단면을 엿볼 수 있었다. 작자는 이 작품을 통해서 역사적 현실을 그대로 드러내려고 노력하였으며, 그 결과 폭 넓은 시각에서 사건을 서술하고 있음을 보았다. 주로 일반 백성들이 겪은 어려움을 서술하면서 위정자들을 비판하고 있다. 그런데 이러한 비판적 시각은 보다 위정자들에게 강하게 향하지 않고 운명론적 입장으로 바뀌었음을 보았다.

4. 사대부가 여성의 경우 : 남평 조씨의 《숭정병자일기》

임진·병자 양란을 배경으로 하여 쓰인 많은 실기 작품 가운데 유일하게 여성 작자에 의해 이루어진 실기가 《숭정병자일기》이다. 작자의 남편은 남이웅(南以雄)으로 병자호란 당시 남한산성에 인조를 호종했다가 종전 후에 소현세자를 배종(陪從)하고 심양에 갔다가 2년 뒤에 돌아온 사람이다.

작자인 남평 조씨는 남편의 말에 따라 피란을 시작하였고, 이 일기는 피난 과정에서부터 약 4년간 작자의 생활 주변에서 일어나는 일들을 기록한 것이다. 따라서 이 일기는 당시 사대부 집안 여성들의 전란 체험은 어떠했으며, 그들의 의식은 어떠한가를 살펴볼 수 있는 좋은 자료가 된다.

우선 이 일기에서 살펴볼 수 있는 것은 피란 체험에 대한 서술이다. 피란길은 상하층이 따로 없이 고난의 길이었다는 것을 이 일기를 통해 살펴볼 수 있다.

> **12월 16일.** 판관 댁 행차(行次)와 세 집이 일행이 되어 고족골 종의 집에 가니 시간이 신시(申時)쯤 되었었다. 판관 댁은 용인으로 가시고 우리 두 집 행차는 이틀을 묵으면서 김보에 간 귀중한 짐과 글월이나 가져오고 근처의 곡식을 모아 양식이나 찧어서 출발을 하려고

하였더니 저물 때에 일봉이가 남한산성으로부터 나오면서 영감의 편지를 가져왔다. 그 편지에 기별하시기를 일이 급하게 되었으니 짐 붙이는 생각지도 말며 밤낮을 가리지 말고 청풍(淸風)으로 가라고 하셨다. 쉬고 있다가 대복이에게 말을 거두게 하고 선탁이와 대복이에게 양식을 찧게 하여 그날 밤 삼경쯤에 길을 나서니 덕생이는 그렇게 울면서 함께 가겠다고 하였으나 아이를 낳게 되었으니 길을 가다가 아이를 낳으면 죽을까 하여서 거기 있는 종에게서 피란하라 하였다.

(… 중략 …)

12월 17일. 날이 새도록 길을 가니 서리와 눈이 말 위에 온통 얼어 붙었다. 청호(淸湖)의 큰 길에 다다르니 군병이 오른다 하므로 청호 작은 길로 오다가 걸어오던 두 집의 종 여덟 명과 난추와 천남이를 길을 잘못 들어 잃고 아침이 되도록 찾지 못했다. 길마다 피란하는 사람들은 끝이 없고 길이 여러 방향으로 났으니 어디로 갔는지를 몰라서 온 집안사람들이 발을 동동 구르며 애를 썼다. 마을에 들어가 아침밥을 먹고 종들을 다 흩어서 찾으나 찾지 못하니 갑갑하고 민망하기를 어찌 다 말하랴. (… 중략 …) 잃었던 사람들은 찾았으나 시간은 벌써 저녁때였다. 날이 저물었으니 서로 애를 쓰며 지내고 청풍으로 가는 것은 이미 틀렸다고 하여 감찰댁 일행과 함께 피란하기로 하였다.[4]

피란 생활에 필요한 곡식을 준비하려고 했으나 사태가 급함에 이르러 한 밤중에 피난길에 오를 수밖에 없었다. 그래도 종들로 하여금 곡식을 찧게 하여 준비하는 모습을 통해 살림하는 여성다운 모습

---

4 남평 조씨, 《승정병자일기》, 전형대·박경신 역주, 『역주 병자일기』, 예전사, 1991, 41~43쪽.(이하 인용은 이 책의 해당 쪽수만 밝힘.)

을 엿볼 수 있다. 피란길에 종들을 잃고 길도 잃어 방황하는 작자 일행과 길을 메운 피난의 행렬은 일반 백성들이 겪는 전쟁의 고통을 드러내기에 충분하다.

이렇게 시작된 피난은 1637년 3월까지 이어진다. 따라서 이 시기의 일기 내용은 피난하느라고 옮겨 다닌 이야기와 고생스러움이 주로 나타나 있다. 아래의 인용문은 피란 시절의 상황을 가장 잘 보여주고 있다.

> **1월 17일.** 아침에 물가에 내려 대[竹]를 가리고 지어간 찬밥을 일행이 몇 숟갈씩 나누어 먹었다. 충이와 어산이가 연장도 없이 대나무를 베어, 가까스로 이간 길이나 되는 집을 짓고 문 하나를 내어 명매기의 둥지처럼 조그만 움을 묻고 생댓잎으로 바닥을 깔고 댓잎으로 지붕을 이어 세 댁의 내행차 열네 사람이 그 안에 들어가 지내고 종들은 대나무를 베어 막을 하여 의지하고 지내나 물이 없는 무인도라 대나무 수풀에 가서 눈을 긁어모아 녹여서 먹었다. 당진에서 축이가 몹시 아파서 오지 못했는데 조리하고 오장의 양식을 찧어 날라다가 바닷물에다 애벌 씻어서 밥을 해 먹었다. 피란 온 사람들이 모두들 거룻배로 나가 물을 길어오나 우리 행차는 거룻배도 없고 그릇도 없으니 한 그릇의 물도 얻어먹지를 못하고, 주야로 산성을 바라보며 통곡하고 싶을 뿐이었다. 마음속으로 참으며 날을 보내니 살아 있을 날이 얼마나 되랴. 그래도 질긴 것이 사람의 목숨이니 알지 못할 일이다. 한번 일에 한 자식을 다 없애고 참혹하여 설워하더니 지금은 다 잊고 다만 산성을 생각하는가? 망국 중에 나라가 이렇게 된 일을 부녀자가 알 일이 아니지마는 어찌 통곡하고 또 통곡하지 아니하겠는가. (53쪽)

새집과 같이 작은 집을 그것도 대나무로 얽어 열네 사람이 함께 기거하면서, 물도 없어서 눈을 녹여 먹어야만 하는 비참한 생활이다. 다른 집들은 거룻배라도 있어 물을 길어 먹을 수나 있으나 작자 일행은 배는 물론 그릇도 없어 물도 얻어먹지 못하니 그저 남편이 원망스러울 뿐이다. 나라가 이 지경이 된 것을 부녀자가 알 일은 아니지만 그래도 참혹한 생활을 하다 보니 통곡하지 않을 수 없다고 하면서 위정자들을 원망하고 있다. 피란 생활 가운데 아마 가장 힘들었던 날이 이 때인 것 같다. 이 일기에는 나라가 이렇게 된 상황을 원망하는 목소리가 거의 없으나 이 날의 일기에만 이처럼 원망 섞인 한탄이 있다.

그러나 피난길이 고통의 연속만은 아니었다. 어려운 피난길에도 따뜻한 인정을 베푸는 사람이 있었고, 작자는 그것을 놓치지 않고 기록하였다.

> 오목이에 있는 유 생원 댁에 가서 아침밥을 먹고 즉시 당진으로 가려고 하였더니 아침비도 오고 사촌들이 하도 관곡하게 대접하며 묵었다 가라고 하므로 두 행차 상하 인마가 다 함께 묵었다, 음식과 술과 안주를 형님댁과 똑같이 하여 주었다. 통틀어 사십 여 명의 사람들이 몽땅 거기서 묵었다. 그러니 거시서는 많은 비용을 들이시고 두 댁의 인마는 아우 두 댁에서 겪느라고 비용을 많이많이 들이시니 감격스럽기 그지없었다. (45쪽)

피란길에 오른 작자 일행에게 친척들의 도움에 감격하는 모습이다. 작자 일행은 가는 곳마다에서 극진한 대접을 받는다. 그런데 이러한 대접에 대해 작자는 "영감의 벗님네들이 우리 일행을 극진히 대접하여 주시니 이것은 영감이 그분들을 마음과 정성을 다하여 대접하시기 때문일 것"(47쪽)이라고 여기고 있다. 극진한 대접의 이유를 남편의 덕으로 돌리고 있는 것이다. 남편을 하늘과 같이 여기던 가부장제 사회의 한 단면을 이 글을 통해서 엿볼 수 있다. 이러한 상황이니 자연 남편의 안전이 걱정이 된다.

서산·당진에 임시 거처를 정한 2월 이후에는 피란 생활이 어느 정도 안정이 되자 이제는 남편의 안위가 걱정이다.

> **4월 2일.** 맑았다. 이진규가 넘어와 보고 갔다. 남감찰이 진위로 간다고 다녀가셨다. 박진사와 일봉이가 서울로 갔다. 심양으로 보낼 모시 철릭과 모시 겹옷 홑옷, 겹바지와 적삼, 속옷 누비 배오로기, 버선을 보자기에 싸서 봉하고 후복이의 겹옷과 적삼을 하여 가지고 갔다. (65쪽)

심양에 가 있는 남편을 위하여 옷을 장만하여 종으로 하여금 가지고 가게 했다는 내용이다. 작자의 머릿속에는 남편의 걱정만 가득하다. 그러니 서울에 갔던 종들이 돌아와서 집에 있던 물건들이 하나도 없다고 해도, 작자는 "그러나 일가들이나 무사하고 영감이 평안히 다녀나오시기만 주야(晝夜) 원(願)일 뿐이요, 그런 짐이나 강도에게 간 내 농에 넣은 것, 그 중에 겉옷과 겹옷 합쳐 육십여 가지나 잃었지마는, 곡식이나 그 밖의 것은 생각도 없다"(67쪽)고 하고 있다. 곡식이나 자신의 옷가지는 상관없이 친척들과 남편의 안부만을 걱정하는 여성의 모습이다. 남편의 안위와 가족의 화목을 지키는 것은 당시 사대부가 여성의 가장 큰 덕목이다. 작자 또한 이러한 범주에서 벗어나지 않는 의식을 보여주고 있다고 하겠다. 그렇기 때문에 “희배가 올 적에 영감이 하신 편지를 보니 기운이나 평안하시다고 하니 그지없어 한다”(67쪽)고 하는 것이다.

그러나 한편으로 작자의 개인적 처지와 관련시켜 보면 또 다른 해석을 할 수 있다. 작자는 3남 1녀를 낳았으나 불행하게도 모두 일찍 죽고 말았다. 특히 두 아들은 13세, 25세에 이르러서 죽었다. 25세에 죽은 둘째 아들 두상(斗相)은 계유년(1633년)에 죽었으니, 자식들이 죽은 것이 이 작품이 쓰인 때로부터 불과 3~7년 밖에는 되지 않은 시점이었다. 자식들을 잃은 슬픔이 가시기도 전에 병자호란을 만나 피란하는 처지가 되고, 또 남편까지 이역만리 심양까지 보낸 처지였다.[5] 이런 처지에 있는 작자이고 보니 당연히 의지할 데라고는 남편밖에 없었을 것이다. 작품 곳곳에 서술된 남편에 대한 그리움은 이로 말미암은 것이다. 그래서 다음과 같이 하소연한다.

> **12월 21일 · 22일.** (… 전략 …) 나는 위로 어머님도 아니 계시고 아래로 자식도 하나 없으니 무슨 일을 당하여도 아니 슬프고 아니 서러운 일이 없다. 다만 영감이나 쉽게 환조(還朝)하시기를 밤낮으로 하늘에 축원하나 어찌 침식이 편하며 기력을 안보하리오. (157쪽)

작자가 오로지 바라는 것은 남편이 무사히 돌아오는 것뿐이다. 그렇기 때문에 이렇게 밤낮으로 축원하고 있는 것이다. 다행히 남편에

---

5 박경신, 「병자일기 연구」, 『국어국문학』 104, 국어국문학회, 1990, 175~176쪽.

게서 온 편지를 받아 보면서부터는 다소 위안이 되지만 가슴 한 구석에 맺힌 한은 풀리지 않아, “자세한 기별을 듣고 영감께서 하신 편지를 보았다. 기운이 그만하여 계시더라고 하니 만만 다행이나 이 가슴 한 조각에 걸린 것은 언제나 풀어질까”(101쪽) 하면서 한탄한다.

가슴속에 응어리진 한 때문인지 꿈에 남편과 만나는 이야기가 며칠 밤 계속해서 나타나기도 한다. 1637년 5월 9일 처음으로 꿈에 남편을 보았다고 서술한 이후 재회할 때까지 계속해서 꿈 이야기가 등장하는데, 일기의 주내용이 꿈이라고 해도 과언이 아닐 정도이다.

> **10월 26일.** 가끔 맑았다 흐렸다 했다. 꿈에 영감을 뵈옵고 반가운 정에 못내 이야기를 나누었더니 아침에 남원으로 가는 관주인이 심양에서 구월 초닷샛날 하신 영감의 편지를 가지고 왔다. 기운은 평안하시다고 하나 나오실 기별은 없으니 답답하고 갑갑하다.
>
> **10월 27일 · 28일.** 맑았다. 꿈에 영감을 뵈었다. 연이어 이런 꿈을 꾸는 것은 나오시는가 바라기 때문이리라.
>
> **10월 그믐날.** 맑고 추웠다. 오늘도 또 꿈에 영감을 뵈오니 천남이가 들어갔으니 모시고 나오는 점인가 한다. 문밖 어머님도 꿈에 뵈오니 경사가 있으려니까 영혼도 기뻐하셔서 그런가 싶다. (131쪽)

남편에 대한 간절한 그리움은 이렇게 연속해서 꿈을 꾸게 만들고, 그 꿈을 곧 재회할 징조로 여기고 있다. 가슴속에 맺힌 응어리는 남편에 대한 그리움 때문이고, 이 그리움 때문에 계속해서 꿈을 꾸는 것이다. 그러나 맺힌 한은 재회를 해야만 풀릴 것으로 작자는 여기고 있다. 그래서 "계속해서 꿈마다 영감을 뵈오니 반갑고 마음 든든하다. 어느 날에나 함께 모여서 흉중에 쌓인 것이 조금이나마 풀어질까?"라고 하는 것이다.

그나마 자식이라도 있으면 외로움은 덜 하련만 작자에게는 자식도 일찍 죽고 없으니 그 쓸쓸함은 자식을 원망하는 데까지 이른다.

> **2월 15일.** 아침에 흐리다가 늦게야 개었다. 이안 밭에 보리 갈려고 소 두 마리와 사람 열 명이 보리씨 열여섯 말을 가지고 갔다. 꿈에 영감도 뵈옵고 죽은 아이들도 보았으나 어릴 때같이 보여 천계인지 두상인지 분간할 수가 없었다. 머리를 비겨 땋아 보이며 반가워하다가 깨니 저희의 정령이 없지 아니하여 나에게 보이되 어른 얼굴은 뵈지 아니 하니 설운 정을 다 말하랴. 불쌍하도다 내 자식들, 아깝도다 내 자식들. 시절이 이러하다고 하나하나라도 있으면 내 몸이 이다지 외롭고 서러우랴. 매양 간담을 베어내는 듯 숨이 막히는 듯 답답하며, 생각하고 서러워하면서도 어찌 할 수가 없으니 내 마음을 스스로 위로하며 이리 헤아리고 저리 헤아린다. 나쁘다. 내 자식이라면 나를 묻고 죽으련마는 스물다섯 해 나를 빌려 남다른 모자 되었더니 슬피 이별하니 상사람들이 하는 말로 전세의 죄로 이러한가? 이승에서는 그리 사나운 일을 하지 않으려고 하는 것이 내 마음이었건만 어찌 하늘이 나쁘게 보셔서 무지한 상사람들도 자식이 많은데 나에게는 이렇게 하시는가? 갑갑할 적에는 공평하신 하늘을 원망하다가도 반드시 내 죄던가 하니, 한시에 헤아리는 내 생각을 수레엔들 다 실으랴. 중방인 엄이와 충신이가 소주하고 오리알을 삶아다가 준다. (183쪽)

다른 날의 일기에 비해 비교적 길게 자신의 처지를 하소연한 날의 일기이다. 영감뿐만 아니라 자식들까지 꿈속에 나타났다. 전란을 만나 고단한 생활을 하고 있더라도 자식이나 있었으면 덜 고단할 텐데 하는 아쉬움이 진하게 배어 있다. 서러워도 어찌 할 수 없는 처지에 스스로 위로하고 있는 작자의 심정 표현은 다른 문학 장르에서 볼 수 없는 진솔하면서도 감동적인 표현이다.

이런 지경이고 보니 남편의 귀환 소식은 작자로 하여금 말을 잊게 만든다.

> **5월 4일·5일.** 맑았다. 꿈에 영감도 뵈옵고 문 밖 어머님도 뵈오니 마음 든든하다. 오늘은 명절이라 시골 사람들이 다 집에 들어 쉰다. 일봉이와 애남이가 온다고 하기에 단오제나 지내고 올 사람들인데 하고 마음이 놀라워서 바삐 물어보라고 하였더니 영감께서 강을 건너셨다고 하면서 편지를 가지고 왔다. 즐겁고 시원함에 어찌할 바를 몰라 몸이 공중에 오른 듯 날 듯 싶으니 어찌 다 기록하리오. (225쪽)

1638년 단옷날 일기이다. 이날의 꿈은 마음 든든한 꿈이었다. 돌아가신 어머니까지 꿈에 나타나 길몽이라고 여기고 있다. 과연 남편이 돌아온다는 소식을 들으니 작자는 형언할 수 없는 마음에 "어찌 다 기록하리오"하면서 기뻐하고 있다.

> **6월 2일.** 아침에 흐리다가 식후에 비가 왔다. 두못개에 배가 닿았다. 두림이와 한유달과 남두성이 배에서 나가니 비가 내리기 시작하였다. 가까스로 배에서 내려 신주를 모시고 집에 들어왔다. 영감을 뵈옵고, 일가 모든 분들이 기운들이나 그만 하여 계시니 온 집안에

> 이런 경사가 없으나 육 년 만에 내 집에 돌아오니 아기네 있던 곳의 종적을 보는 듯하니 반갑기도 설운 정을 어디다 비교하리. 요사이는 하도 주워가 번잡하여 기록하지 못하겠다. (237쪽)

1638년 6월 2일 그렇게 그리던 남편과 재회를 한 날의 일기이다. 남편과 해후하고, 또 6년 만에 귀가하였으니 그 기쁨이야말로 말할 수 없을 정도이다.

이렇게 이 일기는 작자가 피란길을 오르면서 시작하여 남편과 해후하는 장면에서 일단락이 된다. 이후의 일기는 남편이 기록의 중심이 된다. 즉 작자 자신의 입장에서 기록되던 일기가 이후로는 남편의 행적을 옆에서 기록하는 입장을 취한다. 이날 이후부터는 손님들이 계속 방문하여 번잡하다고 하면서 다 기록하지 못하겠다는 말이 이어지면서 일기의 내용도 남편을 중심으로 전개된다. 남편의 출입과 관직 교체, 정치적인 사건, 손님 접대 등에 대한 이야기가 주류를 이루고 있는 것이다.

지금까지 병자호란을 맞아 남편과 이별하여 고된 피란 생활을 했던 사대부가 여인의 일기를 살펴보았다. 이 일기에는 앞에서 살펴본 작품들과는 다르게 전쟁에 대한 직접적인 언급이 없다. 다만 전쟁으로 인해 고단하게 지낼 수밖에 없었던 피란 생활 체험이 잘 묘사되어 있다. 이러한 피란 체험 속에서 헤어져 지내는 가족에 대한 그리움은 작품의 주된 정조가 되고 있음을 엿볼 수 있다.

***

병자호란과 관련된 실기 가운데 각 계층을 대표하는 작품을 한 편씩 선정하여 작품 속에 나타난 작자의식을 살펴보았다. 병자호란 당시 인조를 호종해 남한산성에서 적과 대항했던 관료의 작품인《병자록》, 벼슬을 하지 않고 야(野)에 있던 사류로 전란의 피해를 입거나 의병을 모아 적과 대항했던 일반 사류 계층의 작품인《속잡록》, 전란을 피해 피란 체험을 했던 사대부가 여성의 실기인《숭정병자일기》가 그 대상이다.

《병자록》의 작자는 문란한 정치 현실을 비판하고 있음을 보았고, 이는 작자의 정치적 입장과도 관련이 있음을 알았다. 작자 나만갑은 명분을 중시하는 척화파의 한 사람으로서 자신과 정치적 입장을 달리 하는 사람들을 부정적으로 서술하고 있으며, 이러한 입장은 호란의 원인과 경과를 서술하는 데에도 반영되었다. 그러면서도 자신의 역할을 충실히 수행한 장수들이나 정절을 지킨 여인들도 소개함으로써 충절의 실천을 드러내려고 했음을 알 수 있다. 조경남의《속잡록》을 통해서 사류 계층이 바라본 병자호란에 대한 시각의 한 단면을 엿볼 수 있었다. 작자는 이 작품을 통해서 역사적 현실을 그대로 드러내려고 노력하였으며, 그 결과 폭 넓은 시각에서 사건을 서술하고 있음을 보았다. 주로 일반 백성들이 겪은 어려움을 서술하면서 위정자들을 비판하고 있다. 그런데 이러한 비판적 시각은 보다 위정자들에게 강하게 향하지 않고 운명론적 입장으로 바뀌었음을 보았다. 사대부가 여성의 작품인《숭정병자일기》에서 작자는 자신의 피란 체험을 서술하면서 가족에 대한 그리움을 주로 서술하였음을 보았다. 이 일기에는 앞에서 살펴본 작품들과는 다르게 전쟁에 대한 직접적인 언급이 없다. 다만 전쟁으로 인해 고단하게 지낼 수밖에 없었던 피란 생활 체험이 잘 묘사되어 있다. 이러한 피란 체험 속에서 헤어져 지내는 가족에 대한 그리움은 작품의 주된 정조가 되고 있음을 엿볼 수 있었다.

V. 남급의 《병자일록》 이본과 구성 내용

1. 이본 고찰

병자호란 관련 실기는 나만갑의 《병자록》과 작자 미상의 《산성일기》가 주된 관심의 대상이었다. 그리고 나머지 자료들은 문학사에서 간단하게 언급되는 정도이며, 본 장에서 다루고자 하는 남급의 《병자일록》 또한 사정이 이와 같다. 병자호란 때의 일을 기록한 실기는 임진왜란 관련 실기에 비해 양적인 면에서 그리 많지는 않지만 비교적 다양한 편이다. 이들 가운데 주목할 만한 자료가 분명 있음에도 불구하고 관심의 영역에서 벗어나 있는 실정이며, 언급되었다 해도 그 실상을 온전히 밝히지 못한 것도 있다. 이제는 관심을 넓혀 병자호란 관련 실기류의 실상을 제대로 확인하는 작업이 필요하다고 본다. 남급의 《병자일록》은 그 대상 작품 가운데 하나로 주목할 만한 작품이다.

조동일은 『한국문학통사』 3권 「민족수난에 대응한 문학」이라는 항목에서 이 작품에 대해 간략하게 언급함으로써 비로소 문학사에 그 존재를 알렸다. 그 기술된 내용은 "종 9품의 말직에 종사하던 남업(南𤣰, 1592~1671)이 남긴 「병자일기(丙子日記)」에서는 군사들이 들고 일어나서 고담준론만 일삼는 문사들이 적병을 막도록 하며 임금을 만나자고 들이닥치자 승지가 칼을 뽑았다고 했다. 그랬더니 승지를 비웃으며, "이런 인재를 적진에 보내면 모든 일이 잘 되겠다"고 하더라고 했다"[1]라는 것이 전부이다. 일기 가운데 한 사건만 기술해 놓은 것이다.

그런데 이 작품이 문학사에 그 이름을 알리고는 있지만, 작품에 대한 실상이 정확하지 않은 것이 문제이다. 이 작품의 이본을 조사해 본 결과 수종의 이본이 존재한다. 따라서 본 장에서는 《병자일록》에 대한 이본 고찰을 통해서 정확한 서지사항을 정리하고, 작자의 이름과 작품의 이름, 그리고 작품의 구성 및 내용적 특색을 밝혀 보고자 한다.

《병자일록》의 이본은 총 네 종으로 필사본 3종 판본 1종이다. 필사본은 이완희(李完熙) 소장본, 《소대수언》 수록본, 국립중앙도서관 소장본이며, 판본은 남급의 문집인 《유유헌유고》에 수록된 것이다. 구체적인 서지사항을 이본별로 들어 보고 이본간의 관계에 대해 추정해 보기로 한다.

---

1 조동일, 『한국문학통사』(제3판), 지식산업사, 1994, 27쪽.

1) 이완희 소장본

이 자료는 이완희 씨가 소장하고 있는 이본이다. 표제는 "丙子日錄"으로 되어 있으나, 본문 첫 면의 제명은 "亂離日記"라고 하였다. 그리고 작자가 누구인지 표기하지 않은 채 제명 밑에 "仁祖大王十四年丙子"라고만 하였다. 1책 86면으로 매면 12행, 매행 20자로 필사되어 있다.

수록된 내용은 병자년 12월 11일부터 시작하여 익년 2월 28일까지의 일기와 23명의 將士들의 사적이다. 그리고 작품 말미에 전후 처리 문제와 저작동기를 기술한 작자 후기 성격의 글이 수록되어 있다.

일기 끝에는 "右記至各司文書皆用崇德之日始爲絕筆而中草爲士友傳覽失其所在更取亂藁修正則二十九日以下無所攷一時將士以下在別紙仍以附焉"이라고 기술하고 있어, 원래는 이 일기의 내용이 28일까지가 아니라는 것을 알 수 있다.

이 자료는 김익수(金益洙)가 번역하고 원문 영인본을 첨부하여 『병자일록』(제주문화원, 1997)으로 간행하였다.

2) 《소대수언》 수록본

정도응(鄭道應, 1618~1667)이 편찬해 낸 《소대수언》에 수록되어 있는 것이다.[2] 《소대수언》 권10에 수록되어 있는데, 제명은 "亂離日記"로 표기되었다. 제명 아래에 "縣監南礏記"라고 하여 저자가 남급

2 《소대수언》은 현재 국립도서관소장본(2권 2책 필사본), 규장각소장본(12권 12책 필사본) 등이 있는데, 두 이본은 수록 내용이 다르다. 《소대수언》의 편찬자 및 형성 경위, 이본 등에 대한 검토도 필요하다.

임을 알 수 있다. 총 86면으로 매면 12행 매행 25자이다.

내용은 병자년 12월 11일부터 익년 4월 4일까지의 일기와 22명의 사적, 그리고 작자 후기에 해당되는 내용의 글과 부록 형식으로 "江都錄"이라는 제명 아래 강화도 함락의 전말을 기록한 글이 첨부되어 있다.

일기 가운데 특기할 만한 사항으로, 2월 28일자 일기 끝 부분에 "右記至各司文書皆用崇德之日始爲絕筆而中草爲士友傳覽失其所在更取亂藁修正則二十九日以下無所攷一時將士以下在別紙仍以附焉闕失本記公下世後始得之故二月二十九日以下追附于左矣"라고 기술한 후에 2월 29일부터 4월 4일까지의 일기가 이어져 있다.[3]

3) 국립중앙도서관 소장본

이 책의 표제는 "雜錄"으로 되어 있으며, 본문 제명은 "丙子日記"라고 하였다. 제명 아래에 "縣監南礏記"라고 하여 저자가 남급임을 알게 해 준다. 1책 58면으로 매면 11행, 매행 32자로 필사되어 있다.

내용은 병자년 12월 11일부터 익년 2월 28일까지의 일기와 17명의 사적, 그리고 "江都錄"이 첨부되어 있다. "강도록"의 내용은 《소

---

3 그런데 《소대수언》은 편찬자 정도응(1618~1667)의 생몰연대로 미루어 보아 몰년인 1667년 이전에 편찬된 것으로 추정한다. 그리고 남급은 1671년에 세상을 떠났다. 그렇다면 남급 생존 시 《소대수언》이 이루어졌다는 것이다. 기록 가운데 "잃어버린 본기는 공 하세 후에 비로소 얻었던 까닭에 2월 29일 이하는 추가로 아래에 붙인다."는 내용이 있다. 남급이 죽은 후에야 본기를 얻었다고 했는데 《소대수언》은 남급이 생존 시에 이루어졌다. 앞뒤가 맞지 않는다. 현전하는 《소대수언》은 정도응 사후 개작된 것이 아닌가 싶다.

대수언》 수록본에 있는 동명의 내용과 같다.

일기 내용 가운데, 2월 28일자 일기 끝 부분에 "右記至各司文書皆用崇德之日始爲絕筆而中草爲士友所傳覽失其所在更取亂藁修正則二十九日以下無所攷一時將士以下在別紙仍以附焉闕失本記公下世後始得之故二月二十九日以下追附于左矣"라고 기술한 후에 2월 29일부터 4월 4일까지의 일기가 이어져 있다.

전반적으로 《소대수언》 수록본과 같으나 일기 내용 가운데 생략된 부분이 있으며, 장사들의 사적도 17명분으로 다소 적게 수록되어 있다. 그리고 다른 이본에는 들어 있는 작자 후기에 해당하는 부분이 생략된 채 "강도록(江都錄)"이 첨부되어 있는 것도 특징이다.

4) 《유유헌유고》 수록본

《유유헌유고》는 남급의 유고를 후손이 편찬한 것인데, 남급 가족들의 문집인 《신안세고(新安世稿)》에 수록되어 있다. 《신안세고》 권2부터 권4까지에 《유유헌유고》가 들어 있는데, 일기는 권3 「잡저」에 수록되어 있다. 여기서는 제명을 "丙丁日記"라고 하였다. 매면 10행, 매행 21자로 판각되어 있다. 내용은 《소대수언》 수록본과 거의 같다.

일기 가운데 2월 28일자 끝 부분에 "右記至各司文書皆用崇德之日始爲絕筆而中草爲士友傳覽失其所在取亂藁復爲修整而未畢公下世後始得之二十九日以下追謄以成完篇云爾"라 하고, 2월 29일부터 4월 4일까지의 일기를 수록했다.

22명의 장사(將士)들의 사적 뒤에는 작자 후기에 해당하는 내용과

1678년에 지은 이유장(李惟樟, 1624~1701)의 후기, 그리고 지은 연대를 알 수 없는 권유(權愈, 1633~1704)의 후기가 나란히 수록되어 있다.

이상이 필자가 확인한 현전하는 이본들의 서지이다. 각 이본의 내용 가운데 2월 28일자 일기 끝 부분에 다음과 같은 기록이 공통적으로 들어 있어, 이본 생성 경위에 대해 추정할 수 있다.

> 右記至各司文書皆用崇德之日始爲絕筆 而中草爲士友傳覽失其所在更取亂藁修正則二十九日以下無所攷 一時將士以下在別紙仍以附焉

이 기록은 세 가지 내용을 담고 있다.

첫째, 右記至各司文書皆用崇德之日始爲絕筆(앞의 기록은 각 관청의 문서에 이르기까지 모두 취해서 썼는데, 숭덕이 쓰이는 날이 시작될 때에 비로소 쓰지 않았다.)

이 내용으로 보아 남급은 일기를 4월 4일까지 쓰고 절필했다. 4월 4일자 일기는 "四日 晴 各司皆用崇德……"(《소대수언》 수록본), "四日 晴 各司皆用崇德年號"(국립중앙도서관본)로 기록되어 있다. 이로 미루어 남급은 일기를 4월 4일까지 썼다는 것을 알 수 있다.

둘째, 而中草爲士友傳覽失其所在更取亂藁修正則二十九日以下無所攷(중초는 사우들에게 돌려보도록 했는데, 그것의 있는 곳을 알 수 없게 되었다. 다시 난고를 취하여 고치고 바로 잡았지만, 29일 이하는 고증할 만한 것이 없다.)

남급은 생존 시에 일기를 편찬하기 위해 중초(中草)를 하였다. 그런데 중초한 것을 친구들에게 주어 보게 하였다가 잃어버리고 말았다. 할 수 없이 다시 난고(亂藁)를 거두어서 수정하는 작업을 하였다.

이 과정에서 원래 있었던 것 가운데 29일 이하의 일기는 고증할 수 없었다. 따라서 작자가 생존 시에 엮은 "난리일기"에는 2월 28일까지의 일기만 수록될 수밖에 없었다.

그리고 28일자 일기 끝 부분에 "本記闕失欠考"라는 기록은 본래 기록에서 빠진 것, 즉 중초본에는 있었으나 다시 수정한 본에는 빠진 2월 29일부터 익년 4월 4일까지의 일기를 고증할 길이 없다는 것으로, 원래 작자가 의도했던 것과는 다르게 엮어졌다는 것을 알려주는 기록이다.

셋째, 一時將士以下在別紙仍以附焉(당시 장수와 군사 이하는 별지에 기록되어 있었기 때문에 이어서 덧붙인다.)

"一時將士"로 시작되는 여러 사람들의 사적(事蹟)은 별지에 있어서 첨부한다고 하였다. 일기와 사적은 별도로 존재했으며, 일기는 친구들에게 돌려보게 하였지만 사적은 별지에 기록하고 있었기 때문에 친구들에게 가지 않았고 다행히 잃어버리지도 않았다. 따라서 일기 다음 부분에 이 내용을 첨부할 수 있었던 것이다.

이로 미루어 보아, 위의 세 가지 내용의 기록만이 들어 있는 이완희 소장본은 남급이 엮은 원본이거나 이와 가장 가까운 필사본으로 추정할 수 있다.

다음은 이완희 소장본을 제외한 나머지 이본에 공통적으로 기록된 내용을 들어 본다.

> 闕失本記公下世後始得之故二月二十九日以下追附于左矣 (《소대수언》 수록본, 국립중앙도서관본)

公下世後始得之二十九日以下追謄以成完篇云爾 (《유유헌유고》 수록본)

다소 차이를 보이기는 하지만 같은 내용이다. 이 기록으로 미루어 남급이 세상을 떠난 후 원래의 일기, 즉 남급이 중초했던 일기를 찾았던 것으로 보인다. 그렇기 때문에 29일 이후의 일기는 추가로 붙이게 되었음을 알 수 있다. 이로써 완편이 이루어진 것이다. 그리고 《유유헌유고》 수록본에 "추가로 베껴서 완편을 이루었다고 말한다"고 한 것은 판본으로 이루어지기 전에 이미 완편으로 필사되어 전해왔다는 것을 증명해주는 것이다.

또 《유유헌유고》를 보면 일기 끝에 이유장과 권유의 후기가 부기되어 있는바, 이유장은 1678년에 후기를 썼는데, 이 가운데 "돌아보건대 그 책 중간에 생략되고 빠진 부분이 있어 완전하지 않았다. 선생이 일찍이 손수 제하여 짧은 서문을 썼고, 선생이 세상을 떠난 후에 미치어 출현하여 완서가 되니 천행이다"[4]라고 한 것은 이를 방증하는 것이다.

따라서 《소대수언》 수록본과 국립중앙도서관 소장본은 남급 사후에 이룩된 것임을 알 수 있다.

결국 남급이 애초에 엮으려 했던 책은 병자년 12월 11일부터 익년 4월 4일까지의 일기와 자신이 들은 장사(將士)들의 사적을 합한 것이었다. 그런데 생전에는 일기의 일부 내용을 어쩔 수 없이 제외한

---

4 顧其爲書中間略有放佚而未全 先生嘗手題小引以識之 及先生下世後乃出而爲完書天也.(《신안세고》 권4, 《유유헌유고》)

채, 일기에다 사적을 첨부하여 '병자일록'을 펴냈던 것이다.

한편, 《소대수언》 수록본과 국립중앙도서관 소장본에는 "江都錄"이라는 제명(題名) 하에 강화도 함락 전반에 관한 기록이 추가로 수록되어 있다. 이 부분은 아마 후대에 덧붙여진 것이 아닐까 생각된다. 우선 "강도록"의 문체가 본문의 문체와 상이하기 때문에 한 사람에 의해 기록된 것이 아님을 알 수 있다. 아마도 《소대수언》을 편찬한 정도응에 의해서 이루어진 것이 아닐까 생각된다. 《소대수언》은 총 10권으로 이루어진 것으로 여기에는 여러 가지 내용의 책들이 묶여 있다. 따라서 "강도록"이 수록되어 있는 이본은 원본이 아니며, 남급의 소위 《병자일록》은 '난리일기'와 장사들의 '사적'을 수록한 것을 지칭하는 것으로 보아야 한다.

이를 토대로 해서 이본 생성의 경위를 추정해 보면, 《병자일록》은 본래 두 종류로 만들어졌음을 알 수 있다. 즉, 작자 생존시에 일기의 내용 일부분이 빠진 채로 이루어진 것(A본)과, 작자 사후에 이루어진 것으로 완성된 본(B본)으로 두 종류이다.

현전하는 네 개의 이본 가운데 이완희 소장본은 A본으로 분류할 수 있으며, 《소대수언》 수록본과 국립중앙도서관소장본, 《유유헌유고》 수록본은 B본으로 분류할 수 있다.

B본의 선후 관계를 추정하자면 《소대수언》 수록본을 선본(先本)으로 볼 수 있다. 국립중앙도서관 소장본은 일기와 장사(將士)들의 사적 가운데 생략된 부분이 있는 것으로 보아 필사하는 과정에서 제외된 것으로 추측할 수 있다. 표제를 "雜錄"이라고 한 것과 본문 제목을 "丙子日記"라고 한 것으로 미루어 이는 원래의 일기를 뒤에 필

사한 것임을 알 수 있다.

그리고 이 작품의 제명(題名)에 관해서는 그동안 "병자일기", "난리일기", "병자일록" 등으로 지칭되어 왔으나, 올바른 제명으로는 "병자일록"이라고 해야 한다. 왜냐하면, "난리일기"는 이 작품의 일기 부분만을 지칭하는 것이기 때문에 '사적' 부분까지 포괄하는 이 자료의 제명으로는 적절치 않기 때문이다. 그리고 현재로써는 가장 선본(先本)으로 볼 수 있는 이완희 소장본이 남급이 기록한 원전에 제일 가깝고, 나머지 이본은 후대 사람들이 정리한 것으로 보인다. 또 표제가 "병자일록"으로 되어 있다는 것도 일기와 사적을 함께 엮었기 때문에 표제를 이렇게 한 것이라고 추정할 수 있다. 따라서 앞으로 이 자료에 대한 명칭은 "병자일록(丙子日錄)"으로 함이 옳다고 본다.[5]

---

5 이 자료에 대한 이본 연구는 필자의 연구 이후에 신해진에 의해서 다시 이루어졌다. 신해진은 《소대수언》 권16 수록본을 추가로 소개하여 이본이 하나 더 늘어났다. 신해진은 추가로 소개된 자료와 함께 이본을 정리하였다. 즉, 남급의 작품은 남급 생전에 만들어진 '미완본' 계열과 남급 사후에 편찬된 '완본' 계열로 나누면서 제주문화원 소장본(이완희 소장본)이 '미완본' 계열이고, 나머지는 '완본' 계열이라고 하였다. '완본' 계열은 남급이 잃어버린 〈일기〉와 강화도 함락 경위가 기록된 〈강도록〉이 추가로 수록된 이본인데, 《소대수언》 권16 수록본이 가장 앞선다고 하였다. 이 이본의 표제는 '남한일기'라 되어 있으며, 〈강도록〉 뒤에 다른 이본에 수록되어 있지 않은 문건 몇 개가 더 들어 있다. 그리고 이본의 선후 관계는 제주문화원 소장본, 《소대수언》 권16 수록본, 《소대수언》 권10 수록본, 국립중앙도서관 소장본 또는 《유유헌유고》 수록본 순으로 보았다. 따라서 신해진은 완본 계열인 《소대수언》 권16 수록본을 선본으로 보고 제명도 '남한일기'라고 했다.(신해진, 「남한일기의 체재와 이본 내의 위상」(신해진 역주, 『남한일기』, 보고사, 2012.)

남급이 잃어버린 일기라고 한 것은 2월 29일부터 4월 4일까지의 일기인데(실제 내용은 22일간의 일기), 남한산성 체험 기록은 아니다. 그리고 〈강도록〉은 남급이 기록한 것인지 아닌지에 대해 더욱 세밀한 고증이 필요하다. 필자의 판단으로는 이완희

2. 작자 및 저작동기

《병자일록》의 작자가 남급이라는 사실은 일차적으로 제목 다음에 "縣監南礏記"라는 기록을 통해서 알 수 있고, 이차적으로는 작품에 기록된 기사의 내용과 그의 문집《유유헌유고》에 수록된 시작품들과의 관련 양상 등을 통해서 알 수 있다.

'일기' 가운데 12월 18일자 기록에, "나는 이덕후와 같이 남문 왼쪽을 지키고 있었다"[6]라는 내용과, 12월 19일자 가운데 "나는 덕후·우성규와 같이 북암문 오른쪽 제2첩을 함께 지켰다"[7]라는 내용을 보면 작자는 호란 당시 남한산성을 수비하는 임무도 띄었고, 함께 수비를 섰던 사람은 이덕후(李德厚)라는 사실을 알 수 있다. 이와 관련지어《유유헌유고》에 수록된 시 가운데 〈병자재산성여이덕후동수북암문비분유시(丙子在山城與李德厚同守北暗門悲憤有詩)〉와 〈부이덕후화운(附李德厚和韻)〉을 통해서 남급은 이덕후라는 사람과 함께 남한산성을 수비하고 있었음을 알 수 있다. 또 그의 유고 가운데 「가장(家狀)」을 보면 병자호란 당시 사옹원 봉사로 대가를 호종하였다는 기록과 함께 성첩을 지키면서 어렵게 종이 조각을 얻어 일기를 썼다는 기록이 있다.[8] 이것이 물론《병자일록》가운데 일기부분이다. 이

소장본(제주문화원 소장본)이 남급이 기록한 원전에 제일 가깝고, 나머지 이본은 후대 사람들이 정리한 것으로 보인다. 따라서 제명도 '병자일록'이나 내제인 '난리일기'로 보는 것이 옳다고 본다. 새롭게 '남한일기'를 제명으로 삼는 것보다는 이미 많이 알려진 '병자일록'을 제명으로 하는 것이 혼란을 줄일 수 있기 때문이다.

6 余與李德厚 三俊 守南門左.

7 余與德厚禹聖規 同守北暗門右第二堞.

8 五月遷司饔院奉事 丙子十二月 淸兵猝至 大駕蒼黃入南漢山城 府君扈駕入城 晝夜守

와 같은 몇 가지 근거로 인해 《병자일록》의 작자는 남급임에 의심의 여지가 없다.[9]

그렇다면 남급이 어떠한 인물인지 그의 유고를 통해 살펴보기로 한다.

남급의 본관은 영양(英陽), 자는 탁부(卓夫), 호는 유유헌(由由軒)이다. 1592년에 태어났다. 어려서부터 범상한 아이들과는 달라 가문을 일으킬 아이라는 말을 들었다. 6살 때, 아이들과 놀다가 한 아이가 구덩이 물속에 빠졌는데 다 놀라 흩어지자 공이 긴 장대를 끌고 와서 구덩이에 던져 아이가 나올 수 있게 했다고 하는 일화가 전한다.

1624년(인조 2) 33세 되던 해에 사마시(司馬試)에 합격하였고, 1630년에 음보(蔭補)로 기용되어 사옹원(司饔院) 봉사(奉事)가 되었다. 1636년 병자호란 때 사옹원 봉사로서 인조를 남한산성으로 호종하였으

堞艱得片紙日記.

9 이 일기의 작자 문제에 대한 이견(異見)은 제주문화원에서 번역하여 간행한 『병자일록(丙子日錄)』 가운데, 제주문화원장 양중해(梁重海) 씨의 「발간사」에 의하면, "제주목사를 지냈던 이익태(李益泰) 선생 후손의 집안에 비장(秘藏)되어 있던 문적의 하나로, 집필자는 확증할 수 없으나 현재로는 이익태의 선친인 만오당(晩悟堂) 이돈형(李惇亨) 선생이 아닌가 하고 조심스런 추정을 하고 있을 따름이다"(김익수 역, 『병자일록』, 제주문화원, 1997)라고 하여, 이 문적을 비장하고 있던 집안 사람을 그 필자로 보고 있다. 그리고 이 일기를 번역한 김익수 씨와, 소장자인 이완희 씨는 일기의 필적이 만오당 선생이 남긴 다른 글의 필적과 일치하고 있어 만오당 선생의 글이라고 주장하고 있으나, 만오당이 지었다는 기록이 없는 이상 이를 믿기는 어렵다. 필적이 같은 이유는 현전하는 일기가 만오당이 필사하여 간직한 것이기 때문이다.

한편, 조동일의 『한국문학통사3』에서 이 일기의 작자를 남업(南𤨒)이라고 하였는데, 관련 문헌을 찾아보아도 남업이라는 사람은 찾아볼 수가 없다. 아마 남급의 착오인 듯하다.

며, 당시 성 안에서 종잇조각을 얻어 산성에서 있었던 일의 수말을 다 기록하였고, 1637년 4월 4일 '숭덕(崇德)'이라는 연호를 쓰자 절필하였다. 이 때 쓴 일기가 난리일기이다. 종전 후 종묘사(宗廟寺) 직장(直長)을 제수 받았고, 이에 묘우를 수리하고 위패를 고쳐 봉안한 후에 고향으로 돌아왔다. 고향으로 돌아온 해 봄 조정에서는 왕을 호종한 사람을 위하여 특별히 과거를 실시하였으나 홀로 치르지 않았고, 또 얼마 안 있어 별제(別提)를 제수하였으나 받지 않았다. 이로부터 고향에 내려가 《잠농요어(蠶農要語)》를 지었다. 1649년에는 사림이 김학봉 선생 문집을 간행함에 공이 교정하여 바로잡는 일 등을 했다. 1652년 의흥현감을 제수 받았다. 1671년에 세상을 떠났다. 향년 80세이다. 뒤에 호조참판에 추증되었다.[10] 문집 《유유헌유고》가 전한다.

병자호란 당시에 남급은 남한산성에 임금을 호종하였고, 성을 수비하는 일도 맡았었다. 《유유헌유고》에 수록되어 있는 시 가운데 다음의 시 두 편을 보자.

〈丙子在山城與李德厚同守北暗門悲憤有詩〉

외로운 성을 굳게 지키고 있는데	孤城嚴戒備
봉화가 비치어 눈이 밝도다.	烽火照眼明
옥좌에는 삼경에 이슬 내리고	玉座三更露
쇠징은 십리까지 소리가 퍼지네.	金鉦十里聲
운집한 깃발은 얼어 끊어지려 하고	雲旗凍欲折
용검은 오히려 밤에 울고 있구나.	龍劍夜猶鳴

10 《신안세고》 권4, 《유유헌유고》, 「가장」 참조.

임금이 욕보았으면 신하는 죽어야 마땅하니	主辱臣宜死
군사의 마음에는 살려는 뜻이 없다네	軍心已無生

〈附李德厚和韻〉

희미한 산처럼 외로운 성 안에 있는데	一髮孤城裏
삼경에 눈과 달은 밝기도 하구나.	三更雪月明
산봉우리에는 적의 깃발이 연이어 있고	峰巒連賊旆
고각 소리에는 군사들 움직이는 소리.	鼓角動軍聲
칼을 휘두르는 마음은 오히려 비장한데	擊劍心猶壯
활을 당기는 마음은 울고 싶은 심정이구나.	彎弧胆欲鳴
지혜롭고 어리석음은 비록 같지 않지만	智愚雖不似
이에 이르러서는 감히 살기를 구하는구나.	到此敢求生

이덕후라는 사람과 함께 북암문(北暗門)에서 수비하며 비분에 잠겨 쓴 시라는 제목의 시와 이덕후에게 화답한 시 두 편이다. 이 시를 보면, 두 작품에서 똑같이 호병(胡兵)에게 포위된 채 산성을 지키는 장부의 심정을 읽을 수 있다. 봉화, 쇠 징 소리, 고각 소리, 휘날리는 깃발 등의 시어를 사용하여 전장의 분위기를 묘사하였다. 배경 묘사에 이어 호란으로 인해 임금을 욕보였으니 그를 모시는 신하는 죽어 마땅하다고 하면서도 그렇지 못한 자신의 처지를 한탄하고 있다. 나아가서는 지혜로운 자나 어리석은 자나 한결같이 살기를 구하는 현실을 안타까워하고 있다. 이렇게 작자는 호란을 맞아 무기력한 자신의 처지를 생각하며 비분강개하고 있는 것이다. 이런 성품의 소유자인 작자였기에 국왕을 호종하여 남한산성에 있으면서 자신이 체험했던 것을 바탕으로 《병자일록》을 엮었고, 실기를 통해 전란의 참혹

상이나 무기력했던 당시 조정 신하들을 비판할 수 있었던 것이다.

《병자일록》의 저작 동기에 대해서는 작품 말미에 기술한 다음의 글에 잘 나타나 있다.

> 나의 성질이 다감하게 느껴서인지 평일에 집에 있으면서 매번 달이 새하얀 날이면, 간혹 슬프고 아파하는 소리가 들려, 지금까지 처연하지 않음이 없어, 근심스럽게 느끼며 슬퍼하게 되곤 한다. 나 또한 스스로 깜짝 놀람을 끝내 그만 두지 못하고 있다. 어찌 오늘날 몸소 극도로 이러한 변에 부딪치고 끝내는 극도로 이러한 화를 만나게 될 줄 헤아렸겠는가. 어찌 기구하고 야박한 운명을 처음에 날 때부터 타고났던 것인가. 그러므로 비감했던 감정이 평상 때의 저녁이면 뭉게뭉게 저절로 일어나 그리고 스스로 느끼지 못했던 것이 생각나게 되니, 여기에 이르러 마음 속 깊이 놀라고 탄복한 것들을 애오라지 아이들에게 남겨주려고 들은 바를 기록해 두는 것이다.[11]

전란 관련 실기의 저작 동기는 전란의 참상을 고발하여 다시는 이와 같은 불행한 일이 없기를 희망하는 마음에서 기술되었다. 그렇기 때문에 전란으로 야기된 참상과 문제점, 이로 인한 피해 의식이 주로 나타나 부정적인 요소가 많다. 그러므로 기록 동기는 이를 고발하여 다시는 이와 같은 불행한 일이 일어나지 않기를 바라는 데 있으며, 기록된 참상은 '있는 그대로의 사실'을 중시하여 살육, 약탈, 방화, 유린, 공포의 모습 등이 주가 된다.[12] 다른 어떤 표현수단보다

---

11 余性多感慨 居家平日 每遇月白之辰 或聞悲楚之聲 未嘗不悽然而感 情然而悲 余亦自怪而終不能已 豈料今日身逢極此之變 而終見極此之禍也 豈奇薄之命稟於有生之初 故悲感之情 油然自生於平昔 而不自覺者也 思之至此 骨驚心折聊記所聞以遺兒輩云.

'사실성'에서 그 의미를 강조하려고 한 것이다. 이를 통해 다른 사람에게 감계적 교훈을 주려는 의도가 강하게 드러나 있다.

실기 작자들은 자신들이 체험한 것을 서술하면서 후손들이 이 기록을 길이 보존하여 교훈으로 삼기를 바란다고 분명한 어조로 밝히고 있다. 그리고 "아이들에게 남겨주려고" 라는 기술을 통해서 알 수 있듯이 자신의 체험이 워낙에 특이한 것이었기 때문에 망각으로부터 구해 내 역사 속에 남도록 하는 것이다. 자신이 겪은 전란의 아픔을 역사 속에 남게 함으로써 지난날을 반성하고 동시에 그 아픔을 되새기게 하려는 의도이다. 자신들이 겪었던 쓰라린 체험을 후대에 알려 다시는 이러한 일로 곤란을 겪는 일이 일어나지 않기를 바라는 것이다. 이는 작자의 체험 세계가 희귀한 것이거나 특수한 것이기 때문에 그 내용을 반드시 알려야겠다는 작자의 기록 정신에서 연유되기도 한 것이다.

3. 구성 및 내용

일반적으로 실기는 작자가 실제 체험한 사건을 기술하는데 편년체와 기사체의 서술방식을 따른다. 편년체적 서술은 시·공간의 추이에 따라 서술한 '일기'이다. 이들 부분은 그 전개 과정이 1인칭 서술자에 의해 이루어져 있고 시공간의 변화에 따라 순차적으로 진행되는 그날그날의 파편적인 사건들이 소재로 구성된다. 그리고 소재

---

12 이우경, 『한국의 일기문학』, 집문당, 1995, 37쪽.

로서의 일회적 사건은 일정한 시간의 경과를 통해 축적됨으로써 주제를 구축시키는 매개항의 기능을 한다. 실기에 기술된 내용은 체험자의 경험 세계와 비례하기 때문에, 작품의 시작과 끝은 작자의 체험이 시작되고 끝나는 것과 일치하고 있다. 작자는 체험을 통해서 관찰되고 지각된 대상만을 중심으로 서술하거나 묘사하며, 그러한 것을 바탕으로 자신의 내면 의식까지도 표출하게 된다. 이에 비해 기사체는 편년체적 기술방식으로는 효과적으로 전달할 수 없는 내용을 주제별로 집중적으로 다룬다.[13] 즉 실기는 작자가 체험한 사건을 날짜별로 기술하는 편년체적 서술과 이러한 방식으로는 서술하기 어려운 내용은 기사체의 방식을 통해서 보완하는 구성 방식을 취하고 있다. 그런데 이들 부분은 별개의 다른 내용으로 독립되어 있는 것이 아니라, 상호 보완적인 관계 속에서 한편의 실기를 구성하고 있다. 주제적인 측면에서 볼 때, 각각의 독립된 글들은 그 형식의 차이에도 불구하고 체험의 실상을 형상화하고 있다는 점에서 동일한 목적의식을 가지고 쓰인 것이다.

《병자일록》의 내용 구성도 이러한 서술방식을 따르고 있다. 작자가 직접 체험한 사건 기술을 중심으로 일기를 구성하고 있고, 일기 뒤에다가는 기사체 형식을 빌려 개인별 인물 사적을 첨부하고 있다. 그러면 일기와 사적 부분으로 나누어 그 내용을 살펴보기로 한다.

---

13 이채연, 『임진왜란 포로실기 연구』, 박이정, 1995, 204쪽.

1) 일기

대개의 실기 작품들은 저작자의 체험이 시작되면서 서술이 시작되고 그 체험이 끝나는 시간을 작품의 종결로 삼고 있다. 《병자일록》은 호종 체험을 서술한 것이기에 호종 기간의 일기가 내용의 중심을 이루고 있다. 일기는 12월 11일부터 이듬해 4월 4일까지 쓰였지만 남한산성에서 겪은 사건 서술이 중심을 이루고 남한산성을 나온 이후의 일기는 양적인 면에서나 내용면에서 그리 큰 비중을 차지하지 않는다. 따라서 일기의 중심은 12월 11일부터 익년 1월 30일까지라고 할 수 있다. 그런데 이 일기는 호종 기록이라는 특성으로 인해 중심인물은 주로 국왕으로 되어 있다. 그리고 체험자인 작자는 국왕을 관찰하는 관찰자의 입장에 서 있다. 다음의 일기 내용을 보자.

> **12월 14일.** 새벽에 장계가 도착했는데, 적의 기마가 이미 중화에 도착하였다고 한다. (… 중략 …) 대가가 곧 궐문을 나서니 때는 이미 신시였다. 나는 그때 입직이었는데, 먼저 거처를 나와 경보와 헤어지고는 모든 서책과 관대를 버리고 다만 쌀 말과 이불 요 등 길 나가서 쓸 물건들을 싣고는 말을 타고 노비 하나를 데리고 달려가다가 숭례문에 닿으니 임금께서 문루에 앉아 계시고, 백관이 모두 말을 타고 서 있는 것이 보였다. 그 까닭을 물었더니 철기가 이미 사령에 도착하여 문을 나갈 수가 없게 된 때문이었다. 훈련대장 신경진이 말하기를, "신은 마땅히 병사를 떨어뜨려 뒤를 호위할 것이오니, 원컨대 전하께서는 바로 강도로 향하소서." 체찰사 김류가 말하기를, "인주를 이와 같이 위험스럽게 할 수는 없습니다. 청컨대 남한산성으로 행차하소서." 이조판서 최명길이 말하기를, "신이 청컨대 호장을 가서 만나 그 예봉을 누그러뜨릴까 하옵니다." 드디어 명길과 동지 이경직으

> 로 하여금 소와 술을 가지고 가도록 한 다음 신·서·남 세문을 잠그고 적병이 난입하는 것을 막게 하였다. 상감께서는 곧 산성을 향하여 대가를 돌렸다. 동궁의 말 자갈을 잡은 자가 도망하여 나타나지 않으므로 급히 사람을 모아 따르게 하고 동궁은 손에 채찍을 잡았다. (2~3쪽)[14]

호병(胡兵)의 침입 소식을 듣고 피란을 떠나는 날의 일기이다. 일기에서 중심인물은 국왕이며 작자는 단순히 관찰자의 입장에서 보고 들은 내용을 전달하는 역할을 하고 있을 뿐이다. 일기의 주체는 작자 자신이므로 당연히 자신의 체험담이 중심이 될 듯하나 이 일기에서는 국왕을 중심인물로 놓고 조정에서 벌어지는 사건 전개에 초점을 두고 있다.

> **12월 17일.** 좌의정 홍서봉과 한여직을 시켜서 호진에 가서 말하기를, "왕자가 이제 강도에 있는데 돌아오도록 인도하여 보내고 싶소." 하니, 답하기를 "반드시 세자여야만 한다."고 하고는 돌려보냈다. 세자는 상감 앞에 있으면서 이를 듣고는 말하기를, "일이 급박하면, 신이 당장 나가겠습니다."고 하자, 상감은 눈물을 흘렸다. 다시 두 사람을 가도록 하여 대군으로 대신 보내겠다고 빌었다. 호장이 듣지를 않는다고 두 사람은 돌아와 보고하였다. 정신들은 서로 바라보면서 아무 말도 못하였다. 신풍군 장유가 큰 소리로 말하기를, "세자가 가야 되겠소이다."하니, 대신들이 서로 맞장구치며 의논을 정하고 나오는데, 예조판서 김상헌이 정색을 하며 체부에게 큰 소리로 말하기

---

14 작품 인용은 김익수의 번역본(김익수 역, 『병자일록』, 제주문화원, 1997.)을 따르며 인용문 끝에 이 책의 해당 쪽수만 밝히기로 한다.

> 를, "공은 어찌 이런 일들을 한다는 거요, 나는 공과는 다시 하늘을 함께 이지 않을 것이오." 하였다. 체부는 되돌아 들어와 대죄하였고, 김 판서 역시 들어와 면척을 청하였다. 상감께서 말씀하시기를, "이렇게 떠밀 때가 아니오, 경들은 잠시 물러가고 서로 나무라지를 마시오." 하시었다. (… 중략 …) 왕병이 도착했지만 조정의 결정은 아직도 미리 결정을 못하다가 이때에 이르러서야 체부 역시 깨닫게 되어 세자가 나가기로 결정을 한 것을 끝내는 성을 지키기로 결정을 하게 되었다. 상감께서 성을 순시하셨다. (5~6쪽)

위의 예문과 같이 일기에 기록된 사건은 조정에서 벌어진 사건이 중심이 된다. 사건 서술도 대립하는 두 세력의 갈등 관계를 드러내 보이는 것을 위주로 하고 있어 흥미를 자아낸다.

공식적인 역사 기록은 개인적 입장을 배제하고 조작을 가하지 않은 채 사실을 실제 그대로 기록한다. 그러나 실기와 같은 비공식적 역사기록에서는 서술자의 개성이 자주 끼어들고 있음을 발견할 수 있다. 특히 날짜별 서술로 연속성을 추구하면서도 상충하는 역사적 사실을 자료로 선별하여 재배열하는 방식을 선택적으로 사용하고 있다. 역사는 이야기되어야 하고 어떤 의미에서는 명료하게 줄거리의 통일성을 만들어내며 역사적 소재를 명확한 전망과 분명한 의미 배열을 통해 쉽게 기술하면서, 역사를 허구적으로 각색해도 된다는 것이 보편적 관점이다.[15]

서사는 사료를 순서에 따라 연대기 순으로 짜 맞추고 부차적 줄거리들을 무시한 채 그 내용을 하나의 이야기로 조리 있게 구성하는

---

15 김진곤 편역, 『이야기, 小說, novel』, 예문서원, 2001, 27쪽.

데 초점을 둔다.[16] 이때 특정한 사료를 조직화하기 위한 형식이 서사인 것이다. 즉 서사는 사건들을 특정한 방식으로 분류해 사건들에 일종의 질서와 구조를 부여한다. 《병자일록》의 일기 부분은 바로 이 점에서 주목할 만한 가치가 있다.

1인칭 관찰자의 입장에서 조정에서 일어난 일들을 추적하면서 일기를 써 나가고 있으며, 이때 각 사건은 개별적으로 존재하지 않고 작자에 의해 구조화되고 있다. 개별 사건에 대해 서술하면서 그 사건을 둘러싼 대립된 역사적 사실을 재배열함으로써 사건은 구조화된 것이다. 위에서 예로 든 12월 14일의 일기나 17일의 일기에서처럼, 피란지를 강화로 할 것인지 남한산성으로 할 것인지 결정하는 과정과, 세자를 적진에 보내야 될 것인가의 여부를 결정하는 과정에서 보면 작자는 어느 한 쪽의 의견을 단순히 서술하기보다는 서로 다른 의견을 배열하고 있어 대립 구도로 구조화하고 있음을 알 수 있다.

특히 1월 12일부터 1월 29일까지의 일기의 내용은 국서 왕래를 둘러싼 척화파(斥和派)와 주화파(主和派), 그리고 조선(朝鮮)과 청(淸) 간의 대립 갈등이 중심을 이루면서 그 양상이 심화되는 모습을 보인다. 이 과정에서 작자는 다른 실기에서처럼 장황하게 국서의 내용을 인용하지 않고 핵심적이고도 긴요한 내용만 추려서 기술함으로써 빠른 사건 전개가 이루어지게 하고 있다.

---

16 앨릭스 캘리니코스, 박형신·박선권 옮김, 『이론과 서사』, 일신사, 2000, 87쪽.

1월 18일. 일기가 조금 풀렸다. 첩에 올라갔다. 적이 남문 밖에 도착하고는 외치며 말하기를, "화의하고 싶으면 속히 나오고, 하고 싶지 않으면 19일 혹은 26일에 결전을 하던지, 잘 살펴 헤아려 보아라." 고 했다가, 적이 또 북쪽 곡성에 도착하여 외치며 말하기를, "나와서 말을 해보아라." 또 북문에 도착하여 외치며 말하기를 "속히 나와서 말을 해 보아라."하였다. 조정에서 나가 응하지를 않으니까 모두 되돌아 가버렸다. 이에 글을 작성하여 홍상과 최명길을 시켜 가게 했더니, 오래되어도 만나러 나오지를 않았다. 아마도 문에 도착하여 외쳐 불렀을 때 즉시 나와 맞아 주지 않아서인 듯했다. 날이 저물어 갈 때에야 용골대가 비로소 나와 말하기를, "마장이 출타하여 돌아오지 않았다. 화의하고 싶으면 내일 다시 오라"하므로, 드디어 글을 주고 돌아왔다.

글은 최명길이 지은 것으로, 그 대략을 말하면 (… 중략 …) 김상헌은 그 글을 걷어다가 찢어발기고는 통곡하며 말하기를, "공들은 어찌 이와 같은 일들을 하는가."하였다. 체부는 묵묵히 응답이 없었다. 최가 말하기를, "대에서 비춰보고 할 수 없이 한 것이오." 하였는데, 아마도 부득이 한데서 나온 것 같았다. 이성구가 큰 소리로 말하기를, "대감은 비록 후세에 중명을 얻을는지 몰라도, 우리 임금과 종사는 어찌 할 것이오." 또 말하기를, "대감은 어찌 나가 적과 의롭게 항거하지를 않았소." 김 판서는 말하기를, "나는 한 번 죽을 뿐이오. 대감은 어째서 나를 묶어다 화의하는데 내보지 않소이까." 명길이 미소를 지으며 말하기를, "대감은 찢고 나는 다만 주울 뿐이오." 결국 주워 맞추었다. 이성구는 이미 문을 나갔고 동양위 신익성이 칼을 어루만지며 말하기를, "화의를 주장하는 자는 나는 이것으로 벨 것이오." 하였다. 성구는 같이 말하려 하지 않았다. 김 판서는 이미 물러나와 식음을 끊고는 사람을 만나면 반드시 곡을 하였다. (19~21쪽)

최명길(崔鳴吉) 등이 화의하려는 의도로 호장(胡將)과 접촉하는 과정을 서술하고 있다. 장황한 국서의 내용들을 "대략을 말하면"이라고 하면서 간략하게 핵심이 되는 내용만 서술하고 있다. 이후에도 양국 간에 오간 글들에 대해서 작자는 이러한 수법으로 간략화하여 소개하고 있다. 다소 지루한 느낌이 들 수 있는 장황한 국서 내용을 핵심이 되는 내용만 추려서 기술함으로써 서사적 긴장감을 갖도록 한 것이다.

그리고 위의 예문을 통해서도 알 수 있는 것처럼 작자는 어느 한 쪽의 편을 들기보다는 중립적인 입장에서 각각의 주장을 열거하는 정도에서 그친다. 철저하게 관찰자의 입장을 견지하고 있는 것이다. 즉, 술이부작(述而不作)의 서술태도로 일관하는 것이다.

사실 실기가 갖고 있는 특징 가운데 하나는 소재의 현장성과 참신성, 그리고 현상을 있는 그대로 전달하려는 작가정신이다. 다음의 전투 장면 서술을 보자.

> **1월 24일.** 적이 서암문으로 성 가까이 왔는데 아군은 곤히 잠이 들어 처음에는 깨닫지 못했는데, 새로 온 출신 송의영이 잠결에 여러 사람들이 눈을 밟는 소리를 듣고 와락 놀라 일어나 자세히 들여다보니, 적이 이미 사닥다리를 오르고 있으므로 급히 능장을 잡고 앞으로 나가 두 번을 가격했으나 너무 서둘러 명중을 하지 못하였다. 마침내 그 능장으로 바로 적의 가슴을 쳐서 성 밖으로 떨어뜨렸다. 그런 다음 자는 사람들을 발로 차서 일어나게 하여 먼저 돌멩이들을 밑으로 던졌다.
>
> 수어사 이시백이 몸을 던져 힘껏 싸웠다. 화살을 서로 쏘며 포 소

리가 크게 일어났다. 유군들이 쫓아와 힘을 합쳐 크게 싸우니 적은 세 번 싸웠으나 세 번 물러났다. 수어사가 왼쪽 어깨에 유시에 맞았고 졸병 두 사람 역시 유시에 맞았다. 그러나 적병으로 죽은 자가 캄캄한 밤이라 알 수 없었지만 다만 다음날 눈 위를 보니 흘린 핏자국이 있어 생각으로 그들의 사상자가 많았음을 알 수 있었다.

적은 또한 남격대 바깥과 동문 바깥에서 조금 북쪽 성 가까이에서는 모두 패하여 물러갔다. 동문 바깥에서는 적의 무리가 크게 소리를 지르며 나오면서 먼저 화살을 일제히 쏘아 대어서 성안에서 첩을 지키던 자 9명이 화살에 맞아 넘어졌다. 적은 겨우 나오면서 구름사다리를 세워 나란히 한 다음에 올라왔다. 거의 방어하지 못하게 되었을 때, 마침 유군 수십 명이 일제히 도착되어 큰 싸움이 벌어졌다. 오직 서암문에서만 적들이 무릇 네 번이나 진격하다가 물러갔다. 첩문에는 많은 화구가 저장되어 있었으나 너무 급한 가운데인지라 4번에 이르기까지 미처 쏘지를 못하다가 다섯 번에 이르러서야 비로소 불을 붙여 던졌다. 적은 드디어 무너져 어지러이 달아났다. (25~26쪽)

성을 넘어오려는 적을 막는 장면 서술 부분이다. 바로 눈앞에서 벌어지는 상황을 생생하게 서술하고 있다. 소설의 장면 묘사에 뒤지지 않는 이와 같은 장면 서술은 실기가 단순한 역사 기록물 수준을 넘어서 문학적 성취를 이루고 있다는 것을 보여주는 것이다.

한편, 잘못된 현실에 대해서는 가차 없이 비판을 가함으로써 전란의 폐해를 고발하고 있다.

가) 대가가 도착했는데도 군신 모두가 말에서 내리지 않자 나와 민인보 몇 사람이 말에서 내려 국궁하고는 재빨리 곧 말에 올라 구리

고갯길을 거쳐 수구문을 나와 가는데 그 창황하고 군색하며 급박한 상황을 죄다 말을 할 수가 없었다. 앞뒤의 사대의 기휘, 의장은 넘어져 잃어버리고, 성안의 사녀들은 대가와 같이 맨발로 걸어가다가 서로 섞여 혹은 모자가 서로 잃어버리거나, 혹은 부부가 서로 떨어져 도랑에 넘어지고, 구덩이에 자빠져 우는 소리가 하늘을 진동하였다. (3쪽)

나) 첩에 올라갔더니 장사들이 궐 밑에 나아가 척화인들을 묶어다 주기를 청하면서 말하기를, "대포가 성첩에 적중되어 죄다 부서져 사세의 위태로움이 이미 10분 막다른 곳에 이르렀습니다. 그러나 문사의 무리들은 단지 고론만을 일삼고 있으니, 청컨대 문사로 하여금 망월대를 지키도록 하여 주소서."하였다. 체부는 말하기를 "너희들이 괴롭고 수고하는지를 어찌 너희 말을 대하고서야 알겠느냐. 조정은 곧 상을 후하게 줄 것이며, 그리고 최판서가 나중에 화약을 청하러 갈 때 척화인을 주기로 결정하였으니 너희들은 잠시 물러가 있거라."하니 장사들은 말하기를 "우리들은 상을 내려주기를 바라는 게 아니고 다만 일을 그르친 사람들에게 분통이 난 것뿐이며, 게다가 위급한 상황을 얘기하려 했을 뿐입니다."고 하였다. (… 중략 …) 장사들이 말하기를, "승지가 칼을 빼어드니 용감하다 하겠다만 적을 베는 데는 용감하지 못하면서 그러나 죄 없는 사람에게는 잘난 체 하려 하니 그 용기는 알 만하다."하고는 그 다음에도 그런 말을 어지러이 벌여 놓았다. (29쪽)

작자는 일기 곳곳에서 전란의 참혹상과 정치현실의 잘못된 점 등을 서술하고 있다. 가)의 예에서처럼 전란으로 인한 무질서와 가족 간의 이산, 아비규환과 같은 혼란 등 전란의 참혹상을 사실적으로 서술함으로써 그 폐해를 고발하고 있는데, 이때 작자는 자신의 의견을 제시하기보다는 있는 사실 그대로를 보여주는 방식으로 현실을 비판하고 있다. 나) 또한 마찬가지로 보여주기 방식을 통해서 정치현실을 비판하고 있는데, 대립되는 세력 간의 갈등을 보여줌으로써 흥미를 불러일으키고 있다. 고담준론(高談峻論)만 일삼는 문신(文臣)들에 대해서 무신(武臣)들의 말을 동원하여 비판하고 있으니 이로 말미암아 작자가 의도한 바는 자연스럽게 실현되는 것이다.

물론 작자 자신이 잘못된 정치현실에 대해서 직접 비판을 가하기도 하지만 대부분은 자신이 관찰자의 입장에 서서 있는 현실을 그대로 드러내 주는 방식을 택하고 있다. 이로써 효과적으로 자신의 의도를 실현시키는 것이다.

이처럼 작자는 자신의 체험을 편년체의 서술방식을 따라 서술하면서 그 기록물을 한편의 읽을거리로 만들었다. 그러다 보니 사건 전개에 있어 적절한 갈등 대립을 통해 서사적 긴장감을 갖게 하였다. 그런가 하면 후대인에게 교훈을 삼게 하려는 실기 본연의 목적에 맞게 잘못된 정치 현실에 대해서는 비판을 가하고, 전란의 참혹상을 묘사함으로써 독자로 하여금 교훈을 주고 있다. 그런데 후대인을 교훈하려는 작자의 의도는 일기 다음에 이어지는 사적(事蹟)을 통해서 보다 효과적으로 제시된다.

2) 사적

일기 다음 부분에는 인물들의 사적이 기술되어 있다. 작자는 사적을 싣게 된 경위를 다음과 같이 쓰고 있다.

> 한때의 장사들이 스스로 자기 공을 말하는 부류들은 모두 허세 과장하고, 전해 들리는 말들 역시 거의 부실하였다. 나는 그 실상을 얻고 싶을 때마다 매번 포로가 되었다가 도망쳐 돌아온 사람들과 몸소 전진(戰陣)을 겪은 사람들에게 반드시 그 시종을 캐물었다. 그러므로 그들 사적(事蹟)들이 자못 상세하므로 이제 뒤에다 그 대략을 기록해 본다.[17]

객관적인 시각을 갖고 장사(將士)들의 공적을 기록하는 것이 주목적이다. 전해 들리는 말들은 부실하기 때문에 실상을 제대로 파악하고자 포로로 잡혀갔다가 돌아온 사람들과 직접 전투에 참여했던 사람들에게 캐물어 기록한다고 했다. 사건 중심으로 인물의 행적을 기술함으로써 공적이 잘못 전해지는 폐단을 막음과 동시에 독자들에게 귀감으로 삼으려는 것이다.

이본에 따라 다소 차이가 있지만 사적 부분에 기술된 인물은 대략 23명이다. 하나의 사건을 바탕으로 그 인물에 대해 기술한 것에서부터 여러 가지 사건을 바탕으로 기술한 것까지 다양한 편이다. 그리고 여러 사람의 사적을 한 자리에 모아 놓았으며, 해당 인물에 대한 평가 또한 다양한데, 작자의 직접적인 논평보다는 오히려 사실을 취하여 기록함을 특징으로 한다. 즉, 장사(將士)들의 사적 기술은 전란에 대응한 방식이 어떤가에 따라 대표적인 사건을 중심으로 그 인물에 대해 기술하는 방식을 취하고 있다.

역사 사건과 인물은 현재와 미래의 세대에게 본보기, 모델, 이상

---

17 一時將士自言其功者類皆虛誇 傳聞之語亦多不實 余欲得其實狀每遇被虜逃還人 及身經戰陣者 必窮問其始終 故其聞事蹟頗詳 今錄其略于後.

을 제공한다. 이를 기록하는 작가 역시 역사 인물의 성격을 행위와 진술을 통해 구체적으로 설명한다. 그리고 이러한 목적을 위해서는 주어진 인물의 삶의 하나 혹은 두 개의 모범적인 에피소드만 있으면 충분하다.[18] 작자는 자신이 선택한 사건을 중심으로 인물의 행적을 효과적으로 드러내는데 이용하며, 이를 통해 독자들에게 귀감이 되도록 하고 있다. 따라서 인물의 선행만이 아니라 악행 또한 선택이 되는 것이다.

여기서 제시된 인물의 사적은 몇 가지로 유형화가 가능하다. 절개를 지킨 장사들, 용맹스러운 장사들, 전투를 회피하거나 도망한 인물, 절개를 지킨 부녀자들이 그것이다. 각각에 해당하는 예를 하나씩 들면 다음과 같다.

> 가) 전 장령 정백형은 청병이 성으로 육박해 오자 말하기를, "내가 살아서 아버지, 형이 죽는 것을 볼 수가 없다."고 하고는 드디어 먼저 스스로 목을 매었다. 그의 아버지 전 감사 효성과 그의 서모 및 그의 형 백창과 처, 부인 한씨, 첩 2명, 그의 얼제와 처, 아울러 9명이 모두 목을 매어 죽었다. (57쪽)

> 나) 철곶첨사 김득남은 21일에 출전을 자원하여 스스로 응모한 군졸 30여 명을 거느리고 부평 땅에서 싸워 참급함이 자못 많았다. 치달아 공격할 때에 얼굴에 화살을 맞아 말에서 떨어져 죽었다. (58쪽)

> 다) 강원감사 조정호는 권정길이 먼저 금단에 갔다는 것을 듣고

18 루샤오펑, 조미연·박계화·손수영 옮김, 『역사에서 허구로』, 길, 2001, 162쪽.

자못 불평하는 마음이 있어 정길을 쫓아가다가 달아나 돌아왔다. 이 때문에 군법을 행하려 하였으나 제장이 말한 것에 힘입어 사면되었다. 정호는 즉시 원수 진으로 가서 끝내는 진병하지를 아니하였다. (48쪽)

라) 홍명일의 처 이씨는 장차 배를 타고 피난을 하려는데 적병에게 발견되어 이미 급박하게 되자 먼저 두 아들을 물에 던지고 따라서 자기도 빠져 죽었다. (59쪽)

이처럼 해당 인물에 대한 단편적인 사건을 들어 기술하면서 평가는 배제하고 있음을 볼 수 있다. 인물에 대한 작자 자신의 평가보다는 있는 사실을 서술함으로써 인물과 사건에 대한 정보를 제시하고, 이를 통해 후대인을 교화하려는 의도이다. 즉 인물이 처한 현실을 보다 직접적으로 바라보게 함으로써 독자로 하여금 전란의 실상을 강렬하게 느끼게 하여 교훈으로 삼게 한 것이다. 부정적 인물의 사적을 들어놓은 것도 이 때문이다.

사적 열거 후에 작자는 다음과 같이 논평을 하였다.

내가 듣고 아는 것은 이것으로 그친다. 자연 나머지 열사, 절부는 어느 정도 한정이 되어 있는듯한데 그러나 열사는 얼마 안 되나 절부는 아주 많았다. 하천한 사람의 처첩도 역시 많이 자결하여 죽었고, 또한 포로로 잡혀 진에 도착하고서 죽어 욕을 보지 않는 사람들도 있었다고 한다. 나머지 몰려 궁박해지자 물에 떨어져 죽은 자도 역시 그 수를 알 수가 없다.[19]

특별히 절부(節婦)가 많았다는 점과 하천한 사람들의 절사(節死)를 강조함으로써 전란으로 인한 가장 큰 피해자는 지배층의 관료들이나 장수들이 아닌 피지배계층의 인민들, 그것도 여성들이었음을 은연중 강조하면서 이들보다 못한 지배계층의 부적절한 행위를 비판하고 있다. 작자는 인물들의 사적을 언급하면서 전란에 대한 반성과 이에 따른 유교적 이념의 실천을 강조한 것이다.

한편, 인물의 사적을 기술함에 있어 흥미를 끄는 것은 소위 부정적 인물에 대해서도 언급하고 있다는 점이다. "士人 李光勉"으로 시작되는 기록은 강화도 함락 과정을 기술한 것인데 중심인물로 검찰사(檢察使) 김경징(金慶徵)을 내세우고 있다. 그런데 위에서 본 것처럼 단편적인 사건을 중심으로 기술하지 않고 다양한 사건을 삽입하면서 인물의 부정적 면모를 드러내고 있어 주목된다.

> 강도에서 포로가 되었다가 돌아온 자들이 무수히 많았는데 모두 말하기를, 검찰 김경징이 강 머리에 배들을 모아 놓고 먼저 그의 가족과 그와 절친한 벗들을 건너게 하였으나 다른 사람들에게는 건너가게 하지 않았다고 하였다. (51쪽)

이야기의 시작 부분으로 포로로 잡혔다가 강도에서 돌아온 사람들의 입을 통해 김경징의 행적을 기술한 부분이다. 이어서 강화도 수비와 강화도의 함락 과정, 그리고 인민들의 참화를 하나하나 기술

---

19 余所聞知者止此 自餘烈士節婦何限 然烈士無幾而節婦極多 下賤人妻妾亦多自決而死 又有被虜至陣而至死不見辱者云 自餘被驅迫墜水死者 亦不知其數矣.

하고 있는데, 그 과정에 검찰사 김경징의 실책과 망동을 지속적으로 삽입하고 있다.

> 별좌 권순장, 생원 김익겸이 경징과 민구, 신 등에게 글을 올려 말하기를 "와신상담인즉 술을 일삼을 때가 아닙니다."고 하였다. 경징 등은 화를 내면서 더욱 남의 말을 들으려 하지 않았다. 그러므로 간혹 좋은 계책이 있어서 알려 주려 해도 끝내 만나서 채택하려 하지 않았다. 대군이 간혹 의논할 게 있어도 경징은 말하기를, "한참 이렇게 위급한 때에 대군께서 어찌 간여를 하십니까."하기 때문에 대군 이하가 감히 입을 열려고 하지 않았다. 사람들은 군이 일에 뜻을 두지 않았으며 거느려 다스리려 하지 않았다고 간혹 전하였다. (52쪽)

강화 수비에 좋은 계책이 있어 이를 알려 주려고 해도 듣지 않는 검찰사(檢察使) 김경징(金慶徵), 유수(留守) 장신(張紳) 등의 행위를 기술함으로써 강도의 함락은 결국 김경징 등 수호의 책임을 맡았던 자들의 실책으로 말미암았음을 드러내고 있는 것이다. 김경징과 장신 등의 부정적 면모는 다음에서 극명하게 드러난다.

> 경징은 이미 먼저 달아나 버렸다. 그때 경징, 장신의 어머니가 모두 성안에 있었으나 경징과 신은 모두 돌아보지 않고 달아났는데 그 어머니는 마침내 적 속에서 죽었다. (55쪽)

적의 공격으로 인해 강화도가 함락될 위기에 놓이자 김경징과 장신이 자신의 부모들마저 버리고 달아난 행태를 고발하고 있는 것이다. 따라서 김경징의 모습은 당연히 부정적이며 다른 면모는 찾아볼 수 없다. 부정적 인물의 사적을 기술함으로써 전란의 책임을 물으려는 작자의 의도로 볼 수 있다. 전란의 책임은 이들 관료들에게 있다고 항변하는 것이다.

특별히 이 작품에서 부정적 인물에 주목했다는 사실은 시사하는 바가 크다. 보통 인물의 행적을 거론할 때는 해당 인물의 충성(忠誠), 효성(孝誠), 절의(節義) 등의 행위를 중심으로 긍정적인 면모를 내세우는 것이 일반적이다. 그러나 여기서는 불충(不忠)·불의(不義)한 행적을 기술함으로써 해당 인물의 부정적 면모를 드러내고 있다. 전란이라는 극한 상황은 다양한 인물 유형을 만들어 냈으며, 특정한 역사적 사건을 기록하려는 기록의식이 강했던 실기 작자들은 이를 놓치지 않고 실기 속에 담아냈던 것이다. 특히나 패배한 전쟁에서는 책임 소재가 밝혀져야 되고, 그러려면 자연스럽게 부정적인 인물에 대한 기록이 많아질 것임은 물론이나, 이는 후대인을 교화하려는 저작 동기가 강하게 작용한 결과이기도 하다.

이로써 《병자일록》은 일기(日記)와 사적(事蹟)으로 구성되어 있으며, 이는 각각 편년체와 기사체의 서술방식을 따르고 있다. 그러나 저작자의 의도나 표현 면에서 볼 때 다분히 문학적 표현물로 볼 가능성을 내포하고 있다고 하겠다.

***

남급의 《병자일록》은 문학사에 기술되면서 그 존재를 알렸지만 적지 않은 문제점을 안고 있었다. 이 글은 우선 이를 바로잡기 위한 목적에서 이루어졌다.

그 결과 《병자일록》은 병자호란 당시 남한산성으로 인조를 호종했던 사옹원 봉사 남급이라는 사람에 의해 쓰였고, 작품명은 '병자일록'이 옳다는 것을 밝혔다. 이 작품은 현재 네 종류의 이본이 있으며, 수록 내용은 '일기'와 '사적' 두 가지이다. 이본을 살펴본 결과 두 갈래의 경로를 통해서 작품이 형성되었음을 알 수 있다. 이본에 따라 차이를 보이는 것은 일기 부분인데, 이를 통해서 작자 생존 당시에 이루어진 작품과 사후에 이루어진 작품이 따로 존재함을 밝혔다.

저작 동기는 작자의 직접적인 언급을 통해서 드러났는데, 자신이 겪은 전란의 아픔을 역사 속에 남게 함으로써 지난날을 반성하고 동시에 그 아픔을 되새기게 하려는 것임을 알 수 있었다.

구성 및 내용은 일기 부분과 사적 부분으로 나누어 살펴보았다. 일반적으로 실기는 편년체와 기사체의 서술방식을 사용한다. 이 작품의 일기부분은 편년체의 글인데, 작자는 자신의 체험을 편년체의 서술방식을 따라 서술하면서 그 기록물을 한편의 읽을거리로 만들었다. 그러다 보니 사건 전개에 있어 적절한 갈등 대립을 통해 서사적 긴장감을 갖게 하였고, 이를 통해 독자들에게 흥미를 부여하였다. 그런가 하면 잘못된 정치 현실에 대해서는 비판을 가하고, 전란의 참혹상을 묘사함으로써 독자에게 교훈을 주고 있다. 그런데 이러한 의도는 기사체의 사적을 통해서 보다 효과적으로 제시되었다. 사적 부분은 여러 사람의 사적을 한 자리에 모아 놓고 각 인물의 행적을 사건 중심으로 기술하였는데, 작자의 직접적인 논평보다는 오히려 사실을 취하여 기록함을 특징으로 한다. 즉, 장사(將士)들의 사적 기술은 전란에 대응한 방식이 어떤가에 따라 대표적인 사건을 중심으로 그 인물에 대해 기술하는 방식을 취하고 있다. 그래서 인물의 사적은 절개를 지킨 장사들, 용맹스러운 장사들, 전투를 회피하거나 도망한 인물, 절개를 지킨 부녀자들로 유형화되어 제시되었다. 인물의 사적을 이렇게 제시함으로써 독자들에게 교훈을 주고 있다.

Ⅵ. 남한산성 호종신의 병자호란 기억

1. 고위 관료의 기록 : 《남한기략》

병자호란 당시 조정 안팎에서는 만주족 오랑캐에 굴복할 수 없다는 척화론과, 오랑캐와 화친을 맺자는 주화론이 일어나 강하게 대립하였다. 척화파 인물 가운데 대표적인 사람은 김상헌(金尙憲)이며, 주화파의 대표적인 인물은 최명길(崔鳴吉)이다.

최고 관료이면서 척화파 가운데 가장 거물인 김상헌이 쓴 《남한기략(南漢紀略)》은 당연히 척화(斥和)의 입장에서 서술되었다. 《남한기략》은 일기와 상소문 및 서간, 장수들의 활약상 및 명단, 호종신의 명단 등을 수록하였다. 이 가운데 일기는 1636년 12월 12일 향리인 석실(石室)에서 변란을 들은 후부터 1637년 2월 1일까지 체험한 사실을 날짜별로 기록한 것인데 매일 매일의 일기는 아니며, 2월 2일 서울로 돌아온 것에서 끝난다. 일기 다음에는 따로 제목을 두고, 상소 및 서간 등이 이어진다. 즉 저자가 파직되고 난 후인 이듬해 5월에는 호종 공신의 명단에 자신이 끼어 있음에 대해 그 사면을 청하는 〈호종상가사면상소(扈從賞加辭免上疏)〉, 주전(主戰)을 내세운 명분, 그리고 난중에 자기가 취한 행동을 세세히 밝힌 〈풍악문답(豐岳問答)〉·〈의여인서(擬與人書)〉·〈여북제김영상서(與北諸金領相書)〉·〈답김과천효수서(答金果川孝修書)〉 등이다. 또 강화도에서 순절한 김상용(金尙容) 등을 기록한 〈강도순의(江都殉義)〉, 감사·도원수·통제사 등의 활약과 비행을 기록한 〈팔로번갑제신(八路藩閫諸臣)〉, 남한산성을 지킨 여러 장수의 명단을 기록한 〈남한수성제장(南漢守城諸將)〉, 남한산성에 왕을 호종한 중신의 명단을 기록한 〈호종제신(扈從諸臣)〉, 역시 왕을 호종한 부마와 문신, 그리고 경기수령을 기록한 〈호종종실(扈從宗室)〉·〈문신(文臣)〉·〈경기수령(京畿守令)〉 등이 수록되어 있다.[1]

《남한기략》의 〈일기〉는 김상헌이 남양주 석실(石室)에서 전쟁발발 소식을 듣고 호종길에 오르는 12월 12일부터 청군에 가짜 왕자와 가짜 대신을 파견했다가 발각되는 21일까지는 매일 기록하였고, 남한산성을 나오면서 형 김상용(金尙容)의 부고를 들은 2월 1일까지는 중요한 사건을 선별적으로 적고 있다. 이 일기는 비국(備局)과 묘당

---

1 이 내용은 국립중앙도서관에 소장된 《남한기략》에 수록된 것이다. 《남한기략》은 현재 규장각과 국립중앙도서관, 충남대도서관에 소장된 3종의 한문필사본이 있다. 이 중 규장각본은 2권 1책 55장본이며, 표지에 "淸陰文正公記 南漢紀略 全"이라 쓰여 있다. 국립중앙도서관본과 충남대도서관본은 각각 18장본, 11장본으로 규장각본의 1권과 같은 내용이다. 충남대도서관본은 다른 글들과 합철되어 있다. 규장각본의 2권에 수록된 글들은 김상헌의 글이기는 하나 남한산성 당시의 상황과 직접적이고 밀접한 관련은 없다고 본다. '남한기략'이라고 일컫기에 적합하고 합당한 필사본은 국립중앙도서관본이라 할 수 있다.(신해진, 「해제, 척화파 입장서 본 병자호란의 기록 남한기략」(신해진 역주, 『남한기략』, 박이정, 2012.) 참조)

(廟堂)의 논의에 직접 참여한 사람이 '소견(所見)'한 내용을 적었다는 점에서 큰 특징을 갖는다. 김상헌이 일기에서 강조하고 있는 것은 척화에 대한 굳은 신념과 이를 고수하려 했던 자신의 의지와 노력, 목전의 강화에 급급해 주체성을 몰각하고 있는 주화파 특히 최명길에 대한 고발이다.[2]

김상헌은 12월 12일에 변고를 듣고 나서 14일에 선영에 나아가 통곡한 후에 도성에 들어가 임금을 호종하기로 작정하고 길을 나서 15일 "길이 험한데다 빙판이 미끄러워 열 걸음이면 아홉 번은 넘어져서 땅거미가 질 때에"[3] 비로소 남한산성에 도착했다. 17일에 행궁에 들어가 임금을 알현한 이후의 일기는 줄곧 자신의 척화에 대한 입장 표명으로 이어진다.

17일에 처음으로 임금을 만난 자리에서 "이미 지나간 일은 어쩔 수 없다 하더라도 오늘날의 계책은 반드시 먼저 끝까지 싸우다가 패할 때면 화친(和親)을 해야 하온데, 만약 한갓 비굴하게 아첨하는 말로만 강화(講和)를 청한다면 그 강화조차도 가망이 없을 것이옵니다."(15~16쪽)라고 아뢴다. 이에 "주상께서 '경의 말이 옳도다'고 하셨다"(16쪽)라고 기록함으로써 자신의 척화 주장이 잘못되지 않았음을 간접적으로 드러내고 있다.

김상헌은 12월 21일에 예조판서에 제수된 이후로 줄곧 주화론자들과 대립한다. 이후에 전개되는 일기의 주 내용은 최명길을 비롯한

---

2 김일환, 「병자호란 체험의 '재화' 양상과 의미 연구」, 동국대학교 박사학위논문, 2010, 47쪽.

3 김상헌, 《남한기략》, 신해진 역주, 『남한기략』, 박이정, 2012, 15쪽.(이하 작품의 인용은 이 책의 해당 쪽수만 밝힘.)

주화론자와의 대립 갈등이다. 21일의 일기 끝에 "이때 이후로는 날짜를 기억할 수가 없으니, 혹 차례가 뒤바뀌는 경우도 많을 것이다"라고 했다. 주화론자와의 대립이 치열해지면서 감정이 격했던 것으로 여길 수 있는 부분이다.

주화론자와의 대립이 최고조 이른 사건은 최명길이 초한 국서에 '항복'이라는 단어가 들어 있음을 발견하자 국서를 찢은 사건 기록이다.

> 영상(領相: 김류)이 녹사(綠事)를 시켜 최명길이 기초한 국서를 가져다 나에게 보였는데, 첫머리부터 애걸하며 항복을 청하는 말이 극도로 비굴하고 알랑거려 '신의 죄가 머리카락을 뽑아 헤아려도 다 세기가 어렵다.'는 등의 말이 있었다. 미처 절반도 읽지 못하고 북받쳐 오르는 감정을 참지 못하여 통곡을 하면서 국서를 찢으며 대신들에게 말하기를, "여러분들은 어찌 차마 이런 일을 한단 말입니까?" 하자, 영상이 말하기를, "그렇다면 그 가운데 너무 심한 곳만 고치면 될 것이오." 하였고, 최명길이 들어오면서 찢어 버려진 글의 초고를 주워 들고 킬킬 거리면서 "공은 비록 찢어 버렸지만, 나는 반드시 이어 붙여서 올릴 것이오." 하였다. (… 중략 …)
>
> 내가 마침 일어나 합문(閤門)으로 나아가 임금 뵙기를 청하니 즉시 허락하여 인견(引見)하셨는데, 주상의 용안을 우러러 보고나니 참담한 심성이었다. 나는 분한 기운이 가슴 속에 꽉 차서 눈물이 줄줄 흘러내리고, 울음이 북받쳐 말을 할 수가 없었다. 한참 뒤에 비로소 아뢰기를, "신이 국서를 찢었으니 그 죄는 죽어 마땅합니다. 오늘의 의논들은 양립할 수가 없으니, 청컨대 소신을 먼저 죽여서 인심을 하나로 모으소서." 하니, 주상께서 깜짝 놀라 만류하며 "경은 어찌하여 이런 말을 한단 말인가? 나는 내 한 몸의 계책만 위하는 것이 아니

라 위로 종묘사직을 위한 것이다. 또한 왕실의 친족들이 모두 성안에 있어서 진실로 차마 온 친족들을 죽음에 이르게 할 수는 없다고 여기는 것이다." 하였다. 이에 나는 "신이 아뢰는 바도 바로 사는 방도를 구하려는 것입니다. (… 중략 …) 전하께서는 화친하는 의논에 의해 잘못되지 마소서. 지금 군사들의 마음은 아직 변치 않고 그대로이며, 군량(軍糧)은 한 달을 충분히 견딜 수 있는데다, 산성의 형세는 매우 험준하니, 적병이 아무리 많다고 하더라도 반드시 쳐다보고 공격하지는 못할 것입니다. 만약에 군신 상하가 마음을 다하여 죽기로써 지키기를 맹세한다면, 어찌 감동을 받아서 전하를 위하여 죽지 않을 자가 있겠습니까? (… 중략 …) 지금 만약 머리를 수그리고 오랑캐의 신하가 되어 오직 명하는 대로 따르기만 한다면, 오랑캐들이 장차 어디엔들 이르지 않겠습니까? 그리하여 초야에 있던 의로운 뜻을 지닌 사람들이 통분하여 죽고자 하면, 말하기조차 어려운 변고가 있을까 더욱 염려하지 않을 수 없습니다."하였더니, 주상께서 아무런 대답을 하지 않으셨다. (… 중략 …) 그 다음날, 재신(宰臣)들이 항서(降書)를 받들고서 오랑캐의 군영으로 나갔으니, 바로 정축년(1637) 정월 17일이었다. (37~40쪽)

이 사건은 실록과 남한산성을 호종했던 사람들이 남긴 실기에 모두 기록되었는데, 《남한기략》의 기록이 가장 구체적이고 생생하다. 김상헌은 척화 주장이 더 이상 받아들여질 수 없는 상황에 이르렀음을 감지했고, 더군다나 최명길이 초한 국서에 '항복'이라는 단어가 들어 있음을 발견하자 분노는 극에 달했다.

국서 사건은 김상헌이 기억하는 가장 치욕적인 사건일 터인데, 아주 자세하면서도 장황하게 사건의 전모를 밝혔다. 즉, 최명길의 부친 최기남(崔起南)을 언급하면서 최명길을 몰아세운 일, 김류(金瑬)

의 화의 추구와 이에 부응하고 있는 나머지 두 정승의 소신 없는 태도, 화친을 주장하는 병조판서 이성구(李聖求)와의 논쟁, 인조에게 올리는 협박에 가까운 간청, 2품 이상 모든 관료들의 회의를 통해 항서(降書) 전달 여부를 결정하라는 임금의 지시가 묵살되는 상황, 항서의 전달 등을 기록했다.

이 사건 이후로 김상헌은 거의 포기한 듯한 인상을 보인다. 마침내 항서가 전달되는 모습을 지켜본 김상헌은 그 이후로는 병이 심해져 다시는 비국(備局)에 나아가지도 않았고, 청의 진영을 오가면서 나온 이야기들을 듣지 못하였다고 강조하고 있다. 아울러 자신은 1월 20일부터 단식에 들어갔고, 항복의 예식을 치르려면 예조판서가 없으면 아니 되겠기에 장유(張維)로 하여금 대신하게 했음도 밝히고 있다. 이렇게 하여 일기는 결국 주화파에 대한 처절한 고발이 되기도 하지만 동시에 항복 논의에서 자신은 반대를 분명히 했음을 증거하는 '알리바이'가 된다.[4]

이후의 일기는 철저하게 주화론자의 행위에 대한 비판과 동시에 자신의 척화 주장에 따른 행동의 기억이다. 척화를 이끈 죄인으로 지목된 오달제(吳達濟)와 윤집(尹集)을 둘러싼 사건이 흥미롭게 서술되었다. 오달제와 윤집을 적진에 보내기 위해서 군사를 사주하여 무력시위를 이끌어 낸 최명길을 비난하는가 하면, 강화도 함몰시에 최명길의 식구들은 잘 보살폈다는 용골대(龍骨大)의 말에 최명길이 거듭 절하며 땅에 조아리기를 그치지 않았다고 기록함으로써 주화론

4 김일환, 앞의 논문, 49쪽.

자를 비판함과 동시에 오랑캐에게 보낼 척화론자를 지목하는 과정에서는 자신이 직접 행궁에 나가 "그 항서 가운데 신하로서는 차마 보지 못할 곳이 있어서 신이 저도 모르게 통곡하며 손으로 그 초안을 찢어버렸으니, 척화한 죄는 신만 홀로 면하기 어렵습니다."라고 하면서 죄를 청하는 장면을 기억해 내고 있다.

항복하기로 결정한 날 이후로는 "20일부터 음식을 물리치고 스스로 목숨 끊는 것을 달게 여겼다", (43쪽) "나는 밥을 먹은 지가 여러 날이어서 몸이 피폐해져 일어날 수가 없었다"(46쪽)고 기록하고, 인조가 출성하기 전날엔 "그 자리서 나는 끈으로 목을 매어 자결코자 했으나 동오가 구원하여 풀어주었다."(49쪽)고 자결을 시도한 사실을 기록함으로써 그의 척화론은 더욱 강조되었다.

인조의 남한산성 출성 당일엔 "나는 사람에게 업혀 길가까지 나가서 멀리 바라보며 절하고 통곡"(50쪽)하면서 전송하고, 자신은 병이 들어 정신이 혼미하여 혼자 임시 막사에 7일간 머물다가 남한산성의 동문을 나서 남양주에 있던 송백당을 향해 떠났다는 2월 9일로 일기는 끝나는데, 일기의 끝에는 항복 논의를 이끈 인물들의 명단을 제시하였다.

> 항복 주동자는 김류, 최명길, 이성구, 박황, 이도 등이며, 무장으로는 신경진, 구굉 등이다. 부화뇌동한 자는 홍진도, 한회일, 한여직, 민형남(단독으로 작성하고 서명하여 임금에게 소를 올림) 등이며, 무장으로는 신경인, 이영달 등이다. 이들은 모여서 안팎으로 고무하고 선동하기로 모의한 자들이고, 사사로이 서로 아부하는 데에 이르러서는 최명길의 무리들을 이루 다 기록할 수가 없다. (51쪽)

항복 논의에 가담한 자들의 명단을 기록함으로써 김상헌 자신은 척화론자임을 분명히 밝힌 것이다. 일기 뒤에 덧붙여 놓은 호종신에게 상을 내리는 것을 사양하는 상소문이나, 몇 사람의 질문에 답한 서간문은 자신의 척화론에 대한 입장을 밝힌 글이다.

주화론자와의 대립 내용 못지않게 눈길을 끄는 것은 인조에 대한 관찰 기록이다. 인조는 개전 초기에는 척화의 입장에 있었지만, 시간이 지날수록 주화론자에 동조하는 태도를 보이고 있다. 김상헌이 인조의 태도에 주목할 수밖에 없었던 이유는 인조의 결정이 어떻게 이루어지느냐에 따라 자신의 운명도 결정될 것이기 때문이었다.

> 어느 날 비국의 여러 재상(宰相)들을 인견하실 때 나는 뒷줄에 엎드려 있었고 대신(大臣) 이하가 미처 사리(事理)를 들어 아뢰지 못했는데, 주상께서 홀연히 하교하시기를, "예판(禮判:예조판서 김상헌), 지금부터 모름지기 임시방편적인 계획일망정 깊이 생각할 것이니, 고집하지 말라."고 하셨다. 나는 대답하기를, "제가 어찌 감히 그릇된 견해를 고집하여 나랏일을 망치겠나이까? 다만 충성을 바치려고 해도 생각이 모자라고 지식이 얕아서 아무런 보탬이 되는 바가 없었사옵니다. 또한 감히 남의 의견에 덮어놓고 좇아서 따르지도 않아 초심을 저버리지 않았나이다. 주상께서도 부디 굳게 결정하시어 흔들리지 마소서." 하였다. 주상이 말씀하시기를 "장차 무엇을 믿겠소?" 하여, 내가 "천도(天道)는 믿을 만 하옵니다"하니, 주상은 잠잠히 계셨다. (28쪽)

인조의 태도에 변화의 조짐이 보이자 김상헌은 초심을 저버리지 않겠다고 하면서 주상께서도 흔들리지 않기를 간청하고 있다. 그러나 인조의 마음은 이미 흔들리고 있었다.

지속적으로 척화론자들이 주화론자의 핵심 인물인 최명길을 죽여야 한다는 간언에 인조는 오히려 반대의 태도를 보였다. 전 참봉 심광수(沈光洙)가 최명길을 죽여야 한다고 간하자 “주상께서는 기뻐하지 않은 기색으로 입대를 파했고”, 다시 주청을 하자 “주상께서 물리쳐 내쫓도록 명하였다.”고 기록하고, 이조 참판 정온(鄭蘊)이 여러 차례 상소를 올려 강력히 화의를 공격하자, “상소문을 모두 들여 두시고 회부하지 아니하였다.”(33쪽)고 기록함으로써 인조가 척화론자의 주장에 반대를 하고 있음을 드러냈다.

척화론자의 주장에도 불구하고 오랑캐와의 강화 회담은 시작되었고, 최명길은 주화론자의 대표답게 적의 진영을 드나들면서 강화 협상을 진행했다. 인조는 처음에는 최명길의 협상 결과에 전적으로 동의하지 않는 태도를 보였으나, 결국 동의하고 말았는데, 이런 상황에 대해 김상헌은 다음과 같이 기록했다.

> 아마도 이날 이전에는 주상의 생각이 미혹했을망정, 볼모를 보내고 폐물을 늘리는 것에 대해서는 화답을 약속하는 말을 할 수 있어도, 굽혀서 절하고 신하라 이르라는 것에 이르러서는 허락하지 못하시는 듯했다. 그날 저녁에 명길 등이 돌아왔다. 단지 명길만이 입대(入對)하도록 허락하였는데, 오랑캐가 허다하게 공갈과 위협까지 하여 따르지 않을 수 없는 형편이라 하였다. 그러자 주상의 뜻이 드디어 바뀌어서 며칠 사이에 이른바 ‘두 건의 일은 따르기 어렵다’고 하셨던 것은 강철이 손가락에 감을 수 있게 된 것처럼 유약하게 되고 말았다. (34쪽)

인조는 최명길의 의견을 쫓아, 오랑캐의 의견에 따르기 어렵다고 했던 일부의 사안에 대해서도 모두 동의하고야 말았다. 이에 인용문에서처럼 인조의 뜻이 며칠 사이에 바뀐 것을 비난한 것이다.

이렇게 《남한기략》은 최고 관료이면서 척화론을 주도한 김상헌의 입장에서 주로 주화론자와의 대립 갈등을 기억해낸 기록으로 볼 수 있다.

2. 하급 관리의 기록 : 《병자일록》

《병자일록》은 병자호란 때 사옹원 봉사로서 인조를 남한산성에 호종했던 남급이 지은 것이다.[5] 이 작품은 〈일기(日記)〉와 〈강도록(江都錄)〉으로 이루어져 있다. 〈일기〉는 1636년 12월 11일부터 1637년 4월 4일까지의 기록으로, 이 가운데 12월 11일부터 3월 6일까지는 하루도 빠지지 않고 매일 썼으나, 그 이후부터는 쓰지 않은 날이 있으니, 3월에만 13일의 기록이 빠져 있다. 총 4개월 동안의 일기이지만 실제 기록은 100일 정도이다. 날짜별 일기에 뒤이어 근왕병의 전황을 기록하고, 이어서 이른바 〈강도사적〉, 〈강화도 순절자 사적〉, 〈강화도 부녀자 순절 사적〉 등의 기록이 덧붙여져 있다. 〈강도록〉은 피란과정과 강화의 함락과정을 서술한 것이다. 나만갑의 《병자록》에 기록되어 있는 〈강도록〉과는 달리 1636년 12월 13일부터 시작하면서 몇 날은 날짜가 기록되어 있으나 날짜순 기록은 아니다.

---

5 《병자일록》에 대한 자세한 서지사항에 대해서는 이 책 1부 5장을 참조.

일기는 12월 11일 대궐에서 숙직을 하고, 12일에 궐문을 나와 벗들과 술 마시며 어울리다가 밤에 돌아와 잠결에 변방 소식을 듣고, 13일 아침에 누루하치가 10일에 압록강을 건너 안주에 다다랐다는 사실을 들은 이후 본격적으로 시작된다.

14일에 대가가 궐문을 나서자 남급도 "그때 당직을 서다가 먼저 임시 거처하는 집으로 나와서 류경보와 헤어지며, 서책이나 관복 등을 다 버리고 다만 쌀 한 말과 이부자리, 화로 등을 싣고는 말을 탔다."[6] 대가를 좇아 밤늦게야 남한산성에 들어간 이후 작자는 이덕후와 함께 남문을 지키는 일을 맡게 되었고, 이후로 산성 내에서 벌어진 크고 작은 사건 체험을 기록하였다.

남급은 남한산성에 입성해서는 성첩을 지키는 임무를 맡았기에 주로 그곳에서 벌어진 일들을 기록하였다. 주목할 만한 것은 주상인 인조에 대한 기억이다.

> **12월 16일.** 날이 어두워지자 주상께서 성을 순시하셨는데, 동궁이 수행하였다. (31쪽)
>
> **18일.** 저물녘에 주상은 성을 순시하시다가 서상대(西上臺)에 이르러서 맨땅에 앉으시고는 장수와 병사들을 불러 위로하고 타이른 후에 밤이 깊어서야 돌아오셨다. (36쪽)
>
> **20일.** 전교하기를, "백관들은 낮이면 성첩(城堞)에 오르고 밤이면

---

6 남급, 《병자일록》, 신해진 역주, 『남한일기』, 보고사, 2012, 22쪽.(이하 작품의 인용은 이 책의 해당 쪽수만 밝힘.)

휴식하다가 싸움이 있으면 온 힘을 다하여 재빨리 달려가 도와서, 사졸(士卒)들로 하여금 고생을 함께 하고 있다는 뜻을 알게 하라. 그리고 쇠하고 병든 사람들은 감당할 수가 없는 바, 이런 뜻을 협수사에게 말하라."하였다.(협주:주상께서 사대부들이 밤새도록 성첩을 지키느라 동상에 걸려 살가죽이 얼어 터져서 감당할 수 없을 지경임을 들으셨기 때문에 이와 같은 전교가 있었다.) (39쪽)

22일. 어떤 재신(宰臣)이 전직 관원에게 양식을 주지 말 것을 청하니, 주상께서 말하기를, "저들은 이미 나를 따라왔으니, 있으면 같이 먹고 없으면 같이 굶어야 하거늘, 어찌 주지 않을 수 있겠느냐?" 하였다. (41쪽)

24일. 짙은 안개에 비까지 와서 사방이 캄캄하여 지척을 분간할 수가 없었다. 군사들은 모두 흠뻑 젖고 심하게 얼어서 몸을 구부리고 펼 수가 없었다. 주상께서도 맨 땅에 앉아서 비를 맞으며 자신을 책망하고 하늘에 빌었고, 이어 깔고 앉았던 방석을 죄다 군사들에게 주었으며, 또 백관의 말안장과 말다래 등을 거두어 주었다. (42쪽)

30일. 대전(大殿)의 침구(寢具)가 모두 남한산성으로 피란 오는 길에 약탈 되어 의창군(義昌君)이 산양가죽 이부자리를 드렸었다. 그러나 전에 비가 오고 눈이 와 몹시 추운 날에 이부자리 거죽을 찢어서 성첩을 지키는 장수와 군사들에게 하사하여 주상께서는 그로부터 밤에 옷을 벗지 않고 주무셨다. 임금께 바치는 음식은 단지 집닭의 다리 하나만을 썼으나 며칠 전부터는 또 그것조차고 쓰지 말라고 명하셨다. 매번 꼭두새벽에 내관(內官)을 보내어 군사들을 위로하고 타이르시기를, "추위가 이렇게 매서운데 어떻게 견뎌내느냐? 나는 한시도 염려하는 마음을 놓을 수가 없구나. 하사할 만한 물건이 하나도 없으니, 너희와 같은 자는 어디에도 없을 것이로다. 너희들은 내 뜻을 잘 알아서 더욱 힘써 지키도록 하라."하였다. 동궁도 역시 날마다 위로하며 타일렀는데, 끝까지 거르지 않았다. (50쪽)

남한산성 입성 이후에 인조가 성을 순시하면서 성첩을 지키는 군사들을 위로한 것에 강한 인상이 남은 듯하다. 국왕의 지위에도 아랑곳하지 않고 군사들을 위로하기 위해서 맨땅에 앉은 기억, 추위에 떠는 군사를 위해 자신의 이부자리까지도 기꺼이 내어 준 기억은 그 현장에 있었던 작자에게 특별하게 다가왔던 것이다.

사정이 이러했으므로 작자의 시선은 당연히 산성을 방어하는 군사들에게 갈 수밖에 없었다.

12월 30일. 성첩에 올랐다. (…중략…) 성에 들어온 날로부터 오늘에 이르기까지는 19일간이고, 포위당한지는 15일간이다. 성 안의 온갖 물건들이 모두 군색한데, 공급이 끊어져 아주 없는 것은 땔감과 풀이었으니, 소와 말이 죄다 죽어가고 살아 있는 것도 굶주림이 극심한 나머지 서로 꼬리를 뜯어 먹었다.(협주: 일찍이 굶주린 말들이 꼬리를 뜯어먹으면 사람은 그 상처를 동여맨다는 구절을 본 적이 있는데, 오늘날에 이르러 직접 본 후에야 옛말이 틀리지 않음을 알게 되었다.) (49쪽)

1월 6일. 성첩에 올랐다. 큰 눈이 내리고 바람이 심하게 불었다. 낮부터 안개가 너무나 가득 끼어 지척을 분간하지 못해 사람들이 대부분 두려운 기색이었다. (59쪽)

12일. 성첩에 올랐다. (··· 중략 ···) 남한산성으로 들어온 첫날부터 오늘에 이르기까지 29일이 지났을 뿐이었는데도 밖에서 구원해주리라는 가망이 없게 되자, 사람들은 반드시 죽을 것이라고 여기면서 도망하는 자도 계속해서 생겼고, 당초에 세찬 의기로 싸워서 치자고 하던 사람들도 아무런 말을 하지 않았다. (67쪽)

14일. 성첩에 올랐다. 백관과 노비들의 양식을 반 되로 줄여서 지급하였는데, 아마도 창고에 저장된 것이 점점 바닥나서 겨우 20여 일 정도 버틸 수 있기 때문인 듯하다. (70쪽)

15일. 지난 겨울과 봄을 거치는 이래로 이러한 한기(寒氣)의 매서움을 이전에 들어본 적이 없었다. 하물며 이 남한산의 높은 꼭대기는 한여름이라도 추웠다. 그러므로 초겨울에 온 눈이 지금까지도 녹지 않았는데, 장수와 모든 군사들은 시종일관 한데서 지내어 얼굴빛이 검푸르러 사람의 모습 같지 않았던 데다 살이 터지고 손가락마다 빠져서 참담하기가 차마 말할 수 없었으며, 굶주린 말들은 거의 다 얼어 죽었다. 사람들이 말하기를 "음산한 지방의 오랑캐 거친 말은 이와 같이 꽁꽁 얼어붙어서 음으로 꽉 막혔어도 호응했다"고 하였다. (71쪽)

20일. 성첩에 올랐다. (··· 중략 ···) 나는 이호(李鄗)의 방에서 잤다. 밤에 바람이 크게 불고 몹시 추웠는데, 성첩을 지키던 군사들이 얼어 죽은 자가 9명이었다. (81쪽)

남한산성이 오랑캐에 포위당하면서 산성 내의 궁핍은 시간이 지날수록 심각해져 갔다. 우선 군량 공급이 끊어지자 풀이 없어 소나 말이 굶주림에 죽어나가고, 백관과 노비들에게 공급되던 양식도 반으로 주는 상황에 이르렀다. 더구나 추위와 싸워야 했던 군사들은 동상에 걸려 살이 터져 사람의 모습 같지 않았다. 일기가 불순해져 지척을 분간할 수 없게 되자 적의 공격에 대한 공포를 느끼기도 했다. 작자는 직접 성을 지키는 임무를 띠고 있었기에 자신의 주변을 자세히 들여다 볼 수 있었고, 그러한 기억을 실기에 서술한 것이다. 다른 실기에서는 볼 수 없는 내용이다.

굶주림과 추위에 싸우면서 죽는 지경에까지 이르자 급기야 도망하는 사람이 생기기 시작했고, 시간이 지나면서 그 수는 점점 늘어났다. 산성을 지키겠다는 의지가 상실된 것이다. 개전 초기에 의기를 내세워 싸우자고 주장하던 사람들조차도 용기를 잃고 말았다.

사정이 이러하니 척화론자나 주화론자나 모두 비난의 대상이 되었던 것이다. 척화신 윤집의 형 윤계가 할머니와 함께 오랑캐에게 죽임을 당했는데도 불구하고 윤집은 잘못 전해진 것이라고 하면서 화려한 옷을 입고 다니자 사람들이 욕을 하였다. 이에 대해 남급은 자신의 생각을 다음과 같이 협주를 통해 드러냈다.

> 협주:어떤 사람이 전하기를, "남양수 윤계(尹棨)는 일찍이 귀화한 오랑캐들을 단속한 일이 있었는데, 귀화한 오랑캐들이 적병에게 윤계를 해치도록 청했다."고 하였다. 나는 애초에 윤집도 알지 못했고 또 남양수의 일도 듣지 못했는데, 개원사(開元寺)에 있을 때 행랑채에서 남색 옷을 입은 사람들이 친구들과 농지거리 하는 것을 보노라니, 어떤 사람이 나를 위해 가리켜 보이며 말하기를, "저 사람이 윤집이오." 하여, 내가 말하기를, "누구를 가리키는 것이오?" 하자, 이어서 남양수의 일을 말하였다. 내가 말하기를, "전하는 말이 비록 잘못되었을지라도 그러나 또한 옳지 못한 것이오."하니, 가리킨 자가 말

> 하기를, "저 사람은 스스로 옳지 못하다고 여기지 않으니, 사람들은 또한 어찌할 수 있겠소?" 하였다. (64쪽)

남급은 윤계의 일을 기록하면서 윤집의 행위를 옳지 못한 것이라고 해 척화파의 인물을 비판했다.

주화론자인 좌의정 홍서봉, 최명길, 윤휘, 허한 등이 두 번째 국서를 가지고 간 사실을 기억하면서도 "국서는 애걸하는 것이 위주였으니 대략 이러하다"(66쪽)고 서술해 이들의 행위에 대해서도 부정적인 시각을 보이고 있다.

> **19일.** 우의정 이홍주 및 최명길과 윤휘 등이 가서 국서를 전하고, 다만 성(城)을 나가는 한 가지 조건을 두고 극력 다투니 오랑캐가 처음에는 받지 않으려 했다가 한참 뒤에 받아갔기 때문에 끝내 답서를 받지 못했다. 이홍주 등이 빈손으로 돌아오자, 이성구가 말하기를, "아침에 요물(妖物)이 울더니, 일이 이루어지지 않았다."고 하였는데, 아마도 요물은 예조판서 김상헌을 가리키는 듯하다. 참찬 한여직이 최명길에게 말하기를, "두 번이나 가서 답서를 받을 수 없었던 것은 무엇 때문이오?" 하니, 최명길이 말하기를, "그 까닭을 알지 못하겠소." 하였고, 한 여직이 말하기를, "그 글자를 쓰지 않기에, 나는 이미 저들이 답하지 않을 줄 알았소. 지금 김상헌이 나간 것을 틈타 급히 써서 보내는 것이 좋을 것이오." 하니, 최명길이 몹시 옳다고 여겼으나 날이 저물어 실행하지 못하였는데, 그 글자는 아마도 신(臣) 자를 가리키는 듯했다. (79쪽)

척화론자인 김상헌을 '요물'이라고 표현한 이성구의 말을 그대로 인용한 것이나, 김상헌이 없는 틈을 타서 국서의 표현을 바꾸자는 논의가 있었다는 점을 서술함으로써 이들의 행위를 은연중 비판하고 있다.

척화론자나 주화론자를 막론한 위정자들에 대한 부정적 시각은 오히려 오랑캐 군대의 일사불란함에 경탄하게 했고, 전란 중에 고통받는 민중들의 고난상에 한탄하게 했다.

인조가 남한산성을 출성할 때에 대가를 모시는 인원은 500명으로 한정하게 되었는데, 남급은 사옹원 낭청으로서 선발되었다. 아주 가까운 곳에서 인조의 항복 장면을 직접 보았기 때문에 이 장면에 대한 묘사는 아주 구체적이다. 이 가운데 눈길을 끄는 것은 잘 정돈된 군대를 부러운 눈으로 묘사한 것이다.

> 주상께서 예를 행할 때에 나는 진영 밖에서 강을 따라 내려가다가 마포(麻浦)에서 강을 건너려고 송파 나루머리를 바라보니, 배 3척이 있어서 즉시 다시 강을 따라 올라왔다. 이어서 진영의 형편을 두루 보니, 병사와 말이 날래고 강하며(협주:군졸들은 건장하고 사나우며 전마(戰馬)들은 크고 달리기를 잘하니 무리들이 흐트러지지 아니하는 것을 알 수 있었다.), 군대의 기율이 가지런히 정돈되어 있으며(협주:행렬이 극히 정돈되어 있어서 군졸 한명이라도 출입하고 좌우를 둘러보는 자가 없으리라는 것을 알 수 있었다.), 호령이 분명하고 가다듬어졌으니(협주:군졸들이 절대로 떠들지 아니하며 말한 대로 반드시 행해진다는 것을 알 수 있었다.), 거의 견둘 만한 것이 없었다.

넓은 들판 한가운데 가지런히 정렬된 적의 군대를 이렇게 묘사하면서 "진을 칠 때 한곳에 타야 할 말들을 모아두든 놓아두든, 말들은 모두 바로 서서 흐트러짐이 없으니, 마치 누에를 한자리에 눕혀 놓은 것과 같았다."(114쪽)고 감탄하고 있다.

인조와 대신들이 대궐에 복귀한 후의 일기는 주로 폐허가 된 한양성 주변의 마을과 몽골군의 약탈, 가족을 잃은 사람들의 울부짖음, 오랑캐에서 도망쳐 온 사람들의 고통 등 일반 백성의 피해를 서술하는데 집중되고 있다.

> **2월 5일.** 세자가 입궐하여 문안하고 저녁에 돌아갔다. 노비가 선혜청(宣惠廳)에 가서 요미(料米:급료로 주는 쌀)를 받아가지고 돌아와서는 말하기를, "향교동(鄕交洞) 입구에서부터 필사(筆肆:붓가게)의 행랑(行廊)과 대광통교 소광통교에 이르기까지 좌우의 인가들은 완전히 불타버려 남아 있지 않았고, 닭 돼지 오리 거위와 같은 가축은 한 마리도 볼 수 없었으며, 다만 개들만이 널린 시체들을 배불리 뜯어먹고 미친 듯이 날뛰었다."고 하였다. (129쪽)

노비가 전달한 호란 직후의 성 안 정경이다. 이렇게 남급은 전후의 피폐한 사정을 기억하여 전달함으로써 전쟁의 폐단을 간접적으로 비판하였다.

남급은 2월 28일의 일기 끝에 "앞의 기록은 각 관청의 문서에 이르기까지 모두 취해서 썼는데, 숭덕(崇德:청나라 태종의 연호)이 쓰이는 날이 시작될 때에 비로소 더 이상 글을 쓰지 않았다"(147쪽)고 했다. 이날 일기 뒤에 덧붙여진 것은 친구들에게 돌려 보도록 했다가 잃어버렸던 것으로 뒷날 추가된 것이다. 이로써 남급은 비록 하급관리로 호종을 하고, 남한산성에서 겪은 체험을 일기로 남겼지만, 청나라 태종의 연호를 쓰게 되자 일기를 그침으로써 청에 대한 부정적인 태도를 분명히 했다. 어찌되었든 호란을 일으킨 당사자이고,

이들로 인한 피해가 지위의 상하를 떠나서 막심했기 때문에 그들의 행동에 반대한 것이다. 이와 동시에 전쟁의 상황으로 몰고 간 위정자들은 그들이 척화론자이거나 주화론자이거나를 막론하고 비판의 대상이 되었던 것이다. 각각의 주장을 따로 떼어내서 보아야 할 여지도 없었던 것이다.

3. 대항 기억으로서의 남한산성 호종실기

병자호란 후에 인조는 척화론의 입장에 섰던 윤황(尹煌)을 비롯한 신료들을 대부분 조정에서 쫓아내고, 호란 발생 초기 청군 지휘관들과 담판을 벌여 자신이 남한산성으로 피신할 수 있도록 시간을 벌어준 주화파 최명길(崔鳴吉)을 중심으로 조정을 재구성하였다. 김류(金瑬), 김자점(金自點) 등은 여론에 밀려 삭탈관직하거나 정배를 보내지만 훗날 다시 불러들여 신임을 한다. 이에 반해 척화파인 윤황은 끝내 석방되지 못하고 적소에서 사망하고 만다. 결국 주요 친청파(親淸派) 공신 세력들은 재등용되고 이후의 정국은 인조와 친청파들이 반청 척화 세력을 제거하고 정권을 다지게 된다.[7] 자연스럽게 역사 기록은 인조를 중심으로 정국의 주도를 잡은 주화파에 집중된다. 그러나 역사라는 공적인 영역에서 억압되거나 무시되어왔던 사적인 기억들은 새롭게 조명 받게 된다.

대개의 경우 권력층의 기억만이 보편적인 기억으로 승화되고, 피

---

7 한명기, 『정묘·병자호란과 동아시아』, 푸른역사, 2009.

지배층의 기억이나 여타의 불편한 기억들에 대한 망각이 사회적으로 조직화된다. 물론 패전이나 국권상실 등과 같은 굴욕적인 과거를 애써 기억하는 집단도 있다.[8] 어쨌든 시간이 흘러 자발적으로 일어난 망각이 아닌, 지배 세력에 의해 조정되고 억압된 기억은 사라지지 않고 개개인의 기억 속에 남아 있을 수밖에 없다. 그리고 공적 기억이 지배력을 얻어갈수록 억압된 기억 또한 그에 대항하여 이런 저런 형태들로 모습을 드러내기 마련이다.[9] 병자호란 당시 남한산성에 인조를 호종했던 사람들이 남긴 실기는 사적인 기억으로 일종의 '대항 기억'의 성격을 지닌다.

인조를 호종하여 남한산성에 들어간 호종신들이 남긴 《남한기략》, 《병자일록》은 남한산성에서의 병자호란 체험 기록이라는 공통점이 있다. 하지만, 그들이 남긴 기록의 내용은 달랐다. 서로 다른 위치와 입장에서 체험한 내용을 기억해 냈기 때문이다. 김상헌과 남급의 실기는 여러 면에서 대조적인 면모를 보이고 있다. 두 실기는 대항기억으로서의 의의를 지니는데, 남한산성에서의 체험 기억에는 차이를 보이고 있다.

최고위 관료인 김상헌의 기억과 일선에서 방어 임무를 맡았던 남급의 기억의 차이는, 앞에서 보았던 대로 국왕 인조에 대한 서술에서 극명하게 드러난다. 김상헌은 척화에서 주화로 바뀌는 인조의 태도 변화를 떠올렸는가 하면, 남급은 성첩을 지키는 장졸들을 위로하

---

8 전진성, 『역사가 기억을 말하다』, 휴머니스트, 2005, 74쪽.

9 김정녀, 「병자호란 책임 논쟁과 기억의 서사」, 『한국학연구』 35, 고려대학교 한국학연구소, 2010, 214쪽.

는 인조의 모습을 떠올리고 있다. 국왕 인조의 태도나 행위를 직접 체험하고, 이를 실기에 기록하는 지점에서 두 실기 작자의 남한산성 기억은 나뉘고 있는 셈이다.

인조의 태도 변화는 김상헌으로 하여금 더욱더 강하게 척화를 주장하게 만들었던 것 같다. 김상헌은 최명길이 초한 국서를 찢은 사건을 기억해 내고, 그 사건을 장황하게 기록하였다.

김상헌이 국서 사건의 전모를 기억해 내고 기록한 의도는 무엇일까. 국서를 찢는 극한 행동을 했음에도 불구하고 주화론자들의 주장에 따라 사태가 진행됨을 보여주고자 한 것이다. 국서 사건 이후의 내용 전개는 척화파가 수세에 몰려 결국 오랑캐에게 넘겨지는 사태에 이르렀음과 인조가 항복 의식을 거행하게 된 것을 기록하고, 맨 마지막에는 항복 주동자의 이름을 일일이 거론하고 있다. 일련의 사건 기록에서 흥미로운 점은 다른 실기에서는 쉽게 보이지 않는 '항(降)' 자의 빈번한 사용이다. 김상헌은 병자호란을 인조가 항복함으로써 끝난 전쟁으로 기억한 것이다. 이 과정에서 항복의 책임이 주화론자에게 있음을 분명히 밝힌 것이다.

김상헌이 주목한 국서 사건을 남급도 기억하고 있다. 남급은 이날의 사건에 대해 최명길의 국서의 대략적인 내용을 소개한 후에 다음과 같이 기록했다.

> 김상헌이 그 글을 보고는 찢어버리고 통곡하며 말하기를, "공들은 어찌 이와 같은 일을 한단 말이오?" 하자, 체부는 묵묵히 아무런 말이 없었으나, 최명길이 말하기를, "어찌 대감을 옳지 않다고 하겠습니까마는, 이는 대체로 부득이한 데서 나온 것입니다." 하였고, 이성

> 구(李聖求)는 큰 소리로 말하기를, "대감이야 비록 후세에 이름이 중하게 될지라도, 우리 임금과 종묘사직은 어찌하겠는가?" 하며 또 "대감은 어찌 나가서 오랑캐에게 의리로 항거하지 않는가?" 하였다. 예조판서 김상헌이 말하기를, "나는 언젠가 한번 죽을 뿐인데, 대감은 어찌하여 나를 묶어다 오랑캐에게 내주지 않는가?" 하니, 최명길이 빙그레 웃으면서 말하기를, "대감께서는 찢었지만, 우리들은 주워야 합니다." 하고 곧 주워서 이어 붙였다. 이성구가 이미 문을 나갔는데, 동양위(東陽尉) 신익성(申翊聖)이 칼을 어루만지며 말하기를, "화친하자는 의논을 힘써 주장하는 자는 내가 이 칼로 베려 한다." 하니, 이성구는 그와 말하려 하지 않았다. 김상헌은 이미 물러나와 음식을 끊고는 사람을 만나면 반드시 곡하였다. (76쪽)

김상헌·신익성과 최명길·이성구가 나눈 대화 내용을 기록하는 것으로 두 세력 간의 대립을 간략하게 드러내고 있다. 김상헌의 태도에 대해서도 단지 "음식을 끊고는 사람을 만나면 반드시 곡하였다" 정도로 기억하고 있다. 적어도 척화파의 입장을 기억해 낸 것은 아니다. 문제는 이후에 벌어진 사건에 대한 기억이다.

1월 23일에 성첩을 지키는 장수와 군사 수백 명이 대궐 아래에 나아가 척화한 사람들을 내어달라는 시위를 벌인 사건이 있었다. 이 사건을 나만갑은 《병자록》에서 이 거사는 군졸들의 뜻이 아니었다고 하면서 주화론자들의 배후 조종으로 여겼다.[10] 나만갑은 군졸들의 행위를 관제 데모로 여겼던 것이다. 그러나 남급은 다음과 같이 다른 의견을 내놓았다.

---

10 나만갑, 《병자록》, 윤재영 역, 명문당, 1987, 89쪽.

> 그런데 내가 임시로 묵고 있는 개원사는 큰 사찰이었으니, 장수와 군사들이 임시로 살고 있는 자들이 매우 많아서 그 말에 대해 어렴풋하게나마 듣게 되었는데, 곧 이르기를, "오늘의 사태는 모두가 이름난 선비들의 고담준론에서 말미암은 것이니, 만약 이 무리들을 제거하지 않으면 나라가 나라 구실을 할 수 없을 것이다"하고, (… 중략 …) 혹 이르기를, "우리들이 매번 이름난 선비들을 볼 때마다 자연스레 칼자루를 굳게 잡게 된다."고 하였다. 아마도 무인(武人)들이 자기가 반드시 죽을 줄 알고 화친을 배척한 사람들에게 분통을 터트려 이러한 거조가 있게 된 듯하다. 신경인과 홍진도 등이 처음으로 이 논의를 내어 장수와 군사들에게 몰래 부탁한 것은 아닌 것 같기도 하다. 대체로 보아서 무뢰하고 호한(豪悍)한 인사들이 호응하여 일제히 일어난 것이 전조지화(前朝之禍:고려 정중부의 난)를 거의 면하지 못할 뻔했으니, 위태하고 위태하다. (87쪽)

남급은 시위를 벌인 장졸(將卒)들은 고담준론(高談峻論)을 일삼는 선비들, 즉 척화론자들에게 분통을 터트린 것으로 보았다. 신경인과 홍진도 등에 의한 관제 데모는 아닌 것 같다고 함으로써 이 사건은 장졸들의 불만에 기인한 것으로 본 것이다. 이는 26일의 일기에서 확인할 수 있다.

26일에 장수와 군사들이 척화신을 결박해 보내라고 시위하자 승지 이행원(李行遠)이 칼을 빼어 들고 병랑을 죽이겠다고 협박하였다. 이에 장졸들이 분노하여 용감한 승지를 오랑캐 진영에 보내라고 한 사건이 있었다. 이 사건에 대해 작자는 "이 일이 있기 전에 장수와 군사들은 이미 나라를 편안하게 할 수 있는 문사가 없다는 의견을 가지고 있었는데, 이행원의 사건은 마침 그들의 분노를 촉발하였으니”(98쪽)라고 기억하고 있다. 군사들과 가까운 위치에 있었기에 그들의 불만을 알고 있었고, 작자 또한 그들의 행위를 이해한 것이다.

이러한 시각은 결국 척화론자나 주화론자 모두를 비판하거나 아니면 그들의 행위에 큰 관심을 갖지 않았다는 것을 말한다.

남급은 작품 말미에 병자호란을 바라보는 자신의 시각을 드러냈다. 장황하지만 인용해 보기로 한다.

가) 애통한 것은, 주상께서 포위되어 밤낮으로 막고 지키는 것이 두어 달이 되자, 마초(馬草)와 군량(軍糧)이 이미 바닥나고 사졸(士卒)들이 이미 병들어 섬멸될 화가 바로 코앞에 닥쳤으나, 소위 도원수(都元帥)와 부원수(副元帥), 소위 통제사(統制使), 병사(兵使), 수사(水使), 영장(營將), 감사(監司)란 자들이 끝내 한 사람도 성 밑에 나아가 죽은 자가 없었던 것이다. 이것을 참을진댄 어느 것인들 참지 못하랴. (192쪽)

나) 심지어 척화설(斥和說)은 진실로 만고에 걸쳐 바꿀 수 없는 정론(正論)이라 할지라도, 그러나 때에 따라 이로울 수도 있고 해로울 수도 있으며, 형편상 쉬울 수도 있고 어려울 수도 있은, 진실로 어느 하나만을 고집하여 논할 수 없는 것이다. (… 중략 …) 정묘년에 화친을 맺은 일이 비록 좋은 계책이었다고 말할 수 없겠지만, 이미 서로 사이가 좋아 사명(使命)이 왕래하였다면, 자강지책(自强之策)이 있지도 않으면서 경솔히 화친을 끊는 것을 스스로 잘된 계책이라고 생각하는 것은 또한 사리에 어두운 일 아닌가? (193쪽)

다) 몇몇 고담준론을 펼치는 선비들은 스스로 힘을 헤아리지 못하고 다만 의기(義氣)를 떨치며, 오랑캐 사신을 베어야 한다는 말을 앞

> 세우고 이어서 조악한 음식으로 대접하였으니, 원망을 사거나 화를 불러서 멸망을 자초한 것이었다. 이런 일의 전말은 바로 경연광(景延廣)의 일과 서로 비슷하니, 이 얼마나 애석한 일인가? (194쪽)

> 라) 저 남한산성 같은 것은 참으로 천하에서 쉽게 얻을 수 없는 요충지이다. (…중략…) 애석하게, 이와 같은 요충지로써 무엇이든 이룰 수 있는 형세를 가지고도 수비를 사전에 준비하지 않은 채 손을 묶어 놓고 가만히 앉아 있다가 망쳐놓았으니, 어찌 마음이 아프지 않을 수 있으랴? (194~195쪽)

작자의 주요한 언급만 추려 본 것이다. 가)는 임금이 남한산성에 포위 되어 있음에도 불구하고 목숨을 바친 무인들이 없다는 것이다. 호종 무인에 대한 비판이다. 나)는 척화론자와 주화론자에 대한 비판이다. 척화론이 만고불변의 정론(正論)이더라도 때에 따라 상황에 따라 다르지 않겠느냐는 언급을 통해서 척화론자를 비판하고 있다. 척화론자는 다)에서처럼 현실 감각이 없는 고담준론만 일삼는 선비로 보았다. 자신의 의기만 앞세운 나머지 화를 자초한 인물들로 여겼던 것이다. 그리고 정묘년에 맺었던 화친을 잘 지켰더라면 오늘과 같은 난리가 없었을 것이 아니냐는 언급을 통해서도 척화론자를 비판하고 있음을 알 수 있다. 라)는 남한산성과 같은 요충지를 지켜내지 못한 것에 대한 비판이다. 척화든 주화든 남한산성과 같은 요충지에 들어간 이상 무엇이든 뜻을 펼 수 있었을 터인데 그렇지 못했다는 것이다.

김상헌은 예조판서라는 고위급 관료로 조정 내에서 벌어진 상황을 누구보다도 잘 알 수 있는 위치에 있었다. 그러나 그가 기억해 낸 것은 주화론자의 잘못된 정책이었다. 때문에《남한기략》은 척화론자의 입장에서 주화론자와의 대립 갈등의 기억이 중심 내용을 이루고 있다. 반면에 남급은 사옹원 봉사의 직책을 맡고 주로 성첩에서 방어 임무를 수행했기에《병자일록》에는 일선에서 체험한 사건 기록이 중심을 이루고 있다. 남한산성 방어의 최일선에서 체험했던 기억이 많은 부분을 차지하고 있다. 척화파와 주화파의 대립과 그에 대한 옳고 그름에 대한 판단보다는 방어 임무를 수행하는 군사들이나 전란의 소용돌이에서 고난을 당했던 민중들의 고통이 기억났던 것이다. 자연스럽게 척화파든 주화파든 고담준론만 일삼는 선비가 주된 비판의 대상이 된 셈이다.

병자호란 이후의 정국은 주화론자들에 의해 주도되었다. 당연히 척화론자들은 정치 일선에서 물러날 수밖에 없었다. 그러나 인조가 삼배구고두례를 행한 치욕적인 사건마저 묻힐 수는 없었던 것이다. 대표적인 척화론자였던 김상헌은 이 치욕의 원인을 주화론자에게 돌리며 남한산성의 체험을 기억해 냈던 것이다. 남급 또한 위정자들의 싸움에 의해 무고한 민중들이 겪었던 고통을 잊을 수 없었기에 그 기억을 실기를 통해 되살렸다. 이들 호종신의 실기는 역사의 전면에 부각되지 않은 사적 체험의 기록이기에 대항 기억으로서의 의의를 갖게 된 셈이다.

***

병자호란 당시 인조를 호종하여 남한산성에 들어간 호종신들이 남긴 실기는 각자가 체험한 사건에 대한 기록이다. 예조판서의 위치에 있으면서 척화신의 대표였던 김상헌이 자신의 남한산성 기억을 서술한 《남한기략》, 사옹원 봉사라는 하급 관리로 호종하면서 산성을 지키는 군졸들이나 일반 민중의 고난상을 기록한 《병자일록》이 대표적이다.

《남한기략》은 조정 내의 정황을 상세하게 파악할 수 있는 위치에 있던 예조판서의 기록으로, 조정의 논의에 직접 참여한 사람이 보고 들은 내용을 적었다는 점에서 의미를 지닌다. 김상헌은 이 일기를 통해 척화에 대한 굳은 신념과 이를 고수하려 했던 자신의 의지와 노력을 기록했고, 목전의 강화에 급급한 주화론자 특히 최명길에 대해 비판하고 있다. 개전 초기에는 척화의 입장에 있었지만, 시간이 지날수록 주화론자에 동조하는 태도를 보인 인조에 대한 기억이 기록되었다. 이에 따라 일기의 내용은 주화론자의 행위에 대한 비판과 동시에 자신의 척화 주장에 따른 행동의 기록으로 점철된다.

《병자일록》은 사옹원 봉사로서 산성의 최전선에서 방어 임무를 맡았던 하급관리의 실기이다. 작자는 직접 성을 지키는 임무를 띠고 있었기에 자신의 주변을 자세히 들여다 볼 수 있었다. 적의 압박이 강해지면서 굶주림과 추위와 싸워야 했던 군사들의 일상이 적나라하게 기록될 수 있었던 것이다. 척화론자나 주화론자를 막론한 위정자들에 대한 부정적 시각은 자연스럽게 드러났고, 전란 중에 고통받는 민중들의 고난상은 사실적으로 기록되었다.

두 사람의 병자호란 체험 실기는 남한산성이라는 공통의 공간에서 겪은 사적인 기억에 의존하고 있다. 이들의 기억은 역사의 전면에 부각되지 않은 지극히 사적인 기억일 수도 있지만, 실기를 통해 세상에 알려짐으로써 병자호란의 실상을 오늘날까지 전해지게 했다. 대표적인 척화론자였던 김상헌은 척화파와 주화파의 대립을 중심으로 기억하면서 남한산성에서의 병자호란 체험을 알렸고, 산성 방어의 최전선에 있었던 남급은 위정자들의 싸움에 의해 무고한 민중들이 겪었던 고통을 잊을 수 없었기에 그 기억을 살려 병자호란의 실상을 전한 것이다. 이들 호종신의 실기는 역사의 전면에 부각되지 않은 사적 체험의 기록이면서 대항기억으로서의 의의를 지니고 있다고 평가할 수 있다.

Ⅶ. 《산성일기》의 서사적 특성

1. 《산성일기》와 《병자록》의 관계

《산성일기》는 병자호란의 시말을 한글로 기록한 일기 형식의 작품이다. 이 작품은 한글로 표기되었다는 점과 완결된 구성 형식을 갖추고 있다는 점에서 병자호란 관련 실기 가운데 가장 주목을 받아온 작품이다. 《산성일기》에 대한 지금까지의 주된 연구는 작자와 저작연대, 그리고 이본에 대한 고찰이었다. 현전하는 이본은 세 종류로 알려져 있는데, 국립도서관소장본, 장서각소장본 2종이 그것이다. 세 이본은 내용에 있어 대동소이하고, 공히 전사본(轉寫本)으로서 원본은 아닌 것[1]으로 보는 것이 일반적이다.

작자문제와 저작연대 문제에 대해서는 여러 의견이 제시되었다.

---

1 고헌식, 「산성일기의 문헌학적 연구」, 고려대학교 교육대학원 석사학위논문, 1981, 60쪽.

《산성일기》가 소개된 이후의 연구 초기에는 이 작품을 창작물로 인식하였고, 이에 따라 작자를 궁녀로,[2] 임금과 함께 남한산성에 피란하였던 궁인이나 벼슬아치로,[3] 호란 중 남한산성에 호종했던 신하 가운데 척화론자이기는 하나 대세인 강화론을 돌릴 수 없었던 미관(微官)의 젊은이[4] 등으로 추정하였다. 그러나 이 작품은 창작물이 아닌 번역물이라는 주장이 대두하면서 그 작자를 김상헌(金尙憲)의 아들 김광찬(金光燦)이나 조카인 김광현(金光炫)으로,[5] 또는 나만갑(羅萬甲)·김상헌(金尙憲)·정온(鄭蘊) 및 삼학사(三學士)와 관련이 있는 그들의 후예 중 한 명으로,[6] 더 구체적으로는 나만갑과 같은 척화신 가운데 한 사람인 정온의 후손[7]으로 주장하기에 이르렀다. 그런데 또 다른 연구 결과에 의하면, 작자로 거론된 인물과 《병자록》의 작자인 나만갑의 관계는 모두 인척관계인 점을 중시하면서 나만갑의 부인 문중에서 번역했을 가능성을 제기하기도 하였다.[8] 즉 나만갑의 부인인 초계(草溪) 정씨(鄭氏)는 정온의 증손자벌인 정엽(鄭曄)의 둘째 딸이고, 나만갑의 장녀 안정(安定) 나씨(羅氏)도 김상헌의 손자 김수항(金壽恒)에게 출가했으므로 나만갑과 김상헌도 사돈 사이이다. 이러한 관계로 미루어 나만갑의 부인 문중을 지목한 것이다.

---

2 강한영, 「산성일기병자」, 『현대문학』 46호, 1958, 273쪽.
3 서현, 「산성일기고」, 『한국어문학연구』 8호, 이화여자대학교, 1968, 63쪽.
4 남광우, 「산성일기연구」, 『동대어문』 1집, 동덕여자대학교 국문과, 1971, 15쪽.
5 김수업, 「산성일기에 대하여」, 『연암현평효박사회갑기념논총』, 1980, 158쪽.
6 최강현, 「산성일기의 원작자를 밝힘」, 『홍익』 29호, 홍익대학교, 1987, 136쪽.
7 고헌식, 앞의 논문, 92쪽.
8 서종남, 「조선조 국문일기 연구」, 성신여자대학교 박사학위논문, 1994, 20쪽.

다음으로, 저작연대에 대해서는 적어도 인조 말년(1649) 이전으로, 병자호란이 끝난 이후 10여 년 사이에 지어졌다[9]고 보는가 하면, 작품 내에 〈삼학사전(三學士傳)〉에 대한 언급이 있는 것으로 보아 적어도 〈삼학사전〉이 지어진 1671년 이후의 현종대로 추정[10]하기도 한다.

한편, 《병자록》과의 관련성을 중점적으로 고찰하기도 하였다. 그 결과 《산성일기》는 《병자록》을 번역한 것인데 직역한 것이 아니라 3인칭서법으로 객관화하여 이야기 형식으로 의역한 것[11]이라는 의견을 내놓았다. 이러한 주장을 발전시켜 《산성일기》는 순수한 창작물도 아니고 단순한 직역도 아닌 어느 정도 역자의 사상, 주관, 창작성이 가미되어 발췌 요약된 의역본[12]이라는 결론을 얻기도 하였다. 이러한 의견에 대해서는 연구자들이 대체적으로 동의하는 양상을 보이고 있다.

지금까지의 연구 결과로 미루어 볼 때 《산성일기》는 나만갑의 《병자록》을 발췌 번역한 작품으로, 작자는 아직 미상으로 처리할 수밖에 없으며, 저작연대도 1671년 이후의 효종대로 보는 것이 옳을 것 같다.

그런데 이 시점에서 《산성일기》가 《병자록》을 발췌 번역한 것이라면 어떠한 방식으로 발췌 번역하였는지, 그리고 발췌 번역을 통해서 이루어진 《산성일기》의 개성적인 성격은 무엇이며, 그것은 어떻

9 김수업, 앞의 논문, 158쪽.
10 남광우, 앞의 논문, 15쪽.
11 고헌식, 앞의 논문, 80쪽.
12 서종남, 앞의 논문, 42쪽.

게 발현되는가에 대한 의문이 생긴다. 이러한 의문을 해결해야만 《산성일기》가 갖고 있는 고유의 문학적 특성을 밝혀낼 수 있으리라 생각한다. 또한 우리 문학사에서 한글문학과 한문문학의 작품들은 고착화되지 않고 상호 전환이 일어난 사례들을 찾아볼 수 있는데, 본 연구를 통해서도 이를 확인할 수 있을 것이다.

본 장은 이와 같은 과제를 수행하기 위해 우선 《병자록》의 번역 양상과 그 의미를 밝혀보기로 한다. 《병자록》의 어떠한 부분들이 《산성일기》에 어떻게 수용되었는지를 번역 양상의 검토와 함께 살펴볼 것이다.

둘째, 《병자록》의 발췌 번역을 통해서 이루어진 《산성일기》의 개성적인 성격은 무엇인지 밝혀보기로 한다. 《산성일기》는 완결된 서사구조를 취하고 있어 서사적 성격이 두드러진 작품이다. 따라서 이 작품이 갖고 있는 서사적 특성은 어떠한가를 밝히는 것이 바로 이 작품의 문학적 특성을 밝히는 것이다.

연구의 텍스트는 현재 가장 신본(信本)으로 알려진[13] 장서각 93장본 《병자록》, 국립도서관소장본 《산셩일긔 병즈》[14]로 한다.

2. 《산성일기》의 번역 양상과 의미

《병자록》의 저술동기 및 저작연대에 대해서는 작자 나만갑의 발

---

13 고헌식, 앞의 논문 참조.

14 이 논문에서는 이 작품에 대한 명칭을 일반적으로 통용되는 《산성일기》로 한다.

문을 통해서 알 수 있다. 발문을 통해서 볼 때 이 작품의 일차적인 저술 동기는 병자년의 참혹함을 후세에 알리기 위함이었다. 그렇기 때문에 전란의 연유에서부터 자신이 직접 겪은 일, 남에게서 전해들은 일 등등을 사실을 들어 똑바로 썼다고 했다. 또 작자는 임진왜란을 겪은 지 50년 밖에 안 되는 데도 당시의 일을 기록한 책이 많이 없어졌기 때문에 세월이 멀어지면 병자호란에 대한 기록도 유실될까 두려워 기록해 둔다고 했다. 발문의 내용으로 미루어 보면《병자록》의 일기 부분은 작자가 직접 체험한 사실을 그때그때 기록한 것이고, 나머지 부분은 병자호란이 끝난 다음에 계속해서 덧붙인 것으로 볼 수 있다.

저작연대에 대해서는《병자록》의 마지막 기사가 정온이 중풍으로 신사년(1641) 6월 21일에 작고(作故)한 사실을 주 내용으로 하고 있다는 점과, 발문(跋文) 가운데 임진왜란이 일어난 지 50년이 지났다는 기록(1592년에서 50년이 지났으므로 1642년이 됨), 그리고 작자 나만갑이 작고한 해가 1642년이라는 사실 등을 감안하여 볼 때, 이 작품의 완성 연대는 1641년 6월부터 나만갑이 작고한 1642년 11월 사이가 된다. 그러므로《산성일기》의 저작 연대를 1671년 이후 효종대로 본다면 약 30여 년의 시간 차이를 보이는 셈이다.

《병자록》과《산성일기》의 관련성에서 대한 연구는 몇 차례 이루어졌는데,[15] 그 결과《산성일기》는《병자록》의 내용을 발췌하여 번역한 작품으로 이제는 번역문학작품으로서의 위치를 찾아야 한다고

---

15 고헌식, 앞의 논문, 66~88쪽; 서종남, 앞의 논문, 31~40쪽; 최정배, 「산성일기의 원전재구 및 번역설에 관한 연구」, 홍익대학교 교육대학원, 1988, 16~102쪽 참조.

주장하기에 이르렀다.[16] 이 시점에서 구체적인 번역 양상에 대해서 고찰하는 것은 의미 있는 작업이다.

1) 발췌 번역과 직역

《산성일기》는 《병자록》의 내용을 발췌 번역하여 수용하고 있다. 《병자록》의 전반적인 내용은 후금(後金)의 건국, 정묘호란의 발발, 청조(淸朝)의 성립과정 서술, 병자호란의 발발과 12월 12일부터 익년 2월 8일까지의 일기, 인조가 청 태조에게 보낸 글들, 근왕병의 활동 상황, 강도 함락의 전말, 척화신들의 일, 난 후의 일, 김상헌이 무고 받은 일, 청에게 시달린 일, 저자 발문 등으로, 병자호란의 원인부터 난 후까지의 일을 비교적 자세히 서술하고 있다. 이 중 가장 핵심부분은 1636년 12월 12일부터 1637년 2월 8일까지의 일기 부분이다.

이에 비해 《산성일기》는 후금의 건국 과정과 정묘호란의 발발, 전란의 징후, 그리고 병자호란의 발발부터 1637년 2월 8일까지의 일기가 주를 이루며 난후의 사건으로는 정축 4월 19일의 예물을 진정한 것과 홍익한 압송, 송덕비 건립 과정과 송덕비 내용 소개로 끝맺고 있다. 《산성일기》는 《병자록》 가운데 청의 건국 과정과 일기 부분을 전부 수용하고, 그 외의 부분은 수록하지 않았다.

일기 부분을 보면, 《산성일기》에서 날짜 기록이 생략된 곳은 1637년 1월 22, 29일과 2월 1, 4, 5, 7일의 6일간이다. 이 가운데 1월

---

16 서종남, 앞의 논문, 42쪽.

22, 29일은 날짜만 생략되었을 뿐 내용의 일부가 전일자(前日字)에 기록되어 있다. 또 2월 1일은《병자록》의 기록을 보면 특별한 기사가 아니며, 4일과 7일은《병자록》에도 생략되었고, 2월 5일은 나만갑과 관련된 기사가 중심이다.《산성일기》에서 나만갑이 등장하는 부분은 대체적으로 생략하고 있음을 볼 때 이날의 일기가 생략된 것은 당연한 결과이다. 이렇듯《산성일기》는《병자록》의 내용을 발췌하여 번역하고 있다.

《병자록》 가운데 일기에 해당하는 부분도 전부를 번역 수용한 것은 아니다.《산성일기》에서 정축년 1월 28일에 해당하는 부분의 서술을 보면《병자록》을 발췌 번역하고 있다는 것을 알 수 있다.《병자록》에는 1637년 1월 29일자 일기가 수록되어 있다. 그러나《산성일기》에는 이날에 해당하는 서술이 아예 없다. 그런데《병자록》의 29일 기록 가운데 정온의 상소문만이《산성일기》의 28일분에 서술되어 있다.

> 상이 인견ᄒᆞ시고 슐 먹여 니별ᄒᆞ여 ᄀᆞᆯ오샤ᄃᆡ 너희 부모 쳐ᄌᆞ를 내 당당이 종신토록 도라볼 거시니 이ᄂᆞᆫ 념녀치 말나 ᄒᆞ시더니 그후 슈년을 ᄠᆞᆯ을 주시고 다시 은젼이 업더라 윤오 이공이 적진의 가 피화ᄒᆞᆫ ᄉᆞ의ᄂᆞᆫ 홍공과 아오로 삼혹ᄉᆞ뎐을 지으니라 니조참판 뎡공이 ᄯᅩ 상소ᄒᆞ니 소왈 복이 신이 ᄌᆞ결ᄒᆞ기ᄂᆞᆫ (… 하략 …) (《산성일기》, 98쪽)

이는《산성일기》의 정축년 1월 28일자 내용이다. 〈삼학사전〉에 관련된 기록과 이어 정온의 상소문이 이어지고 있음을 볼 수 있다. 이렇게 작자는 필요한 부분만 발췌해서 번역하고 있다.

다음으로 번역의 양상을 보면, 직역을 중심으로 하고 있음을 볼 수 있다.

> 초팔일 아츰의 눈오고 운암ᄒᆞ다
> 초구일 이후ᄂᆞᆫ 셩안 셩밧기 더욱 통티 못ᄒᆞ야 장계도 ᄉᆞᆺ쳐지다
> (《산성일기》, 39쪽)

> 初八日 朝雪雲暗
> 初九日 自此之後 內外蓋不相通 狀啓亦斷 (《병자록》, 18쪽)

양 작품의 정축년 1월 8일과 9일에 해당하는 부분이다. 이를 통해 《산성일기》의 작자는 《병자록》의 내용을 발췌해서 수록하되 번역에 있어서는 기본적으로 직역을 중심으로 하고 있다고 하겠다.

2) 생략 및 축약

《산성일기》의 작자는 직역을 번역의 기본으로 삼고 있으나, 내용면으로 들어가 보면 생략과 축약이 빈번하게 일어나고 있음을 볼 수 있다.

> 초뉵일의 안개 아득ᄒᆞ다 평안병ᄉᆞ 뉴림의 장계의 적병이 오쳔여긔 또 창셩으로 나오니 창셩부ᄉᆞ 삭쥬부ᄉᆞᄂᆞᆫ 산동 죽은동 모른다 ᄒᆞ엿더라 강원감ᄉᆞ 됴뎡호의 쟝계의 검단군이 도적을 만나 스ᄉᆞ로 헤여지라 ᄒᆞ엿더라 (《산성일기》, 38~39쪽)

初六日嵐霧晝昏 平安兵使柳琳及副元帥申景瑗狀啓言 奴兵五千餘騎 又自昌城出來 昌朔兩州府使不知死生來圍寧邊 副元帥所在處而 咸鏡監司閔聖徽狀啓 金化南兵使徐祐申不日將到 令軍前進云 乃初五日成貼也 江原監司趙廷虎狀啓 劍丹軍遇賊自潰 收拾餘軍 由加平將與閔聖徽合勢進兵云云 (《병자록》, 17쪽)

(* 밑줄 필자)

《병자록》의 일기에서는 평안병사 유림과 함경감사 민성휘, 강원감사 조정호가 장계를 올렸다고 하고 그 요지를 기록하였다. 그런데 《산성일기》에서는 함경감사의 장계 내용은 빼 버린 채 평안병사와 강원감사의 장계 내용만 번역하고 있을 뿐이다. 이렇게 《산성일기》는 《병자록》의 내용을 생략하고 있다. 그런데 생략에는 일정한 원칙이 있음을 볼 수 있다.

첫째, 나만갑과 관련된 것으로 일인칭 '나'로 나오는 부분은 전부 생략하고 있다.

《병자록》의 1월 11일자 내용은 다음과 같다.

十一日 日出時有珥白氣 自東至西亘天 禮曹判書金尙憲建言 人窮則反本當此危急之日 當親祭於崇恩殿影幀 上從其言卽 元宗影幀也 是日出祭于影幀奉安之所卽 開元寺也 黎明出宮行祭 百官陪祭朝前還宮 自入城後 城中無烏鵲 是日烏鵲多入城 內人以爲吉兆云 我言於張維曰 (… 하략 …) (《병자록》, 18쪽)

같은 날짜의 《산성일기》 내용을 보자.

> 십일일의 ᄒᆡ에 귀예골 ᄃᆞᆯ리고 ᄒᆡᆫ긔운이 하ᄂᆞᆯ의 벗치다 네조판셔 김쳥음이 샹긔 알외여 ᄀᆞᆯ오ᄃᆡ ᄉᆞᄅᆞᆷ이 궁ᄒᆞ면 근본의 도라간다 ᄒᆞ니 이 위급ᄒᆞᆫ ᄯᆡᄅᆞᆯ 당ᄒᆞ여 맛당이 슝은뎐의 힝졔ᄒᆞ실 거시니이다 슝은뎐은 ᄀᆡ원ᄉᆡ니 원종대왕 화상 뫼신 곳이라 샹이 연타ᄒᆞ시고 평명의 츌궁ᄒᆞ샤 힝졔ᄒᆞ실ᄉᆡ ᄇᆡᆨ관이 ᄇᆡ례ᄒᆞ더라 됴젼의 환궁ᄒᆞ시다 산셩의 드ᄅᆞ신 후ᄂᆞᆫ 셩ᄂᆡ의 가막가치 업더니 이ᄂᆞᆯ 만히 드러오니 ᄉᆞᄅᆞᆷ이 길되라 ᄒᆞ더라 (《산성일기》, 40~41쪽)

《병자록》의 인용문 끝에서처럼 "我言於張維曰(내가 장유에게 말하여 가로되)"이라고 하고, 이어서 장유와 나눈 이야기를 서술하고 있다. 그러나 《산성일기》에서는 이 부분을 완전히 생략하고 있다. 이야기 전개에 있어 꼭 필요하지 않은 부분이기 때문에 생략한 것이다. 이렇게 1인칭으로 서술되는 '나'는 모두 생략하고 있는데, 이러한 예는 2월 5일자 일기에서도 확인할 수 있다.

《병자록》의 2월 5일자 일기는 모두 나만갑과 관련된 내용이다. 《산성일기》에는 아예 2월 5일자의 내용이 없다. 이로 보아 《산성일기》에서는 1인칭 서술은 모두 생략한 것으로 여길 수 있다.

하지만 무조건 생략한 것은 아니다. 내용 전개상 생략이 어려운 부분은 이름을 직접 거명하여 3인칭화하고 있다. 1월 28일자 일기를 보자.

> 나만갑이 니경셕ᄃᆞ려 닐오ᄃᆡ 당장의 엇지 가히 ᄌᆞᆷᄌᆞᆷ이 이시리오. 경셕이 답왈 대ᄉᆞ간이 드러오면 ᄒᆞᆫ가지로 ᄃᆞ토리라 ᄒᆞ더니
>
> (《산성일기》, 92쪽)

이 부분은《병자록》의 "我爲副提學李景奭曰……(36쪽)" 부분에 대한 번역이다.《병자록》의 1인칭 서술을《산성일기》에서는 3인칭 서술로 바꾸고 있음을 볼 수 있는 부분이다.

결국,《산성일기》는 3인칭 서술을 택하고 있어 1인칭 표현인 '나'에 해당하는 부분은 생략을 하거나, 내용 전개상 꼭 필요하다고 여긴 부분은 3인칭화 하여 서술하고 있다.

둘째, 작품 내에 등장하는 시(詩)를 생략하고 있다.《병자록》의 1월 27일자 일기에는 정온이 자기가 틀림없이 죽을 것이라 생각하고 전일에 동향 사람으로부터 지어달라는 청을 받은 명(銘)을 즉일로 지어서 전해주고, 또 시 몇 수와 찬(贊)을 지었다고 서술하고는 시 두 편과 찬 한 편을 수록하고 있다. 그러나《산성일기》에는 동향사람에게 글을 지어주었다는 서술과 함께 찬 한 편만을 수록하고 있다. 이날의 정온과 관련된 중요한 기사는 정온이 할복한 사실이기 때문에 이처럼 서사 전개에 중요하지 않다고 생각되는 시는 번역하지 않은 것이다.

셋째, 양국 간에 오간 국서 가운데 굴욕적인 부분은 생략하고 있다.《병자록》에는 양국 간에 오간 국서를 많이 수록하고 있다. 그런데《산성일기》에는 아예 수록하지 않거나 내용의 일부를 생략하여 번역하고 있다.

1월 3일의 내용을 보자.

> 초삼일의 교셔관 고직의 계집이 적진으로셔 도망ᄒᆞ여 닐오ᄃᆡ 금음날과 ᄒᆞ로날의 경셩을 분탕ᄒᆞ고 인민을 노략ᄒᆞ며 인가ᄅᆞᆯ 만히 불지ᄅᆞ다 ᄒᆞ더라 홍셔봉 김신국 니경직이 답셔ᄅᆞᆯ 가지고 적진의 가니 적

쟝이 닐오ᄃᆡ 황뎨 당당이 명ᄒᆞᄂᆞᆫ 일이 이시리라 ᄒᆞ고 답셔ᄅᆞᆯ 아니바드니라 (《산성일기》, 37쪽)

初三日 近日日氣極寒 自今日稍暖 校書館庫直之妻 自胡中逃還言 蒙古晦日及元日焚蕩 京中擄掠人民 洛中人家多爲燒火 聞之慘然 洪瑞鳳 金藎國 李景稷 持國書傳于虜中 其書曰(… 하략 …) (《병자록》, 16쪽)

《병자록》에 수록된 국서를 《산성일기》에서는 의도적으로 생략하고 있는 것이다. 이날의 국서를 보면 굉장히 굴욕적인 표현이 많이 있다. 이러한 이유로 《산성일기》의 작자는 국서를 아예 빼버린 것이 아닌가 싶다.

이와 같이 《산성일기》에서는 서사 전개에 긴요하지 않은 부분은 과감히 생략함으로써 서사적 긴장감을 주고 있다. 서사적 긴장감을 주기 위해서 분량이 많으면서도 내용 전개상 생략할 수 없는 부분은 축약을 하여 번역하고 있다.

초구일의 비로소 군관 신용을 의쥬 보ᄂᆡ여 젹병을 탐지ᄒᆞᆯᄉᆡ 신용이 슌안 니르니 젹병이 임의 편만ᄒᆞ엿ᄂᆞᆫ지라 신용이 도라와 보ᄒᆞ니 ᄌᆞ졈이 대로ᄒᆞ여 신용을 버히려 ᄒᆞ더니 다ᄅᆞᆫ 군관이 ᄯᅩ ᄒᆞ니 비로쇼 쟝계ᄒᆞ니라 대개 젹병이 강을 건너니 대로의 것칠 거시 업ᄉᆞ니 오기ᄅᆞᆯ ᄇᆞᄅᆞᆷᄀᆞᆺ치 ᄒᆞ고 번신의 쟝계ᄂᆞᆫ 젹이 다 아사 가진 고로 됴졍이 막연이 몰낫ᄃᆞ가 십이일 오후의 비로쇼 젹셰 급ᄒᆞᆫ 쥴 알고 십삼일의 강화들기ᄅᆞᆯ 의논ᄒᆞᆯᄉᆡ 김경징으로 검찰ᄉᆞᄅᆞᆯ ᄒᆞ이고 니민구로 부ᄉᆞᄅᆞᆯ 삼다 김ᄂᆔ 그 아ᄃᆞᆯ의 무상ᄒᆞ믈 모르ᄂᆞᆫ 거시 아니로ᄃᆡ 가쇽 피란ᄒᆞ기ᄅᆞᆯ 위ᄒᆞ야 경징으로 검찰ᄉᆞᄅᆞᆯ ᄒᆞ이고 샹이 무ᄅᆞ시니 ᄂᆔ 경징을 맛당ᄒᆞ니이다 ᄒᆞ더라 (《산성일기》, 13~15쪽)

初九日 始送軍官申榕使到義州 察其形勢 申榕翌日到順安 賊騎已遍滿邑內 卽爲回馬馳還 言於平安監司洪命耈 命耈亦不知賊勢之如此 始爲驚動 僅以單馳騎慈母 申榕回報所見則 自點謂之妄言亂軍情 將斬之榕曰 賊兵明當此到姑勿斬我以待 俄而追送軍官 又來報急 一如榕言始卽狀啓 蓋賊兵渡江不顧城鎭 直爲上來稱以講和 來如飄風凡邊臣狀啓 賊皆奪取 朝廷漠不知邊報

十二日午後元帥狀啓入來 然後始知賊勢之急而亦不知飄忽之至此

十三日 廟議將入江都 以金慶徵爲檢察使 李敏求爲副使 起服沈器遠爲留都大將 初右相李弘胄擧慶徵 而金瑬不知其子之不稱不爲止之 及承上敎 反爲稱譽 沈器遠起自草土無一手下之兵 何能有爲

(《병자록》, 6쪽)

축약의 방식으로 며칠간의 일기를 한 장면으로 축약하는 모습을 볼 수 있는데, 위의 인용문이 바로 이에 해당된다. 《병자록》에서는 날짜별로 그날그날의 일을 기술하였으나, 《산성일기》에서는 9일과 12일, 13일의 일을 하나의 장면으로 연결하여 처리하고 있다.

축약의 예를 볼 수 있는 또 다른 예는 묘사문에서 찾을 수 있다.

이십ᄉᆞ일의 적이 남셩을 범ᄒᆞ고 종일토록 ᄒᆡᆼ궁을 향ᄒᆞ야 방포ᄒᆞ니 쳘환이 ᄉᆞ발ᄀᆞᆺ고 삼층기와집을 ᄯᅮ러져 ᄒᆞᆫ자 남아 드더라

(《산성일기》, 84쪽)

二十四日 平明 賊又犯南城 具宏所守處 向夕又犯曲城 具宏皆擊却大捷 (… 중략 …) 今日賊又設大砲 終日不絕每向行宮 而放之見 其丸大如沙椀 落於私倉瓦家上 家中有樓 樓下有堗 貫穿三重入地底尺許(… 하략 …) (《병자록》, 31쪽)

《병자록》의 내용과 뜻을 대체로 살리려는 의도를 가지고 긴요한 것을 한 문장으로 처리하고 있음을 볼 수 있다. 이와 같은 축약은 《산성일기》가 서사 위주의 서술이기 때문에 내용의 간략화를 도모하는 데서 기인한 것이다.

3) 첨가

《산성일기》는 발췌 번역과 생략 및 축약을 하면서도 《병자록》에 없는 내용을 첨가하기도 하였다. 이는 독자의 흥미를 고려한 것이고, 다른 한편으로는 작자의 의도를 강하게 전달하려는 의도로 볼 수 있다. 첨가한 내용 가운데 가장 흥미를 끄는 부분이 홍타시의 탄생 설화이다.

> 노라치 일ᄌᆨ 나가노다가 뫼 엽히 ᄒᆞᆫ 계집이 오좀을 누고 지나가거ᄂᆞᆯ 보니 오좀이 뫼ᄒᆞᆯ ᄯᅮ러 깁희 ᄆᆞᆯ치가 드러가니 노라치 괴이히 너겨 그 계집을 ᄃᆞ려다가 아ᄃᆞᆯ을 나ᄒᆞ니 니 니ᄅᆞᆫ바 홍타시라
>
> (《산성일기》, 4쪽)

청나라의 건국 과정을 서술하면서 후일 청 태종이 된 홍타시 탄생담을 이렇게 서술하고 있다. 물론 《병자록》에는 서술되지 않은 내용이다. 신화에서 흔히 볼 수 있는 것 가운데 일종의 거인설화를 차용한 것으로 홍타시의 탄생의 기이함을 들어 독자의 흥미를 끌고 있는 것이다.

또 다른 첨가 부분을 들어 보자.

> 젼대ᄉᆞ간 윤황이 병들다 ᄒᆞ고 문밧글 나지 아니ᄒᆞ여 ᄆᆡ일 져녁의 기ᄌᆞ 윤문긔를 불너다가 무ᄅᆞᄃᆡ 화친ᄒᆞᄂᆞᆫ 일이 엇더ᄒᆞ여 가ᄂᆞ니 ᄉᆞᄅᆞᆷ이 장ᄎᆞᆺ 죽으리로다 ᄒᆞ니 윤황은 본ᄃᆡ 쳑화ᄒᆞ던 ᄉᆞᄅᆞᆷ으로 나죵의 말이 이러ᄒᆞ니 ᄉᆞᄅᆞᆷ이 다 웃더라. (《산성일기》, 61~62쪽)

이 부분은 1월 19일에 해당되는 내용이다. 19일자의 내용은 국서에 '신(臣)' 자를 넣어야 하느냐 말아야 하느냐에 대한 논의가 주된 내용인데 그 뒤에 이 내용을 첨가한 것이다. 이는 윤황이 본래 척화인(斥和人)이었는데 매일 아들을 불러다가 화친하는 일이 어떠하냐고 물었다는 내용으로, 척화에서 주화로 돌아선 인물의 사적을 수록함으로써 다분히 변절자에 대한 조롱의 의도가 있다고 하겠다.

또 1월 20일자 일기 내용 가운데 다음의 내용이 첨가되어 있다.

> 상이 ᄀᆞᆯ오샤ᄃᆡ ᄎᆞᆯᄒᆞ리 척화신으로 더브러 ᄒᆞᆫ가지로 죽을디언정 엇지 가히 ᄆᆡ야 보ᄂᆡ리오 동궁이 졔신을 도라보아 ᄀᆞᆯ오샤ᄃᆡ 자ᄂᆡ네로 ᄒᆞ야 우리 집이 다 죽게 ᄒᆞ엿ᄂᆡ ᄒᆞ시니 졔신이 ᄒᆞᆯ 말이 업더라
>
> (《산성일기》, 65~66쪽)

이는 적진에서 받아온 답서 가운데, 척화인 우두머리 두세 사람을 묶어서 보내라고 한 내용에 대한 반응이다. 작자는 임금이 "차라리 척화신과 더불어 함께 죽을지언정 보내지 않겠다"고 말하였다고 서술함으로써 척화신를 옹호하는 태도를 분명히 드러내고 있다.

척화신을 옹호하는 태도는 1월 21일자 내용 가운데 정온의 행적을 자세하게 첨가한 데서 분명히 드러난다.

원간 뎡공은 녕남 ᄉᆞ름으로 남인의 ᄉᆡ목이 잇고 역적 뎡인홍이 허명이 막셩ᄒᆞᆯ ᄯᆡ의 공이 인홍의 ᄉᆞ오나오믈 아지 못ᄒᆞ고 갓가이 드러 문인즁의 드렷더니 인홍의 ᄒᆞᄂᆞᆫ 일이 졈졈 패악ᄒᆞ고 광ᄒᆡ군이 간신의 말을 미더 대비를 폐ᄒᆞ고 영챵대군을 대비품으로셔 ᄲᆡ혀 아샤 교동 귀향보ᄂᆡ엿더니 종시 쥭이니 쳔디간 대변이라 뎡공은 호걸이ᄆᆡ 인홍을 긋쳐 ᄇᆞ리고 광ᄒᆡ게 샹소ᄒᆞ야 쳔만고 인뉸을 븟들고 대의ᄅᆞᆯ ᄇᆞᆰ히니 역광이 대로ᄒᆞ고 광ᄒᆡ ᄉᆞᆯ피지 못ᄒᆞ야 제쥬 위리한치ᄒᆞ엿더니 금 상이 반정ᄒᆞ시ᄆᆡ 공을 불너 크게 ᄡᅳ샤 벼슬이 니조참판의 니ᄅᆞ고 이ᄯᆡ 호종ᄒᆞ야 남한의 드럿더니 도적의게 칭신ᄒᆞ믈 보고 분완ᄒᆞ여 상소ᄒᆞ니 (《산성일기》, 72~74쪽)

국서에 '臣'이라고 칭한데 대해서 정온이 분통을 터뜨리며 상소를 올렸다고 하면서 그 상소 내용이 이어지는데, 그 사이에 위와 같은 정온의 행적을 첨가하였다. 즉, 정온의 성품이 원래 강직하였기 때문에 정인홍의 패악함과 광해군의 패륜에 항거하다 유배된 적이 있으며, 인조반정과 더불어 등용되어 이조참판에 이르렀고 오늘날 호종을 하여 남한산성에 들어왔다는 내용을 삽입한 것이다. 《산성일기》의 작자는 척화파 가운데 한 명이었던 정온의 행적을 자세히 서술해 놓음으로써 그의 행동의 당위성을 말함과 동시에 그를 추켜세우고 있는 것이다.

이에 반해 주화파의 거두였던 최명길과 관련된 기사는 부정적인 면을 드러내면서 첨가하고 있다.

적장이 명길의 가속을 나여 주니 명길이 고두ᄒᆞ야 ᄉᆞ례ᄒᆞ더라
(《산성일기》, 103쪽)

1월 30일의 일기 가운데 한 부분으로 적장이 최명길의 가족을 돌려주자 최명길이 고두(叩頭)하여 사례한 사실을 짤막하게 첨가하였다. 척화파는 가족을 두고 잡혀가야 하는 입장에 있는 반면에 최명길은 자신의 가속을 챙기면서 적장에 대해 사례하고 있으니 얼마나 한심한 노릇인가 하는 투이다.

《산성일기》의 작가는 이렇듯 원작에 충실하여 직역을 근간으로 하면서도 필요에 따라 내용을 첨가하여 흥미를 불러일으키고 있다. 그런데 첨가한 내용의 대부분은 척화론자들에 대한 옹호와 주화론자들에 대한 비난이 중심을 이루고 있어, 《산성일기》가 다분히 척화파를 옹호하고 있음을 보여주고 있다.

이처럼 《산성일기》는 《병자록》의 내용을 발췌하여 번역하면서, 직역을 위주로 하고 서사 전개에 있어 필요하지 않는 부분은 과감한 생략을 통하여 이야기에 서사적 긴장감을 부여하고 있다. 그런가 하면 작자의 의도를 분명히 드러내야 할 부분에서는 새로운 내용을 첨가함으로써 독자들의 흥미를 끌게 하였다.

3. 《산성일기》의 서사적 특성

1) 삼단 구성법을 통한 서사성 획득

실기는 문학성 내지 서사성의 확보라는 측면에서는 덜 다듬어진 양식이지만, 체험 및 목격을 바탕으로 한 소재의 역사성과 참신성, 꾸밈없으면서도 생생한 묘사에 의한 현장감과 감동, 진실하게 느껴지는 저작자의 기록 정신은 서사문학으로 발전할 수 있는 가능성을 보여주는 양식이다. 그 예로 거론할 수 있는 작품이 바로 《산성일기》이다. 이 작품은 우선 구성에 있어 완결된 삼단 구성법을 취하고 있어 다른 실기 작품에 비해 서사성을 어느 정도 확보하고 있다. 대개의 실기 작품들은 저작자의 체험이 시작되면서 서술이 시작되고 그 체험이 끝나는 시간을 작품의 종결로 삼고 있다. 따라서 완결된 구성을 취하고 있는 경우가 드문 것이 사실이다. 그러나 《산성일기》는 앞에서 살펴보았던 것처럼 《병자록》을 발췌 번역한 것이기는 하나 내용 구성면에서 볼 때 완결된 형식을 갖추고 있다.

《산성일기》의 구성을 보면 크게 세 부분으로 나뉘어 그 내용이 전개된다. 발단부는 후금의 건국 과정과 정묘호란의 내막을 밝히고, 청나라의 건국과 이에 대한 조선의 태도를 드러낸 부분이다. 전개부는 1636년 12월 12일 오후에 적세가 급함을 알고 13일에 강화도로 들어가기로 의논하고, 14일 오후에 강화도로 향하다가 홍제원(弘濟院)에 이미 적진이 막고 있어서 남한산성으로 들어가는 것부터 시작하여, 남한산성에서의 척화파와 주화파의 갈등 전개와 전황, 사건 뒤의 비화 등을 서술하고, 1637년 1월 30일 임금이 세자와 함께 청의(靑衣)를 입고 서문으로 따라 나가 삼밭 남녘에서 굴욕적인 항복을 하고서는 저녁에 서울로 환궁하기까지의 일을 서술한 부분이다. 종결부는 항복 이후의 상황, 그리고 삼전도비를 세우게 된 경위와 비문 내용의 소개로 끝을 맺는 부분이다.

이렇게 《산성일기》가 갖추고 있는 발단부 – 전개부 – 종결부의 3단 구성은 구조적인 완결을 지향한 결과이다. 역사적 사건을 다룬 문학 작품은 역사적 사건이 단순히 소재 차원으로 그치지 않고, 작품 내적으로 구조화되어야 하는데, 《산성일기》는 내용 구성에 있어 3단 구성을 취함으로써 어느 정도 서사적인 성격을 갖추고 있다.

사실, 공식적인 역사 기록은 개인적 입장을 배제하고 조작을 가하지 않은 채 사실을 실제 그대로 기록한다. 그러나 실기와 같은 비공식적 역사 기록에서는 서사자의 개성이 자주 끼어들고 있음을 발견할 수 있다. 특히 날짜별 서술로 연속성을 추구하면서도 상충하는 역사적 사실을 자료로 선별하여 재배열하는 방식을 선택적으로 사용하고 있다.

서사문학 작품은 마치 벽돌과 벽돌을 연결해 주는 시멘트 반죽과 같이 삽화와 삽화를 연결하는 내부적 결합에 기초한 예술적 요소를 갖고 있기 마련이다. 역사는 이야기되어야 하고 어떤 의미에서는 명료하게 줄거리의 통일성을 만들어내며 역사적 소재를 명확한 전망과 분명한 의미 배열을 통해 쉽게 기술하면서, 역사를 허구적으로 각색해도 된다는 것이 보편적 관점이다.[17]

서사는 사료를 순서에 따라 연대기 순으로 짜 맞추고 부차적 줄거리들을 무시한 채 그 내용을 하나의 이야기로 조리 있게 구성하는 데 초점을 두는 것이라 했다.[18] 이때 특정한 사료를 조직화하기 위한 최상의 형식이 서사인 것이다. 즉 서사는 사건들을 특정한 방식으로 분류해 사건들에 일종의 질서와 구조를 부여한다.

《산성일기》는 후금의 건국 과정, 정묘호란, 병자호란과 관련된

---

17 김진곤 편역, 『이야기, 小說, novel』, 예문서원, 2001, 27쪽.

18 앨릭스 캘리니코스, 박형신·박선권 옮김, 『이론과 서사』, 일신사, 2000, 87쪽.

일련의 사건들을 그것들이 발생한 시간 순서에 따라 배치함으로써 조직화하였고, 그 사건들을 발단부, 전개부, 종결부로 다시 배열함으로써 이야기로 조직화하였다. 그렇게 함으로써 서두와 결말을 갖추고, 중간의 과정은 일기 형식에 따라 날짜별로 배열함으로써 서사적 긴장감을 갖도록 하였다. 사실 이 작품의 중심을 이루고 있는 부분은 전개부이다. 발단부는 사건의 발단을 청나라의 건국 과정에서 찾고 있으며, 이로 인해 청의 건국 과정과 병자호란의 발발을 연계하여 작품의 서두로 삼은 것이다. 종결부는 갈등 해소의 역할을 하고 있다. 1월 30일 인조는 굴욕적인 항복을 했고, 이로 인해 모든 갈등은 끝이 났다. 이러한 과정을 압축적으로 보여주는 것이 삼전도비이다. 작자는 삼전도비 건립에 대한 과정과 삼전도비의 내용을 마지막에 수록함으로써 모든 사건의 종결을 삼고 있다. 이로써 '발단부 – 전개부 – 종결부'의 구성은 저작자가 설정해 놓은 문학적 장치임을 알 수 있다.

결국 《산성일기》의 작자는 이 작품이 하나의 이야기의 구조를 갖추도록 '발단부 – 전개부 – 종결부'라는 완결된 구성법을 취함으로써 서사성을 획득하고 있는 것이다. 이로써 이 작품은 일정한 서사 구성 원리에 의해 이루어졌음을 확인한 셈이다.

2) 갈등의 이중적 전개

《산성일기》가 갖고 있는 서사적 특성은 갈등 전개가 이중적이라는 데 있다. 이 작품의 발단은 청나라의 건국 과정으로 시작하고 있다. 청나라의 건국은 바로 양국 간의 갈등을 야기한 사건이다. 그러므로 작자는 이 과정을 발단부에서 장황하게 서술한 것이다. 병자호란 이전부터 양국은 대립 관계에 있었는데, 그 대립의 양 끝에 척화론자와 주화론자가 존재한다. 따라서 작자는 척화론자와 주화론자의 갈등 대립을 사건 전개의 축으로 삼고 있다. 그러면서 양국의 대치 상황에서 오고간 국서를 적절하게 배치함으로써 또 다른 흥미를 자아내게 하고 있다. 즉, 척화론자와 주화론자의 갈등이 중심을 이루고 있으면서, 그 사이 사이에 양국 간에 오고간 국서를 통해 대치 상황을 보여줌으로써 이 작품은 이중의 갈등 구조를 취하고 있는 것이다.

이중의 갈등 구조 가운데 우선 척화론자와 주화론자의 갈등 양상을 살펴보기로 하자.

두 세력간의 갈등에서 중심이 되는 인물로는 주화파의 최명길·김류·심기원·홍서봉·김신국 등과 척화파의 김상헌·오달제·윤집·홍익한·정온 등이다. 이들 척화파와 주화파의 본격적인 갈등은 최명길을 비롯한 김신국, 이성구 등이 화친을 위해서 동궁을 적진에 보내기를 청하자 김상헌이 이 소식을 듣고 분개하는 데서 시작된다.

> 그날 밤의 영상 김신국 니셩구 최명길 등이 동궁 보ᄂᆡ기ᄅᆞᆯ 청ᄒᆞᄃᆡ 녜조판셔 김쳥음이 이 긔별을 듯고 비변ᄉᆞ의 드러와 대언ᄒᆞ야 ᄀᆞᆯ오ᄃᆡ 이 의논ᄒᆞᄂᆞᆫ 놈을 내 당당이 머리ᄅᆞᆯ 버혀 ᄆᆡᆼ셰ᄒᆞ야 ᄒᆞᆫ 하ᄂᆞᆯ의 셔디 아니리라 ᄒᆞ더라 (《산성일기》, 19쪽)

청음 김상헌은 최명길 등의 말을 듣고 큰 소리로 소리 지르며 화친을 의논하는 놈을 당당히 베어 버리고 한 하늘 아래 살지 않겠다고 하였다. 이들 사이의 갈등 양상은 다음의 예문을 보면 극명하게 드러난다.

> 이ᄂᆞᆫ 니판 최명길의 지은 배라 녜조판서 김쳥음이 비국의 드러가 이 편지ᄅᆞᆯ 보고 손으로 쁫고 실셩통곡ᄒᆞ니 곡셩이 대ᄂᆡ의 ᄉᆞ못더라 김공이 인ᄒᆞ야 명길ᄃᆞ려 닐오ᄃᆡ 대감이 츰아 엇지 이런 일을 ᄒᆞᄂᆞ뇨 명길이 잠쇼왈 대감은 ᄡᅳ즈니 우리ᄂᆞᆫ 당당이 죽으리라 ᄒᆞ고 조희ᄅᆞᆯ 낫낫치 쥬어 니어 붓치더라 (《산성일기》, 59~60쪽)

이는 척화론자와 주화론자의 극단적 대치상황을 보여주는 부분으로 김상헌이 굴욕적인 국서를 찢고 통곡하는 장면과 그 찢겨진 국서 조각을 낱낱이 다시 주워 잇는 최명길의 행위가 대조되고 있다. 김상헌은 이성구와 또 한 차례 대립한다.

> 병판 니셩귀 대로왈 대감이 젼부터 쳑화ᄒᆞ기로 국ᄉᆡ 이에 미쳐시니 대감이 맛당이 적진의 감즉ᄒᆞ도다 김공이 답왈 내 쥭고져 ᄒᆞᄃᆡ ᄌᆞ결티 못ᄒᆞ더니 만일 적진의 보ᄂᆡ여 쥭을 곳을 어든면 이ᄂᆞᆫ 그ᄃᆡ 은혜로다 언필의 하쳐로 나가 ᄉᆞᄅᆞᆷ을 만ᄂᆞ면 통곡ᄒᆞ기ᄅᆞᆯ 긋치 하니 ᄒᆞ고 이날붓터 밥을 먹지 아녀 스ᄉᆞ로 쥭기ᄅᆞᆯ 긔약ᄒᆞ더라
>
> (《산성일기》, 60쪽)

이성구가 김상헌에게 전부터 척화하여 국사가 이에 이르렀으니 마땅이 적진에 가야 된다고 하자, 김상헌은 오히려 죽고자 했으나 자결하지 못했으니 적진에 보내어져 죽을 곳을 얻으면 좋겠다고 대응한다.

윤집·오달제와 김유·이성구·최명길의 갈등도 또한 빼놓지 않고 서술하고 있다.

> 윤교리 오수찬 냥인이 년명 쟝소ᄒᆞ야 쳑화ᄒᆞᆫ 일노 뼈 ᄌᆞ슈ᄒᆞ고 적진의 가기ᄅᆞᆯ 청ᄒᆞ니 대개 김뉴 니셩구 최명길의 의논이 쳑화제인을 다 잡아 보ᄂᆡ려 ᄒᆞ미라 (《산성일기》, 83쪽)

윤집과 오달제 양인이 척화한 일을 자수하면서 적진에 가기를 청한 것은 김류·이성구·최명길 등이 척화 제인을 잡아 적진에 보내려 한 때문이라고 서술하여 이들의 갈등을 보여주고 있다.

정온과 주화파의 갈등 또한 예사로 보아 넘길 수 없다. 특히 《산성일기》에서는 정온의 행적에 대해 많은 부분을 할애하고 있는데, 국서에 '칭신(稱臣)' 한 것을 보고 정온은 분개하여 상소를 한 내용을 자세하게 서술하고 있다.

> 복이 신이 그윽이 듯ᄌᆞ오니 어제 ᄉᆞ신이 적진의 갈졔 칭신ᄒᆞ기로 뼈 알외다 ᄒᆞᄂᆞᆫ 말ᄉᆞᆷ이 잇ᄉᆞ오니 이 말ᄉᆞᆷ이 진실노 그러ᄒᆞ니잇가 진짓 그러ᄒᆞ면 반ᄃᆞ시 명길의 말이라 신이 듯ᄌᆞ오ᄆᆡ ᄆᆞ음과 쁠개 다 터지고 목이 메여 능히 쇼ᄅᆡᄅᆞᆯ 닐우지 못ᄒᆞᆯ소이다 (중략) 신이 힘이 약ᄒᆞ야 비록 스ᄉᆞ로 명길을 쥭이지 못ᄒᆞ나 ᄎᆞᆷ아 방셕의 셔로 용납지 못ᄒᆞᄂᆞ니 원컨대 뎐하ᄂᆞᆫ 명길을 ᄂᆡ쳐 뼈 그 나라 ᄑᆞᄂᆞᆫ 죄ᄅᆞᆯ ᄇᆞᆰ히시고 그러티 아니타 ᄒᆞ실딘ᄃᆡ 신을 죄 주소셔 (《산성일기》, 74~77쪽)

'칭신(稱臣)'의 말이 나온 것은 최명길의 말이라 하면서 최명길을 쫓아내 매국의 죄를 밝히라는 것이다. 최명길의 행위에 대한 정온의 대응 방식은 앞에서 본 다른 척화론자와 다름이 없다.

척화론자와 주화론자의 대립 갈등 양상은 인조가 항복을 하기로 결정하는 데서 최고조에 이른다. 김상헌은 이 소리를 듣고 목매어 자결을 시도하였으나 주위 사람들이 풀어놓았다. 그런데도 몇 번을 더 목매려 하였으나 자제들이 붙들고 지키어 실패하고 말았다고 하였다. 정온 또한 마찬가지로 할복을 시도했으나 죽지는 않았다. 척화론자들의 목숨을 내어 놓는 항거 서술에서 척화론자와 주화론자와의 갈등 양상은 최고조로 이어지고 있다.

결국 주화론자의 주장대로 김상헌·정온·오달제·윤집 등을 적진에 보내게 하는 데서 이들의 대결 양상을 일단락 짓게 된다.

> 이십팔일의 김뉴 홍셔봉 니홍쥐 입시ᄒᆞ여 김ᄂᆔ 청ᄒᆞᄃᆡ 녜조판셔 김상헌과 니조참판 뎡온과 졍대ᄉᆞ간 윤황의아ᄃᆞᆯ 윤문거와 밋 오달졔 윤집 김뉴익 김익희 뎡뇌경 니힝 우홍탁 십인을 다 적진의 보ᄂᆡ게 ᄒᆞ니 대개 적이 홍익한 밧긔 다시 허ᄒᆞᄂᆞ니 업ᄉᆞᆫ고로 화친을 허티 하니미오 여러 ᄉᆞᄅᆞᆷ 쥐샤ᄒᆞ기 어려워 대되 청ᄒᆞ고 김ᄂᆔ 최명길노 더브러 동심ᄒᆞ고 쳥음의 말숨이 김뉴ᄅᆞᆯ 침노ᄒᆞᆫ 연괴러라
>
> (《산성일기》, 91~92쪽)

여러 사람을 가려 뽑기가 어려워 모든 사람을 적진에 보내기로 하였는데 그 이유는 김유와 최명길의 마음이 같고, 김상헌의 말이 김유를 침노한 까닭이라고 작자는 서술하고 있어 양자 간의 갈등을 드러내고 있다.

양측의 팽팽한 긴장은 강도가 함락되었다는 대군의 수서(手書)와

윤방의 장계를 접한 인조의 출성 결심으로 인해 해소된다. 이후로 양측의 대결 양상은 주화파의 우위로 옮겨 간다. 홍서봉·최명길·김신국 등은 적진에 나가 출성한 절목(節目)을 마련하고 주상과 세자가 입을 청의(青衣)를 짓도록 하는데 이르고, 30일 항복의 예를 치름으로써 병자호란은 막을 내리게 되고 이야기의 전개도 결말을 향하게 된다.

물론 작자는 이들의 갈등 양상을 전개하면서 척화파의 입장에 서 있는 것은 분명하다. 산성 안에서의 갈등을 추적하면서 척화파를 옹호하고 주화파를 비난하는 논조를 택하고, 그렇게 하는 데 알맞은 사건을 배열하고 있다.[19] 따라서 김상헌이 국서를 찢고서 자결을 하려 한 부분을 취택함으로써 독자들로 하여금 비장한 느낌이 들게 하고, 주화파는 속임수나 잔재주를 일삼는다는 인상이 들도록 서술하였다.

다음으로 국서의 왕래를 통한 갈등의 전개 양상을 살펴보도록 하자. 《산성일기》에 수록된 양국 간의 서신 왕래는 1636년 1월 2일부터 시작된다. 이날 홍서봉·김신국·이경직이 적진에 가서 사배(四拜)한 후에 받아 온 편지에는 청나라가 군사를 일으킨 까닭을 말하면서 항복하기를 권하는 내용으로 되어 있다.

이에 대한 1월 12일의 조선의 답서는 형이 아우의 잘못을 책하는 것은 당연하나 너무 엄하게 하여 의를 상하게 하면 되겠느냐고 하면서 명과의 관계는 임진왜란의 도움에 대한 은혜의 보답이라고 변명

19 조동일, 『한국문학통사(3판)』, 지식산업사, 1994, 29쪽.

한다. 그리고 황제는 제국을 어루만지고 큰 이름을 세워 도를 본받고 패왕의 업을 넓혔다고 상대를 칭송하면서 우리의 허물을 고칠 것이니 관대히 대해 달라고 정중하게 답하고 있다. 그러나 이 국서에 대한 청의 답서에서부터는 강경한 어조로 바뀐다.

> ᄯᅩ 네 말과 일이 심히 ᄀᆞᆺ지 아니ᄒᆞ니 젼후 왕ᄂᆡ 문셔ᄅᆞᆯ 내 어더보니 내 나라ᄒᆞᆯ 도젹이라 ᄒᆞ여시니 몸을 감초와 ᄀᆞ마니 가지ᄂᆞᆫ 거시 도적이니 내 과연 도젹이면 네 엇지 도적을 잡디 못ᄒᆞᄂᆞ뇨 우리 국쇽은 말과 일이 ᄀᆞᆺ흐니ᄅᆞᆯ 취ᄒᆞᄂᆞ니 뉘 네 나라쳐로 긔망ᄒᆞ고 교ᄉᆞᄒᆞ고 간위ᄒᆞ고 허탄ᄒᆞ고 붓그러온 쥴을 아지 못ᄒᆞ고 망녕도이 말ᄒᆞ고져 ᄒᆞᆯ 거시 업ᄉᆞᆫ 재 이시리오 네 살고져 ᄒᆞᆯ진ᄃᆡ 셩의 나 명의 도라오고 ᄲᅡ호고져 ᄒᆞᆯ진ᄃᆡ 맛당이 수이 ᄒᆞᆫ번 ᄲᅡ호라 (《산성일기》, 55~56쪽)

이 답서를 보면 조선이 말과 행동이 심히 다르고, 그간 왕래하였던 문서를 얻어서 보니 청을 도적이라고 일컫고 있는데 우리가 도적이라면 왜 잡지 못하냐고 분노에 찬 어조로 말하고 있다. 그리고 조선과 같이 교사(狡詐)하고 간위(奸僞)하고 허탄(虛誕)하고 부끄러운 줄 모르고 망령되이 말하고 두려운 것이 없는 자가 있겠느냐고 비난하였다. 이어 네가 살려면 출성하여 항복을 하고 싸우고자 한다면 한번 싸우자고 강한 어조로 공격하였다.

이에 대한 18일의 국서에서는 조선의 태도가 많이 누그러졌다. 처음 시작하는 부분부터 이미 한풀 꺾여 있는 모습이다.

> 됴션국왕 모ᄂᆞᆫ 대쳥국 관온인셩황뎨긔 상언ᄒᆞ노니 업ᄃᆡ여 명지ᄅᆞᆯ

> 바드니 그 ᄎᆡᆨᄒᆞ기ᄅᆞᆯ 엄졀이 ᄒᆞ며 ᄀᆞᄅᆞ지기ᄅᆞᆯ 지극히 ᄒᆞ미라 츄상이 늠녈ᄒᆞᆫ 가온ᄃᆡ 양츈의 ᄠᅳᆺ을 ᄢᅴ여시니 업ᄃᆡ여 닑으ᄆᆡ 황감ᄒᆞ야 몸 둘 곳이 업도다 (《산성일기》, 56쪽)

조선 국왕이 황제께 '상언(上言)' 한다고 하면서, 엎드려 황제의 명지(明智)를 받으니 그 책하기를 엄절히 하며 가르치기를 지극히 함에 황감하여 몸둘 곳이 없다는 식으로 물러서 있다. 완전히 신하가 국왕을 대하는 태도인 것이다.

20일의 청의 답서는 더욱 강경한 어조로 일관한다. "출성하여 짐을 만나라. 만일 의심하여 출성하지 않으면 지방을 다 짓밟고 생영이 다 진흙이 될 것이니 진실로 잠시도 머물지 못하리라"고 하면서 척화신 두세 사람을 묶어 보내라고 하였다. 이에 대한 21일의 국서에서는 국왕이 '칭신(稱臣)'을 하는 사태에 이른다.

> 됴션국왕 신모ᄂᆞᆫ 삼가 대청국 관온인셩황제 폐하긔 샹셔ᄒᆞᄂᆞ니 신이 ᄒᆞᄂᆞᆯ긔 죄ᄅᆞᆯ 어더 됴셕의 쟝ᄎᆞᆺ 망ᄒᆞᆯ지라 (…중략…) 쳑화제신의 일은 소국이 녜 ᄉᆞ대간이며 간징ᄒᆞ기ᄅᆞᆯ 쥬ᄒᆞ더니 져젹일이 망녕되여 소국이 이에 니ᄅᆞ기 다 그 죄라 샹년의 임의 적발ᄒᆞ야 죄 주어 ᄂᆡ쳐시니 (…중략…) 업ᄃᆡ여 ᄉᆡᆼ각ᄒᆞ니 폐하의 큰 도량이 텬디 ᄀᆞᆺᄐᆞᆫ지라 임의 님군의 죄ᄅᆞᆯ 사ᄒᆞ면 이런 소신들은 다만 소방의 맛져 다ᄉᆞ리미 더욱 튼 덕이라. (《산성일기》, 70~71쪽)

조선국왕 '신모(臣某)'는 황제 폐하께 상서한다고 하여 스스로 신하(臣下)를 자처하고 있다. 그리고 척화신은 이미 벌주었으니 척화신에 대한 처리는 소국에게 맡겨달라고 간청하면서 폐하의 큰 도량

운운하고 있다. 그리고 1월 23일의 답서에서는 척화신 내어 주기를 허락한다고 했다.

출성을 결심하고 보낸 1월 27일의 국서에서는 마음을 평안케 하고 명(命)에 돌아갈 길을 열어달라고 당부하기에 이른다.

> 신이 셩디ᄅᆞᆯ 바드므로브터 텬디의 용납ᄒᆞᄂᆞᆫ 큰 덕을 감샤ᄒᆞ야 도라가 붓조출 ᄆᆞ음이 더욱 간절ᄒᆞᄃᆡ 신의 몸을 도라 ᄉᆞᆯ피니 ᄡᅡ힌 죄 뫼ᄀᆞᆺ튼디라 여러날 머뭇거려 ᄐᆡ만ᄒᆞᆫ 죄ᄅᆞᆯ 더으니 이졔 폐해 도라갈 날이 이시믈 드ᄅᆞ니 일즉이 우러러 농광을 ᄇᆞ라지 못ᄒᆞ면 미ᄒᆞᆫ 졍셩을 펴지 못ᄒᆞ고 ᄯᆞ라 뉘웃츤들 엇지 밋ᄎᆞ리오 신이 ᄇᆞ야흐로 삼ᄇᆡᆨ년 종샤와 슈쳔 ᄉᆡᆼ녕으로 ᄡᅥ 폐하긔 의탁ᄒᆞᄂᆞ니 졍니 진실노 잔잉ᄒᆞᆫ지라 만일 그ᄅᆞᆺ되미 이시면 칼흘 ᄃᆡ리여 ᄌᆞ결홈만 ᄀᆞᆺ지 못ᄒᆞ니 업ᄃᆡ여 원컨ᄃᆡ ᄇᆞᆰ히 됴셔ᄅᆞᆯ ᄂᆞ리와 ᄆᆞ음을 평안케 ᄒᆞ고 명의 도라갈 길흘 열나 (《산성일기》, 88~89쪽)

성지(聖旨)를 받고부터 천지에 용납하는 큰 덕에 감사하여 돌아가서 추종할 마음이 더욱 간절하되 신의 몸을 돌아보아 살피니 쌓인 죄가 산과 같다고 하면서 굴욕적인 항복에 이르게 된다. 그러자 다음날 1월 28일의 답서에는, 조선이 명에 돌아오기를 청하였으니 이제 규례를 다시 정하여 명나라와 교통을 끊고, 청 연호를 쓰고, 왕자를 볼모로 삼아 보내라는 등의 요구 사항과 조공 물목을 적어 보냈다. 청의 승리로 양국 간의 국서 왕래는 끝이 났다.

이상으로 양국 간의 국서 왕래를 통해 갈등 양상을 드러내 보았다. 국서 왕래 과정에서 보면 가장 시선을 끄는 것이 강자와 대치하고 있는 약자의 굴욕적 수모 장면들이다. 이 점은 이 작품의 구심점으로 민족적 수모를 상기시키고자 하는 것이며 작자가 독자에게 의도하는 전부라고 해도 과언이 아니다.

***

《산성일기》는 나만갑의 《병자록》을 발췌 번역한 작품으로 평가받고 있다. 그렇다면 어떠한 방식으로 발췌 번역하였는지, 그리고 발췌 번역을 통해서 이루어진 《산성일기》의 개성적인 성격은 무엇이며, 그것은 어떻게 발현되는가를 살펴보고자 한 것이 본 장의 목적이다.

《산성일기》는 《병자록》의 내용을 발췌하여 번역하면서, 직역을 위주로 하되 서사 전개에 있어 필요하지 않는 부분은 과감한 생략을 통하여 서사적 긴장감을 부여하고 있다. 그런가 하면 작자의 의도를 분명히 드러낼 부분에서는 새로운 내용을 첨가함으로써 독자들에게 흥미를 주고 있다. 그런데 첨가한 내용의 대부분은 척화론자들에 대한 옹호와 주화론자들에 대한 비난이 중심을 이루고 있어, 《산성일기》가 다분히 척화론자를 옹호하는 태도를 취하고 있음을 알 수 있다.

《산성일기》는 하나의 이야기의 구조를 갖추도록 '발단부 – 전개부 – 종결부'라는 완결된 구성법을 취함으로써 서사성을 획득하고 있다. 이렇게 함으로써 서두와 결말이 기묘한 대조를 이루게 하고, 중간의 과정은 일기 형식에 따라 날짜별로 배열함으로써 서사적 긴장감을 갖도록 하였다. 그리고 이 작품의 서사적 특성은 갈등 전개의 이중성에서 찾았다. 척화론자와 주화론자의 갈등 대립을 사건 전개의 중심축으로 삼고 있으면서 양국의 대치 상황에서 오고간 국서를 적절하게 배치하여 또 다른 갈등 구조를 보임으로써 독자들의 흥미를 자아내게 하고 있다.

이상의 고찰을 통해서《산성일기》는 더 이상 역사적 실기가 아닌 문학적인 이야기로써 중요한 의의를 지니고 있음을 알 수 있다. 또한 역사적 서술물의 성격이 우세한 자료를 바탕으로 한편의 이야기를 엮으려는 저작자의 의도는 이야기 문학에 대한 당대인의 관심을 대변해 주는 것이라 할 수 있다. 이러한 관심이 바로 서사성이 강화된《산성일기》와 같은 작품이 등장하게 된 계기가 되었고, 나아가 17세기 소설사를 더욱 풍성하게 해 준 바탕이 된 것이다. 그리고 표기수단으로서의 한글과 한문은 절대적·고정적인 것이 아니며, 독자의 요구에 호응해서 전환이 가능할 만큼 유연하게 활용되었음을 알 수 있다.

제2부 실기와 소설

Ⅰ. 임진왜란 실기의 소설적 수용 양상

1. 실기와 소설

서사문학은 역사적으로 볼 때 모든 문학 장르 중에서 가장 다양하고 변하기 쉬운 분야였다. 이는 서사문학이 가장 활기 넘치는 분야였다는 것을 의미한다. 서사문학은 서사문학이 속한 문화 내에서 가장 광범위한 청중을 얻으려고 노력했고, 다른 어떤 종류의 문학보다도 문학 외적인 영향에 더욱 더 민감하게 반응했다. 우리 문학의 경우 임진왜란과 관련된 실기와 소설이 바로 이에 해당한다. 임진왜란은 소설의 소재적인 측면은 물론 구조적인 변화에도 기여한 바가 크다고 할 수 있다.

임진왜란 이후에는 전란 체험 가운데 개인의 기구한 인생 여정을 소설의 틀 속으로 가져오면서 그 체험을 통해 전쟁의 비극성을 드러내고자 한 일군의 소설이 창작되었다. 이들 소설은 전대 소설과는 다른 모습을 보인다. 이에 주목하여 17세기 이후의 소설에 나타난 주된 변모의 경향을 '현실성의 강화'와 그로 인한 '서사적 편폭의 확대'로 파악하고 있다. 이러한 모습은 전란 체험의 기록인 실기류에서 바탕을 마련한 것으로 볼 수 있다. 실기적 상황이 소설로 수용된 것이다.

임진왜란과 관련된 실기에 대해서는 그동안 자료가 많이 파악되었고, 그에 대한 연구도 어느 정도 진척된 편이다. 그런데 이들 연구는 주로 실기의 문학적 특성을 밝히는데 주력하였으며, 소설과의 관련성에 대해서는 그리 만족할 만한 연구 성과가 없었다고 해도 과언이 아니다.[1] 따라서 임란 관련 실기와 임란 배경 소설과의 관련 양상을 파악해 보려는 것이 이 글의 목적이다. 실기적 환경이 소설적 환경으로 전이되는 점에 주목하고자 하는 것이다.

이를 수행하기 위해 임진왜란 실기 가운데 가족과 개인의 삶과 운명에 대해 서술한 실기의 내용을 들어 보이고, 이러한 실기적 상황이 소설 속에서는 어떤 양상을 띠고 있는가를 살펴보도록 하겠다. 임란을 배경으로 한 소설 작품은 여러 편이 있으나, 가족 간의 이산과 재회를 다루고 있는 《최척전》과 《남윤전》을 논의의 대상으로 한다. 이 두 작품은 공히 임진왜란을 배경으로 하고 있음에도 전란 체험의 수용 양상은 다르게 나타남에 주목한 것이다.

---

1 실기와 소설의 관련성에 대한 연구는 정환국에 의해서 이루어진 바 있다.(정환국, 「16, 17세기 동아시아 전란과 애정전기」, 『민족문학사연구』 15, 민족문학사학회, 1999; 「17세기 애정류 한문소설 연구」, 성균관대학교 박사학위논문, 2000.)

2. 실기에 서술된 임란 체험

임진왜란 관련 실기는 각계각층에서 자신들이 직접 보고, 듣고, 느낀 바를 바탕으로 해서 임란의 참상과 정치 현실, 우국충정의 마음과 정절, 인간애 등을 드러내고 있다. 임진왜란이라는 전 민족적 대 소용돌이에서 왜적을 피하려다 적군에게 포로가 된 사람들은 피랍의 과정과 포로 생활·귀환 경로 등을 기술했고, 전투에 직접 참가한 사람은 왜적과의 대치 상황이나 진중에서의 생활 등을 기술하였으며, 참담한 난리를 겪으며 피란 생활을 한 사람들은 자신이 겪은 난리의 참상이나 왜적에 대한 적개심 등을 기록했고, 왜적을 피해서 선조가 서울을 버리고 의주로 몽진하자 선조를 호종한 관료들은 조정으로 들어오는 갖가지 전황과 조정의 모습 등을 기술하기도 했다. 이처럼 실기에는 당시의 전황이나 전란의 참상, 피란민들의 생활상, 포로들의 실상 등이 자세하게 기술되어 있다.[2]

실기 작자는 자신들의 체험 세계뿐만 아니라 전란의 전 과정을 기록함으로써 그 관심을 국가적 차원으로 넓히기도 했고, 자신이 체험한 세계만 핍진하게 기록하고자 하여 가족과 개인의 삶과 운명에 대해 서술하기도 했다. 가족과 개인의 삶과 운명에 대해 서술한 실기는 주로 피란실기와 포로실기이다.

피란실기에는 전란 중 백성들이 겪은 참상이 여실히 기록되어 있는데, 그 가운데 주목할 수 있는 것이 피화, 피란, 가족 간 이산과 재회 등에 관한 기록이다.

---

2 장경남, 『임진왜란의 문학적 형상화』, 아세아문화사, 2001.

(가) 길에서 굶어 죽은 시체를 거적으로 말아서 덮어둔 것을 보았다. 그 곁에 두 아이가 앉아서 울고 있었는데, 물었더니 말하기를, 그 어미라 한다. 어제 병으로 굶어죽었는데, 그 뼈를 묻으려 해도 자기네 힘만으로는 옮길 수 없을 뿐더러 땅을 팔 연장도 얻을 수 없다고 한다. 조금 뒤 나물 캐는 여인이 광주리에 호미를 가지고 지나가므로 두 아이는 말하기를, 혹 그 호미를 얻으면 땅을 파고 묻을 수 있겠다고 한다. 그 말을 들으니 슬프고 한탄스러움을 이길 수가 없다. 비단 이뿐이 아니니다. 굶어 죽은 시체가 길에 잇달아서 하루에 보는 것도 몇이나 되는지 알 수가 없으니 슬프다. 우리나라 백성이 적의 칼날에 모조리 죽어 버린 나머지에 또 굶주림의 환란을 만나서 쑥대머리에 때묻은 얼굴로 남자는 지고 여자는 이고 늙은이를 부축하고 어린이를 이끌고 유리(流離)하면서 괴로움을 겪는 자가 서로 길에 이어 있어 장차 남는 자가 없는 데에 이르겠으니, 저 푸른 하늘이 어찌 이에 이르렀는가. 크게 탄식한들 무엇하리요.[3]

(나) 그 절은 큰 길 가이므로 도둑이 자주 온다고 했다. 두려워서 절간에도 못 들고 깊은 골짝에서 나무를 의지하고 나뭇가지를 베어 숲속인 양 울을 치고 있었다. 그때는 9월인데, 지붕을 덮지 못하니 날이 추운 터에 비가 와 옷을 적이었다. 하는 수 없이 캄캄한 밤에는 바위 구멍을 찾아 들어가 피하였다. 이 산속에서 거의 한 달이나 이렇게 지냈다. 산이 워낙 깊으니 도둑이 올까 근심은 없되, 먹을 것이 떨어지는 게 큰 걱정이었다. 설사 팔 만한 물건이 있어도 사 갈 사람이 없으니 쓸 데 없었다. 궁리하다 못하여 소를 가져다 한수에게 주며 잡으라 하였다. 소금도 장도 없었다. (… 중략 …) 그리하여도 끼니를 이을 도리가 없었다. 이번에는 한수가 다른 종을 데리고 밤으로

---

3 오희문, 《쇄미록》, 이민수 역, 『쇄미록』(상권), 해주오씨추탄공파종중, 1990, 287쪽.

즘게(약 30리) 밖으로 나가 예진(倭陣) 근처의 밭에 거두지 아니한 조를 잘라 왔다. 조 이삭을 부비어 거의 열 말이나 되었는데, 찧을 방아가 없었다. 산중의 암자를 찾아 올라가 사흘을 묵어가며 찧어 왔다.[4]

인용문 (가)는 오희문의 《쇄미록》의 내용이고, (나)는 유진의 《임진녹》의 내용으로, 전란의 참상을 잘 드러낸 부분이다. 시체가 길에 잇달아 있는 모습이나, 환란을 만나서 쑥대머리에 때묻은 얼굴로 남자는 지고 여자는 이고 늙은이를 부축하고 어린이를 이끌고 유리(流離)하면서 괴로움을 겪는 피란민들의 모습, 피란지에서 연명하기 위해 애쓰는 모습 등이 작자에게 포착되어 실기에 서술된 것이다. 전란의 참상을 가장 여실히 보여주고 있는 것이 실기임을 이글을 통해 엿볼 수 있다.

피란 체험을 기술한 피란실기의 공통적인 서술구조는 '가족 간의 이산과 재회'로 볼 수 있다. 가령, 유진의 《임진녹》은 전체적인 구도가 가족 간의 이별과 해후로 짜여 있으며 부분적으로도 이런 모습을 보이고 있다.

한수 어미는 나를 길렀으므로 한시도 떠나지 아니하고 내 손목만 꼭 쥐고 물가에 서 있었는데 이때를 당해서는 별 수 없었다. 한수 어미는 등에 진 짐을 못 벗어 헐떡이기에 나는 그만 뛰어 내달아 개울물을 건넜다. 앞에 문득 문득 여럿이 가는 모양이 어른거리므로 그쪽만 향해 따라갔더니 진밭 수렁이었다. 가까스로 진밭을 덮두들

4 유진, 《임진녹》, 『국문학연구』 7, 효성여대 국문과, 1983, 148쪽.

> 겨서 빠져나와 보니 이미 거기에는 아무도 보이지 않았다. 하늘은 아득하고 다만 빗소리만이 부슬부슬 할 뿐이었다. 어린 마음에 특별히 두려운 줄은 몰랐던 것 같다. 가만히 서서 생각하되 아무도 없이 나 혼자 가다가 진밭에 빠지거나 구렁에 엎어지면 누가 일으켜 줄 리 없으므로 이러다가는 죽겠구나 싶었다. 도로 예[倭]를 만났던 장소로 오니 예에게 붙잡힌 사람들이 애절한 목소리로 비는 소리가 들렸다.[5]

위 인용문은 유진의 《임진녹》 가운데 한 부분이다. 작자는 왜적을 피해 가족과 함께 피난하던 중 왜적을 만나자 뿔뿔이 흩어져 혼자만 남게 된 상황에서 겪는 모습을 서술하고 있다. 전란으로 인해 고아가 된 아이들의 모습은 피란실기 곳곳에서 보이는데 여기서도 작자들이 일시적으로 고아가 되어 참담한 체험을 한 모습을 서술하고 있다. 전란 중 가족 간의 이별을 겪는 모습은 전란으로 인해 빚어지는 현상 중의 가장 큰 고통이다. 이러한 모습은 작자 자신만의 문제만은 아니었을 것이다.

> 한 마을에 들어가니 그 때가 섣달 스무 여드레 날이라, 한 집에서 감투(帽) 쓴 부인이 나오는데 나이가 거의 50이나 되어 보였다. 그 부인은 목놓아 울며 달려 나와 나를 붙들었다. "유복할사 어떤 아기네는 이렇듯 살아서 부모께로 가는데…… 우리도 소관의 종으로서 이만한 아이가 있었는데 강원도로 피난 갔다가 예를 만나 잃어 버려 생사조차 몰라요. 매양 울고 지내는데 오늘 아기 찾아가는 기별을

5 유진, 위의 책, 129쪽.

> 듣고 보니 가슴이 한층 답답해요." 부인은 땅에 주저앉아 흙을 후비고 울다가 한참 만에 자기 집으로 들어갔다.[6]

이렇듯 전란으로 부모 형제의 생사를 모르면서 떠돌아다니는 아이의 모습이나 자식의 생사조차 알지 못하는 부모의 모습까지를 작자는 놓치지 않고 기술하고 있다.

피란실기는 작자 자신과 가족들에 관련된 임란 체험이 주를 이루고 있지만 그것은 어느 한 개인의 문제가 아닌 피란민 전체의 모습으로 확대되어 나가고 있다. 그래서 피란실기에는 피란민들의 참상이 여실히 서술되어 있기도 하다.

다음으로 포로실기를 살펴보기로 한다. 포로실기는 권두문의 〈호구록〉, 노인의 《금계일기》, 강항의 《간양록》, 정경득의 《만사록》, 정희득의 《월봉해상록》, 정호인의 《정유피란기》 등이 있다. 포로실기는 모두 작자가 피랍되어 귀향할 때까지의 일을 기술하고 있다. 그러므로 다른 실기에 비해 작품의 시작과 끝도 일정하여 짜임새 있는 구성을 취하고 있다. 공통된 서술 구조는 '피란(방어) – 피랍 – 포로 생활 – 탈출 – 고난 – 귀향'의 구조로 짜여 있으며, 그 내용은 포로 체험이 주가 된다. 특히, 노인의 《금계일기》는 일본에서 중국으로 탈출했다가 중국에서 조선으로 돌아오는 귀환과정을 보여주고 있어, 조위한의 《최척전》과의 관련 면에서 주목된다.

포로실기에는 포로들의 생활상이 여러 모로 서술되어 있다. 특히 일본으로 잡혀갔던 포로들의 생활상을 일본 체험 포로실기를 통해

---

6 유진, 위의 책, 153쪽.

볼 수 있어 포로들의 실상을 짐작할 수 있게 해 준다.

> 괴산(槐山)을 만났다. 그는 괴산(槐山) 사람이기 때문에 괴산이라 부르며, 임진년에 잡혀 올 때는 나이 8세였는데 이제는 이미 14세가 되었다. 스스로 말하기를 '양반집 아들'이라 하며 나를 보고 눈물을 흘렸다. 나도 따라서 눈물이 옷깃을 적셨다. 다리 위에서 하천주(河天柱)를 만났다. 아파성 아래 기다란 강이 있고, 강 위에 홍예다리가 있는데, 다리 위에서는 매양 열 사람을 만나면, 8~9명은 우리나라 사람이다. 하군은 진주(晋州)의 이름난 족벌인데, 왜인의 외양간 시중과 꼴머슴을 살고 있다. 우리나라 사람들은 달밤이면 다리 위에 모여, 혹 노래도 부르고 휘파람도 불며, 혹은 회포도 말하고 한숨지어 울부짖기도 하다가 밤이 깊어서야 헤어진다.[7]

위의 인용문은 정희득의 《월봉해상록》에 서술된 내용으로 일본에서의 포로들의 생활상을 단적으로 보여주는 예이다. 이들은 위의 예에서처럼 달밤이면 다리 위에 모여서 노래도 부르고 휘파람도 불며, 혹은 회포도 말하고 한숨지어 울부짖으며 하루하루를 보내고 있다. 또 다른 포로실기에 보면 모여서 시를 주고받으며 회포를 풀기도 하고, 서신을 주고받으며 위로를 하고, 탈출을 도모하기도 하며 지내는 것으로 서술되어 있어 포로 체험의 괴로움을 엿볼 수 있다.

또한, 포로실기에는 포로 생활의 심회를 서술한 부분이 많다. 이는 주로 시를 통해 표현된다. 자신의 처지를 한탄하거나 고향에 대한 그리움 등, 글로써 서술할 수 없는 정감의 표출은 시로 표현하여

---

7 정희득, 《월봉해상록》, 『국역 해행총재』 8, 민족문화추진회, 1989, 238쪽.

글 중간 중간에 삽입하고 있는 것이다. 시는 그들의 정감을 표출하는 데 적절한 수단이었다. 그 한 예를 들면 다음과 같다.

22일. 밤에 죽으려는 새 소리를 듣고 족숙[希得]이 시를 읊었다.

밤새도록 죽으려고만 하니 무슨 일 때문인고 終宵欲死緣何事
죽지 못하고 사람에게 매었으니
죽은 것이나 일반일세. 未死羈人恕一般
죽으려고 하는 여생 아직 죽지 못하니 願死餘生猶未死
소리 소리 달빛 맞으며 공산에 가득하구나 聲聲和月滿空山

내가 차운하여,
이 몸이 죽지 못하고 아직도 연명을 하니 此身求死猶延命
너와 더불어 슬피 우는 한이야 다를 손가 與汝哀鳴恨一般
이미 그물을 벗어나 환고향 하는데
도리어 조롱 속에 갇히니 旣脫網羅還鎖籠
지금의 혼이 꿈에 고국강산 넘어가네.[8] 今魂夢越江山

자신들의 처지를 시로써 화답하면서 고향에 대한 그리움을 달래고 있다.

가족과 고향에 대한 그리움, 포로 생활의 고단함은 하루 빨리 왜국을 벗어나 귀국하고 싶은 마음을 불러 일으켜 귀환 의지로 나타난다. 작자의 귀환 의지가 작품 속에 표현된 예를 《월봉해상록》을 통해 보자.

---

8 정호인, 《정유피란기》, 이현석 역, 『정유피란기』, 함평군향토문화연구회, 1986, 84쪽.

> 마침 의승(醫僧)으로 장연(長延)이라 부르는 자가 곁에 있다가, 글을 써 보이며 위로해 말하기를, "입은 옷이 얇아 딱하지만 이곳은 기후가 따뜻하니 견딜 수 있을 것이오." 하기에, 내가 답을 써 보이기를, "맘은 오직 환국하는 데 있을 뿐이니, 춥거나 더운 것은 상관하지 않소."하였다.[9]

가족과 고향에 대한 그리움을 극복하는 일은 오로지 귀환하는 일 외에는 다른 방법이 없다. 친하게 지내던 일본인이 아무리 위로를 해도 마음속에 가득 찬 생각은 오직 귀환할 생각뿐이었다. "돌아가고 싶은 일념 물과 같이 도도해서"(1599년 1월 3일), "방금 옷을 벗어 가지고라도 배를 사서 바다를 건너려고 낮밤으로 계획을 짜고"(1598년 12월 28일) 했던 것이다.

귀환 의지가 행동으로 표출된 것이 탈출이다. 많은 사람들이 탈출을 시도했으나 탈출이 생각만큼 쉬운 일이 아니었음을 포로실기의 기록을 통해 확인할 수 있다.

> 우정(禹鼎)은 전라좌병영(全羅左兵營)의 우후(虞侯) 이엽(李曄)에 대해 말하였다. 그가 청정에게 사로잡히자 청정은 수길에게로 보내니, 수길이 대우하기를 지극히 후하게 하여 장어(帳御)와 음식을 모두 자기들 생활과 같이 하여 주었다. 이엽은 적으로부터 받은 비단 등속을 다 흩어서 임진년에 사로잡혀 온 사람들과 결탁하여, 배를 사서 서쪽으로 나갔다. 일행이 적간관(赤間關)에 당도하자 추적하는 자가 이미 와서 대기하고 있었다. 이에 이엽은 칼을 빼어 자살, 바다

9 정희득, 앞의 책, 232쪽.

보고, 아울러 이 작품에 수용된 전란 체험의 양상과 의미를 살펴보도록 하겠다.

최척과 옥영의 결연에는 두 번의 장애가 있었다. 그러나 이를 극복하고 혼인을 하여 행복한 나날을 보낸다. 이들에게 이별 또는 가족 간의 이산은 정유재란으로 인해 일어난다.

> 정유년 8월에 왜구가 남원을 함락하자 사람들이 모두 피난 가 숨었으며, 최척의 가족들도 지리산 연곡사로 피난을 갔다. 최척은 옥영에게 남장을 하게 했는데, 뭇 사람에 뒤섞이어도 보는 사람들마다 옥영이 여자인 줄을 몰랐다. 지리산으로 들어온 지 며칠이 지나자 양식이 다 떨어져 굶주리게 되었다. 최척은 장정 서너 사람과 함께 양식도 구하고 왜적의 형세도 살펴볼 겸 산에서 내려왔다. 최척 일행은 구례에 이르러 갑자기 적병을 만나게 되었는데, 모두 바위 골짜기에 몸을 숨겨 겨우 붙잡히는 것을 면했다. 이날 왜적들은 연곡사로 가득히 쳐들어가 아무 것도 남기지 않고 다 약탈해 갔다. 최척 일행은 길이 막혀 3일 동안이나 오도 가도 못하고 숨어 있었다. 왜적들이 물러가기를 기다렸다가 간신히 연곡사로 들어가 보니, 시체가 절에 가득히 쌓여 있고 피가 흘러 내를 이루고 있었다. 그런데 이때 숲 속에서 신음소리가 은은히 들려왔다.[15]

작품 안에 나타나는 피란의 구체적 모습은 정유재란으로 인해 지리산과 남원(南原) 일대를 중심으로 펼쳐져 있었다. 남원에서 살던 최척의 가족이 정유란으로 인해 지리산 연곡(燕谷)으로 피난을 갔다

---

15 조위한, 《최척전》, 이상구 역주, 『17세기 애정전기소설』, 월인, 1999, 203쪽.

가 화를 당하는 과정이다. 식량이 다 떨어져 먹을 것을 구하러 나왔다가 최척은 가족과 이별의 아픔을 겪게 된 것이다. 적병이 연곡(燕谷)에 들이닥쳐 산골짜기를 메웠다는 서술은 실기인 정영방의 〈임진조변사적〉의 서술과 거의 비슷하게 전개되었다.

피란 체험의 실기에서 보았던 바와 같이 최척도 이곳 연곡에서 가족과 헤어지는 운명을 맞이한 것이다. 가족과 헤어진 뒤에 정신없이 헤매고 다니다 최척은 전란의 화를 입은 사람들의 모습을 보게 된다.

> 최척은 하늘을 부르짖으며 통곡하고 땅을 치며 피를 토한 뒤, 즉시 섬진강으로 달려갔다. 몇 리도 채 못 갔는데, 문득 어지럽게 널려진 시신들 속에서 신음소리가 들렸다. 그 소리는 끊겼다 이어졌다 해서 소리가 나는 것인지 아닌지 분간하기도 어려웠다. 가서 보니 온 몸이 칼로 베이고 흐르는 피가 얼굴에 낭자하여 어떤 사람인지 알아 볼 수가 없었다. 그가 입고 있는 옷을 살펴보니 춘생이 입고 있던 것과 비슷했다. 그래서 최척은 큰 소리로 불러 말했다. "너는 춘생이 아니냐?" 춘생이 눈을 들어보더니, 얼굴이 비참하게 일그러지며 기어드는 목소리로 희미하게 몇 마디를 중얼거렸다. "낭군이시여, 낭군이시여! 아아, 애통합니다! 주인 어른의 가족들은 모두 적병에게 끌려갔으며, 저는 어린 몽석을 등에 업고 달아났으나 빨리 달릴 수가 없어 적병의 칼에 맞게 되었습니다. 그 즉시 저는 땅에 넘어져 기절했다가 반나절만에 깨어났는데, 등에 업혔던 아이는 죽었는지 살았는지 알 수가 없습니다." 춘생은 말을 마치더니 이내 죽고 말았다. 최척은 주먹으로 가슴을 치고, 땅에 쓰러져 기절했다가 한참 후에야 깨어났다.[16]

16 《최척전》, 위의 책, 203~204쪽.

구체적으로 적에 의해 목숨을 잃는 피화의 장면도 포착되었는데, 위 인용문은 시비 춘생(春生)이 시체더미 속에서 마지막 죽어가는 모습이다. 전란 속에서 이같은 모습은 비일비재하였고, 때문에 충분히 미루어 짐작되는 상황이기도 하다. 마치, 유진의 《임진녹》이나 오희문의 《쇄미록》에서 보았던 상황이 소설 《최척전》 속에 한 장면으로 삽입되어 있는 것 같다.

온 가족을 잃고 상심에 빠져 지내던 최척은 여유문(余有文)을 따라 중국으로 건너갔고, 여유문이 죽자 강호를 떠돌며 두루 명승지를 유람하였다. 그러던 중 주우(朱佑)를 만나 주우와 함께 배를 타고 여기저기 장사를 다니다가 안남(安南)에 이르게 되었다.

> 날짜는 어느덧 4월 보름이 되어 있었다. 하늘에는 구름 한 점 없고 물은 비단결처럼 빛났으며, 바람이 불지 않아 물결 또한 잔잔하였다. (… 중략 …) 이때 문득 일본인 배 안에서 염불하는 소리가 은은히 들려 왔는데, 그 소리가 매우 구슬펐다. 최척은 홀로 선창에 기대어 있다가 이 소식을 듣고 자신의 신세가 처량하게 느껴졌다. 그래서 즉시 행장에서 피리를 꺼내 몇 곡을 불어서 가슴속에 맺힌 회한을 풀었다. 때마침 바다와 하늘은 고요하고 구름과 안개가 걷히니, 애절한 가락과 그윽한 흐느낌이 피리 소리에 뒤섞이어 맑게 퍼져 나갔다. (… 중략 …) 잠시 후에 일본인 배 안에서 조선말로 칠언절구를 읊었다. (… 중략 …) 시를 읊는 소리는 처절하여 마치 원망하는 듯, 호소하는 듯하였다. 시를 다 읊더니, 그 사람은 길게 한숨을 내쉬었다. 최척은 그 시를 듣고 크게 놀라서 피리를 땅에 떨어뜨린 것도 깨닫지 못한 채 마치 실성한 사람처럼 멍하니 서 있었다.[17]

자신의 고단한 신세를 하소연하기 위해 부르던 피리와 시 구절은 최척 부부 상봉의 계기가 되었다. 위 인용문의 낯선 타향에서 자신의 신세를 한탄하면서 불었던 피리, 또는 시구절은 포로실기에서도 볼 수 있는 장면이다. 달밤이면 다리 위에 모여서 노래도 부르고 휘파람도 불며, 혹은 회포도 말하고 한숨지어 울부짖으며 하루하루를 보내고 있다고《월봉해상록》에는 기록하였다. 또는 시를 주고받으며 회포를 풀기도 하고, 서신을 주고받으며 위로를 하면서 포로 생활을 하고 있는 것으로 포로실기에는 서술되어 있다.

최척과 옥영은 이렇게 이국에서 뜻밖에 상봉을 하였다. 그 후 아들 몽선(夢禪)을 낳고 홍도(紅桃)를 며느리로 맞이한다. 장면은 바뀌어 무오년 명·청 교체기의 또 다른 전란을 배경으로 한다. 최척은 서기로 차출되어 다시 전장으로 떠난다. 명나라 군사는 패했으나 최척은 조선인이었기에 죽음을 면하고 피로가 된다. 이때 몽석(夢釋)도 남원에서 무예를 익히다가 출전하였으나 마찬가지로 피로가 되어 최척과 같은 곳에 갇히게 되었다. 이곳에서 부자는 극적으로 상봉을 한다.

> 최척은 비로소 몽석이 자기 아들임을 확인한 후 부친과 장모님의 생사 여부를 물었으며, 그들이 아직 살아 있다는 것을 알고는 희비가 교체하여 서로 붙들고 통곡하였다. 집주인인 늙은 오랑캐가 자주 와서 이 광경을 보더니, 그들의 말을 알아들은 듯이 가엾은 표정을 지었다. (…중략…) 그러자 오랑캐가 말했다. "당신들은 나를 두려워하

17 《최척전》, 위의 책, 209~210쪽.

> 지 마시오. 나는 본래 삭주의 토병이었는데, 목사의 학정을 견디지 못해 가족을 데리고 오랑캐 땅으로 들어왔소. 여기 온 지 이미 20년이나 되었지요. 오랑캐 사람들은 성격이 진솔하며 가혹하게 수탈하는 일도 없소. 인생은 아침 이슬과 같을 따름인데, 어찌 고초를 겪어야만 하는 고향에 얽매여 두려워 떨면서 살아야겠소? 그래서 나는 가족을 이끌고 이 나라로 왔던 것이오. 오랑캐 추장은 나에게 병사 8천명을 거느리고 조선 병사들이 달아나지 못하도록 감독하게 하였소. 아까 당신들 말을 들어보니 대단히 기이한 일인 듯했소. 내가 비록 죄를 얻더라도 어떻게 차마 당신들을 보내지 아니하겠소?" 마침내 늙은 오랑캐는 식량을 마련하고 샛길을 가르쳐 주면서 최척과 몽석을 풀어 주었다.[18]

인정을 베푸는 오랑캐의 도움으로 탈출을 할 수 있었다. 비록 탈출의 장면이 자세하게 서술되지는 않았지만 포로실기에서 탈출을 감행하던 사람들의 모습을 떠올려 볼 수 있는 부분이기도 하다. 온갖 위험을 무릅쓰고 귀환하려는 포로들의 의지는 이들을 도와주는 사람들에 의해 실현되었다. 최척 부자의 탈출을 도와 준 늙은 오랑캐는 실기 저작자들의 탈출을 도와준 중국인과 다르지 않다.

한편, 최척을 전쟁터로 보낸 옥영은 남편의 군대가 패전하였다는 소식을 들었지만, 남편은 고국으로 돌아갔을 것이라는 기대를 갖고 아들 며느리와 함께 뱃길로 조선으로 돌아가고자 한다. 절강에서 배를 띄워 서해로 나왔던 옥영 일행은 명나라 순찰선과 일본 상선 등을 만나 우여곡절을 겪다가 급기야 방향을 잃고 무인도에서 표류하

---

18 《최척전》, 위의 책, 217~218쪽.

고, 해적을 만나 배를 빼앗기는 등 천신만고 끝에 조선 배를 만나 고향으로 돌아와 온 가족이 재회하게 된다. 옥영의 탈출 과정은 현실에서 일어날 것 같지 않은 기이한 사건의 서술이다. 그러나 전란 체험으로 이러한 상황은 가능한 것으로 인식되기에 이르렀다. 《금계일기》의 작자 노인의 경우 포로로 왜에 잡혀 갔다가 중국을 거쳐 귀환하였다. 이와 같은 체험적 사실로 말미암아 이들의 행적은 기이한 '사실(事實)'이 되었고, 결국 소설로 포착되기에 이르른 것이다.

《최척전》의 중심 서사인 최척과 옥영, 그리고 가족의 이산과 재회에는 실기에 서술된 체험 상황이 투영되어 있음을 볼 수 있다. 이로 인해 이 작품은 도저히 믿기지 않을 듯한 사건에 사실성을 부여하면서 설득력을 얻게끔 구조화되었다. 작자는 전란의 참상 가운데 가족의 이산 문제를 이용하여 완결된 서사구조로 작품화한 것이다.

《최척전》은 주인공 최척과 그의 아내 옥영, 그리고 가족이 임란으로 인해 서로 헤어졌다가 다시 만나게 되는 가족 이산과 재회의 문제를 다양한 시공을 이용해 실감 있게 묘사하였다. 전란으로 인한 이들의 유전(流轉)은 시간이 진행되고 공간이 급격하게 변해도 사실적 실제감은 줄어들지 않고 오히려 증폭되는데, 이는 사건 중간 중간에 서술된 체험적 사실을 재현한 결과라 할 수 있다. 구체적인 전란 체험의 모습을 서술함으로써 오히려 사실성이 배가된 모습을 《최척전》을 통해서 확인할 수 있다.

전란 소재는 《최척전》 이전의 작품 즉, 〈이생규장전〉에서도 볼 수 있으나, 그 의미는 사뭇 다르다. 주지하듯이 〈이생규장전〉에서는 전란으로 인해 남녀 주인공은 이별을 하게 되고, 급기야 이들의 애정은 인귀교환(人鬼交歡)으로 이어진다. 비현실적인 사건 전개가 이루어진 것이다. 여기서 전란은 현실을 초월한 사랑을 이루게 하는 계기로써 작용하였다. 사건 전개의 허구화에 전란이 사용된 것이다. 그러므로 작품 속에서 전란의 양상은 피상적이고 관념적으로 처리되고 있다. 그러나 《최척전》에 오면 지금까지 살펴보았던 대로 전란은 실제적으로 작용한다. 가족이산과 남녀 결연 문제가 실제적 사실 체험으로 구체성을 띠는데, 이는 현실을 담아내고자 하는 리얼리즘 정신이 작용한 것이다.

소설은 서사문학에서 경험적이고 허구적인 요소들의 결합에서 나온 산물이다.[19] 경험적 담론과 허구적 담론, 이 두 가지 담론은 서로 뒤섞이기도 하고 분리되기도 하면서 소설이 발달되어 왔다. 임란 이전의 소설에서는 경험적 요소보다는 허구적 요소가 우세하여 전기적인 특징을 나타내게 된다. 그러나 임란 이후 《최척전》에 오면 경험적 요소가 우세하여 사실적인 경향을 보인다.

흔히 서사문학의 형식적 변화는 세계관의 변화에 수반된다고 여기고 있다. 그러나 세계관이란 인식적 담론의 산물로서 궁극적으로 역사적 담론 형성의 조건에 의해 나타난다. 따라서 세계관의 변화가 서사문학을 변모시킨다기보다는 담론 형성의 역사적 조건들이 세계관과 서사문학 양자를 달라지게 만든다고 할 수 있다.[20] 임진왜란이라는 역사적 체험은 담론의 장을 달라지게 만들었다. 그 가운데 하나가 바로 실기이다. 그리고 실기는 소설의 전기성(傳奇性)을 사실성

---

19 로버트숄즈·로버트 켈로그, 임병권 역, 『서사의 본질』, 예림기획, 2001.

20 나병철, 『근대성과 근대문학』, 문예출판사, 1995, 20쪽.

(事實性)으로 변모하게 만들었다. 역사 현실에의 참여가 활성화되면서 실기가 만들어지고 이러한 상황은 소설에까지 영향을 미친 것이라 하겠다.

하나의 작품 속에는 단 한 줄의 표현에서도 반복, 패러디, 다른 작품의 반향 등을 포함하고 있다고 한다. 즉, 간텍스트성을 말함인데, 이는 글쓰기의 양면성에 관한 문제로, 글쓰기는 과거의 문학적 자료에 대한 독서이며, 텍스트는 다른 텍스트에 대한 수용과 반향이라는 내용을 함축하고 있다.[21] 한 개인이 전란을 체험하면서 겪은 시련은 일차적으로 실기를 통해 서술되었고, 이러한 전란 체험이 소설에 반향되어 사실주의적인 면모를 보이기 시작하는데 그 중심에 《최척전》이 자리하고 있는 것이다.

《최척전》에서 수용한 가족 이산의 문제는 특정인에게만 있는 것이 아닌, 당시의 전쟁 체험 세대라면 누구나가 느끼고 공감할 수 있는 바로 자신들의 문제였다. 이러한 점은 포로실기를 비롯한 대부분의 실기에서도 가족 이산의 슬픔이 가장 비중 있게 다루어지고 있는 것에서도 확인할 수 있다. 이처럼 누구나가 공감하고 공통적으로 느낄 수 있는 문제가 바로 가족 이산이었기 때문에 다른 소재에 비해 보다 쉽게 소설로 수용될 수 있었을 것이다.[22] 당대 사회 현실의 복잡한 사건이나 감정, 흥미까지도 그대로 반영하지 않을 수 없었던 시대정신이 이를 수용한 것이다.

조위한은 《최척전》을 통해서 전란의 상황과 전란 체험을 사실적

21 박종철·오충연, 『언어와 문화, 그리고 삶』, 월인, 2001, 81쪽.
22 이채연, 『임진왜란 포로실기 연구』, 박이정, 1995, 126쪽.

으로 재현하여, 전쟁의 처절함과 인간 실존의 다양한 모습 등을 보여 주었다.

4. 임란 체험의 통속적 수용 : 《남윤전》

《남윤전》은 주인공 남윤의 피랍과 왜국에서의 생활, 탈출, 귀환을 그린 소설로 18~19세기에 창작된 것으로 알려졌다.[23] 임진왜란이 종결된 지 한참이 지나서야 창작되었기 때문에 전란의 제 양상은 사실로부터 허구적 변용이 상당히 일어났다. 《최척전》에서는 전란 체험이 사건 전개의 사실성을 확보하는 데 기여한 반면, 《남윤전》에서는 다른 양상을 보인다.

이 소설은 남윤의 포로 생활과 그를 둘러싼 여자들과의 애정 관계를 다루고 있는데, 주요 인물로는 주인공 남윤과 아내 이석랑, 왜국 공주 월중선, 그리고 기생 옥경선 등이다. 이들은 원래 천상계의 인물이었으나, 선녀였던 세 여자의 투기가 심해 그 죄로 인간 세상으로 적강(謫降)되었다. 지상에서의 이들의 만남은 천상계에서의 죄를 뉘우치고 서로 화합하게 되는 것으로 그려져 있다. 남윤은 전쟁 전에 아버지의 결정으로 이석랑과 혼인을 맺게 되었으나 사사로이 옥

23 국립도서관본의 필사기인 "경즈년월십칠일시죵"을 통해 볼 때 필사 시기는 1840이나 1900년으로 보이며, 이로 미루어 창작시기는 18세기말이나 19세기 초로 보는 것이 타당할 듯하다.(김연호, 「남윤전 고」, 『어문논집』 35, 고려대학교 국어국문학연구회, 1996; 장서영, 「남윤전 연구」, 숭실대학교 석사학위논문, 1999; 김진규, 「조선조 포로소설 연구」, 동의대학교 박사학위논문, 2003.)

경선과도 가약을 맺어 방황을 한다. 결국 이석랑과 혼인을 하고 다음날 왜국에 포로로 잡혀온 뒤에는 왜국 공주 월중선과 혼인하게 된다. 이때 남윤은 자신들이 천상계에서 적강되어 온 사람임을 알게 된다. 왜왕의 부마가 된 뒤, 공주의 도움으로 왜국을 탈출하여 중국에 도착하게 된다. 그 뒤 많은 고생을 한 후 조선 사신을 만나 고국으로 돌아와 헤어진 부인과 아들을 상면하게 된다는 내용이다.

이 작품에 등장하는 남녀 주인공인 남윤과 이석랑, 옥경선, 월중선은 천상에서 죄를 짓고 적강한 인물이다. 천상의 상제는 세 선녀가 투기한 죄를 물어 인간세계에 적강시켰는데, 이석랑은 옥경선과 일심이 되어 월중선을 모함하였기 때문에 조선으로 적강되고, 월중선은 그 중에 죄가 작은 고로 왜국 공주로 적강되었다. 이렇게 이 소설은 적강화소(謫降話素)를 작품의 근간으로 삼아 남녀 간의 애정과 가족의 이산 문제를 다루고 있다.

남윤은 두 선녀와 더불어 조선으로 적강되었다. 죄가 크기 때문에 고생을 해야 한다는 것이다. 그 고생은 바로 전란으로 인해 이별의 아픔을 겪게 하는 것이다. 이 작품에서 배경으로 삼고 있는 임진왜란은 바로 적강한 인물들의 죄의 대가를 치르게 하기 위해 설정한 것이다. 남주인공 남윤은 피랍되어 왜국으로 끌려가고 그곳에서 탈출하여 중국으로 가고, 중국에 머무르다 귀환하게 되는데, 이러한 구조는 이미 포로실기에서 보아왔던 것이다.

따라서 《남윤전》도 임란 관련 실기와의 관련성 면에서 검토할 여지가 있는 작품이라 할 수 있다. 그러면 임란 관련 실기의 내용 가운데 이 작품과 연결되는 점들을 부분 부분 지적하면서 전란 체험의 수용 양상을 구체적으로 살펴보고, 아울러 그 속에 반영된 전란의 의미를 살펴보도록 하겠다.

남윤과 이석랑의 결연은 두 집안의 아버지에 의해서 이루어진다. 이와는 별도로 남윤은 옥경선이라는 기생과 백년가약을 맺었다. 혼사 날짜가 잡히자 옥경선과는 훗날을 기약하고 이석랑과 혼인을 하였다. 혼례 치른 다음 날 아침 임진왜란이 발발하여 피란을 하고자 한다. 그러나 남윤은 부모 계신 곳으로 간다고 하면서 신부와 이별을 한다.

> 이날 밤의 화쵹지예을 이르고 바야흐로 ᄌᆞᆷ을 드이, 문득 계명셩이 들이며 화광이 츙쳔ᄒᆞ고 샤별ᄒᆞᄂᆞᆫ 쇼ᄅᆡ 진동ᄒᆞᄂᆞᆫ지라. 경희 크게 놀ᄂᆞ 옷슬 입고 황망이 ᄂᆞ가 보이 화병 ᄃᆡ치ᄒᆞ여 도셩인의 곡셩이 쳔지 진동ᄒᆞ이 피ᄂᆞᆫᄒᆞᄂᆞᆫ ᄌᆡ 길이 미여거ᄂᆞᆯ, 경희 ᄋᆞ모리 할 쥴을 모로고 일변 노복으로 ᄒᆞ여금 부인과 여셔을 뫼셔 광히로 피란ᄒᆞ라 ᄒᆞ거ᄂᆞᆯ, 남뉸 ᄃᆡ셩 통곡 왈, "나ᄂᆞᆫ 부모의 독ᄌᆞ로셔 ᄂᆡ 몸만 ᄉᆞ라ᄂᆞ고 ᄎᆞ마 부모의 ᄉᆞ싱을 모로리요? ᄎᆞ라리 부모 게신 곳제 가셔 부모와 ᄒᆞᆫ가지로 쥭으미 인ᄌᆞ의 도리라." ᄒᆞ고 인ᄒᆞ여 ᄒᆞ즉ᄒᆞ고 ᄯᅥ날ᄉᆡ[24]

피란 과정이 간략하게 서술되었다. 이 작품에서 전란은 천상에서 죄를 지은 주인공들이 겪어야 할 죄의 대가로 설정되었기 때문에 전란의 참상은 자세히 묘사되지 않은 것이다. 피화의 장면이 간략히

---

24 《남윤전》은 한글 필사본으로 국립도서관본, 장서각본, 육당본 3종이 있는데, 육당본이 가장 자세하나, 선본(先本)은 국립도서관본으로 추정된다.(장서영, 「남윤전 연구」, 숭실대학교 석사학위논문, 1999 참조.) 이 책에서는 국립도서관본을 텍스트로 사용한다.

처리된 부분은 다음에서도 볼 수 있다.

> 각셜. 샹이 평난 후에 환경ᄒᆞᄉᆞ 북ᄇᆡᆨ 남두셩으로 니죠판셔을 제슈ᄒᆞ시이 두셩의 부ᄌᆡ 난즁의 분춘ᄒᆞ여 ᄉᆞᄉᆡᆼ죤망을 몰ᄂᆞ 판셔부쳐 셔로 눈물로 지ᄂᆡ더라. 쳔만 의외 승즉ᄒᆞᄆᆡ 쳔은을 못ᄂᆡ 감츅ᄒᆞ고 드듸여 치힝ᄒᆞ여 경셩으로 올ᄂᆞ갈ᄉᆡ 길의 쥭엄이 ᄐᆡ산 갓더라.

남윤의 아버지 남두성은 국왕이 환도한 후에 이조판서를 제수 받았다. 이에 경성으로 올라가는 길에 보았던 피화의 상황을 “길에 주검이 태산 같더라”고 한 문장으로 아주 간략히 처리하였다. 이미 전쟁을 겪은 지가 한참이 지났고, 직접 체험한 것이 아니기에 실감 있게 표현하지 못한 것이다. 단지 전쟁은 관념화되어 이렇게 작품 속에 표현되었기에 간결하게 서술된 것이라 하겠다.

남윤은 아내와 이별을 하고 부모를 만나러 가다가 왜적에게 사로잡힌다. 후군장 왕굴충이라는 사람에게 잡혀 왜국으로 끌려간다.

> 후군중 왕굴츙이 상을 잘 보ᄂᆞᆫ지라. 남뉸의 형용과 긔ᄉᆞᆼ을 보이 범인이 아인 쥴 알고 좌우을 물이치고 왈, “웃지 츙효을 겸젼ᄒᆞᆫ ᄉᆞ름을 쥭기리요? 이 ᄉᆞ름은 본국의 다려가면 치국안민ᄒᆞ고 반다시 즁용ᄒᆞ리이 ᄯᅩᄒᆞᆫ 우리도 공이 잇스리라.” ᄒᆞ고 ᄉᆞ로잡어 갈ᄉᆡ, 남뉸이 ᄒᆞ일읍셔 도망코져 ᄒᆞ나 묘칙이 읍ᄂᆞᆫ지라. 다만 ᄒᆞᄂᆞᆯ을 울러러 통고ᄒᆞ여 갈 ᄯᆞ름이라.

임란 당시 포로로 잡혀간 조선인들은 경상도·전라도의 사람들이 대부분이었다. 전쟁이 장기화되자 왜군이 주둔하였던 이곳 일대는 삼국시대부터 문화가 발달한 지역이었던 관계로 이 지역의 학자 · 공예가들을 다투어 납치, 일본으로 데려가 극진히 대우하면서 문화 향상에 진력하도록 했다. 포로실기의 저작자들도 대부분 남원전투에서 조·명 연합군이 패배한 후 일본으로 끌려가 그들의 문화에 직·간접으로 기여한 사람들이다.[25] 왕굴충이 남윤을 잡아 가면서 했던, "본국에 데려가면 치국안민하고 반드시 중용하여 우리도 공이 있으리라"는 말은 왜에서 조선인을 잡아 갔던 저간의 상황을 보여주는 것이다. 포로실기에서 볼 수 있는 것처럼 중용할 목적으로 포로로 잡아가는 것이다.

왜국 왕은 남윤을 부마로 삼고자 하나, 남윤은 이를 거절한다. 이로 인해 죽을 지경에 몰리지만 공주의 도움으로 생명을 보전하고 태자와 같이 지내게 된다. 목숨은 부지하고 있으나 이국에서의 생활이 그리 편안하지만 않다. 늘 부모 생각이 간절하여 잠을 이루지 못하고 번민한다.

> 남뉸이 부모 ᄉᆡᆼ각 간졀ᄒᆞ여 밤이 깁도록 ᄌᆞᆷ을 일우지 못ᄒᆞ고 마음 스ᄉᆞ로 쳐량ᄒᆞ여 홀노 난간의 ᄂᆞ와 문승상 연옥의셔 지은 글 세 귀을 을니, 쇼ᄅᆡ 쳥ᄋᆞᄒᆞ여 여원여쇼ᄒᆞ여 공즁의 쇼ᄅᆡ ᄂᆞ니 듯ᄂᆞᆫ 직 뉘 ᄋᆞ이 셜워ᄒᆞ리요? 이ᄯᆡ 공쥬 ᄂᆡ궁의셔 바야흐로 글을 익다가 반야 ᄉᆞᆷ경 공즁의셔 쳐량ᄒᆞᆫ 우름 쇼ᄅᆡ 들리거ᄂᆞᆯ ᄎᆞᆷ담이 비감ᄒᆞ여 ᄉᆞ름의 마음을 슬푸게 ᄒᆞ니, 공쥬 고이 여겨 즉시 후원의 ᄂᆞᄋᆞ가 ᄇᆡ회ᄒᆞ며 그 쇼ᄅᆡ ᄂᆞᆫ는 곳즐 심방ᄒᆞ니, 이ᄯᆡ 밤이 깁고 만뇌 고요ᄒᆞ지라.

---

25 이채연, 앞의 책, 33쪽.

포로실기에서 보았던 포로들의 모습이 떠올려 지는 대목이다. 밤이면 배회하며 소리하고 읊조리는 모습은 실기에서와 같은 장면인 것이다.

남윤은 공주에게 자신은 천상에서 세 선녀와 함께 적강한 사람이라는 얘기를 듣고, 꿈을 통해 이 사실을 확인한다. 또 공주는 10년 후에 먼저 천상으로 올라가고 자신과 이석랑, 옥경선은 나이 70이 차거든 올라가게 되었다는 사실도 알게 되었다. 결국 왜국 공주와 혼인하고 이럭저럭 10여 년이 지나매 하루는 공주가 비감한 모습으로 우리의 인연이 머지않았다고 하면서 자기가 죽으면 본국에 갈 수 없을 것이니 이때를 타 도망함이 마땅하다고 말한다.

남윤은 공주의 도움을 입어 탈출에 성공한다.

> 남뉸이 보금을 밧고 크게 ᄉᆞ랑ᄒᆞ여 치ᄒᆞᄒᆞ고 공쥬의 으든 구슬과 혈셔을 가지고 이날 황혼의 공쥬 ᄒᆞᆫ가지로 쳘이마을 타고 발힝ᄒᆞ여 일야간의 구ᄇᆡᆨ이을 힝ᄒᆞᄆᆡ 오히려 동방이 박지 ᄋᆞ이ᄒᆞ고 인젹이 읍ᄂᆞᆫ지라. 말게 ᄂᆞ려 두로 살펴보이 빈 ᄇᆡ 슈십쳑이 강변의 ᄆᆡ여거늘, 그 즁의 견고ᄒᆞᆫ ᄇᆡ을 갈희여 타고 영쥬 향ᄒᆞᆯ ᄉᆡ 공쥬 친이 ᄇᆡ을 즈으이 ᄲᆞ르기 살갓더라. 슌식간의 ᄉᆞᆷ쳔리을 지ᄂᆞ셔 셩도의 일으이 날이 임의 황혼이라.

공주와 더불어 왜국을 탈출하는 장면인데, “천리마를 타고 발행하여 하룻밤 사이에 구백 리를 행하”였다는 서술이나, “공주 친히 배를 저으매 빠르기 살 같더라. 순식간에 삼천리를 지나서 성도에 이르니” 라는 서술에서처럼 비현실적인 전기성(傳奇性)을 보이고 있다.

탈출에 성공한 후 공주가 천상으로 돌아가는 설정도 마찬가지로 비현실적 서술을 보인다.

> 이러그러 이별ᄒᆞᆯ ᄂᆞᆯ이 졈졈 다ᄃᆞ르ᄆᆡ 셔로 비회을 금차 못ᄒᆞ더니 공쥬 문득 갈오ᄃᆡ, "쳡이 니제 낭군을 써ᄂᆞ면 다시 만ᄂᆞᆫ 날 날이 멀거이와 낭군니 이제 오년을 지ᄂᆞ면 본국의 도라가 쳐ᄌᆞ을 다시 만ᄂᆞ리이 슬으 마르쇼셔. 만일 오년 ᄎᆞ지 못ᄒᆞ여셔 고향의 도라가면 이ᄂᆞᆫ 쳔명을 거역ᄒᆞ시미라. 이롭지 ᄋᆞ이 ᄒᆞ시리니 슴가 힝ᄒᆞ시고 남경 득달ᄒᆞ시거든 오년을 기다러 본국애 도라가쇼셔." ᄒᆞ며 셔로 위로ᄒᆞ더이, 팔월 망일이 다다르ᄆᆡ 양인이 목욕ᄌᆡ계ᄒᆞ고 물가의 ᄂᆞ와 셔로 이별셔을 지여 음영ᄒᆞ며 눈물을 금치 못ᄒᆞ더라. (… 중략 …)
>
> 문득 쳥됴 읍헤 ᄂᆞ와 울거ᄂᆞᆯ 쳥됴을 싸라 물가의 일로러 다시 도라보며 ᄎᆞ마 써ᄂᆞ지 못ᄒᆞ여 숀을 ᄌᆞᆸ고 쇼ᄅᆡ을 슬피ᄒᆞ여 일장통곡ᄒᆞ고 물의 들녀 ᄒᆞ니, 뉸이 더욱 오열 왈, "무인 졀도의 ᄂᆞ을 혼ᄌᆞ 두고 어ᄃᆡ로 가시ᄂᆞᆫ고? ᄂᆞ도 공쥬 보ᄂᆞᆫᄃᆡ ᄒᆞᆫ가지로 쥭고져 ᄒᆞᄂᆞ이다." ᄒᆞ며 더욱 슬어ᄒᆞ니, 공쥬 다시 숀을 ᄌᆞᆸ고 일장통곡ᄒᆞ다가 문득 물의 쑤여드이, 공즁으로셔 오ᄉᆡᆨ구름이 영농ᄒᆞ여 둘너 ᄊᆞ고 ᄒᆞ날노 올ᄋᆞ가거ᄂᆞᆯ, 슬푸다 뉸이 공쥬을 이별ᄒᆞᄆᆡ 문인졀도의 일신이 고단ᄒᆞ니 망국ᄒᆞᆫ 비회을 금치 못ᄒᆞ더라.

위 인용문은 남윤이 공주와 사별하는 장면 묘사로, 공주가 물에 뛰어드니 공중에서 오색구름이 둘러싸 하늘로 올라간다고 했다. 임진왜란을 기점으로 이후의 소설사에서는 전기성(傳奇性)이 줄어들면서 사실성이 강화되는 양상을 띤다. 그런데 이 소설은 위의 인용문에서 보는 바와 같이 오히려 전기성이 두드러지는데 이는 주목을 요하는 점이다.

공주와 작별하고 남윤은 봉래산 – 한수 – 강동 – 황하수 – 남경을 거쳐 황성에 이르렀다. 황제는 남윤을 불러 전후수말을 다 듣고 글을 지어 올리라고 한다. 남윤이 명을 받아 글을 지어 올리니, 황제는 대찬하고 나서 황태자와 문사에게 명하여 남윤으로 더불어 시서를 강론하게 하였다. 문사를 인정받아 시서를 강론한다는 내용은《금계일기》에서 보았던 노인의 행적과 아주 흡사한 내용이다.

남윤은 황성의 풍경을 구경하며 세월을 보내다가 중국에 온 조선 사신을 만나 이들과 동행하여 귀국한다.

> 인ᄒᆞ여 ᄒᆞ직ᄒᆞ고 ᄇᆡ에 올ᄂᆞ ᄉᆞ신과 한가지로 힝ᄒᆞ여 수 월만의 조션을 득달ᄒᆞ니 깃부미 가이업셔 눈물 흘으물 ᄭᆡ닷지 못ᄒᆞ더라.

집으로 돌아와 가족과 재회하는 장면은 없다. 단지 다음과 같이 처리하고 말았다.

> 일노 줄 맛ᄂᆞ셔 호ᄉᆞ로 지ᄂᆡ더라. 일로 ᄯᅳᆺ을 막ᄂᆞᆫ다.

가족들과 잘 만나서 호사로 지낸다고만 하였다. 그러나 장서각본에서는 3인은 70이 되자 먼저 남윤이 하늘로 올라가고, 석랑과 옥경선은 월중선이 내려와 데리고 올라간다고 처리하였고, 육당본은 이부인은 중생을 낳고 옥경선은 경행을 낳고, 부귀영화를 누리다가 70이 되어 남윤이 먼저 죽고, 삼상을 마친 후 옥경선과 석랑이 같이 죽는 것으로 결말지었다. 국립도서관본에 비해 두 이본은 적강화소의 완결된 모습을 보여 주고 있는 셈이다.

지금까지 검토해 본 대로《남윤전》에서 전란 체험의 서술은 아주 간략하다. 적강화소를 근간으로 하고 있지만 서사의 중심은 전란으로 인한 주인공의 포로 체험과 가족 간의 이산이다. 따라서 피화나 피란을 중심으로 한 전란의 참상이 서술되어 있을 듯하지만 실제는 그렇지 않음을 알 수 있다. 임진왜란은 한 개인의 삶을 바꿀 수 있는 계기로서의 의미 역할에 지나지 않는다.

그렇다면 임진왜란이라는 민족적 전란이 이 작품에서는 커다란 의미를 지니지 않고 있다는 점에 주목할 필요가 있다.《남윤전》이 창작된 시대적 환경은 전란 체험은 심각한 양상을 보이는 것이 아닌 기이한 이야기 정도로 기억되었던 것으로 볼 수 있다. 따라서 전란으로 인한 가족간의 이산과 재회의 문제는 관념화되어 작품 속에서 그리 긴박하게 전개되지 않은 것이다.《최척전》에서는 전란 체험이 사건 전개에 사실성을 부여하는 역할을 하였으나《남윤전》에 와서는 남윤이라는 개인의 천정연분(天定緣分)을 실현하기 위한 계기로 그 의미가 변질된 것이다.

이처럼《남윤전》에서는 임진왜란이라는 전란 체험이 굴절되어 수용된 양상을 보인다. 이는 이 작품의 통속적 경향과 관련지어 생각해 볼 수 있는 점이다. 이 소설이 통속적 면모를 보이고 있다는 점은, 구성에 있어서 인물간의 극단적인 갈등 대립이 없이 사건 전개가 이루어지고, 비현실적인 사건 전개가 다시 등장하며, 전란 소재가 사건 전개에 있어 치밀한 관련을 맺지 않고 상투적인 양상을 띠는 점 등을 통해서 확인할 수 있다.

포로로 잡혀간 남윤은 왜왕이 부마로 삼고자 하지만 이를 거절하고, 이로 인해 잡혀 죽을 지경에 이르러도 공주에 의해 모면한다. 처음에는 왜국 공주와의 혼인을 거절하지만 자신이 천상계에서 적강한 인물임을 깨닫고는 혼인을 하게 된다. 왜국을 탈출하는 과정은 커다란 위험 없이 공주의 도움으로 순탄하게 이루어지고, 중국을 거쳐 귀환하게 되는 과정도 별 무리 없이 전개된다. 특히 이 과정에서 비현실적인 요소가 많이 삽입되었다. 공주와 더불어 왜국을 탈출하는 장면과, 공주가 천상으로 복귀하는 장면 등은 다분히 비현실적으로 처리한 부분이다.

전쟁 소재를 주로 사용하고 있는 군담소설의 경우, 전쟁은 주인공이 입신양명을 이루게 하는 계기로서의 역할에 지나지 않는다. 전쟁으로 인해 겪게 되는 민중의 참담함 따위는 안중에 없고 단지 주인공의 영웅적인 모습을 드러내는데 이바지할 따름이다. 전쟁 소재가 그만큼 상투적으로 수용된다는 것인데, 《남윤전》에서도 임진왜란이 상투적인 양상을 띠고 있음도 이와 관련된다고 하겠다. 중국을 거쳐 귀국한 남윤에게 왕은 이조판서라는 높은 벼슬을 제수한다. 군담소설의 주인공은 적대 세력과의 전쟁에서 승리한 후에 그 공로로 높은 지위에 오른다. 그러나 남윤의 이조판서 제수는 개연성이 없는 설정인 것이다.

한편, 남윤과 백년가약을 맺었던 옥경선은 이원익에게 수청을 강요받아 수난을 당한다.

> 이젹의 함경도 감ᄉᆞ 니원익이 남 정승과 니 판셔 쥭음을 듯고 ᄂᆡ렴의 ᄒᆞ오ᄃᆡ, '이제 옥경션을 쳡 ᄉᆞᆷ으미 가합ᄒᆞ도다.' ᄒᆞ고, '이제야 뉘가 시비ᄒᆞ리요?' ᄒᆞ고 옥경션을 불너 슈쳥 거힝ᄒᆞ라 ᄒᆞ이, 옥경션이

> 남 ᄃᆡ인의 상복 입고 눈물노 세월을 보ᄂᆡ더이, 쳔만 의외예 이 변을 만ᄂᆞ이 웃지 ᄉᆞ롬을 죠ᄎᆞ 부귀의 뜻지 잇스리요? 불승통ᄒᆞᆫ이라. 강잉ᄒᆞ여 이날밤의 도망할ᄉᆡ 남복을 곳쳐 입고 ᄒᆞ로밤 ᄉᆞ이애 ᄇᆡᆨ 이을 힝ᄒᆞ이, 연ᄒᆞᆫ 살과 여린 쌔가 ᄋᆡ씨고 압품을 견될 길 읍셔 긔운이 진ᄒᆞ니,

이 소설은 임진왜란을 배경으로 하고 있고, 전란으로 인한 가족의 수난을 다루고 있기 때문에 옥경선이 겪는 수난은 왜적에 의한 여성 수난이 되어야 사실적인 사건 전개가 된다. 그러나 옥경선이 겪는 수난은 지배층에 의한 수난으로, 소위 관탈민녀(官奪民女) 설화의 수용 양상을 보인다. 다분히 흥미 위주의 사건 전개로, 이 소설이 통속적 경향을 띠고 있다는 것을 보여 준 예이다.

앞 항에서 임란 이후의 소설에 와서는 경험적 요소가 우세하여 사실적인 경향을 보인다고 하였다. 그런데 《남윤전》을 보면 전란 체험의 경험적 요소와 애정 전기의 허구적 요소가 뒤섞이는 현상을 볼 수 있다. 근대로 가까워오면서 경험적 담론과 허구적 담론은 재통합이 이루어져 총체적 형식을 만들어가고 있음을 《남윤전》을 통해서 확인할 수 있는 것이다. 근대사회가 주는 흥미는 다양하고 복잡하다. 문학 작품을 통해서 근대 사회의 복잡한 사상이나 감정, 흥미까지도 그대로 반영하지 않을 수 없었다. 그러기 위해서는 좀 더 진중하고 평이하며 흥미 있는 표현방법을 선택하지 않을 수 없게 되었다. 이야기를 재미있게 구성하기 위하여 대중적 욕구를 만족시킬 수 있는 형식이 필요했고, 그 요구를 충족시키기 위해 전기소설의 비현실성을 차용하는 방법을 택했다.

《남윤전》의 주요 소재인 남녀 간의 애정담은 소설의 주요 흥미 요소였고, 적강화소 또한 사건전개에 있어 흥미를 가져다주기에 충분한 것이었다. 현실에서 이루어질 수 없는 흥미로운 사건을 소설화하기에 전란 소재는 필수적으로 수용되었다. 즉 허구적인 이야기를 하더라도 서사욕망은 사실을 추구하기 때문에 역사적 사건이었던 임진왜란이 작품의 배경으로 활용된 것이다. 전란 체험을 진지하게 받아들이는 것이 아니라 통속화시키는데, 이는 소설적 재미를 고려한 결과이다. 이것은 미적 자각이나 참신한 상상력의 결과물이 아니다. 새로운 세계를 담아내는 것이 아니라 기존의 소재를 답습한 것에 지나지 않는다. 그렇기 때문에 《남윤전》은 구성의 치밀함이나 긴장력이 다른 작품에 비해 약한 것이 사실이다.

이처럼 《남윤전》은 임진왜란을 배경으로 하여 전란 체험을 수용하고 있으나, 그것은 남녀 주인공의 애정을 우위로 하면서, 전란이라는 역사적 사실은 서사의 외피로 수용한 것으로 볼 수 있다. 그렇기 때문에 《남윤전》에서는 역사의식을 찾아보기가 힘들다. 역사성이 퇴색되면서 통속성이 강화되는 현상을 보이는 것이다.

***

임진왜란이라는 민족적 수난의 개인 체험은 실기를 통해 핍진하게 서술되었다. 그리고 실기에 서술된 전란의 참상은 소설 《최척전》에 투영되어 사건 전개에 사실성을 확보하는 데 바탕이 되었다. 최척과 옥영, 그리고 가족의 이산과 재회에는 실기에 서술된 체험 상황이 투영되었다. 이로 인해 이 작품은 도저히 믿기지 않을 듯한 사건에 사실성을 부여하면서 설득력을 얻게끔 구조화되었다. 작자는 전란의 참상 가운데 가족의 이산 문제를 이용하여 완결된 서사구조로 작품화한 것이다. 전란으로 인한 등장인물들의 유전(流轉)은 시간이 진행되고 공간이 급격하게 변해도 사실적 실제감은 줄어들지 않고 오히려 증폭되는데, 이는 사건 중간 중간에 서술된 체험적 사실의 투영 결과라 할 수 있다.

《남윤전》은 임진왜란을 배경으로 하고 있지만 전란 체험의 서술은 아주 간략하다. 이 작품이 흥미 위주의 통속적인 소설의 경향을 갖고 있기 때문이다. 따라서 전란으로 인한 가족 간의 이산과 재회의 문제는 관념화되어 작품 속에서 그리 긴박하게 전개되지 않았다. 즉, 소설이 통속적으로 흐르는 가운데 이 작품이 창작된 것으로 본다면, 전란 체험은 남윤이라는 개인의 천정연분을 실현하기 위한 계기로 그 의미가 변질된 것이다. 전란 체험이 후대의 《남윤전》에 수용되면서 통속적 양상을 띠는 것이다.

임진왜란 체험의 소설적 수용을 소설사적 맥락에서 보면, 개인과 가족의 전란 체험이 임란 직후에 창작된 《최척전》에서는 사실적으로 재현된 양상을 띠며, 시간이 좀 지나서는 개인의 문제에 국한되는 것이 아니라 국가와 집단의 문제로 확대되면서 《임진록》을 통해 낭만적으로 수용된다. 그러다가 《남윤전》에 와서는 다시 개인과 가족의 전란 체험이 수용되지만 수용 양상은 통속적 경향을 띠고 있음을 볼 수 있다.

이 연구는 임란 체험이 소설에 수용되는 양상을 입증해 보려는 것이었다. 따라서 임란 체험의 기술물인 실기를 중심으로 해서 실기적 서술 상황이 소설적 환경으로 전이되는 양상을 보고자 했다. 소설 창작의 환경을 전(傳)이나 야담(野談) 등 다른 서사 장르와의 관련 하에 고찰해야 함에도 불구하고 실기만으로 한정해 놓고 단선적으로 본 것이 이 글이 갖고 있는 한계라고 할 수 있다.

Ⅱ. 임진왜란 포로 체험 문학과 가족애

1. 임진왜란과 포로 체험 문학

임진왜란으로 인한 인명 피해 가운데 심각한 문제를 제기했던 것이 포로문제였다. 임진왜란 중에 일본은 대대적으로 조선인을 잡아갔다. 일본은 전쟁 전에 이미 전략적인 차원에서 포로부라는 특수부대를 조직해 놓았다. 개전과 동시에 낙후된 그들의 문화에 기여할 수 있는 인쇄공·도공 등의 장인과 학자·관료 들을 조직적으로 납치해갔기 때문에 그 피해는 실로 막대한 것이었다. 포로의 숫자를 10만으로 보기도 하고, 혹은 40만으로 보기도 하는데, 이 가운데 인조 21년까지 40여 년 간의 정치적 교섭을 통해 본국으로 쇄환된 자는 1만 명 미달의 미미한 숫자에 지나지 않는다고 한다.[1] 전후에도 포로 쇄환의 문제를 놓고 조정 내에서 정치적인 논쟁을 벌였을 뿐만 아니

1 이원순, 「임진·정유재란시의 조선부로노예 문제」, 『조선시대사론집』, 느티나무, 1993.

라 쇄환 문제는 양국의 주요한 정치 현안 가운데 하나였다. 일본은 조선과의 수교 분위기를 조성하기 위해 포로 중 일부를 풀어주었고, 조선에서도 통신사 겸 포로 쇄환사를 일본에 보내 다소의 포로를 귀환시켰다.

포로 문제는 문학적 소재로도 활용되었음은 물론이다. 우선, 포로로 잡혀갔던 사람들은 자신의 포로체험을 실기로 남겨 포로의 실상을 알게 해 주었다. 이들 실기에는 당시의 전쟁 상황이나 피랍 과정, 일본의 실상, 포로의 생활상, 그리고 귀환 과정 등이 자세하게 기록되어 있다.

포로실기는 왜적에게 포로가 되어 잡혔다가 풀려난 작자들이 쓴 것으로 강항의 《간양록》, 노인의 《금계일기》, 정경득의 《만사록》, 정호인의 《정유피란기》, 정희득의 《월봉해상록》 등이 있다. 강항의 《간양록》은 자신의 체험을 조정에 보고하려는 보고적 성격이 강한 글이다. 노인의 《금계일기》는 작자가 포로로 잡혀갔다가 탈출하여 명나라로 도피한 뒤 귀국할 때까지의 일을 기록한 일기이다. 《만사록》, 《정유피란기》, 《월봉해상록》은 친족 관계에 있는 저자들이 함께 포로 생활을 했고, 이를 바탕으로 각각의 기록을 남긴 것이다. 따라서 내용 면에서 많은 유사점을 갖고 있다.

포로 체험은 실로 충격적인 것이어서 이를 소재로 한 글은 실기에 그치지 않았다. 전(傳)과 야담(野談)을 통해서도 서술되었으며, 허구적 상상력을 본질로 하는 소설을 통해서도 형상화되었다.

포로 체험을 수용한 전은 일반적인 전의 기본 특성인 인물의 포폄이라는 목적에서 다소 벗어나 있다. 포로 체험 자체에 더 큰 관심을 갖고 입전된 것이기에 인물의 품성을 따지기보다는 기구한 삶의 역정을 드러내는 것에 목적을 두고 있다. 포로 체험의 내용 자체를 초점화한 것이다. 이에 해당하는 작품으로는, 이수광(李睟光, 1563~1629)의 《지봉집(芝峯集)》, 안정복(安鼎福, 1712~1791)의 《목천현지(木川縣志)》, 정사신(鄭士信, 1558~1619)의 《매창집(梅窓集)》에 수록되어 있는 〈조완벽전(趙完璧傳)〉,[2] 그리고 채제공(蔡濟恭, 1720~1799)이 지은 것으로 《번암집(樊巖集)》에 수록된 〈신기금전(辛起金傳)〉·〈백의사전(白義士傳)〉, 임상원(任相元, 1638~1697)이 입전하여 그의 《염헌집(恬軒集)》에 수록된 〈동래양부하전(東萊梁敷河傳)〉, 허목(許穆, 1595~1682)이 지은 것으로 《미수기언(眉叟記言)》에 수록된 〈동래구(東萊嫗)〉 등이 있다.

포로 체험을 소설로 형상화한 작품은 조위한의 《최척전》이 대표적이다. 이 작품은 조위한이 광해군 13년인 1621년에 지은 소설이다.

포로 체험을 문학적으로 형상화한 작품에 대한 그간의 논의는 다양하게 이루어져 왔다. 소재영은 《최척전》을 논하면서 피로문학(被虜文學)의 유형 설정 가능성을 제시하였다. 아울러 《간양록》, 《금계일기》 등과 같은 실기와 소설의 상관관계를 언급하기도 해 포로 체험의 문학 연구에 기틀을 닦아 놓았다.[3]

---

2 이채연에 의하면, 《지봉집》과 《목천현지》에 실린 것은 내용면에서 거의 일치하고, 《매창집》의 것은 《지봉집》에 비해 내용면에서 적은 분량이나 내용은 유사하다고 한다. 이수광의 〈조완벽전〉을 정사신이 참조하여 자기 나름대로 첨삭한 것으로 보고 있다. 따라서 이광수의 전이 가장 먼저 지어진 것으로 보았다.(이채연, 『임진왜란 포로실기 연구』, 박이정, 1995, 162쪽.)

3 소재영, 『임병양란과 문학의식』, 한국연구원, 1980.

이후로 포로 체험의 문학적 형상화에 대한 연구는 주로 실기문학을 중심으로 이루어졌다. 황패강, 이채연, 필자의 연구가 그것이다.[4] 이들의 연구는 실기의 문학성 규명과 그 의미의 탐색, 그리고 여타 문학과의 관련양상을 밝히는 데까지 나아가 실기문학을 하나의 독립적인 갈래로 자리매김하는 성과를 얻었다.

포로 체험의 전(傳)에 관한 연구는 송철호에 의해서 이루어졌다.[5] 그는 포로 체험을 한 인물뿐만 아니라 임병양란과 관련된 명장, 의병, 열녀, 효자 등을 입전한 인물전에 대해 연구하는 자리에서 포로전에 대한 논의를 펼쳤다.

포로 체험의 모티브가 서사의 핵으로 작용한다는 점에 착안하여 고소설의 하위 유형으로 포로소설의 유형 설정이 필요하다는 주장이 있어 주목을 끈다. 김진규의 논의가 그것인데, 《최척전》, 《김영철전》, 《이한림전》, 《유록의 한》, 《남윤전》과 같은 소설은 여타 유형과 다른 특징을 공유하고 있다는 점에서 포로소설로 명명하고 연구를 진행하였다.[6]

이로써 포로 체험의 문학 작품에 대한 연구가 실로 다방면에서 이루어졌음을 확인할 수 있다. 지금까지의 연구 성과는 각 갈래별로 그 존재 양상과 문학적 의미를 탐구하는데 있었다고 평가할 수 있다. 본 장에서는 포로 체험의 서사문학 가운데 각 유형별로 대표적

---

4 황패강, 『임진왜란과 실기문학』, 일지사, 1992; 이채연, 『임진왜란 포로실기 연구』, 박이정, 1995; 장경남, 『임진왜란의 문학적 형상화』, 아세아문화사, 2000.

5 송철호, 「임병양란 인물전 연구」, 부산대학교 석사학위논문, 1995.

6 김진규, 「조선조 포로소설 연구」, 동의대학교 박사학위논문, 2003.

인 작품을 택하여 그 작품을 관통하고 있는 '가족의 이산과 재회'의 문제를 거론하기로 한다.

포로 체험을 형상화한 문학 작품의 대부분은 가족 이산의 고통과 재회를 다루고 있다. 전쟁이 어떻게 가족을 파괴하며, 가족과 분리된 고통의 무게가 어떠한가를 곡진하게 서술하고 있는 것이다. 따라서 본고는 포로 체험을 형상화한 실기, 전, 소설의 대표적인 작품을 선정하여 가족 간의 이산과 재회의 양상을 살펴볼 것이다. 포로실기는 모두 가족의 이산과 재회가 작품 구성의 기본을 이루고 있는데, 《월봉해상록》에서 아주 잘 드러나고 있다. 전 작품 가운데는 〈동래구〉가 유일하게 가족의 이산과 재회를 다루고 있다. 그리고 소설은 《최척전》이 가족의 이산과 재회를 주요 내용으로 하고 있다.

전쟁에 의한 가족 이산과 재회에 있어 주요하게 작동하는 것은 '가족애'라고 할 수 있다. 이 글에서 다루려는 작품에서도 가족애는 고난을 극복하는 기제로 작용하고 있다. 가족애는 각 작품의 주체가 고난을 극복하는 원동력으로 작동하고 있는 것이다. 따라서, 각 유형별 작품을 통해 가족애의 양상과 의미를 밝혀보기로 한다.

2. 포로 체험의 기록과 가족애의 서술 : 《월봉해상록》

포로실기는 모두 작자가 피랍되어 귀향할 때까지의 일을 기술하고 있다. 내용의 중심을 이루고 있는 것은 일기이지만 포로 체험의 다양한 양상은 일기 외의 기록을 통해서도 살펴볼 수 있다. 일기는 날짜별 기록임에도 불구하고 일정한 서술 구조를 가지고 있다. 즉, 공통된 서술 구조는 '피란 – 피랍 – 포로 생활 – 탈출 – 고난 – 귀향'으로 되어 있다. 이 구조 속에 가족의 이산과 재회가 근간을 이루고 있음은 물론이다.

포로실기에는 포로들의 생활상이 여러 모로 서술되어 있다. 특히 일본으로 잡혀갔던 포로들의 생활상을 통해 그들의 심정을 짐작할 수 있게 해 준다.

> 괴산(槐山)을 만났다. 그는 괴산(槐山) 사람이기 때문에 괴산이라 부르며, 임진년에 잡혀 올 때는 나이 8세였는데 이제는 이미 14세가 되었다. 스스로 말하기를 '양반집 아들'이라 하며 나를 보고 눈물을 흘렸다. 나도 따라서 눈물이 옷깃을 적셨다. 다리 위에서 하천주(河天柱)를 만났다. 아파성 아래 길다란 강이 있고, 강 위에 홍예다리가 있는데, 다리 위에서는 매양 열 사람을 만나면, 8~9명은 우리나라 사람이다. 하군은 진주(晉州)의 이름난 족벌인데, 왜인의 외양간 시중과 꼴머슴을 살고 있다. 우리나라 사람들은 달밤이면 다리 위에 모여, 혹 노래도 부르고 휘파람도 불며, 혹은 회포도 말하고 한숨지어 울부짖기도 하다가 밤이 깊어서야 헤어진다.[7]

정희득의 《월봉해상록》에 서술된 내용이다. 일본에서의 포로들의 생활상을 단적으로 보여주는 예이다. 괴산에 살다가 잡혀온 사람이기에 괴산이라고 부르는 소년을 만나 서로 눈물을 흘리는 장면은

---

7 정희득, 《월봉해상록》, 무술년 3월 4일 조, 『국역 해행총재』 8, 민족문화추진회, 1989, 238쪽.(이하 작품 인용은 이 책으로 하되, 해당 날짜만 밝히기로 한다.)

고향에 두고 온 가족에 대한 그리움 때문으로 여길 수 있다. 이는 달밤에 다리 위에 모여 노래도 부르고, 휘파람도 불며, 회포도 말하고, 울부짖다가 밤이 깊어서야 헤어진다는 서술을 통해서도 짐작해 볼 수 있는 것이다. 타국에서 고국 사람들끼리 만나 할 수 있는 일이란 것이 고향을 그리워하며 슬퍼하는 것 외에 다른 것이 없었던 것이다. 이들이 회포를 풀기 위해 나누는 이야기는 물론 고향에 두고 온 가족에 대한 얘기가 대부분이 아니었을까. 임진왜란으로 인한 가족 이산의 고통은 이렇게 실기를 통해 엿볼 수 있는 것이다.

그렇다면 포로 체험 문학에서는 가족의 이산과 재회를 어떻게 서술하고 있는가를 살펴보기로 하자. 우선, 포로실기에는 저작자 자신이 직접 체험한 사실을 일기 형식의 글로 쓴 것이기에 아주 자세하고도 구체적으로 가족 이산의 정황과 그로 인한 고통이 서술되어 있다. 포로가 되면서 가족과 헤어질 수밖에 없었던 상황은 다음의 예문과 같이 아주 여실히 서술되어 있다.

> **27일.** 배가 칠산(七山) 앞 바다에 이르렀는데, 갑자기 적선을 만났다. 사공의 놀란 고함 소리에 온 배에 탔던 사람이 창황실색하여 어쩔 줄을 몰랐다. (… 중략 …) 드디어 어머님·형수님·누이동생과 더불어, 앞을 다투어 바다에 몸을 던졌다. 우리 형제는 적도(賊徒)가 배 안에 묶어 두어 죽으려야 죽을 수도 없었으니, 망극하고 통곡할 뿐이었다. 법포(法浦)에서 피난하던 배가 당초에는 바둑판 벌여 있듯 했었는데, 어찌하여 우리만이 이 지경에 이르렀는가? 하늘을 부르짖고 땅을 쳐, 간장이 찢어질 듯하였다. 왜장의 이름은 삼소칠랑(森小七郎)이며, 바로 왜국 남해도(南海島) 아파수(阿波守) 봉수하

가정(蜂須賀家政)의 별장이라 하였다. 이날 갑자기 해천(海天)이 참담하며 먹구름이 몰려오더니, 광풍이 크게 불고 폭우가 쏟아지며 물결이 공중에 솟구쳤다.

29일. 적이 우리 배를 끌고 다경포(多慶浦)에 이르더니, 부친과 두 아이는 늙고 어리다 하여 놓아 보냈다. 부친이 나에게 이르시기를, "조심하여 함부로 죽지 말고 생환하여, 나로 하여금 네 얼굴을 다시 보도록 하는 것이 효자이니라." 하시었다. 부자가 서로 떠나자니 정경이 망극할 뿐이었다. 우리 형제와 자평 형제, 그리고 정호인(鄭好仁) 형제만이 배 위에 있었다. (정유년 9월)

왜적을 피해 온 가족이 배에 올라 피란하였다가 이산을 하게 된 경위를 보여주는 부분이다. 적선을 만나자 절개를 지키기 위해 아내와 어머니, 형수님, 누이동생은 바다에 몸을 던졌고, 작자의 형제는 배 안에 묶여 있어 어찌할 도리가 없었다. 하늘을 부르짖고 땅을 칠 뿐이다. "간장이 찢어질 듯하였다"는 서술에서는 당시에 작자가 겪었을 비참한 심정을 헤아릴 수 있다. 다음날 다행이도 부친과 두 아이는 풀려났다. 부친은 작자에게 죽지 말고 생환하라고 당부를 하였다. 다시 만나는 것이 효자의 행위라고 강조하였다. 이 말은 작자가 포로 생활을 하는 내내 머릿속을 맴도는 말이었고, 꿈속에서 아버지를 뵐 때마다 듣던 소리였다. 가족 이산의 고통은 이렇게 시작되었다.

가족 이산의 고통은 실기 작품 전반을 지배하고 있다. 포로실기의 작자는 포로 생활 내내 고향과 가족을 그리워하는 정황을 여실히 드러냈다.

14일. 밤에 주수(注水)가 우리를 맞이하여 대접이 간곡했다. 내가 글을 써 보이기를, "어여쁘다 초생달아, 응당 고향에도 비치겠지." 했더니, 주수가 가엾게 여겼다.

15일. 햅쌀을 보고 문득 객지의 세월 가는 것에 놀랐다. 고향 생각 갑절이나 더하고, 비감한 눈물이 가슴속을 적셨다.

16일. 가정(家政)이 떡과 햅쌀을 보내오니, 아이들이 다투어 먹었다. 내가 말하기를, '이 애들아 배 채우는 것만 다행으로 알지 마라.' 하고, 홀로 하늘을 쳐다보니 이 마음 두고두고 부끄럽다.

19일. 왜인 전칠(傳七)의 집에서 쌍륙(雙陸) 놀이를 보았다. 쌍륙은 우리나라와 같으나 조금 달랐다. 내가 글을 써 보이기를, "하늘은 길고 바다는 멀어 바라보는 눈이 마르려 한다. 어젯밤 꿈에 어린 자식이 문에서 기다리더니 깨고 나니 슬픈 회포를 견딜 수 없었소." 하였더니, 전칠(傳七)이 민망스럽게 여겼다.

23일. 꿈에 기아(奇兒)를 보고, 시름없이 일어나 앉았다. 가엾다, 제 아비라고 부를 사람 없거늘, 어디서 또 엄마라고 불러 볼 것인가. 그 고단함을 생각하니, 흐르는 눈물을 금치 못하겠다.

24일. 하루거리를 얻었다. 생각건대, 학질 귀신이 내 구차스레 살려는 것이 미워 나를 빨리 죽게 한다면 다행이라 싶었다. 낯을 가리고 끙끙 앓으며 오직 빨리 죽기만 바랐다. (무술년 6월)

정희득의 《월봉해상록》 가운데 무술년(1598) 6월의 일기이다. 고향에 두고 온 가족을 그리워하는 심사가 절절하게 잘 드러나 있다.

초승달을 본 후에 고향에도 떠 있을 초승달을 떠올리며 고향을 그리워하고 있고, 햅쌀이 나온 것을 보고 고향 생각이 나 눈물을 흘린다. 고향에 대한 간절한 그리움은 꿈속에서도 이어지고 있다. 꿈속에서나마 가족을 만나 위안이 될 것 같지만 꿈을 깨고 나면 그뿐이다. 슬픔은 더욱 깊어져 어쩔 줄 몰라 앉았다 일어났다를 반복하는 행위로 드러났다. 더군다나 학질이 난 후에는 자신의 처지가 너무나 한스러워 차라리 죽어버렸으면 하고 한탄할 지경에까지 이른다.

가족 이산의 고통과 이로 인한 가족과 고향에 대한 그리움은 하루빨리 왜국을 벗어나 귀국하고 싶은 마음을 불러 일으켜 귀환 의지로 나타난다.

> **3일.** (… 전략 …) 마침 의승(醫僧)으로 장연(長延)이라 부르는 자가 곁에 있다가, 글을 써 보이며 위로해 말하기를, "입은 옷이 얇아 딱하지만 이곳은 기후가 따뜻하니 견딜 수 있을 것이오." 하기에, 내가 답을 써 보이기를, "맘은 오직 환국하는 데 있을 뿐이니, 춥거나 더운 것은 상관하지 않소."하였더니, 적도들이 내가 환국하겠다 하는 말을 듣고, 서로 쳐다보며 놀라고 괴상히 여겨 손뼉을 치며 웃었다.
> (무술년 1월)

가족과 고향에 대한 그리움을 극복하는 일은 오로지 귀환하는 일 외에는 다른 방법이 없다. 친하게 지내던 일본인이 아무리 위로를 해도 마음속에 가득 찬 생각은 오직 귀환할 생각뿐이었다. "돌아가고 싶은 일념 물과 같이 도도해서"(1599년 1월 3일), "방금 옷을 벗어 가지고라도 배를 사서 바다를 건너려고 낮밤으로 계획을 짜고"(1598

년 12월 28일) 했던 것이다. 귀환 의지는 작품 곳곳에 보이는 전한(前漢) 무제(武帝) 때 흉노에 사신으로 갔다가 억류된 지 19년 만에 귀국한 소무(蘇武)에 관한 고사[8]를 인용한데서도 엿볼 수 있는데, 결국은 고향에 돌아간 소무의 고사를 인용하여 자신의 귀환 의지를 나타낸 것이다. 그래서 일본인들이 과연 아낄 만한 선비인가를 시험해 보는 데도, 억지로 응하게 된다.

> **19일.** (··· 전략 ···) 내 어찌 차마 이런 경우에 시를 지으리오마는, 돌아가 부친을 뵈옵기는 오직 이 한 길이 있을 뿐이라 강작하여 잽싸게 지었더니, 그 중이 매우 기뻐하여 제법 아까워하는 기색이 있었다. (무술년 2월)

일본인들은 포로로 잡아온 사람 중에 글 잘하는 선비들은 그래도 후하게 대접을 해 주었다. 그래서 그 재능을 시험하였는데, 작자는 오직 돌아갈 마음으로 시를 지어 주었다. 그리고 괴롭지만 글품을 팔아서라도 귀환하려고 하는 의지를 잘 보여준다.

귀환 의지의 바탕에는 아버지에 대한 효성과 아내에 대한 부부애, 그리고 아들에 대한 부자애가 자리하고 있다. 정희득의 경우 타국에서 고통스러운 나날을 보내느니 차라리 죽고 싶은 마음이 간절하나, 헤어질 때 아버지가 했던 말을 떠올리며 고통을 이겨낸다. 왜적에게

---

8 《월봉해상록》에는 소무에 관한 이야기가 빈번히 나온다. 작품 곳곳에서 '看羊(양을 지킴)', '餐雪(눈을 씹음)', '齧雪掘鼠(눈을 먹고 쥐를 잡아먹음)', '雁足之書(기러기발에 부쳤던 편지)', '上林園', '大澤(양을 치던 큰 못)' 등의 숙어를 사용하고 있는데 이는 모두 소무의 사적 속에서 나온 말이다.

잡혔다가 풀려나는 아버지가 "조심하여 함부로 죽지 말고 생환하여, 나로 하여금 네 얼굴을 다시 보도록 하는 것이 효자이니라."라고 당부한 말은 작자에게 고난을 극복하게 하는 원동력으로 작용하고 있다.

> **1일.** 내가 자평에게 이르기를, "모진 바람에 꿋꿋한 풀이 되자고 자네와 서로 격려했었지, 천지간에 죄 많은 내가 아직도 죽지 않으니, 어찌하여 모진 목숨이 이토록 길던가?"했다. 실로 한번 죽으면 이 한을 잊을 수 있었건만, 당초에 작별할 때 부친이 당부하시기를 '조심하여 함부로 죽지 말고 돌아와 늙은 아비와 만나게 해다오.' 하신 말씀이, 아직도 분명히 귓가에 있기로 모질게 참아 오늘에 이른 것이다. 왜놈은 포로를 여러 곳에 나누어 보내어도 형제와 처자를 서로 갈라놓지는 않았다. 그래서 나는 자평과 서로 헤어질까 두려워, 늘 자평을 일러 내 아우라 하였다. (무술년 2월)

부친의 말을 거역하지 않고 목숨을 부지하여 귀향하는 것이 바로 부친에 대한 효이다. 이는 작자로 하여금 고난의 삶을 극복하게 했던 주요한 요인이었던 것이다.

아내와의 부부애도 고난 극복의 원동력이 되고 있다. 아내는 정절을 지켜 바다에 몸을 던지기 전에 "당신은 조심조심 몸을 아껴 형제분 함께 아버님을 모시고 꼭 생환하도록 하시오. 이것이 바로 장부의 할 일입니다. 간절히 비옵니다."라는 부탁을 남겼다. 작자는 꿈속에서 죽은 아내와 만나곤 했다. 아내는 꿈속에 수없이 등장을 하고 있는데, 이는 바로 포로 생활의 고통을 잊게 하는 요인이었다. 정희득이 남긴 시 가운데에는 죽은 아내를 그리워하는 것이 많다. 다음의 〈망처(亡妻)가 내게 밥을 주는 꿈을 꾸고, 3수〉에서 아주 잘 드러나 있다.

슬픈 마음 하소연하며 밥을 주어 먹었나니　訴以哀懷許以食
당신의 넋도 먼 나그네의 주림을 알았구려　孤魂亦識遠人饑
꿈속에서 끝없는 한 다 말하려 하였는데　夢中欲說無窮恨
슬프다 너 새벽 닭아 왜 잠을 깨우는가　嗟爾曉鷄何負爲
또
꿈속의 말과 웃음 평시와 다름없어　夢中言笑似平時
마음속 무한한 슬픔 낱낱이 털어 놓네　細吐心中無限悲
한바탕 부부의 즐거움 일으켜 놀다가　做得一場琴瑟樂
깨어나니 외로운 베갯머리 눈물이 흥건　覺來孤枕淚漣洏
또
나그네로 병이 많아 못내 가슴 아픈데　客中多病最堪傷
영결한 그 음용 잠깐인들 잊을쏜가　永訣音容豈暫忘
생전의 한 무덤 약속 이루지 못했거니　未遂一生同穴約
저승에서 무슨 낯으로 당신 얼굴 대하리　重泉何面見孤凰[9]

사별한 아내와 꿈속에서 만나 한을 풀려고 하나 새벽닭에 의해 잠이 깨어 슬퍼하는 모습이나, 부부의 즐거움을 일으켜 놓았으나 꿈속의 일일뿐이었다. 잠시도 아내의 목소리와 얼굴을 잊을 수 없다는 작자의 심회를 통해 부부애의 한 단면을 볼 수 있다. 아내가 정절을 지키려고 죽어서 영영 볼 수 없는 안타까움에서 비롯된 것이겠지만,

---

9 정희득, 앞의 책, 342쪽.

한편으로는 진한 부부애가 고난 극복의 원동력이 됨을 알 수 있다.

어린 아들에게 느끼는 아버지의 정도 고난 극복의 계기가 되고 있다.

> **10일.** 밤에 꿈속에서 기아(奇兒)를 보았다. 이날이 바로 이 아이의 생일이기에 연연한 심정이 평시보다 갑절이더니, 꿈 가운데 서로 보았으니 실로 부자간의 인정이 저절로 이렇게 감응된 듯하다.
>
> (무술년 11월)

부모를 잃고 할아버지와 지내고 있는 어린 자식들에 대한 아버지의 정은 꿈속에서 이렇게 드러나고 있다. 왜적에게 풀려난 두 아이와 아버지의 생사를 알 수 없는 처지에서 꿈속에 보이는 아이들과 부친은 작자에게 더없는 죄스러움으로 다가온 것이다.

《월봉해상록》에 드러난 작자의 효성, 부부애, 부자애는 모두 가족애로 수렴된다. 한 가족 모두가 왜적을 피해 피란선에 올랐다가 이산을 겪은 작자의 처지에서 보면, 가족에 대한 그리움은 어쩌면 당연한 것인지도 모른다. 그렇지만 그 가족애가 포로 생활의 고난을 이겨내고 귀환할 수 있게 했던 원동력으로 작용하고 있는 것은 분명하다.

현실에서의 간절한 소망인 귀환 의지는 꿈을 통해 바로 나타나고 있다. 이는 포로 체험을 기록한 실기에 공통적으로 보이는 요소이다. 바로 작가의 내면화된 가족애가 꿈을 통해 현몽하는 것으로 볼 수 있다. 노인의 《금계일기》에 "밤 꿈에 부친께서 나를 훈계하기를, '너는 모름지기 걱정하지 말라. 어렵지 않게 바다를 건널 것이다.'

하였다. 꿈을 깨고는 조금 스스로 위안할 수 있었다."[10]라는 서술은 이를 방증한다.[11]

《월봉해상록》은 포로 체험자의 실체험을 서술한 실기이다. 포로 체험자의 가족애는 피랍된 자신을 제외한 가족 모두에 대한 그리움으로 드러났다. 가족애 대한 그리움은 결국 고난을 극복할 수 있는 원동력으로 작동하고 있음을 보여주고 있다.

3. 기이한 행적 서술과 가족애의 구현 : 〈동래구〉

〈동래구〉는 표제에는 전이라는 말이 생략되어 있으나 글의 구성 방식으로 보아 전으로 볼 수 있다. 이 전은 동래의 사창이었던 한 노파가 왜국에 잡혀가 10여 년을 지낸 후에 사행(使行)을 따라 나왔으나 늙은 어머니가 잡혀갔다는 소리를 듣고 다시 일본으로 건너가 어머니를 찾아 고향으로 돌아왔다는 내용이 중심을 이룬다. 작자는 작품 말미에 "아, 여자로서 능히 바다를 건너 만리타국의 험난한 바닷길에서 모녀가 서로 만날 수 있었던 것은 하늘이 돌본 것이다. 자고로 남자도 하지 못할 일을 능히 해서 세상에 뛰어난 절행(節行)을 세워 오랑캐를 감화시켰으니 아, 어질도다."[12]라고 하였다. 노파의 절행으로 오랑캐를 감화시켜 귀국할 수 있었던 점에 초점을 두고 있

10 노인, 《금계일기》, 『국역 해행총재 9』, 민족문화추진회, 1989, 16쪽.

11 《금계일기》에는 20여 개 처에 고향을 그리는 꿈 이야기가 기록되어 있다.

12 허목, 《미수기언》, 권22, "呼曰 東萊嫗 因以爲號云 嗟乎 以女子 能涉海萬里絕國 艱難海道 得母子相遇 天也 自古男子之所不能者而能之 能立絕世之行 至使蠻夷感化 賢哉"

음을 알 수 있다.

실기와는 달리 전에서는 가족 이산의 과정이 요약적으로 제시되고 있다. 작자 자신이 직접 체험한 사실이 아니라 체험자의 진술을 듣고 서술한 때문이기도 하지만, 기이한 체험을 전달하려는 의도로 전이 지어졌기 때문이기도 하다.

〈동래구〉에 서술된 가족 이산에 대해 보기로 하자. 동래 노파는 본래 동래의 사창이었다. 노파는 임진왜란 당시 30여 세의 나이로 왜국에 잡혀가 10여 년을 지내다가 1606년 쇄환사(刷還使)와 함께 귀국하였다. 이 작품의 서두는 노파의 출신과 피랍된 사실, 그리고 쇄환사를 따라 귀국한 사실을 요약적으로 제시하고 있다. 이어지는 행적 서술을 통해 가족 이산이 제시된다.

> 노파에게 늙은 어머니가 있었는데, 난리에 서로 간 곳을 몰랐다. 돌아와서 그 어머니의 소재를 물으니 모두 말하기를, "난리에 잡혀가서 돌아오지 않았다." 하였다. 원래 모녀가 같이 왜국에 있으면서도 10년 동안을 서로 알지 못하였던 것이다.[13]

노파와 늙은 어머니는 난리 중에 헤어졌다. 노파는 왜국에서 10여 년을 지내다가 돌아와서야 어머니도 왜적에게 잡혀갔음을 알았다. 전쟁으로 인해 똑같이 포로의 신세가 되어 타국에 살고 있었으나 알 수가 없었던 것이다. 이에 노파는 다시 어머니를 찾으러 왜국으로 건너간다.

---

13 허목, 《미수기언》 권22, "嫗有老母 當亂相失 歸問其母 皆曰 亂中 亦被擄不還 蓋母與女俱在倭中十年 不相知 嫗私與其族訣 誓不見母不還 復涉海至倭中"

노파가 어머니를 찾는 과정 또한 간략하게 제시되어 있다. 헤어진 어머니를 찾으러 왜국으로 다시 들어간 노파는 "거리에서 걸식하는 등 왜국에서 온갖 고생을 다하며 전국을 누벼서 어머니를 찾았다."[14] 노파가 어머니와 재회한 사실은 이렇게 간략하게 처리하고 있다. 이어서 이 사연이 전국에 퍼졌고, 이 사연을 들은 왜의 추장은 어머니와 함께 송환하도록 허락을 하였다는 내용이 이어진다. 노파는 어머니를 모시고 고향에 돌아왔으나 재산도 직업도 없어서 살아갈 길이 없자 언니와 함께 함안 방목리에 거주하였다고 했다. 노파가 죽음을 무릅쓰고 다시 일본으로 들어가 어머니를 찾을 수 있었던 것은 노파의 지극한 효성 때문에 가능했다. 작자는 노파의 효성을 예사로 보지 않았기 때문에 노파를 입전한 것으로 볼 수 있다. 효성이 지극한 노파는 어머니를 천수까지 누리게 했다. 작품에서는 다시 어머니가 천수를 누리고 작고하자 자매가 서로 의지하고 살았다고 서술하고 있다. 자매가 의지하며 사는 모습은 조금 자세하게 서술하였다.

> 자매가 서로 의지하며 살았는데, 날마다 품팔이를 해서 생활을 하였다. 무릇 옷 한 가지, 음식 한 가지가 생기면 언니에게 먼저 주고 자신은 뒤에 가졌다.[15]

어머니를 지극한 효성으로 섬기던 마음은 그대로 언니에게로 향하고 있다. 품팔이를 하는 어려운 생활을 하면서도 언니를 위하는

14 허목, 《미수기언》 권22, "行乞道路 積苦海島 遍國中得之"

15 허목, 《미수기언》 권22, "姊與姊相依爲生 日傭任以取給 凡得一衣一食 必先姊而後己"

일화를 통해서 작자는 노파의 행적을 칭찬하고 있는 것이다. 어머니를 위한 효성이나 언니를 먼저 위하는 마음은 바로 가족애가 구현된 것으로 볼 수 있다. 작자는 논평을 통해서 남자도 하지 못할 일을 능히 해낸 노파의 절행을 칭찬하고 있다. 이 작품의 입전 의도는 여기에 있음을 분명하게 제시한 것이다. 노파의 절행은 가족애에서 비롯된 것이다.

이 작품은 주인공의 기이한 행적 서술을 표면에 내세우고 있지만, 그 이면에는 주인공이 실천한 가족애가 자리하고 있음을 간과할 수 없다. 이로써 이 작품을 가족애의 구현체로 볼 수 있다.

4. 가족 이산의 고통을 극복한 가족애의 실현 : 《최척전》

《최척전》의 서사를 전반부와 후반부로 나누어 보면, 최척과 옥영이 결연하는 데까지 이르는 서사가 전반부로 이는 애정전기의 틀을 유지하고 있다. 정유재란으로 인한 가족의 이산과 재회의 서사인 후반부는 전 시기의 애정전기와는 다른 양상을 보이고 있다. 여기서 주목할 것이 바로 이 작품의 후반부 서사이다. 분명히 전반부 서사는 남녀 간의 결연을 축으로 하는 애정전기의 전통을 잇고 있다. 작품 서두는 재자(才子) 최척이 가인(佳人) 옥영을 만나 첫눈에 사랑에 빠지는 것으로 설정했고, 결연 과정에서 장애를 만나지만 극복해 내고 사랑을 성취하는 것으로 이어지고 있어 애정전기의 모습을 보여주고 있다. 그러나 이전 전기소설에서 볼 수 없었던 요소가 작품 후반부에 개입한다. 전란으로 인한 가족의 이산과 재회가 그것이다.

전란의 횡포로 인한 비극을 극복하고 전란의 참상을 이겨낸 가족애를 작품 후반부의 서사 중심으로 놓고 있는 것이다.

정유년 8월에 왜구가 남원을 함락하자 최척의 가족은 지리산 연곡사로 피란을 갔다. 옥영은 남장을 하고 최척을 따랐다. 왜적은 연곡사까지 약탈을 했고, 이 과정에서 최척의 가족은 이산의 아픔을 겪게 된 것이다. 온 가족을 잃고 상심에 빠져 지내던 최척은 여유문(余有文)을 따라 중국으로 건너갔고, 여유문이 죽자 강호를 떠돌며 두루 명승지를 유람하였다. 그러던 중 주우(朱佑)를 만나 주우와 함께 배를 타고 여기 저기 장사를 다니다가 안남(安南)에 이르게 되었다.

최척이 안남에 이르러 아내를 만나게 된 데는 가족을 사랑하는 마음에서 기인한다. 주우를 만나기 전에 최척은 여유문과 의형제를 맺었고, 여유문은 자신의 누이를 최척에게 시집을 보내려고 하자, 최척이 완고하게 사양하였다.

> 저는 온 집안이 왜적에게 함몰되어 늙으신 아버지와 허약한 아내가 살았는지 죽었는지 아직까지 모르고 있습니다. 그래서 죽을 때까지 상복을 벗을 수 없을지도 모르는데, 어떻게 마음 놓고 아내를 얻어 편안한 생활을 꾀할 수 있겠습니까?[16]

최척이 결혼을 할 수 없는 이유를 이렇게 밝혔다. 고국에 두고 온 가족의 생사도 모르는 처지에 어찌 새로 아내를 얻어 편안한 생활을

16 조위한, 《최척전》, 이상구 역주, 『17세기 애정전기소설』, 월인, 1999, 207쪽.(이하 작품 인용은 이 책의 해당 쪽수만 밝히기로 한다.)

할 수 있느냐는 것이다. 최척의 가족애를 엿볼 수 있는 발언이다. 가족에 대한 지극한 사랑은 타국에서도 목숨을 부지하고 살아갈 이유가 되었던 것이다.

한편, 옥영은 왜병인 돈우(頓于)에게 붙들렸는데, 돈우는 인자한 사람으로 살생을 좋아하지 않는 인물이었다. 옥영의 영특함을 사랑하여 일본의 집으로 데려가 보살폈다. 배를 타고 장사를 다닐 때마다 옥영을 데리고 다녔고, 안남에 이르게 되었다.

> 날짜는 어느덧 4월 보름이 되어 있었다. 하늘에는 구름 한 점 없고 물은 비단결처럼 빛났으며, 바람이 불지 않아 물결 또한 잔잔하였다. (… 중략 …) 이때 문득 일본인 배 안에서 염불하는 소리가 은은히 들려 왔는데, 그 소리가 매우 구슬펐다. 최척은 홀로 선창에 기대어 있다가 이 소식을 듣고 자신의 신세가 처량하게 느껴졌다. 그래서 즉시 행장에서 피리를 꺼내 몇 곡을 불어서 가슴속에 맺힌 회한을 풀었다. 때마침 바다와 하늘은 고요하고 구름과 안개가 걷히니, 애절한 가락과 그윽한 흐느낌이 피리 소리에 뒤섞이어 맑게 퍼져 나갔다. (… 중략 …) 잠시 후에 일본인 배 안에서 조선말로 칠언절구를 읊었다. (… 중략 …) 시를 읊는 소리는 처절하여 마치 원망하는 듯, 호소하는 듯하였다. 시를 다 읊더니, 그 사람은 길게 한숨을 내쉬었다. 최척은 그 시를 듣고 크게 놀라서 피리를 땅에 떨어뜨린 것도 깨닫지 못한 채 마치 실성한 사람처럼 멍하니 서 있었다. (209~210쪽)

자신의 고단한 신세를 하소연하기 위해 부르던 피리와 시 구절은 최척 부부 상봉의 계기가 되었다. 위 인용문의 낯선 타향에서 자신의 신세를 한탄하면서 불었던 피리, 또는 시구절은 포로실기에서도 볼 수 있는 장면이다. 달밤이면 다리 위에 모여서 노래도 부르고 휘파람도 불며, 혹은 회포도 말하고 한숨지어 울부짖으며 하루하루를 보내고 있다고 《월봉해상록》에는 기록하였다. 또는 시를 주고받으며 회포를 풀기도 하고, 서신을 주고받으며 위로를 하면서 포로 생활을 하고 있는 것으로 포로실기에는 서술되어 있다.

최척은 배 안에서 들려왔던 시구가 바로 아내 옥영이 지은 것임을 알아차린다. "조금 전에 저 배 안에서 들려왔던 시구는 바로 내 아내가 손수 지은 것이라네. 다른 사람은 평생 저 시를 들어도 절대 알아내지 못할 것일세."(210쪽)라고 한 최척의 진술을 통해 헤어지기 전에 최척 부부의 애정은 아주 깊었던 것으로 짐작할 수 있다. 깊은 부부애는 타국에서 서로를 알아보는 계기가 되었다. 아내 옥영 또한 마찬가지이다. 옥영이 들었던 피리 소리가 조선의 곡조인데다, 평소에 익히 들었던 것과 너무나 흡사하였다. "그래서 남편 생각에 감회가 일어 저절로 시를 읊게 되었던 것이다."(211쪽) 이야말로 지음(知音)의 관계이다. 결국 부부애는 헤어졌던 최척 부부가 재회할 수 있었던 동력으로 작동한 것이다.

재회한 최척 부부는 중국으로 돌아와 거처를 정하고 살아간다. 그러나 친척 하나 없는 이국땅에서의 생활은 편치만 않았다.

> 그래서 항상 늙은 아버지와 어린 아들 생각에 눈물이 마른 적이 없었으며, 밤낮을 가리지 않고 상심에 쌓여 있었다. 최척은 머나먼 이국땅에서 더 이상 살 마음이 없었기 때문에 살아서 고향에 돌아가게 해 달라고 묵묵히 기도하였다. (213쪽)

항상 늙은 아버지와 아들 생각에 눈물을 흘리는 주인공의 행위는 고향에 대한 그리움의 표출이다. 늘 가족의 기억이 가득한 고향을 떠올리는 최척의 모습을 통해 사무치는 가족애를 엿볼 수 있다.

최척 부부는 아들 몽선을 낳고 홍도를 며느리로 맞이한다. 홍도의 아버지는 홍도가 젖을 떼기도 전에 조선에 출병하였다가 돌아오지 않았고, 어머니마저 세상을 떠나 이모에게 의탁하고 있던 처지였다. 홍도는 아버지가 타국에서 죽은 것으로 여기고 늘 슬퍼하며 자신의 처지를 한탄했다. 그래서 "아버지가 죽은 나라에 한 번 가서 넋을 불러 놓고 통곡한 뒤, 시신을 모시고 돌아와 장례를 지내는 것이"(213쪽) 홍도의 소원이었다. 소원을 이루기 위해 조선인 몽선이 혼처를 구한다는 소식을 듣고 자청하여 몽선의 아내가 되었다. 아버지를 향한 홍도의 효심은 최척 부부에게 전달되었고, 이로 인해 아버지를 찾는 계기가 되었다.

장면은 바뀌어 무오년 명·청 교체기의 또 다른 전란을 배경으로 한다. 최척은 서기로 차출되어 다시 전장으로 떠난다. 명나라 군사는 패했으나 최척은 조선인이었기에 죽음을 면하고 피랍된다. 이때 몽석도 남원에서 무예를 익히다가 출전하였으나 마찬가지로 포로가 되어 최척과 같은 곳에 갇히게 되었다. 이곳에서 부자는 극적으로 상봉을 한다. 그리고 늙은 오랑캐의 도움으로 탈출하여 고향으로 향하게 된다. 최척 부자의 탈출을 도와 준 늙은 오랑캐는 실기 저작자들의 탈출을 도와준 중국인과 다르지 않다. 이들의 행위를 통해 전장에서도 따뜻한 인간애가 발휘되고 있음을 볼 수 있다.

최척을 전쟁터로 보낸 옥영은 남편의 군대가 패전하였다는 소식을 들었지만, 남편은 고국으로 돌아갔을 것이라는 기대를 갖고 아들 며느리와 함께 뱃길로 조선으로 돌아가고자 한다.

> 만약 네 아버지가 살아 계시다면 그 형세로 보아 아버님을 찾아 반드시 본국으로 돌아갔을 것이다. 내가 본국으로 찾아 가야겠다. 만약 네 아버지가 전사하셨으면, 내가 몸소 창주로 가서 시신을 찾고 넋을 거두어, 고향으로 돌아가 선산에 장사를 지내 외로운 혼백이나마 편케 해야겠다. (…중략…) 지금까지 나는 이역 땅을 떠돌아 다녔으며, 죽을 날도 얼마 남지 않았다. 그래서 더욱 고향에 대한 그리움을 견딜 수가 없구나. 늙으신 시아버님과 홀어머니를 순식간에 이별하고 품속의 어린 아들마저 갑자기 잃어버린 채, 아직까지 그들의 생사도 모르고 있다. (221쪽)

옥영이 아들 몽선에게 조선으로 돌아가자고 하면서 한 말이다. 남편, 시아버지, 홀어머니, 어린 아들에 대한 옥영의 사랑은 다름 아닌 가족애이다. 고국에 있을 가족을 생각하면서 하루라도 빨리 돌아가고자 한 것이다.

이렇게 해서 절강에서 배를 띄워 서해로 나왔던 옥영 일행은 명나라 순찰선과 일본 상선 등을 만나 우여곡절을 겪다가 급기야 방향을 잃고 무인도에서 표류하고, 해적을 만나 배를 빼앗기는 등 천신만고 끝에 조선 배를 만나 고향으로 돌아와 온 가족이 재회하게 된다. 《최척전》의 후반부 서사인 가족의 이산과 재회에는 실기에 서술된 체험 상황이 투영되어 있음을 볼 수 있다. 작자는 전란의 참상 가운데 가족의 이산 문제를 다루면서 이를 극복할 수 있는 것으로 가족애를 설정한 것이다. 온 가족의 재회에는 부모에 대한 효성과 부부애, 부자애가 작용하고 있다. 바로 가족애가 이산된 가족을 재회하게 한 원동력이 된 셈이다.

흥미로운 것은 실기에서는 가족애의 재현으로 꿈이 설정되면서 고향으로 향하게 되는 추동력이 되는 데 비해 《최척전》에서는 이 기능을 장육불이 하고 있다는 것이다. 《최척전》에서 만복사의 장육불은 모두 다섯 번 등장한다. 첫 번째는 장남 몽석을 잉태할 때이고, 두 번째는 옥영이 포로가 되어 선상에서 몸을 던져 자결을 하려고 할 때, 세 번째는 절강에서 부부가 재회하여 둘째 아들 몽선을 낳을 때이고, 네 번째는 옥영이 명나라 군대로 출정했던 남편이 죽었을 것이라는 소식을 접하고 나서 희망을 잃고 곡기를 끊어 죽으려 할 때이다. 마지막은 바다를 건너 돌아오던 일행이 도적을 만나 무인도에 표류할 때 절벽에서 떨어져 목숨을 버리려 할 때이다. 매번의 고비에서 장육불은 현몽하여 가족의 회복과 재회를 돕는다.[17]

《최척전》에서 재현한 가족 이산의 문제는 특정인에게만 있는 것이 아닌, 당시의 전쟁 체험 세대라면 누구나가 느끼고 공감할 수 있는 바로 자신들의 문제였다. 이러한 점은 포로실기를 비롯한 대부분의 실기에서도 가족 이산의 슬픔이 가장 비중 있게 다루어지고 있는 것에서도 확인할 수 있다. 이처럼 누구나가 공감하고 공통적으로 느낄 수 있는 문제가 바로 가족 이산이었기 때문에 다른 소재에 비해 보다 쉽게 소설로 수용될 수 있었을 것이다.[18] 동아시아 지역에서

---

17 김현양은 《최척전》에서 가족 재회의 근원적인 추동력을 '장육불의 음조'와 '인간애'로 보고 있다.(김현양, 『한국 고전소설사의 거점』, 보고사, 2007, 85~105쪽 참조.) 필자는 이 견해에 동조하면서 '가족애'를 추가하고자 하는 입장이다.

18 이채연, 앞의 책, 126쪽.

가족적 가치질서는 가족 내부의 관계뿐만 아니라 사회적 삶 일반을 규정하는 근본적 가치 체계로서 작용해 왔다. 따라서 개인보다는 가족을 중시하는 태도를 견지해 왔다. 가족을 중시하는 태도는 민족과 국가라는 공동체를 중시하는 태도로 확장되어 나가는데,[19] 바로 이러한 면모가 엄청난 전란을 겪고도 봉건적인 조선조 사회를 지탱하게 한 것이다. 가족 중시의 경향은 가족애로 치환할 수 있다.

가족 이산의 고통은 참기 어려운 고통이다. 이를 극복하는 계기는 무엇보다도 가족애임을 여러 문학 작품을 통해 살펴보았다. 임진왜란기 포로 체험 문학에서 가족 이산과 재회를 다룬 문학 작품의 근간에는 가족애가 자리하고 있음을 확인한 셈이다.

***

임진왜란 포로 체험을 문학적으로 형상화한 작품은 실기문학, 전, 소설 등으로 다양하다. 직접 포로 체험을 한 사람들은 자신의 포로 체험을 실기를 통해 드러냈다. 강항의 《간양록》, 노인의 《금계일기》, 정경득의 《만사록》, 정호인의 《정유피란기》, 정희득의 《월봉해상록》이 그것이다. 이들 작품은 피란에서 귀환할 때까지 겪은 일을 일기 형식이나 보고문의 형식을 통해 기록으로 남겼는데, 기록의 중심 내용은 가족의 이산과 재회의 과정이다. 가족의 이산과 재회를

19 김원식, 「동아시아의 가족주의 전통과 민주주의」, 『사회와 철학』 5, 사회와철학연구회, 2003, 139~140쪽.

다룬 전 문학으로는 허목이 동래의 노파를 입전한 《동래구》가 있고, 소설로는 《최척전》이 있다.

포로 생활의 고난이 여실히 서술된 것은 《월봉해상록》을 비롯한 실기이다. 실기에는 포로들의 다양한 생활상이 서술되어 있는데, 중심을 이루고 있는 내용은 가족 이산과 그에 따른 고통, 귀환하려는 의지 등이다. 가족 이산의 고통은 효성, 부부애, 부자애 등과 같은 가족애로 극복되고 있음을 알 수 있다. 작가의 내면화된 가족애가 꿈을 통해 드러나고, 가족애는 꿈은 이를 통해 고향으로 돌아가려는 현몽하는 것으로 볼 수 있다. 가족애는 이산된 가족과 재회할 수 있는 원동력으로 작동하고 있다.

〈동래구〉는 동래 노파의 기이한 행적을 드러내기 위한 의도에서 서술된 것으로 볼 수 있다. 그런데 기이한 행적의 이면에는 어머니와 형제에 대한 애정이 자리하고 있다. 따라서 이 작품은 주인공의 기이한 행적 서술을 표면에 내세우고 있지만, 그 이면에는 주인공이 실천한 가족애가 자리하고 있다. 이 작품을 가족애의 구현체로 볼 수 있는 근거이다.

《최척전》의 후반부는 가족 서사로 볼 수 있는바, 가족의 이산과 재회가 기본 서사를 이루고 있다. 여기서도 가족 이산을 극복하고 가족이 재회할 수 있는 원동력으로 가족애가 자리하고 있음을 보았다. 최척 부부의 부부애, 최척과 옥영, 그리고 홍도의 효성 등은 개인 보다는 가족을 중시하는 태도에서 기인하는 것으로 이것이 바로 가족애이다. 이 소설을 가족애의 전형을 보여주는 작품으로 평가할 수 있다.

임진왜란을 체험하면서 겪은 가족 이산의 문제는 특정인에게만 있는 것이 아닌, 당시의 전쟁 체험 세대라면 누구나가 느끼고 공감할 수 있는 바로 자신들의 문제였다. 이러한 점은 포로실기에서 가족 이산의 슬픔이 가장 비중 있게 다루어지고 있는 것에서도 확인할 수 있다. 이를 극복할 수 있었던 것은 전쟁을 겪으면서 느끼게 되었던 가족애였던 것이다. 그렇기 때문에 전쟁 이후에 창작된 전이나 소설에서도 이는 다시 반복되어 다루어졌던 것이다. 전쟁이라는 극한 상황 속에서도 이에 대응할 수 있었던 것은 바로 '가족애'가 있기에 가능했다고 볼 수 있다.

Ⅲ. 병자호란의 기억과 여성 수난의 서사

1. 병자호란과 여성 수난

전쟁은 한 개인의 수난을 비롯해서 가정·사회·국가적인 질서의 파괴를 초래한다. 17세기에 있었던 병자호란 또한 예외가 아니다. 병자호란은 개인의 수난은 물론 가족 간의 이산이라는 고난과 사회질서의 붕괴와 국왕의 항복으로 인한 국가 체제의 위기를 만든 전쟁이었다. 특히, 조선 역사상 유례없는 치욕적 사건으로, 정치적·경제적으로 큰 손해를 끼쳤다. 오랑캐라고 경멸하던 만주족에게 국왕이 굴욕적인 항복을 함으로써 그 정신적 충격은 비할 데 없었다. 이로 인해 사대부 사회를 중심으로 북벌론과 대명의리론이 대두되었고, 이는 17세기 중반 이래 조선을 지배하던 정신사적 흐름 가운데 하나로 자리 잡았다.

병자호란의 충격은 문학 작품으로도 형상화되었는데, 전란으로 인한 개인의 수난은 물론 가족 간의 이산, 사회구조의 변모와 가치

체계의 동요 등을 배경으로 생산되었다. 그러기에 기존의 문학양식을 모두 동원하여 형상화되었다. 이 가운데 서사문학은 실기, 전, 몽유록, 설화, 소설 등의 양식을 동원해 형상화하였다.

병자호란과 관련된 이들 서사문학 작품을 읽다보면, 여성들의 수난을 다룬 작품들을 만나게 된다. 여성 수난에 대한 것도 그것을 담은 문학 양식에 따라 서술 양상이 다름을 볼 수 있다. 우선 주목할 수 있는 것이 실기이다. 실기는 역사적 사건을 체험한 작자가 사건을 중심으로 주로 자신의 체험을 서술하여 후세에 교훈을 주려고 하는 교술적 성향을 지닌 서사문학으로 여성 수난의 양상이 사실적으로 서술되어 있다. 다음으로 주목할 수 있는 것이 〈강도몽유록(江都夢遊錄)〉이다. 주지하다시피 이 작품은 강도함락시 절사(節死)한 부녀자들의 원망을 몽유 양식을 통해 토로한 것이다. 그리고 여성 영웅소설로 일컬어지는 《박씨전》도 여성을 주인공으로 삼고 있다는 점에서 주목할 만하다.

그렇다면 다양한 문학 양식을 통해 여성 수난을 다룬 의도는 무엇일까. 임진왜란이라는 전 민족적인 소용돌이를 치룬 지 불과 40여 년 만에 다시 겪게 되는 병자호란으로 인하여 조선사회의 기강은 무너져 내리기에 충분했다. 일본이 그랬고 명나라가 그러했듯이 왕조가 교체되는 주변 국가의 정치적 변동에도 흔들림 없이 조선은 왕조사회를 그대로 유지하였다. 전쟁을 경험하고 나서 유교적 도덕률을 더욱 공고히 함으로써 체재 결속을 강화한 것이 그 배경 가운데 하나였을 것이다. 병자호란을 배경으로 한 문학 작품에서도 그 단면을 확인할 수 있다.

따라서 본 발표는 병자호란이라는 역사적 사건을 문학적으로 형상화함에 있어 여성 수난의 문제를 다루고 있는《병자록》,《승정병자일기》, 〈강도몽유록〉,《박씨전》을 중심으로 문학적 형상화의 양상과 그 의미를 밝혀 보려고 한다.

2. 여성 수난의 실기적 형상화 :《승정병자일기》

병자호란 중에 여성이 겪은 수난은 일차적으로 실기를 통해서 기록되었다. 실기 가운데《승정병자일기》는 여성 작자에 의해 기록된 것으로 여성 수난의 직접적인 모습을 볼 수 있어 주목된다. 이 작품은 인조 때에 좌의정을 지냈고 춘성부원군에 봉해졌던 남이웅(南以雄)의 부인인 정경부인(貞敬夫人) 남평(南平) 조씨(曺氏)가 1636년 12월부터 1640년 8월까지 기록한 한글 필사본 일기이다.

이 일기는 작자가 63세 되던 해부터 67세 되던 해까지 기록한 것으로, 현재 남아 있는 것이 1636년 12월 15일부터 1640년 8월 9일까지인데, 내용상으로 볼 때, 병자호란으로 인한 피란 체험을 기록한 부분과 귀가하여 청나라에서 돌아온 남편과 상봉한 이후를 기록한 부분으로 나뉜다.

작자가 피란을 다니면서 겪었던 고통스런 삶의 모습은 다음의 일기에서 아주 생생하게 볼 수 있다.

> **1월 17일.** 아침에 물가에 내려 대[竹]를 가리고 지어간 찬밥을 일행이 몇 순갈씩 나누어 먹었다. 충이와 어산이가 연장도 없이 대나무

를 베어, 가까스로 이간 길이나 되는 집을 짓고 문 하나를 내어 명매기의 둥지처럼 조그만 움을 묻고 생댓잎으로 바닥을 깔고 댓잎으로 지붕을 이어 세 댁의 내행차 열네 사람이 그 안에 들어가 지내고 종들은 대나무를 베어 막을 하여 의지하고 지내나 물이 없는 무인도라 대나무 수풀에 가서 눈을 긁어모아 녹여서 먹었다. 당진에서 축이가 몹시 아파서 오지 못했는데 조리하고 오장의 양식을 찧어 날라다가 바닷물에다 애벌 씻어서 밥을 해 먹었다. 피란 온 사람들이 모두들 거룻배로 나가 물을 길어오나 우리 행차는 거룻배도 없고 그릇도 없으니 한 그릇의 물도 얻어먹지를 못하고, 주야로 산성을 바라보며 통곡하고 싶을 뿐이었다. 마음속으로 참으며 날을 보내니 살아 있을 날이 얼마나 되랴. 그래도 질긴 것이 사람의 목숨이니 알지 못할 일이다. 한번 일에 한 자식을 다 없애고 참혹하여 설워하더니 지금은 다 잊고 다만 산성을 생각하는가? 망국 중에 나라가 이렇게 된 일을 부녀자가 알 일이 아니지마는 어찌 통곡하고 또 통곡하지 아니하겠는가.[1]

위 일기는 남한산성으로 들어간 남편에게서 피란을 가라는 전갈을 받고 한밤중에 짐을 꾸려 피란길에 오른 작가 일행이 당진에서 무인도로 떠나는 날의 기록이다. 새집과 같이 작은 집을 그것도 대나무로 얽어 열네 사람이 함께 기거하면서, 물도 없어서 눈을 녹여 먹어야만 하는 비참한 생활상을 서술하였다. 다른 집들은 거룻배라도 있어 물을 길어 먹을 수나 있으나 작자 일행은 배는 물론 그릇도 없어 물도 얻어먹지 못하니 그저 남편이 원망스러울 뿐이라고 하고

---

1 남평 조씨, 《숭정병자일기》, 전형대·박경신 역주, 『역주 병자일기』, 예전사, 1991, 53쪽.(이하 작품 인용은 이 책의 해당 쪽수만 밝히기로 한다.)

있다. 나라가 이 지경이 된 것을 부녀자가 알 일은 아니지만 그래도 참혹한 생활을 하다 보니 통곡하지 않을 수 없다고 하면서 위정자들을 원망하는 것이다.

작자가 겪은 고단한 삶은 피란생활의 고통에서만 비롯된 것은 아니었다.

> **12월 21일·22일.** (… 전략 …) 나는 위로 어머님도 아니 계시고 아래로 자식도 하나 없으니 무슨 일을 당하여도 아니 슬프고 아니 서러운 일이 없다. 다만 영감이나 쉽게 환조(還朝)하시기를 밤낮으로 하늘에 축원하나 어찌 침식이 편하며 기력을 안보하리오. (157쪽)

작자는 3남 1녀를 낳았으나 불행하게도 모두 일찍 죽고 말았다. 특히 두 아들은 13세, 25세에 이르러서 죽었다. 25세에 죽은 둘째 아들 두상(斗相)은 계유년(1633)에 죽었으니, 자식들이 죽은 것이 이 작품이 쓰인 때로부터 불과 3~7년 밖에는 되지 않은 시점이었다. 자식들을 잃은 슬픔이 가시기도 전에 병자호란을 만나 피란하는 처지가 되고, 또 남편은 소현세자를 따라 이역만리 심양까지 간 처지였다.[2] 이런 처지에 있는 작자이고 보면 다른 사람에 비해 그 고통은 두배 세배 더하였을 것이다. 작품 곳곳에 서술된 남편에 대한 그리움은 이로 말미암은 것이다.

일기 곳곳에는 남편과 꿈에서 만났다는 기록이 보인다. 어떤 때는 며칠 계속해서 서술되는 경우도 있다. 정축년 5월 9일 처음으로 꿈에

---

2 박경신, 앞의 논문, 175~176쪽.

남편을 보았다고 서술한 이후 재회할 때까지 계속해서 꿈 이야기가 등장하는데, 일기의 주내용이 꿈이라고 해도 과언이 아닐 정도이다.

> **10월 26일.** 가끔 맑았다 흐렸다 했다. 꿈에 영감을 뵈옵고 반가운 정에 못내 이야기를 나누었더니 아침에 남원으로 가는 관주인이 심양에서 구월 초닷샛날 하신 영감의 편지를 가지고 왔다. 기운은 평안하시다고 하나 나오실 기별은 없으니 답답하고 갑갑하다.
>
> **10월 27일 · 28일.** 맑았다. 꿈에 영감을 뵈었다. 연이어 이런 꿈을 꾸는 것은 나오시는가 바라기 때문이리라.
>
> **10월 그믐날.** 맑고 추웠다. 오늘도 또 꿈에 영감을 뵈오니 천남이가 들어갔으니 모시고 나오는 점인가 한다. 문 밖 어머님도 꿈에 뵈오니 경사가 있으려니까 영혼도 기뻐하셔서 그런가 싶다. (131쪽)

남편에 대한 간절한 그리움은 이렇게 연속해서 꿈을 꾸게 만들고, 그 꿈은 곧 재회할 징조로 여겨진다. 가슴속에 맺힌 응어리는 남편에 대한 그리움 때문이고, 이 그리움 때문에 계속해서 꿈을 꾸는 것이다. 그러나 맺힌 한은 재회를 해야만 풀릴 것으로 여기고 있다. 그래서 "계속해서 꿈마다 영감을 뵈오니 반갑고 마음 든든하다. 어느 날에나 함께 모여서 흉중에 쌓인 것이 조금이나마 풀어질까?"라고 하는 것이다.

이 일기를 보면 피란 생활의 고통보다는 가족의 이산에서 오는 고통이 더했으리라는 것을 쉽게 읽어낼 수 있다. 전쟁으로 인한 가족 이산의 고통은 문학의 소재로 적절하게 쓰이고 있다. 임진왜란 실기

가운데 유진의 《임진녹》은 가족 간의 이산과 해후라는 구도 속에 서술되어 있다. 가족 간의 이산의 고통은 특히 어린 아이나 부녀자들을 통해 잘 드러나는데, 《숭정병자일기》에서도 예외는 아니었다. 작자의 가족 간의 이산을 극복하려는 의지는 일기 속에 지속적으로 나타나 있다. 특히 남편이 돌아와 가족이 함께 하기를 소망하는 모습을 보면, 작자는 가족 질서의 온전한 회복을 전쟁으로 인한 고난 극복의 방법으로 생각하고 있음을 알 수 있다.

이보다 더한 여성 수난의 기록은 정절을 위해 죽어간 여성들에 대한 기록이다. 병자호란과 관련한 실기 가운데 나만갑의 《병자록》은 대표적인 작품이다. 《병자록》은 작자가 병자호란 당시 남한산성에 들어갔다가 갖은 고초를 겪고 마침내 항복을 하지 않을 수 없게 되었던 사정을 날짜별로 기록하고, 난후의 일들은 기사별로 기록한 실기이다. 작자는 발문에서 "병자록을 저술함에 있어 먼저 그 화가 일어나게 된 연유를 들고, 다음에 내가 눈으로 직접 자세히 본 것을 기록했으며 남에게서 전해들은 것은 널리 찾아보고 물어보고 여러 사람의 말을 들어 보아 일의 잘잘못과 사람의 착하고 악함을 크고 작은 것을 막론하고 남김없이 죄다 말했으며, 친하고 소원함을 가리지 않고 사실을 들어 똑바로 썼다"[3]고 하였다. 그러나 글을 자세히 읽어보면, 전쟁의 원인으로부터 전쟁의 경과 및 전후 사정까지 사실 그대로 서술하면서도 작자의 주관적인 감정이 많이 개입되어 있음을 볼 수 있다.

---

3 나만갑, 《병자록》, 윤재영 역, 『신완역 병자록』, 명문당, 1987, 255쪽.(이하 작품 인용은 이 책의 해당 쪽수만 밝히기로 한다.)

《병자록》에 수록된 글 중 〈기강도사(記江都事)〉는 강도의 함락과정을 서술한 것인데, 이 가운데 자결한 여성들에 대한 기록이 다음과 같이 서술되어 있다.

> 여자로서 자결한 사람은 김유 · 이성구 · 김경징 · 정백창 · 여이징 · 김반 · 이소한 · 한흥일 · 홍명일 · 이상일 · 이상규 · 정선흥 등의 처와 서평부원군 한준겸의 첩 모자와 연릉부원군 이호민, 정효성의 첩 등이고, 그밖에도 절개를 지켜 죽은 여인이 수없이 많았으나 다 알려지지 않았으니 애석한 일이다. (161쪽)

> 스스로 불타 죽은 권순장의 아내는 이구원의 딸인데, 그는 먼저 세 딸을 목맨 다음에 스스로 목을 매어 죽었고, 12살 난 순장의 누이동생도 스스로 목매어 죽었다. 모두 다 잘 결단을 내린 여인들이었다. (162쪽)

조선시대에는 주자학적 예속에 의해서 '여필종일(女必從一)'이 지상 계율로 권장되고 수절이 강조되었다. 가족제도는 철저한 가부장제하에서 부모를 중심으로 영위되었다. 혼인의 의미는 남녀 간의 사랑의 결합이기보다는 부모를 섬기고 조상의 제사를 받드는데 있었으며, 여자는 시집와서 아들을 낳아주어야 비로소 그 집 식구로서 자리를 굳힐 수 있었다. 부부관계에서도 남편을 위한 정절 사상이 강조되고 열녀 열부가 되는 것이 부녀자의 도리로 간주되었다. 특히 삼강(三綱) 중에서도 '여불사이부(女不事二夫)'는 모든 도덕과 교화의 기본이라 하여 여성의 지상 계율로 장려·강제되었다. 이러한 풍토에서 조선조의 수많은 여성들이 스스로 목숨을 끊어 '일부종사(一夫

從事)' '불경이부(不更二夫)'의 예를 지키는 것을 부인의 도로 알았고 죽음으로써 정조를 지키는 것을 당연한 것으로 알았다. 이러한 정절 의식은 전쟁을 겪는 과정에서도 발현되어 임진·병자 양란을 겪으면서 수많은 여성들이 정절을 위해 죽어갔다. 실기 작자는 이를 놓치지 않고 기록한 것이다.

《병자록》의 사건 서술은 다분히 주관적이다. 주관적 서술은 작자의 정치적 입장과 관련되어 있다. 병자호란 당시에는 척화의 명분과 화친의 현실적 상황이 대립되었다. 희생을 줄이고 목숨이라도 보전하여 쇠망하는 국가를 더 이상 피폐시킬 수 없다는 현실적인 주장을 펼치는 주화파와 감정에 충실하여 명분을 지키려는 척화파가 팽팽히 맞서 있었다.[4] 이 두 긴장된 상황에서 어가를 따랐고 실제 적과 대치하여 직접 맞섰던 관료로서 작자는 척화파의 입장에 있었다. 따라서 주화파에 대한 시각은 부정적일 수밖에 없으며, 소위 주화파의 대표격인 최명길이 척화파를 오랑캐에게 바치게 된 상황이 되자, 작자는 서슴없이 최명길을 쥐새끼같이 간사하다고 욕하였다. 척화파와 주화파의 대립 갈등에서 작자는 척화파의 입장에서 사건을 서술하고 있음을 볼 수 있다. 작자 자신이 직접 체험한 사실을 적은 일기 외에 따로 항목을 설정하여 척화하여 의(義)에 죽은 사람들에 관한 기록과 강도에서 정절을 지키기 위해 죽어간 여성들을 기록한 것도 의리라는 대의명분에 입각한 것이다.

실기 작자는 여성들이 겪은 수난 가운데 사절(死節)한 여인들의 사

4 이우경, 『한국의 일기문학』, 집문당, 1995, 61쪽.

적을 적극 수용하였다. 이는 개인의 정절을 선양하기 위함이기도 하지만, 넓게는 유교적 도덕률을 실천한 여성을 내세움으로써 사회 윤리를 더욱 공고히 하고자 한 것이다.

3. 순절한 여성의 우의적 형상화 : 〈강도몽유록〉

〈강도몽유록〉은 강화도 함락의 역사적인 사실을 토대로 형상화된 작품으로 강화도 함락 과정에서 절사한 부녀자들의 발언을 통하여 처참한 전란의 실상과 조신들의 무능함을 비난하고, 그들의 개인적인 심회를 토로한 작품이다.

이 작품의 주제에 대해서는 많은 연구자들에 의해 검토된 바 있다. 김기동은 이 작품을 절사한 부인들이 국가의 중임을 맡았던 그들의 구부(舅父), 남편, 자식의 오국한 처사를 고발한 작품으로 보았고,[5] 서대석은 병자호란시 강도 실함이라는 역사적 사실을 토대로 하여 난중에 관료들의 행위를 규탄한 작품으로 보았다.[6] 차용주는 여기에 국한되지 않고, 여성들을 중심으로 난후에 야기된 사회문제를 폭넓게 반영한 것으로 보아, 이 작품은 난후에 야기된 상류층의 비의(非義)에 대한 사회 여론과 정절을 지키기 위해 자결한 여인들과 척화를 주장한 인사들에 대해 찬양한 것으로 보는 것이 타당하다고

---

5 김기동, 『한국고전소설연구』, 교학연구사, 1984.
6 서대석, 「몽유록의 장르적 성격과 문학사적 의의」, 『한국학논집』 3, 계명대학교 한국학연구소, 1975.

하였다.[7] 이후에도 여러 연구자들에 의해 작품의 의미가 언급되었으나 위의 논의들에서 크게 벗어나지 않는다. 최근의 논의 가운데, 조혜란은 여성 수난의 양상에 초점을 맞추어 논의를 전개하면서, 〈강도몽유록〉이 강화도에서 절사한 여성들의 육성을 재구해 냄으로써 병자호란의 참상을 극적으로 부각시킴과 동시에 그녀들의 목소리는 당대 조정의 실정과 이념의 추락에 대한 통렬한 비판이라고 하였다.[8] 또한, 김정녀는 이 작품이 당시 강화 수비에 책임을 진 사람들에 대한 난후의 비판적인 여론도 반영되어 있겠지만, 그보다는 인조반정시의 반정공신에 대한 비공신사류의 목소리가 우의적으로 반영되었다고 하면서, 공신 세력의 인사 등용의 폐단, 부패한 관료, 사적(私的) 군사력, 주화론 등이 가져온 전란의 책임을 그들의 부인, 며느리, 그리고 어머니 등의 입을 통해 묻고, 인조반정시 내세운 명분을 오히려 그들 스스로 저버리는 행위를 낱낱이 고발함으로써 그들의 과오와 비리를 극대화시켜 비판하고 있다고 하였다.[9]

〈강도몽유록〉은 시체 수습에서 전쟁의 책임, 가족 이산, 정절과 표창에 이르는 제반 전후 문제를 포괄적으로 다룸으로써 전쟁의 참상과 여성의 수난을 입체적으로 그려내고 있다. 그러나 작자의 시선은 이에 한정된 것이 아니다. 작자는 14명의 원혼들의 입을 빌려 전란의 책임 및 전후 문제를 거론하고는 있지만 무엇보다도 여성들의

7 차용주, 『몽유록계구조의 분석적 연구』, 창학사, 1985, 179쪽.

8 조혜란, 「강도몽유록 연구」, 『고소설연구』 11, 한국고소설학회, 2001.

9 김정녀, 「조선후기 몽유록의 전개 양상과 소설사적 위상」, 고려대학교 박사학위논문, 2002, 41쪽.

정절 문제에 주목하고 있다. 오히려 작품 전체의 분위기를 보면 여성들이 모두 정절을 지켰다는 자부심이 강하게 드러나 있다. 필자가 주목하려는 것은 작품 속의 여성들의 발언 내용이 모두 정절 관념의 확고한 고수에 있다는 점이다.

> 종묘사직이 전란을 입어 그 참상은 이루 다 말할 수 없습니다. 슬프외다. 하늘이 무심탄 말인가요. 아니면 요괴의 장난인가요. 구태여 그 이유를 따지고 든다면 바로 우리 낭군의 죄이겠지요. 태보의 높은 지위며 체부의 중책을 진 사람이 공론을 무시한 소치이옵니다. (… 중략 …) 깊은 강, 높은 성 등 천험의 요새를 갖고도 이처럼 대사를 그르쳤으니, 죽어 마땅하지요. 슬프외다 이내 죽음이여. 나는 떳떳이 자결했다고 자부합니다. (첫 번째 여인)[10]

> 사람이 세상에 나서 몇 년이나 살겠다고 그 야단인지요. 조만간에 어차피 한 번은 죽을 것이어늘, 조용히 죽어가는 사람이 그 몇이나 되오리까. 슬프외다. 자결만이 부인의 정절로서 길이 청사에 빛날 것입니다. (… 중략 …) 다만 가슴에 맺혀 천년토록 못 잊는 설움은 저의 낭군 때문이옵니다. 상감마마가 내리신 옷을 입고 상감마마의 녹을 먹으면서 살아생전에 국은이 막중했지요. 그러나 몸이 창황한 즈음에 처해서 인사를 생각지 않고 오직 살기만을 좋아하고 죽기를 두려워해서 기꺼이 적의 종이 되었지요. (… 중략 …) 슬프외다. 구차하게 살아남은 것이 어찌 비명에 죽어버린 나와 같으리오.
>
> (여덟 번째 여인, 267쪽)

10 〈강도몽유록〉, 김기동 역, 『한국전기소설선』, 을유문화사, 1974, 261쪽.(이하 작품 인용은 이 책의 해당 쪽수만 밝히기로 한다.)

> 만약 병화가 없었다면 어찌 이처럼 인간세계를 하직했겠습니까. 슬프기 그지없습니다. 낭군이 지휘관의 몸으로 강도에 들어왔습니다. 강도란 땅은 능히 적을 막을 만한데 온통 죽게 된 것은 낭군이 처사를 잘못했기 때문입니다. (… 중략 …) 오직 우리 세 사람은 다 같이 정절을 지켜 죽었으니, 우러러 하늘을 보고 굽어 땅을 본들 하나도 부끄러울 것이 없습니다. 인간세계에 살아남아 영영 빛을 잃은 자는 가엾은 내 동생이옵니다. 명관의 아내 되어 정절을 지켜 죽지 못했으니 참으로 한이 되옵니다. (아홉 번째 여인, 269쪽)

> 나는 그때 마니산 바위 속에 숨었지요. 그러나 바위굴이 깊지 못해 곧 적에게 발각됐어요. 사람이 의를 버리고 살기에만 급급함은 차라리 한번 죽느니만 못합니다. 절벽에 투신하여 백골이 진토가 되었으니 이것은 마음으로나마 만족스런 처사였습니다. 조금도 한이 되는 바 없습니다. (열 번째 여인, 270쪽)
>
> (＊밑줄 필자)

강화 수비의 막중한 책임을 지고도 지키지 못한 관료를 비판하면서, 자신의 목숨만 살기를 도모한 주화론자를 비판하면서도 결국 드러내고자 한 것은 자신들의 정절이었다. 떳떳하게 죽었다고 자부하거나, 구차하게 살아남은 것이 비명에 죽어 버린 것과 어찌 같겠느냐고 하면서 정조를 지킨 자신들의 행위에 대해 자부심을 드러내고 있다. 정절을 지켜 죽었으니 하늘을 우러러보고 땅을 굽어보아도 하나 부끄러울 것이 없다고 하는 것이다. 작자는 전란의 책임을 묻거나 주화론자의 잘못을 비난하면서도 결국 여성의 정절과 의(義)를 강조하고 있는 것이다. 이는 뒤이어 등장하는 여인들의 입을 통해 한층 강조되어 나타난다.

이런 중에 또 한 부인이 끼어들었다. 비단같이 고운 얼굴, 꽃다운 매무새, 송죽 같은 절개는 추상처럼 싸늘했다. 세 치 혀끝으로 토해 내는 말마다 의리에 사무쳐 지금까지 말한 중에서 단연 으뜸이었다. (… 중략 …) 미련 없이 자결하여 혼백은 구천에 들었으나 그 향기로운 이름은 세상에 떨쳤습니다. 이때 염라대왕이 나를 불러 말했습니다. 아름답고 아름답도다. 청풍처럼 쇄락하고 추상처럼 늠름하도다. 뇌성벽력을 피하지 않았으며, 도끼도 두려워하지 않았도다. 갑자년의 변고에는 원훈들의 목을 벨 것을 주장했고, 정묘년의 난리에는 화의를 배척하여 강도를 불태우고 국가의 기강을 바로 잡을 술책을 일렀고, 대의명분을 세워 형제의 맹약을 헌신짝처럼 하니 지극한 충성이요 선견지명이로다. 주운 같은 곧은 절개며 급암 같은 바른 말은 이 사람 이외에 그 누가 또 있단 말인고. 이는 바로 너의 아비로다. 너 또한 그 뜻, 그 절개를 본받아 절의로 죽었으니 가히 포상치 않을 수 없도다. 그래서 극락세계에서 편안히 지내게 하겠노라. (… 중략 …) 짐이 가장 중히 여기는 것은 의이며 도한 귀히 여기는 것은 절개로다. 이 의와 절개를 능히 지키고 행한 사람은 모두 천당에 들어오게 하여 그 여생을 편안케 하리라. (열두 번째 여인, 272쪽)

또한 강도의 풍우 속에 모두들 절개를 버리고 삶을 도모했거늘 너는 여자의 몸으로 그 욕봄을 부끄럽게 여겨 죽음을 달게 받았도다. 전후 할아비와 손녀의 절개가 어찌 다르리요. 그 할아비에 그 손녀로다. 참으로 아름답고 아름답도다. 이러므로 너는 천당에 들어가서 만세토록 길이 행복을 누리라 (… 중략 …) 그러나 부모를 여의고 죽은 것은 이른바 불효요, 남편보다 먼저 죽은 것은 현숙치 못한 짓입니다. 나의 지은 죄를 어찌 다 말할 수 있겠습니까.

(열세 번째 여인, 274쪽)

(＊밑줄 필자)

열두 번째 여인이 말하기에 앞서 서술자가 직접 개입하여 "토해내는 말마다 의리에 사무쳐 지금까지 말한 중에서 단연 으뜸이었다"고 한껏 치켜세우고, 염라대왕을 끌어들여 절의로 죽었으니 극락세계에서 편안히 지내게 하겠노라고 한다. 가장 중히 여기는 것은 의이며 또한 귀히 여기는 것은 절개라고 한 부분에서는 작자의 의도가 그대로 드러나고 있다. 그런데 여기서 작자는 여성의 정절뿐만 아니라 남성의 절의까지 언급하고 있음을 알 수 있다. 염라대왕의 입을 빌려 열두 번째 여인의 절개를 칭송하는 가운데 아버지의 절개를 언급하고, 열세 번째 여인을 칭송하는 가운데 할아버지의 절개를 언급하는 것은 이 작품이 결코 여성의 정절만을 내세우는 것이 아님을 알 수 있게 한다. 유교 윤리를 고양하여 가치 체계를 새롭게 하고자 하는 작가의 신념을 반영하는 것이다.

이 점은 열세 명의 말을 다 들은 후 마지막으로 등장하는 기녀의 입을 통하여 요약적으로 제시된다. 열세 명의 토로가 끝나고 열네 번째 여인이 등장하기 전에는 몽유자인 청허선사를 등장시키고 있다. 그리고 기생의 말이 이어지게 하고 있다. 이를 통해서 마지막 여인의 발언에 주의를 집중하게 하는 효과를 거두고 있다.

> 첩은 기생이라 노래와 춤이 널리 이름났습니다. 뭇 사내들의 경쟁 속에 밤마다 운우지정을 즐겨 인생환락이 극도에 달했습니다. 혼자 곰곰이 생각해 보니 사람에게 귀한 것은 정절입니다. (… 중략 …) 외람되게도 숭렬하신 여러분들의 곁에 끼어 다행히도 좋은 말씀을 많이 들었습니다. 그 절의의 높으심과 정렬의 아름다움은 하늘도 감동하고 사람마다 탄복치 않을 사람이 없겠습니다. 몸은 비록 죽었지만

죽은 것이 아닙니다. 강도가 함락되고 남한성이 위태로워 상감마마의 욕되심과 국치가 임박하였지만, 충신들의 절의는 만에 하나도 없었습니다. 다만 부녀자만이 정절이 늠름하였으니, 이는 참으로 영광스런 죽음이옵니다. 그런데 왜 그리 서러워하십니까.

(열네 번째 여인, 275쪽)

마지막 인물로 기생을 등장시켜 정절을 말하게 한 것은 다분히 의도된 것이다. 열세 번째까지 등장했던 인물들은 역사적으로 실존했던 인물들[11]임에 비해, 마지막으로 등장한 인물은 허구 인물이다. 이는 작자가 설정한 가공의 인물로써 그녀의 말은 바로 작자가 하고 싶은 말이라고 할 수 있다. 하다못해 기생의 신분인 자신도 정절을 귀하게 생각하고 있는데, 모두 정절을 위해 죽었으니 참으로 영광스럽다고 하였다. 그리고 국난을 당하고도 충신들의 절의가 없는 현실을 은근히 비판하면서 결국, 절의를 강조하고 있는 것이다.

역사적 사건에 처하여 신하나 관리로서의 임무를 태만히 한 남성들의 행위를 비판하는 것은 이념적인 명분에 입각한 것이다. 이에 몽유록이 당대 현실을 문제 삼고 있는 기본적인 태도가 이념적인 성격을 지니고 있다는 점이 특별히 지적되어야 할 것으로 생각된다. 여기서 작품의 초점은 역사적 사건에 대한 이념적 반성에 놓이게 되는데, 물론 이 때의 이념이란 유교적 대의명분론에 다름 아니다.[12] 대의명분론은 실추될 가능성이 있는 존명의식, 대명의리론의 지속 또는 강화에 있다.

---

11 양언석, 『몽유록소설의 서술유형 연구』, 국학자료원, 1996.

12 신재홍, 『한국 몽유소설 연구』, 계명문화사, 1994, 129~131쪽.

〈강도몽유록〉이 정절을 위해 죽어간 여인의 입을 빌려 전쟁으로 인해 실추된 도덕률을 강조하고자 했다는 것은 작품의 형식과도 관련된다. 일반적으로 몽유록의 구성형식을 보면, 몽유자가 등장하고, 이어서 입몽 – 몽중 – 각몽이 전개되는데, 몽중 세계에서는 '좌정 – 시연 – 토론'이 전개된다. 그런데 〈강도몽유록〉은 이 형식에서 벗어나 있다. 몽유자가 등장하기는 하나 몽중세계에서 좌정 – 시연 – 토론 부분이 생략된 채 등장인물들의 사연만 나열될 뿐이다. 몽유자도 몽중인물들의 사연을 듣기만 할 뿐 모임에 참여하지 않는다. 그만큼 이 작품은 의론적 성격이 강하다는 것을 말해 주는 것이다. 이는 작자가 전달하려는 메시지가 강하기 때문이라 하겠다.

이 작품에 등장하는 여인들은 절사로 전란에 대응한 자신들의 행위를 당위로 생각하는 철저한 유교 윤리 수행자들이다. 충효열로 대표되는 유교 윤리는 사대부 남성뿐만 아니라 부녀자들에게도 전란에 대응하는 정신적 지주였으며 행동양식의 기준이었다. 전란에 의해 혼란이 일어난 충효열이라는 도덕과 규범의 질서를 확고히 하려는 목적이 이 작품에 드러나고 있다.

작자가 의도한 바는, 유교적 덕목 가운데 하나인 부덕을 강조함으로써 호란으로 인해 땅에 떨어진 유교 도덕률을 다시 세우려는 것이다. 정절을 지킨 여인을 등장시켜 남성들의 잘못을 비판하면서 동시에 유교적 대의명분을 옹호하는 것으로 나타났다. 즉, 〈강도몽유록〉의 작가는 유교의 가족윤리인 효(孝)와 사회윤리인 절(節), 그리고 국가윤리인 충(忠)을 몽유 세계에서 구현할 이념적 표지로 삼아, 파괴된 중세 유교 윤리를 다시 세우고자 한 것이다.[13]

〈강도몽유록〉은 병자호란으로 인한 강화 함락이라는 역사적 사건을 사실적 요소로 택하면서 몽유록이라는 허구적 양식을 통해 우의를 가탁한 것이다. 이 작품의 우의는 전란으로 인해 무너져 가고 있는 의리와 지조를 여성들의 정절에 의탁해 회복시키려는 것이다. 즉, 정절을 지킨 이들의 죽음을 선양함으로써, 전쟁으로 무너진 기존의 가치를 복원하고자 하는 희구를 담아냈다고 하겠다.

4. 여성 수난의 낭만적 형상화 : 《박씨전》

《박씨전》은 병자호란이라는 역사적 사건을 배경으로 창작된 소설로 여성 인물을 주인공으로 내세워 주목받은 작품이다. 이 작품의 주제에 대한 그간의 논의는, 청에 대한 적개심을 통하여 민족의식을 고취한다거나, 여성의식의 표출이라는 관점에서 박씨라는 여성 영웅을 등장시켜 전란에 대처하게 함으로써 여성의 잠재적 능력을 보여주고 있다거나, 현실적인 패배를 정신적으로 극복하려는 의도가 있다는 견해로 대별된다.[14]

이 작품은 전반적으로 병자호란의 패배에서 오는 치욕을 소설적 상상으로 극복하고자 하는 의도를 보이는데, 그 과정에서 여성의 힘과 능력으로 문제를 해결하고 있다는 데에는 많은 연구자들이 의견

---

13 박성순, 「병자호란 관련 서사문학에 나타난 전쟁과 그 의미」, 동국대학교 석사학위논문, 1996, 60쪽.

14 신선희, 「박씨전 연구사」, 『고소설연구사』, 월인, 2002.

을 같이 하고 있다. 즉 역사적 사실인 병자호란을 배경으로 하여 이시백이나 임경업같은 실존인물과 함께 박씨라는 허구적 여성 주인공을 등장시켜서, 박씨가 남편인 이시백을 도와 전란에 대처하는 모습을 그림으로써 그동안 드러나지 못했던 여성의 잠재된 능력을 보여주고 있다는 것이다.

《박씨전》은 전란 당시 가장 많은 피해를 입었을 여성들의 경험과 사고를 바탕으로 하여 여성들이 당한 수난과 그에 대한 극복 의지를 반영한 것이라는 점[15]에서, 애초부터 병자호란이라는 전쟁에 초점을 맞추어 서술해 나간 소설이다. 따라서 가정 내 갈등을 그리면서 여성 수난과 그 극복을 서사화하고 있으며, 탈갑(脫甲) 이후로는 영웅적 능력을 발휘함으로써 전쟁으로 인한 상처의 치유를 서사화하였다. 이 과정에서 여성의 잠재된 능력이 발휘되고 있음은 물론이다. 그러나 작자가 의도하는 것은 여기에 그치지 않는다. 전쟁으로 인해 흐트러질 수 있는 유교적 윤리 관념을 강화하는데 숨겨진 주지가 있다.

작품 전반부는 가정 내 갈등을 다룬 것으로 주된 갈등은 박씨와 이시백과의 갈등이다. 박처사가 이시백의 아버지를 찾아와 정혼을 하고, 이시백은 박씨를 며느리로 맞아들였다. 그런데 박씨의 용모가 추비(麤鄙)하기 때문에 가정 내 갈등이 야기된다. 시어머니가 미워하고, 남편 시백은 내방에 거처하기를 전폐하고, 비복들은 박대한다. 이에 이득춘은 박씨를 가까이 하지 않는 시백을 불러다 꾸짖는다.

15 정병헌·이유경 엮음, 『한국의 여성영웅소설』, 태학사, 2000, 295쪽.

> 대범한 사람이 덕을 모르고 색만 취하면 신상에 복이 없고 집안이 망하니, 네 이제 아내를 얼굴이 곱지 않다 하여 구박하니, 범절(凡節)이 이러하고 어찌 수신제가(修身齊家)하리오. 옛날 제갈양의 처 황씨(黃氏)는 인물이 비록 추비(麤鄙)하나 덕행이 어질고 천지조화(天地造化) 무궁한지라. 이러므로 공명이 화락(和樂)하여 어려운 일을 의논하여 만고에 어진 이름을 유전(遺傳)하였으니, 네 처는 신선(神仙)의 딸이요 덕행이 있으며, 또한 '조강지처는 불하당이라'하였으니, 무죄하고 덕있는 사람을 어찌 박대하리오. '비록 금수(禽獸)라도 부모 사랑하시면 자식이 또한 사랑한다'하니, 하물며 사람이야 일러 무엇하리오. 네 만일 일양(一樣) 박대하면 이는 나를 박대함이라.[16]

> 네 일양 아비 말 듣지 아니하고 덕 있는 사람을 거절하고 미색만 원하니, 이러하고 내두(來頭)를 어찌 하리오, 또한 '나라가 어지러우면 어진 신하(臣下)를 생각하고, 집안이 요란하면 어진 처를 생각한다.'하니, 네 일정 복을 물리치고 화를 구하는도다. 만일 그리하다가는 네 처가 독수공방(獨守空房)에 독한 마음을 두어 슬픔을 품고 죽으면, 집안은 망하고 또한 조정시비(朝廷是非) 있을 뿐 아니라 벼슬을 파직(罷職)당할 것이니, 너는 어떠한 놈으로 미색만 생각하고 덕을 배반하느냐? (157쪽)

이득춘은 미색(美色)만 취하는 아들을 꾸짖으며 박씨를 박대하지 말라고 한다. 이시백이 요구하는 것은 미색만으로 사람을 판단하지 말라는 것이다. 그리고 부인과 화목하게 지내는 것은 수신제가(修身

---

16 《박씨전》, 김기현 역주, 『한국고전문학전집』 15, 고려대학교 민족문화연구소, 1995, 155쪽.(이하 작품 인용은 이 책의 해당 쪽수만 밝히기로 한다.)

齊家)의 기본이라고 설파한다. 또한 시백이 부인과 가까이 하지 않음에 가정 내 불화가 있다고 판단하여 아들로 하여금 행실을 바르게 하라고 주문하고 있다. 지아비로서 지켜야 할 덕목을 깨우치는 것이다.

가정 내 갈등으로 인해 박씨는 후원에 협실을 지어 들어앉는다. 협실을 동굴의 변형된 모습으로 본다면 재생(再生)의 장소로 보아도 무리가 없을 것이다. 박씨는 남편과 떨어져 이곳에서 거처하면서 서서히 자신의 능력을 발휘하게 된다. 이 협실의 당호를 피화당이라 한 연유를 알게 된 득춘은 박씨의 신통력에 놀라며 그의 능력을 알아주지 못하는 현실을 안타까워하며 위로하자, 박씨는 다음과 같이 대답한다.

> 박씨 흔연(欣然)히 위로 왈, "저의 위인이 부족하옵고 팔자 기험(崎險)하오니 어찌 군자를 원망하오리까. 군자가 어서 입신양명(立身揚名)하여 부모께 효도하고 나라에 충성하며, 어진 가문에 다시 취처(娶妻)하여 유자(有子)하여 만대에 유전하오면, 천첩(賤妾)같은 인생은 죽어도 한이 없겠나이다." (167쪽)

박씨는 오히려 이득춘을 위로하며, 자신은 남편이 입신양명해서 부모께 효도하고 나라에 충성하며 자손을 만대에 유전하게 하는 것이 도리라고 역설한다.

조선조 여성은 가정 내의 일에 전념할 뿐 그 밖의 사회적인 일에는 전혀 간섭할 수 없도록 제도화되어 있었다. 따라서 여성이 자신의 성취 욕구를 실현할 수 있는 길은 가정에서의 중추적 역할을 수행할 수 있는 기반을 가지는 일이었고, 그것은 자손의 번식과 양육으로만 가능하였다. 그들은 가문을 계승할 아이를 낳고, 그들의 성장을 통하여 자신들의 존재 의의를 확인하였던 것이다. 조선시대의 여성들은 이러한 역할을 통하여 자신의 삶의 근거와 의의를 확인할 수 있었다. 자신의 직계가 가문의 법통을 이을 때, 그들의 삶의 의의는 이루어진 것으로 제도화되었던 것이다. 여성이 담당하도록 제도화되어 있는 사적 영역의 가정사는 공적 영역인 사회적인 일에 종속되는 것이었다. 이로써 가정은 일차적으로 사회적인 일에 종사하는 남성의 편안한 휴식처로서의 역할, 그리고 사회로 진출하는 예비적인 존재로서의 남성을 훈련하는 기간과 장소로서의 역할을 담당했다. 항상 본궤도에서의 일이 아니라 그 본래의 일을 예비하는 준비 기간과 그 장소로서의 의의만을 가지는 것이, 여성이 주축이 되어 활동하는 가정이었다. 사실상 조선조의 여성에게 있어 이상적인 여성이란 바로 이러한 사회의 요구를 충족시키는 인물이었다.[17]

박씨는 잠재된 영웅적 능력을 발휘하면서, 한편으로는 남성들의 세계, 즉 가부장적 질서를 옹호하고 있다. 박씨가 보여 주었던 능력 발휘는 모두 남성 또는 가정을 위한 것이었다. 침재(針才)를 잘함으로써 녹을 받는다든가, 가산(家産)을 늘리기 위해 말을 길러 판다든가, 남편이 과거에 급제하는 것을 돕는 등 주로 가정 내에서 여성이 해야 할 몫이었던 것이다.

박씨의 가정 내에서 일은 이시백이 벼슬에 나감으로써 마무리된다. 시백이 등과하자 박씨는 아버지 박처사를 만나고 나서 탈갑하여

17 정병헌, 「여성영웅소설의 서사 구조와 변이 양상 연구」, 『한국언어문학』 36, 한국언어문학회, 1996, 391쪽.

미모를 얻는다. 가정 내에서 인정을 받지 못하고 수난을 받던 여성이 자신의 능력을 발휘하고, 이어서 탈갑을 통해 미인의 형상을 얻는 것은 여성성의 획득을 의미하는 것이다. 여성성의 긍정은 가정 내 갈등 해소로 이어진다. 남편 이시백과 화목하게 됨으로써 가정 내 질서는 이루어진 것이다.

시백은 박씨가 월궁의 항아와 같은 화려한 용모에 아리따운 태도로 변했다는 말을 듣고 정신없는 사람같이 되어 피화당에 들어가나 감히 방문에 들지 못하고 며칠 동안 주저하면서 가까이 하지 못한다. 박씨는 며칠 만에 시백을 청하자, 시백은 박씨가 청함을 듣고 전지도지(顚之倒之)하여 피화당에 들어가니, 박씨가 안색을 단정히 하고 다음과 같이 말한다.

> "사람이 세상에 처하여, 어려서는 글공부에 잠심(潛心)하여 부모께 영화(榮華)와 효성(孝誠)으로 섬기며, 처를 얻으면 사람을 현숙히 거느려 만대유전함이 사람의 당당한 일이온데, 군자는 다만 미색만 생각하여 나를 추비하다 하여 인류(人類)로 치지 아니하니, 이러하고 오륜(五倫)에 들며 부모를 효양(孝養)하겠소. 이제는 군자로 하여금 여러 날 근고하게 할 뿐 아니라, 군자의 마음이 염려되어 예전의 노여움을 버리고 당신을 청하여 말씀을 고하나니, 일후는 수신제가(修身齊家)하는 절차를 전과 같이 마옵소서." (181쪽)

박씨는 남편 이시백을 쉽게 허락하지 않은 이유를 남편으로 하여금 반성할 시간을 주기 위함이었다고 말하고 오륜을 실천하기를 요청하였다. 이시백이 벼슬살이 나갈 때 박씨에게 같이 가자고 하자 박씨는 다음과 같이 말하면서 다시 한 번 오륜의 실천을 강조한다.

> 박씨가 "첩(妾)은 듣자오니, 대장부(大丈夫)가 입신양명하여 부모께 영화를 뵈고, 나라를 충성으로 섬기며, 또한 옛말에 '임금 섬기는 날은 많고 부모 섬기는 날은 적다.'하니, 제가 함께 가면 부모는 뉘가 섬기리이까. 저는 이곳에 있어 부모를 모셔 봉양하오리니, 감사는 부디 평안히 도임하여, 정사(政事)를 잘하여 위국보충(爲國報忠)하소서."하니, 감사 이 말을 듣고 감격하여 사례하기를, "부인의 말씀이 어찌 그르겠소. 도리어 부끄럽소. 부디 당신은 집에 평안히 있어 부모를 효양하여, 이 몸의 불효를 면케 해 주시오."하고 즉일로 발행(發行)하니라. (187쪽)

그리고 박씨 자신도 오륜을 실천한다. 이는 국가적 위난을 극복해 내는 것으로 실천된다. 작품의 후반부는 병자호란으로 인한 국가적 위난을 서사화하고 있는데, 박씨의 영웅적 활약과, 병자호란의 굴욕적 패배를 설욕하고 국가적 위난을 극복하는데 서사의 초점이 맞추어져 있다. 그리고 위난의 극복은 가정 내 질서를 이룩하고 나서 사회 국가적 질서를 확립하는 것으로 대체된다.

호왕(胡王)은 조선을 도모하기에 앞서 박씨를 없애 자신들의 목적을 달성하고자 한다. 이에 기홍대를 자객으로 보내 박씨를 처치하고자 하나 박씨의 신술(神術)에 실패하고 만다.

> 박씨가 칼로 기홍대의 목을 겨누면서 꾸짖되, "네 호왕놈이 가달(可達)의 난을 만나 우리 우상이 구하여 계시매, 은혜 갚기는커녕 도리어 우리나라를 도모코자 하더니, 너 같은 요망한 년을 보내어 나를 시험코자 하니, 이 칼로 너를 먼저 베어 분함을 풀겠다."하고 호통하니 위엄이 추상같은지라. 기홍대 대겁(大怯)하여 애걸하기를, "부인

이 이미 아셨으니, 어찌 감히 기망(欺罔)하오리까. 과연 그러하옵거니와 소녀는 왕명으로 올 뿐이라. 신첩(臣妾)이 되어 거역치 못하여 왔사오니, 부인 덕택에 살려주옵소서." 무수히 애걸하는지라. 박씨가 칼을 던지고 배에서 내려, 무수히 꾸짖어 보내니 집안사람과 우상이 이 광경을 엿보다가 심혼(心魂)이 날고 구백(九魄)이 흩어지는지라. (197쪽)

호왕(胡王)이 보낸 자객 기홍대는 박씨의 신이한 능력으로 쫓겨가고 만다. 박씨가 기홍대를 꾸짖으며 '호왕놈'이라고 한 데에 이르면 실제 전쟁에서 패배했던 수모를 통쾌하게 갚는 느낌을 받는다. 박씨의 시비가 호장(胡將)을 물리치는 데 이르면 이러한 느낌은 극에 달한다.

계화가 웃으며, "불쌍코 가련하다. 세상에 장부라 위명(爲名)하고 나같은 여자를 당치 못하느냐. 네 왕놈이 천의(天意)를 모르고 예의지국(禮儀之國)을 침범코자 하여 너 같은 구상유취를 보냈거니와, 오늘은 네 명이 내 손에 달렸으니, 바삐 목을 늘이어 내 칼을 받아라."하니 율대 앙천탄왈, "천수(天數)로다."하고 자결(自決)하더라. 계화가 율대의 머리를 베어 문밖에 다니, 이윽고 풍운이 그치며 천지가 명랑해지더라. (207쪽)

박씨는 시비 계화로 하여금 피화당에 쳐들어온 적장을 잡아 죽이게 하였다. 적장을 죽이면서 계화는 천의(天意)를 모르고 예의지국을 침범하였으니 죽어 마땅하다고 하였다. 여기서 말하는 천의(天意)는 오륜(五倫)을 말하는 것이다. 오륜을 모르고 예의지방을 혼란에 빠트렸으니 죽어 마땅하다는 것이다. 오륜에 의거한 질서있는 사회를 확립하고자 하는 작자의 의도가 이렇게 드러났다고 할 수 있다. 한편, 박씨와 그의 시비 계화가 적장을 굴복시키고 호통치는 장면을 통해서는 병자호란의 굴욕적 패배를 설욕하는 민족적 의식이 드러나 있다고 하겠다.

박씨가 국가적인 위난을 충성으로서 구하자 왕은 다음과 같이 말한다.

> 이때 상(上)이 박씨의 말을 듣지 아니함을 백 번 뉘우쳐 하사, 탄식하며, "슬프다, 박부인의 말대로 하였으면 오늘날 어찌 이 지경을 당하였으며, 만일 박부인이 남자 되었다면 어찌 호적을 두려워하리오. 이제 박씨는 적수단신(赤手單身)으로 집안에 있어 호적을 승전하며 호장을 꿇리고, 조선 정기(精氣)를 생생케 하니, 이는 고금에 없는 바라."하시고, 무수히 탄복하시며 절충부인(折衝夫人)을 봉하시고 만금을 상사하시며, 조서(詔書)를 내려 '박씨 자손을 벼슬 주고 천추만대에 유전하라.' 하사, 궁녀(宮女)를 박씨께 보내어 말하기를, 「오호라, 과인(寡人)이 밝지 못하여 박부인의 위국지충(爲國之忠)을 몰라보고 불의의 이 환난을 당하니, 누구를 원망하리오. 황천(皇天)이 명감(明鑑)하사, 박부인 충절 덕행으로 유자유손(有子有孫)하여 세세유전(歲歲遺傳)하라.」 하였거늘, 박씨가 전지를 받자와 사배(四拜)하고 천은(天恩)을 축사하더라. (217쪽)

국왕은 박씨에게 조선 정기를 생생케 하였다고 하면서 무수히 탄복하고 있다. 병자호란을 맞아 아무런 힘도 쓰지 못한 지배계층의 남성들을 비판하면서 한편으로는 박씨를 칭송하는 것이다. 박씨는 무너져 가는 국가의 기강을 되살린 영웅으로 추앙된 것이다. 이는 유교적 도덕관념인 충(忠)의 실천으로서 가능하였다. 탈갑 이전의 활동은 가정의 질서를 확립하는 것이었고, 전쟁을 통해 영웅적 능력을 발휘하여 위난을 극복한 것은 사회 국가적 질서를 바로 세우기 위한 것이었다.

박씨는 모든 위난을 극복하고 나서 일반적인 여성의 규범에 합당한 여인의 모습으로 복귀한다.

> 당초에 박씨 얼굴이 추비하기는 시백이 침혹하여 공부에 방해로울까 혐의(嫌疑)함이라. 후에 자녀 11남매를 두어, 다 장성하여 명문거족의 집에 남혼여가(男婚女嫁)하여 자손만당하고 부귀겸전하니, 개세(蓋世)한 행락(行樂)이 곽분양을 압두하겠더라. 박씨가 남편과 더불어 백수동락(白首同樂)하여 90세가 되도록 강건하여 무양(無恙)하더라. (217쪽)

박씨는 자손이 번창하고 화평한 가정을 이루며 전통사회에서 요구하는 가장 이상적인 여성의 모습으로 돌아왔다. 박씨의 활약이 시종일관 피화당을 중심으로 이루어지고 있어 가정 내적 공간을 끝내 벗어나지 못해, 이 작품은 여성의식의 일정한 한계를 드러내고 있다고 지적한다.[18] 그렇다면 여성의식의 한계는 무엇에 기인하는가. 장효현 교수는 《박씨전》의 형성배경을 고찰한 논문[19]에서 이 작품은

18 곽정식, 「박씨전에 나타난 여성의식의 성격과 한계」, 『국어국문학』 126호, 국어국문학회, 2000.5, 143쪽.

19 장효현, 「박씨전의 제특성과 형성배경」, 『한국고전소설사연구』, 고려대학교 출판

《임경업전》의 영향을 입어 17세기 후반 이전에 형성되어, 창작 당시로부터 지속적으로 사대부가문의 여성독자에게 한정적으로 애호를 받아 온 것으로 보인다고 하면서, 이 소설을 '규방소설(閨房小說)'이라고 하였다. 이에 의거하면, 《박씨전》에 그려진 여성 영웅의 활약의 이면에는 유교적 관념을 보다 확고하게 할 의도가 있었던 것은 아닌가 생각해 볼 수 있다. 적어도 18세기까지도 조선사회의 정신사적 흐름은 소중화의식에 입각한 대명의리론이 주도했다는 점을[20] 예로 들지 않더라도 체재를 유지하기 위한 유교적 이념의 강화는 필수적인 것이었다. 여성 독자들의 욕구를 여성 영웅의 활약을 통해 충족시키면서, 동시에 단속을 할 필요가 있었을 것이다. 따라서 작자는 이 작품을 통하여 병자호란의 치욕적인 패배를 설욕하면서, 작품의 기저에는 가정적 질서와 국가적 질서를 확립하고자 하는 의도를 깔고 있는 것이다. 이렇게 본다면 위의 인용문에서처럼 이상적인 전통사회의 여성상을 부각시키며 결말 부분을 장식하고 있는 것은 당연한 귀결이라고 하겠다.

결국, 《박씨전》은 기존의 평가 외에도, 전쟁으로 인해 무너져 내릴 수 있는 기존의 유교적 도덕관념을 옹호하거나 강화하기 위한 수단으로 여성 수난을 다루었고, 수난의 극복 과정에서 가정·사회·국가 질서의 확립 또는 옹호를 낭만적으로 형상화한 작품이라는 평가를 더할 수 있겠다.

부, 2002, 201쪽.

20 이러한 정신사적 흐름은 각종 연행록에서 쉽게 찾아볼 수 있다.(졸고, 「서유문의 무오연행록 연구」, 『국어국문학』 130호, 국어국문학회, 2002.5 참조.)

***

병자호란을 배경으로 한 문학 작품들은 여성수난을 다루면서 전쟁의 폐해를 고발하는 동시에 질서 회복에 대한 강한 작가적 의지가 투영된 것으로 볼 수 있다. 《숭정병자일기》의 이산된 가족의 해후를 희망하는 서술을 통해서 이 작품이 단순히 가족애를 넘어, 가족 질서의 복원에 무게를 두고 있다고 보았다. 《병자록》은 정절을 지키기 위해 목숨을 버린 여성들의 수난을 기록하고 있는데, 작자는 이러한 여성들의 사적을 수록하면서 정절을 강조하였고, 정절의 실현이 전쟁 극복의 한 양상임을 알 수 있다. 〈강도몽유록〉은 절사한 14명의 여성들이 정절을 강조하는 것으로 보았는데, 이는 유교적 도덕관념이 실천되는, 사회 질서가 유지되기를 희구한 작품임을 알았다. 《박씨전》은 여성영웅을 주인공으로 내세워, 가정 내에서의 수난을 극복하고, 가정 내 질서를 회복하고 나서 오랑캐를 축출하여 국가 질서를 회복하는 서사로 보았다. 박씨의 탈갑은 무질서의 극복이며, 미모의 여인으로 거듭나는 것은 여성으로서의 완성 추구이다. 이로써 가정 내 질서가 이루어졌다. 나아가 영웅적 활약으로 국가 질서를 회복하였는데 이는 바로 국난으로 인한 치유를 완성한 것이다.

역사적 사건을 다룬 문학을 통해서 문학의 허구화 양상의 한 단면을 살펴볼 수 있다. 실제 전쟁을 겪었던 사람들은 실기라는 양식을 동원해 자신들의 체험을 사실적으로 기록하였다. 그러나 전쟁은 시간이 지나면서 서서히 잊혀지고 추상화되기에 이른다. 전쟁에 대한 기억이 추상화되면서, 문학적 형상화에서는 허구로 윤색되는 과정을 보여준다.

Ⅳ. 17세기 열녀 담론과 소설적 대응

1. 임진왜란과 열녀 담론

임진왜란 이후의 혼란한 사회 질서를 확립하기 위한 정책의 하나로 장려되었던 것이 전란중의 충신·효자·열녀의 사례를 찾아내 포상하는 것이었다. 성리학적 사회 윤리를 그 통치 이념으로 채택하여 피지배계급에 강요해 왔던 조선 왕조는 임진왜란 후 왕조 정부에 대한 불신감이 팽배된 상황에 대해서는 파악하고 있었지만, 근본적인 원인이 지배계급 자체 나아가 왕조 정부에 있다는 점은 인정하지 않았다. 따라서 전후 민심수습을 통한 통치체계의 안정책의 하나로서 성리학적 사회 윤리를 강화시켜야 한다는 필요성만을 도출해 내었던 것이다.[1] 전쟁으로 인한 윤리의 붕괴는 체제에 대한 위협이었기

---

1 정홍준, 「임진왜란 직후 통치체제의 정비과정」, 『규장각』 11, 서울대학교 규장각, 1988, 37쪽.

에 충효열의 사례를 찾아내 정표하는 것이 급선무였다. 이러한 정책의 일환으로 당시 지배 체제는《동국신속삼강행실도(東國新續三綱行實圖)》의 간행에 엄청난 관심과 노력을 기울였다. 임진왜란으로 인해 경제와 문화가 처참하게 붕괴되었으니, 수많은 서적이 소실되었던 것은 두말할 필요도 없다. 이런 상황 속에서《동국신속삼강행실도》라는 거질의 윤리서를 국가적 에너지를 동원하여 편찬했던 것은 윤리와 체제가 불가분의 긴밀한 관계에 있었기 때문이다. 전쟁을 초래한 체제의 무능과 위기를 피지배층에 대한 윤리적 의식화를 강화함으로써 돌파하려고 했던 것이다.[2]

이 과정에서 국가 – 남성은 여성을 동원하였다. 여성을 동원한 열녀 이데올로기를 끊임없이 유포한 것은 국가의 존립을 위해서 필수적인 일이었다. 국가 – 남성은 특별한 행동을 수행하는 여성의 역할을 만들어냈고(예를 들면, '후덕한 아내', '순종적인 며느리' '수절한 과부'), 여성을 이러한 역할을 완벽하게 실천한 여성과 그렇지 않은 여성으로 분류하였다. 친족에 의해 기록되고 그들의 문집에 첨가된 여성에 대한 전기(傳記)에는 개인의 성격에 대한 정보는 아주 조금밖에 없다. 그런 기록에서는 여성을 유교 교리에 충실한 화신으로 교조적으로 묘사하는 경향이 있었다. 여성은 유교 이데올로기의 본질을 제공하는 역할을 담당해야 했으며, 조정과 사회에 '올바른 인간상'을 제시해야 했다.[3]

올바른 인간상의 하나로 국가 – 남성은 열녀상을 제시했다. 열녀

---

2 강명관, 『열녀의 탄생』, 돌베개, 2009, 301쪽.

3 마르티나 도이힐러, 이훈상 옮김, 『한국사회의 유교적 변환』, 아카넷, 2003, 358쪽.

의 열행은 당대의 온갖 매체를 동원해 제시되었다. 조선 전기에 국가적 차원에서 진행되었던 열녀 만들기는 임진왜란을 통해 그 효과를 톡톡히 확인했다. 왜적 앞에서 절개를 지키며 죽어간 여성들의 행위는 다름 아닌 국가에서 강조하던 열녀상의 실천이었던 것이다. 열녀의 열행 가운데 우리의 눈길을 잡는 것이 '절사(節死)'이다. 그것도 임란 이후의 열녀에게서 집중적으로 나타난다.

임진왜란은 열녀 의식을 시험하는 시금석이었다. 여성들은 전쟁이라는 위기를 정절의 위기, 곧 성적 위기로 판단하고 죽음으로써 정확하게 성적 종속성을 지켰다. 여성의 임진왜란 체험은 뒷날 열녀 의식을 강화하는 중요한 계기로 작용했다.[4] 임란 이후에 간행된 《동국신속삼강행실도》의 열녀 편은 절사한 여성으로 장식을 했다. 열녀전의 입전 인물 또한 죽음에 이른 여성이 대부분이다. 절사는 열녀로 인정을 받기 위한 필요충분조건이었다. 열녀 이데올로기를 끊임없이 유포한 국가 – 남성의 논리가 먹혀들었던 것이다.

임진왜란 기간에 절사한 열녀 이야기가 17세기를 관통했고, 17세기 이후로는 국가 – 남성의 시대가 전개되었다. 17세기에 여성과 관련된 기록은 전쟁 체험의 기억을 통해 이루어졌다. 각종 실기와 열녀전에 서술된 열녀 이야기가 그것이다. 실기와 열녀전에 주요 소재로 등장한 여성은 절사한 여인의 형상이다. 이와는 다르게 소설 속에 그려진 여성은 절사한 열녀의 형상이 아니다. 죽음으로 내몰린 상황임에도 불구하고 살아남는다. 아니 살아 남겨 진다. 살아남거나

4 강명관, 앞의 책, 332쪽.

살아 남겨진 여성은 모든 고난을 극복해 가는 적극적인 여성으로 그려지고 있다. 그 고난 극복의 동기나 과정, 결과는 서로 다른 양상을 띠고 있다. 이는 당대의 절사에 대한 소설 작가의 의도된 반응으로 볼 수 있을 것이다.

본장에서는 '열녀'를 둘러싸고 벌어지는 담론들에 주목하면서 '열녀담론'의 소설적 대응에 대해 논의할 것이다.

2. 전후 열녀 담론의 형성과 실상

종전 직후 민심 수습 작업은 농민의 생존조건의 회복에 초점이 두어졌고, 그 조치로 조세의 감면, 양전(量田)의 실시, 대동법(大同法)의 시행 등이 이루어졌다. 이와 함께 통치 이념에 충실한 민(民)의 사례를 적극 발굴하여 포장(褒獎)하는 방법도 택하였다.[5] 충신·효자·열녀에 해당되는 사례를 적극적으로 발굴하여 이들에게 포상을 하려는 것이다. 이같은 정표 정책은 임란 이전에도 이루어졌지만, 종전 후에는 민심의 교화 정책의 하나로 더욱 활발히 추진되었다.

정표 정책과 더불어 임진왜란을 통하여 발생한 효자·충신·열녀들의 실적(實迹)을 모아 책으로 만드는 일에도 온갖 힘을 기울였다. 《동국신속삼강행실도》 편찬이 그것이다. 선조대부터 축적된 자료를 바탕으로 광해군 6년(1614) 7월에 드디어 찬집청(撰集廳)을 설치하여 행실도의 편찬을 시작하여, 7년(1615) 12월 21일에 윤근수(尹根

5 정홍준, 앞의 논문, 41쪽.

壽)의 서문, 기자헌(奇自獻)의 전문(箋文), 유몽인(柳夢寅)의 발문을 붙여 완성한 것이 《동국신속삼강행실도》이다. 이 책은 효자도 8권, 충신도 1권, 열녀도 8권으로 총 17권이며, 수록된 인물은 총 1,650여 인인데 대부분 선조 34년 예조에서 만든 임진년 이후 사절인(死節人)이 차지하고 있다.[6] 이 가운데 수적으로 단연 앞서는 것이 열녀이다.

《동국신속삼강행실도》에 수록된 열녀의 수는 719명이다. 선조조의 열녀는 553명인데, 임진왜란 이후에 정려된 열녀가 541명, 임진왜란을 직접 반영하고 있는 열녀가 441명이다. 임진왜란을 반영하지 않은 경우는 112명인데, 112명 중 일부는 선조조에 발생한 열녀가 아니라 명종조의 인물로 선조조에 와서 정려를 받은 사람일 것이다. 이 112명 중 죽음으로 열녀가 된 수는 33명이다. 임진왜란을 배경으로 한 열녀는 모두 441명으로 전체 열녀 553명의 80퍼센트에 해당한다. 이 중 죽음으로 인한 열녀가 아닌 경우는 네 가지 경우에 불과하다. 즉 임진왜란을 배경으로 발생한 열녀는 모두 '죽음'이라는 가장 잔혹한 방법으로 열녀가 되었다고 단언할 수 있다.[7] 《동국신속삼강행실도》에 기록된 예를 보이면 다음과 같다.

> 김씨는 유영겸의 아내요, 신씨는 유연순의 아내이니 다 서울 사람이다. 임진왜란에 왜적을 한가지로 피하더니 도적이 문득 이르러 그 계집종을 잡아 옷을 끄르고 범하거늘 김씨는 스스로 목매어 달아 죽고, 신씨는 절벽으로 달려가 물에 빠져 죽으니라. 소경대왕조에 정문

---

6 김항수, 「조선전기 삼강행실도와 소학의 편찬」, 『한국사상과 문화』 19, 한국사상문화학회, 2003, 206~207쪽.

7 강명관, 앞의 책, 304~319쪽 참조.

하였다.[8]

> 박씨는 대구 사람인데 현감 박충후의 딸이요, 선비 이종택의 아내이다. 왜적이 문득 이르거늘 박씨가 얼자 휘양과 함께 낙동강에 빠져 죽었다. 박씨는 이때 나이 19세, 휘양은 15세로 시집을 가지 않았다. 박씨는 처음 왜적의 변을 듣고 휘양과 서로 약속하기를, "만약 왜적을 만나면 너와 함께 죽어 더렵혀지지 않도록 하리라."하였는데, 마침내 그 말과 같았다. 금상조에 정문하였다.[9]

그림과 함께 서술된 열녀의 서사 내용은 이처럼 간략하다. 그림과 한문 원문, 이어 언해가 실려 있는데 한 면을 다 채우는 경우가 거의 없다. 서사의 내용은 대체로 여성의 이름과 거주지, 남편의 직함 또는 신분을 밝히고, 이 여성이 왜적과 조우하고, 강간과 납치의 위협에 격렬히 저항하다가 잔인한 방식으로 살해되거나 자살한다. 아주 간단한 서사이지만, 서사의 종결은 죽음, 즉 절사이다. 간단한 서사임에도 불구하고 다양한 사례를 보여줌으로써 여성의 절사는 강렬한 인상으로 남게 되었다.

---

8 김시ᄂᆞᆫ 뉴영겸의 안해오 신시ᄂᆞᆫ 뉴영슌의 안해니 다 셔울 사ᄅᆞᆷ이라 임진왜난의 왜적을 ᄒᆞᆫ가지로 피ᄒᆞ더니 도적이 믄득 니ᄅᆞ러 그 계집죵을 자바 오ᄉᆞᆯ 그ᄅᆞ고 범ᄒᆞ거ᄂᆞᆯ 김시ᄂᆞᆫ 스스로 목ᄆᆡ야 ᄃᆞ라 죽고 신시ᄂᆞᆫ 절벽으로 ᄃᆞ라가 믈의 ᄲᅡ뎌 주그니라 쇼경대왕 됴애 정문ᄒᆞ시니라(《동국신속삼강행실도》, 권3-4)

9 박시ᄂᆞᆫ 대구부 사ᄅᆞᆷ이니 현감 박튱후의 ᄯᆞᆯ이오 션븨 니종ᄐᆡᆨ의 안해라 왜적이 믄득 니ᄅᆞ거ᄂᆞᆯ 박시 얼아ᄋᆞ 휘양으로 더브러 낙동강의 ᄲᅡ뎌 주그니 박시ᄂᆞᆫ 시절으 나히 열아홉이오 휘양은 나히 열다ᄉᆞ시니 ᄒᆞᆫ가ᄅᆞᆯ 몯ᄒᆞ엿더라 박시 처엄의 도적의 긔별을 돋고 휘양으로 더브러 서ᄅᆞ 언약ᄒᆞ야 ᄀᆞᆯ오ᄃᆡ 만일 도적을 만나면 널로 더브러 ᄒᆞᆫ가지로 주거 더러인배 되디 아니호리라 ᄒᆞ더니 ᄆᆞᄎᆞᆷ내 그말ᄀᆞ티 ᄒᆞ다 금샹됴의 정문ᄒᆞ시니라(《동국신속삼강행실도》, 권5-20)

《동국신속삼강행실도》에서 확인할 수 있는바, 임진왜란은 정절을 수호하기 위해 격렬하게 저항하는 여성의 이미지를 창출하였다. 그리고 국가-남성은 이 책의 발행으로 죽음의 잔혹성, 열녀 서사의 잔혹성의 당위를 선전했다.[10] 절사한 열녀에 대한 기록은 전란 이전 시기의 열녀와는 다른 양상을 보인다. 열녀의 열행은 개가를 거부하고 수절하는 것이 일반적이었다. 그러나 임진왜란과 관련된 열녀 서사는 모두 죽음으로 귀결된다. 열녀의 절사는 당연시되고 있는 것이다. 이를 주도한 것은 국가-남성이었다. 절사한 여성들의 사례를 내세워 열녀 이데올로기를 만들어갔던 것이다.

사회의 지배적인 이데올로기와 합치하는 행위 규범을 전파하는 과정의 가장 중요한 측면 하나는 동의된 혹은 집합적인 기억을 창출하는 것이다.[11] 서적 인쇄 시대에는 문자가 새로운 기억의 공간을 열어주는데,[12] 《동국신속삼강행실도》의 간행은 개인의 기억에 머물러 있던 열녀의 기억을 집단의 기억으로 강화하는데 이바지하였다.

이데올로기는 하나의 체계 및 제도로서, 개인의 행위나 사유를 일정하게 강요하고 구조화하기 때문에, 일상적 실천을 가능하게 하는 이데올로기적 기구 속에서 주어진 신념에 따라 행동하며 특정한 개인이 된다. 많은 경우에 이데올로기가 무의식적 양태를 취하는 것은 이 때문이다. 바꿔 말하면 이데올로기는 문제 틀로 기능하면서 인식

---

10 강명관, 앞의 책, 330쪽.

11 로버트 허시, 강성현 옮김, 『제노사이드와 기억의 정치』, 책세상, 2009, 180쪽.

12 알아이다 아스만, 변학수·백설자·채연숙 옮김, 『기억의 공간』, 경북대학교 출판부, 2003, 61쪽.

과 행위를 결정적으로 규정하는 것이다.[13] 17세기의 열녀 담론도 이와 관련이 깊다.

전란을 직접 체험한 사람들이 자신의 체험을 기록한 것이 실기이다. 이 기록을 통해 전란의 전 과정을 들여다 볼 수 있다. 우리가 주목하는 열녀의 행위에 대한 기록도 어렵지 않게 찾아볼 수 있다. 실기에 기록된 여성 관련 기사는 왜적에게 굴하지 않고 저항한 여성에 대한 기록이 주를 이룬다.

정영방의 〈임진조변사적〉은 작자가 16세 때 체험한 피란 체험의 기록인데, 주된 내용은 형수와 누이의 절사 기억이다. 임란이 발발하여 왜적이 두 길로 나누어 안동과 상주로 향한다는 소식을 듣고는 작자 정영방과 친모 안동 권씨(55세), 형 정영후(24세), 형수 청주 한씨(24세), 누나(19세), 장조카(2세) 등 일가족은 피란을 한다. 피란중 형수와 누나는 왜적을 피해 강물에 몸을 던져 절개를 지킨다.

> 조금 뒤 한 왜적이 산 위에서 소리를 지르며 아래로 내려오자, 형수가 이를 보고 바위 위에서 아래로 몸을 던지니 누님도 뒤따랐다. 그 바위 아래는 물이 도는 沼였는데, 두 사람이 서로 이어 뛰어내려 물속에 빠져 죽었다. 노친은 보지 못했고, 우리가 옆에서 보았지만 어찌할 수 없었다.[14]

위의 인용문은 작자의 일가족이 왜적을 피해 피란하던 중에 왜적

13 윤평중, 『담론이론의 사회철학』, 문예출판사, 1998, 166쪽.

14 정영방, 〈임진조변사적〉, 정석용 역, 〈눈물로 쓴 임진왜란 체험기〉, 『시사춘추』 6월호, 1991, 162쪽.

을 만나자 형수와 누님이 정절을 지키기 위해 몸을 던져 죽은 상황에 대한 기록이다. 비록 옆에서 보고 있었지만 어찌할 수 없을 정도로 순식간에 일어난 일이었다. 그런데 형수와 누님의 죽음은 순간적 판단에 의한 것이 아닌 평소에 지니고 있었던 생각을 실천에 옮긴 것이다.

> 죽기 며칠 전에 형수가 말하기를 "꿈에 다리꼭지(여자의 머리를 꾸미기 위해 얹는 가발) 열 개를 주웠는데, 이것은 무슨 징조입니까?" 하니, 곁에 친척 노파가 잇달아 "다리꼭지는 머리의 꾸미개다. 이를 주웠으니 어찌 좋은 징조가 아니겠는가?"고 하자, 형수가 "이런 때에 머리를 꾸미는 것이 좋다고 말할 수 있습니까?"라고 하였다. (… 중략 …) 평소 형수를 볼 때 늘 은장도를 차고 있었으며, 누님도 손수 비단실을 땋아 끈 목을 만들어 늘 허리띠에 지니고 있었으니, 그렇게 죽고자 한 계획과는 벗어났다. 그러나 그들이 반드시 죽을 마음을 갖고 있었던 것은 이미 작정한 지가 오래 되었다.[15]

작자의 형수와 누이는 왜란을 만나 꿈속의 이상한 징조를 눈치 채고 반드시 좋은 일은 아닐 것이라 여겨 늘 은장도와 비단실을 지니고 있다가 불행한 일을 만나면 죽으려고 작정하고 있었다. 죽음으로써 정절을 지키고자 했던 당대 여성의 모습을 실기를 통해 확인한 셈이다. 몸을 더럽히기 전에 죽음으로써 정절을 지키고자 했던 마음가짐은 《동국신속삼강행실도》에서 본 바와 같다. 작자의 형수와 누이가 과연 죽을 작정을 하고 있었는지는 알 수가 없다. 전후 수많은

---

15 〈임진조변사적〉, 위의 책, 165쪽.

사례들이 보고되는 상황에서 자신의 가족에게서 일어난 사건을 이와 동일시한 것은 아닐까 생각해 볼 수 있다. 그만큼 절사의 문제는 당대에 이미 널리 퍼져 있었던 것이고, 가문의 영광을 위해서는 죽은 여성을 이렇게 회상할 수밖에 없지 않았을까. 망자의 이름을 기억하고 경우에 따라서는 후세에 전해주는 것이 가족들의 책무처럼 받아들여졌다. 망자에 대한 기억은 종교적인 차원과 세속적인 차원으로 나누어지는데, 전자는 경건함으로, 후자는 칭송으로 각기 대변된다.[16]

왜적에게 유린을 당하느니 차라리 죽음으로써 절개를 지키겠다는 여성들의 각오는 정희득의 《월봉해상록》에서도 엿볼 수 있다.

> **27일.** 배가 칠산 앞바다에 이르자 갑자기 적선을 만났다. 사공의 놀란 고함 소리에 온 배에 탔던 사람이 창황실색하여 어쩔 줄을 몰랐다. 어머님 이씨께서 형수 박씨와 아니 이씨, 시집 안 간 누이동생에게 이르기를,
> "추잡한 왜적이 이렇게 닥쳤으니 횡액을 장차 예측할 수 없구나. 슬프다. 우리네 부녀자가 자처할 방도는 죽음 하나만이 생사 간에 부끄럽지 않을 뿐이다."
> 하시니, 아내가 말하기를,
> "집에서 난을 처음 당했을 때, 일찍이 가장과 더불어 함께 죽기를 약속했지요. 저의 결심은 이미 정해 있습니다."
> 하고는, 낯빛도 변함없이 늙은 어버이께 하직을 고하고, 나를 돌아보며 이르기를, (… 중략 …) 하였다. 드디어 어머님·형수·누이동생과 더불어, 앞을 다투어 바다에 몸을 던졌다.[17]

---

16 알아이다 아스만, 앞의 책, 39쪽.

피랍과정에서부터 시작해서 일본에서의 포로생활과 귀환까지를 기록한 《월봉해상록》의 처음 부분이다. 일가족이 함께 피란을 하다가 왜적을 만나자 정절을 지키기 위해 바다에 몸을 던진 기억의 서술이다. 흥미 있는 것은 《동국신속삼강행실도》에 기록된 것과 같이 평소에 죽음을 각오하고 있었다는 서술이다.

피로인들은 귀환 이후 자신이 훼절하지 않았음을 어떻게 입증해야 하는가의 문제에 직면하는데, 그들이 할 수 있는 것은 자신의 과거를 '기억'하고 그것을 '글'로 쓰는 일밖에 없다. 따라서 그들이 자신의 체험을 기록한 실기에는 단순한 과거 사실 기록의 차원을 넘어서는 의미가 있다. 자신의 과거를 기억하는 일은 현재의 자아가 과거의 자아를 불러내는 일이다. 현재의 자아가 자신의 기억이 진실하다고 굳게 믿는다 해도, 두 자아가 만나는 과정에는 고의적이지 않은 '변형'이 생겨난다.[18] 실기에 기록된 여성의 절사 행위는 기록자의 시각에서 서술된 것이다. 겉으로 드러난 여성들의 행동은 사실의 기록일 수 있으나, 평소에 절사하기를 작정했었다는 서술은 기록자의 의견으로 볼 수밖에 없을 것이다. 이는 당대의 열녀 담론에 강박되어 열녀를 배출한 가문으로 인정받고 싶은 욕망에 기인한 것이다. 실제로 《월봉해상록》에 기록된 8명의 부녀자는 후에 조정에서 열녀정문(烈女旌門)을 세워 주었다는 사실은 이를 뒷받침한다.

전란의 참화를 체험하고 이를 기록으로 남긴 실기 작자들에게 지

---

17 정희득, 《월봉해상록》, 정유년 8월 27일 조, 『국역 해행총재』 8권, 민족문화추진회, 1989, 226쪽.

18 조현우, 「강로전에 나타난 전쟁의 기억과 욕망의 서사」, 『민족문학사연구』 46, 민족문학사연구소, 2011, 81쪽.

조를 지키기 위해 죽음을 선택한 여성에 대한 기억은 남다른 것임에 틀림없다. 그것도 전후 복구 과정에서 만들어진 열녀 담론이 사대부가에 주요 이슈가 되었기에 죽음을 선택한 여성에 대한 기억은 더욱더 또렷하게 일어났을 것이다. 개인적 기억은 집합적 기억 혹은 사회적 기억을 받치고 있는 주춧돌이다.[19] 열녀의 기억이 개인의 실기에 기록되어 읽힘으로써 이제 더 이상 개인의 것이 아닌 집단의 것으로 확대되어 열녀 담론으로 확산되었다.

전란 후 형성된 국가-남성 주도의 열녀 표창은 열녀전(烈女傳)을 통해서도 이루어졌다. 열녀전은 고려조부터 이미 쓰였다. 그런데 전후 열녀전에 입전된 인물은 대부분 정유재란 때 순절한 여성들이라는 점이 이채롭다. 전쟁이 없었던 임진왜란 이전에 쓰인 몇 안 되는 열녀전에는 절의를 지키기 위해 자결하거나 타살된 여성들에 관한 것은 없다. 남편 사후 살아서 그 신주를 정성껏 보살핀 여성이나 천한 여성인 데도 자신이 섬기던 어른을 위해 수절하며 근신했던 여성이 입전되었다. 전란이라는 상황 속에서 여성의 자결은 일어나고 국가-남성은 그것을 표창했다. 이후 열녀전은 대부분 순절이나 자결로 귀결되어 열녀란 남편을 따라서 혹은 남편을 위해서 죽은 여성을 의미하는 것으로 변질되었다. 이것은 조정이 반드시 목숨을 버려 종사한 여성만을 열녀로 포상한 사실과도 무관하지 않을 것이다.[20]

정절은 절사와 동의어가 되어 버렸고, 임란을 배경으로 한 열녀전

---

19 로버트 허시, 앞의 책, 35쪽.

20 이혜순, 「열녀전의 입전 의식과 그 사상적 의의」, 한국고전여성문학회, 『조선시대의 열녀담론』, 월인, 2002, 10쪽.

의 대부분은 절사한 여성을 입전한 것이다. 이 열녀전은 작자가 직접 목도한 인물을 입전한 경우가 있는가 하면 다른 사람에게 들은 사실을 바탕으로 입전한 경우도 있다. 가령, 이정암(李廷馣, 1541~1600)의 〈삼절부전(三節婦傳)〉은 임란과 정유재란 시 자결한 작가의 며느리, 누이동생과 딸을 다룬 것으로 작자의 체험 사실이다. 그런데 흥미로운 것은 다음에 예로 든 작품의 경우처럼 다른 사람에게 들은 이야기를 입전한 것이다.

> 지난 무신년에 나는 보광사에서 글을 읽었는데, 여가 시간에 정유왜란때 있었던 열녀들의 일에 이야기가 미쳤다. 무과 출신의 임형이 말했다. "내가 해남에서 왜적의 포로가 되어 짐을 지고 따라 가는데 4, 5일쯤 되어 현의 북쪽에 있는 백련동에 이르렀지요. 왜적들이 산을 탐색하다가 한 남자를 만났는데 나이가 서른쯤 되었어요. 그를 잡으러 산 위로 쫓아가는데 그 빠르기가 나는 것 같았습니다. 이때 그의 아내는 그 곁에 엎드려 숨어 있었어요. 자기 남편이 벗어나지 못할 줄 헤아리고 즉시 일어나 왜적의 발을 끌어 그를 절벽에서 던졌지요. 왜적은 죽었고, 다른 많은 도적들이 이를 보고 그 부부를 잡으려고 모두 힘을 다했어요. 둘 다 잡혔는데 왜적이 그 남편은 묶어서 땅에 꿇어앉게 하고 다음 여자의 옷을 벗겨 네 도적들이 각각 여인의 수족을 잡고 한 왜적으로 하여금 그를 폭행하게 했지요. 여인은 즉시 몸을 솟구쳐 날아 도적을 발로 찼어요. 둘 다 함께 몸을 펼쳐 길이 십 장이 넘는 언덕 아래로 몸이 떨어져 뼈가 부러지고 얼굴이 부서져 죽었지요. 왜적들은 서로 돌아보며 경악하여 그 남편을 베어 죽이고 가버렸습니다. (… 중략 …)
>
> 아! 슬프다. 세상에는 작은 행실을 하고도 가문의 세력에 의해 심지어 아름답게 꾸미고 크게 확대하여 끝내 역사에 이름을 빛내게 한

> 이들도 있다. 그러나 이 여성들 같은 이들은 이름이 모두 사라져버렸으니 슬프도다. 단지 이 여인들뿐만 아니라 무릇 선비들 또한 이와 같을 것이다. 내 비록 누구누구라고 이름 부를 정도로 시를 잘하지 못하지만 간략하게나마 들은 바를 기록하여 다음에 붓을 들어 이 이야기를 전할 사람을 기다린다.[21]

이 글은 나해봉(羅海鳳, 1584~1638)의 〈이열녀전(二烈女傳)〉으로, 정유재란 시 왜적에게 포로가 되자 적을 발로 차서 함께 절벽으로 떨어져 죽은 여인과, 적의 위협에 굴하지 않고 몸을 지켜 죽임을 당한 여인에 관한 열녀전이다. 무과 출신의 임형(林逈)이라는 사람에게서 들은 이야기임을 전제하고 있다. 임형은 자신이 목도한 사실을 기억해 내 작자에게 전하고, 작자는 이를 기록하여 후세에 전해지길 바라고 있다.

열녀전은 대상 여인의 행실에 감동한 문사가 이를 기록하여 후대에 남기려 한 의도에서 이루어진 것으로 이를 통해 다른 여성들에게 귀감으로 삼게 하려는 교화의 입장이 잠재되어 있다. 순응과 복종을 보증하는 가장 효율적인 방법은 정치적 사회화를 통해 사회의 지배적인 이데올로기와 합치하는 행위 규범을 전파하는 것이다. 이러한 과정의 가장 중요한 측면 하나가 동의된 혹은 집합적 기억을 창출하는 것이다.[22]

그런데 입전 인물의 행위 서술은 다소 과장된 것으로 보인다. 임

21 나해봉, 〈二烈女傳〉, 이혜순·김경미, 『한국의 열녀전』, 월인, 2002, 51~52쪽.
22 로버트 허시, 앞의 책, 180쪽.

형은 자신이 목격한 장면을 회상해 냈고, 이를 작자에게 전해 주었다. 회상은 근본적으로 재구성된 것이며, 그것은 항상 현재에서 출발하기 때문에 기억을 회상할 시점에서 기억된 것이 치환, 변형, 왜곡, 가치전도 내지는 복구되는 것이 불가피하다고 한다.[23] 임형이 회상한 내용을 사실 그대로라고 믿기가 어려운 이유이다. 다소 과장된 서술은 절사한 여성을 미화하려 했기에 가능했다. 여성 미화를 통해 사대부 내지 남성이 중심이 되어 이룩한 사회 질서의 회복에 대한 원망(願望)이 잠재되어 있기 때문이다.

3. 열녀 담론의 소설적 대응

실기와 전에서 보여 주었던 열녀 담론 확산과는 다른 방향으로 여성인물에 대한 형상화가 소설에서 이루어졌다. 절사 행위에 대한 미화의 서사와는 달리 죽음의 위기를 극복해 낸 서사가 등장한 것이다. 열녀 이데올로기로 여성을 억압하던 서사가 아닌 이러한 억압에 대항하는 무기[24]로서의 역할을 소설이 감당한 것이다. 전후에 등장한 《최척전》, 《동선기》, 《한강한전》의 여성 서사에서 이를 확인할 수 있다. 이 세 작품은 전란의 소용돌이를 헤쳐나가는 여성을 중심인물로 설정한 공통점이 있다. 전란은 새로운 여성 형상을 만들어 내는 배경 역할을 하고 있다.

23 알아이다 아스만, 앞의 책, 34쪽.

24 로버트 허시, 앞의 책, 123쪽.

예의 열녀는 죽음으로써 자신의 정절을 드러냈고, 이는 여지없이 기록으로 남겨짐으로써 열녀=절사라는 등식이 성립하였다. 그런데 소설속의 여성은 같은 처지임에도 불구하고 죽지 않는다. 아니 죽게 만들지 않았다. 그러면 어떻게 그려내고 있는가를 각각의 작품을 통해 확인하기로 한다.

1) 《최척전》의 옥영

조위한의 《최척전》은 전란 속에서 가족의 이산과 해후라는 거대서사에 임진왜란으로 인한 민중의 고난이 잘 투영되어 있는 작품이다. 특히 옥영의 서사는 그야말로 고난과 극복의 서사이다. 《최척전》에 대한 기존 연구는 "전란의 고통과 주체의 극복의지"를 주제로 보는 것이 일반적이었고, 여기에다 '불교적 요소'와 '인간애'를 또 다른 주제의식으로 해석하였다.[25] 본고가 주목하는 것은 '불교적 요소'이다.

조위한이 겪었던 전쟁의 기억은 민중의 피폐한 삶이었다.[26] 이러

---

25 김기동, 「불교소설 최척전 소고」, 『불교학보』 11, 동국대학교 불교문화연구소, 1974; 김현양, 「최척전, '희망'과 '연대'의 서사 -'불교적 요소'와 '인간애'의 의미층위에 대한 주제적 해석-」, 『열상고전연구』 24, 열상고전연구회, 2006.12; 진재교, 「월경과 서사 -동아시아의 서사체험과 '이웃'의 기억」, 『한국한문학연구』 46, 한국한문학회, 2010.

26 조위한 일가가 겪은 피란생활의 여정은 〈욕곡(欲哭)〉이라 제한 조찬한의 5언고시 2수(《현주집》 권1), 조찬한이 아내 유씨를 애도한 〈제망실문(祭亡室文)〉(《현주집》 권14), 조위한이 찬한 〈제망자의문(祭亡子倚文)〉(《현곡집》 권13) 등에 아주 핍진하게 서술돼 있다. 특히 〈욕곡(欲哭)〉은 임진왜란과 정유재란 동안 조찬한 자신과 가족이 겪은 피란생활의 체험을 시간의 흐름에 따라 아주 사실적으로 쓴 서사 한시로, 전란 체험의 뼈저린 아픔과 정유재란 때 자결한 아내[柳氏]에 대한 애도심을 곡절하게 담은 수작이다.(양승민, 「최척전의 창작동인과 소통과정」, 『고전소설 문헌학의 실제와 전망』, 아세

한 기억은《최척전》의 등장인물의 면면에서 확인할 수 있다. 전후의 정치적 상황 또는 사대부의 행태는 '열녀만들기'에 치중되었다. 이에 따라 순절한 여성이 칭송을 받았다. 그러나 조위한은 순절한 여인에 열광하는 당대의 정치 사회적 욕구를 정면에서 비판하고 있는데, 이는 옥영의 서사를 통해 드러난다. 죽음의 기억, 죽임의 기억에서 반발해, 인간의 존엄성을 옹호하는 이야기가 만들어진 것이다. 옥영의 수난과 그 극복은 바로 이를 바탕으로 하고 있다.

《최척전》에서 옥영이 목숨을 끊으려고 한 사건은 모두 다섯 장면에 걸쳐 등장한다. 옥영의 자살 결심은 물론 여성의 정절 문제와 관련이 깊다. 각 장면을 나열해 보면, ① 의병에 참전한 최척을 두고 양생에게 시집을 보내려는 어머니의 처사에 항거하여 목을 맨 장면, ② 왜병인 돈우에게 잡혀 물에 빠져 죽으려고 두세 번 바다에 뛰어든 장면, ③ 최척과 재회한 후 중국에서 둘째 몽선과 며느리 홍도를 맞이한 후 다시 최척이 명나라 장수 오세영의 서기가 되어 참전하려고 하자 칼을 뽑아 자결하려는 장면, ④ 최척이 참가한 관군이 함몰되었다는 소식을 듣고 최척도 죽었을 것이라 생각하고 밤낮으로 통곡하다가 자결하기로 결심한 장면, ⑤ 몽선과 옥영을 데리고 조선으로 향하다가 풍랑을 만나 표류하다 무인도에 갇히고, 해적에게 배를 강탈당한 후에 자신의 판단을 한탄하며 절벽에 올라가 몸을 던지려는 장면 등이다.

①은 이미 언약을 상대에 대한 절개를 지켜야 한다는 의지의 표현

아문화사, 2008, 200쪽, 각주 67번.)

으로써, ②는 왜적 앞에서 정절을 지키기 위해 자결을 시도한 것이다. ③, ④는 남편을 따라 죽는 열행으로서의 자결 시도이며, ⑤의 경우는 다소 무모한 설정 같다. 그러나 해적을 만난 이후 또 다시 같은 상황을 만나게 될 경우를 상정하면 옥영의 선택은 정절을 선택한 것으로 볼 수 있을 것 같다.

옥영의 이와 같은 죽음 결행에 조응하는 것이 장육불의 현몽이다. 조위한은 집요하리만큼 의도적으로 장육불을 옥영에게만 현몽하도록 구성하고 있다. 장육불의 현몽을 사실주의적 성취의 한계로 보아 부정적인 입장을 취하는가 하면,[27] 반대로 옥영의 위기를 극복해 주는 음조로 보아 긍정적으로 파악하기도 한다.[28] 옥영에게 장육불은 다섯 번 현몽한다. 두 번은 몽석과 몽선의 출생 몽조이고, 세 번은 위의 ②, ④, ⑤장면에 이은 음조이다. ②의 장면은 아래와 같다.

> 이때 옥영은 왜병인 돈우(頓于)에게 붙들렸는데, 돈우는 인자한 사람으로 살생을 좋아하지 않았다. 그는 본래 부처님을 섬기면서 장사를 업으로 삼고 있었으나, 배를 잘 저었기 때문에 왜장(倭將)인 평행장(平行長)이 뱃사공의 우두머리로 삼아 데려왔던 것이다. 돈우는 옥영의 영특한 면모를 사랑하였다. 옥영이 붙들린 채 두려움에 떠는 것을 보고 좋은 옷을 입히고 맛있는 음식을 먹이면서 옥영의 마음을 달래었다. 그러나 옥영이 여자인 줄은 끝내 몰랐다. 옥영은 물에 빠

---

27 박일용, 「장르론적 관점에서 본 최척전의 특징과 소설사적 위상」, 『고전문학연구』 5, 한국고전문학회, 1990; 박희병, 「최척전 –16·7세기 동아시아의 전란과 가족이산」, 『한국고전소설작품론』, 집문당, 1991.

28 신해진, 「최척전에서의 '장육불'의 기능과 의미」, 『어문논집』 35, 고려대학교 국어국문학연구회, 1996; 김현양, 앞의 논문.

져 죽으려고 두세 번 바다에 뛰어 들었으나, 사람들이 번번이 구출해 서 결국 죽지 못하고 말았다.

어느 날 저녁이었다. 옥영의 꿈에 장육금불이 나타나 분명하게 말했다.

"삼가 죽지 않도록 해라. 후에 반드시 기쁜 일이 있을 것이다."

옥영은 깨어나 그 꿈을 기억해 내고는 전혀 희망이 없는 것은 아니라고 생각했다. 그래서 마침내 억지로라도 밥을 먹으며 죽지 않고 살아남았다.[29]

예의 열녀처럼 옥영 또한 왜적에게 붙들리자 물에 빠져 죽으려고 몇 번이나 시도를 하였다. 그러나 꿈속의 장육불의 예언을 믿고 억지로라도 밥을 먹으며 죽지 않고 살아남았다. 옥영이 자살을 결심하고 있을 때마다 장육불이 현몽하여 "삼가 죽지 않도록 하거라. 뒤에 반드시 기쁜 일이 있으리라"고 계시함으로써 삶의 용기를 북돋워주는 기능을 하는 것이다.

목숨을 끊으려는 순간마다 장육불이 현몽하여 옥영은 생을 유지하고, 희망을 갖게 된다. 장육불의 현몽은 옥영을 죽음에서 삶으로 전환시키는 역할을 하고 있는 셈이다. 작자의 의도는 여기에 있다고 하겠다. 옥영의 행보가 전란으로 인한 가족의 해체 위기를 새로운 여성 형상을 통해 극복해 내고자 했던 작가의 지향을 드러내고 있는 것[30]이기도 하지만, 한편으로는 작가가 바라본 열녀의 '절사'에 대한

29 조위한, 이상구 역, 《최척전》, 『17세기 애정전기소설』, 월인, 1999, 206~207쪽.
30 이종필, 「'행복한 결말'의 출현과 17세기 소설사 전환의 일 양상」, 『고전과해석』 11, 고전문학한문학연구학회, 2011, 95쪽.

문제 제기 차원으로 볼 수 있지 않을까 싶다. 살생을 금하고 있는 불교적 입장을 끌어들임으로써 유교적 질서를 위해 죽음까지도 찬양해야 되는 당대의 열녀 이데올로기에 정면으로 대응한 것이다.

《최척전》은 주자를 이념적 이상으로 내세워 주체[華]와 타자[夷]의 차별을 세계의 질서로 보편화하고자 했던 시선으로부터 빠져나와, 주자에 의해 실현 불가능한 이상이라 호되게 비판된 무연자비의 불교적 이념을 통해서 고통받는 민중의 삶을 구원하고, 나아가 맹목적인 죽음에 대한 각성을 끌어내고자 했던 소설이다.[31] 마지막 장면에서 최척과 옥영이 "두 아들과 두 며느리를 이끌고 성대하게 제물을 갖추어 만복사로 가서 성의를 다해 재를 올린" 것으로 설정한 이유도 여기에 있다.

2) 《동선기》의 동선

《동선기》는 기녀인 주인공 동선을 내세워 열녀 담론에 대응하고 있다. 《최척전》이 불교 사상을 기저로 하여 여주인공 옥영의 위기 극복 과정을 서사화한 것에 비해, 《동선기》는 도교 사상에 바탕을 둔 남녀 주인공의 결연과 위기 극복의 과정을 서사화하고 있다.

《동선기》에 대한 연구는 17세기 소설사의 맥락에서 애정전기소설적 면모와 변모양상,[32] 통속적 면모,[33] 현실도피적 이상세계의 지

---

31 김현양, 앞의 논문, 96쪽.

32 신상필, 「동선기 연구」, 성균관대학교 석사학위논문, 1997; 정환국, 「동선기의 지향과 소설사적 의미」, 『초기소설사의 형성 과정과 그 저변』, 소명출판, 2005.

33 양승민, 「동선기의 작품세계와 소설사적 위상」, 『고전소설 문헌학의 실제와 전망』, 아세아문화사, 2008.

향[34] 등을 드러내는데 집중되었다. 이 과정에서 전란과의 관련 양상도 검토되었다. 전후 소설사적 변모와 함께 전란을 주요 요인으로 보았다. 전쟁에 참여했다가 옥에 갇힌 서문적을 찾아 나선 동선의 행적에 초점을 둔 것이다. 본고에서 주목하고자 하는 것도 동선의 형상이다. 특히 서문적과의 결연 이후의 서사에서 보이는 동선의 형상이다.

동선은 서문적과 결연을 이룬 이후, 서문적에게 "좋은 날을 받아서 급히 돌아가셔서 이제껏 못한 효도하시고 아름다운 부인을 위로해 주십시오. 첩은 마땅히 죽음이라도 무릅쓰고 지켜서 뒷날을 기다리겠습니다."라고 한다. 서문적이 부모와 부인을 위해 도리를 다하게 하고 뒷날을 기다리겠다고 약속을 한 것이다. 이로부터 동선은 "서문생에게 한 말을 독실히 지켜 날로 그가 돌아오기만" 고대하다가 난리를 만나게 된다. 서문적에게 일부종사하는 정숙하고 지혜로운 여인으로 그려진 것이다.

동선은 '전란'을 기점으로 적극적인 여성상으로 변모한다. 전란이 발발하자 기지를 발휘하여 생사를 확인한다든가, 군령이 엄하여 재회를 이루기도 쉽지 않자 동자의 복장을 하고 전쟁으로 헤어진 아버지에게 편지를 전한다는 슬기를 발휘해 편지를 전하는 것 등에서 알 수 있다.[35] 사실 전란 이후의 서사는 동선을 중심으로 진행된다. 결연 이전에는 남자 주인공에게 비중을 두었지만, 이제는 여주인공으

34 문범두, 「동선기의 도교사상적 연구」, 『영남어문학』 15, 영남어문학회, 1988; 소재영, 「동선기 연구」, 『고소설연구』 2, 한국고소설학회, 1996.

35 신상필, 앞의 논문, 23쪽.

로 비중이 옮겨지고 있다. 서문적의 모습보다 동선의 형상을 보다 적극적이며, 비중 있게 그리고 있는 것이다. 이와 더불어 전란 속에서 서문적과 동선의 이합이 자못 사실적 필치 속에 그려진다. 더구나 부장 안기가 이들 사이에 끼어들어 갈등을 일으킴으로써 동선과 서문적은 걷잡을 수 없는 전란의 파고를 경험한다.[36] 안기는 동선을 차지하려고 하며, 서문적은 안기의 모함에 의해 연경의 감옥에 갇히게 된다.

> 이 소식을 들은 동선은 소리도 내지 못하고 울면서, "하늘이여, 하늘이여, 어찌 이럴 리가 있습니까? 박명한 이 나의 남은 목숨 무엇을 바라보리이까? 하늘 땅 망망하니 또 어디로 가오리까?"하고는, 밥 먹기를 그쳐 거의 죽을 지경에 이르렀다. 그러다가 스스로 깨달아 "십여 년 뒤에 마땅히 복지에 들리라 한 뜻을 아직도 기억해 내니, 지금 내 낭군께서 만일의 경우를 결코 당하지 않았다면 내 어찌 자중하지 않겠는가" 하였다.[37]

서문적이 감옥에 갇혔다는 소식을 들은 후에 보인 동선의 반응이다. 곡기를 끊고 자결을 결심한 행동을 보이고 있다. 일부종사하는 열녀의 형상에 다름 아니다. 그러다가 서문적과 결연 전에 꿈속에서 들었던, "기적에 내려쳐 고생시켜 그 허물을 속죄케 하였으니, 십여 년 뒤면 반드시 복지에 들어가리니 서문생을 버리지 말라."고 했던

---

36 정환국, 앞의 책, 328쪽.

37 《동선기》, 윤영옥, 「동선기의 국역과 해석」, 『국어국문학연구』 25, 영남대학교 국문과, 1997, 209~210쪽.

말을 기억해 내고 자중한다. 이 장면은 《최척전》에서 옥영이 돈우에게 잡혀 자결하려고 할 때 일어났던 몽조와 같은 수법이다.

안기는 서문적을 모해하여 여진에 잡히게 하고 나서 동선을 회유하는 글을 보낸다. 이에 대한 대답으로 동선은 아래와 같은 장문의 글을 써서 보낸다.

> 실로 나는 이처럼 나의 님을 우러러 바라는 자입니다. 하늘이 은혜 베풀지 않음을 차탄하고, 세상일에 어려움이 많음을 통탄합니다. 한평생 기구한 운명을 만나 만 리에 이별함을 답답해합니다. 하늘이 내린 사람 없음을 원망하고 전쟁이 늘 절박함을 탄식합니다. 답답한 이 마음에 오직 이러한 생각뿐. 그리는 사람 보지 못하고 더욱 잊지 못하게 합니다. (… 중략 …) 아녀자의 하찮은 말과 비천한 절개는 비록 같은 대상으로 말할 수는 없는 것이지만 사단을 가지고 있음은 남자나 여자가 매한가집니다. 신체발부는 부모에게 받자옵고, 성정원기는 하늘에서 품부 받아 이미 지각지량이 있거늘 유독 수오지심이 없으오리까? 이미 강상지전을 들었사온데 어찌 부부의 의리에만 어둡겠습니까? 군자의 도는 여기에서 시작되고, 부부의 정조도 마땅히 여기에서 드러나는 것입니다. (… 중략 …) 옛 얼굴 다시 만나 앞일을 다시 말한다면 한 번만 보아도 좋으리니 만 번 죽음을 어이 아끼리오. 처음 마음 밝기 해와 달 같고, 옛 약속 쇠와 돌 같이 굳으니 그 마음 더럽힐 수 없고, 그 약속 깰 수가 없습니다. 달콤한 말 귀를 즐겁게 하고, 화려한 재물 눈을 흐릴지나 내 마음 결코 빼앗아 갈 수는 없습니다. 충신의 의리 늘 이에서 다하고 열녀의 절개 늘 여기서 끝납니다. (… 중략 …) 신하로 충성치 않고 비첩으로 정절이 없으면 그 죄 하늘에 용납되지 않고 귀신이 내리는 재앙 더 이상 클 수 없습니다. 그러니 비록 살고자 하나 어이 살수가 있겠습니까? 장군

의 뜻을 거슬러 아마 죽게 되겠지요. 죽을 수밖에 도리가 없습니다만 바라건대 장군은 용서하소서.[38]

전란으로 인한 님과의 이별을 한탄함과 동시에 한 남자에 대한 굳은 정절을 저버릴 수 없다는 의지의 표현이다. 정절이 없으면 어찌 살 수가 있겠느냐고 하며 죽음까지 각오한 동선의 모습에서 일부종사의 열녀를 떠올릴 수 있다. 그렇지만 동선은 안기의 재촉에 더 이상 그 괴로움을 참지 못하고 죽음을 택하고 만다.

남편 이외의 남성과의 성관계는 '더럽혀지는 것', 곧 오염으로 규정되었다. 더럽혀진다는 표현은 조선 시대 열녀에 관한 서술에서는 관습적으로 사용되었다. 남편 외 남성과의 성관계가 '오염'이라는 관념에 여성들이 깊이 의식화 되었던 것이다. '오염'이라는 관념의 주입을 통해 여성의 생명과도 바꿀 수 있는 강렬한 수치심을 여성의 의식 속에 심으려고 했던 것이다.[39] 따라서 신체가 오염되었다는 치욕은 죽음으로 벗어날 수밖에 없었다. 죽음으로 인한 열행의 실천은 이래서 가능했던 것이다. 안기의 강요를 뿌리친 동선의 죽음은 바로 열행의 실천이다.

죽어서 입관까지 되었던 동선이 다시 살아나고, 살아난 동선은 감옥에 갇힌 서문적을 구하러 연경으로 향한다. 이 과정에서 서문적의 친구인 장만호의 도움을 받기도 하지만, 장만호의 동료인 호손달희에게 치욕을 당하자 손을 잘라 버린다.

---

38 《동선기》, 위의 책, 211~213쪽.

39 강명관, 앞의 책, 160~161쪽.

> 이날 저녁 일행이 모두 자고 있는데 문득 내닫는 소리가 들리고 불빛이 대낮 같아 모두 놀라 깨니 한 무부가 침실에 달려들어 성화보다 급하게 동선을 낚아채 감에 동선이 이끌려 나와 본즉 곧 달희였다. 달희가 있는 곳에 이르니 활과 칼 그리고 창과 도끼들이 좌우에 널려 있어 동선이 급히 도끼로 자기의 손을 잘라 달희의 이마에 던지면서, "이것은 너의 손에 잡혔던 것이니 내 이를 어디에 쓰리오?" 하고, 곧 돌아 나오매 아무도 잡으려고 하지 않더라.[40]

동선이 자기의 손을 도끼로 잘라 버리는 장면은 《삼강행실도》에서도 볼 수 있다. 〈이씨부해(李氏負骸)〉에서 이씨는 남편의 시신을 지고 돌아오다가 여관 주인이 투숙을 거부하고 이씨의 팔을 끌어 문밖으로 내치자, 팔이 더러워졌다면서 자신의 팔을 도끼로 잘라 버린다. 동선의 행위는 이씨의 행위와 다르지 않다. 남편 이외의 남성과의 성관계를 금지하는 성적 종속성은 어떤 남성과의 신체적 접촉도 오염으로 판단하는 경지까지 진행되었다.[41] 오염된 신체의 일부를 훼손하는 것은 열녀 편에 자주 등장하는 서사 가운데 하나이다. 머리털을 자르거나 귀를 자르고, 코를 베어 버리는가 하면 손가락을 자르기도 한다. 더럽혀진 신체를 제거해 버리는 것으로 열행을 실천한 열녀를 이렇게 기록한 것이다. 동선이 손을 잘라버리는 행동은 바로 이 같은 열녀의 형상이다.

동선이 죽음에 이르는 과정과 호손달희에게 더럽혀진 손을 자르는 행위까지는 현실적 국면으로 사건이 전개되었다. 동선과 서문적

40 《동선기》, 앞의 책, 226쪽.

41 강명관, 앞의 책, 161쪽.

의 결연과 전란으로 인한 이별의 서사는《최척전》의 옥영과 최척의 서사에서처럼 사실적이다. 전란을 겪으면서 직간접으로 경험해 보았던 사건이기에 쉽게 서사화될 수 있었고, 그로 인해 사건 전개는 사실적인 경향을 보인다. 그러나 동선의 열행 이후의 사건 전개는 비현실적 국면으로 바뀌어 버린다. 죽었던 동선이 살아나는 사건, 도끼로 자른 손이 다시 붙는 사건, 동선과 서문적 일행이 도죽산으로 들어가는 마지막 장면 등이 그것이다. 현실적인 국면으로 사건이 잘 전개되다가 느닷없이 등장하는 비현실적 국면은 어떻게 보아야 할까? 더구나 그 바탕에는 도교 사상이 자리하고 있다.

열행을 실천한 여성의 이야기를 꾀했다면 동선의 죽음에서 서사는 마무리되었어야 했다. 그러나 작가는 여주인공을 다시 살려냈다. 죽음으로써 열행을 실천한 열녀 담론이 지배적인 당대의 분위기와는 분명 다른 것이다. 정절을 실천하기 위해 전란 중에 종사한 수많은 여성에 대한 기억이, 적어도 작자에게는 찬양의 대상이기보다는 연민의 대상으로 다가왔던 것이다. 특히 죽지 않았을 수도 있는데, 남편을 죽은 것으로 생각하고 무모하게 종사한 여성에게는 죽음보다는 재회의 희망을 갖게 하는 것이 효과적이라 생각했던 것이다.

동선이 소생하여 서문적을 구출하는 과정으로 사건을 진행시킨 것은, 그 과정에서 또 다른 고난을 겪게 되지만, 작가의 의도가 어디에 있는지를 분명하게 드러낸 것이다. 죽음이라는 극단적인 선택보다는 고난의 극복 과정을 통해서 희망을 전하고 싶었던 것이다. 궁극적으로는 동선과 서문적의 행복한 재회를 꿈꾼 것이기에 가능했다.

서문적을 구출한 이후에 동선과 서문적은 도죽산으로 들어가는 것으로 이야기는 끝이 난다. 죽어서 승천하는 것이 아니라 뒤따르는 무리 백여 명을 데리고 자원해 은둔한다는 점이 낯설다. 동선의 주도하에 떠날 채비가 계획적으로 진행된 데 이어 이웃의 자원자 백여 명과 함께 댓잎을 타고 도죽산에 숨어들었다고 했다. 도죽산은 선계이다. 동선과 서문적 일행은 선계에서의 영생을 꿈꾸었던 것이다. 인간의 삶을 억압하는 유교적 이데올로기에 대한 거부가 도선적 삶의 지향으로 나타났다고 할 수 있다. 죽음이 없고 구속이 없는 자유분방한 삶의 추구는 경직된 이데올로기를 극복할 때 가능했던 것이다.

3) 《한강한전》의 이씨

《한강한전》[42]의 여성 서사의 지향은 앞의 두 작품과는 다르다. 유교적 이데올로기에 더욱더 충실한 모습을 보여주고 있어 주목된다. 이는 가문소설적 성격을 띠고 있는 작품 성격과 무관하지 않다고 본다. 이 작품은 가문의 실질적인 가장인 위씨와 이씨를 중심으로 서술된다. 1대에 해당하는 한타는 청렴강직한 인물로 나이 50이 되도

---

42 《한강한전》은 한강한 4대에 걸친 이야기로, 약 44,000여 자의 분량의 작품이다. 이 작품은 현재 영남대학교본(《한강한젼》, 110면), 규장각본(《韓江玄傳》, 102면), 다곡본(《한강현전》, 95면) 등 3개의 이본이 있는 것으로 알려졌다. 이본 가운데 다곡본의 경우, 작품 말미의 필사기인 "셰당 슝졍 긔원후 병진"으로 미루어 崇禎 紀元後 丙辰은 1676년(숙종 2)으로 추정하고 있으며, "이 칙 듀인는 선졍 회직선싱 무첨종파 직일가벌 셩듀딕 말녀 리소저 함규지물이라"라는 필사기를 통해서 회재 이언적(1491~1553)의 후손으로 무첨종파 제일가벌(第一家閥) 성주댁 말녀 이소저로 보고 있다. 세 이본의 계통관계는 분명히 드러나지 않는데, 영대본이 다곡본과 가까운 것으로 보인다. 규장각본은 완본이 아니다.(서인석·권미숙, 「영대본 한강한전 해제 및 주석」, 『국어국문학연구』 26, 영남대학교 국어국문학과, 1998 참조.) 따라서 본 연구의 대상 자료는 영대본 《한걍한젼》으로 한다.

록 부인 위씨와의 사이에 일점혈육이 없던 중, 부인이 태기 있음을 알고 기뻐하지만 부인이 자녀를 낳기 전 우연이 병을 얻어 끝내 자식을 보지 못하고 죽는다. 한타는 자신의 죽음을 예견하고 부인에게 만약 아들을 낳지 못하면 '취양(取養)'하여, 자신의 사후 가문의 뒤를 이을 것을 강조한다. 위씨는 상중에도 태아를 위해 의연하게 대처한다. 위씨는 남편을 대신하여 가문을 이끌고, 유복자 진한이 가문을 올바로 이끌 수 있도록 손수 글을 가르치며, 검소한 생활 속에서 엄하게 교육한다. 위씨는 전 승상 이경복의 무남독녀인 이소애를 며느리로 맞이하고, 진한은 과거에 급제하여 학사 벼슬에 오른 후, 가달의 난을 평정하러 중군장으로 참전한다. 이씨는 남편이 참전한 사이에 아들 한강한을 낳는다. 위씨가 세상을 떠나고, 진한도 전사한다.

이 작품의 주된 서사는 한진한의 전사 이후이며, 주목할 인물은 한진한의 부인인 이씨이다. 이씨는 전사한 남편의 유골을 찾아와 안장을 하고, 이후로 대부인으로서 가문을 이끄는 인물이다. 이씨의 남편 한진한은 가달의 난에 중군장으로 참전했다가 전사하는데, 편지를 써서 자신의 말로 하여금 집에 전달하게 한다. 남편이 전사했다는 소식을 듣고 이씨는 유골을 수습하고자 하나, 시비들이 "만일 불행하오면 사당을 누가 받들며 어린 애기를 어찌 길러내리이까? 다시 생각하옵소서"라며 막는다. 이에 이씨는 다음과 같이 응대한다.

> 니씨 눈물를 흘너며 왈, "너ᄋᆡ 정셩을 다하여 공자를 잘 질너 한씨ᄋᆡ 샤당 ᄉᆞᆼ화을 ᄭᅳᆫ치 말나. 이난 너ᄋᆡ 츙심ᄋᆡ 잇난 겨시요, 나도 ᄯᅩ한 학사ᄋᆡ ᄒᆡ골을 차자 션ᄉᆞᆫᄋᆡ 안쟝ᄒᆞ니 ᄂᆡ 졀힝이라. 무릇 사람ᄋᆡ 일ᄉᆡᆼ 일사난 샹ᄉᆞ라. 불힝하여 쥭다 졀힝을 ᄯᅳᆺ지 아니 하리요. 너ᄋᆡ난 일

> 시 목젼 ᄉᆡᆼ각뿐니너이와 나ᄂᆞᆫ 이무[미] ᄃᆡᄋᆡ(大義)을 졍하여신니 난간치 말나." 옥낭 등이 다시난 혀을 말삼이 업셔 물너나이다.[43]

이씨는 남편의 해골을 찾아 선산에 안장하는 것이 '절행'이라고 강조하고, 불행하여 죽을지라도 절행을 행하지 않을 수 없다고 한다. 죽음을 각오한 이씨는 종 막선을 데리고 길을 떠나나 산속에서 길을 잃고 만다. 청의동자의 인도 아래 어떤 노인을 만나 음식과 약을 받고, 말이 가는 대로 따라 가라는 가르침까지 받는다. 이씨는 "그제야 자기 아버님인 줄 알고 공중을 향하여 치사하고 노인 수작하던 말"을 종 막선에게 전한다. 이 노인은 시아버지가 현현한 것이다. 시아버지의 가르침을 따라 말이 가는 대로 행하여 서주에 이르렀다.

> 이려구로 ᄒᆡᆼ한 지 삼 삭만ᄋᆡ 셔쥬당[땅] 이르니 몸이 뇌곤ᄒᆞᄆᆡ ᄒᆡᆼ역할 길 업셔 잠간 조우던이 비몽간ᄋᆡ 송흥밋히셔 보든 노인니 와 이로ᄃᆡ, "이지인 다 왓시니 ᄂᆡ 쥬든 약을 먹고 가라." 하겨날, 니씨 약 봉지을 ᄂᆡ여 멱으려 할 지 막션니 질 가기을 ᄌᆡ촉ᄒᆞ겨날 소ᄅᆡᄋᆡ 놀ᄂᆡ ᄀᆡ달으니 남가일몽니라. (173쪽)

이씨의 꿈에 다시 나타난 노인은 시아버지이다. 남편의 시신을 수습하러 가는 중에 만난 난관은 시아버지의 도움으로 극복된다. 시아버지의 몽조는 《최척전》의 장육불의 몽조와 같다. 흥미로운 것은

---

43 서인석·권미숙, 「영대본 한강한전 해제 및 주석」, 『국어국문학연구』 26, 영남대학교 국어국문학과, 1998, 169쪽.(이하 작품 인용은 이 논문집의 해당 쪽수만 밝히기로 한다.)

《최척전》의 옥영이 위기에 처할 때 현몽한 것은 장육불이고, 《동선기》의 동선이 위기에 있을 때 등장한 존재가 신선임에 비해, 이씨의 꿈에 나타난 인물은 시아버지인 점이다. 시아버지의 몽조는 이 작품의 지향을 짐작케 하는 요소이다.

이씨는 시아버지의 도움을 얻어 남편의 유골을 찾고, 남편을 따라 죽으려고 하나 막선의 만류로 유골을 수습해 귀가한다. 집으로 돌아와 관곽을 갖추어 대부인과 함께 선산에 안장하고, 삼일이 지난 후에 이씨는 죽기를 결심하고 음식을 먹지 않고 침금을 덮고 누워 일어나지 않는다. 시비 등이 공자가 장성함을 기다려 영화를 보고 사당을 받드는 것이 옳다고 만류하자, 이씨는 "무릇 세상에 부부라 하는 것은 생즉동생 사즉동혈함이 응당함이라. 내 이미 지원(至願)을 이루었으니 마땅히 가군의 뒤를 좇는 것이 열녀의 행실이라"고 하면서 간섭하지 말라고 한다. 《삼강행실도》 열녀 편에서 보았던 대로 종사(從死)로써 열행을 실천하려는 것이다.

계속되는 만류에 이씨는 순임금이 남쪽에 순수(巡狩)하다가 붕(崩)한 후에 그 처 아황과 여영이 뒤를 좇은 사적을 거론하면서 결심을 굽히지 않는다. 그러자 남편 유골 수습에 동행했던 막선이 선대감이 보내신 약병이나 보라고 간청한다.

> 이씨 ᄉᆡ달나 약병얼 가져오라 ᄒᆞ여 여불[여러 번] 봉한 겨슬 써여 본니 편지봉이 잇난지라. 이씨 피여본니 '부인 니씨겨 젼ᄒᆞ노라' 하엿드라. ᄂᆡ면ᄋᆡ 하엿시되, "만 니 즁ᄋᆡ 왕반(往返)은 잘하니 라[다]힝하다. ᄂᆡ 쥬든 약을 먹기[여] 너를 구함이 사당ᄋᆡ 향화을 근치지 안니함이라. 옥황기[께]옵셔 너 정셩감응ᄒᆞ사 복(福) 차지한 션관(仙官)

> ᄋᆡ 젼고(傳告)ᄒᆞ옵셔 몸숨을 일기을 보존하며 복녹으로 무량(無量)ᄒᆞ겨 하여시니 엇지 쳔명을 겨역ᄒᆞ리요. 부지럽시 쥭지 말고 쳔명을 슌슈(循守)ᄒᆞ여 손아(孫兒) 잘 질너 ᄇᆡᆨ자쳔손을 볼 겨사ᄆᆡ 한 잔 차을 보ᄂᆡ난니 멱으라." 하엿드라. 이씨 편지을 보기 맛치ᄆᆡ 절사할 ᄯᅳ지 업난지라. (179쪽)

이씨의 시아버지가 편지를 통해 강조한 것은 사당에 향화를 끊어지지 않게 하라는 것과 손자를 잘 길러 백자천손을 보라는 것이다. 조상 제사와 자손 번성의 의무를 이씨에게 부여한 것이다. 시아버지의 현몽은 의지할 데 없는 이씨를 보호하고 그 행위의 정당성을 부여하는 기능을 하며, 시아버지의 현현은 이씨의 삶에 직접적으로 개입하여[44] 유교 이데올로기를 더욱더 공고히 하는데 기여하고 있다. 이후 이씨의 행적이 이를 뒷받침한다.

이씨는 시아버지의 글을 읽고 절사할 뜻을 버리고, "장사 후 절사하기를 정하였으매 정을 붙이지 않은" 아들을 안으며 "백자천손의 후록을 보리라" 다짐하면서 시아버지가 보낸 차를 마시고 평상시 기운을 찾는다. 죽음을 유예하고 자식을 키우는 경우 역시 자녀에 대한 자연적 애정과 연민, 즉 모성에 기인한 것은 아니다. 그것은 역시 가부장제의 명령이다. 이는 남아에 해당하는 경우이며, 남편의 제사를 받들 사람 혹은 대를 이을 사람을 양육한다는 의미였다. 열이 자연적 모성에 선행한다는 것이다.[45] 가부장제의 강화는 남성에게서만

44 강인범, 「한강현전의 현실인식과 그 형상화 방식」, 『한국문학논총』 29, 한국문학회, 2001, 115쪽.

45 강명관, 앞의 책, 510~511쪽.

이 아니라 여성, 가장권을 가진 대부인에게서도 실천되었다.

이후의 서사는 대부인 이씨를 중심으로 한 가문 창달과 번영의 서사로 전개된다. 장편 가문소설의 서사 문법에서 벗어나지 않는다. 아들 한강한은 석상서의 딸과 정혼한 후에 가달의 난을 만나 원수로 출전하여 승전을 하고, 황제의 동생인 초왕의 딸과 늑혼을 하게 되어 공주와 석소저를 부인으로 얻는다. 한강한은 북방의 도적을 방비하러 순무어사로 나갔다가 양통판의 딸을 구출하여 남매를 맺는다. 이 모든 사건 전개에 중심을 이루고 있는 인물은 대부인 이씨이다. 이씨는 엄정한 치가(治家)로 집안의 중심을 잡는 인물이다. 작품의 결말 부분은 회갑을 맞이한 이씨가 아들 손자 며느리를 앞세우고 잔칫상을 받는 장면과 후손의 부귀영화를 누리는 것으로 대단원을 맺는다.

> 이적ᄋᆡ 구용이 각〃 아달 다섯식 나흔되 다 긔골이 쥰슈하고 기이한지라. ᄃᆡ부인이 손쟈 보물 질기 분부하신니, 연왕과 두 왕후, 아홉 손부 다 각〃 자식 겨날여 들어간이 ᄃᆡ부인이 차ᄅᆡ로 드려오라 하여 보시고 미미히 우ᄋᆡ시며 하나식 차ᄅᆡ로 본이, 명인총혀하여 그이한 골격이 사람ᄋᆡ 집이 극키 셩한지라. 왕을 도라보와 왈, "이지 사람ᄋᆡ 집이 이렷텃 셩하미 샹셔롭지 안이타." 하신이 왕이 부복 ᄃᆡ왈, "엇지 임으[임의]ᄃᆡ로 하올잇가." 하며 셔로 질기다가 물너나오이라.
>
> (206쪽)

이씨의 가문 번성은 정절의 대가임을 작자는 분명히 밝히고 있다. 회갑연에 참석한 초왕후가 이씨를 향하여 "만 리 외에 가서 낭군의 해골을 찾아 왔으니 그 정절이 천지개벽 후 처음이라. 하늘이 감동하여 오늘날 이 경사 있사오니 어찌 두렵지 않으리오"하니, 이씨는 "응당 할 일이다. 어찌 인사를 받으리까?"라고 대답한다. 대부인 이씨의 치가(治家)와 이로 인한 가문의 번성과 영화는 이씨의 정절에서 비롯된 것이다.

이씨는 남편의 유골을 수습하고 종사(從死)를 하려고 했다. 종사는 열녀의 행동이다. 이씨 또한 열녀의 행위를 따르고자 했던 것이다. 그런데 이씨가 마음먹은 종사는 일어나지 않았다. 작자는 이씨를 열녀의 형상이 아닌 다른 모습으로 만든 것이다. 그렇기에 이씨의 죽음을 유예시킨 것이다. 유예시킨 이유는 시아버지의 편지에 기록되어 있다. 조상 제사와 자손 번성이다. 이점이 바로 작자의 의도인 셈이다. 종사로 인한 열녀의 형상보다는 가문을 위한 여성의 형상에 방점을 둔 것이다. 여성에 대한 유교의 이미지는 이중적인데, 한편으로는 정숙하고 순종적이어야 하며, 또 한편으로는 강하고 책임감이 있어야 했다.[46] 덕이 있는 여성상이다. 작자는 이씨를 강하고 책임감 있는 여성의 형상으로 만든 것이다. 개인의 명예보다는 가문을 위해 봉사하는 여성의 이미지는 이씨를 통해 확인한 셈이다. 국가－남성이 만들어 놓은 가문을 위해 봉사하는 여성상은 이 작품에서 비로소 만날 수 있다. 결국 이 작품은 유교적 이데올로기를 더욱 공고히 하려는 의도가 강한 소설로, 앞의 두 작품과 차별된 모습을 보이고 있다고 하겠다.

---

46 마르티나 도이힐러, 앞의 책, 358쪽.

***

17세기에 조선 사회를 관통했던 열녀 담론은 절사한 열녀 이야기로 장식되었다. 국가 – 남성은 자신들의 지배논리를 강화하기 위해 절사한 열녀를 양산해 냈다. 《동국신속삼강행실도》 등을 통해 열녀를 계몽하고자 했고, 그에 따라 열녀전과 같은 문학 작품에서는 이에 부응하는 열녀의 행위를 입전하는 경우가 많아졌다. 실기도 이에 벗어나지 않았다. 전란을 체험한 작가들의 견문 기록 가운데 여성에 관한 것은 정절을 위해 목숨을 던진 기록이 대부분을 차지한다.

그러나 소설에서는 다른 양상을 보이고 있다. 《최척전》의 옥영, 《동선기》의 동선, 《한강한전》의 이씨는 전란의 참상을 겪은 인물이라는 점에서 공통점을 지니고 있다. 열녀 담론에서 형성된 절사로 목숨을 버려야 하는 상황도 공통적으로 경험한 인물이다. 그런데 이들 소설의 여주인공은 죽지 않았다. 아니 작자는 여주인공을 죽이지 않았다.

여주인공은 죽음의 상황을 맞이하지만 각각 장육불, 신선, 시아버지의 몽조로 인해 위기가 극복되고 있다. 열녀 담론이 무성한 현실에서 절사에 대한 회의는 각기 다른 방향으로 반향을 일으켰던 것이다. 《최척전》은 살생을 금하고 있는 불교적 입장을 끌어들임으로써 유교적 질서를 위해 죽음까지도 찬양해야 되는 당대의 열녀 이데올로기에 정면으로 대응한 것이다. 《동선기》의 주인공은 선계에서의 영생을 꿈꾸었던 바, 인간의 삶을 억압하는 유교적 이데올로기에 대한 거부가 도선적 삶의 지향으로 나타난 것이다. 《한강한전》은 종사에 의한 열녀의 형상보다는 가문을 위한 여성의 형상을 지향하고 있다. 조상 제사와 자손 번성이라는 현실적 목적을 위해 죽음은 유예되었고, 대신 강하고 책임감 있는 여성 형상을 만들었던 것이다.

지배문화에 대한 불만은 쉽게 문학적 소재가 될 수 있다. 지배자들은 개인의 과거뿐만 아니라 미래까지도 찬탈해 간다. 그들은 기억에 자신들을 남기고 그 행적을 기념비로 남긴다. 이런 공식적인 기억 정치의 맥락에서 벗어난 여성과 세속의 기억은 문학적 이름으로 회귀한다. 문학에서만 그런 기억이 권리를 찾을 수 있는 것은 공적 기억의 검열과 왜곡으로부터 자유로울 수 있기 때문이다.[47] 《최척전》의 옥영, 《동선기》의 동선, 《한강한전》의 이씨의 형상은 당시의 지배층이 만들어 놓은 열녀 담론에서 형성되었던 여성 형상과는 다르다. 절사를 택하지 않았음에도 그녀들의 열행은 그려졌다. 17세기 소설사에서 여성의 열행은 다양한 방식으로 서사화된 것이다.

---

47 변학수, 『문학적 기억의 탄생』, 열린책들, 2008, 56쪽.

Ⅴ. 근대 초기 《임진록》의 전변 양상

1. 일제 강점기 《임진록》의 행방

조선조에 주로 향유되었던 우리의 고소설은 근대 초기까지도 그 영향력을 잃지 않았다. 필사본이나 방각본으로 유통되던 소설이 근대식 인쇄 방법의 등장과 함께 새롭게 간행되면서 더 많은 독자를 찾아가게 된 것이 주된 이유이다. 1910년대 이후 등장한 소위 활자본 소설은 고소설의 영향을 근대에까지 이어지게 한 계기가 되었다고 할 수 있다. 독자층이 두꺼웠던 문학 작품을 통해 상업적 이윤을 얻고자 했던 출판사는 당시에 많은 독자층을 형성하고 있었던 고소설을 주목했으며, 그 결과 다양한 고소설 작품이 활자본으로 출간되었던 것이다.

활자본 소설의 목록을 들여다보면 방각본으로 간행되었던 대부분의 작품이 활자본으로 출간되었다. 방각본으로 이미 간행되었던 작품들은 그 상업적 성패가 검증되었기 때문에 거의 모든 방각본 소설이 활자본으로 간행되었던 것이다.[1] 그런데《임진록》은 유독 활자본으로 간행되지 않았다. 한문본은 물론 한글본까지 존재하는《임진록》은 조희웅의 보고에 따르면 이본의 숫자만 헤아려 보아도 100여 종이 넘는다. 이 가운데 대부분이 필사본이지만, 방각본도 10여 종이나 된다.[2] 다른 작품과 비교해 보아도 이본의 수가 결코 적지 않은《임진록》이 활자본으로 출간되지 않은 것은 일제 강점기라는 시대적 상황을 감안하면 쉽게 이해할 수 있다.

근대 초기에 활자본으로 출간되지 않았다고 해서《임진록》이 향유되지 않은 것은 아니다. 당시에도 여전히 인기 있는 작품이었다는 사실은 신문 기사를 통해 확인할 수 있다.

(가)

告每日申報

敬啓者 貴報之特立大韓地分ᄒᆞ야 國是를 論定ᄒᆞ고 民智를 開發ᄒᆞᆷ이 至矣며 美矣로ᄃᆡ 尤極感謝ᄒᆞᆯ 者則一端이 亦有ᄒᆞ니 我韓의 民은 性質이 愚迷ᄒᆞ고 習尙이 虛僞ᄒᆞ야 無根ᄒᆞᆫ 小說을 偏信ᄒᆞ고 未來에 變局을 妄度ᄒᆞᆫ 故로 或秘訣이니 方書니ᄒᆞᆫ것도 准聽ᄒᆞᆯᄲᅮᆫ더러ᄯᅩᄒᆞᆫ 名城巨都와 鄕村閭落에 盛行ᄒᆞᄂᆞᆫ 이약이冊이 有ᄒᆞ니 日趙雄傳이며 大鳳傳이며 忠烈傳이며 大成傳이며 三國誌三券이며 壬辰錄이라ᄒᆞᄂᆞᆫ것을 鋟梓以國文으로 翻謄以細書ᄒᆞ야 陳陳堆積ᄒᆞ고 矻矻玩覽ᄒᆞ야 日力만 費ᄒᆞᆯᄲᅮᆫ아니라 (… 중략 …) 此報購覽ᄒᆞ기ᄅᆞᆯ더욱 必要ᄒᆞᆷ (大韓每日申報, 1906.9.26.)

---

1 이주영,『구활자본 고전소설 연구』, 월인, 1998, 68쪽.

2 조희웅,『고전소설 이본목록』(집문당, 1999.),『고전소설 연구보정』(박이정, 2006.) 참조.

(나)

<u>임진록</u>을 닑다가 감동ᄒᆞᆷ이 잇노라

인심의 엇더ᄒᆞᆫ 것을 ᄯᆞ라 그 나라이 흥ᄒᆞ고 망ᄒᆞᆷ은 고금이 다름이 업거니와 임진년에 한일 젼징ᄒᆞᆫ 력ᄉᆞ를 닑으ᄆᆡ 더욱 그 확실ᄒᆞᆫ줄을 ᄭᆡ닷겟도다 (… 중략 …) 그ᄯᆡ의 인심을 볼진ᄃᆡᆫ 산림가온ᄃᆡ 숨어잇ᄂᆞᆫ 궁곤ᄒᆞᆫ 션ᄇᆡ도 나랏 일을 위ᄒᆞ야 ᄑᆞᆯᄯᅮᆨ을 ᄲᆞᆸ내며 농토에 뭇친우쥰ᄒᆞᆫ ᄇᆡᆨ셩도 나랏 일을 위ᄒᆞ야 홈의를 놋코 니러나며 챵기ᄂᆞᆫ 일개 매음ᄒᆞᄂᆞᆫ 쳔ᄒᆞᆫ 계집이언마ᄂᆞᆫ 뎍장을 안고 강물에 ᄯᅥ러져 죽은기ᄉᆡᆼ도 잇스며 승도ᄂᆞᆫ 일개산즁에 슈도ᄒᆞᄂᆞᆫ쟈 이언마ᄂᆞᆫ 쟝삼을 닙고 승병을 모집ᄒᆞ야 뎍병과 죽기를 결단ᄒᆞᆫ 즁도 잇셔셔 흐르ᄂᆞᆫ피로써 챵과 춍을 ᄃᆡ신하며 산과ᄀᆞᆺ흔 의기릐로써 갑쥬를 ᄃᆡ신ᄒᆞ며 일심단톄로써 셩곽을 ᄉᆞᆷ어 다만 그나락만 알고 그몸과 집은 아지못ᄒᆞ엿스니 인심이 이와ᄀᆞᆺ흔ᄯᆡ에ᄂᆞᆫ 셜령 쳥졍의 엇ᄀᆡ에 두 ᄂᆞᆯᄀᆡ가 나며 힝쟝의 머리에 셰ᄲᅳᆯ이 나셔 범과ᄀᆞᆺ치 악독ᄒᆞ며 ᄉᆞᄌᆞ와ᄀᆞᆺ치 용ᄆᆡᆼ스럽드ᄅᆡ도 무엇을 념려ᄒᆞ며 두려워ᄒᆞ리오(… 하략 …) (대한ᄆᆡ일신보, 1908.4.7.)

(＊밑줄 필자)

활자본 고소설이 본격적으로 출현하기 이전의 신문 기사를 통해 《임진록》이 당시 대중들에게 인기 있었던 작품임을 충분히 짐작할 수 있다. (가)는 대도시는 물론 향촌의 마을에서도 《임진록》을 즐겨 읽었음을, (나)는 《임진록》을 통해 임진왜란 당시에 곤궁한 선비, 우준한 백성, 창기, 승병 등이 활약했던 사실을 알게 되었음을 밝히고 있다.

이처럼 《임진록》은 많은 사람에게 흥미롭게 읽힌 독서물 가운데 하나였지만, 작품의 내용이 항일감정을 불러일으키기에 충분했기에 활자본으로 출간되기에는 적잖은 어려움을 겪었던 것으로 보인다.[3]

아래의 신문 기사는 이러한 정황을 알려 주는 예이다.

> 壬錄不見
>
> 閭巷間에 古談을 閱覽ᄒᆞᄂᆞᆫ 人民들이 壬辰錄을 購覽코져ᄒᆞ되 近日市上에 該錄이 稀貴ᄒᆞ다ᄂᆞᆫᄃᆡ 巷說을 得聞ᄒᆞᆫ즉 日人이 該册을 隨見貿去ᄒᆞᆫ 裏由라도ᄒᆞ며 或說은 日人이 此册을 切憎之ᄒᆞᄂᆞᆫ 故로 市民들이 放賣치 아니ᄒᆞᄂᆞᆫ 故라 ᄒᆞ더라 (大韓每日申報, 1907.2.26.)

《임진록》을 볼 수 없다는 제목 하에 쓰인 0기사이다. 고담을 즐겨 읽는 인민들이《임진록》을 사서 읽고 싶어 하나 시중에 책이 희귀하기 때문에 그렇게 하지 못한다는 것이다. 시중의 소문을 들어 그 이유를 알게 되었는데, 일본인들이 보는 대로 거두어 갔거나, 혹은 일본인들이 이 책을 싫어하기 때문에 시민들이 방매하지 않기 때문이라고 전하고 있다.

《임진록》은 일반 대중에게 즐겨 읽혔던 소설이었으며, 동시에 당시의 시대적 분위기로 인해 시중에서 자취를 감출 수밖에 없었던 정황을 신문 기사를 통해 확인할 수 있다.《임진록》에 대한 일본인들의 부정적인 시선은 이미 존재하고 있었다. 이에 더하여 간행 도서에 대한 검열제도의 도입은《임진록》이 공간되는 통로마저 원천적으로 막게 되는 원인이 되었다.

조선 출판물에 대한 검열은 을사늑약 이후 이른바 통감정치시기에 본격화되었다. 이때 신문지법(1907)과 출판법(1909)이 반포되어

---

3 활자본으로 간행되지 않았으나 1910년대와 1920년대에 필사된 필사본은 전하고 있다.

식민지 검열행정의 법적 기준이 마련되었고, 출판물 검열에 대한 행정문서의 기록과 축적이 시작되었다.[4] 1926년 조선총독부 경무국 도서과의 설립으로 식민지 출판경찰의 업무는 보다 고도화되었는데, 조선에서 간행되거나 유통된 출판물과 그 검열 상황을 정리하는 것이 핵심적인 역할 가운데 하나였다.[5] 일제하 검열에 관한 기초 자료의 하나로 1929년부터 1941년까지 조선총독부 경무국에서 매년 출판한 『조선출판경찰개요』를 들 수 있는데, 1937년 판에는 다음과 같은 기록이 있다.

> 족보, 문집 등에는 崇明思想을 고취하고 '壬辰의 役' 및 일한병합 전후의 內鮮關係의 史實을 서술하며 비분강개하는 구절로 排日에 이바지하려는 내용이 들어 있다. (… 중략 …) 당국은 그 원고를 검열할 때 가차 없이 적당한 조치를 강구하고 지도에 힘써왔다.[6]

임진왜란과 관련된 글로 배일에 이바지하는 글들은 검열 대상이었음을 알 수 있다. 실제 사례 가운데 하나로《송암집(松菴集)》출판 당시, "전면 삭제토록 한 글은 조선의 임금에 대한 충성심을 나타낸 글, 임진왜란 시 왜적에 항전하거나 적개심을 표현한 글, 일제 강점 및 시책에 대한 비판적인 글, 백제에 대한 회고의 글, 임진왜란 시 왜적에 항전한 내용을 담은 글, 일제시기 의병에 관한 글, 임란 의병

---

4 정근식, 「식민지적 검열의 역사적 기원」, 『사회와 역사』 64, 한국사회사학회, 2003.

5 정근식·최경희, 「도서과의 설치와 일제 식민지 출판경찰의 체계화 1926~1929」, 『식민지 검열, 제도·텍스트·실천』, 소명출판, 2011.

6 조선총독부 경무국 도서과, 『조선출판경찰개요』, 1934, 62쪽.

에 관한 글 등을 삭제토록 하였다"[7]는 보고에 비추어 본다면 《임진록》이 출판되지 못한 것은 당연한 일이다.

그렇지만 일제 강점기 당시 우리 민족에게 임진왜란이 의미하는 바는 적지 않았기에 이를 비껴나갈 방법을 강구한 것이 임진왜란 당시 활약한 인물에 대한 개별적인 전기를 마련하는 것이었다. 이를 통해 어느 정도 《임진록》의 독서 욕구가 해소될 수 있었다. 실제로 임진왜란 당시 활약했던 인물을 표제로 내세운 작품의 간행 사례는 적지 않다. 《임진록》의 개별 화소를 점하고 있던 등장인물을 따로 분리하여 개인 전기의 형식으로 작품을 구성한 것이다. 주로 1920년대 후반에 집중적으로 간행되었는바, 작품을 열거해 보면 다음과 같다.

㉮ 忠武公李舜臣實記 츙무공리순신실긔(영창서관, 1925)
㉯ 李舜臣實記 리순신실긔(崔瓚植, 박문서관, 1925)
㉰ 李舜臣傳(張道斌, 고려관, 1925)
㉱ 忠勇將軍 金德齡傳 충용장군 김덕령젼(張道斌, 덕흥서림, 1926)
㉲ 西山大師와 四溟堂 셔산ᄃᆡ사와 사명당(張道斌, 덕흥서림, 1926)
㉳ 義氣男兒 申砬申大將實記 신립신대장실긔(獨步, 태화서관, 1927)
㉴ 李舜臣傳 리슌신젼(회동서관, 1927)
㉵ 壬辰名妓 論介實記 임진명기론개실긔(덕흥서림, 1929)[8]
㉶ 壬辰名將 李如松實記 임진명장리여송실긔(玄丙周, 덕흥서림, 1929)

---

7 성봉현, 「일제시기 문집간행과 출판검열」, 『서지학보』 31, 한국서지학회, 2007, 82쪽.

8 이 작품의 현전 자료는 영남대학교 도서관 소장본과 방민호 교수 소장본 두 종이 있다고 알려져 있다. 필자는 영남대학교 도서관본만 확인할 수 있었던 바, 영남대학교 도서관본은 첫 장이 파손되어 작품의 시작이 어떻게 되는지 알 수가 없다.

차 壬辰兵亂 淸正實記 임진병난청정실긔(덕흥서림, 1929)
카 壬辰兵亂 都元帥權慄 임진병란도원슈권률(덕흥서림, 1930)
타 秀吉一代와 임진록壬辰錄(玄丙周, 신구서림, 1930)
파 壬辰名將 金應瑞實記 김응서실긔(세창서관, 미상)

임진왜란 당시 활약했던 장수인 이순신(李舜臣), 신립(申砬), 권율(權慄), 김덕령(金德齡), 김응서(金應瑞)는 물론이고, 의병장 서산대사(西山大師)와 사명당(四溟堂), 그리고 기녀 논개(論介)를 표제로 한 작품이 출간되었다. 이에서 그치지 않고 조선에 구원병으로 출전한 명나라 장수 이여송(李如松)과 왜란을 일으킨 장본인인 도요토미 히데요시(豊臣秀吉), 그리고 그의 장수 가토 기요마사(加藤淸正)를 주인공으로 내세운 작품이 출간된 점이 흥미롭다. 이 가운데 《수길일대와 임진록》만이 '임진록'을 표제로 내세운 점도 특이한 점이다.

2. 《임진록》과 역사전기

표제에서 확인할 수 있는 바처럼 이때 등장한 작품들은 개별 인물의 전기를 표방하고 있다. 이 가운데 임진왜란 당시 활약했던 장수를 표제로 내세운 작품은 역사전기의 성격이 강하다. 작품마다 그 지향점은 다르지만 임진왜란 당시 활약했던 역사 인물의 전기를 서술한다는 입장은 같다. 각 작품의 서두를 보면 이 점이 확연히 드러난다.

(가) 리순신(李舜臣)의 자(字)는 여해(汝諧)요 선향은 덕수(德水)니 서력긔원 일천오백사십오년 조선 인종대왕 원년을사(仁宗大王元年乙巳) 삼월초팔일자시에 서울 건천동(乾川洞)에서 출생하니라. 순신의 선조(先祖)는 다 글을 공부하야 선비로 출신하얏스나 순신은 나서붓허 천성이 웅장하고 용맹이 잇서 큰 장수될 자격을 가젓스며 겸하야 그 전래의 가풍으로 정직한 마음과 충렬한 절개를 수양하얏고 더욱 호걸스러운 성질과 장쾌한 생각과 활발한 긔운을 구비하얏더라 (리순신전)

(나) 전라도 광주군 석저촌에서 장수가 나니 성은 김이오 일음은 덕령이오 자는 경수니 어려슬때붓터 매우 영특하야 긔골이 비상하고 소리가 크고 풍채늠늠하더니 밋 나히 점〃 잘아매 키는 조곰하되 날내기 나는 새갓흐며 담이 커서 용긔가 텬하에 드러나며 더욱 큰 뜻시 잇셔 세상을 구제할 생각이 잇스며 노하면 눈에 불이 나셔 밤쭝에도 눈의 불빗히 번뜻니라 비취이더라 (김덕령전)

(다) 평안도(平安道) 룡강(龍岡) 쌍에 장사가 낫다고 한동안 써들든 그 장사가 곳 김응서(金應瑞)엿다 한양건천동(漢陽乾川洞)에는 리순신(李舜臣)이 나고 전라도(全羅道) 광주(光州)에는 김덕령(金德齡)이 나고 하든 그 무렵에 김응서도 장사라고 써드럿다 (김응서실기)

(라) 서산대사는 일홈이 휴정(休靜)이오 호는 청허당(淸虛堂)이오 성은 최오 본명은 여신(汝信)이오 자는 현응(玄應)이니 서긔일천오백이십년 경진 곳 조선중종대왕(中宗) 십오년삼월에 평안도 안주군에서 나니라. (서산대사와 사명당)

(마) 권율(權慄)의 자는 언신(彦愼)이오 호(號)는 만취(晩翠)니 본관(本貫)이 안동(安東)이다 령의정(領議政) 권철(權轍)의 아들로서 장성한 뒤에도 그 부친에게 어릴 쌔와 갓튼 귀염을 바더왓다 그 부친의 아들이 사형제로 권항(恒) 권개(愷) 권순(恂) 권률 이러하얏는데 가장 권률을 사랑하게 된 것은 차례가 망내아들이라는 것이엿다

(도원수 권율)

각 작품의 서두는 주인공의 가계와 출생에서 시작하여 비범함을 제시하는 것으로 시작한다. 일반적인 전기의 서술 방식을 따르고 있다. 이렇게 표면적으로는 전기 서술의 면모를 보이고 있으나 작품의 내용 구성을 보면 개별 인물의 역사적 행적 위주의 서술에서 벗어나 있다.

'이순신전'을 표방한 네 편의 작품은 소위 이순신계열《임진록》의 이야기와 다르지 않다.[9] 이순신과 관련된 작품의 내용 구성은 대부분《이충무공전서(李忠武公全書)》의「행록(行錄)」을 바탕으로 했기 때문이다. 이순신의 행적은 역사 기록이 분명하게 남아 있기에 '이순신전'을 표제로 내건 작품은 허구적 구성이 사실상 불가능했다.「행록」의 일화를 재구성하는 방식을 택한 것이다.

이 가운데 역사전기의 성격을 가장 잘 드러낸 것이 장도빈(張道斌)의《이순신전(李舜臣傳)》이다. 이 작품은 총 12장으로 나누어 이순신

9 네 작품 가운데 고려관 간행 장도빈(張道斌)의《이순신전(李舜臣傳)》(1925)과 회동서관 간행《리순신전》(1927)은 같은 작품이다. 고려관본은 국한문 혼용 표기임에 비해 회동서관본은 한글 표기에 인명과 관직명만 괄호 안에 한자를 넣은 한글표기이다. 회동서관본은 고려관본을 번역한 것으로 볼 수 있다.

의 탄생부터 사후까지 서술하고 있다. 9장까지는 이순신의 일대기를 서술하고, 10장부터는 '이순신(李舜臣)의 일사(逸事)', '이순신(李舜臣)의 사후(死後)', '이순신(李舜臣)의 가문(家門)'으로 나누어 서술하였다. 특히 10장에서는 "그 武功 以外에도 그의 多〃한 偉蹟이 實로 後人의 筆舌로 形容을 盡키 難하다"[10]는 서술과 함께 이순신을 평가하고 있다. 이순신의 면면을 정치가, 경제가, 교제가, 발명가, 효자, 비상한 애국자, 극히 정직한 사람이라고 소개하고 그와 관련된 일화를 열거하는 방식이다. 이때의 일화는 「행록」에 기술된 해당 내용이다. 본문에서 해당 일화를 서술하지 않고 이순신의 일대기를 엮으면서 따로 이렇게 한 곳에 모아 서술하는 식이다. 아주 다양한 면모를 지닌 이순신으로 평가한 것이다. 소설이라기보다는 전기를 저술한다는 의식이 작용한 결과이다.

최찬식(崔瓚植)의 《이순신실기(李舜臣實記)》도 전기를 서술한다는 입장은 마찬가지이다. 최찬식은 서문에서 "이에 리공에 뎐긔를 져슐하야 그 위대한 공훈을 만고에 젼하고자 손을 씻고 향을 피우며 붓을 들고 열누를 뿌리노라"[11]고 하여 전기 서술임을 분명히 밝혔다. 그럼에도 불구하고 다른 작품에 비해 허구적 서술이 많은 편이다. 가령, 아들 면의 죽음을 복수한 장면을 한 예로 들 수 있다. 면이 고향 아산에서 적군에게 전사하고, 이를 상심해 하던 차에 꿈에 아들이 나타나 자신의 원수를 갚아줄 것을 청하자 진중에 사로잡았던 왜적 가운데 범인을 잡아내 죽인 장면이다. 다른 작품에서 볼 수 없

10 장도빈, 《이순신전》, 고려관, 1925, 40쪽.
11 장도빈, 위의 책, 3쪽.

는 내용인데, 경판본《임진록》에 서술된 장면이다. 이 외에도 최찬식의 작품은 군담 장면에 대한 묘사가 자세한 편이어서 소설적 흥미를 더해주고 있다.

이와 같이 이순신 전기는 행적을 바탕으로 하고는 있지만, 그래도 작가의 목소리는 문면에 드러나고 있다. "장수 노릇"(《리순신전》(회동서관))을 한다든지, "영웅 출생하다", "위대한 인격과 절륜한 무용"(《충무공이순신실기》), "자못 영웅의 자격"이 있다거나, "천신도 감히 범접하지 못하겠더라"(최찬식, 《이순신실기》)는 식이다. 이순신의 전기를 서술하면서 범인과는 다른 영웅적 면모를 드러내고자 한 의도에 따른 것이다.

《김덕령전》은 장 구분을 "1. 김덕령의 출세, 2. 김덕령의 기병, 3. 김덕령의 출전, 4. 김덕령의 횡사"로 하고 있어 김덕령의 전기를 표방하고 있다. 그러나 구체적인 내용 전개는 임진왜란의 전개 과정을 중심 서사로 하면서 김덕령 이야기를 섞어 놓은 것이다. 이때 김덕령의 행적은《해동명장전》의 기록에서 크게 벗어나지 않고 있지만, 주인공의 영웅성을 드러내기 위해 다소 과장하거나 허구를 삽입하고 있다. 이 중에서 "4. 김덕령의 횡사" 부분이 유독 과장이 심하다. 마치 글의 초점을 억울한 죽음에 둔 것 같은 인상이다. 어떻게 보면 이 부분을 마련하기 위해 임진왜란사는 전경화된 것이라 할 수 있다. 이 4장은 김덕령이 이몽학의 난에 연루되어 비극적인 최후를 맞이하는 과정의 서술이다. 흥미로운 점은 조정에서 김덕령의 죄를 논하는 부분이 장황하다는 것이다. 선조를 중심으로 조정의 대신들이 모두 참여하여 김덕령의 죄를 논의한 후에 처형하는 것으로 서술되었다. 이 과정에서 "선조대왕이 덕령의 눈이 번개갓고 덕령의 말소리 뇌성갓흠을 보고 더욱 겁을 내여 이에 무사를 식여 덕령을 감옥으로 내려다가 엄중히 심문하야"[12]와 같이 선조의 나약함을 드러내는가 하면, "덕령이 종시 불복하니 감옥에서 독긔로 덕령의 살점을 씩어내여 쌔만 남거늘 쏘 톱으로 덕령의 쌔를 켜서 쌔가 모다 부스러진지라 덕령이 종내 불복하고 죽으니라"[13]에서처럼 죽음 과정을 잔인하게 서술하였다. 선조를 비롯한 위정자의 처신이 부당함을 드러내는 한편 김덕령의 억울한 죽음을 강조하기 위한 서술이다. 이와 같은 장면 서술은 소설 《임진록》에 등장하는 김덕령의 서사에서도 볼 수 없는 장면이다. 이 작품이 지향하는 바는 김덕령의 억울한 죽음에 있음을 강조한 것이다.

《서산대사와 사명당》은 "1. 서산대사의 입산, 2. 서산대사의 출전, 3. 서산대사와 사명당, 4. 서산대사와 김응서, 5. 서산대사의 말년"으로 장을 구성하고 있다. 표제가 '서산대사와 사명당'이지만 이야기의 골격은 서산대사의 일대기에 맞추고 있다. 사명당 이야기는 서산대사가 사명당을 추천하여 사명당이 수길과 회담을 한 후에 수길의 철군을 유도하고, 수길 사망 후 도일하여 양국의 국교를 회복하고 조선포로를 환송한 내용이다. 그런데 1장과 4장, 5장만 서산대사의 이야기이고 나머지는 간략한 임진왜란사이다. 2장과 3장은 임진왜란 발발과 승군의 조직, 김응서의 왜장 제거, 정곤수의 도움으로 명의 구원 성사, 이여송의 평양성 공략 및 경성 회복, 정유재란, 이

12 《김덕령전》, 덕흥서림, 1926, 38쪽.

13 《김덕령전》, 위의 책, 39쪽.

순신의 패배, 사명당과 수길 회담, 수길 사망과 왜군 철수, 사명당 도일 후 포로 환송 등으로 내용을 구성하고 있어 임진왜란의 과정을 서술하고 있다. 4장은 김응서의 활약 및 전사가 서산대사와 직접 관련이 있는 것으로 서술하고 있다. 즉 김응서는 서산대사의 추천을 받아 왜란에 활약한 인물로 설정했다. 일본군 철수 후에 김응서가 서산대사를 찾아 가자 서산대사는 귀향하기를 권고했으나 듣지 않고 심하전투에 원정을 가서 죽게 되었다. 죽으면서 김응서는 서산대사의 말을 듣지 않은 것을 후회했다는 내용이다. 전혀 새로운 내용의 이야기를 첨부한 것이다. 그런데 마지막 5장을 '서산대사의 말년'이라고 하면서 서산대사의 죽음과 함께 인물평을 서술하고 있어 서산대사의 전기임을 드러냈다. 전반적으로는 서산대사의 전기를 표방하고 있지만 사이사이에 임진왜란의 주요 사건을 함께 서술하고 있다. 작품 제목에서는 서산대사와 사명당의 전기임을 드러내고 있지만 임진왜란의 경과가 한 축을 이루고 있다.

《도원수권율》은 권율의 행적에 임진왜란의 전개과정을 합쳐 놓은 구성이다. 작품 서두에 간략한 가계 소개와 함께 45세에 문과 장원을 하고 의주부윤에 부임한 것부터 작품 내용을 구성하고 있다. 흥미 있는 장면 서술은 이 부분이다. 권율이 의주부윤으로 있을 때 명나라에 사신으로 다녀오는 김응남과 만난 장면과 명나라에 일본 사정을 보고하러 가는 한응인을 만난 장면이다. 두 명의 사신과 만나 대화하면서 왜란이 일어날 조짐을 알았던 것으로 설정한 것이다. 이후로는 임진왜란의 발발과 전개 과정 속에 권율의 행적이 서술되었다. 임진왜란의 경과와 그에 따른 권율의 대응을 적절히 배치하면서 내용을 전개하고 있다. 권율의 전기를 서술하고자 한 의도가 잘 드러나 있다. 왜란 초기 권율의 광주목사 부임과 삼도연합군의 출정 장면 등이 한 예이다. 그런데 작품의 전이 과정에서도 권율과 직접적인 관련이 없는 사건을 서술하고 있는 등, 앞에 거론했던 작품들과 유사한 방식으로 내용 구성을 하고 있다. 선조의 피란과 명나라 구원병 요청, 이여송의 출전과 퇴군, 국경인의 난과 정문부의 제압, 심유경의 담화 논의, 이몽학의 난 등을 첨가한 것이 그것이다.

《김응서실기》는 김응서가 평양기생 계월향의 도움으로 왜장 소섭을 죽인 사건과 강홍립과 함께 심하전투에 참전하였다가 전사한 사건 외에는 임진왜란사의 서술이다. 계월향의 도움으로 왜장을 제거하는 장면은《임진록》의 모든 이본에 등장하는 바 이 작품에서도 중요하게 다루고 있다. 전반적인 작품 전개는《임진록》과 유사하지만 전사 장면은 상당히 다르게 구성하고 있다. 즉 대부분의《임진록》에서 김응서는 일본에 원정을 갔다가 전사한 인물로 그려졌지만 이 작품에서는 일본 원정담이 빠진 대신에 심하전투에 참전하였다가 전사한 것으로 처리하였다. 일본 원정담은 일본 침공이 사실이 아니기 때문에 역사적 사실에 기반을 둔 심하전투 이야기를 대신 넣은 것이다.

이와 같이 각 작품들은 표제를 통해서 개별 인물의 전기를 서술하는 것을 표방하고 있지만, 구체적인 내용 서술에서는 임진왜란의 과정을 서술하고 있다. 그런데 이들 작품과는 다른 양상을 보여주는 작품이《신립신대장실기》와《논개실기》이다. 이 두 작품은 사실적인 행적 서술보다는 허구적인 내용 전개가 두드러진다.

《신립신대장실기》는 작품의 서두부터가 흥미롭다.

> 때는 리조선조대왕육년갑술춘삼월이십이일(李朝宣祖大王六年甲戌春三月二十二日) 지금으로부터 삼백육년젼(三百六年前)이엿다. 여러날 동안을 두고 꽃삼을 하느라고 음침스럽게 잔득 찌프린 일긔는 서울거리를 휩싸다가 오늘이야 헐적 것처지고 허공이 놉다라지며 동쪽하날가에는 피빗갓치 붉으레한 노을 이스며[14]

《신립신대장실기》의 서두는 신소설 투의 장면 묘사 방식을 취했는데, 주인공의 가계와 출생으로부터 시작되는 것이 아니라 주인공의 특정 시기부터 시작한 점이 일반적인 전기와 다른 점이다. 특이한 점은 서두 부분만이 아니다. 다른 전기물에 비해《신립신대장실기》는 전혀 다른 면모를 보이고 있다.

이 작품은 임진왜란과 관련이 없는 이야기로 작품 내용을 삼고 있다. 주지하다시피 신립은 천험의 요새인 새재 관문을 포기하고 탄금대에 배수진을 친 어리석은 장수로 평가받았던 인물이다. 임진왜란 당시 충주 방어에 실패한 장수로서 부정적 이미지가 강한 인물인데, 이 작품에서는 임진왜란과 관련된 사건은 다루지 않았다. 임진왜란 이전의 이야기를 내용으로 하고 있는데, 크게 세 가지 사건으로 구성하였다. 과거를 보기 이전의 젊은 시절에 자신에게 접근했던 음녀를 죽이고 금강산에 들어갔다가 한을 풀어준 여귀의 음조로 과거에 급제했다는 이야기, 권율의 천거로 첨사벼슬을 하던 중에 삼각산에

14 독보(獨步), 《신립신대장실기》, 태화서관, 1927, 1쪽.

서 한 미인을 만나 미인의 가족을 죽인 귀신을 쫓아낸 후에 여인을 돌보지 않아 여인이 목을 매어 죽자 후회한 이야기, 온성부사가 되어 북방을 괴롭히던 이탕개를 무찌른 이야기이다.

첫 번째 사건은 신립이 급제하게 된 연유를 설명한 설화이다. 두 번째는 신립의 융통성 없는 성격을 보여주고자 한 이야기로 탄금대 전투 실패의 이유를 떠올리게 한다. 이탕개를 무찌른 세 번째 이야기는 용맹한 장수로서의 면모를 드러낸 것이다. 신립의 성격과 성공담을 서술함으로써 임진왜란에 실패한 장수라는 오명에서 벗어나게 하려는 의도가 이 작품의 창작동기가 아닌가 싶다.

이처럼 《신립신대장실기》는 임진왜란과 관련이 없는 사건 서술로 일관하고 있는 점이 특이한 점이다. 《논개실기》 또한 비슷한 양상을 보이고 있다. 논개는 임진왜란 당시 진주 남강에서 왜장을 끌어안고 투신한 인물로 알려져 있다. 논개 관련 이야기는 《임진록》에 등장하는 주요 삽화 가운데 하나인데 대개 논개가 왜장을 안고 죽은 장면이 전부이다. 그런데 《논개실기》는 논개의 일대기를 서술하고 있어 흥미롭다.

《논개실기》는 논개의 어머니가 술주정뱅이 주정군과 함께 사는 것으로 시작한다. 날마다 싸움질 하던 주정군이 살인죄로 옥사를 하면서 논개 어머니는 고을의 관비가 되고, 이로 말미암아 논개까지 기녀가 되는 것으로 설정하고 있다. 어머니가 관비가 되자 논개는 주정군을 체포하러 나온 사령 장쇠의 눈에 띄어 그의 수양딸이 된다. 뛰어난 미모를 가진 논개는 새로 부임한 장수 현감에 의해 기생이 됨으로써 기녀의 삶을 시작한다. 기녀가 된 논개는 황윤길을 따라 통신사를 다녀온 황진이 전라도로 부임하면서 그와 인연을 맺는다. 장수 고을에서 하룻밤 인연을 맺은 이후로 논개는 황진의 인품을 사모하던 중에 임진왜란이 일어난다. 황진이 전장에 참전하면서 임진왜란의 경과가 서술되고, 아울러 논개와 황진의 애정 관계가 전개된다. 논개는 부상당한 황진을 찾아가 구완하나 다시 이별하게 되고, 전라병사 선거이의 소개로 만난 젊은 중군장의 병을 구완하는 임무로 중군장과 함께 하던 중에 진주성에 들어가게 된다. 진주성이 위태하게 되자 선거이는 진주성을 버리고 본도로 돌아가고 중군장 또한 논개를 버린다. 황진 또한 진주성에 들어와 있다가 논개와 만나게 되지만 둘 사이는 진전되지 못하는 중에 황진이 전사하고, 이 소식을 들은 논개는 어떤 각오를 갖게 된다. 진주성을 점령한 왜장들이 촉석루에서 잔치를 벌이는 중에 논개는 강가의 바위 위에서 검무를 추다가 자신에게 다가온 왜장을 끌어안고 남강에 투신하는 것으로 이야기는 끝이 난다.

이미 알려진 논개의 행적과는 사뭇 다른 양상의 이야기이다. 기녀가 되는 과정과 임진왜란에 참전했던 황진과의 애정을 중심으로 한 서사가 흥미롭다. 전반적으로 논개와 황진의 애정 서사에 임진왜란을 삽화로 한 구성이다.

《신립신대장실기》와 《논개실기》는 앞서 보았던 전기물과는 성격이 판이하다. 신립의 경우는 임진왜란의 활약상을 서술하기 보다는 이전의 행적을 서술함으로써 흥미 본위의 이야기가 되었다. 논개의 경우도 마지막 장면에서만 잘 알려진 사건을 서술하고 있고, 중심 이야기는 남녀의 애정 이야기로 하고 있다. 두 작품이 다 신립과 논개를 표제로 하고 있지만 흥미 있는 남녀 간의 애정 이야기의 양상을 보이고 있다고 하겠다.

한편, 《임진병난청정실기》는 임진왜란 당시 악명이 높았던 왜장 가등청정을 주인공으로 한 작품인데, 내용 전개가 흥미롭다.

> 일본은 텬정년간(天正年間)에 텬하가 분〃하야 북방은 상삼(上杉) 무전(武田) 금천(今川) 직전(織田)의 호족(豪族)이 웅거하고 (… 중략 …) 풍신수길(豊臣秀吉)이 칼을 들고 이러나 대번에 육십여 주를 일년 만에 평정하고 태정대각(太政大閣)이 되야 제후(諸侯)를 호령하니 일본 텬하의 병권(兵權)이 모조리 관백수길의 손아귀로 드러왓다[15]

이렇게 작품의 내용은 관백수길이 일본 천하의 병권을 장악한 것으로 시작해서 조선에 시비를 걸려고 사신을 보내어 조선 사정을 살핀 후에 조선 침략을 단행한 사실과 임진왜란의 전 상황이다. 임진왜란의 전개 과정 서술은 다른 작품과 다르지 않다. 표제를 '청정실기'로 내세우고 있으나 사건 전개에 가등청정을 적절하게 등장시키고, 소서행장도 함께 등장시켜 둘의 대립 갈등 내용을 이야기의 한 축으로 삼으면서 중간 중간에 전투장면을 장황하게 서술하고 있는 점이 흥미 있는 요소이다. 다분히 작품의 흥미를 돋우기 위한 장치로 볼 수 있다.

두 인물간의 대립구조는 작품의 재미를 더하는 요소이다. 행장은 교활한 장수로, 청정은 호전적인 장수로 묘사하고 있는데, 청정의

15 《임진병난청정실기》, 덕흥서림, 1929, 1쪽.

호전적인 성격은 작품 전반에 걸쳐 묘사되어 있다. 행장의 교활한 면모는 조선 출병 때 한 약속을 어기고 선봉을 차지한 것과 정유재란 때 요시라를 보내 이순신을 곤경에 빠뜨리는 장면 등에서 드러나고 있다. 행장을 강화에 동의하는 인물로, 청정을 강화에 반대하는 인물로 설정한 것도 이와 무관하지 않다. 두 인물의 대립에서는 항상 청정이 밀리는 것으로 서술하고 있는데 이는 청정을 보다 부정적인 인물로 인식한 결과이다. 작품 전편에 걸쳐 행장보다는 상대적으로 청정을 악인으로 그리고 있는 것도 같은 이유이다. 전투 장면 묘사에서도 청정은 줄곧 중심인물로 등장한다. 청정의 호전적인 성격을 드러내려는 의도이기도 하지만 청정을 부정적으로 그리려는 저작자의 의도를 은연중 드러낸 것이다.

《임진병난청정실기》는 다른 작품에 비해 다소 늦은 1929년에 출간되었다. 임진왜란 관련 인물의 역사전기 출간에 편승하면서 흥미있는 이야기로 재구성하면서 독자를 찾아가고자 했던 것으로 볼 수 있다.

지금까지 살펴본 것처럼 각 작품들은 표제를 통해서 개별 인물의 전기를 서술하는 것을 표방하고 있지만, 구체적인 내용 서술에서는 임진왜란의 과정을 서술하고 있다. 임진왜란 당시 뚜렷한 전공을 거두었던 이순신, 권율, 김덕령, 김응서, 서산대사 등에 대한 전기는 임진왜란의 과정에 인물의 행적을 겹치는 방식으로 전기를 구성하였다. 고소설《임진록》이 임진왜란의 경과에 따라 해당 인물의 활약상을 서술하는 방식으로 전개되었다면, 이들 작품은 해당 인물을 주인공으로 내세우면서 임진왜란의 경과를 서술했다는 차이점을 발견할 수 있다. 임진왜란의 경과를 주요 내용으로 한 것은《임진록》의 서술방식인 바, 이들은 고소설《임진록》의 전변 양상을 보여 주는 것이다.

근대 초기에 활자본 고소설의 출간에 영향을 입어《임진록》은 개별 인물의 전기로 전변되었다. 이렇게 '임진록'을 표제로 하지 않고 임진왜란 당시 활약했던 인물을 표제로 내세운 작품의 등장은 당시 출판계의 정치적 상황을 반영한 결과로 볼 수 있다. 강제 합병 이후 일제에 의한 검열이 강화되면서 금서처분이 행해지자 출판계에서는 검열 우회의 전략을 펼친다.[16] 구국운동으로서의 저술 활동을 일제가 물리적으로 차단함으로써 정치서적은 거의 없는 대신 학술·기예·종교 등 취미적 지식에 관한 것이나 족보, 소설 등이 출판의 대종을 차지하게 되었다.[17]《임진록》이 아니라 임진왜란과 관련된 인물을 주인공으로 한 작품이 대거 등장한 것도 검열우회의 전략에 따른 것으로 볼 수 있다. 이들 작품은 소설이라기보다는 전기의 성격이 강하다. 표제를 '실기(實記)'로 표방한 경우가 많은 것도 역사적 사실에 바탕을 둔 인물의 전기임을 드러내려는 의도이다.《임진록》이 역사전기물로 전변된 양상으로 볼 수 있는 근거이다.

---

16 한만수, 「식민지시기 한국문학의 검열장과 영웅인물의 쇠퇴」, 『어문연구』 34권 1호, 2006.

17 이중연, 『'책'의 운명, 조선~일제강점기 금서의 사회·사상사』, 혜안, 2001, 435쪽.

3. 현병주와 《수길일대와 임진록》

《임진록》은 활자본 소설의 출간 유행을 타지 못했다. 대신에 주요 등장인물을 주인공으로 내세운 전기의 형식 속에 그 내용이 들어갔고, 독자들에게 전달되었다. 앞서 살펴본 전기가 그것이다. 이들은 사실 일제의 검열을 우회하려는 방편으로 등장한 《임진록》의 전변인 셈이다. 그런데 이들 작품 못지않게 주목할 수 있는 것이 현병주의 저작이다. 《이여송실기》와 《수길일대와 임진록》이 그것인바, 《이여송실기》는 1929년에 덕흥서림에서, 《수길일대와 임진록》은 1930년에 신구서림에서 출간되었다.

두 작품의 저자는 현병주(玄丙周)이다. 《이여송실기》에서는 "著者 玄丙周"라 했고, 《수길일대와 임진록》에서는 "秀峯 玄丙周 著"라고 했다. 최원식의 연구에 의하면 현병주는 탑골공원 근처에 살았던 인물인데, "금수호연생(錦水胡然生)·호연생·영선(翎仙)·허주자(虛舟子)·금강어부(錦江漁父)·수봉 등 다양한 호를 사용하여 복서(卜書)에서 실록(實錄)에 이르기까지 백과전서적 스펙트럼을 보여준 현병주는 참으로 기이한 저술가"라고 평가하였다.[18] 그리고 그가 저술한 책을 아래와 같이 정리하여 제시했다.

> ① 화원호접(대창서원, 1913)-소설, ② 실용자수사개송도치부법(덕흥서림, 1916)-부기학, ③ 명자길흉자해법(신구서림, 1916)-복서, ④ 홍문연회항장무전(박문서관, 1917)-소설, ⑤ 파자점서(영창서관, 1921)-복서, ⑥ 박문수전(백합사, 1921)-전기, ⑦ 남녀연합토론

---

18 최원식, 「임진왜란을 다시 생각한다」, 『제국 이후의 동아시아』, 창비, 2009, 264쪽.

> 집(광문사, 1921)-편저, ⑧ 명사시담(광문사, 1921)-편저, ⑨ 송도말년불가살이전(우문관서회, 1921)-소설, ⑩ 시사강연록 제5집(광문사, 1922-편저, ⑪ 조선팔도비밀지지(우문관서회,1923-비서, ⑫ 비난정감록진본(우문관서회, 1923)-비서, ⑬ 임진명장이여송실기(덕흥서림, 1929)-전기, ⑭ 수길일대와 임진록(신구서림, 1930)-실록, ⑮ 장개석부인과 청방수령 두월생의 수단(대성서림, 1933)-실록, ⑯ 일만군의 열하토벌기(삼문사, 1934)-실록, ⑰ 사육신전(신구서림, 1935)-전기, ⑱ 생육신전(신구서림, 1935)-전기, ⑲ 단종혈사(거문당, 1936)-실록, ⑳ 순정비화 홍도의 일생(세창서관, 1953)-소설[19]

아주 다방면에 걸친 관심과 조예를 보여주는, 최원식의 평가대로 '백과전서적 스펙트럼'을 보여주는 저술이다. 다양한 저술 가운데 전기, 실록, 소설이라고 구분한 저술은 모두 역사적 인물과 관련된 것이다. 그만큼 역사에 대한 조예도 깊었던 듯하다. 특히《이여송실기》와《수길일대와 임진록》을 보면 조선의 역사만이 아닌 중국과 일본의 역사에도 상당한 지식을 갖추고 있었음에 틀림없다.

《이여송실기》는 임진왜란 때 명나라 구원병의 장수로 참전한 인물 이여송을 주인공으로 내세운 전기로, 당시 역사전기의 등장과 궤를 같이 한다고 볼 수 있다. 그런데 다른 전기와는 사뭇 다른 양상의 서술 방식을 보여주고 있다.《임진록》에서는 상당히 부정적인 인물로 다루고 있는데 비해서 이 작품에서는 구원 장수로 참전한 사실을 중심으로 우호적인 서술태도를 보여주고 있는 것부터가 예사롭지 않다.

---

19 최원식, 위의 책, 264~266쪽. 작품명 뒤의 도서구분은 최원식의 구분임.

> 리여송(李如松)은 리성량(李成樑)의 아들이니 리성량의 할아버지인지 조상인지가 조선사람이라 한다. 리여송이 명나라 구원병의 총대장(總大將)이 되야 조선에 나올때에 리여송 자긔가 조선을 모국(母國)이라 하는 어렴풋한 생각이나마 가젓든지는 알수업스나 조선에서는 명나라 구원병을 거나리고 나온 리여송이 조선종족(種族)이라는 말에는 야릇한 늣김을 가지는 것 갓다[20]

이렇게 이야기는 이여송의 조상에 대한 언급으로 시작한다. 조상이 조선인이라는 말이 있기에 임진왜란 때 조선을 도운 명나라 장수가 많음에도 이여송을 연상하는 사람이 많다는 점을 내세우고, 이여송의 중국내의 활약상을 서술하였다. 명나라 사방에서 일어나는 내란을 진정시킨, "별가치 반작이는 눈이며 칼날갓치 날카로은 눈썹(星眸釼眉)을 가진 리여송"(2쪽)은 조정의 토벌 명령을 받고 서북지방 원정에 오른다.

이즈음 명을 위협하는 세력은 북방 오랑캐와 일본이라고 하고, 일본과 중국의 관계를 통시적으로 서술한다. 진시황(秦始皇) 때 서복이 불사약을 구하러 간 뒤에 종적을 감춘 곳이 동해바다 어디쯤인줄만 알다가 한(漢)나라 때에 이르러 "발빠닥에 흙을 무치고 단니는 사람의 나라가 있는 것"(4쪽)을 비로소 알게 되었고, 수(隋)나라 때 문제(文帝)에게 국서를 보내 "해쓰는 곳의 천자(日出處天子)"(4쪽)를 자칭하는 것에 분노했으나 바다의 위협이 두려워 찾는 것을 포기하고, 원(元)나라에 이르러서야 "동해바다 속에 잇는 섬나라의 존재를 완

---

20 현병주, 《임진명장 이여송실기》, 덕흥서림, 1929, 1쪽.(이하 이 작품의 인용은 인용문 끝에 쪽수만 표기하기로 함.)

구이 알게"(6쪽) 되었다. 원(元) 세조(世祖)는 고려 군사와 연합하여 정벌에 나서서 비로소 일본 땅을 밟아 보았으나 두 번째 정벌에서 실패하고 말았다고 서술했다.

이어서 조선과 중국의 싸움의 역사를 서술하였다. 즉, 고구려와 수나라와의 전쟁에서부터 당태종과 고구려의 싸움, 나당 연합군과 백제·고구려의 싸움, 당나라와 발해 대조영의 싸움 등이 있었으나 "근 백년동안의 전쟁이 당나라에서는 손실만 컷지 이익이라곤 털씃 만치도 업섯다"(9쪽)고 평가하였다. 이러한 상황에서 "지금 일본의 선봉이 되야 명나라를 치러 드러온다 하는 조선이 곳 고구려, 신라, 백제를 연장(延長)한 나라이다. 군사의 강함과 병긔의 이로움과 통일된 정책과 민활한 외교가 모다 깃튼 력사를 가진 조선으로서 일본의 선봉이 되야 명나라를 처드러 온다 하니"(9쪽) 명나라 형세로서는 걱정이 된다는 것이다. 조선이 삼국의 전통을 이은 나라임을 분명히 하면서 군사, 정치, 외교에 역사가 있는 나라임을 은연중 드러내고 있다.

작품의 서두에 일본과 중국, 그리고 조선과 중국의 관계를 제시한 것은 삼국의 관계를 통시적으로 살핌으로써 세 나라의 관계가 역사성을 띠고 있으며 공존의 관계에 있음을 말하고자 한 것은 아닐까. 이로써 동아시아 전쟁이었던 임진왜란을 일국사의 관점에서 보려는 태도를 극복할 근거가 마련된 셈이다. 이 작품이 표제로는 '이여송'을 내세우고 있지만, 임진왜란의 이전의 삼국의 관계와 삼국이 한반도에서 각축을 벌인 사실을 드러냄으로써 동아시아적 시각에서 쓴 임진왜란사로 볼 여지도 있는 것이다.

작품의 내용 전개는 임진왜란의 발발과 전개 과정이다. 다른 작품과 구별되는 것은 임진왜란의 전개와 더불어 이여송이 구원병으로 조선에 오는 과정, 조선에서의 활약상 등이 좀 더 자세히 서술되었다는 점이다. 이여송을 표제로 내세우고 주인공으로 삼았기 때문에 작품의 끝도 당연히 이여송의 귀국으로 서술되었다.

이여송의 귀국 과정에서 선조와 나눈 대화는 이여송에 대한 저자의 태도를 단적으로 보여준다. 선조가 이여송에게 "평양성에서 명나라 구원이 첫 번은 패하고 나좋은 이긘 것이 무슨 리유이냐"(77쪽)라고 묻자, 이여송은 "처음 조승훈이 거나리고 나온 군사은 명나라 북군(北軍)임이다. 북군의 전술은 북방오랑케를 막는 방법만 련습하는 까닭에 전술이 변〃치 못하나 이번에 나온 군사들은 명나라의 남군(南軍)임으로 남군은 대개 척계광(戚繼光)의 병서를 가지고 련습한 까닭에 전술이 훌융하야 이긔엿습니다"(77쪽)라고 대답한다. 선조는 이여송에게 척계광의 병서를 받아서 유성룡에게 주며 "종사관과 유생(儒生)들을 모아 병서를 명나라 장수들에게 배우라"(77쪽) 하고, 그 병서에 따라 훈련도감을 설치하고 장정을 모아 명나라 장수에게 삼수련기법(三手練技法)을 배우게 하여 두어 달 동안에 수삼천의 군사를 양성하였다고 서술했다.

여기서 선조의 태도 또한 주목할 만하다. 구원병으로 조선에 온 명군의 승리 요인을 알아내 그것을 조선 군사를 양성하는 데 활용했다고 한 것은 임진왜란사에서 보기 힘든 내용이다. 저자는 이여송의 명군이 조선에 미친 긍정적인 영향을 드러냄으로써 기존에 가졌던 이여송에 대한 부정적 인식을 넘어서려는 의도를 보여주고 있다.

《임진록》에 형상화된 이여송은 상당히 부정적이다. 압록강을 건너자마자 보인 선조를 무시하는 행동을 한 인물로, 종전 후에 명산의 혈맥을 자르러 다니다가 욕을 당한 인물로 등장한다. 이에 비해 이 작품에서는 그다지 부정적인 면모를 서술하지 않고 있는 점도 주목해야 할 요소이다. 임진왜란의 피해와 그에 대한 감정적인 복수 의지만 키우는 것은 전혀 도움이 되지 않는다는 것을 상기시키고 있는 것이다. 임진왜란을 일국사의 시각에서 평가하려는 태도를 극복하려는 의도이다. 이러한 의도는 뒤이어 나오는《수길일대와 임진록》의 저술에까지 이어진다.

《수길일대와 임진록》은 상하 2권으로 구성되어 있으며, 상권은 86면, 하권은 134면이다. 국립중앙도서관 소장본은 표지에 '우문관서회(友文館書會)'에서 출간한 것으로 되어 있으나 판권지가 없어 정확한 출간년도는 알 수가 없다. 저자의 서문은 기사년(1929) 11월에 썼는데, 서문의 내용에 집필에 착수한 날짜를 "재작년 겨울"이라고 했으니, 1927년 겨울이고, 서문을 쓴 날짜를 따져 보면 약 2년에 걸쳐 쓴 것임을 알 수 있다. 최원식 소장본은 신구서림에서 1933년에 간행한 3판이다.[21] 최원식의 보고에 따르면, 1930년에 초판, 1932년에 재판, 1933년에 3판이 간행되었다.

현병주가 이 책을 저술하게 된 동기는 「저자의 변언」이라는 서문을 통해 알 수 있는데, 그 내용을 들면 다음과 같다.

---

21 최원식, 위의 책, 262쪽.

내 긔록은 항상 시골 농군이나 드러안진 아낙네를 독자(讀者)의 대상(對象)으로 하야 그저 얼는 풀기 조케 뜻 알기 쉽게 하면 그만이다 하는 버릇으로 재작년(再昨年) 겨울부터 묵은 력사에서 재료(材料)를 취하야 전긔(傳記)를 쓰기 시작한 뒤로 한 가지 주의하야 온 것은 가장 사실(事實)에 치중(置重)하야 할 수 잇는 대로 맹랑한 말 허튼 소리 갓튼 것은 긔록에 너치 아니하기로 하얏다. 이번에 이 원고(原稿)를 만들 때에 엇더한 사정으로 글ㅅ자 수효의 제한(制限)을 하다 십히 한 관계로 상편(上篇), 하편(下篇)이 모다 사단(事端)이 복잡(複雜)한 재료를 가지고 진정〃〃 추려다가 역거 노코 보니 녁근 것도 못되고 묶거 노은 셈이 되야 그 복잡한 사단이 몰니고 동이 써러지고 매듭이 지고 하야 마치 좁은 장소(場所)에서 여러 사람이 짓거려서 듯는 사람의 귀를 소란케 하는 것 가타엿다. 이러한 긔록은 좀 진실하면 조켓다 하는 금열당국(檢閱當局)의 주의를 밧든 것이 내게는 다행한 긔회가 되야 다시 압주(前註)를 내여 대문(大文)의 허실(虛失)한 데를 대강 짓고 쒸여매고 하얏스나 내가 대상으로하는 독자에게는 도리혀 읽기에 거북하다 아니할는지?

긔사(己巳) 십일월(十一月) 탑공원(塔公園) 밧게서 (1쪽)[22]

서문을 통해 이 책은 사실에 치중한 전기(傳記)임을 밝히고 있다. 역사에서 여러 재료를 취하여 쓰다 보니 엮은 것도 못되는 묶어 놓은 책이 되고 말았다는 진술을 통해서 이 책을 쓰기가 쉽지 않았음을 읽어낼 수 있다. 더군다나 당국의 검열을 당하는 입장인지라 자신이 의도한 대로 이루어진 저술이 아님을 짐작할 수 있다. 책의 내

22 현병주, 《수길일대와 임진록》(3판), 우문관서회, 1933.(이하 이 작품의 인용은 이 책으로 하되, 인용문 끝에 쪽수만 표기하기로 함.)

용 가운데 주석으로 처리한 부분이 상당히 많은데, 관점에 따라서 달리 해석할 여지가 있는 부분은 주석을 통해서 밝힌 것이다. 이러한 점들이 오히려 독자들에게 불편할 수 있다고 우려한 것은 저자 자신이 기존에 저술한 책과 다르다는 점을 드러낸 것이다. 시골 농군이나 아낙네들이 쉽게 읽을 수 있는 소설은 아닌 것이다.

표제로 내세운 '秀吉一代와 壬辰錄', 그리고 이 책의 차례에서 드러나듯이 상권은 풍신수길의 일대기이고, 하권은 임진왜란사이다. 저자는 임진왜란사를 쓰면서 풍신수길을 전경화하고 있다. 《임진록》에서 수길은 작품 서두에 잠깐 등장할 뿐이다. 임진왜란의 발발 원인을 제시하는 차원이다. 그런데 저자는 상당한 지면을 할애하여 그의 일대기를 저술하고 있다. 상권의 1. 말시작은 "임진년 사월초생(初生)에 삼십만 대군을 시른 일본 병선 수백 척이 대판(大阪)에서 써나니 일본에서 이만큼 엄청난 군사가 움즉이게 된 것은 관백(關白) 수길(秀吉)의 활동이엿스니 수길은 대채 엇더한 인물이엿나 그의 일대를 알아볼 만한 일이다"(상권 1쪽)라고 서술해 수길의 일대기라는 점을 분명히 했다. 임진왜란을 일으킨 장본인인 풍신수길의 일대기 서술이 목적인 셈이다.

임진왜란의 원흉 풍신수길을 전경화한 의도는 무엇일까. 저자는 작품 끝의 '총평'에서 수길이 임진왜란을 일으킨 것이 조선과 일본, 명에 해를 끼쳤음을 분명히 밝히고 난 후에 다음과 같이 진술했다.

> 그러니 동방의 이러한 불행이 온전히 수길 한 사람의 허물이겟느냐 하는 것을 한번 토구(討究)하야 볼일이다. 영웅(英雄)을 숭배(崇拜)하는 시대에 영웅이 시대를 만든다는 립장(立場)에서 본다하면

> 그째의 일을 수길 한사람의 허물로 들녀 보낸다하야도 수길은 애매하다고는 할수업스나 력사(歷史)를 과학(科學)으로 해석(解釋)한다하면 시대가 영웅을 산출(産出)하는 것이니 수길의 허물은 그째의 시대가 얼마씀 부담하지 안어서는 안될것이다. (중략) 수길의 허물도 봉건시대(封建時代) 말긔에 반다시 잇슬것이라고 아니할수 업는것이다. 그째 동방에이러난 폭풍우를 그째에는 수길이 비저내인것갓치 생각하얏지마는 다시 과학으로 한번 분석(分析)해보면 폭풍우 그것부텀이 폭풍우 그 자체의 돌변(突變)이 아니오 폭풍우를 비저내인 긔후(氣候)를 발견하게 되는 것이다. 하여간에 나는 수길을 지목하야 한째 동방을 란사(亂射)한 혜성(慧星)이라한다. (하권 133~134쪽)

저자는 수길을 미화하려는 의도는 물론 단죄만 하려는 의도도 갖고 있지 않다. 영웅이 시대를 만든다는 영웅사관의 입장에 있다면 임진왜란은 수길 개인의 허물로 돌려도 될 것이나, 영웅사관을 버리고 과학적 입장에서 역사를 바라본다면 임진왜란은 시대의 흐름이라는 것이다. 동방에 일어난 폭풍우는 돌변이 아닌 그것을 빚어낸 기후에 의한 것이라는 진술을 통해서 임진왜란이 수길이라는 한 개인에 의해서 빚어진 것이 아닌 동아시아를 둘러싼 변화에 기인한 것임을 분명히 하고 있다. 중세의 동아시아 전쟁인 임진왜란이 수길이라는 개인의 욕망에 기인한 것으로 보지 말고, 또는 개인에 대한 원망으로 조망하지 말고 거시적인 시각으로 임진왜란을 바라볼 필요성을 제기한 것이다. 조선과 일본, 명 어느 한쪽으로 치우친 시각에서 벗어나야 된다는 저자의 생각은 이 책을 저술하는데 참고한 다양한 자료를 통해서도 확인이 가능하다.

저자는 1장의 부언에서 이 책을 저술하기 위해 상당히 많은 자료를 참고하였음을 밝히고 있다. “상편은 촌상신(村上信)의 풍태각(豊太閤)을 주(主)로 하고 종(從)으로는 소뢰보암(小賴甫菴)의 태각긔(太閤記)를 비롯하야 림도춘(林道春)의 풍신수길보(豊信秀吉譜) 송영졍덕(松永貞德)의 대은긔(戴恩記) 풍태각과기가족(豊太閤과其家族)을 참고”(상권 2쪽)하였다고 밝혀 수길 일대기는 주로 일본 자료를 참고하여 저술하였음을 알 수 있다.

임진왜란사인 하권을 저술하는 데는 조선, 일본, 명나라 기록을 두루 참조했다. 조선 자료는 징비록, 선조실록, 이충무공전서, 분충서난록, 은봉야사, 기재잡기, 일월록 등이고, 일본 자료는 서정일기, 조선일기, 정한위략, 문록경장역, 풍신씨시대 등이며, 명나라 자료는 양조평양록, 명사, 신종실록, 고사촬요, 경략복국요편, 정동실기 등이다. 조선, 일본, 명 삼국의 공식적인 역사 기록은 물론 개인의 기록을 망라하고 있다. 일국사의 관점이 아닌 동아시아적 시각에서 임진왜란을 조망하려는 의도이다.

이렇게 보면 풍신수길의 일대기를 저술한 의도는 분명해졌다. 풍신수길의 일대기를 저술하면서 일본에 대한 이해도를 높이고자 한 것이다. 무조건적으로 비난만 할 것이 아니라 제대로 된 이해가 선결과제임을 인식했기 때문이다. 수길의 성장과정 서술은 개인의 성장사를 전달하려는 의도가 아니라 일본에 대한 이해를 돕기 위한 것임은 어렵지 않게 짚어낼 수 있다. 이와 함께 임진왜란사도 일국사의 관점이 아닌 동아시아적 시각에 입각한 이해가 필요하다는 문제를 제기한 것이다.

상권에서 서술한 수길의 일대기는 출생에서부터 일본의 평정까지이다. 이 부분의 서술에 일본의 자료는 최대한 활용되었음을 각주를 통해 알 수 있다. 수길의 성장사를 서술하는 과정에서 일본의 역사도 자연스럽게 끌어 들임으로써 일본에 대한 이해도 돕고 있는 것이 이 책의 독특함이다.

일본을 평정한 수길은 국외 출정을 도모한다. 국외 출병의 일차적 대상은 조선이었다. 제후들을 대판성에 모아 놓고 조선 출병할 일을 의논하는 것에서 하권은 시작된다. 대마도주 종의지의 주도하에 평조신과 승려 현소가 조선에 사신으로 오고, 조선에서는 황윤길과 김성일을 보내 일본 사정을 살핀 일은 임진왜란 직전에 있었던 사실의 서술이다. 이후 임진왜란의 발발과 전개 과정은 역사적 사실과 다르지 않다. 간략하면서도 요령 있게 서술하였다. 다만 관점을 달리하는 사안에 대해서는 일일이 각주를 통해서 관련 기록을 정리해 제시함으로써 객관적 입장을 견지하려는 태도를 보이고 있다. 수길이 제후를 모아 놓고 조선 출병을 의논한다는 서술에 대한 주석은 다음과 같다.

> [주(註) 1] 수길이 조선에 출병하랴는 그 리유가 대체 무엇인가? 여긔에 대하야 말이 만타. 조선긔록으로는 수길이 의병(義兵)을 이릇긴것도 아니오 부득이 치지 안어서는 안될것도 업는 경우에 출병을 한 것은 한갓 싸홈질기는(貪兵) 수길의 심술이라고 류성룡의 증비록(懲毖錄)에서 잘너 말하야지마는 일본긔록으로 보면 안적담박(安積澹泊)은 말하기를 천하가 평정되니 군사를 쓸곳이 업슴으로 그 근질근질한 마음을 갈아안칠수가업서서(不能自克其侈心) 군사를 바다밧그로 끄내기로 작정한 노릇이라 하고 (… 중략 …) 또 혹은 수길이

> 천하를 얻어노코보니 전공(戰功)을 세운 장수들에게 난어줄 쌍이 부족해서 령토(領土)를 좀더 엇더 보랴한 것이라 하고 또 혹은 수길이 전국시대를 평정하고 나니 여러해동안 싸홈에 저진 무사들을 그냥 두어서는 자중지란(自中之亂)이 이러날까바 그 무사의 패를 바다 밧그로 모라내여 힘을 죽여노흐랴한 계획이라기도하고 (… 중략 …) 그러치 안타면 수길이 당초에 통신화호(通信和好)를 조선의 요구한것과 갓치 조선이나 명나라에 대하야 통신사절이나 자조 교환(交換)하자한 노릇이 조선에서 거절하는데 쌀근하야 군사를 이릇긴 것이 사실에 갓가울것이다.(… 하략 …) (하권 4~5쪽)

수길의 조선 침략의 원인을 조선의《징비록》과 일본의 여러 기록을 통해 제시하였다. 의견이 분분한 사안이기에 해당 자료를 토대로 각각의 주장을 제시한 것이다. 이에 그치지 않고 자신의 견해도 밝힘으로써 저자의 입장도 드러내고 있다. 여기서 재미있는 사실은 조선의 기록인《징비록》에 의거한 원인 분석이 다소 주관적인 반면에 일본 기록은 어느 정도 설득력을 갖춘 주장이라는 점을 은연중 드러냄으로써 보다 객관적인 입장으로 사건을 분석할 필요성을 제기한 점이다. 저자는 줄곧 이러한 태도를 견지하고 있다.

한 가지 예를 더 들어보기로 한다. 신립이 탄금대에 진을 친 사건에 대한 각주이다.

> 신립이 조령을 직히지 아니한 것을 명나라 장수 리여송도 한탄하얏고 조선에서는 지금까지 신립의 실수라한다. 그러나 신립의 그때 경우를 삷히지안코 덥퍼노코 실수라기만하기는 애매하지나 아닐가 한다. 신립은 팔도순찰이엿스니 팔도를 감시할 책임을 가진터에 조

> 령은 직히는 조방장이 잇슨즉 조령의 관문은 조방장의 군사 몃명만 직히여도 깨여지지 아니할 천험(天險)인데 령남(嶺南)의 세길목으로 올너오는 일본군사가 조령으로만 오는 것이 아니라 죽령으로도 넘을 터이니 충주에서 진을 치면 조령과 죽령의 두길목을 밧는 것인즉 조령만을 직히지 아니할만한 리유가 잇고. 또는 긔병의 형세가 산골보다 들판이 나흘뿐 아니라 그때 신립의 군사가 새로 주어모은 군사이라 신립의 말마짜나 죄다 서투른 군사(兵皆白徒)인즉 예리(銳利)한 일본 군사를 대적하랴면 죽을 땅에다 집어 너코 악전고투(惡戰苦鬪)를 시험할 만한 리유도 잇슬 것이다. (하권 19쪽)

신립이 조령을 지키지 않고 탄금대에 진을 쳤기 때문에 실패했다는 기존의 주장에 대한 반론을 제기한 것이다. 여러 가지 정황으로 보아 속단하기는 어렵다는 이유를 제시함으로써 객관적인 입장에서 바라볼 것을 요구하고 있다.

풍신수길의 죽음으로 인해 일본군이 철군하는 것으로 하권의 임진왜란사는 끝을 맺는다. 일본의 철군 과정에서 이순신이 전사한 사실과 곤욕을 치른 소서행장이 결국 대마도로 들어가서 조선 원정군이 모두 돌아간 사실, 그리고 풍신수길의 패권이 덕천가강의 손으로 들어가 덕천막부와 조선의 강화가 시작되었다는 서술로 작품의 대미를 장식했다.

《수길일대와 임진록》은 표면적으로는 풍신수길의 출생으로 작품을 시작해서 풍신수길의 죽음으로 끝을 맺는 구도로 이루어져 있다. 하지만 작품의 내용에서는 임진왜란의 시종을 조리 있게 잘 서술하고 있다. 그것도 어느 한쪽의 입장에서 서술하려는 태도를 넘어 객관적인 입장을 견지하고 있다. 임진왜란의 시종을 내용으로 삼으면서 민족적 분노를 표출한《임진록》과는 분명 다르다.

현병주가 저작한《이여송실기》,《수길일대와 임진록》두 작품은, 저자의 표현대로 동방에 일어난 폭풍우, 곧 임진왜란은 돌변이 아니었다는 것을 보여주려는 의도로 저술된 것으로, 임진왜란은 일국사의 관점을 넘어 동아시아의 관점에서 바라보아야 그 의미를 제대로 이해할 수 있다는 것을 보여준 또 다른《임진록》인 셈이다.

4. 근대 초기《임진록》간행의 의의

숭실대학교 한국기독교박물관에 소장된《공소산음(共嘯散吟)》[23]에 수록된 상소문 가운데《임진록》과 관련된 글이 있다.「충청도유생백락관상소초(忠淸道儒生白樂寬上疏草)」라는 글이 그것인데,[24] 관련된 부분을 인용하면 다음과 같다.

車駕西遷 將欲內附 辛賴皇明之拯捄 而亦有臣李恒福 李德馨 李舜

23 이 책은 월남(月南) 이상재(李商在, 1850~1927)가 의금부 옥사에 수감되어 있는 기간에 지은 논설문과 함께 투옥된 동지들과 주고받은 시 등을 묶은 책으로 필사본 1권이다. 표지 다음 첫 쪽에는 당시 의금부 및 금부에 대한 약도가 있고, 그 다음 쪽에는 "自 一九0二年(壬寅) 六月 光武六年 一九0三年(癸卯) 光武七年 至 一九〇四年(甲辰) 三月 光武八年 於 大韓帝國典獄署鐘路監獄(義禁府及禁府獄南間) 獄中著述及筆跡"이라는 기록이 있다. 이로써 이 글은 1902년 6월부터 1904년 3월까지 22개월간 종로 감옥 투옥 중에 쓴 것임을 알 수 있다.

24 백락관(1846~1882)의 상소문은 초안으로 보이는데 이 상소문이 왜 이상재의 글 모음인『공소산음』에 실려 있는지는 알 수가 없다. 백락관은 이상재보다 4살 연상으로 보령 출신이고, 이상재가 서천 출신으로 성장지는 서로 가깝다.(곽신환,「자료해제」,『공소산음』, 숭실대학교 한국기독교박물관, 2012.)

> 臣 郭再祐等 皆中興補佐之最著者也 論介 月仙 以遐方賤妓 猶有聞國之誠 能斬勇賊之首 而摧其前鋒 惟政 靈圭 以山中僧徒 亦知報君之心 以一當百 越海討倭 歲貢女皮三百 欲以滅種 後以三百代番萊館
>
> 어가를 모시고 서쪽으로 파천하여 중국에 의지하려던 참에 다행히도 마침 명나라의 구원을 받았습니다. 또 이항복 이덕형 이순신 곽재우와 같은 신하들이 있었으니 모두 나라의 중흥을 보좌한 인물 가운데 가장 드러난 사람들이었습니다. 논개나 월선은 먼 지방의 미천한 기녀 출신으로 오히려 온 나라에 소문난 충성심이 있었으니 용맹한 적의 목을 베어 그 선봉 부대를 좌절시켰습니다. 유정과 영규는 산속에 있는 승려이면서도 또한 군주에 보답하여야 한다는 것을 알았기 때문에 일당백의 기세로 바다를 건너가 왜적을 토벌하고, 해마다 규방여인의 살가죽 300장을 바치게 하여 그들을 멸종시키고자 하였다가 나중에 300장을 동래관에 당번을 서는 것으로 대신하였습니다.[25]

논개나 월선이 적장의 목을 베었다는 내용이나 유정이 바다를 건너가 규방여인의 살가죽을 바치게 했다는 위 내용은 소설《임진록》에서 흔히 볼 수 있는 것이다.《임진록》에는 사명당이 왜국에 가서 왜왕에게 항서를 받는 장면이 빠짐없이 등장하는데, 매해 인피 300장을 조공물로 바치게 한 것이 주요 내용이다. 상소문을 쓴 사람은《임진록》의 해당 부분을 기억하고 마치 역사적 사실인양 생각했던 것이다.《임진록》은 많은 대중에게 익숙한 이야기였던 셈이다.

일제의 강점이 노골화되자 민족의 현실을 타개할 목적으로 조선

25 숭실대학교 한국기독교박물관 편,『공소산음』, 숭실대학교 한국기독교박물관, 2012, 50~51쪽.

의 위인을 호명해 소위 역사전기물을 만들어낸 사실은 잘 알려진 바이다. 신채호(申采浩, 1880~1936)의 〈을지문덕전〉(1908), 〈이순신전〉(1908), 〈최도통전〉(1910) 등이 대표적인 작품이다. 대중의 마음을 움직이게 할 수 있는 흥미로운 이야기를 만들지는 못했지만, 임진왜란 당시 활약했던 역사상의 인물을 표제로 내세워 그들의 전기를 표방한 작품으로 전변을 꾀했던 것이다. 역사전기로의 전변은《임진록》이 공식적으로 유통되지 못하는 상황에서 모색된 것으로 볼 수 있다. 이들 작품은 전기를 서술하는 것처럼 하면서 사실은 임진왜란의 전 과정 또는 일부를 작품의 내용으로 삼고 있다.《임진록》이 임진왜란의 경과를 중심으로 당시 활약했던 인물 중심의 사건 전개를 보이고 있음에 비해, 이 시기 역사전기물은 해당 인물을 주인공으로 내세우는 가운데 주요 행적은 역사적 사실에서 취하면서 그 배경으로 임진왜란의 경과를 서술하고 있다. 또 다른《임진록》의 등장으로 볼 수 있는 것이다.

이와 함께 현병주가 저작한《이여송실기》,《수길일대와 임진록》은 사뭇 다른 차원의 작품으로 전변되었다. 임진왜란 당시 구원병으로 활약한 명나라 장수 이여송을 표제로 하고 있는《이여송실기》는 이여송의 전기 서술이라기보다는 이여송을 중심으로 한 임진왜란사라고 할 수 있다. 또《수길일대와 임진록》은 표제를 통해 짐작할 수 있는 것처럼 임진왜란의 장본인 풍신수길의 일대기를 서술함과 동시에 임진왜란사를 서술하고 있다.《임진록》을 공식적으로 언급할 수 없는 당시 시대 상황에 맞서기 위해 이여송과 풍신수길을 내세움으로써 일제의 검열을 피하고 그 이면에서 임진왜란사를 서술한 것이다. 그것도 어느 한쪽의 입장에서 서술하려는 태도를 넘어 객관적인 입장을 견지하고 있다. 임진왜란의 시종을 내용으로 삼으면서 민족적 분노를 표출한《임진록》과는 분명 다르다. 현병주는 두 작품을 통해서 임진왜란에 대한 새로운 시각을 열어 놓았다. 즉 임진왜란은 일국사의 관점을 넘어 동아시아의 관점에서 바라보아야 그 의미를 제대로 이해할 수 있다는 것을 암시한 것이다.

Ⅵ. 이순신의 소설적 형상화 양상과 의미

1. 이순신에 대한 기억

역사 인물에 대한 기억과 그들의 소설화 작업은 왕성하게 이루어지고 있다. 그 가운데 대표적인 인물이 이순신이다. 이순신은 소설 문학뿐만 아니라 영화, 연극, 드라마, 만화 등 장르를 초월하여 형상화되고 있다. 이순신에 대한 기억은 그만큼 다양하게 표출된 것이다.

역사상의 이순신은 임진왜란 때 수많은 전투에서 승리한 장수인 동시에 국가의 위기를 극복한 영웅으로 기억되고 평가받고 있다. 그의 영웅적인 면모는 역사 기록을 통해 이루어진 것도 있지만, 오히려 다양한 문학 양식을 통해 이루어졌다고 하는 것이 보다 설득력을 얻을 수 있다.

이순신의 문학화는 임진왜란의 종전과 함께 시작되었다. 16세기 말 임진왜란의 종전과 함께 각종 실기류를 통해서 이순신의 행적이 기록되었다. 그리고 이순신의 조카 이분(李芬, 1566~1619)은 이순신의 「행록(行錄)」을 기록하였는데, 이 「행록」은 이순신의 문학화에 저본 역할을 하게 되었다. 17세기말에서 18세기 초에는 《임진록》이라는 작품을 통해서 이순신은 소설적으로 형상화되었지만, 본격적인 소설화는 애국계몽기를 지나면서 이루어졌다. 시대가 이순신을 기억해 낸 것이다. 1908년에 단재(丹齋) 신채호(申采浩)에 의해서 〈이순신전(李舜臣傳)〉이 『대한매일신보』에 발표되는 것을 기점으로 이순신은 우리 소설사의 주요 인물로 자리한다. 1920년대에는 소위 구활자본 소설을 통해서 소설화가 이루어졌고, 근대소설기에 들어서는 이광수(李光洙), 박태원(朴泰遠) 등과 같은 소설가에 의해서 소설화가 되었다. 60년대 이후 80년대까지 이순신은 소설의 주인공으로서 아니라 전기(傳記)의 주요 인물로 다시 등장한다. 허구적 상상을 동원하지 않고 역사적 사실을 중심으로 한 전기를 활용해 이순신의 영웅화 작업이 가속화된 것이다.

이순신의 소설화 작업은 최근에 다시 일어났다. 대중적 관심을 다시 촉발시킨 작품이 바로 김훈의 《칼의 노래》이다. 이 작품은 김탁환의 8부작 《불멸의 이순신》과 함께 방송 드라마의 모본이 되면서 대중적 인기를 얻고 있다. 동시에 현 시기를 대표하는 역사소설로 평가받고 있다.

이순신의 소설화에 대한 연구는 개별 작품에 관한 연구에서 시작되었다. 특히 신채호의 〈이순신전〉과 이광수의 〈이순신〉이 주요 연구 대상이었다. 신채호의 작품은 애국계몽기라는 시대 상황과 결부하여, 이광수의 작품은 일제 강점기라는 시대적 배경과 함께 작자의 친일 이력과 관련지어 평가하였다. 이순신의 소설화가 시대에 따라 다른 양상을 보인다는 연구 결과는 최영호에 의해서 발표되었다. 최영호는 이순신을 문학화한 작품을 열거한 후에 대표적인 소설 작품으로 신채호, 이광수, 홍성원, 김훈의 작품에 대한 평가를 하였다. 개략적인 작품평을 통해서 시대적으로 달리 형상화된 양상을 드러냈다.[1] 공임순은 신채호, 이광수의 소설과 박정희의 이순신 영웅 만들기를 비판하였다. 신채호로부터 이광수를 거쳐 박정희로 이어지는 계보가 이순신이라는 인물의 속성을 한민족의 굳건한 전통으로 자리매김하는 데 일익을 담당했다고 하면서 이순신의 충의는 지배층이 동원하기 가장 좋은 항목으로 배치되고 말았다고 비판하였다.[2] 윤진현은 희곡을 중심으로 이순신의 문학화 양상을 살폈다. 즉, 1970년대에 호출된 이순신은 박정희 정권의 필요에 의해 성웅화 작업이 진행되었는데, 그에 따른 연극적 형상화가 이재현의 작품이며, 이에 반해 김지하의 작품은 이순신의 성역화 사업이 오히려 이순신의 진면목을 왜곡한다는 대항 담론 정립에 주력한 작품으로 평가하였다.[3]

이와 같은 연구에도 불구하고 시대를 달리 하면서 지속적으로 등장한 이순신 형상에 대한 통시적 고찰은 미미하다고 하겠다. 이순신은 우리 소설사에 지속적으로 등장했으며, 이순신의 형상은 소설마

---

1 최영호, 「역사적 사실과 문학적 상상력」, 『이순신연구』 창간호, 순천향대학교 이순신연구소, 2003.

2 공임순, 「역사소설의 양식과 이순신의 형성문법」, 『한국근대문학연구』 4권 1호, 한국근대문학회, 2003.4. 이 논문은 『식민지의 적자들』(푸른 역사, 2005)에 재수록되었다.

3 윤진현, 「1970년대 역사 소재극에 나타난 담론투쟁 양상 -이재현의 「성웅 이순신」과 김지하의 「구리 이순신」을 중심으로」, 『민족문학사연구』 26, 민족문학사학회, 2004.

다 다른 모습을 띠고 있다. 작가와 시대에 따라 인물의 형상화 방법에 각기 차이를 보이는 것이다.

이 글의 문제의식은 바로 여기에 있다. 똑같은 역사적 인물을 소설의 주인공으로 삼고 있는데, 작가마다 또 시대마다 분명 차이점이 존재한다는 것이다. 그것이 작가의 개성에 의해서든 아니면 사회 문화적 배경에 의해서든 차이를 보인다는 점이 흥미롭다. 그렇다면 그 차이는 무엇에 기인하는가 살펴보는 일은 의미 있는 작업임에 틀림없다. 따라서 이 글은 통시적으로 이순신의 소설적 형상화의 양상을 살펴보는 것을 일차적인 목적으로 한다. 이를 통해 형상화 방법의 차이를 드러낼 것이며, 그 차이는 어디에서 오는가를 밝혀보는 것이 이차적인 목적이다. 궁극적으로는 역사적 인물 이순신이 문학적 인물 이순신으로 변모되어 가는 과정을 검토하려는 것이다.

사실 역사적 인물에 대한 이해는 역사보다는 문학을 통해서 보다 넓게 이루어졌다. 그것도 시대나 작가에 따라 다르게 해석됨으로써 한 인물의 다양한 면모를 드러낼 수 있었다. 이를 통해 역사에 대한 다양한 접근이 가능했다. 이는 문학이 이루어 놓은 성과이다.

2. 이순신 소설화의 통시적 양상

이순신을 주인공으로 한 문학 작품의 종류와 편수는 최영호가 정리했다. 그는 작품명을 일일이 거론하면서 산문류가 21종, 운문류가 8종이라고 했다.[4] 그리고 윤진현은 2004년 현재까지 조사된 '이순신'의 문학적 형상화는 산문류 22종, 운문류 8종, 희곡 및 연극 6종, 영화 2종, 애니메이션 2종 등 무려 40종에 달한다고 하였다.[5] 최영호가 조사한 목록을 보면 임진왜란 전반을 다룬 작품까지 대상으로 하고 있는데 이럴 경우 작품의 수는 더욱 더 늘어난다. 윤진현은 구체적인 작품 목록을 밝히지 않은 채 종수만 밝히고 있어 오히려 혼선을 주고 있다. 따라서 작품의 실제를 검토한 후에 목록을 작성하였는데, 제시하면 다음과 같다.[6]

㉮ 작자미상, 임진록

㉯ 홍량호, 이순신전, 《해동명장전》, 1816.

㉰ 신채호, 이순신전, 『대한매일신보』, 1908. 6.15.-10.24.
박은식, 이순신전, 삼일인서관, 1923.

㉱ 李舜臣傳 리순신젼, 고려관, 1925.
최찬식, 李舜臣實記 리순신실긔, 박문서관, 1925.
忠武公李舜臣實記 충무공리순신실긔, 영창서관, 1925.
李舜臣傳 리슌신젼, 회동서관, 1927.

㉲ 이윤재, 성웅이순신, 한성도서주식회사, 1931.
이광수, 이순신, 『동아일보』, 1931.7.16.-1932.4.3.(이 작품은 문성서림(1932), 삼문사(1936), 영창서관(1948), 우신사(1991), 일신서적출판사(1995), 청포도(표제:불멸의 명장 이순신, 2004), 다나기획(2004), 창현문화사(2004)에서 단행본으로 재간행됨.)

---

4 최영호, 앞의 논문, 98쪽.

5 윤진현, 앞의 논문, 37쪽.

6 목록 작업은 산문만을 대상으로 했다. 소설화 양상을 살피는데 있어 직접적인 연관을 맺고 있는 것은 산문이기 때문이다.

㉯ 이은상, 이충무공일대기, 국학도서출판부, 1946.
박태원, 역사소설 이순신장군, 아협, 1948.
강남형, 이순신, 영창서관, 1953.
이충무공기념사업회 편, 성웅 이순신전, 이충무공기념사업회, 1960.
㉰ 이은상, 성웅 이순신, 횃불사, 1969.(이 작품은 삼중당(1975), 동서문화사(1977), 문공사(1982)에서 재간행되었고, 『충무공의 생애와 사상』이라는 제명으로 삼성문화재단(1975)에서 간행됨.)
최인욱, 성웅 이순신, 을유문화사, 1970.
강철원, 성웅 이순신, 오륜출판사, 1972.
김의환, 인간 이순신전, 연문출판사, 1972.
조성도, 충무공 이순신, 한국자유교육협회, 1973(이 작품은 동원사(1976), 남영문화사(1982), 아산군(1987), 연경문화사(2001)에서 재간행되고, 『충무공의 생애와 사상』이라는 제명으로 큰손(1982), 명문당(1989)에서 간행됨.)
한국도서출판공사 편, 충무공 이순신일대기, 한국도서출판공사, 1977.
㉱ 박찬수, 성웅 이순신, 우성출판사, 1984.
㉲ 최석남, 구국의 명장 이순신, 교학사, 1992.
김현구, 큰나무 큰그늘, 일월서각, 1992.[7]
남천우, 이순신, 역사비평사, 1994.
박성부, 소설 이순신(상 · 하), 행림출판, 1994.
박선식, 조선 대장부 이순신, 규장각, 1998.
김탁환, 불멸(1-4), 미래지성, 1998.[8]

7 이 작품은 북한의 문예출판사에서 《리순신장군》(1990)으로 간행되었던 것을 남한에서 개작하여 재간행한 것임.

최두환, 충무공 이순신의 생애, 우석, 1999.
㉶ 김 훈, 칼의 노래(1, 2), 생각의 나무, 2001.
장학근, 충무공 이순신의 짧은 생애, 빛나는 삶, 한국해양전략연구소, 2002.
김종대, 내게는 아직도 배가 열두 척이 있습니다, 북포스, 2004
김태훈, 이순신의 비본(1, 2), 창해, 2005
노병천, 이순신, 양서각, 2005.
배상열, 이순신 최후의 결전(1-3), 눈과마음, 2005.
박천홍, 인간 이순신 평전, 북하우스, 2005.
황원갑, 부활하는 이순신, 이코비즈니스, 2005. 마야, 2006.
남천우, 평역 이순신 자서전, 미다북스, 2006.

㉮는 임진왜란을 소재로 한 역사군담소설이다. 현전하는《임진록》은 이본의 수가 많기도 하지만 내용도 아주 다양하다. 모든 이본이 다 이순신 이야기를 수록하고 있지도 않고, 있더라도 내용이 천차만별이다. 그만큼 다양하게 이순신이 형상화되어 있어 흥미롭다. ㉯는 홍양호가 지은《해동명장전》에 수록된 작품이다.《해동명장전》은 열전(列傳)의 형태를 취하고 있는데, 이 책에 수록된 명장은 삼국시대 명장 7명, 고려시대 명장 21명, 조선시대 명장 24명이다. 명장들의 개별적인 '전(傳)'을 모아 놓은 것으로 볼 수 있다. ㉰는 애국계몽기 역사전기 소설로 분류되는 작품으로 신채호와 박은식이라는 당대 지식인의 작품으로 눈여겨 볼 필요가 있다. ㉱는 1920년대에 나온 구활자본 소설이다. 구활자본 고소설의 출현과 더불어 등장

8 이 작품은 2004년에 8부작《불멸의 이순신》(황금가지)으로 개작되었다.

한 작품으로 상업적 출판 유행에 따른 것이다. 대부분《이충무공전서》의「행록」이나「행장」의 주요 일화를 재구성해 소설화하였다. [마]의 작품 가운데 이윤재의 작품은 전기이다. 이광수의〈이순신〉은 신문에 연재된 후에 단행본으로 출간된 소설이다. 이 소설은 1990년대 이후로 계속 재간행되고 있어 흥미롭다. [바]의 이은상 작품은 전기이다. 이 작품은 [사]에서 보는 바와 같이 1970년대에도 계속 재간행되고 있다. 박정희의 이순신 성웅화 작업에 직접적인 영향을 받은 작품이다. 1970년대에 이루어진 조성도의 작품도 이와 무관하지 않다. 박정희의 이순신 숭배 목적은 다분히 정치적이었다. 이순신 숭배를 통해 박정희는 두 가지 목표를 추구하였다. 우선 1970년대를 이순신의 시대, 즉 임진왜란과 같은 국난의 시기로 규정하는 것과 이로써 국난을 극복하는 박정희의 이미지를 구축함으로써 스스로를 민족의 구원자로 자처하는 것이었다.[9] 이 시기에 간행된 위인전에 대한 다음과 같은 진술은 주목을 요한다.

> 요즘에「위인전」의 간행에 대한 논의가 활발히 전개되고 있다. 들으니 정부의 어느 문화 관계 기관에서도 이러한 것의 간행을 기획하고 있다는 바, 그 집필을 사학자에게 시키느냐 소설가에게 시키느냐 크게 논란이 벌어진 끝에, 소설가는 허구로 인물을 다루기 때문에 그 인물의 참모습을 보여주기가 어렵다 하고, 사학자는 어려운 학술용어를 쓰는 것이 습관화되어 일반에게 보급하는 데 지장이 있다 하여 양론이 대립되었다고 들었다.

---

9 윤진현, 앞의 논문, 37쪽.

> 앞의 논란에 대해 나는 그들에게 말하고 싶다. 아무리 허구로 작품을 쓰는 소설가라도 그 저술의 성질이 사실(史實)을 전달해야 하는 「전기(傳記)」라면 어떻게 남의 전기를 허구로 쓸 수가 있겠느냐고.[10]

1970년대 상황을 웅변해 주는 언급이다. 위인전의 활발한 간행과 필자 선정에 관한 언급을 통해 이 시기 전기의 융성을 알 수 있다. ㉠에서처럼 1980년대에는 한 편의 전기 작품밖에 나오지 않았다. 이시기는 전두환 정권의 등장과 더불어 민주화 요구가 끊임없이 제기되던 시기였다. 사회적 관심사가 민주화에 쏠려 있음을 반영한 것이다. 그와 동시에 박정희 정권에 의해 이루어졌던 이순신의 성웅화는 회의를 거치면서 일종의 조정 국면으로 접어든 것이다. 1990년대 이후 다시 다양한 모습으로 등장하는 것을 보면 이를 짐작할 수 있다. ㉡, ㉢에서와 같이 1990년대 이후로 이순신은 다시 화려하게 부활하였다. 역시 주류는 전기가 차지하고 있는 것이 흥미롭다. 박성부의 작품은 표제에 '소설'임을 밝히고 있지만 전기에 가깝다. 2000년대에 들어서면서 이순신 열풍이 일어나 다양한 양식을 통해 문학화가 이루어졌다. 전기와 소설이 중심을 이루고 있음은 물론이다. 이 시기의 작품 속 이순신은 더 이상 1970년대의 '성웅'이 아닌 '인간'을 표상하고 있다는 점이 주목할 만하다. 영웅의 형상 일변도에서 벗어나 인간 이순신을 조명하려는 움직임이 활발했다. 그러나 여전히 다른 한편에서는 지나친 허구화로 인한 이순신의 폄훼를 지적하면서 이순신의 영웅적 면모를 강조하기도 하였다. 배상열의 소설

---

10 최인욱, 《성웅 이순신》, 을유문화사, 1970, 3쪽.

이나 남천우의 평전을 예로 들 수 있다. 평범한 인간으로서의 면모를 드러내려는 의도를 가지고 이루어진 작품들도 여전히 영웅의 외피를 벗겨내지 못하고 있는 점도 눈에 띈다. 김종대나 황원갑의 작품이 그러하다. 이순신의 영웅적 이미지에 대한 인식의 깊이가 그만큼 깊은 것이다. 이순신의 문학화 작업에 참여한 사람도 소설가, 역사학자, 법관, 은행원, 기자 등으로 다양하다. 이순신에 대한 관심이 결코 적지 않으며, 대다수의 사람들에게 이순신은 여전히 흥미로운 독서 대상으로 남아 있다는 것을 알 수 있다.

이 글에서 대상으로 하는 작품은 소설이다. 위에 열거한 작품 가운데 소설로 분류될 수 있는 것은 《임진록》과 구활자본 소설, 그리고 신채호, 박은식, 이광수, 박태원, 김현구, 김탁환, 김훈의 작품이다.[11]

이순신은 우리 소설사에 지속적으로 등장했다. 그런데 이순신은 소설 속에서 한결같은 면모를 보이고 있지 않다. 작가와 시대에 따라 인물의 형상화 방법에 각기 차이를 보이고 있다. 현대에 가까워 올수록 역사적 사실과 분명한 거리를 두며 이순신을 재창조해 내고 있다.

3. 역사적 사실의 기술과 소설적 상상의 표현

이순신과 관련된 공적인 기록은 《선조실록》과 《이충무공전서》가

---

11 이 가운데 박은식의 작품은 신채호의 작품과 같은 성격의 작품으로, 박태원, 김현구의 작품은 북한에서 이루어진 작품으로 우선 본고에서는 논외로 한다.

대표적이다. 《이충무공전서》는 정조(正祖)의 명에 의해 1795년에 편찬되었다. 이 책에는 《난중일기》를 비롯한 「장계(狀啓)」, 「행장(行狀)」, 「행록(行錄)」, 「시장(諡狀)」, 「신도비(神道碑)」 등 이순신과 관련된 기록이 집대성되었다. 《이충무공전서》는 이순신의 생애를 소상히 보여주는 기록물인데, 대표적인 것이 이 책에 수록된 《난중일기》와 「행록」, 「행장」이다. 《난중일기》는 이순신이 기록한 개인 일기이며, 「행록」은 조카 이분(李芬)이, 그리고 「행장」은 최유해(崔有海)가 쓴 것으로 이순신의 출생부터 사망까지의 일대기를 기록하였다. 이순신 사후 쓰인 전기와 평전, 소설, 영화, 희곡 등 대부분의 작품들은 《이충무공전서》의 《난중일기》와 「행록」, 「행장」 등을 통해서 이루어졌다. 이순신 관련 문학 작품의 원텍스트인 것이다.

《임진록》은 우리 소설사에서 이순신의 소설적 형상화를 가장 먼저 이룩한 작품이다. 아주 다양한 형태의 이본이 존재하며, 이순신의 형상도 이본의 수만큼이나 다양하다.[12] 숭전대학교(한남대)도서관본은 《임진록》 이본 가운데 역사를 바탕으로 한 작품이다. 이 작품에서는 이순신을 육도삼략을 통달하고 지용이 과인한 호걸로 소개하였다. 그리고 이순신이 수군을 모아 연습을 하고 거북선을 건조

---

12 《임진록》의 이본 연구는 소재영(『임병양란과 문학의식』, 한국연구원, 1980.)과 임철호(『임진록 연구』, 정음사, 1986.)에 의해서 이루어졌다. 소재영은 《임진록》의 형성과정상의 특성에 따라 이본을 계열화하였고, 임철호는 구성상의 특성을 중심으로 이본을 계열화하였다. 이 글은 인물 형상화에 대한 통시적 연구이므로 형성과정상의 특성에 따른 이본 분류가 적합하다. 따라서 소재영이 분류한 역사성을 바탕으로 한 작품군, 설화를 바탕으로 한 한문본 계열의 작품군, 설화를 바탕으로 한 한글본 계열의 작품군 가운데 대표적 이본을 거론하기로 한다. 즉 숭전대학교(한남대) 도서관본, 권영철본, 국립중앙도서관 한글본을 대상으로 한다.

하는 등 임진왜란에 대비하는 장면이 이어진다. 이순신이 왜적을 무찔러 전공을 세운 장면은 「행장」이나 「행록」에 기록된 사실을 바탕으로 하면서 군담을 강화하고 있다.

> 5월 29일에 공이 꿈을 꾸니 한 백발노인이 공을 발로 차면서 적이 왔다고 하였다. 공이 일어나 곧 여러 장수를 거느리고 나가 노량에 이르니 적이 과연 와 있었다.[13]

이 내용은 「행록」과 「행장」에 기록되어 있는 것이다. 소설에서도 이 장면이 등장한다.

> 순신이 문득 곤하여 부채를 쥐고 북을 의지하여 잠간 졸더니 한 노인이 앞에 나와 이르되, "장군이 어찌 잠을 자느뇨. 도적이 들어오니 빨리 대적하라. 나는 이 물 지키는 신령이러니 급함을 고하노라." 하고 크게 소리 지르거늘 놀라 깨달으니 한 꿈이라.[14]

「행록」의 내용이나 소설의 내용은 별 차이가 없다. 소설에서는 이후의 장면을 장황한 군담으로 처리하고 있다. 독자들에게 흥미를 주기 위한 의도로 볼 수 있다.

이 이본에서 볼 수 있는 이순신 소설화의 특징은 이순신이 전사한 장면 이후에 이순신의 탄생부터 전라좌수사가 되기까지의 주요 행

---

13 二十九日 公夢白頭翁蹴公曰 起起賊來矣 公起卽領諸將進至露梁則 賊果來矣.(《이충무공전서》, 「행록」)

14 《임진록》(숭전대학교(한남대)도서관본), 소재영, 『임진록』, 형설출판사, 1982, 63쪽.

적을 나열하고 있는 점이다. 물론 이 부분도 「행록」에 기록된 일화를 바탕으로 하고 있다. 역사적 사실에 입각한 기술 태도를 보이는 것이다.

권영철본 《임진록》은 설화를 바탕으로 한 한문소설이다. 이 작품에서 이순신의 등장은 관우가 이여송에게 천거한 것이 계기가 되었다. 관우가 이여송의 꿈에 나타나 "전라도 순천 땅에 이순신이라 하는 사람이 있으되, 수전하기는 만고 명장이라. 이 사람을 급히 불러다가 수전을 막아라."[15]고 하자, 이여송은 이순신을 찾아 수군대장으로 삼는다. 역사 기록과는 전혀 다르다. 출신 지역이나 천거한 사람도 역사 기록과 다르고 아들의 이름도 '백철'로 다르게 나온다. 이순신의 최후 장면도 사뭇 다르게 전개되고 있다. 이순신은 왜적과 접전할 때 왜졸이 던진 철환에 맞아 배 안에 쓰러진다. 이순신은 아들 백철을 불러 다음과 같이 말한다.

> 슬프다, 나는 신수가 불길하여 한 공로도 이루지 못하고 죽으니 가이 없다. 너는 나 죽은 후에 발상(發喪)말고 나의 철갑을 네가 입고, 북을 들고 내가 섰던 곳에 서서 조금도 의심 말고 왜졸과 접전하여 내 원수를 갚고 나라가 태평하고 네 몸이 무사하거든 집에 돌아가 발상하라.[16]

이순신은 자신이 죽는 순간에 아무 공로도 이루지 못하고 죽게 되

---

15 《임진록》(권영철본), 소재영·장경남 역주, 『임진록』, 고려대학교 민족문화연구소, 1993, 445쪽.

16 《임진록》(권영철본), 위의 책, 449쪽.

는 것을 못내 한스러워하고 슬퍼하고 있다. 이순신은 장수로서의 능력을 갖춘 인물이었으나 왜적과의 전투에서 충분히 자기의 능력을 발휘하지도 못하고 죽는 것을 한탄하는 한 많은 장수로 형상화되어 있다.[17]

국립중앙도서관본《임진록》의 이순신은 더욱 더 역사적 사실과 멀어져 있다. 이순신이 등장하는 장면을 보자.

> 각설. 이때 평안도 삭주 땅에 한 사람이 있으니 성은 이요, 명은 순신이라. 별호는 충무공이라. 부모를 일찍 이별하고 시년이 이십 세라. 기골이 장대하고 힘은 삼천 근을 들고 말타기와 활쏘기를 일삼더니,[18]

출생지는 물론, 부모를 일찍 이별했다고 서술함으로써 역사 사실과 전혀 다르게 이순신을 소개하고 있다. 이순신이 왜적을 맞아 싸우는 장면도 한 장면밖에 할애하지 않고 있으며, 최후 장면도 전혀 엉뚱하게 처리하고 있다.

> 난데없는 줄불이 일어나거늘, 순신이 대경하여 바라보니, 마흥이 화살을 빼 순신을 쏘니 정확히 가슴을 맞았는지라. 또 마등이 칼을 들어 순신의 머리를 베어 들고 탄식 왈, "이런 아이에게 수만 장졸이 수중고혼(水中孤魂)이 되었으니 어찌 절통치 않으리오."[19]

---

17 권혁래, 「임진록의 서술시각과 인물 형상」, 연세대학교 석사학위논문, 1991, 67쪽.

18 《임진록》(국립중앙도서관본), 소재영·장경남 역주, 『임진록』, 고려대학교 민족문화연구소, 1993, 277쪽.

19 《임진록》(국립중앙도서관본), 위의 책, 279쪽.

이순신은 왜란을 맞아 자신의 재주를 발휘하여 큰 공을 세우려고 거북선을 만들어 왜적에 대응하였다. 왜장 마등을 만나 왜군 수만을 죽였으나 마홍의 활에 맞아 최후를 맞이하고 말았다. 이순신의 인물 형상화에 치중하기 보다는 흥미로운 군담 장면에 작자의 관심이 놓여 있는 것이 이 작품의 특징이다.

이렇게 《임진록》의 세 이본으로 보아 이순신의 소설적 형상은 역사적 사실에 바탕을 둔 것에서부터 전혀 사실과 다른 설화적 인물 형상까지 다양하게 이루어졌음을 볼 수 있다. 역사적 사실과 멀어지면서 이순신에 대한 형상화는 비범한 능력을 갖춘 영웅으로서의 형상과도 멀어지고 있음을 알 수 있다.

애국계몽기에 들어서면서 이순신은 다시 우리 소설사에 등장한다. 신채호는 『대한매일신보』에 1908년 5월 2일부터 8월 18일까지 〈이순신전〉을 연재했다.[20] 이 작품은 고소설의 회장체 구성과 같이 장별로 내용을 구성하고 있다. 총 19장으로 이루어져 있는데, 제1장 서론과 제19장 결론에서 그 저술 의도 및 작자의 논평을 담고 있다. 본론에서는 이순신의 행적을 순차적으로 충실히 서술하고 있는데, 부분적으로 흥미 있는 에피소드와 대화 장면을 삽입해 서사를 구성했다. 행적 가운데 핵심 내용은 물론 임란 당시의 활약상인데, 수차례의 해전이 매우 사실적으로 묘사되어 있다.

이러한 소설화의 근간은 「행록」에 기록된 역사적 사실이다. 「행록」에 기록된 이순신의 행적을 서사의 중심으로 삼되, 필요에 따라

---

20 이 작품은 '패서생'에 의해 국역되어 1908년 6월 11일부터 10월 24일까지 『대한매일신보』 국문판에 연재되기도 하였다.

부분적으로 《난중일기》나 장계, 시 등을 삽입하고, 동시에 작자의 논평을 첨가하는 형식을 취하고 있다.

> 공이 처음으로 선영에 성묘하러 가서 무덤 앞에 세웠던 석인이 땅에 넘어져 있는 것을 보고 하인 수십 명을 시켜 일으켜 세우도록 하였으나 돌이 무거워서 일으켜 세우지 못하였다. 공이 하인을 꾸짖어 물리치고 웃옷을 벗지 않은 채 등으로 떠밀어 석인을 일으켜 세우니, 보는 이들이 일컫기를 힘으로 되는 것이 아니라고 하였다.[21]

> 大舞臺에 活動하는 人物은 智略만 是貴할 뿐 아니라 體力도 不可不觀이니, 李舜臣이 일찍 先塋을 往省하니 將軍石이 仆倒하였는데 下輩 數十人이 此를 扶起하다가 其力이 不勝하여 息聲이 喘喘하거늘, 李舜臣이 一聲으로 喝退하고 青袍를 着한 채 背上에 負하여 舊地에 立하니, 觀者가 大驚하더라.[22]

이순신의 어린 시절 일화를 소개하는 장면 한 부분을 발췌하여 비교하여 보았다. 소설의 내용은 「행록」의 내용과 다름이 없다. 이렇게 신채호는 「행록」에 기록된 이순신의 주요 행적을 중심으로 소설을 만들었다. 그리고 인물의 행적에는 작가의 논평이 따른다. 인용문에서 보듯이 이순신의 어린 시절 행적을 제시하기에 앞서 "큰 무대에서 활동하는 인물은 지략만이 아니라 체력도 뛰어나다"는 인물평가를 하고 있다. 주요 행적에 작가의 논평을 붙이는 방식으로 형

---

21 公以新 恩榮拜先塋 見石人傾仆於地 命下輩數十人扶起 石重不能勝之 公喝退下輩不脫靑袍而背負之石 忽起立 觀者謂 非力所能致也.(《이충무공전서》, 「행록」)

22 신채호, 〈이순신전〉, 『단재신채호전집』(중), 형설출판사, 1982, 360쪽.

상화한 것이다.

> 其冬에 咸鏡道 董仇非堡權管이 되며, 翌四年 三十五歲에 訓鍊院奉事로 內遷하였다가 又 其冬에 忠淸兵使의 軍官이 되며, 三十六歲에 鉢浦水軍萬戶가 되었다가 翌年에 坐事罷職하고 其秋에 訓鍊院奉事로 復任하더니, 翌三年에 咸鏡南道 兵使營軍官이 되었다가 其秋에 乾原堡權管이 되니, 李舜臣의 年齡이 一歲만 添하면 便是 四十歲러라.[23]

「행록」에는 자세히 서술되어 있는 이순신의 행적이 소설에서는 이렇게 축약되었다. 그러나 이 시기에 있었던 주요 행적은 뒷부분에서 다시 소개하고 있다. 즉, 훈련원 봉사로 있을 때 김귀영이 서녀를 첩으로 주려는 것을 거절한 일, 발포만호로 있을 때 좌수사 성박이 객사뜰에 있는 오동나무로 거문고를 만들려고 베어가려 하자 허락하지 않은 일, 이이가 유성룡을 한번 뵈라고 하자 거절한 일 등이 그것이다. 이들 일화를 서술한 끝에는 "강직과 근신으로 자수함이 이순신의 평생주지"라는 작가의 해설적 논평이 부기되고 있다.

「행록」의 내용은 임진왜란 당시 펼쳤던 이순신의 활약상을 잘 보여주는 자료이다. 따라서 소설에서도 거의 그대로 활용되고 있다. 이순신이 승전을 거둔 전투 장면과 명나라 장수 진린과의 관계를 서술한 부분, 그리고 마지막 전투인 노량해전 장면은 「행록」의 기록과 별 차이가 없다. 그런데 이순신 최후의 전투인 노량해전을 펼치기 직전의 상황에 대한 묘사는 차이를 보인다.

---

23 신채호, 위의 책, 361쪽.

> 이날 밤 삼경에 공이 배 위로 올라가 손을 씻고 무릎을 꿇고 하늘에 빌었다. "이 원수를 무찌른다면 죽어도 유한이 없겠습니다." 그러자 문득 큰 별이 바다 속으로 떨어졌다. 보는 이들이 이상히 여기었다.[24]

> 李舜臣이 陳璘과 相約하고 是夜二更에 同發할 새, 三更에 船上에 獨立하여 盥水焚香하고 上帝께 祝하여 曰, "此讐를 可滅할진댄 卽死라고 無憾이니이다."[25]

이순신이 전사하기 전날에 있었던 「행록」의 기록은 다소 비현실적인 요소가 들어 있다. 「행록」에 있는 "큰 별이 바다 속으로 떨어진다"는 상징적 표현은 오히려 소설에서 어울리는 표현이다. 더구나 영웅적 면모를 드러내려는 신채호의 의도에 적합한 소재이기도 하다. 그러나 작가는 이를 취하지 않은 채 이순신이 하늘에 기도한 사실만 서술할 뿐이다. 역사적 사실의 기술만으로도 그의 영웅성은 충분히 확보되었다고 본 것이다.

이렇게 신채호는 사실에 입각한 서술태도를 보인다. 18장에 따로 신이한 행적을 기술한 것은 이를 반증한다. 믿기 어려운 황당한 이야기는 따로 장을 설정하여 부록으로 실은 것이다. 이순신의 역사적 기록은 그 자체가 인물의 위대성을 내포하고 있다. 다소 비현실적인 내용은 오히려 인물에 대한 신뢰를 잃을 수도 있다. 그렇기 때문에

---

24 是夜三更 公於船上 盥手跪祝于天曰 此讐若除死卽無憾 忽有大星隕於海中 見者異之.(《이충무공전서》, 「행록」)

25 신채호, 앞의 책, 399~340쪽.

신채호는 이순신의 행적을 역사적 자료에서 취사선택하여 이야기로 엮은 것이다.

「행록」을 바탕으로 한 이순신의 소설적 형상화는 구활자본 소설에서도 반복되고 있다. 구활자본 소설은 「행록」의 일화를 재구성하되 작가의 목소리가 문면에 드러나고 있다. "장수 노릇"(《리순신전》)을 한다든지, "영웅 출생하다", "위대한 인격과 절륜한 무용"(《충무공 이순신실기》), "자못 영웅의 자격"이 있다거나, "천신도 감히 범접하지 못하겠더라"(최찬식, 《이순신실기》)는 식이다. 흥미로운 것은 최찬식의 작품은 군담 장면에 대한 묘사가 자세한 편이어서 소설적 흥미를 더해주고 있다.

《리순신전》은 '이순신의 여러 가지 사적'이라는 장을 따로 두고 있다. 이 장은 "전공 이외에도 여러 가지 거룩한 사적이 만히 잇다 이제 그 대강을 말하랴한다"[26]는 서술과 함께 주인공을 소개하고 있다.

> 리순신은 극히 정직한 사람이엿다 순신이 청년시대에 재조가 잇다고 소문이 진동하니 그때 병조판서(륙군대신) 김귀영(金貴榮)이 그 첩의 딸로 순신의 첩을 삼고저하야 중매를 보냇거늘 순신이 거절하야 갈오대 내가 엇지 대신에게 붓혀 영화를 바라리오 하고 중매하려온 사람을 쏘차 보내더라[27]

이순신을 "극히 정직한 사람"으로 소개하고 그와 관련된 일화를

26 《리순신전》, 회동서관, 1927, 30쪽.
27 《리순신전》, 위의 책, 35~36쪽.

소개하였다. 이렇게 이순신의 면면을 정치가, 경제가, 교제가, 발명가, 효자, 비상한 애국자, 극히 정직한 사람이라고 소개하고, 「행록」에 기술된 해당 일화를 소개하는 방법을 취하고 있다. 본문에서 해당 일화를 서술하지 않고 이순신의 일대기를 엮으면서 따로 이렇게 한 곳에 모아 서술하는 식이다. 아주 다양한 면모를 지닌 이순신으로 형상화한 것이다.

반면, 이광수의 〈이순신〉과 김훈의 《칼의 노래》는 「행록」보다는 《난중일기》에 의존하면서 작자의 허구적 상상력을 동원하여 이순신을 소설화하였다.

이광수의 〈이순신〉은 1931년 『동아일보』에 연재된 작품이다. 이 소설은 이순신이 전라도 수사로 부임하던 때부터 시작해서 노량해전의 전사에서 끝이 난다. 소설 제목이 '이순신'이지만 이순신의 일대기가 아니다. 주요 서사는 이순신이 활약했던 해전을 중심으로 이루어져 있다. 여기에 임진왜란 당시의 위정자들의 행위를 또 하나의 서사축으로 삼고 있다. 임금을 비롯한 조정 신하와 장수들을 부정적 인물로 설정하고, 그들의 행위를 그려나간 것이다.

이광수의 〈이순신〉은 이순신의 일대기를 다룬 것이 아니기 때문에 《난중일기》가 적절한 자료로 취택되었다. 이 소설의 주요 서사는 개인의 기록인 《난중일기》의 내용이 근간을 이루고 있고, 주변 인물들과 사건은 실록에 의존하고 있다. 작가는 이 소설을 『동아일보』에 연재하면서 자신의 입장을 밝혔다. 그 중에 주목할 만한 것이 "고기록에 나타난 그의 인격을 내 능력껏 구체화하려는 것"이라는 서술이다. 이순신의 역사적 행위 자체가 영웅적 면모를 보임에 따라 역사 기록에 전적으로 의존하면서 작가의 상상력을 발휘해 이순신의 형상을 구체화한다고 해석할 수 있다.

이 소설에는 다른 소설에서 볼 수 없는 장면이 있다. 이순신이 모함을 당하여 투옥된 후 국문을 받는 장면이다. 이 장면은 아주 장황하게 서술되었는데, 실록의 기록을 토대로 작가적 상상력에 의해 만들어졌다. 특히 하옥 후 백의종군하는 장면은 전적으로 《난중일기》의 기록에 의존하고 있다.

> 사월 초하루에 순신은 사를 입어 출옥하였다. 이날부터 순신이 원수진에 가는 동안을 그의 친필로 쓴 일기를 보자. 그는 오래 못하였던 일기를 출옥하는 날부터 시작하였다. 일기는 물론 순한문이다. (한문 원문 생략) 이것이 첫날 일기다. 번역하면,
>
> **사월 초하루.** 신유. 맑다. 원문을 나와 남대문 밖 윤생간의 집에 가니 봉·분 두 조카와 아들 울이 있고, 사행과 원경도 같이 앉았다. (… 중략 …)
>
> **초이튿날.** 비오다. 종일 비오다. 조카를 데리고 이야기하다. 방업이란 사람이 음식을 대단히 많이 차렸다.
>
> **초사흘.** 맑다. 일찍 남쪽 가는 길을 떠나다.(… 중략 …)
>
> 이십 일일에 여산(礪山) 관노의 집에 숙소를 정하였다. 밤에 순신은 심사가 불평하여 홀로 일어나 앉아 국사와 어머니를 생각하고 울었다.[28]

《난중일기》의 해당 내용을 그대로 삽입하였다. 이렇게 시작한 《난중일기》의 삽입은 권율을 만나게 되는 6월 17일까지 길게 이어진다. 백의종군하게 된 상황을 일기를 통해 드러냄으로써 독자로 하여금 주인공의 삶을 현실감 있게 읽을 수 있도록 하였다.

일기 내용을 삽입하는 방법도 위의 인용문에서 보는 것처럼 내용을 그대로 옮겨 놓는가 하면, 간접 인용하는 수법을 활용하기도 한다. 자기 고백적 갈래인 일기는 주로 이순신의 심리를 표현하고자 하는 부분에서 적절하게 활용되었다. 이순신은 전쟁의 소용돌이 속에서도 속수무책일수밖에 없는 현실에 울분을 토로하기도 하고 왜적의 잔인한 행위에 분노를 표출하기도 하는데, 이런 장면에서는 여지없이 《난중일기》가 인용된다. "순신은 이 소식을 듣고 그날 일기에 '통분통분'이라고 적었다"라는 식이다.

이광수의 인물 형상화 방법은 이전의 소설과는 달리 묘사의 수법을 활용하고 있다는 점을 들 수 있다. 아래와 같은 주인공의 외양 묘사는 이 소설에서 비로소 보이는 것이다.

> 청홍 동달이 소매 좁은 군복에 홍전복을 입고 옥로·금패·패영 단 전립을 쓴 아랫수염 길고 키는 중키요, 얼굴 희고 눈초리 약간 위로 올라가고 콧마루 서고 귀 크고 두터운 사십 오륙 세의 장관, 그는 물어볼 것 없이 정읍현감(井邑縣監)으로 있다가 우의정(右議政) 유성룡(柳成龍)의 천으로 전라좌도 수군절도사(全羅左道 水軍節度使)가 되어 지난달에 도임한 이순신이다.[29]

28 이광수, 〈이순신〉, 『이광수전집』 12, 삼중당, 1962, 371~374쪽.

29 이광수, 위의 책, 172쪽.

다부지면서도 당당한 인상을 받게 하는 표현이다. 그럼에도 여전히 신채호의 작품에서처럼 작가의 직접 서술을 통한 인물 형상화도 이루어진다. "이러한 무섭고 신통한 물건을 지어낸 이 수사는 필경 신인이요, 범상한 사람이 아니라 생각하였다"라는 서술에서 보듯이 이순신을 '신인(神人)'으로 만들고 있다. 이러한 작가의 생각은 "팔도 강산에 살아 있는 이, 순신 하나뿐이었다. 강산이 오직 그 하나를 믿은 것이다"라는 진술에서 오롯이 드러난다.

이 소설에 등장하는 인물들은 모두 역사에 실재했던 사람들이다. 작가는 이순신 주변 인물로 역사 인물을 끌어들이고 있다. 그러나 유성룡을 제외하고는 모두 다 부정적으로 형상화했다. 우유부단한 선조, 자신의 안일만을 추구하는 조정 대신, 도망만을 일삼는 용열한 장수 등으로 형상화함으로써 이에 대비되는 이순신의 행적은 도드라지게 한 것이다.

이순신과 같이 역사상에 실재했던 인물인 경우에는 그 행적이 사실과 위배되지 않아야 하므로, 인물형상화에 제한을 받는다. 역사적 사실을 그대로 기술해야 하는 것이다. 그런데 소설에서는 살아 있는 인물을 창조하기 위하여 작가는 상상력을 동원하여 소설적 구도에 맞게 인물을 형상화한다.[30] 이광수가 형상화한 부정적 인물은 긍정적 인물 이순신을 부각시키려는 작가의 의도에 따라 이루어진 것이다.

김훈의 《칼의 노래》 또한 기본 서사는 《난중일기》를 따라가고 있다.[31] 그러나 이광수의 그것과는 달리 서사 속에 용해되면서 확장되

---

30 김승환, 「역사소설과 역사」, 『국어국문학』 141, 국어국문학회, 2005.12, 10쪽.

31 이미자, 「김훈의 《칼의 노래》와 《난중일기》의 간텍스트성 고찰」, 『한국어문학연구』

는 양상을 띤다.

> **1597년 8월 3일.** 신유. 맑음. 이른 아침에 선전관 양호(梁護)가 뜻밖에 들어와 교서(敎書)와 유서(諭書)를 가지고 왔는데, 그 내용은 곧 삼도통제사(三道統制使)를 겸하라는 명령이었다. 숙배를 한 뒤에 삼가 받은 서장(書狀)을 써서 봉해 올리고, 곧 길을 떠나 두치(豆峙)로 가는 길로 들어섰다.(… 하략 …)[32]

> 그날 아침에, 선전관 양호가 내 숙사로 찾아왔다. 그는 도원수를 경유하지 않고 곧바로 나에게 왔다. 그는 임금의 교서(敎書)를 지니고 있었다. 그가 교서를 내밀 때, 나는 사약을 들고 온 의금부 도사가 아닌가 싶었다. 나는 마당으로 내려가 교서 두루마리에 절했다. 양호가 두루마리를 펼쳐서 큰 소리로 읽었다. 임금의 수사는 장려했다. …… 왕은 이르노라. 어허, 국가가 의지할 바는 오직 수군뿐인데, (… 중략 …) …… 이제 그대를 상복을 입은 채로 다시 기용하여 옛날같이 전라좌수사 겸 충청, 전라, 경상의 삼도수군통제사로 임명하노니, 그대는 부하를 어루만지고 도망간 자들을 불러 단결시켜 수군의 진영을 회복하고 요해지를 지켜 군의 위엄을 떨치게 하라. 그대는 힘쓸지어다. (… 중략 …) 내 끝나지 않은 운명에 대한 전율로 나는 몸을 떨었다. 나는 다시 충청, 전라, 경상의 삼도수군통제사였다. 그리고 나는 다시 전라좌수사였다. 나는 통제할 수군이 없는 수군 통제사였다. (… 중략 …) 나는 하루 종일 혼자 앉아 있었다. 텅 빈 바다 위로 크고 무서운 것들이 다가오고 있었다. 사각 사각 사각, 수평선 너머에서 무수한 적선들의 노 젓는 소리가 들려왔다. 그 환청은 점점 커

19, 한국외국어대학교 한국어문학연구회, 2004 참조.

32 노승석 옮김, 『이순신의 난중일기 완역본』, 동아일보사, 2005, 431쪽.

> 지며 내 앞으로 다가왔다. 나는 고개를 흔들어 환청을 떨쳐냈다. 식은땀이 흘렀고 오한에 몸이 떨렸다. 저녁 무렵까지 나는 혼자 앉아 있었다. 양호가 종을 보내 답신을 재촉했다. 나는 붓을 들어 장계(狀啓)를 써나갔다. (… 중략 …) 그리고 나는 다시 붓을 들어 맨 마지막에 한 줄을 더 써넣었다. 나는 그 한 문장이 임금을 향한, 그리고 이 세상 전체를 겨누는 칼이기를 바랐다. 그 한 문장에 세상이 베어지기를 바랐다. …… 신의 몸이 아직 살아 있는 한 적들이 우리를 업신여기지 못할 것입니다. −삼도수군통제사 신(臣) 이(李) 올림[33]

작가는《난중일기》의 해당 내용을 바탕으로 위 인용문의 장면을 만들었다.《난중일기》에서는 교서를 받고, 장계를 올린 후 임지로 향했다는 단순 사실만 나열했을 뿐이다. 그러나 소설에서는 교서를 받는 의식과 선조에게 올릴 장계를 쓰는 장면을 설정하고, 그에 따른 주인공의 심리 변화를 일인칭 시점으로 표현함으로써 현장감을 살리고 있다. 역사적 사실과 허구적 상상력이 소설로 재구조화되는 과정을 거치는 것이다.

위의 인용문은 작가가 만들어 놓은 이순신의 이미지가 집약적으로 잘 드러난 부분이다. "하루 종일 혼자 앉아 있었다"라는 문장과 "환청", "식은 땀"이라는 단어는 이 장면뿐만 아니라 작품 곳곳에 쓰이고 있다. 같은 표현을 의도적으로 반복함으로써 이순신의 이미지를 만들어내고 있는 것이다.

하루 종일 혼자 앉아 있었다는 것은 고뇌하는 이순신을 표현한 것이다. 늘 왜적과 선조 앞에서 죽음을 생각할 수밖에 없는 이순신의

---

33 김훈,《칼의 노래》, 생각의 나무, 2001, 55~59쪽.

처지가 반영된 표현이다. 그리고 적이 몰려오는 '환청'에 시달리며 '식은땀'을 흘리는 장면도 이순신의 내면세계가 고스란히 반영된 것이다. 작가는 역사 기록에 의존하고는 있지만 기존의 인물과는 전혀 다른 인물로 이순신을 형상화한 셈이다. '면사첩'으로 표상된 임금의 존재는 끊임없이 이순신으로 하여금 고뇌하게 한다. 이순신은 '면사첩' 아래에서 '환청'에 시달리며 '식은땀'을 흘리는 존재로 형상화되었다.

이전에 이순신을 소설화한 작품에서 볼 수 없었던 장면 가운데 하나가 여인과의 통정 장면이다. 바로 이순신과 '여진'(女眞)이라는 여인과 관계를 맺는 장면이다. 이 장면은 작가의 상상력에 의존한 구성이다. 실제 《난중일기》를 보면 병신년(1596) 9월 12일, 14, 15일의 일기에 "여진과 함께 잤다"는 기록이 있다. 작가는 이순신과 여진의 관계를 허구적 상상력을 통해 재구해낸 것이다. 역사적 사실에 허구적 상상력의 개입이 그만큼 자유로워졌다는 것을 보여주는 부분이다.

김탁환의 《불멸의 이순신》도 역사적 사실에 바탕을 두고 허구적 상상력을 발휘하여 재구한 소설이다. 성장기의 주요 행적은 《이충무공전서》의 「행록」을, 임진왜란 이후는 《난중일기》를 주 자료로 삼았다. 이렇게 해서 《불멸의 이순신》은 이순신의 어린 시절부터 전사하기까지의 행적이 서사의 중심축으로 작동한다. 여기에 단편적인 역사 기록들이 보조적인 이야기를 형성한다. 가령 이순신의 어린 시절을 그린 부분에서는 이순신이 유성룡·허균과 함께 어울려 지내며 남산에 남아 있는 치우의 발자국을 찾겠다고 헤매며 돌아다닌 이야기가 있다. 이는 허균이 남긴 글 가운데 자신의 형 허봉이 이들과 어울렸다는 단편적인 기록에 의지한 것이다.

앞에서 보았던, 백의종군하던 이순신이 다시 삼도수군통제사로 임명되는 부분을 보기로 하자.

> 말발굽 소리가 점점 가까이 들려왔다. 배흥립이 소리쳤다. "장군! 속히 나와 보십시오. 선전관이 옵니다." 이영남이 먼저 방문을 열어젖혔다. 선전관 양호(梁護)가 말에서 내렸다. "속히 나와 어명을 받으시오." 이순신은 기다렸다는 듯이 침착하게 마당으로 내려섰다. 이영남 눈에 눈물이 그렁그렁 맺혔다. 이순신이 북쪽을 향해 사은숙배(謝恩肅拜)한 후 무릎을 꿇자 선전관이 큰 소리로 교서를 읽어 내려갔다. (… 중략 …) 이순신은 양호로부터 교서를 건네받기가 무섭게 배흥립과 이영남 그리고 날발을 방으로 불러 들였다. 우선 날발로 하여금 나주에서 숨어 지내는 권준에게 서찰을 전하도록 했다. (… 중략 …) 이순신이 고개를 저으며 품속에서 경상 전라 양도가 상세히 그려진 지도를 꺼냈다. 운곡에서 회령포까지 비스듬히 가로질러 붉은 선이 그어져 있었다. 이미 배흥립과는 부임지까지 가는 길을 의논한 듯했다.[34]

앞에서 보았듯이 이 장면은 《난중일기》에서는 교서를 받고 장계를 올린 후 길을 떠난다는 주요 사실만 기록된 뿐이다. 그러나 김훈은 《칼의 노래》에서 교서를 받는 이순신의 고뇌하는 모습을 주요 장면으로 처리했다. 김탁환도 《난중일기》의 해당 내용을 작가적 상상력을 발휘하여 그려내고 있다. '날발'과 같이 이순신을 몰래 돕는

---

34 김탁환, 《불멸의 이순신》(8권), 황금가지, 2004, 78~79쪽.

인물을 창조하기까지 했다. 이 소설에서는 선전관 양호가 이순신을 찾아오는 과정에서부터 시작하고 있다. 선조의 교서를 이순신은 부하 장수들과 함께 기다리고 있었다. 따라서 이영남은 눈물을 머금을 정도로 기쁜 표정을 지었다. 이순신은 교서를 받은 후 곧바로 부하 장수들을 모아 놓고 대책을 논의하는 자리를 마련하였다. 품속에서 경상 전라 양도가 상세히 그려진 지도를 꺼내놓고 부임지로 가는 길을 의논하였다. 《칼의 노래》에서와는 달리 치밀하게 전쟁에 대비하는 장수의 모습이다. 작가가 형상화한 이순신은《칼의 노래》와 다른 형상이다.

이순신이 노량해전을 펼치기 직전의 상황에 대한 묘사를 인용해 보기로 하자.

> 이순신은 맏아들 회에게 축원기도를 준비하라 명령한 후, 갑판 아래 자기 방으로 들어갔다. 임진년 이후 써 오던 일기는 이미 통제영으로 보냈고, 서안에는 사발 하나만 덩그러니 올려져 있었다. (… 중략 …) 이물에 회가 가져다 놓은 작은 탁자와 향로가 보였다. 이순신은 그 앞에 지휘 검을 놓고 깨끗한 물에 손을 씻은 다음, 향불을 붙여 향로에 꽂은 후 무릎을 꿇었다. (… 중략 …) 어깨를 꼿꼿하게 세운 후 두 손을 활짝 폈다. '하늘이여! 이 원수들을 모두 무찌른다면 죽어도 여한이 없겠나이다.' 그 순간 큰 별 하나가 길게 꼬리를 끌며 노량 앞바다로 떨어졌다. 이순신은 그 별빛이 스러지기를 기다려 무릎을 펴고 일어선 후 지휘검을 높이 들고 크게 한 번 휘둘렀다.[35]

---

35 김탁환, 위의 책, 8권, 300~302쪽.

이 장면은 앞에서도 보았던 대로, 이순신이 하늘에 축원한 후 별이 바다 속으로 떨어졌다는 「행록」의 기록과 다르지 않다. 이순신을 소설화한 이전의 작품에서는 보이지 않았던 것인데, 이 소설에서는 활용되고 있다. 마지막 전투를 앞둔 비장한 결의를 보이는 장면 묘사는 물론이거니와 큰 별 하나가 떨어졌다는 표현은 이순신을 영웅으로 형상화한 작가의 의도라고 할 수 있다.

작가는 「행록」과 《난중일기》, 그리고 다른 역사 기록물을 넘나들면서 이순신을 소설적으로 형상화하였다. 그럼에도 불구하고 이전 소설에 비해 많은 장면이 작가적 상상력에 의존해 허구화되어 있다. 일본인 장수 소 요시토시, 와키자카 야스하루, 고니시 유키나가 등을 소설에서 주요한 인물로 형상화한 것이나, 한석봉, 허준, 허균 등과 같은 실존했던 인물을 구체화함은 물론, 불교 중흥을 꿈꾸는 승려 월인, 장사꾼 임천수, 도가적 삶을 구가한 남궁두, 도자기 굽는 일에 인생을 건 사기장 소은우, 비참한 생을 마감한 박초희 등과 같은 허구적 인물을 창조해 서사를 더욱 풍부하게 한 것이 그것이다.

《칼의 노래》와 《불멸의 이순신》은 활용 가능한 역사적 자료들을 총동원하여 최대한 '사실효과'를 창출[36]하면서도 작가의 상상력을 최대한 발휘함으로써 이순신을 소설적으로 형상화하였다.

이순신의 소설적 형상화 초기에는 「행록」이 주로 활용되었다. 「행록」은 사건을 중심으로 한 역사기록물이다. 역사적 사건은 변개가 쉽지 않다. 따라서 이순신의 주요 행적을 서사의 중심으로 삼은 소

---

36 이정석, 「사실의 역사에서 실존의 역사로」, 『작가와 비평』 2호, 2004.11, 334쪽.

설은 「행록」에 기댈 수밖에 없었고, 이에 역사적 사실에 경도된 소설이 될 수밖에 없었다. 현대로 올수록 이순신의 소설화에는 「행록」보다 《난중일기》가 주로 활용되었다. 《난중일기》는 이순신 개인의 심리 표현이 두드러진 개인기록물이다. 시시콜콜한 개인사와 그에 따른 심리적 갈등이 표현되었기 때문에 이를 통한 인물 성격화에는 더없이 좋은 자료이다. 다양한 면모를 지닌 인물 성격화는 《난중일기》를 통해서 이루어졌다. 때문에 '인간' 이순신을 형상화하려고 했던 작가들은 주로 《난중일기》를 활용했던 것이다. 이 과정에서 작가의 소설적 상상력은 발휘되었고, 이순신의 소설적 형상은 다양한 양상을 띠게 되었다. 이렇게 해서 현대로 올수록 작가의 허구적 상상력은 그 외연을 넓혀나간 것이다.

4. '영웅' 이순신과 '인간' 이순신

무릇 영웅이란 죽고 나서 한층 더 길고 파란만장한 삶을 살아가며, 그런 사후 인생이 펼쳐지는 무대는 바로 후세인들의 변화무쌍한 기억이다.[37] 작가가 자신이 기억하고 있는 역사 인물을 당대로 불러내고, 자신이 살고 있는 시대와 환경에서 유추되는 시대정신을 담아 작품으로 형상화한다. 역사적 인물의 호출은 당대의 필요에 의해 이루어지는 것이다.

신채호는 애국 계몽기[38]에 이순신을 불러냈다. 애국계몽기는 민

---

37 박지향 외, 『영웅만들기 -신화와 역사의 갈림길』, 휴머니스트, 2005, 19쪽.

족이 전면으로 부상한 시기이다. 매사에 민족이 우선이었다. 신채호는 1909년 5월 28일자 『대한매일신보』에 실린 논설에서 제국주의에 저항하는 방법은 민족주의를 분발하는 것뿐이라고 주장하였다. 우리의 살 길은 '민족'이라는 것이다. 이 시기에 민족이라는 기표는 초월적 지위를 획득하였고, 민족의 구성원들은 국권을 위해 싸우기를 강요당했다.[39] 이때, 민족이라는 초월적 기표를 지킬 수 있는 존재로 영웅이 등장한다. 신채호는 영웅이야말로 세계를 창조한 성신이며, 세계는 영웅의 활동무대라고 하면서 세계와 교섭할 영웅이 있어야 세계와 교섭할 것이며 세계와 분투할 영웅이 있어야 세계와 분투할 것이니 영웅이 없이 어찌 국가라고 하겠는가 반문한다.[40] 제국주의에 맞서는 것이 민족주의이고, 민족주의를 지킬 수 있는 것이 영웅인 것이다. 을지문덕, 최영, 이순신을 호출하여 민족의 영웅으로 형상화한 것은 민중들에게 애국심을 고취하여 민족을 지키고, 기울어져 가는 국권을 회복하려는 의도였던 것이다.

신채호가 밝힌 〈이순신전〉의 저작 배경에서 이를 확인할 수 있다.

> 今에 往昔 日本과 對抗함에 足히 我民族의 名譽를 代表할 만한 偉人을 求하건대, 上世에 兩偉人이니 高句麗 廣開土王, 新羅 太宗王이오, 近世에 三偉人이니 金方慶·鄭地·李舜臣이라, 凡五人에 止하였

---

38 애국 계몽기는 을사늑약(1905)부터 경술국치(1910)까지를 말한다.(최원식, 『한국근대소설사론』, 창작과비평사, 1986.)

39 고미숙, 『한국의 근대성, 그 기원을 찾아서 -민족·섹슈얼리티·병리학』, 책세상, 2001 참조.

40 신채호, 「영웅과 세계」, 『단재신채호전집·별집』, 형설출판사, 1987, 111~113쪽.

> 도다. 然이나 其時代가 近하고 其遺蹟이 備하여 後人의 模範되기 最好한 者는 惟我 李舜臣이 是며, 惟我 李舜臣이 是로다.[41]

신채호는 일본 제국주의에 대항하면서 우리 민족의 명예를 대표할 만한 위인으로 다섯 인물을 들었다. 그 중에서 "그 시대가 가깝고 그 유적이 소상하여 후인의 모범되기가 가장 좋은 이는 오직 이순신"이기에 이순신을 소재로 소설을 쓴다는 것이다. 또한 결론에서도 일본의 재침략에 직면한 우리 민족에게 이순신을 모범삼아 분발하도록 촉구하면서, 제2의 이순신이 출현하기를 고대하고 있다. 이에 따라 본문의 서술에서도 임진란 당시에 활약했던 무수한 의병들의 존재는 거의 간과되고, 이순신의 영웅적 행적에 초점을 맞추고 논평을 통해서 영웅으로 형상화한 것이다.

「행록」에 서술된 이순신의 행적은 바로 위기에 처한 민족을 구한 행위이다. 허구를 통한 과장보다는 사실적인 행적 서술이 더욱 독자들에게 감명을 주기에 충분했다. 따라서 사실성을 확보하려는 차원에서 「행록」을 바탕으로 한 서사가 필요했던 것이다. 이렇게 이순신은 20세기 초의 영웅대망론의 영향 하에 소설적으로 형상화되었고, 민족의 영웅으로 부상한 것이다. 소설 속에서 이순신 앞에 붙는 '하늘이 보낸 신인(神人)', '하늘이 내리신 일대 명장', '상제께서 보내신 천사'라는 수식어를 통해서 신채호의 시대적 갈망을 엿볼 수 있다.

1930년대가 되자 이광수를 비롯한 민족개량주의자들은 한국사의 다양한 인물을 부각시켜 문화민족주의의 수단으로 삼았다. 그리하

---

41 신채호, 앞의 책, 357쪽.

여 이순신을 필두로 세종대왕, 수양대군이 재조명되었고, 이들을 소재로 한 역사소설이 활발하게 창작되어 대중의 큰 사랑을 받았다.[42]

이광수가 불러낸 이순신은 신채호의 이순신과 멀지 않다. 이광수도 이순신을 '신인(神人)'으로 불렀다. "풍운조화를 부리는 날개 돋은 신인"이라는 표현을 할 정도이다. 이광수는 일제강점기라는 시대적 상황을 극복하기 위한 의도로 이순신을 불러냈다. 국난을 극복한 영웅의 모범으로 이순신이 선택된 것이다. 이순신의 선택에 결정적인 역할을 한 것은 『동아일보』이다. 1930년부터 『동아일보』는 이순신을 민족영웅으로 띄우기 시작했다. 이윤재(李允宰)는 1930년 10월에서 12월 사이에 〈성웅이순신(聖雄李舜臣)〉을 『동아일보』에 연재하고, 다음해에 단행본으로 출간하였다. 1931년에 아산의 이순신 묘역이 경매 처분될 위기에 이르렀고, 이를 계기로 이순신을 재조명하고 유적을 영구보존하자는 운동이 전국적으로 일어났다. 사설과 기획기사 등으로 이순신 추모열에 앞장섰던 『동아일보』가 당대 최고 인기 작가인 이광수에게 1931년 7월 25일부터 〈이순신〉을 연재하게 한 것은 당연한 결과였다.[43] 이광수가 밝힌 〈이순신〉의 창작 배경을 들어보자.

> 나는 李舜臣을 鐵甲船의 發明者로 崇仰하는 것도 아니요, 壬亂의 成功者로 崇仰하는 것도 아닙니다. 그것도 偉大한 功績이 아닌 것은

42 천정환, 「20세기 풍미한 영웅대망론」, 『신동아』, 2004년 4월호.

43 당시 『동아일보』의 사장이었던 송진우가 직접 나서서 설득했다고도 한다.(천정환, 「엽기적 카리스마에 매혹된 1930년대」, 『신동아』, 2004년 5월호.)

> 아니지마는, 내가 진실로 一生에 李舜臣을 崇仰하는 것은 그의 自己犧牲的·超毁譽的, 그리고 끝없는 忠義(愛國心)입니다. 群小輩들이 自己를 謀陷하거나 말거나, 君主가 自己를 寵愛하거나 말거나, 일에 成算이 있거나 말거나, 自己의 義務이라고 信하는 것을 위하여 鞠躬盡瘁하여 마침내 죽는 瞬間까지 쉬지 아니하고 變치 아니한 그 忠義, 그 人格을 崇仰하는 것입니다. 그러므로 이 小說 '李舜臣'에서 내가 그리려는 李舜臣은 이 忠義로운 人格입니다.[44]

이광수는 이순신을 소설화하는 데 있어 초점을 둔 것은 '忠義'에 있다고 강조하였다. 신채호는 '민족'을 강조하면서 애국의 표상으로 이순신을 불러냈지만 이광수는 '충의(애국심)'만을 내세우고 있다. 일제 강점기라는 시대 상황으로 보아 당연히 신채호와 같이 민족에 대한 강조와 더불어 애국심을 주창하여야 할 것 같은데 그렇지가 않다.

이는 이광수의 「민족개조론」에서 원인을 찾을 수 있다.[45] 친일의 입장에 있던 이광수는 열등한 민족성을 치유해야 조선의 미래가 있다는 주장을 펼쳤다. 「민족개조론」에서 조선 민족의 쇠퇴의 원인으로 악정(惡政)을 들었다. "政事를 行함에 國家와 民生을 爲하여 하지 아니하고 自己 一個人 또는 自己와 利害關係를 같이 하는 一黨派의 利益을 爲하여 하는 惡政"[46]이 그것이다. 이광수가 악정으로 거론한 내용은 소설 『이순신』에 등장하는 악인형 인물의 행동 유형이다. 악

---

44 이광수, 「작가의 말」, 앞의 책, 522쪽.

45 송백헌, 「춘원의 이순신 연구」, 『어문연구』 제12집, 어문연구회, 1983; 천정환, 앞의 글; 공임순, 『식민지의 적자들』, 푸른역사, 2004 등 참조.

46 이광수, 「민족개조론」, 『이광수전집』 17, 삼중당, 1962, 184쪽.

인형 인물의 행동과 대립되는 지점에 바로 이순신의 '충의'가 놓여 있다. 이광수는 악인형 인물인 선조와 조정 관료들의 부정적 면모를 나열한 후에, "팔도강산에 살아 있는 이, 순신 하나뿐이었다. 강산이 오직 그 하나를 믿은 것이다"라고 하면서 이순신을 한껏 숭앙하였다. 이광수는 이순신의 '충의'를 표상하고 있지만, 작품 속에서는 신적인 존재로까지 형상화한 것이다. 그래서 시기심과 당파심밖에 없는 무력한 조정 관료들과는 달리 이순신은 의지할 것 없는 백성을 보살핀 존재로 형상화 되었다.

이광수의 소설은 다른 소설과는 달리 이순신이 국문을 당하는 장면이 장황하게 서술되었다. 작가는 "이 모양으로 여드레나 두고 계속하여 국문하였으나 순신은 여전히 입을 다물고 말이 없었다"라는 서술을 통해서 고문의 잔인함과 이를 견뎌내는 이순신의 초인적 면모를 드러냈다. 고문 과정을 표나게 앞세워 이순신을 형상화한 것은 거룩한 순교자의 모습을 드러내려는 의도였다. 이순신이 모함을 받는 장면부터 투옥 장면까지는 이를 드러내기에 더없이 좋은 소재로 작동하였다. 이는 이순신의 '신성화'에서 필연적인 과정이었던 것이다.[47] 이렇게 해서 이광수는 이순신을 민족적 성웅으로 만들었다. 결과적으로 신채호와 이광수가 소설적으로 형상화한 이순신은 바로 국난을 극복한 위대한 영웅인 것이다.

이광수에 의해서 성웅화된 이순신은 박정희에 의해서 다시 호출되어 60, 70년대에 대단한 인기를 누렸다. 그런데 소설이 아닌 전기

47 윤진현, 앞의 논문, 50쪽.

였다. 박정희가 표상한 '성웅' 이순신은 허구로 형상화할 수 없을 정도로 위대한 인물이었던 것이다.[48] 박정희 사후에 이순신에 대한 숭앙은 일종의 조정 국면을 거치면서 회의과정을 밟았다. 그 결과 2000년대 들어 다시 등장한 이순신은 적어도 표면적으로는 더 이상 영웅이 아니었다. 한국 사회가 민주화의 격변을 거친 뒤 이순신 신화의 무게도 한결 가벼워졌다. 성역으로 여겨지던 이순신의 최후에 대해서도 자살설, 은둔설 등 다양한 의견이 분출되기 시작했다. 그리고, 2000년대에는 성웅이 아닌 인간적 고뇌를 반복하는 '인간' 이순신을 그리는 문화적 현상이 일어났다.

2000년대에 들어서면서 우리 사회에서 남성에 대한 이미지도 많은 변모를 가져왔다. 강력한 가부장, 그리고 터프한 남성은 우러름의 대상이 아니다. 현대 사회는 "한없이 부드럽고 순수한 꽃미남과 '얼짱'에 '몸짱', 심지어 패션 감각까지 끝내주는 메트로섹슈얼이 인기"[49]를 끈다. 이러한 시대 분위기는 다른 한편에서는 강한 남자를 추억하고 재생산해 내는 동력이 되었다. 그 결과 과거의 영웅적 인물이 대중문화의 중심소재로 등장했다. 이순신도 예외가 아니다. 누란의 위기에서 나라를 구했던 강인한 남성성에 대한 향수로 인해 이순신이 등장한 것이다. 김훈의 《칼의 노래》에서 불러낸 이순신을 잠깐 다시 보기로 하자.

> 나는 정유년 초하룻날 서울 의금부에서 풀려났다. 내가 받은 문초

---

48 박정희 시대의 이순신 숭앙은 앞의 윤진현의 논문을 참조하기 바람.

49 최혜정, 「돌아온 '싸나이' 인기 있습니까?」, 『한겨레21』 제525호, 2004.9.9, 53쪽.

> 의 내용은 무의미했다. 위관들의 심문은 결국 아무것도 묻고 있지 않았다. 그들은 헛것을 쫓고 있었다. 나는 그들의 언어가 가엾었다. 그들은 헛것을 정밀하게 짜 맞추어 충(忠)과 의(義)의 구조물을 만들어 가고 있었다. 그들은 바다의 사실에 입각해 있지 않았다. 형틀에 묶여서 나는 허깨비를 마주 대하고 있었다.[50]

《칼의 노래》에 형상화된 이순신은 고뇌하는 인물이며 고독한 인물임은 앞 항에서 본 대로 이다. 이순신은 모든 것이 '헛것'이며, 심지어 '충(忠)'과 '의(義)'라는 당대적 가치마저 헛것이라 생각한다.[51] 이순신은 '충의'를 회의하는 허무주의자로 형상화된 것이다.

이순신은 더 이상 영웅, 성웅이 아닌 평범한 인간에 지나지 않는다. 왜적을 '크고 무서운 것들'이라고 여길 정도로 이순신은 이제 위기에 빠진 국가를 건져낸 민족적 영웅과는 거리를 두고 있다. 전투 전후의 심정, 혈육의 죽음으로 인한 슬픔, 여인과의 통정, 국가의 운명을 책임진 무장으로서의 고뇌, 죽음에 대한 사유 등을 통해 작가는 더 이상 '성웅'이 아닌 '인간' 이순신으로 형상화하였다. 충이라는 봉건적 이념의 구현자가 아닌 자기 정체성을 둘러싼 고뇌와 갈등에 번민하는 실존의 인간이다. 강력한 남성상을 갈망하지만 그렇지 못한 현실에 무기력할 수밖에 없는 현대 남성의 형상인 것이다. 이 시대를 살아가는 남성들의 고민은 작가의 고민이고, 이 고민은 이순신에게 투영되었다고 할 수 있다. 김훈이 만들어낸 이순신은 겉으로

---

50 김훈, 앞의 책, 18쪽.

51 박진, 「역사 서술의 문학성과 역사소설의 새로운 경향」, 『국어국문학』 141, 국어국문학회, 2005.12, 95쪽.

는 강해 보이지만, 내면으로 침잠했던 개인적 고뇌와 외로움을 지닌 인물이었다. 독자들은 이러한 이순신에게 깊은 '공감대'를 형성해냈다"[52] 여전히 이순신에게 열광한 것이다. 그 이면에는 '성웅' 이순신의 이미지가 여전히 존재하고 있기 때문이다.

김탁환은 이순신을 적어도 고뇌하는 인간으로만 형상화하지 않았다. 「작가의 말」을 통해서 이 소설은 "'인간'과 '영웅'을 대립시키는 낡은 관점을 벗고자"[53]한다고 했다. 또 신문사 인터뷰에서는 "인간이냐, 영웅이냐 라는 것은 거짓 이분법이다. 인간이면서 영웅이다. 이순신은 역사 속에서 왕조의 이해, 정권의 이해, 국가의 이해를 위해 숱하게 불려나왔고, 결국 자기희생적인 성웅의 모습으로 만들어졌다. 비현실적이고 이상화된 이 같은 모습을 넘어, 그가 어떤 인물인가에 초점을 맞췄다. 한마디로 그는 시대의 최전선에서 새로운 길을 모색했던 인물이었다."[54]라고 했다. 탈영웅화의 바람을 타고 '인간 이순신'을 강조하는 현 시대의 인식에 제동을 건 것이다. 이러한 작가의 시대 인식으로 인해 작품 속에서는 번민하는 이순신의 형상보다는 영웅적인 형상이 더 많이 부각되고 있다.

젊은 시절 식인 호랑이를 사냥하는 장면을 통해서는 용기 있는 대장부의 인상이, 남궁두의 가마에 기숙할 때 만난 일본군 와카자키를 화살로 쏘아 맞히는 장면에서는 의협심이 강한 면모가, 왜적에게 피해를 입어 미치광이가 된 박초희를 보살피는 부분에서는 백성을 보

52 최혜정, 위의 글.

53 김탁환, 앞의 책, 1권, 342쪽.

54 최현미, 「이순신은 영웅이면서 인간이었다」, 『문화일보』, 2004.7.8.

살피는 목민관의 모습이 드러난다. 심지어 "공무를 볼 때에는 청렴하고 강직했고, 장졸들에게 무예를 가르침에 있어서는 자상하고 빈틈이 없었다."[55]라는 서술자의 설명은 이순신을 영웅으로 형상화하려는 작가의 의도가 드러난 것이다. 이 작품은 허구적 상상력을 최대한 동원하여 서사의 외연을 확대하였다. 이러한 과정에서 '인간'과 '영웅'을 오가는 인물로 이순신을 형상화하였지만, 여전히 이순신은 영웅으로 남아 있다. 인간적인 남성상을 선호하는 시대적 요구에도 불구하고 여전히 영웅적인 남성상은 선망의 대상이기 때문이다. 또는 영웅이지만 인간적인 면모도 갖춘 새로운 영웅을 갈망하는 요구가 반영된 결과라고 할 수 있다.

이순신에 대한 공적 역사인《이충무공전서》에 기록된 이순신의 행적은 분명 위대한 영웅의 모습을 하고 있다. 이를 바탕으로 이루어진 이순신의 소설적 형상은 영웅에서 성웅, 심지어 신적인 존재로까지 숭상될 수밖에 없다. 탈영웅화의 바람을 타고 '인간' 이순신을 표상하고 있지만, 이순신은 여전히 '영웅'으로 남아 있다. 조선 시대의 정조 이후, 이순신은 시대의 위기 때마다, 혹은 위기의 시대로 규정된 때마다 호출되었고, 그때 마다 영웅적인 이미지는 강하게 각인되었다. 이순신의 역사적 행적을 기록한 공적 기록이 그 바탕에 자리하고 있었다.

55 김탁환, 앞의 책, 2권, 129쪽.

***

하나의 역사적 사실이 작가에 따라 시대에 따라 달리 형상화되는 모습을 보는 것은 흥미로운 일이다. 이 글의 시작도 여기서 시작되었다. 우리 소설사에서 끊임없이 등장하고 있는 이순신은 과연 어떠한 모습일까에 대한 의문을 풀어내고자 한 것이다. 역사적 인물인 이순신의 소설적 형상화에 대한 통시적 고찰이다. 연구 대상은 《임진록》, 구활자본소설, 신채호의 〈이순신전〉, 이광수의 〈이순신〉, 김훈의 《칼의 노래》, 김탁환의 《불멸의 이순신》으로 하였다.

각 시대별로 등장한 이순신의 소설화는 그 소재를 《이충무공전서》의 「행록」과 《난중일기》에서 취했음을 볼 수 있었다. 특히 신채호의 〈이순신전〉은 「행록」을 바탕으로 하고 있으며, 다른 소설들은 《난중일기》를 주요 대상으로 하면서 「행록」에 기록된 이순신의 행적을 보조로 사용하고 있다. 이러한 역사적 사료에 작가의 상상력이 덧보태져 소설 문학으로 창작된 것이다. 「행록」은 이순신의 행적을 아주 잘 정리한 역사기록물로 모든 소설의 서사축으로 작동하였다. 자기고백적인 성격의 글인 《난중일기》는 이순신 심리를 드러내고자 하는 부분에서 주로 활용되었다. 여기에 단편적인 역사 기록들도 작가에게 취택되어 서사 속에 재구성되고 있음을 알 수 있다. 이순신의 소설적 형상화 초기에는 「행록」이 주로 활용되었다. 이순신의 주요 행적을 서사의 중심으로 삼은 소설은 역사기록물인 「행록」에 기댈 수밖에 없었고, 이에 역사적 사실 기술이 우세한 소설이 될 수밖에 없었다. 현대로 올수록 이순신의 소설화에는 「행록」보다 《난중일기》가 주로 활용되었다. 《난중일기》에는 이순신의 개인사와 그에 따른 심리적 갈등이 표현되었기 때문에 이를 통한 다양한 면모의 인물 성격화가 가능했다. 때문에 '인간' 이순신을 형상화하려고 했던 작가들은 주로 《난중일기》를 활용했던 것이다. 이 과정에서 작가의 소설적 상상력은 발휘되었고, 이순신의 소설적 형상은 다양한 양상을 띠게 되었다.

이순신의 소설적 형상은 영웅과 인간을 넘나들고 있다. 20세기 초반에 발표된 초기 작품들에서는 이순신의 영웅적 모습이 강조되고 있다. 신채호는 제국주의에 맞설 수 있는 것이 민족주의이고, 민족주의를 지킬 수 있는 것이 영웅이라는 입장을 견지하고 이순신을 불러냈다. 영웅대망론의 영향 하에 이순신은 소설적으로 형상화되면서 민족의 영웅으로 부상한 것이다. 1930년대에 이광수가 불러낸 이순신도 이에서 멀지 않다. 다만 친일적 논설인 「민족개조론」의 입장에서 이순신을 형상화하였기에, 이순신만이 무결점의 영웅으로, 신적인 존재로 만들어 놓았다. 조선민족을 부정하면서까지 만들어 놓은 '성웅' 이순신은 박정희에게 닿았다. 박정희 사후에 이순신은 성웅적 면모를 벗어내기 시작했다. 김훈은 인간적 고뇌를 반복하는 '인간' 이순신을 창조해 냈다. 영웅적인 면모를 거두어 내고 인간적인 면모를 부각시키는데 집중하고 있음을 보았다. 김훈이 형상화한 이순신은 현대적인 의미에서 삶의 무의미와 죽음의 현존 앞에서 고뇌하는 한 고독한 실존주의자의 모습이며, 동시에 강력한 남성상을 갈망하지만 그렇지 못한 현실에 무기력할 수밖에 없는 현대 남성의 형상인 것이다. 김탁환의 이순신은 '영웅'과 '인간'을 넘나들고 있다.

인간 이순신의 면모를 부각시키기는 했으나 여전히 영웅 이순신의 형상이 강한 모습을 보이고 있다. 이는 영웅이지만 인간적인 면모도 갖춘 새로운 영웅상의 출현이라고 할 수 있다. 이 시대가 요구하는 영웅은 강하고 부드러운 이미지를 함께 갖춘 인물인 것이다.

이렇게 이순신에 대한 기억은 시대의 상황에 따라 작자의 역량 및 세계관에 따라 서로 다른 모습으로 소설화되었다. 그러나, 조선 시대의 정조 이후, 이순신은 시대의 위기 때마다, 혹은 위기의 시대로 규정된 때마다 호출되었지만, 그의 영웅적 이미지는 정도의 차이만 있을 뿐이지 근본적으로는 변하지 않았다고 할 수 있다. 《임진록》에서 보았던 이순신의 다양한 형상화는 오히려 소설화 당대의 이데올로기에 묶여 그 다양한 형상화의 길을 잃었다고 볼 수 있다.

참고문헌

1. 자료

姜 沆,《看羊錄》, 김시덕,『교감 · 해설 징비록』, 아카넷, 2013.

______,《看羊錄》,『국역 해행총재』2, 민족문화추진회, 1967.

慶 念,《朝鮮日日記》, 신용태 역,『임진왜란 종군기』, 경서원, 1997.

郭 赳,《禮谷集》

郭守智,《浩齋辰巳日錄》, 이영삼,「역주 호재진사일록」, 전남대학교 박사학위 논문, 2016.

權 濟,《源堂實紀》

權斗文,〈虎口錄〉, 권영식 역,『호구록』, 정문사, 1992.

金 浣,《海蘇實紀》

金 涌,〈扈從日記〉,《雲川全集》, 경인문화사, 1977.

金尙憲,《南漢紀略》, 신해진 역주,『남한기략』, 박이정, 2012.

金守訒,《九峰集》

김 훈,《칼의 노래》, 생각의 나무, 2001.

김탁환,《불멸의 이순신》, 황금가지, 2004.

羅萬甲,《丙子錄》, 윤재영 역,『신완역 병자록』, 명문당, 1987.

______,《丙子錄》, 이기석 옮김,『병자남한일기』, 서문당, 1977.

南 礏,《丙子日錄》, 김익수 역,『병자일록』, 제주문화원, 1997.

______,《丙子日錄》, 신해진 역주,『남한일기』, 보고사, 2012.

南平曺氏,《崇禎丙子日記》, 전형대·박경신 역주,『역주 병자일기』, 예전사, 1991.

魯 認,《錦溪日記》,『국역 해행총재』9, 민족문화추진회, 1967.

都世純,〈龍蛇日記〉, 도두호 역,『용사일기』, 새박, 2009.

獨 步,《신립신대장실긔》, 태화서관, 1927.

文 緯,《茅谿日記》

朴東亮,《寄齋史草》,『국역 대동야승』13, 민족문화추진회, 1967.

徐思遠, 《樂齋先生日記》, 박영호 역, 『국역 낙재선생일기』, 달성써씨현감공파 종중, 2008.

石之珩, 《南漢日記》, 이훈종 역, 『남한일기』, 광주문화원, 1992.

______, 《南漢解圍錄》, 이영삼, 「역주 남한해위록」, 전남대학교 석사학위논문, 2013.

蘇在英·張庚男 편, 『壬辰倭亂 史料叢書(文學)』, 국립진주박물관, 2000.

申達道, 〈江都日錄〉, 신해진 역, 『17세기 호란과 강화도』, 역락, 2012.

申采浩, 〈李舜臣傳〉, 『丹齋申采浩全集』, 형설출판사, 1982.

安邦俊, 《隱鋒野史別錄》, 김사원·김종윤 번역, 『은봉야사별록』, 도서출판 일출, 1996.

魚漢明, 《江都日記》, 신해진 역, 『강도일기』, 역락, 2012.

吳克成, 《問月堂集》

吳希文, 《瑣尾錄》, 李民樹 譯, 『쇄미록』, 海州吳氏楸灘公派宗中, 1990.

柳 袗, 《임진녹》, 홍재휴 역, 『역주 임진록』, 영남대학교출판부, 2000.

尹國馨, 〈聞韶漫錄〉, 『국역 대동야승』 14, 민족문화추진회, 1967.

尹宣擧, 《魯西先生遺稿》

李 魯, 《龍蛇日記》, 부산대학교 한일문화연구소, 『역주 용사일기』, 1960.

______, 《龍蛇日記》, 전규태 역, 『용사일기』, 을유문화사, 1974.

李光洙, 〈李舜臣〉, 『李光洙全集』, 삼중당, 1962.

李大期, 《雪壑先生文集》

李德悅, 《養浩堂日記》, 이명래 외 역, 『양호당일기』, 광주이씨양호당종중회, 2012.

李民寏, 《紫巖集》

李舜臣, 《亂中日記》, 노승석 역, 『개정판 교감완역 난중일기』, 여해, 2016.

______, 《李忠武公全書》, 임진왜란관계문헌총간, 아세아문화사, 1984.

李廷馣, 《西征日錄》, 이장희 역, 『서정일록』, 탐구당, 1977.

李 偁, 《篁谷先生日記》, 허만수 역, 『국역 황곡선생문집』, 성산이씨황곡종문회, 2005.

李擢英, 《征蠻錄》, 이호응 역주, 『역주 정만록』, 의성문화원, 1992.

장도빈, 《셔산ᄃᆡ사와 사명당》, 덕흥서림, 1926.

______, 《李舜臣傳》, 고려관, 1925.

장도빈, 《충용장군 김덕령전》, 덕흥서림, 1926.
張顯光, 《旅軒先生全書》, 仁同張氏南山派宗親會, 1983.
______, 《龍蛇日記》, 김사엽 역, 『김사엽전집』 13, 박이정, 2004.
全致遠, 《濯溪先生文集》
鄭 瀁, 〈江都被禍記事〉, 신해진 역, 『17세기 호란과 강화도』, 역락, 2012.
鄭 琢, 《龍蛇日記》, 이위응 역, 『약포 용사일기』, 부산대학교 한일문화연구소, 1962.
丁景達, 《盤谷日記》, 신해진 역, 『반곡난중일기』, 보고사, 2016.
鄭慶得, 《萬死錄》, 신해진 역, 『호산만사록』, 보고사, 2015.
______, 《萬死錄》, 이현석 역, 『만사록』, 진주정씨호산공종중회·함평군향토문화연구회, 1986.
鄭慶運, 《孤臺日錄》, 남명학연구원, 『역주 고대일록』, 태학사, 2009.
鄭道應, 《昭代粹言》, 규장각소장본.
鄭榮邦, 〈壬辰遭變事蹟〉, 정석용 역, 〈눈물로 쓴 임진왜란 체험기〉, 『시사춘추』 6월호, 1991.
鄭之虎, 《南漢日記》, 정하성 역, 『남한일기』, 도서출판 알파, 2008.
鄭好仁, 《丁酉避亂記》, 주정씨월촌공종중회·함평군향토문화연구회, 『정유피란기』, 호남문화사, 1986.
鄭希得, 《月峰海上錄》, 『국역 해행총재』 8, 민족문화추진회, 1967.
趙 絅, 《龍洲日記》, 권오영 역, 『용주일기』, 용주연구회, 2014.
趙 翊, 《可畦先生文集》
趙 翼, 《浦渚集》, 이상현 역, 『국역 포저집』, 민족문화추진회, 2004.
趙 靖, 《黔澗龍蛇日錄》, 이현종 역, 『조정선생문집』, 조정선생문집간행위원회, 1977.
趙慶男, 《亂中雜錄》, 『국역 대동야승』 6~7, 민족문화추진회, 1967.
______, 《續雜錄》, 『국역 대동야승』 8, 민족문화추진회, 1967.
趙緯韓, 《崔陟傳》, 이상구 역주, 『17세기 애정전기소설』, 월인, 1999.
趙應祿, 《竹溪日記》, 조남권 역, 『죽계일기』, 태학사, 1999.
崔仁旭, 《聖雄 李舜臣》, 을유문화사, 1970.
崔瓚植, 《忠武公李舜臣實記 리슌신실긔》, 博文書舘, 1925.
許 穆, 《眉叟記言》, 민족문화추진회, 1986.

현병주, 《秀吉一代와 壬辰錄》, 신구서림, 1930.
______, 《임진명장 리여송실긔》, 덕흥서림, 1929.

《共嘯散吟》, 숭실대학교 한국기독교박물관, 2012.
《김응서실긔》, 세창서관, 미상.
《남윤전》, 국립중앙도서관.
《東國新續三綱行實圖》(영인본)
《동선기》, 윤영옥 역, 『국어국문학연구』 25, 영남대학교 국문과, 1997.
《리슌신젼》, 회동서관, 1927.
《박씨전》, 김기현 역주, 『박씨전·임장군전·배시황전』, 고려대학교 민족문화연구원, 1995.
《산셩일기 병ᄌ》, 김광순 역주, 『山城日記』, 형설출판사, 1985.
《瀋陽日記》, 이석호 역, 『심양일기』, 대양서적, 1975.
《임진록》, 소재영·장경남 역주, 『임진록』, 고려대학교 민족문화연구원, 1993.
《임진명기 론개실긔》, 덕흥서림, 1929.
《임진병난 청정실긔》, 덕흥서림, 1929.
《임진병란 도원슈권률》, 덕흥서림, 1930.
《충무공리순신실긔》, 영창서관, 1925.
《한강한전》, 서인석·권미숙 역, 『국어국문학연구』 26, 영남대학교 국어국문학과, 1998.
《鄕兵日記》, 신해진 역, 『향병일기』, 역락, 2014.

2. 저서
강명관, 『열녀의 탄생』, 돌베개, 2009.
고미숙, 『한국의 근대성, 그 기원을 찾아서』, 책세상, 2001.
공임순, 『식민지의 적자들』, 푸른 역사, 2005.
권순긍, 『활자본 고소설의 편폭과 지향』, 보고사, 2000.
김성우, 『조선 중기 국가와 사족』, 역사비평사, 2001.
김진곤 편역, 『이야기, 小說, novel』, 예문서원, 2001.
김태준 外, 『임진왜란과 한국문학』, 민음사, 1992.
김현양, 『한국 고전소설사의 거점』, 보고사, 2007.

나병철, 『근대성과 근대문학』, 문예출판사, 1995.
남명학연구원 편, 『내암 정인홍』, 예문서원, 2010.
민영대, 『조위한과 최척전』, 아세아문화사, 1993.
박 주, 『조선시대 정표정책』, 일조각, 1988.
박지향 외, 『영웅만들기 -신화와 역사의 갈림길』, 휴머니스트, 2005.
변학수, 『문학적 기억의 탄생』, 열린책들, 2008.
소재영, 『임병양란과 문학의식』, 한국연구원, 1980.
신해진, 『17세기 호란과 강화도』, 역락, 2012.
양승민, 『고전소설 문헌학의 실제와 전망』, 아세아문화사, 2008.
윤평중, 『담론이론의 사회철학』, 문예출판사, 1998.
이우경, 『한국의 일기문학』, 집문당, 1995.
이주영, 『구활자본 고전소설 연구』, 월인, 1998.
이중연, 『'책'의 운명, 조선~일제강점기 금서의 사회·사상사』, 혜안, 2001.
이채연, 『임진왜란 포로실기 연구』, 박이정, 1995.
이혜순·김경미, 『한국의 열녀전』, 월인, 2002.
장경남, 『임진왜란의 문학적 형상화』, 아세아문화사, 2000.
장효현, 『한국고전소설사연구』, 고려대학교 출판부, 2002.
전진성, 『역사가 기억을 말하다』, 휴머니스트, 2005.
정길수, 『한국 고전장편소설의 형성 과정』, 돌베개, 2005.
정환국, 『초기소설사의 형성 과정과 그 저변』, 소명출판, 2005.
조동일, 『한국문학통사3』(제4판), 지식문화사, 2005.
조희웅, 『고전소설 연구보정』, 박이정, 2006. 821~828쪽.
______, 『고전소설 이본목록』, 집문당, 1999.
최 관, 『일본과 임진왜란』, 고려대학교 출판부, 2003.
최원식, 『제국 이후의 동아시아』, 창비, 2009.
______, 『한국근대소설사론』, 창작과비평사, 1986.
한국고전여성문학회, 『조선시대의 열녀담론』, 월인, 2002,
한명기, 『임진왜란과 한중관계』, 역사비평사, 1999.
______, 『정묘·병자호란과 동아시아』, 푸른역사, 2009.
황패강, 『임진왜란과 실기문학』, 일지사, 1992.

게오르크 루카치, 이영욱 역, 『역사소설론』, 거름, 1987.
기시모토 미오·미야지마 히로시, 김현영·문순실 옮김, 『조선과 중국 근세 오백년을 가다』, 역사비평사, 2003.
로버트 허시, 강성현 옮김, 『제노사이드와 기억의 정치』, 책세상, 2009.
로버트숄즈·로버트 켈로그, 임병권 역, 『서사의 본질』, 예림기획, 2001.
루샤오펑, 조미연·박계화·손수영 옮김, 『역사에서 허구로』, 길, 2001.
마르티나 도이힐러, 이훈상 옮김, 『한국사회의 유교적 변환』, 아카넷, 2003.
알아이다 아스만, 변학수·백설자·채연숙 옮김, 『기억의 공간』, 경북대학교 출판부, 2003.
앨릭스 캘리니코스, 박형신·박선권 옮김, 『이론과 서사』, 일신사, 2000.

3. 논문
강영주, 「애국계몽기의 전기문학」, 임형택·최원식 편, 『전환기의 동아시아 문학』, 창작과 비평사, 1985.
강인범, 「한강현전의 현실인식과 그 형상화 방식」, 『한국문학논총』 29, 한국문학회, 2001.
강진옥, 「최척전에 나타난 고난과 구원의 문제」, 『이화어문논집』 8, 이화여자대학교 한국어문학연구소, 1986.
강한영, 「산성일기병자」, 『현대문학』 46호, 1958.
고헌식, 「산성일기의 문헌학적 연구」, 고려대학교 교육대학원 석사학위논문, 1981.
공임순, 「역사소설의 양식과 이순신의 형성문법」, 『한국근대문학연구』 4권 1호, 한국근대문학회, 2003.4.
권기중, 「임진왜란 시기 향리층의 동향과 전후의 향리사회 -경상도 지역을 중심으로」, 『역사와 현실』 64, 한국역사연구회, 2007.
권혁래, 「임진록의 서술시각과 인물 형상」, 연세대학교 석사학위논문, 1991.
______, 「한문소설의 번역 및 개작 양상에 대한 연구」, 『고전문학연구』 20집, 한국고전문학회, 2001.12.
김경수, 「임진왜란 관련 민간일기 정경운의 《고대일록》 연구」, 『국사관논총』 92, 국사편찬위원회, 2000.
김기동, 「불교소설 최척전 소고」, 『불교학보』 11, 동국대학교 불교문화연구소, 1974.
김미선, 「임진왜란기 해외체험 포로 실기 연구」, 전남대학교 박사학위논문, 2013.
김석회, 「서포소설의 주제시론」, 『선청어문』 18, 서울대학교 국어교육과, 1989.
김성우, 「임진왜란 이후 전후복구사업의 전개와 양반층의 동향」, 『한국사학보』 3-4, 고려사학회, 1998.
김수업, 「산성일기에 대하여」, 『연암현평효박사회갑기념논총』, 1980.
김승환, 「역사소설과 역사」, 『국어국문학』 141호, 국어국문학회, 2005.12.
김연호, 「남윤전 고」, 『어문논집』 35, 고려대학교 국어국문학연구회, 1996.
김원식, 「동아시아의 가족주의 전통과 민주주의」, 『사회와 철학』 5호, 사회와 철학연구회, 2003.
김윤우, 「함양 의병유사 정경운과 《고대일록》」, 『남명학연구』 2, 경상대학교 남명학연구소, 1992.
김일환, 「병자호란 체험의 '再話' 양상과 의미 연구」, 동국대학교 박사학위논문, 2010.
김정녀, 「병자호란 책임 논쟁과 기억의 서사」, 『한국학연구』 35, 고려대학교 한국학연구소, 2010.
______, 「신 자료 국문본 〈강도몽유록〉의 이본적 특성과 의미」, 『고소설연구』 27, 한국고소설학회, 2009.
김진규, 「조선조 포로소설 연구」, 동의대학교 박사학위논문, 2003.
김항수, 「조선 전기 삼강행실도와 소학의 편찬」, 『한국사상과 문화』 19, 한국사상문화학회, 2003.
김현양, 「최척전, '희망'과 '연대'의 서사 -'불교적 요소'와 '인간애'의 의미층위에 대한 주제적 해석-」, 『열상고전연구』 24, 열상고전연구회, 2006.12.
남광우, 「산성일기연구」, 『동대어문』 1, 동덕여자대학교 국문과, 1971.
노영구, 「《고대일록》을 통한 임진왜란 이해」, 『역사와 현실』 64, 한국역사연구회, 2007.
문범두, 「동선기의 도교사상적 연구」, 『영남어문학』 15, 영남어문학회, 1988.
민덕기, 「임진왜란기 정경운의 《고대일록》에서 보는 아래로부터의 문견정보 -실록의 관련 정보와의 비교를 중심으로」, 『한일관계사연구』 45, 한일관계사학회, 2013.
박 진, 「역사 서술의 문학성과 역사소설의 새로운 경향」, 『국어국문학』 141,

국어국문학회, 2005.12.
박경신, 「병자일기 연구」, 『국어국문학』 104, 국어국문학회, 1990.
박노자, 「통일신라시대에 '우리'란」, 『한겨레21』 734호, 2008.11.5.
박병련, 「고대일록에 나타난 정치사회적 상황과 의병활동의 실상」, 『남명학』 15, 남명학연구원, 2010.
박성순, 「병자호란 관련 서사문학에 나타난 전쟁과 그 의미」, 동국대학교 석사학위논문, 1997.
박양리, 「병자호란의 기억, 그 서사적 형상과 의미」, 부산대학교 박사학위논문, 2015.
박영호, 「낙재선생일기 고구」, 『동방한문학』 30, 동방한문학회, 2006.
박인호, 「임진왜란기 지방 지식인의 피난살이 –장현광의 용사일기를 중심으로」, 『선주논총』 11, 금오공과대학교 선주문화연구소, 2008.
박일용, 「장르론적 관점에서 본 최척전의 특징과 소설사적 위상」, 『고전문학연구』 5, 한국고전문학회, 1990.
박희병, 「17세기초 존명배호론과 부정적 소설주인공의 등장 –강로전에 대한 고찰」, 『한국고전소설과 서사문학』, 집문당, 1998.
______, 「최척전 –16·7세기 동아시아의 전란과 가족이산」, 『한국고전소설작품론』, 집문당, 1991.
서 현, 「산성일기고」, 『한국어문학연구』 8호, 이화여자대학교, 1968.
서종남, 「조선조 국문일기 연구 –『산성일기』와 『화성일기』의 심층적 고찰」, 성신여자대학교 박사학위논문, 1994.
설석규, 「정경운의 현실인식과 고대일록의 성격」, 『남명학』 15, 남명학연구원, 2010.
성봉현, 「일제시기 문집간행과 출판검열」, 『서지학보』 31, 한국서지학회, 2007.
소재영, 「기우록 논고」, 『김성배교수회갑논문집』, 간행위원회, 1977.
______, 「남윤전 논고」, 『숭전어문학』 6, 숭전대학교 국어국문학회, 1977.
______, 「동선기 연구」, 『고소설연구』 2, 한국고소설학회, 1996.
______, 「영웅전승의 문학적 형상화 –이순신의 경우」, 『숭실어문』 2, 숭실대학교 국문과, 1985.
송백헌, 「춘원의 이순신 연구」, 『어문연구』 12, 어문연구학회, 1983.
송철호, 「임병 양란 인물전 연구」, 부산대학교 석사학위논문, 1995.

신경숙, 「운영전의 반성적 검토」, 『한성어문학』 9, 한성대학교 국문과, 1990.
신병주, 「《고대일록》을 통해서 본 정경운의 영원한 스승, 정인홍」, 『남명학』 15, 남명학연구원, 2010.
신상필, 「동선기 연구」, 성균관대학교 석사학위논문, 1997.
신선희, 「박씨전」, 『고소설연구사』, 월인, 2001.
신해진, 「남한일기의 체재와 이본 내의 위상」, 신해진 역주, 『남한일기』, 보고사, 2012.
______, 「최척전에서의 '장육불'의 기능과 의미」, 『어문논집』 35, 고려대학교 국어국문학연구회, 1996.
______, 「해제, 척화파 입장서 본 병자호란의 기록 남한기략」, 신해진 역주, 《남한기략》, 박이정, 2012.
신현규, 「임병양란을 소재로 한 한문서사시 연구」, 중앙대학교 박사학위논문, 1997.
안세현, 「자암 이민환의 「柵中日錄」과 「建州聞見錄」에 대하여」, 『동방한문학』 34, 동방한문학회, 2008.
양승민, 「최척전의 창작동인과 소통과정」, 『고소설연구』 9, 한국고소설학회, 2000.6.
엄태식, 「최척전의 창작배경과 열녀 담론」, 『한국고전여성문학연구』 24, 한국고전여성문학회, 2012.
오이환, 「남명집 판본고(I)」, 『한국사상사학』 1, 한국사상사학회. 1987.
원창애, 「《고대일록》을 통해 본 함양 사족층의 동향」, 『남명학연구』 33, 경상대학교 남명학연구소, 2012.
윤영옥, 「동선기의 국역과 해석」, 『국어국문학연구』 25, 영남대학교 국어국문학과, 1997.
윤진현, 「1970년대 역사 소재극에 나타난 담론투쟁 양상 -이재현의 「성웅 이순신」과 김지하의 「구리 이순신」을 중심으로」, 『민족문학사연구』 26, 민족문학사연구소, 2004.
윤호진, 「고대 정경운의 시문과 작품세계」, 『남명학연구』 41, 경상대학교 남명학연구소, 2014.
이동근, 「임진왜란과 문학적 대응」, 『관악어문연구』 20, 서울대학교 국어국문학과, 1995.

이미자, 「김훈의 《칼의 노래》와 《난중일기》의 간텍스트성 고찰」, 『한국어문학연구』 19, 한국외국어대학교 한국어문학연구회, 2004.
이상찬, 「伊藤博文이 약탈해 간 고도서 조사」, 『한국사론』 48, 서울대학교 국사학과, 2002.
이서희, 「병자호란시 강화도 관련 실기 연구」, 전남대학교 석사학위논문, 2014.
이선희, 「임진왜란 시기 함양 수령의 전란대처 -《고대일록》을 중심으로」, 『진단학보』 110, 진단학회, 2010.
이원순, 「임진·정유재란시의 조선부로노예 문제」, 『조선시대사론집』, 느티나무, 1993.
이정석, 「사실의 역사에서 실존의 역사로」, 『작가와 비평』 2호, 2004.11.
이종필, 「행복한 결말'의 출현과 17세기 소설사 전환의 일 양상」, 『고전과해석』 11, 고전문학한문학연구학회, 2011.
이채연, 「실기문학과 서사문학」, 경산사재동박사화갑기념논총간행위원회, 『한국 서사문학사의 연구』, 중앙문화사, 1995.
______, 「한·일 실기문학에 나타난 임진왜란 체험의 형상화 전략」, 『한국문학논총』 22, 한국문학회, 1998.
임형택, 「17세기 규방소설의 성립과 창선감의록」, 『동방학지』 57, 연세대학교 국학연구원, 1988.
임형택, 「한국문학에 있어서 국문문학과 한문문학의 관련이 갖는 역사적 의미」, 『한국한문학연구』 22, 한국한문학회, 1998.
장경남, 「17세기 열녀 담론과 소설적 대응」, 『민족문학사연구』 47, 민족문학사연구소, 2011.12.
______, 「고대일록으로 본 정경운의 전란 극복의 한 양상」, 『퇴계학과 유교문화』 57, 경북대학교 퇴계연구소, 2015.
______, 「근대 초기 《임진록》의 전변 양상」, 『고소설연구』 36, 한국고소설학회, 2013.
______, 「남급의 병자일록 연구」, 『국제어문』 31, 국제어문학회, 2004.
______, 「남한산성 호종신의 병자호란 기억」, 『민족문학사연구』 51, 민족문학사연구소, 2013.
______, 「병자호란 실기의 저작자 의식 연구」, 『숭실어문』 17, 숭실어문학회, 2001.
______, 「병자호란의 문학적 형상화 연구」, 『어문연구』 119, 한국어문교육연

구회, 2003.9.
장경남, 「산성일기의 서사적 특성 연구」, 『고전문학연구』 24, 한국고전문학회, 2003.12.
______, 「서유문의 무오연행록 연구」, 『국어국문학』 130, 국어국문학회, 2002.
______, 「이순신의 소설적 형상화에 대한 통시적 연구」, 『민족문학사연구』 35, 민족문학사연구소, 2007.
______, 「임경업전」, 『고소설연구사』, 월인, 2001.
______, 「임진왜란 실기문학 연구」, 숭실대학교 박사학위논문, 1998.
______, 「임진왜란 실기의 소설적 수용 양상 연구」, 『국어국문학』 131, 국어국문학회, 2002.9.
______, 「임진왜란 포로 기억의 서사화와 그 의미」, 『지역과 역사』 31, 부경역사연구소, 2012.
______, 「임진왜란기 포로 체험 문학과 가족애」, 『한국문화연구』 14, 이화여자대학교 한국문화연구원, 2008.
______, 「한·일 종군 실기문학 비교」, 『우리문학연구』 17, 우리문학회, 2004.
장서영, 「남윤전 연구」, 숭실대학교 석사학위논문, 1999.
장재호, 「자암 이민환의 생애와 저술」, 『동방한문학』 32, 동방한문학회, 2008.
장준기, 「남윤전 연구」, 『국어국문학』 20, 동아대학교 국어국문학과, 2001.
정근식, 「식민지적 검열의 역사적 기원」, 『사회와 역사』 64, 한국사회사학회, 2003.
정근식·최경희, 「도서과의 설치와 일제 식민지 출판경찰의 체계화 1926~1929」, 『식민지 검열, 제도·텍스트·실천』, 소명출판, 2011.
정명기, 「최척전」, 『고전소설연구』, 일지사, 1993.
정승모, 「동족촌락의 형성배경」, 『정신문화연구』 53호, 한국정신문화연구원, 1993.
정우락, 「고대일록』에 나타난 서술의식과 위기의 일상」, 『퇴계학과 한국문화』 44, 경북대학교 퇴계연구소, 2009.
정원표, 역사적 사건의 시적 형상화 과정 -임진왜란과 병자호란에 관련된 한시를 중심으로」, 『한국한문학연구』 16, 한국한문학회, 1993.
정진영, 「16, 17세기 재지사족의 향촌지배와 그 성격」, 『민족문화논총』 10, 영남대학교 민족문화연구소, 1989.

정출헌, 「임진왜란의 상처와 여성의 죽음에 대한 기억」, 『한국고전여성문학연구』 21, 한국고전여성문학회, 2010.

정해은, 「임진왜란 시기 경상도 사족의 전쟁 체험 -함양 양반 정경운을 중심으로」, 『역사와 현실』 64, 한국역사연구회, 2007.

정홍준, 「임진왜란 직후 통치체제의 정비과정」, 『규장각』 11, 서울대학교 규장각, 1988.

정환국, 「16, 17세기 동아시아 전란과 애정전기」, 『민족문학사연구』 15, 민족문학사연구소, 1999.

______, 「17세기 애정류 한문소설 연구」, 성균관대학교 박사학위논문, 2000.

______, 「병자호란시 강화 관련 실기류 및 몽유록에 대한 고찰」, 『한국한문학연구』 23, 한국한문학회, 1999.

조광국, 「벌열소설의 향유층에 대한 고찰」, 『어문연구』 115, 한국어문교육연구회, 2002.9.

조명주, 「'설교수창집'을 통해 본 청음 김상헌 시 연구」, 부산대학교 석사학위논문, 1989.

조현우, 「강로전에 나타난 전쟁의 기억과 욕망의 서사」, 『민족문학사연구』 46, 민족문학사연구소, 2011.

조혜란, 「강도몽유록 연구」, 『고소설연구』 11, 한국고소설학회, 2001.

진재교, 「월경과 서사 -동아시아의 서사체험과 '이웃'의 기억」, 『한국한문학연구』 46, 한국한문학회, 2010.

천정환, 「20세기 풍미한 영웅대망론」, 『신동아』, 2004년 4월호.

______, 「엽기적 카리스마에 매혹된 1930년대」, 『신동아』, 2004년 5월호.

최강현, 「산성일기의 원작자를 밝힘」, 『홍익』 29, 홍익대학교, 1987.

최경진, 「《고대일록》을 통해 본 정경운의 사우관계와 학문 경향』, 한양대학교 석사학위논문, 2012.

최영호, 「역사적 사실과 문학적 상상력」, 『이순신연구』 창간호, 순천향대학교 이순신연구소, 2003.

최재호, 「남명학파의 임진왜란 전쟁실기 연구」, 경북대학교 박사학위논문, 2011.

최정배, 「산성일기의 원전재구 및 번역설에 관한 연구」, 홍익대학교 교육대학원 석사학위논문, 1988.

최현미, 「이순신은 영웅이면서 인간이었다」, 『문화일보』, 2004.7.8.

최혜정, 「돌아온 '싸나이' 인기 있습니까?」, 『한겨레21』 제525호, 2004.9.9.
한기형, 「식민지검열의 한문자료 통제」, 『민족문화』 40, 한국고전번역원, 2012.
한만수, 「식민지시기 한국문학의 검열장과 영웅인물의 쇠퇴」, 『어문연구』 34권 1호, 한국어문교육연구회, 2006.
한명기, 「《고대일록》에 나타난 명군의 모습」, 『남명학』 15, 남명학연구원, 2010.
______, 「17세초 은의 유통과 그 영향」, 『규장각』 15, 서울대학교 규장각, 1992.
허명숙, 「역사적 인물의 대중적 형상화」, 『인문학연구』 34, 숭실대학교 인문과학연구소, 2004.
황인건, 「병란 직후 지식인의 시적 대응 -청음 김상헌의 설교집을 중심으로」, 『한국시가연구』 6, 한국시가학회, 2000.
内藤雋輔, 「僧慶念の朝鮮日日記について」, 『朝鮮學報』 35, 조선학회, 1966.

찾아보기

ㅇ

장경남(張庚男)

숭실대학교 국어국문학과를 졸업하고 같은 대학에서 석사, 박사학위를 받았다. 현재 숭실대학교 국어국문학과 교수로 재직하고 있다. 숭실대 신문방송국 주간교수, 학생처장을 역임하였다. 한국고소설학회, 국제어문학회, 어문연구학회, 민족문학사연구소 이사를 역임했으며, 민족문학사연구소 운영위원, 우리문학회 부회장으로 활동하고 있다. 저서로 『임진왜란의 문학적 형상화』, 『묻혀진 문학사의 복원-16세기 소설사』(공저), 『서사문학의 시대와 그 여정-17세기 소설사』(공저), 『한국 고소설의 주인공론』(공저), 『한국 고소설의 문화적 전변과 위상』(공저), 『북한의 우리문학사 재인식』(공저), 『임진왜란과 지방 사회의 재건』(공저) 등이 있으며, 역서로 『임진록』, 『박씨전』, 『유충렬전』, 『가려 뽑은 난중일기』 등이 있다.

전란의 기억과 소설적 재현

2018년 5월 28일 초판 1쇄 펴냄

지은이 장경남
펴낸이 김흥국
펴낸곳 보고사

책임편집 김하놀
표지디자인 손정자

등록 1990년 12월 13일 제6-0429호
주소 경기도 파주시 회동길 337-15 보고사 2층
전화 031-955-9797(대표)
02-922-5120~1(편집), 02-922-2246(영업)
팩스 02-922-6990
메일 kanapub3@naver.com / bogosabooks@naver.com
http://www.bogosabooks.co.kr

ISBN 979-11-5516-796-0 93810

정가 32,000원